LA CAPITALE DÉCHUE

Jia Pingwa est né le 21 février 1952 dans un village pittoresque mais pauvre du Shaanxi. Il grandit dans les campagnes du sud du Shaanxi. Ses études sont interrompues par la Révolution culturelle, durant laquelle il est paysan pendant cinq ans. Il entre en 1972 au département de chinois de l'Université du Nord-Ouest à Xian. Cette ville, ancienne capitale impériale, est toujours la sienne aujourd'hui. Il commence à écrire en 1973, d'abord comme rédacteur d'une revue aux Éditions populaires de Shaanxi, puis à la rédaction d'une revue littéraire de Xian. À partir de 1982, il se consacre entièrement à la création littéraire et publie de nombreux romans et nouvelles.

Jia Pingwa a su rapidement s'imposer par son originalité et sa force de caractère comme l'un des grands écrivains chinois de son temps, instigateur des grands courants littéraires. Au temps de la «littérature des cicatrices», à la fin des années 70, il écrit des récits en prose; au milieu des années 80, en plein courant «recherche des racines», il compose des œuvres qui ont pour thème la vie quotidienne de nos jours dans la campagne chinoise. Trois de ses nouvelles à caractère rustique, d'un style élégant, lyrique, aux couleurs du temps passé ont été publiées en décembre 1995 aux Éditions Stock sous le titre *Le Porteur de jeune marié*. Le recueil comporte deux autres nouvelles: «Le héros brigand» et «Les tribulations d'un géomancien amoureux».

JIA PINGWA

La Capitale déchue

ROMAN TRADUIT DU CHINOIS PAR GENEVIÈVE IMBOT-BICHET

STOCK

Titre original :

FEIDU

© Jia Pingwa, 1993.
© Éditions Stock, 1997, pour la traduction française.

L'histoire est inventée de toutes pièces.
Surtout ne vous identifiez à aucun des personnages.
Seuls les sentiments sont authentiques
Qui ne craignent ni moquerie ni jugement.

Jia Pingwa, 1993.

*Mes sincères remerciements à Dong Qiang
pour ses vérifications et ses conseils.*

G.I.B.

En 1980, dans la ville de Xijing[1], Capitale de l'Ouest, se produisit un événement étrange. Deux amis, que liait une amitié inséparable, allèrent par une journée très animée visiter le tombeau de Yang Yuhuan, concubine favorite de l'empereur Xuan Zong des Tang. Ils virent bon nombre de touristes prendre une poignée de terre du tertre funéraire et l'emporter, serrée contre leur cœur. Fort étonnés, ils se renseignèrent et apprirent que la beauté sans égale de la concubine Yang donnait aux fleurs un éclat resplendissant si l'on répandait cette terre dans les jardinières. Les deux amis en ramassèrent eux aussi, l'enveloppèrent et de retour chez eux remplirent un pot en terre cuite noir, qu'ils possédaient depuis de nombreuses années, attendant de l'utiliser le jour où ils planteraient des graines dignes de ce terreau. Quelques jours plus tard, à leur grande surprise, une pousse verte sortait déjà de terre qui en un mois grandit et se développa en une touffe florissante. Or personne ne connaissait cette espèce toute particulière. Ils se rendirent à la ville, la plante dans les bras, pour que le jardinier du Temple de l'Immanence l'examine. Mais il fut incapable de l'identifier. Par hasard, le Grand

1. Xijing, littéralement Capitale de l'Ouest, n'est autre que Xi'an, nombre de sites célèbres l'attestent tout au long du récit. «Feidu», c'est l'expression type de la capitale déchue qu'est Xi'an. (N. d. T.)

Maître de la Sagesse passait par là ; ils le prièrent de les éclairer, mais lui non plus ne savait pas. Un homme intervint : « Souvent le Grand Maître de la Sagesse peut, grâce à la divination par les huit trigrammes, faire des prédictions, rien ne l'empêche de pratiquer cette divination pour savoir le nombre de branches qui fleuriront sur cette plante. » Le Grand Maître ordonna à un de ses acolytes de choisir un caractère, lequel s'empara des ciseaux que le jardinier avait justement entre les mains et prononça le mot « oreille ».

– C'est une plante rare, déclara alors le Grand Maître de la Sagesse, à quatre branches, mais qui très vite périra.

Les prédictions du Grand Maître de la Sagesse se réalisèrent. La plante avait bien quatre branches dont la forme tenait à la fois de la pivoine et de la rose, et quatre fleurs, délicates et subtiles, de couleurs différentes ; l'une était rouge, l'autre jaune, la troisième blanche et la dernière violette. La nouvelle se répandit aussitôt, et chaque jour des admirateurs se succédaient sans fin, s'extasiant devant cette splendeur. Les deux amis jubilaient. L'un la chérissait davantage. Il l'entourait de soins, l'arrosait, lui donnait des engrais. Qui aurait imaginé qu'une fois, en pleine nuit, sous l'emprise de l'alcool, il se serait réveillé, persuadé qu'il devait l'arroser, et qu'il aurait pris, par mégarde, la bouilloire remplie d'eau chaude posée sur le fourneau, dans la cuisine. Résultat, la plante mourut. Pris de remords, l'homme jeta le pot en terre cuite. La maladie s'empara de lui, le clouant au lit pendant un mois.

Cette histoire de fleur, quoique étrange, n'avait finalement rien d'extraordinaire : elle ne toucha que peu de monde et on n'en parla plus. Mais l'été suivant, sans que personne s'y attende, un autre événement, plus surprenant, survint dans cette ville de Xijing et frappa toute la population. Cela se passa en plein midi, le septième jour du sixième mois de notre vieux calendrier lunaire. Le soleil, dont l'avantage est de briller sans qu'on y prête attention, luisait en effet, boule de feu rouge, et aucun habitant de cette ville ne levait les yeux vers lui. L'animation dans les rues régnait comme à l'ordinaire. Les gradés circulaient en voiture, ceux qui ne l'étaient pas mais qui avaient de l'argent et qui ne désiraient pas s'entasser dans les bus agitaient un billet pour héler un taxi. Les hautes personnalités qui se rendaient dans cette ville étaient précédées d'une escorte de police qui, leur ouvrant la voie à coups de sifflet stridents et prolongés, faisait ralentir sur le bas-côté ces voitures, taxis ou bus, perturbant ainsi le rythme incessant du flot de bicyclettes. Seuls les piétons restaient imperturbables ; ils piétinaient, écrasaient réciproquement leur ombre sans qu'elle en souffre. Mais brusquement les ombres devinrent de plus en plus claires, de plus en plus petites, avant de disparaître brusquement. Sans son ombre, l'homme semblait ne plus exister. Après avoir palpé ses fesses, il éprouva le doute qui se lut sur son visage. Quelqu'un s'écria, ayant tourné par hasard son regard vers le ciel : Il y a quatre soleils ! Tout le monde, le visage levé vers les cieux, constata effectivement l'apparition de quatre soleils identiques, enchevêtrés inextricablement les uns aux autres en forme de T. Par expérience, on connaissait l'existence d'éclipses de lune ou de soleil, mais jamais on n'avait vu briller quatre soleils simultanément ; peut-être s'étaient-ils trompés ? Tous regardèrent à nouveau vers le ciel : ces soleils n'étaient pas rouges, mais blafards comme l'éclair d'une soudure électrique. On ne voyait plus rien. Dans l'obscurité totale, l'homme ne distingue rien, pouvait-il en être de même en pleine lumière ? Les véhicules n'osaient plus avancer, les klaxons retentissaient, les piétons s'affolaient, la confusion était telle que l'on se demandait si l'on était toujours dans la rue ou bien au cinéma après que le projecteur est soudain tombé en panne. L'image avait disparu de l'écran, seul le son persistait encore.

Tout le monde partageait le même sentiment. Puis le silence s'installa, un silence de mort, lourd, que seul le dernier son d'un instrument à vent d'un musicien perché sur les remparts du mur d'enceinte de la ville vint déchirer. Puis plus rien, le joueur n'avait plus la force de souffler, un peu comme le vent qui, après avoir heurté le coin du mur, tourne avant de disparaître. Indifférents au joueur de musique, les gens souriaient malgré eux quand brusquement ils sortirent de leur torpeur et prirent conscience de leur situation. Terrifiés par le silence, ils poussèrent des cris d'effroi. Ils semblaient pris de folie.

Cette scène étrange dura à peu près une demi-heure, puis le soleil reprit sa forme habituelle. Stupéfaits, les habitants de Xijing virent peu à peu leur ombre se redessiner sur le sol. Ils se regardèrent, consternés. Au désarroi succéda la honte. Les gens se dispersaient et se dirigeaient n'importe où. Momentanément une panique effroyable régna, car les policiers chargés de réglementer le trafic étaient introuvables. En revanche, assis fort à l'aise sur le podium de l'agent de la circulation, un vieillard, mal fagoté, à la mine patibulaire, aux sourcils extrêmement fournis, contemplait froidement l'agitation de tous ces gens dont certains, ne supportant pas son regard, finirent par hurler, fous furieux, demandant ce que faisait la maréchaussée. Où étaient donc passés les agents ? Un dénommé Su, coiffé d'un casque, arriva au pas de course et injuria le va-nu-pieds.

– *Pi ! Pi !* hurla-t-il, ce qui dans le patois de cette ville de Xijing était la manière la plus grossière de demander à quelqu'un de foutre le camp.

Le vieillard entendit le son qu'il calligraphia avec son doigt sur le podium, mais le caractère qu'il dessina était plutôt ancien et raffiné ; il se prononçait également « pi », mais signifiait « s'esquiver ». Il sourit doucement. Tous les gens s'esclaffèrent lorsqu'ils découvrirent l'accoutrement de ce petit vieux. Ses vêtements étaient faits avec les bannières brodées du Temple de l'Immanence offertes par les fidèles. Sur la poitrine apparaissait le caractère « miséricorde », les deux jambes du pantalon, mal assemblées, étaient cousues à grands points de l'entrejambe à la ceinture, sur la fesse gauche était placardé le mot «obligation», et sur la droite «devoir». Sans vergogne, le vieillard se mit à réciter une comptine.

La comptine fit alors le tour de la ville:

Il y a la première classe, celle des serviteurs du peuple, qui jouit du bonheur, du haut de sa hauteur.

Il y a la deuxième classe, celle des fonctionnaires, trafiquants et magouilleurs en tout genre, mais qui est protégée.

Il y a la troisième classe, celle qui fonctionne aux profits et qui se fait rembourser banquets, jeux, parties de plaisir et beuveries.

Il y a la quatrième classe, celle des propriétaires, qui ramasse des sous sans bouger le derrière de chez elle.

Il y a la cinquième classe, celle des juges et des flics, qui croquent accusateurs et accusés.

Il y a la sixième classe, celle des maîtres du scalpel, qui dans leurs poches entassent les pots-de-vin.

Il y a la septième classe, celle des comédiens, qui gagnent leur vie en remuant leur popotin.

Il y a la huitième classe, celle qui vit de propagande et qui ne cherche qu'à s'en mettre plein la panse.

Il y a la neuvième classe, celle des enseignants, qui ne connaîtra jamais le goût des mets raffinés.

Enfin, il y a la dixième classe, le simple peuple, qui travaille pour ne gagner que dalle.

Certains furent d'avis que le vieux n'était certainement pas un simple mendiant, d'autres prétendirent même qu'il était enseignant. D'abord parce qu'il n'était pas donné à tout le monde d'inventer les paroles d'une telle chanson, et surtout parce que celle-ci critiquait ouvertement toutes les catégories citées à l'exception de celle des enseignants pour qui elle réclamait justice. Quant à savoir qui était finalement ce vieillard, personne ne fit jamais une enquête exhaustive.

Or, cette année-là, la ville se vit dotée d'un nouveau maire, originaire de Shanghai, mais dont l'épouse était, elle, de la région. Depuis une dizaine d'années, tous les maires en poste avaient eu l'intention d'accomplir dans cette capitale historique une action méritoire, mais aucun n'avait réussi. Les maires passaient comme l'eau ruisselante sur une dalle de béton. Le nouveau, mécontent d'avoir été nommé en poste dans la ville de son beau-père, prisonnier de sa carrière et sans la moindre liberté d'action, voulut cependant, dès sa prise de fonctions, braver les difficultés. Sa femme, en épouse avisée, rassembla amis et parents pour le conseiller et constituer son cabinet. Un jeune homme, Huang Defu, fit la proposition suivante :

– Xijing, ville historique depuis douze dynasties, est le berceau de notre civilisation, ce qui est, pour elle, à la fois un avantage et un handicap. Les fonctionnaires de tous grades ainsi que le reste du peuple font preuve d'un esprit conservateur, voilà pourquoi, depuis toujours, le développement de l'économie de notre ville est resté à la traîne loin derrière celui des villes des provinces côtières. Inutile de pratiquer la même politique que celle des précédents maires en s'attaquant à plusieurs tâches à la fois, vu la vétusté des entreprises et l'endettement destiné à financer les constructions en cours ; ils se sont tous donné beaucoup de peine pour n'obtenir que le tiers des résultats désirés. D'autre part, comme un maire ne reste en poste que trois ou cinq ans, il n'a pas eu le temps de mener à bien son plan à long terme qu'il doit déjà laisser sa place à son successeur. Ne vaut-il pas mieux, au contraire, se consacrer à des problèmes sur lesquels les autres ne se sont encore jamais penchés, comme le développement de la culture et du tourisme ? Des résultats satisfaisants ne tarderont à apparaître.

Monsieur le maire, très intéressé par ces idées et aucunement honteux d'être conseillé par un cadet, non seulement discuta avec lui trois jours et trois nuits d'affilée, mais il lui demanda de démissionner de son poste d'enseignant pour s'installer à la mairie et assumer les fonctions de secrétaire particulier à ses côtés. Très rapidement, grâce aux crédits alloués par la capitale et aux fonds réunis aux quatre coins de la région, le maire réalisa un immense travail qui restera à tout jamais pour la postérité. Il restaura le mur d'enceinte de la ville, cura les canaux et y fit construire tout le long des parcs de loisirs dans le style particulier de cette région. Il rectifia également le tracé de trois grandes artères ; la première rue, qui imitait l'architecture des Tang, était spécialisée dans les peintures, calligraphies traditionnelles et porcelaines fines. La seconde, qui copiait le style des Song, proposait la dégustation des spécialités culinaires de la ville, voire de toute la province. La troisième, construite sur le modèle Ming et Qing, rassemblait tous les produits de l'art populaire régional. Néanmoins, le développement rapide de la culture et du tourisme entraîna un accroissement brutal du nombre de gens de passage, ce qui provoqua des problèmes dans le domaine de la sécurité publique. Xijing fut très vite surnommée, par les gens des environs, la ville des bandits, des drogués et des prostituées. La population commença à ressentir une autre sorte de mécontentement.

Lorsque ce vieillard, sale et hirsute, arpenta la rue en clamant sa comptine, une bande de badauds qui l'escortait l'exhorta à continuer. Le vieux ajouta quelques mots :

– Quand on te dit que ça va, c'est que ça va, même si ça ne va pas. Quand on te dit que ça ne va pas, c'est que ça ne va pas, même si ça va.

Les badauds applaudirent à tout rompre. Le vieux n'avait pas précisé à qui s'adressait cette phrase, mais ils avaient tous compris. Colportée à la vitesse du vent, la comptine finit par arriver bientôt aux oreilles de Huang Defu, lequel téléphona aussitôt à la Sécurité publique, expliquant que ces propos visaient directement le maire et qu'il fallait arrêter l'homme. Ce qui fut fait. L'enquête révéla qu'il s'agissait en fait d'un plaignant qui depuis plus de dix ans s'en prenait aux cadres supérieurs. Alors qu'il enseignait dans une école populaire, il avait fait une demande de mutation pour une école du gouvernement mais n'avait pu l'obtenir à cause des médisances d'un de ses supérieurs. Il était allé, en vain, voir les hautes autorités de la province. Il avait alors décidé de rester à Xijing et, tous les quatre matins, se rendait au siège du gouvernement provincial soit pour donner son opinion, soit pour déposer une plainte, soit pour s'asseoir en silence et manifester ainsi son mécontentement. Il finit par en devenir fou. Il ne regagna même pas son village et se mit à vagabonder à travers la ville. La Sécurité publique l'incarcéra pendant dix jours, puis, l'enquête ne révélant aucun délit grave, le relâcha. On le chargea dans une voiture pour ne le débarquer que trois cents li plus loin. Personne n'avait imaginé le voir réapparaître une semaine plus tard errant dans les rues et tirant une vieille charrette à bras complètement déglinguée. Il sillonnait les rues pour ramasser des détritus. Une bande de badauds l'exhorta à répéter sa comptine, mais le vieux se montra avare de paroles et se contenta de brailler : « Ordures…! Ramassage d'ordures…! » Chaque jour, cette voix humaine, qui tel un rugissement retentissait du matin au soir dans toute la ville, faisait écho au son d'un instrument à vent, aussi plaintif que les gémissements d'un revenant, et qui venait des remparts ; la voix et la musique se mêlaient aux piaillements assourdissants des milliers d'oiseaux qui logeaient dans les tours de la Cloche[1] et du Tambour[2].

Ce jour-là, tirant sa vieille charrette qui tournait sur des moyeux sans pneus, le vieillard parcourut une bonne partie de la journée toute la ville de long en large sans récolter le moindre déchet. Arrêté sur

1. Grande construction au centre de Xi'an. La tour d'origine fut construite à la fin du XIVᵉ siècle, puis rebâtie en 1739. Une grande cloche, qui servait à marquer le temps, lui a donné son nom. (N. d. T.)
2. Construction plus petite à l'ouest de la Tour de la Cloche, qui marque l'entrée du quartier musulman. (N. d. T.)

le terrain vague devant le Temple de l'Immanence, il observa avec envie quelques maîtres de *qigong* qui enseignaient l'art de la maîtrise du souffle. Au pied d'un muret, de petits groupes de gens se faisaient prédire l'avenir. Il s'approcha en jouant des coudes et voulut que l'un des maîtres de la divination lui révèle les vicissitudes de sa fortune pour l'année. Mais la foule s'indigna :

– Hé, le vieux ! Ne confonds pas ces devins avec de vulgaires diseurs de bonne aventure ! Ce sont d'éminents maîtres venus de la montagne sacrée Emei[1] qui prophétisent tous les grands événements qui régissent l'univers !

Ils le repoussèrent en se moquant de lui. Il devint rouge de colère. La pluie se mit alors à tomber en grosses gouttes qui se brisèrent à terre avec fracas, résonnant comme des pièces de cuivre. Très vite un nuage de poussière s'éleva et d'énormes flaques d'eau se formèrent. La foule se dispersa. Quant au vieux, il proféra un «Quelle pluie opportune !» et courut s'abriter sous le drapeau devant la porte du Temple de l'Immanence, abandonnant là sa vieille charrette. Que sa gorge l'ait démangé ou qu'il ait voulu tromper son attente, toujours est-il qu'on l'entendit soudain, mêlé au bruit de l'averse, réciter une comptine.

Il n'avait pas imaginé que sa chanson viendrait aux oreilles du Grand Maître de la Sagesse, assis, oisif, dans la cour du temple où se trouvait une pierre étrange, d'ordinaire sans couleur mais sur laquelle apparaissaient très clairement, par temps de pluie, des veines en forme de dragon. S'apercevant qu'il pleuvait, le Grand Maître était sorti pour examiner la pierre. Il entendit alors :

... Les fonctionnaires s'enrichissent, les petits marchands prospèrent, bannis sont les pauvres...

---

1. Mont Emei (dans le Sichuan), haut lieu du bouddhisme et du taoïsme. *(N. d. T.)*

Soudain un bruit assourdissant éclata, pareil à un coup de tonnerre. Il leva la tête et regarda le ciel à l'ouest.

Il vit sept arcs-en-ciel qui s'enchevêtraient à l'horizon. L'ambiance lui rappela ce jour où les quatre soleils étaient apparus dans le ciel, et il se dit qu'un événement extraordinaire allait de nouveau s'abattre sur la ville. Le lendemain, il apprit par la radio que des reliques du Bouddha Akyamuni avaient été découvertes dans le Temple de la Porte de la Loi à deux cents li environ de la ville. L'apparition des reliques de Bouddha provoqua une terreur générale. Le Grand Maître de la Sagesse, en méditation cette nuit-là dans sa cellule, comprit brusquement que si, à l'heure actuelle, certaines races d'animaux féroces disparaissaient, c'était parce qu'elles s'étaient réincarnées en êtres humains. Voilà ce qui expliquait le nombre croissant de malfaiteurs. Il constata également que ces dernières années beaucoup de maîtres de qigong ainsi que des personnes douées de talents extraordinaires étaient venus à Xijing. Peut-être étaient-ce des envoyés de Dieu venus sauver l'humanité ! Pourquoi le Temple de l'Immanence qui possédait des méthodes secrètes de *qigong* n'en profiterait-il pas ? Le temple fit de la publicité pour annoncer l'ouverture de cours de qigong destinés aux débutants.

Les classes se composaient de trois cours différents que suivait un dénommé Meng Yunfang, chercheur à l'Institut des recherches sur l'histoire et la civilisation, homme qui débordait d'enthousiasme pour toute chose. Par exemple, sept ans auparavant, le bruit s'était répandu dans la ville qu'une enzyme aux bienfaits curatifs et revitalisants se trouvait dans le thé noir. Meng entreprit de la cultiver chez lui, transformant sa maison en véritable officine. Il l'avait ensuite offerte aux voisins et voisines et c'est ainsi qu'il avait fait la connaissance d'une amatrice de thé noir qui avait fini par devenir sa femme. Après leur mariage, ils laissèrent tomber cette affaire, prétendant que la gymnastique chinoise surpassait de loin les bienfaits de l'enzyme. Naturellement cela ne dura qu'un temps, lorsque la mode vint de manger des œufs vinaigrés ou de boire du sang de coq, ils suivirent le mouvement, sans penser que le sang de coq rendrait malade la jeune femme qui dut admettre l'évidence : elle perdait un à un ses poils pubiens. Elle consulta un grand nombre de médecins mais aucun ne parvint à la guérir. Ayant appris, par hasard, qu'un voisin connaissait ce remède miracle contre ce genre de maux, remède dont la formule secrète se transmettait dans sa famille de génération en génération, elle le supplia de la soigner. Ses poils repoussèrent. Ce voisin avait un an de plus que Meng Yunfang et ils avaient joué ensemble aux échecs autrefois. Maintenant, quand ils se croisaient, ils se saluaient poliment d'un signe de tête, sans que le voisin puisse s'empêcher d'arborer un petit rictus moqueur. Meng Yunfang acheta un superbe cadeau et pria sa femme d'aller remercier son généreux guérisseur. La femme obéit. Mais quand elle revint toute guillerette, Meng Yunfang lui demanda de signer la procédure de divorce qu'il venait de rédiger. Ils devaient se séparer sans plus tarder. Son épouse lui appartenait à lui et lui seul, et ne devait se présenter nue que devant lui ! Comment avait-elle permis à un étranger de regarder « sa chose » ! Six mois après son divorce, il se remaria avec Xia Jie. Ils emménagèrent dans une maison basse mitoyenne du Temple de l'Immanence. Le mur qui les séparait n'était pas très haut. Meng Yunfang qui n'avait pas grand-chose à faire écoutait la musique des bonzes et les regardait par-dessus le muret vaquer à leurs occupations. Depuis qu'il suivait leurs cours, dès qu'il entendait le son du gong, il franchissait le mur avec l'agilité d'un singe. Un jour, il était tombé par hasard sur le Grand Maître de la Sagesse qu'il avait aussitôt cherché à éviter, mais celui-ci l'avait arrêté :

– Nous nous connaissons, me semble-t-il ?

Meng Yunfang hocha la tête :

– Vous vous souvenez de moi ? Votre Excellence a une mémoire prodigieuse !

— Naturellement ! Votre mystérieuse fleur est-elle morte ? s'enquit le Grand Maître.

— Hélas oui, votre prédiction s'est avérée juste.

— Qu'est devenu votre ami ? Va-t-il mieux ?

— Il est guéri maintenant. Comment saviez-vous, Maître, que mon ami était souffrant ? Vous êtes vraiment extraordinaire, véritablement doué de divination !

— Mais non ! Si j'étais aussi extraordinaire que vous le prétendez, j'aurais retenu votre illustre ami pour bavarder un moment avec lui.

— Il viendra sans faute un jour prochain vous présenter ses salutations.

Après son initiation au qigong, Meng Yunfang prétendait exceller dans cette pratique. Systématiquement, lorsqu'il retrouvait de vieilles connaissances, il s'asseyait en tailleur dans la position requise pour soigner grâce à l'énergie. Lorsqu'il pressait ses amis de lui dire ce qu'ils ressentaient et qu'ils répondaient à l'unisson : « Rien », il se mettait alors à réciter des incantations à n'en plus finir, tant et si bien qu'il en avait de la bave aux commissures des lèvres, le visage dégoulinant de sueur. Tous éclataient de rire.

— Il a vraiment un pouvoir incroyable, déclara un soir son épouse. Hier, j'avais le ventre ballonné, eh bien, dès son intervention, mes intestins se sont mis à gargouiller et j'ai eu à peine le temps de courir aux toilettes. Maintenant il ne consomme plus ni alcool ni viande, a cessé de fumer et ne mange même plus d'oignon !

— C'est vrai, confirma Meng Yunfang.

— Tu deviens un moine à force de les fréquenter, plaisantèrent ses amis. T'abstiens-tu aussi des plaisirs charnels ?

— Ce n'est pas encore pour demain, rétorqua Xia Jie en ricanant, avec un regard de travers à son époux qui rougit.

Lui seul pouvait comprendre l'allusion. Il se trouvait qu'à son cours de qigong, Meng avait fait connaissance de Hui Ming, une jeune bonzesse âgée de vingt-huit ans, qui résidait au Temple de l'Immanence depuis trois ans qu'elle était diplômée de l'école bouddhique. Ils avaient, à plusieurs reprises, bavardé ensemble et Meng Yunfang admirait sa grande connaissance des textes bouddhiques. Il avait d'ailleurs lui aussi lu le Vajra-sûtra[1] ainsi que *L'Esprit concentré aux Cinq Lumières*, et sa passion pour la discussion incitait la jeune femme à venir le trouver chaque fois qu'elle rencontrait une difficulté. Dès lors, très souvent à midi, Hui Ming appelait par-dessus le muret son nouveau professeur et ils passaient là de longs moments à parler. Un soir de pleine lune où Xia Jie rentrait chez elle, elle aperçut son mari, appuyé sur la murette, discutant avec animation avec la jeune bonzesse.

– Hui Ming, disait-il, votre dissertation est parfaitement bien rédigée, mais il vous faut ménager vos forces.

– Je ne suis pas fatiguée, répondit la voix de l'autre côté du mur, la fatigue est psychologique, or c'est avec calme que j'ai rédigé mon essai, je n'ai éprouvé bien au contraire que du plaisir.

– Est-ce une joie pure comme le lotus ? dit Meng. Ce mur marque une frontière entre deux mondes distincts, et j'envie votre...

– Vous pouvez prétendre à tout ce que vous désirez, trancha la voix pleine de gaieté, mais vous ne pouvez pas devenir moine, car vous ne parviendrez jamais à atteindre la sérénité. Et si vous arrivez à trouver cet état de paix, je crains fort que vous ne le supportiez pas.

– Vraiment ?

– Surtout ne parlez à personne de ce que je vous ai dit il y a quelques jours.

– C'est entendu, je serai muet comme une tombe.

– C'est parfait, professeur Meng, poursuivit la voix de l'autre côté du mur, je voudrais vous charger

---

1. Le sûtra du Diamant, livre qui contient l'essence de la doctrine de la vacuité et de la sagesse. *(N. d. T.)*

23

de remettre en mains propres au maire de la ville une plainte que je viens de rédiger.

Meng Yunfang se pencha et tendit la main pour prendre la lettre.

– Montez sur la pierre pour me la donner, lui dit-il. Mon Dieu, qu'avez-vous, vous vous êtes foulé la cheville ?

– Ce n'est rien.

La lettre apparut sur le haut du mur mais au moment où Meng Yunfang l'attrapait, la branche sur laquelle il s'appuyait craqua si bien qu'il glissa, sa mâchoire cogna contre les tuiles qui recouvraient le petit mur et, dans sa chute, il en entraîna une qui se brisa sur le sol.

– Hé, hé ! Attention, Meng Yunfang, lança Xia Jie qui venait d'assister à la scène, je n'ai vu là qu'un acte de *L'Histoire dans le Pavillon de l'Ouest*[1] !

Sans se soucier de savoir si son mari s'était blessé, elle monta sur son tabouret et vit, par-dessus le mur, la nonne sortir d'un buisson avant de disparaître comme un fantôme.

Voilà pourquoi, lorsque Xia Jie avait fait allusion à cet incident, Meng Yunfang avait rougi.

– Cela ne regarde personne, dit-il, et fait partie des pratiques bouddhiques, j'ai accompli là une action charitable.

Leurs amis, qui ne comprenaient toujours rien, déclarèrent que c'était l'heure de déjeuner.

– Ne vous inquiétez pas, dirent-ils, cela ne vous coûtera pas un sou, juste un petit effort !

Chacun sortit de sa poche cinq yuans, mais ce fut comme toujours le serviable Zhao Jingwu qui prit le cabas pour aller faire les courses.

*

1. Pièce de théâtre chantée des Yuan, publiée vers 1300 par Wang Shifu et tirée d'une nouvelle non moins célèbre de Yuan Zhen (779-831). L'histoire a toujours gardé une odeur de scandale puisque la jeune héroïne Cui Yingying se donne avant le mariage à son jeune admirateur Zhang Junrui. *(N. d. T.)*

Depuis quelques années, à Tong Guan, à quatre cents li à l'est de Xijing, une bande de jeunes oisifs était apparue. Blasés de tout, ils virevoltaient avec frivolité comme une nuée de grosses mouches à tête verte. L'un d'entre eux, un dénommé Zhou Min, cherchait de toute évidence un tremplin pour devenir fonctionnaire. Il possédait déjà les richesses voulues, il avait placé à la banque quelque cent mille yuans, mais il ne trouvait toujours pas ce à quoi il aspirait. Un soir où il s'ennuyait à mourir, il abandonna le livre qu'il lisait sans entrain pour aller dépenser quelques sous dans un café. Il but un verre, puis se rendit dans une boîte de nuit où il rencontra une superbe créature. Dès lors, toutes les nuits, il y retourna pour la retrouver. Un soir, une idée lui traversa soudain l'esprit : et si cette fille pouvait me donner son cœur ? Après la dernière danse, il lui proposa de la raccompagner chez elle. Elle refusa, mais sans grande conviction. Non sans insistance, il la chargea sur son porte-bagages. Arrivée dans une ruelle retirée, elle sauta de l'engin et lui fit ses adieux. Mais il la rattrapa et l'embrassa. « Je te déteste ! sanglota la fille. – C'était plus fort que moi, je ne recommencerai plus. – Ah, comme je regrette de ne pas t'avoir rencontré plus tôt, lui dit-elle alors, où donc étais-tu il y a trois ans ? » À ces mots, Zhou Min empoigna la belle, l'assit sur le porte-bagages puis fila à toute vitesse au bord du fleuve en pédalant comme un fou. Là, ils laissèrent tomber la bicyclette et se jetèrent dans les bras l'un de l'autre.

– Je suis mariée et j'ai un enfant de deux ans ! avoua-t-elle.

Zhou Min resta stupéfait, mais il était déjà ensorcelé :

– Je m'en moque, je te veux, marions-nous !

De retour chez elle, la jeune femme, Tang Wan'er, demanda à son mari de divorcer, mais il refusa, la déshabilla et lui flanqua une raclée. Zhou Min, ne retrouvant pas le soir sa bien-aimée dans la boîte de nuit, posta ses copains en faction autour de sa maison pour la surveiller. Lorsqu'il apprit qu'elle avait été battue, il se précipita chez elle et, dès que le mari fut sorti, il enleva la jeune femme qu'il cacha dans un endroit secret. Mais Tong Guan n'était pas si vaste, même les mouches y étaient étiquetées! Comment y faire disparaître une femme? Le quatrième jour, Wan'er lui raconta que son mari venait d'envoyer un de ses amis, elle l'avait vu, pour l'espionner. Zhou comprit qu'il valait mieux ne pas s'éterniser dans la ville. Ils s'embarquèrent aussitôt à bord d'un taxi et partirent pour Xijing où ils louèrent une maison.

Pour s'installer, ils investirent dans quelques meubles et objets courants. Ils nageaient dans le bonheur. Ils flânèrent dans les thermes Huaqing[1], visitèrent la pagode de la Grande Oie[2], fréquentèrent le Grand Hôtel des Tang et se promenèrent dans le jardin du Cheval céleste. Fort séduisante, pleine de charme et de grâce, Wan'er adorait les vêtements de luxe vendus dans les boutiques des grands hôtels. Elle aimait également la lecture et était parfois habitée par des idées étranges. Alors qu'ils se promenaient dans les rues de Xijing, ils passèrent devant la poste principale sur laquelle trônait une gigantesque horloge qui martelait le temps de son carillon sonore.

– Si je voulais me suicider, déclara-t-elle tout à coup, je me jetterais du haut de cette horloge. Quelle mort magnifique!

– Moi pas, rétorqua Zhou Min, je me pendrais plutôt en attachant une corde à l'horloge pour mourir en musique, au vu et su de tous.

Tang Wan'er n'argumenta pas, elle se blottit, tout

1. Les thermes Huaqing sont à trente kilomètres à l'est de Xi'an. L'eau jaillissant des sources chaudes est canalisée vers des établissements de bains publics. Ces sources étaient fort appréciées des empereurs de la dynastie des Tang, qui venaient s'y détendre en compagnie de leurs concubines. (N. d. T.)

2. Au sud de Xi'an, érigée en 652. Elle ne comportait que cinq niveaux avant les rénovations successives. Elle devait abriter les textes bouddhiques rapportés d'Inde par le moine Xuanzang, qui se chargea ensuite de les traduire en 1 335 volumes chinois. (N. d. T.)

amoureuse, dans les bras de Zhou Min en lui racontant que, lors de ses querelles avec son ex-mari, elle mettait la *Petite musique de nuit* pour les calmer l'un et l'autre. Mais son mari donnait des coups de pied dans la boîte à musique.

– Il ne comprenait pas, répondit Zhou Min.

– C'était tout simplement une brute, un âne !

Un mois plus tard, leur fortune considérablement réduite vu leurs dépenses folles, Zhou Min comprit que ce qu'une femme pouvait apporter à un homme était en fait limité. Certes Tang Wan'er était très belle, Xijing une grande ville, néanmoins il ne trouvait toujours pas ce qu'il recherchait. Les films nouveaux, les vêtements à la mode, les gadgets dernier cri envahissaient la capitale, mais aucune idée nouvelle, aucun thème original ne transparaissait. Chaque jour, c'était toujours le même soleil qui rougissait la muraille d'enceinte de la ville, les mêmes fleurs qui s'ouvraient dans les plates-bandes. Même si le prestige des femmes dépasse celui de leurs maris, l'année ne compte qu'un seul 8 mars[1]. Un vieillard de quatre-vingts ans a beau épouser une très jeune femme, il ne rajeunit pas pour autant. Zhou Min ne pouvait pas révéler à son épouse ses états d'âme. Il se contentait d'aller, chaque jour, souffler dans son ocarina sur les remparts de la ville[2]. Mais il fallait bien vivre et trouver un moyen de gagner sa pitance. Il repéra, non loin de chez lui, un petit temple bouddhique, nommé la Vacuité Pure, dont les bâtiments latéraux étaient en réparation. Il réussit à y trouver un petit travail à la journée. L'argent qu'il recevait ainsi lui permettait, chaque jour, d'acheter une queue de poisson et une demi-livre de champignons frais qu'il mijotait pour sa femme.

1. Fête des femmes depuis 1910. *(N. d. T.)*
2. Ils furent bâtis sur les fondations de la Cité interdite Tang, sous le règne de Hongwu (1368-1398), premier empereur de la dynastie des Ming, et forment un rectangle de quatorze kilomètres de pourtour. Sur chacun des côtés s'ouvre une porte surmontée de trois tours. *(N. d. T.)*

Comme il se distinguait des autres ouvriers par son raffinement, le chef de chantier le chargea de s'occuper de l'achat des matériaux, achat soumis au contrôle des nonnes. Il rencontra, c'était inévitable, Hui Ming. Il apprit, au cours de leurs différentes conversations, qu'elle était arrivée du Temple de l'Immanence très peu de temps auparavant et que, grâce à sa jeunesse et à son intelligence, même si elle n'était pas la directrice, elle donnait cependant son avis sur toute question, et était obéie de toutes. Zhou Min trouva Hui Ming fort belle et séduisante, et il eut envie de la revoir souvent, si bien que, pour un oui pour un non, il allait la retrouver. Un jour, alors qu'il lisait, il aperçut en levant la tête Hui Ming sous la glycine qui l'appelait d'un geste de la main.

– Que lis-tu ? Tu es vraiment tellement différent des autres journaliers, lui demanda-t-elle.

– *Le Récit de la Chambre de l'Ouest*, répondit-il, dans ce temple de Putuo…

Mais il n'acheva pas sa phrase.

– Selon toi, le temple ici n'est pas aussi extraordinaire que celui de ton livre ?

Zhou Min tourna la tête et regarda tout autour de lui, mais au moment où il allait dire quelque chose, Hui Ming, le visage à la fois grave et rayonnant de joie, le coupa :

– Allez, viens, j'ai tout de suite vu que tu n'avais rien d'un ouvrier comme les autres puisque tu aimes la lecture. Si tu veux lire pour te distraire, n'en parlons plus. Mais si tu veux lire pour apprendre, il te faut trouver un excellent professeur.

– Je suis d'accord, mais je ne sais ni qui trouver ni qui accepterait. Guidez-moi !

– Personne ici à Xijing ne te refusera rien avec ton si joli petit minois, le rassura Hui Ming.

Sur-le-champ, elle lui mit par écrit le nom de la personne en question, son adresse exacte ainsi qu'une lettre de recommandation. Zhou Min débordant de joie s'apprêtait à partir immédiatement.

– Une minute, j'ai une autre lettre que je veux que tu lui donnes aussi.

Muni du courrier et des coordonnées, Zhou Min trouva l'homme qu'il cherchait derrière le muret gauche du Temple de l'Immanence. Il s'agissait de Meng Yunfang. Celui-ci, très enthousiaste, le fit asseoir, lui servit du thé, le questionna beaucoup, sur tout, ses lectures, ses écrits, les gens qu'il connaissait.

Zhou Min, qui avait la langue bien pendue, répondit à toutes les questions. Meng Yunfang l'introduisit dans sa bibliothèque où ils parlèrent de longues heures avec grande animation.

Le soir, de retour chez lui, Zhou raconta l'événement à Tang Wan'er.

– Xijing a toujours eu la réputation d'une capitale où il est difficile d'habiter, commenta Tang Wan'er. Depuis notre arrivée dans cette ville nous vivons reclus. Quelle chance nous avons de pouvoir rencontrer ce chercheur, M. Meng. Surtout il ne faut pas te contenter des visites conseillées par Hui Ming, il faut y aller de toi-même, plus souvent.

Zhou Min suivit le conseil de sa femme. Xia Jie, qui s'intéressait beaucoup à lui, lui fit compliment de sa tenue soignée devant son mari à qui elle reprochait son aspect sale et négligé. Après plus d'un mois d'échanges amicaux, Zhou Min se décida à soumettre à la correction de Meng Yunfang les courts essais qu'il venait de rédiger. Meng Yunfang, qui aimait à se poser en professeur, s'engagea dans une grande dissertation allant de la littérature classique chinoise à l'art moderne occidental. Bien décidé à perfectionner son style sous la férule de son professeur, Zhou Min ne cessait d'approuver par des hochements de tête. Plus question de poursuivre son travail épuisant d'ouvrier, il n'en aurait plus le temps. Meng Yunfang, célébrité culturelle reconnue à Xijing, et en rapport avec une foule de gens, pourrait certainement l'introduire à la rédaction d'un journal quelconque pour y effectuer quelques menus travaux. Il aurait ainsi du temps pour lire ou écrire, et, de toute façon, se frotter à des gens instruits ne pouvait être que positif et lui permettre de progresser.

— Tong Guan est un lieu propice à engendrer les génies! déclara en riant Meng Yunfang.

Sans bien comprendre le sens de cette remarque, Zhou Min pria son professeur de ne surtout pas se mettre dans l'embarras. Trouver un travail de nos jours n'était pas chose facile, à plus forte raison à la rédaction d'un journal, sphère réservée à une élite!

— D'après ce que j'ai pu en juger, vous n'êtes pas du genre à dormir sur vos lauriers! reprit Meng Yunfang toujours en riant. Sans me vanter c'est un milieu où je connais tout le monde, et même si les places sont chères, il me suffit d'un mot pour obtenir ce que je veux. Si l'on désire appartenir au monde des lettres et des arts de Xijing, il faut comprendre ce milieu. Qu'en savez-vous?

— Comment pourrais-je en avoir la moindre idée, moi qui ne sais rien? avoua Zhou Min.

— À Xijing il existe un cercle important de gens qui disposent de beaucoup de loisirs. Ils se subdivisent en deux catégories ; les premiers sont des oisifs sociaux, avec ou sans position importante, avec ou sans emploi fixe, mais qui débordent tous de vigueur, d'énergie, d'habileté, sont férus de justice et recherchent avant tout l'efficacité. Ils font du trafic en tout genre, sont d'habiles négociateurs, s'adonnent aux plaisirs de la chair, des femmes et du jeu, mais ne touchent pas à la drogue. Escrocs et menteurs de première, ils trompent, ils dupent, mais jamais ne commettent de vols. Ce sont eux qui créent à Xijing les phénomènes de mode vestimentaires et alimentaires, ce sont eux encore qui stimulent le développement économique de cette ville, ce sont eux aussi qui fréquentent les hautes sphères et qui maîtrisent la pègre. Parmi les représentants de cette catégorie qui sont en même temps des dirigeants occultes, quatre noms s'imposent que l'on appelle habituellement les « Quatre Grandes Crapules ». Ils vous traitent en prince et sont capables de vous donner à manger leur propre chair s'ils vous apprécient, sinon, gare à vous. Ne vous affrontez jamais à ce milieu. Comment vous dépeindre ces gens-là ? Tenez, prenez leur manière de parler ; ils ne parlent pas d'argent mais de fric, ne disent pas des copains, mais des potes, ne fréquentent pas une fille, mais se la font, et si elle est belle, prétendent qu'elle est canon...

Meng Yunfang s'arrêta en voyant naître un sourire sur le visage de Zhou Min :

– Vous ne me croyez peut-être pas ?

– Mais si.

En son for intérieur, Zhou Min songeait à la vie qu'il menait à Tong Guan, et constata que ce phénomène touchait aussi bien les grandes villes que les plus petites, à des degrés différents, mais qu'au moins une unité de langage existait.

– Dans la société actuelle, ajouta-t-il, tout peut arriver, je vous crois.

– Ne parlons plus de cette race, venons-en maintenant à la deuxième catégorie, les oisifs culturels. Ici, à Xijing, tout le monde connaît les Quatre Grandes Crapules, mais la renommée dont jouissent les Quatre Grands Lettrés est bien plus considérable. Et si vous voulez faire partie de ce cercle littéraire et artistique, vous devez savoir qui ils sont. Le premier est un peintre, le grand maître Wang Ximian aujourd'hui âgé de cinquante ans. À l'origine, il travaillait comme sculpteur dans une usine de jade, ne peignant qu'à ses heures perdues. Lorsqu'il est devenu un peintre célèbre, l'Académie des beaux-arts a voulu le récupérer, mais il a préféré les expositions permanentes avec d'autres peintres à la pagode de la Grande Oie. Les touristes étrangers s'y rendent forcément et achètent ses peintures, mais c'est surtout avec ses albums qu'il gagne de l'argent, de tout petits cahiers, qu'il vend plus de cent yuans, et il arrive bien à en placer quatre ou cinq par jour. Comme les bénéfices sont partagés à égalité entre l'administrateur du temple et lui-même, il gagne beaucoup plus d'argent que n'importe quel artiste. Le plus exceptionnel reste son talent de faussaire. Il peut en effet se permettre de copier ou d'imiter n'importe qui avec la perfection la plus absolue, depuis des classiques comme Shi Tao jusqu'à des contemporains comme Zhang Daqian ou Qi Baishi[1]. Il y a deux ans, lorsque les œuvres de Shi Lu prirent de la valeur, il se mit aussitôt au travail et la ressemblance était telle que même ses descendants n'y virent que du feu. C'est un homme riche à qui aucune femme ne résiste. Il explique d'ailleurs ouvertement qu'il ne trouve l'inspiration qu'entouré de superbes créatures. L'été passé, il invita quelques amis, dont je faisais partie, à l'accompagner au mont Wu Tai[2] au sud de Xijing. Il fallait voir l'équipée! Il avait loué quatre taxis, dont un exclusivement rempli de jeunes femmes! Lors d'une baignade dans un torrent, l'une de ses maîtresses perdit une bague en or. Tout le monde se mit à la chercher, mais lui imperturbable déclara: «Elle est perdue, n'en parlons plus», et il sortit de sa poche une énorme liasse de billets, dix mille yuans, une bagatelle pour lui!

Venons-en au deuxième personnage, le célèbre graveur d'enseignes Gong Jingyuan dont les œuvres émaillent toutes les rues de Xijing. Il connaît à l'heure actuelle une popularité encore plus grande que celle de Yu Youren sous le gouvernement nationaliste! Tout comme Wang Ximian il adore s'entourer de belles filles, mais lui ne s'entiche jamais de l'une ou l'autre de ses conquêtes, il préfère s'amuser à l'occasion, se distraire au hasard des rencontres. C'est d'ailleurs pourquoi un nombre incroyable de filles prétendent avoir été ses maîtresses, alors qu'il est incapable de se souvenir de leur nom. Il est avare de ses calligraphies, et si quelqu'un parvient à en obtenir une, elle n'a aucune valeur car il ne la signe jamais de son sceau. Lorsqu'il veut bien apposer son sceau, c'est sa femme qui s'en charge pendant que l'acheteur lui

1. Zhang et Qi sont deux grands peintres chinois du XXe siècle. *(N. d. T.)*
2. L'une des cinq montagnes sacrées du bouddhisme près de la frontière nord-est du Shaanxi. *(N. d. T.)*

règle la somme due : mille cinq cents yuans pour un rouleau, trois mille pour une enseigne. Sa femme gère leur fortune, lui n'a jamais un sou en poche. Mais comme il adore jouer au mah-jong et parier des nuits entières des sommes folles, il s'acquitte de ses dettes en écrivant des épigraphes. Joueur invétéré et célèbre, il a déjà été arrêté trois fois par la Sécurité publique, incarcéré, puis relâché toujours grâce à son talent. Dans la mesure où ses calligraphies sont accrochées dans chaque hôtel de luxe de Xijing, il en est l'invité permanent, consommant ce qu'il veut quand il veut. Bouddha ne serait pas traité avec plus d'égards. À l'Association gastronomique de la capitale, lors de l'examen pour devenir cuisinier, la première question que pose le président est : Maître Gong Jingyuan a-t-il déjà goûté votre cuisine ? Si la réponse est positive, le tour est joué, si la réponse est négative, il vous explique, sans détours, que vous êtes encore très très loin de la moyenne.

Le troisième personnage à connaître est le maestro de l'Orchestre occidental, Yuan Zhifei. Autrefois acteur dans la troupe de l'Opéra du Shaanxi, il a plusieurs cordes à son arc. Il peut tout aussi bien être cracheur de feu que s'affubler de longues dents artificielles pour jouer certain rôle. Lorsque l'Opéra du Shaanxi déclina, que le théâtre ne fit plus recette, il créa l'ensemble de chants et de danses populaires, recrutant les artistes sous contrat. Il engageait ceux que les autres troupes sérieuses n'osaient pas engager, leur faisait chanter les répertoires que les autres n'osaient pas chanter, porter les costumes que personne n'osait porter. Pendant cinq ans, il sillonna avec sa troupe tout le pays de long en large, jouant partout à guichets fermés. Résultat, il fit fortune. Ces dernières années, les chants et les danses à la mode n'ont aucun rapport avec ce qu'ils étaient auparavant. Les orchestres se partagent en deux groupes, l'un part en tournée dans les campagnes, l'autre a ouvert à Xijing quatre boîtes de nuit dont le billet d'entrée coûte trente yuans. Malgré le prix, les gens s'y précipitent comme des fous.

Ces trois artistes fréquentent les oisifs sociaux, parfois complices, parfois ennemis, et s'appuient essentiellement sur la bureaucratie à l'intérieur du pays et sur les étrangers à l'extérieur.

Seul le quatrième personnage mène une vie paisible. Même si sa femme l'a poussé à ouvrir, rue du Musée-de-la-Forêt-des-Stèles, une librairie à l'enseigne du grand poète Li Taibo, il ne manque pas d'argent et d'ailleurs ne l'aime pas beaucoup, il reste chez lui à écrire, aspirant au calme. Or la vie nous réserve souvent des surprises bizarres, et il nous arrive ce que nous ne voulions pour rien au monde. De nos quatre protagonistes, c'est ce dernier dont le succès et la renommée dépassent l'imagination. C'est un de vos compatriotes de Tong Guan.

Zhou Min avait écouté religieusement l'intarissable Meng Yunfang, mais lorsqu'il entendit «un de vos compatriotes de Tong Guan», il intervint aussitôt.

– Ne s'agit-il pas de Zhuang Zhidie ?

– C'est exact, n'avais-je pas mentionné que «Tong Guan est un lieu propice à engendrer les génies» ? Voyant combien vous aimez écrire, j'ai immédiatement fait le rapprochement avec lui. J'étais sûr que vous le connaissiez.

– De nom, depuis longtemps. Une année il est venu à Tong Guan rédiger un rapport sur la littérature. Lorsque je l'ai su, j'ai tout de suite voulu le rencontrer, mais le rapport était déjà terminé. À Tong Guan, si beaucoup de jeunes sont passionnés de littérature, c'est précisément à cause de lui. Je ne le connais hélas qu'en photo.

– Zhuang Zhidie est, des quatre grands maîtres, celui que j'admire le plus mais que je taquine également le plus, poursuivit Meng Yunfang. Il fait partie des sommités du monde littéraire de Xijing et, si vous désirez entrer à la rédaction d'un journal, naturellement je peux vous y aider, mais mon intervention n'aura pas autant de poids que la sienne. Un seul mot de lui est un véritable Sésame. Il vient souvent ici prendre le thé et nous bavardons. Rien n'empêche que vous passiez mercredi ou samedi après-midi, vous aurez sans doute la chance de le voir. Je lui parlerai de vous et il nous donnera son avis sur la question.

Durant plusieurs semaines, Zhou Min vint tous les mercredis et tous les samedis voir Meng Yunfang, toujours tiré à quatre épingles, le cheveu parfaitement coiffé et gominé. Il rencontra des écrivains, des dramaturges, des peintres et des acteurs, mais ne croisa pas l'ombre de Zhuang Zhidie. Zhou Min était découragé que ce projet n'aboutisse pas et, comme il lui fallait vivre, il ne pouvait pas se permettre de perdre son travail de journalier au Temple de la Vacuité Pure.

Ce jour-là, Hui Ming chargea Zhou Min d'aller remettre à Meng Yunfang un message. Les deux hommes se mirent tout naturellement à parler de Zhuang Zhidie en dégustant un thé. Meng Yunfang expliqua qu'il avait appris ce matin même par son gérant, Hong Jiang, en passant à la librairie Li Taibo, que Zhuang Zhidie avait quitté Xijing depuis un certain temps. Fatalement il en voulait à son ami Zhuang : en un an sa renommée grandissante lui avait tourné la tête, ce qui n'avait pas arrangé son caractère et le rendait d'humeur bizarre. Partir si longtemps sans l'avertir ! Zhou Min baissa la tête en soupirant doucement. Meng Yunfang néanmoins brandit un papier et demanda à Zhou Min de se rendre au Bureau de la Culture en quête d'une certaine personne ; si la démarche aboutissait, inutile de contacter qui que ce soit d'autre, cette personne trouverait sans doute une place pour lui à la rédaction de *La Revue de Xijing*. Zhou Min lut la lettre et s'aperçut que Meng Yunfang avait, en effet, écrit à une certaine Jing Xueyin au nom de Zhuang Zhidie. Il questionna Meng Yunfang sur cette personne, mais n'obtint aucune réponse, juste un sourire. Zhou Min, plutôt sceptique, s'acquitta de sa tâche. Le soir même, il revint chez Meng Yunfang qui écrivait dans son bureau, juste vêtu d'un caleçon à grosses fleurs. Il ne bougea pas. Zhou Min s'impatienta. « Professeur Meng, c'est moi, Zhou Min », criait-il en trépignant. Il poussa la porte et se prosterna le front contre terre devant son maître. Meng Yunfang sursauta mais comprit que la requête avait porté ses fruits. Le visage écarlate, Zhou Min releva la tête et cria : «Entre !» Une fille aux grands pieds s'avança, un énorme sac de voyage à la main. Elle en sortit une théière ronde et verte, deux bouteilles de sirop de vitamine C, une boîte de pointes tendres de pousses de bambou, un paquet de lycium venant de Ningxia et une boîte de champignons parfumés.

– Que signifie tout ceci, mon petit Zhou ? Pourquoi ces cadeaux ? s'étonna Meng Yunfang.

– Quels cadeaux ? Vous vous épuisez à travailler par cette chaleur, vous ne prenez ni le temps de manger ni de faire des courses, j'ai fait quelques achats pour vous. Professeur Meng, grâce à votre intervention l'affaire a neuf chances sur dix de réussir.

– Je vous avais bien dit que l'on visait juste en s'adressant à elle. Elle était auparavant rédactrice, c'est une personne très considérée.

Xia Jie de derrière son rideau, dans la pièce voisine où elle dormait, intervint :

– Quel homme distingué vous êtes, monsieur Zhou ! Votre professeur vous écrit une lettre de recommandation, et vous venez aussitôt lui offrir des cadeaux pour le remercier !

– Vous dormiez, madame ? Mais je ne vous ai pas oubliée ! À l'instant je viens de passer par le magasin de jade Lantian où j'ai vu trois magnifiques bracelets, mais tous avaient une petite impureté. Le vendeur m'a promis, dès qu'il en recevrait un sans la moindre imperfection, de me le mettre de côté. J'ose espérer qu'il vous plaira !

– Vous êtes vraiment un homme extraordinaire qui rend en double ce qu'il vient de gagner ! répondit la jeune femme.

Zhou Min avait le visage radieux. Meng Yunfang déboucha la bouteille de vitamine C, s'en servit un petit verre ainsi qu'à Zhou Min. Mais au moment où il s'apprêtait à en remplir un pour sa femme et à le lui porter, Zhou Min refusa le sien, il le donnerait à l'épouse de son hôte.

– Celui qui franchit ma porte est considéré comme mon ami !

Meng apporta donc à son épouse un petit verre de vitamine C. Zhou Min s'asseyait lorsque la portière bougea. La jeune vendeuse de la boutique Lantian lui fit signe de venir. Zhou Min sortit dans la cour et lui demanda à voix basse la raison de sa venue.

– L'argent ? dit-elle.

– L'argent ! Mais je t'ai déjà réglé.

– Vous avez payé pour le bracelet, pas pour ma course, et c'est pas à côté !

– Voilà dix centimes !

La fille trouva que c'était trop peu, elle ne travaillait pas pour rien. Zhou Min sortit son porte-monnaie et lui montra qu'il ne lui restait plus le moindre sou. Folle furieuse, elle disparut en l'injuriant.

Zhou Min retourna auprès de son professeur, souriant.

– Mon Dieu, que cette Mme Jing a l'air distingué ! Elle est fort impressionnante, lorsque je l'ai vue j'ai failli manquer de courage pour lui remettre la lettre, je tremblais de tous mes membres. Elle me conduisit tout d'abord à la rédaction pour me présenter au rédacteur en chef, puis au directeur du Bureau de la Culture. Le premier déclara que dans trois jours la décision serait prise. Quel talent a cette femme !

– Et vous ne savez pas tout, renchérit Meng Yunfang. Bien que Mme Jing n'occupe qu'un poste de dirigeante au Bureau de la Culture, à part le directeur, tout le monde, de ses supérieurs aux sous-fifres les plus bas, s'incline devant elle. Vous allez être sidéré en apprenant que l'actuel vice-secrétaire aux Affaires culturelles au niveau de la province n'est autre qu'un ancien subordonné de son père et que l'actuel directeur du Département de la propagande est l'ancien secrétaire particulier de son père. Dire que ces vieillards ont réussi à se faire muter comme fonctionnaires du Shaanxi au Shanxi ! Ils ont beau avoir quitté la province, le vieil adage qui veut que la puissance du tigre rayonne encore même lorsqu'il a abandonné son repaire reste vrai !

– Je sais, je sais, déclara Zhou Min, Jing Xueyin n'aurait-elle pas eu autrefois une liaison avec le professeur Zhuang ?

– Comment le savez-vous ?

– Zhuang Zhidie est né à Tong Guan qui ne se prive pas pour colporter les anecdotes savoureuses sur son compte. Au début j'ai pensé que toutes ces histoires n'étaient que des racontars, sans imaginer un seul instant qu'au contraire, tout n'était que vérité ! Lorsqu'elle a vu la lettre, elle s'est écriée : « Mais pour qui se prend Zhuang Zhidie pour se permettre de m'envoyer un mot par un intermédiaire ! »

– Qu'avez-vous répondu ? demanda Meng Yunfang.

– Je lui ai expliqué que le professeur Zhuang se consacrait actuellement à la rédaction d'un long roman, qu'il viendrait la voir plus tard. À quoi bon, a-t-elle ajouté, je suis vieille et laide.

Zhou Min sourit et termina son récit :

– Professeur Meng, tout s'est très bien passé, néanmoins je crains que le professeur Zhuang ne nous en veuille s'il découvre le pot aux roses.

– C'est pour ça que je suis en train d'écrire un article sur son roman.

Zhou Min se confondit en remerciements, puis ils poursuivirent leur causerie et il ne partit que lorsque les douze coups de l'horloge eurent sonné.

*

Tang Wan'er qui n'avait pas vu Zhou Min de la journée pensa qu'il avait dû faire des démarches pour son travail. Elle lui tint son dîner au chaud, se lava à l'eau tiède, se rinça la bouche, passa une culotte et un soutien-gorge dernier cri parfumé avec abondance, fin prête pour le réconforter lorsqu'il rentrerait. Mais comme Zhou Min tardait, elle s'allongea sur son lit pour lire. Lorsque à minuit des pas résonnèrent dans la cour, elle se cacha le visage avec son livre et fit semblant de dormir. Zhou Min frappa puis ouvrit la porte qui n'était pas verrouillée. Il entra et, comme la lampe de chevet était restée allumée, il vit que sa femme dormait. Il retira avec douceur le livre, elle ne bougea pas. Il la regarda endormie et ne put s'empêcher de se pencher pour l'embrasser sur la bouche. Elle lui mordit aussi sec la langue qu'il avait allongée. Mort de peur, il sursauta.

— Tu ne dormais pas! dit-il. Tu es à moitié nue et la porte n'est même pas fermée!

— J'espérais la visite d'un violeur! rétorqua-t-elle.

— Ne dis pas de bêtises, est-ce pour toi insurmontable une journée sans homme?

— Tu sais pertinemment que tu n'as pas été là de la journée!

Zhou Min lui raconta en détail son aventure et la quasi-certitude de réussir. Sa femme jubilait. Elle se leva pour lui apporter son dîner et le regarda dévorer. Son repas avalé, le bol sale resta sur la table; en revanche, elle remplit une bassine d'eau qu'elle porta à son mari pour qu'il se lave. Ils éteignirent la lumière et se jetèrent sur le lit pour une partie de plaisir.

Ici l'auteur autocensure trois cent treize caractères.

— Comment est-elle, cette Jing Xueyin qui a eu la chance de coucher avec Zhuang Zhidie? demanda la jeune femme.

— Sa peau n'est pas aussi diaphane que la tienne, son visage est couvert de rides et ses pieds sont laids, mais elle est d'une énergie redoutable et d'une volonté implacable, elle donne à la fois l'impression d'être sérieuse tout en faisant mine de ne pas l'être. Elle adore plaisanter avec les hommes, répondit Zhou Min.

— Quelle est la femme qui reste indifférente aux hommes! s'exclama Tang Wan'er.

— Meng Yunfang prétend que les hommes l'estiment, mais pas les femmes; d'ailleurs elle n'a aucune amie de son sexe.

– Je vois. C'est le genre de femme qui adore être chouchoutée par les hommes et qui à force se prend vraiment pour quelqu'un. Si elle n'était rien, ils la trouveraient ennuyeuse, mais comme elle appartient à la haute société, elle peut tout se permettre. Comme le dit le proverbe, quand les loups sont nombreux ils ne mangent jamais le bébé, c'est dans les circonstances les plus dangereuses que l'on est le mieux protégé.

– Espèce de sorcière, tu sais toujours tout ! Mais Tong Guan n'a rien à voir avec Xijing, qui est une capitale. Si cette personne était comme tu le prétends, la recommandation du professeur Zhuang ne servirait à rien !

– C'est précisément ça que je ne comprends pas. Mais je suis bien persuadé qu'elle est intouchable et que, si les autres se sacrifient pour elle, la réciproque ne doit pas être vraie. Puisque Meng accepte de t'aider, rends-toi plus souvent chez lui pour éviter que ce Zhuang n'entre dans une colère terrible lorsqu'il apprendra que vous vous êtes servis de son nom.

Zhou Min lui raconta également l'histoire du bracelet de jade, expliquant qu'il avait décidé de donner à Xia Jie l'un de ses bracelets, un seul. Elle garda le silence un long moment, lui n'osait plus rien dire, il monta sur elle pour embrasser son corps, mais elle le repoussa :

– Tu lui donnes ce que tu m'as offert. C'est une fille dans le vent, sans doute très bien physiquement, un jour ou l'autre je suis bien persuadée qu'elle sera à toi.

– N'importe quoi ! Elle s'habille toujours très à la mode, mais ses traits sont grossiers et sa peau sombre. Le prix de ce bijou est ridicule comparé à la possibilité qu'il m'offre de travailler à la rédaction d'un journal ou de trouver un emploi qui correspond à ce que je recherche. Nous pourrons rester à Xijing aussi longtemps que nous le voudrons. À toi de soupeser le pour et le contre. Si tu ne veux pas, demain j'irai en acheter un.

– C'est bon, soupira la jeune femme en retirant

40

son bracelet qu'elle posa sur l'oreiller, avant de se tourner pour s'endormir.

*

Trois jours plus tard, Zhou Min offrit le bracelet à Xia Jie. Meng Yunfang n'était pas là, ils se mirent alors à parler de ce travail à la rédaction de la revue et Zhou Min lui avoua ses craintes.

– On donne l'aumône à un moine parce qu'il représente Bouddha. Vu ses sentiments pour Zhuang Zhidie, Jing Xueyin fera tout ce qu'elle pourra, lui assura Xia Jie.

Zhou Min se souvint des paroles de sa femme, aussi demanda-t-il en souriant :

– Quels étaient les rapports exacts entre elle et le professeur Zhuang ? Ils ne se sont pourtant jamais mariés !

– Maintenant Zhuang Zhidie est un grand écrivain, en ce temps-là il n'était encore rien du tout ! L'amour est une chose bizarre ; les couples mariés ne s'aiment pas nécessairement, en revanche qui dit amour ne dit pas forcément mariage.

Puis elle s'étendit sur la liaison de Zhuang Zhidie avec Jing Xueyin.

Le soir, de retour chez lui, Zhou Min rapporta à son épouse toutes les histoires que Xia Jie lui avait racontées, ce qui l'excita. Elle le supplia de continuer, de lui donner davantage de détails, le pressa tant qu'il finit par dire n'importe quoi :

– Nous couchons ensemble, et pourtant tu ne t'intéresses qu'aux histoires des autres. Tu aimerais sans doute être à la place de Jing Xueyin ?

– Je m'imagine plutôt que tu es Zhuang Zhidie !

Zhou Min s'étrangla, tout son entrain disparut, il resta les jambes nues un bon moment et finit par les remettre dans son pantalon.

En effet, quelques jours plus tard la rédaction de la revue l'informait qu'elle le prenait comme factotum. Zhou Min n'en croyait pas ses oreilles. Il se confondit en remerciements auprès de tous les collaborateurs de la rédaction en leur offrant des cadeaux. Chaque jour, il commençait très tôt et finissait tard le soir. Il courait à l'imprimerie, portait les articles, nettoyait le sol, apportait l'eau ; il cherchait à satisfaire tout le monde. Comme il était remarquablement astucieux, dès qu'il avait une minute, il lisait des articles ou des manuscrits pour en prendre de la graine. Un jour, il donna au rédacteur en chef un essai rédigé par ses soins ; Zhong Weixian resta interloqué : « Vous écrivez aussi ! » L'article ne fut pas publié, mais Zhou Min avait fait ses preuves. Dès lors, il avait une raison d'être. Il n'allait plus sur le haut de la muraille jouer de son ocarina, mais consacrait son temps à lire les œuvres de Zhuang Zhidie, à connaître sa vie dans les moindres détails. Il en faisait ensuite de longs récits à sa femme qui se délectait.

Tang Wan'er s'activait pour étendre la pâte qui allait devenir des nouilles. À chaque mouvement son abondante poitrine ballottait.

– Si vraiment tu es capable d'écrire, pourquoi ne pas faire un papier sur Zhuang Zhidie ? Tu pourrais rédiger un article avec toutes les histoires qui circulent à Tong Guan et celles que tu connais aussi sur sa vie, ici, à Xijing pour le publier dans *La Revue de Xijing*. Avec un tel sujet – la vie d'un homme célèbre – le nombre des ventes augmentera, ce qui sera sans aucun doute une très bonne chose pour te faire un peu connaître. Par ton intermédiaire sa cote de popularité s'élargira, si cela lui plaît, il t'en sera reconnaissant ; s'il n'est pas content, il ne pourra pas te tenir rigueur du fait que tu te sois servi de son nom pour entrer à la rédaction de la revue.

L'argumentation de Tang Wan'er le séduisit. Il lui retira aussitôt son rouleau à pâtisserie des mains et, sans lui laisser le temps de se les laver, ils se précipitèrent dans leur chambre pour quelques ébats amoureux.

Zhou Min écrivit en effet un article de trente mille caractères sur Zhuang Zhidie. Bien qu'il ne l'eût jamais rencontré, il affirma, catégorique, qu'il était son ami intime, il raconta les différentes étapes de sa vie, son parcours d'écrivain, ainsi que toutes les maîtresses qu'il s'était offertes jusqu'à présent. Naturellement, la partie la plus riche en détails concernait ses relations avec Jing Xueyin, dont il ne dévoilait cependant pas le vrai nom. M. Zhong, le rédacteur en chef, très enthousiaste après lecture, décida de le publier ce mois-ci. Zhou Min se rendit plusieurs fois chez Meng Yunfang, attendant la parution imminente de son article, mais celui-ci était absent pour quelques jours. Il accompagnait le Grand Maître de la Sagesse au Temple de la Porte de la Loi. Xia Jie lui apprit néanmoins que Zhuang était de retour, qu'il lui avait téléphoné la veille et qu'il ne voyait aucun inconvénient à le rencontrer.

Très impatient, Zhou Min sauta dans un taxi pour se rendre avenue du Nord à la résidence de l'Association des écrivains. Taxi qu'il abandonna à mi-chemin, préférant poursuivre à pied pour se détendre. À l'arrivée, il ne put dominer sa nervosité en voyant tous les gens réunis là. Il s'accroupit dans un coin et observa. Devant la petite porte en fer, une femme tenait au bout d'une corde une vache laitière à la peau marbrée. Elle discutait avec les autres tout en plaçant des tasses en porcelaine sous le ventre de l'animal avant de le traire. Dans la cour, un homme de petite taille, le cheveu en bataille, traînait les pieds, vêtu d'un T-shirt noir couvert de lettres jaunes. La vache se mit à beugler et les gens s'exclamèrent en riant : « La vache vous réclame ! »

– Elle m'appelle, car elle craint que vous ne consommiez son lait jusqu'à la dernière goutte, c'est moi qui ai suggéré de l'amener en ville pour y vendre son lait, mais c'est toujours vous qui buvez la première traite.

– Depuis un mois qu'elle ne vous a pas vu, pas moyen de la faire avancer, et son lait se tarit. Aujourd'hui, quand j'ai vu qu'elle venait ici sans se faire prier, j'ai trouvé ça bizarre ; « Est-ce que le monsieur

43

ne serait pas de retour par hasard ? » me suis-je dit, et c'est bien vrai ! Mon Dieu, comme vous avez maigri !

– Sans lait, cela n'a rien d'étonnant.

– Vous avez maigri, et pourtant vous avez pris du ventre !

L'homme sourit en tapotant sa confortable bedaine, puis il s'allongea sous la vache et plaça le pis dans sa bouche pour le téter. Zhou Min trouva le spectacle drôle : tous ces gens de lettres étaient pour le moins curieux, et le plus cocasse était de les regarder avaler le lait cru, là, dehors sitôt tiré ! Avait-on jamais vu sucer directement le pis d'une vache !

– Demandez-lui d'où il vient et vous comprendrez pourquoi il a pris du ventre ! s'écria quelqu'un parmi l'assistance.

– Où êtes-vous allé festoyer ? Où avez-vous tenu séance ? Faites-vous partie, comme le rapporte la comptine populaire, de la huitième classe, celle qui vit de propagande et qui ne cherche qu'à s'en mettre plein la panse ? demanda la marchande de lait.

– Regardez les inscriptions que porte son T-shirt, intervint un troisième, et vous comprendrez le volume de son ventre ; « Bière Hans » sur la poitrine, « Hans Bière » sur le dos.

Un bruit sourd se fit sous le ventre de la bête : l'homme pouffa de rire ; des gouttes de lait perlaient à son menton et le long de son cou. Repu, il paya, plaisanta puis rentra chez lui. La femme s'aperçut qu'il lui avait donné trop d'argent, voulut lui rendre, mais l'un des badauds trancha :

– Il en a peut-être bu beaucoup en suçant directement le pis, nous autres nous achetons le lait une fois tiré, il est normal que ce soit plus cher pour lui.

Zhou Min regarda la marchande de lait s'éloigner et les acheteurs se disperser avant de se relever. La vieille gardienne de cette résidence sortit pour fermer la porte de fer devant laquelle un cycliste s'arrêta. La vieille lui barra le passage :

– Qu'est-ce que vous faites ici ? demanda-t-elle.

– Je cherche Wang An! Un compositeur qui habite le bâtiment de derrière.

– Qui êtes-vous?

– Vous voulez vérifier mon *hukou*[1]? demanda l'homme.

– Et alors! rétorqua avec virulence la vieille femme. Le pays a ses lois, la famille ses règles, je suis gardienne de cette résidence, c'est à moi de le faire.

– Bon, bon, mon nom est Liu, je travaille au musée de la Culture à la pagode de l'Oie, je…

– Je m'en moque pas mal, rétorqua la vieille, je l'appelle.

Elle se tourna face au micro placé dans la cour, souffla une ou deux fois dessus avant de hurler:

– Professeur Wang An, descendez, quelqu'un vous demande! Professeur Wang An, descendez, quelqu'un vous demande!

Ses cris résonnaient dans la cour. Au troisième appel, elle tourna la tête vers le visiteur: «Il n'est pas là, revenez un autre jour.» Elle s'adressa ensuite à Zhou Min pour savoir ce qu'il voulait. Il allait lui avouer la raison de sa visite quand brusquement il se ravisa. Cette manière de crier lui rappelait la voix de crécelle des tenancières dans les maisons closes d'autrefois. Si elle s'y prenait de la sorte pour demander à Zhuang Zhidie de descendre accueillir son hôte, il ne saurait ni comment se présenter ni quoi dire, là, debout devant la porte. Il s'en retourna chez Meng Yunfang qui, par chance, venait de rentrer. Meng Yunfang lui proposa de l'accompagner de nouveau chez le professeur Zhuang, mais sous le coup de l'émotion Zhou Min pensa que le mieux était d'attendre que Zhuang ait lu l'article une fois paru dans la revue pour en parler avec lui.

1. Certificat d'identité qui légalise l'existence d'une personne. Ce système de registre des familles et des individus mis en place en 374 avant J.-C. fut repris par les communistes dès leur arrivée au pouvoir en 1949. Il joue un rôle crucial dans la vie quotidienne. C'est un moyen strict de contrôle des déplacements de la population. *(N. d. T.)*

À son retour chez lui, sa femme l'injuria :

– Toi qui prétends être à la recherche d'un nouveau monde, tu n'es qu'un pauvre imbécile ! Zhuang Zhidie est revenu et tu ne manifestes aucune hâte à le rencontrer ! Tu préfères sans doute que Jing Xueyin lui révèle toute l'affaire et qu'il entre dans une colère noire ?

De regret, Zhou Min se frappait la tête.

– Pourquoi ne pas organiser un banquet en son honneur ? proposa Tang Wan'er.

– Acceptera-t-il ?

– Nous passerons par le professeur Meng pour transmettre l'invitation.

Zhou Min se précipita donc chez Meng Yunfang qui transmit l'invitation à Zhuang Zhidie qui accepta. Zhou Min et Tang Wan'er explosèrent de joie et entreprirent d'organiser les festivités prévues pour le 13 juillet.

*

Le 13 au matin, aussitôt levé, Zhou Min s'activa dans la cuisine. Comme leur installation s'avérait précaire et leur batterie de cuisine sommaire, il se rendit dans un restaurant proche où il loua de la vaisselle : trois bols, dix plats, cinq petites assiettes, une étuve pour la cuisson des aliments à la vapeur et une marmite en argile. Lorsqu'il revint, sa femme nettoyait la maison et disposait un peu partout les œuvres choisies de Zhuang Zhidie.

– Je vais me préparer, annonça-t-elle, ne compte plus sur moi.

Zhou commençait à vider un poisson lorsque soudain elle apparut dans une longue robe rouge, lui demandant ce qu'il en pensait ; cinq minutes plus tard, elle revenait portant une robe noire, courte. Elle passa en revue toute sa garde-robe, hésitant sur la paire de chaussures, les bijoux, les collants qu'elle allait mettre.

– Un rien t'habille ! déclara son mari, mets ce que

tu veux, tu seras très bien! M. Zhuang est un écrivain, un homme sérieux, qui en plus te voit pour la première fois, le plus simple sera le mieux.

Elle tira de l'amas de vêtements entassés sur le canapé une robe jaune, l'enfila, puis face à son miroir se maquilla légèrement. Meng Yunfang et son épouse arrivèrent à ce moment-là avec une bouteille de vin d'osmanthe et une boîte d'abricots.

– Pourquoi avoir apporté tout ceci? demanda Zhou Min.

– Le vin est un cadeau pour votre épouse, déclara Xia Jie en pointant du doigt le front de Zhou Min, les abricots pour le professeur Zhuang, il adore ça, je craignais que vous ne connaissiez pas ses petites habitudes. Où est Tang Wan'er que je voie un peu à quoi ressemble cette jeune personne?

– Voici la jeune personne, jugez vous-même! La découverte ne vous enchante peut-être pas!

– Voyons, un peu de respect, Wan'er, pour la femme du professeur Meng! demanda Zhou Min.

– Restons simples, je ne mérite pas autant de considération!

Les présentations faites, les deux femmes se mirent à bavarder, à s'extasier sur leur élégance et leur jeunesse respective, à aborder des sujets typiquement féminins, la marque de leur produit de beauté, la mise en valeur de leur poitrine...

– Zhou, occupe-toi de nos invités, dit Tang Wan'er en prenant l'échiquier, nous montons Xia et moi jouer sur la terrasse.

En effet, trois jours auparavant les propriétaires étaient partis en famille, fermant le trois-pièces à l'étage. Elles s'installèrent dans un petit kiosque en bois aménagé sur la terrasse, meublé d'une table de pierre et de quatre tabourets de pierre en forme de tambour. Tout en jouant aux échecs, elles bavardaient et jetaient de temps à autre des regards furtifs vers la rue. Zhou Min, après avoir préparé du thé, des bonbons, des graines de pastèques et des pêches, monta les rejoindre.

– Dites-moi, Zhou Min, ce que vous nous avez mijoté de bon ? s'enquit Xia Jie.

– Il faudra vous accommoder de peu, d'une part le repas est simple, d'autre part je ne suis pas un excellent cuisinier, je voulais juste vous exprimer ma gratitude.

Xia Jie s'adressa alors à son mari :

– Mets aussi un peu la main à la pâte, aide nos amis ! Aujourd'hui tu n'es plus le professeur ! Ne reste pas là à te tourner les pouces en buvant du thé !

– À la maison je me charge de la cuisine, invité chez les autres aussi ? Qu'est-ce qui m'arrive aujourd'hui ? Parce que Maître Zhuang est parmi nous, je ne suis plus rien ?

Tout en parlant Meng Yunfang se leva tout de même et alla se laver les mains. Les deux femmes se jetèrent un regard complice et pouffèrent de rire.

Il avait été convenu que Zhuang Zhidie arriverait à dix heures, il était déjà dix heures dix et toujours personne. Lorsque Meng Yunfang eut découpé la viande en fines lamelles, fait frire les croquettes, macérer les oreilles de Juda, passé le poisson dans l'huile, et fait mijoter la tortue molle dans la marmite en argile, il décida d'aller à la rencontre du professeur :

– Je vais faire un tour à l'angle de la rue voir s'il arrive. Étonnant qu'il ne trouve pas, avec les indications précises que je lui ai données.

Au carrefour, les passants n'étaient pas très nombreux. Il attendit un moment puis s'engouffra, d'un pas pressé, dans une ruelle qui le menait au Temple de la Vacuité Pure.

La porte principale était fermée, il la poussa et entra. Il expliqua à une vieille bonzesse, surprise de sa présence, qu'il désirait voir Hui Ming. Elle le conduisit dans la grande salle du temple dont la fraîcheur le soulagea tandis que le contraste entre sa pénombre et la lumière vive du dehors l'aveuglait. Il s'aperçut soudain que quelqu'un dormait sur un lit, dans un coin, à l'abri d'une moustiquaire en nylon. Meng Yunfang gêné s'apprêtait à sortir. Mais le dormeur se réveilla et l'interpella. Meng Yunfang se tourna et découvrit Hui Ming assise, le col de son vêtement déboutonné, les pommettes vermeilles, encore plus belle que d'habitude. Elle écarta la moustiquaire, mais resta blottie sur son lit.

– Allons, viens t'asseoir près de moi puisque tu es là ! lui dit-elle.

Il avala sa salive.

– Je suis invité à déjeuner.

– Je sais bien que tu ne resteras pas longtemps.

Elle tourna la tête et ordonna à la vieille nonne d'aller vaquer à ses occupations. Celle-ci esquissa un sourire avant de tirer la porte derrière elle.

Une demi-heure plus tard, Meng Yunfang quittait le temple et reprenait la rue à petites foulées jusqu'au carrefour où il remarqua, en levant la tête, une moto de la marque Mulan, arrêtée là. L'engin lui disait quelque chose, avec son guidon écaillé ; sur le porte-bagages était ficelée une brique de taille surprenante. Il s'approcha et aperçut Zhuang Zhidie debout devant l'étal d'un vieux bouquiniste.

– Eh, vieux Meng, viens voir, c'est très drôle !

Zhuang Zhidie venait juste de découvrir un vieux recueil, intitulé *Œuvres choisies* de Zhuang Zhidie, avec une dédicace de l'auteur sur la page de garde suivie de la date : « À Monsieur Gao Wenxing, en attendant ses critiques, de la part de Zhuang Zhidie. » Meng Yunfang, fou furieux, pesta :

– Il aurait pu au moins arracher la première page ! C'est invraisemblable d'attacher si peu de valeur à ton œuvre !

– Sais-tu qui est ce monsieur ? demanda Zhuang Zhidie.

Meng Yunfang ne voyait pas.

– C'est un ami de Zhao Jingwu. Le jour où il m'a rencontré, il s'est prétendu un de mes fervents admirateurs et a insisté pour que je lui offre.

Zhuang Zhidie l'acheta sans marchander puis ajouta ces quelques mots : « Offert pour la seconde fois à Monsieur Gao Wenxing par Zhuang Zhidie. En attendant toujours ses critiques. Marché aux livres », suivi de la date du jour.

– Il ne me reste plus qu'à lui envoyer, dit Zhuang Zhidie.

– Tu veux qu'il se pende de honte !

En route, Meng confia à Zhuang, qui poussait sa moto, que Zhou Min l'attendait avec impatience. Pourquoi arrivait-il si tard ? Zhuang expliqua qu'en passant près de la muraille est il avait remarqué, au pied, tout un tas de vieilles briques cassées et qu'en farfouillant il avait trouvé ce morceau de mur qui datait de l'époque Han. Une pure merveille, quasiment introuvable !

– Nous sommes tout près du Temple de la Vacuité Pure, y es-tu déjà allé ? demanda Zhuang.

– Qu'irais-je faire là-bas ? répondit Meng, le visage cramoisi. Rentrons vite.

Zhuang le laissa rentrer seul car il voulait d'abord passer par la poste expédier le livre.

De retour, Meng annonça l'arrivée imminente du professeur Zhuang, puis il s'affaira dans la cuisine à faire frire les légumes. Le voyant s'activer, Tang Wan'er qui descendait demanda à voix basse à Zhou Min comment il trouvait sa coiffure. Il lui conseilla de glisser derrière ses oreilles ses mèches folles.

La jeune femme remonta. On entendit alors un ronflement devant la porte.

– Le voilà ! cria Meng Yunfang de la cuisine.

Zhou Min se précipita aussitôt dehors. Tang Wan'er vit un petit homme maigre descendre d'une vieille mobylette Mulan arrêtée devant l'entrée. Il portait une veste en grosse toile de couleur rouille, un pantalon gris et des chaussures poussiéreuses, défraîchies et de mauvaise qualité, sans chaussettes. C'était donc Zhuang Zhidie, ce petit bonhomme perché sur une mobylette de femme, dont la renommée faisait trembler ciel et terre ! Elle entendit Meng Yunfang présenter Zhou Min au professeur, qui, après lui avoir serré poliment la main, le félicita pour ses cheveux gominés. Il s'extasia de la tranquillité des lieux, jugea merveilleux d'y trouver encore une cour, puis tomba en arrêt devant le poirier et le pied de vigne qui grimpait le long du mur.

– Moi qui vis dans un immeuble moderne, je me sens prisonnier comme l'oiseau en cage! La terre me manque!

Tang Wan'er le trouva à la fois excentrique et amusant. Ses craintes s'apaisèrent. Elle attendit pour descendre que son mari l'appelât. Elle se précipita aussitôt dans les escaliers tête baissée et sa barrette en ivoire du Yunnan tomba et se brisa juste aux pieds du professeur Zhuang. Elle se hâta de renouer ses longs cheveux défaits tout en descendant l'escalier. Lorsqu'elle arriva dans la cour, son chignon était parfait.

Xia Jie, la quarantaine bien passée, portait une robe rouge vermillon qui découvrait un mollet nu, grassouillet et proéminent, et son visage bien que poudré avec excès paraissait sale. Tang Wan'er, qui n'avait guère plus de vingt-cinq ou vingt-six ans, avait choisi une longue robe jaune pâle qui moulait son corps et le flattait. Son visage à la peau diaphane était très expressif avec ses fins sourcils légèrement arqués. Son cou long et mince mettait en valeur le collier qu'elle portait. Zhuang Zhidie resta songeur: il avait appris par Meng Yunfang que Zhou Min avait tout abandonné pour venir vivre avec cette femme à Xijing.

Lorsque Tang Wan'er s'aperçut que Zhuang Zhidie la regardait, elle lui sourit: «Je suis confuse!» dit-elle en levant néanmoins la tête et en lui tendant la main avec naturel.

– Professeur Zhuang, quel bonheur de vous recevoir chez nous, à l'instant je croyais encore que vous ne viendriez pas, poursuivit-elle.

– Et pourquoi donc? s'empressa de répliquer Zhuang, comment pourrais-je ne pas rendre visite à des compatriotes!

– Vous parlez toujours avec l'accent de Tong Guan, professeur?

– Ah bon!

– Tous ceux qui viennent à Xijing, ne serait-ce que quelques jours, perdent leur accent ; je pensais que vous seriez un adepte de la langue nationale !

– Le président Mao ne s'y est jamais mis, moi non plus !

La réponse du professeur déclencha l'hilarité générale.

– Rentrons, proposa Zhou Min, la chaleur est étouffante dans la cour.

Il proposa ensuite du thé et des cigarettes, s'excusant de l'étroitesse et de l'inconfort de la pièce.

– Zhou, assez de cette politesse excessive. Apporte les plats avec Meng, je m'occupe du professeur Zhuang.

Ils se dirigèrent vers la cuisine tandis que Tang Wan'er pulvérisait du parfum au jasmin devant le ventilateur en marche.

– Zhidie, venez, asseyez-vous près de Wan'er, dit Xia Jie. Nos amis espéraient vous rencontrer depuis si longtemps !

– C'est trop d'honneur, madame ! répondit en souriant le professeur. Qu'avez-vous fait ces derniers temps, avez-vous un projet de nouvelle chorégraphie ?

– J'aimerais justement votre avis à ce sujet, dit Xia Jie. Le maire m'a chargée de cette tâche, mais il n'est pas d'accord avec mon choix, ce qui me préoccupe beaucoup.

– Vous avez votre époux pour vous conseiller, pourquoi me demander ?

– Il n'est d'aucun secours, complique tout, donne son avis et sur les danses traditionnelles chinoises et sur les danses modernes occidentales, se mêle à tout propos de la mise en scène, ce qui irrite les comédiens. En revanche, j'ai tout à fait confiance en votre façon de voir.

– Quels sont vos thèmes ?

– Le premier s'intitule «Faire tomber les jujubes amers», le second «Prise de bec dans un couple», le troisième «Puiser de l'eau». C'est l'histoire d'un coup de foudre entre un homme et une femme qui se rencontrent près d'un puits. Ils s'aiment, se marient, se querellent. Ensuite elle tombe enceinte et veut manger des jujubes amers.

– Ce n'est pas mal! déclara Zhuang Zhidie.

– N'est-ce pas! En revanche la gestuelle laisse à désirer.

– Avez-vous vu cet opéra de Chen Cuncai, originaire de Tong Guan, *Accrocher la peinture*? demanda Zhuang Zhidie.

– Moi je l'ai vu, intervint Tang Wan'er. Un vieillard de soixante ans porte de petites chaussures. Il peut se jucher d'un bond sur le dossier de son fauteuil, saisir au passage un œuf en papier, le jeter en l'air puis le faire rebondir avec la pointe de son pied avant que l'œuf ne tombe! Avant la libération de 49, Chen était très en vogue!

– Le théâtre et la danse sont deux choses totalement différentes, trancha Xia Jie.

Tang Wan'er rougit. Elle se lova dans le canapé et se tut.

– Vous pourriez reprendre cette idée de saut qui me paraît remarquable. Pourquoi l'actrice ne sauterait-elle pas d'un seau à l'autre lorsqu'elle se trouvera à côté du puits? suggéra Zhuang Zhidie.

– Excellente idée, répondit Xia Jie après un instant de réflexion. Pour exprimer sa joie et aussi pour mettre en évidence ses chaussures neuves, elle fera quelques pas sur le rebord de chaque seau.

Elle demanda à Tang Wan'er de lui passer une feuille de papier pour que Zhuang Zhidie lui fasse un croquis. Tang Wan'er qui ne trouvait rien à dire leur servit du thé et sortit dans la cour.

Zhuang Zhidie développa son idée, puis sous prétexte d'aller aux toilettes rejoignit les autres dans la cour. Tang Wan'er assise au pied de la vigne s'ennuyait. Lorsqu'elle vit le professeur, elle esquissa aussitôt un sourire.

– Rien qu'à votre accent je devine que vous êtes originaire du village de Dongxiang près de Tong Guan, n'est-ce pas?

– Vous avez l'oreille fine, professeur, connaissez-vous l'endroit ?

– Leur viande sautée avec du soja est un pur régal !

– C'est exact, professeur. Lorsque j'ai su que vous veniez, j'ai proposé à Zhou Min de faire cette spécialité, mais il a ri, prétendant que tout le monde ne l'aime pas.

– Pourtant c'est un plat extraordinaire ! s'exclama le professeur Zhuang en fixant la jeune femme qui baissa les paupières.

Zhuang partit ensuite dans un long monologue sur le raisin de la treille, sur le fait qu'à cette saison il était encore vert, puis s'avança prêt à cueillir une grappe, mais il se ravisa. Tang Wan'er grimpa alors sur un tabouret pour cueillir une grappe, mais comme la vigne était haut perchée, elle se dressa de tout son poids sur la pointe d'un pied, l'autre se balançant dans le vide, le corps arc-bouté ; sa manche glissa le long de son bras droit levé dévoilant sa pâle nudité. Zhou Min qui sortait de la cuisine, des plats à la main, s'étonna :

– Pourquoi donner à manger au professeur ces raisins verts qui vont lui gâter le palais ?

Zhuang Zhidie se hâta de gagner les toilettes en souriant.

Il se lava les mains puis vint s'asseoir avec les autres convives ; des bouteilles ouvertes et trois plats froids trônaient sur la table. Xia Jie buvait le vin d'osmanthe qu'elle avait apporté, Meng Yunfang le jus d'amande, quant à Zhou Min il prit à deux mains sa tasse remplie d'eau-de-vie de sorgho et porta un toast au professeur Zhuang :

– Professeur, vous êtes une célébrité ici à Xijing, qui plus est notre fierté régionale, je n'oublierai jamais que, grâce à votre faveur, votre humble serviteur a pu entrer au service de la rédaction de *La Revue de Xijing*. Aujourd'hui je voudrais que vous me pardonniez ce moyen peu orthodoxe que j'ai utilisé pour m'introduire à ce poste, à savoir l'usurpation de votre nom. Si vous lisez mon article, vous risquez de sourire.

– L'affaire est réglée, n'en parlons plus, trancha le professeur Zhuang, je n'ai de toute façon pas lu votre papier. Autrefois, lorsqu'un journaliste rédigeait un papier sur moi, il me le soumettait et il m'arrivait de refuser qu'il soit publié, mais finalement il passait outre et le publiait quand même. Les journalistes ont toujours le désir de publier, voilà pourquoi je ne lis plus jamais leurs papiers.

– Quelle générosité, professeur, je m'y attendais si peu! Trinquons ensemble! reprit Zhou Min.

Zhuang Zhidie accepta. Il leva la tête et avala son vin.

– Tu ne bois plus, vieux Meng? s'inquiéta Zhuang Zhidie.

– Plus une goutte d'alcool.

– À quoi bon! dit Zhuang. Nous étudions le bouddhisme ou le taoïsme principalement pour assimiler ce qu'il y a de meilleur du point de vue philosophique et esthétique. Être moine ou bonzesse, c'est désormais devenu une profession.

– Tu ne peux comprendre, dit Meng Yunfang, on ne peut juger que lorsque l'on est confronté à la situation. Pour s'exercer à la pratique du qigong, il faut s'abstenir d'alcool, de viande, d'oignons et d'ail, sinon on ne peut maîtriser son énergie. Et même si l'on arrive à une parfaite maîtrise de cette technique, il est bon de supprimer ces aliments qui perturbent le souffle.

– C'est par la méditation que les grands maîtres de qigong atteignent la perfection tandis que les disciples doivent s'entraîner chaque jour.

Tang Wan'er, un léger sourire lèvres mi-closes, détourna la tête. Elle contempla par la fenêtre, le poirier couvert de feuilles vertes dont le vieux tronc noueux avait un trou. Zhuang Zhidie regardait la jeune femme qu'il trouva belle.

– Vous vouliez dire quelque chose? lui demanda-t-il.

– Je m'amuse à vous écouter vanter votre savoir, répondit-elle.

– Notre savoir? s'étonna Meng Yunfang. Nous avons souvent eu des prises de bec mais maintenant je partage de moins en moins tes idées.

– Je trouve que tu pousses la perfection à l'extrême, déclara Zhuang Zhidie, moi je n'ai pas cette volonté. Tu ne bois donc plus la moindre goutte d'alcool? Même de la liqueur aux cinq aliments?

– Y compris l'alcool de Maotai! ajouta Meng Yunfang.

Xia Jie se fit resservir un verre de vin d'osmanthe par Zhou Min.

– Je partage votre avis, Zhidie, déclara-t-elle, Meng payera cher sa soif d'absolu! Lorsque vous êtes arrivé à Xijing, il était déjà un personnage célèbre, mais ces dernières années, alors que vous vous êtes consacré à cultiver votre brillante renommée, lui s'est contenté de rester tel qu'il était. Il n'écrit presque plus, passe son temps chez ces bouddhistes, pratique le qigong, ne mange plus ni ceci ni cela! Par la force des choses, je suis moi aussi contrainte à faire jeûne et abstinence!

– On peut dire que notre ami Meng n'est pas né très gourmand! déclara Zhou Min. Sur cette terre, ceux qui s'adonnent au commerce s'enrichissent sans pour autant jouir de prestige. Pour Meng c'est l'inverse.

– C'est exact, répliqua Meng Yunfang, alors que toi, mon vieux Zhuang, tu possèdes les deux, bonheur et fortune, tu as tout ce que tu veux!

Zhuang Zhidie regardait, calme, le rai de lumière, dans lequel voltigeaient des milliers de particules, fuser de la fenêtre pour tomber sur le plat. Il rit jaune:

– C'est vrai, j'ai tout ce qu'un homme peut désirer, pourtant je n'aspire plus qu'à un «changement explosif».

– Que dis-tu? demanda Meng Yunfang stupéfait.

– Oui, un changement explosif, répéta Zhuang Zhidie.

– Je ne te comprends vraiment plus, déclara Meng Yunfang, je n'aurais jamais cru que tu puisses rester si longtemps dans cette usine de bière. Quant à tes derniers articles, ils n'ont plus rien à voir avec tes idées d'autrefois.

– Je m'affole moi-même, déclara Zhuang Zhidie, est-ce que je m'adapte à notre société de consommation ou bien est-ce que je tombe dans la déchéance la plus totale ?

– Je ne saurais trancher, répondit Meng Yunfang, sans doute est-ce comparable à la fascination que le qigong exerce sur moi pour que j'aie pu renoncer au vin et à la viande.

Tandis que les deux hommes dissertaient, Zhou Min et Tang Wan'er les écoutaient sans vraiment comprendre et ils s'ennuyaient. Xia Jie claqua bruyamment de la langue et intervint :

– Camarade Meng, aujourd'hui tu es l'hôte de nos amis, tu ne participes pas à une réunion scientifique.

Zhuang Zhidie agita la main :

– C'est bon, n'en parlons plus, trinquons, voulez-vous !

Il porta sa tasse à ses lèvres.

Seuls le professeur Zhuang et Zhou Min burent. Le repas manquait d'ambiance. Pour mettre de l'animation, Zhou Min proposa une partie de mourre, que Zhuang déclina. Zhou Min ne cessait de relancer le professeur. Tang Wan'er qui les observait avec gaieté depuis un moment intervint.

– Zhou Min, arrête d'ennuyer le professeur Zhuang avec tes vieilles manies d'oisif. Professeur, je porte un toast à votre santé.

Il se leva immédiatement, sa tasse à la main.

– C'est à cause de vous, professeur, que nous restons à Xijing, poursuivit la jeune femme, considérez désormais Zhou Min comme votre élève et apprenez-lui l'art d'écrire.

– Maintenant qu'il fait partie de la rédaction de la revue, c'est à lui que j'enverrai mes articles et je dépendrai de son bon vouloir.

– Trinquons ! dit la jeune femme.

Son visage s'empourpra après qu'elle eut vidé sa tasse. Zhuang Zhidie but cul sec à son tour ; elle trinqua trois fois. Zhou Min toussota, Tang Wan'er réajusta quelques mèches désordonnées, ce qui la rendit encore plus séduisante. Du coup Zhuang Zhidie, plein d'entrain, vida lui aussi trois tasses, balayant la morosité ambiante.

L'atmosphère s'animait. Meng Yunfang servit plusieurs plats dont la tortue molle mijotée dans son jus. Xia Jie prétendit que c'était un mets excellent et que la chance souriait à celui qui tombait sur un des petits os pointus. À l'étranger on en faisait des cure-dents qui coûtaient cinq dollars l'unité ! Elle écarta la chair de ses baguettes et servit une portion dans la soucoupe placée devant chacun des convives. Tang Wan'er s'aperçut alors qu'elle avait un de ces os.

– J'ai mangé beaucoup de tortues pêchées dans le fleuve Jaune lorsque j'habitais Tong Guan, dit-elle, mais j'y suis allergique. Professeur Zhuang, vous qui êtes un hôte de marque, je vous donne ma part.

D'autorité elle versa sa part dans la coupelle du professeur. Voyant que la jeune femme s'intéressait à lui, il choisit à son tour un morceau qu'il lui tendit :

– Ceci est succulent, vous ne pouvez pas refuser.

Tang Wan'er baissa les yeux et découvrit la tête de la bête dans son assiette ; cet amas de chair, noir et répugnant, l'horrifia. Elle jeta un coup d'œil à Zhuang Zhidie qui restait imperturbable. Elle mit la tête dans sa bouche et mastiqua avec bruit. Il la regarda et elle rougit de honte. Xia Jie, qui avait observé le manège, s'apprêtait à lancer une plaisanterie, mais Zhuang Zhidie la devança :

– Mon Dieu, j'ai avalé un petit os pointu !

– Vous êtes chanceux, professeur ! s'exclama Xia Jie. L'année dernière, pour le jour de l'an j'avais glissé une pièce dans un ravioli et c'est vous qui êtes tombé dessus.

Tang Wan'er finit par avaler la tête. Elle se leva et partit à la cuisine, pour préparer, annonça-t-elle, l'émincé de bœuf au soja.

Zhuang Zhidie qui avait bu beaucoup avait la tête lourde.

– Quand l'odeur est alléchante, je ne tiens plus en place, déclara-t-il, allons voir ce qu'elle mijote !

– À quoi bon ! dit Xia Jie. Si vous appréciez ces talents, prenez-la comme cuisinière. Restez donc avec nous et acceptez ce toast en remerciement de votre intérêt pour mes chorégraphies.

Zhuang Zhidie avala son verre de vin d'un air jovial tout en jetant un coup d'œil par la porte ouverte qui donnait directement dans la cuisine où s'activait Tang Wan'er.

Après avoir découpé la viande en fines lichettes, elle alluma le gaz. Une foule d'idées lui vint à l'esprit. Elle posa une petite glace sur la planchette à hacher, devant le fourneau, qui lui renvoyait l'image de Zhuang Zhidie assis à la place d'honneur. «Physiquement, il est très quelconque», songea-t-elle, pourtant bizarrement elle l'avait trouvé agréable dès le premier abord et plus le temps passait, plus il l'attirait. À Tong Guan, elle ne connaissait que l'intelligence et le talent de Zhou Min. Mais Xijing étant Xijing, Zhou Min lui paraissait aujourd'hui bien fade. Perdue dans ses pensées, au lieu de plonger les lamelles de soja dans l'huile brûlante, elle jeta un gros morceau de gingembre tout mouillé ; l'huile bouillonna et une goutte lui sauta au visage ; elle hurla de douleur et s'accroupit par terre.

Zhou Min accourut. Il écarta les mains du visage de son épouse et découvrit la cloque. La jeune femme se précipita sur son miroir et fondit aussitôt en larmes. Aux invités qui s'inquiétaient, Zhou Min expliqua que ce n'était rien, juste une brûlure à la joue. Il emmena Tang Wan'er dans leur chambre pour enduire la blessure de graisse de blaireau.

– Les femmes à l'heure actuelle ne sont plus bonnes à rien en dehors d'enfanter, déclara Meng Yunfang.

– Ne dis pas ça, rétorqua Xia Jie, je n'en ai même pas été capable.

Tout le monde partit d'un grand éclat de rire tandis que Meng Yunfang se dirigeait vers la cuisine.

Dans la chambre, Tang Wan'er se lamentait à voix basse :

— Quelle malchance ! Comment me présenter ainsi devant nos amis ?

— Ce n'est pas grave, répondit son mari, le professeur Zhuang ne s'attache pas à ce genre de détail. Lorsque je l'ai vu pour la première fois il était couché sous le ventre d'une vache en train de lui téter le pis, je suis resté stupéfait.

— Soit, il n'est pas regardant, en tout cas pas comme toi ou moi. Chez nous ce qui est perçu comme de la négligence est pour lui de l'élégance !

Zhou Min retourna à table. Il attaqua le poulet par la tête et l'offrit au professeur Zhuang. Ce dernier saisit avec ses baguettes une cuisse qu'il plaça dans l'assiette de Xia Jie et une aile qu'il demanda à Zhou Min de porter à son épouse.

— Wan'er, viens vite, le professeur Zhuang t'a servie.

Wan'er apparut et s'excusa d'un air gêné en cachant sa joue.

— De quoi vous excusez-vous ? demanda Xia Jie.

— De l'affreux visage que je vous impose, vous ne le méritez pas, répliqua la jeune femme.

— Voici d'un seul coup votre beau visage à la peau diaphane défiguré par une petite cloque, déclara Meng Yunfang, vous avez créé un « changement explosif » si je reprends les termes du professeur !

La jeune femme s'assit, le visage toujours cramoisi, souriant avec timidité dès qu'elle croisait le regard du professeur Zhuang. Ce dernier, qui avait beaucoup bu et sentait son cœur battre la chamade, s'excusa et se leva pour aller aux toilettes. Sitôt dedans, il s'enferma à clef et se mit à haleter, les yeux fermés. Sa racine du monde de poussière [1] était déjà en érection et son esprit en proie à des images peu orthodoxes. Il ne retrouva le calme qu'après s'être laissé aller un

1. Euphémisme pour désigner le sexe. Chez les Chinois qui croient en l'animisme, le sexe est nommé « racine de la vie », chez les bouddhistes, « racine du monde de poussière ». *(N. d. T.)*

peu à certains plaisirs. Il rejoignit alors les autres convives mais sombra dans la mauvaise humeur.

À quatre heures de l'après-midi la fête s'acheva. Zhuang Zhidie se leva pour prendre congé, Zhou Min voulut le retenir, mais l'écrivain avait un rendez-vous important avec Yuan Zhifei. Zhou Min raccompagna alors ses hôtes jusqu'au carrefour. En revenant, il appela sa femme qui, toujours appuyée contre la porte, ne répondit pas.

– Qu'est-ce qui t'arrive pour rester pétrifiée de la sorte ? lui demanda-t-il, tout en constatant que la cloque avait bien dégonflé.

Tang Wan'er se ressaisit et déclara en faisant la moue :

– J'espère que je n'ai pas perdu la face aujourd'hui ?

– Mais non, tu n'as jamais été aussi belle ! affirmat-il en l'embrassant.

Elle se laissa faire sans bouger, mais ajouta :

– Ils semblaient tous très contents, tout s'est bien passé, ce qui est regrettable c'est l'absence de l'épouse de Zhuang Zhidie.

– D'après Meng, depuis quelques jours elle habite chez sa mère qui est souffrante.

– Xia Jie prétend qu'elle est très belle.

– C'est ce que tout le monde dit. Tu ne penses pas que le professeur Zhuang aurait épousé une vieille fée Carabosse !

Tang Wan'er soupira longuement, puis d'un air morose elle retourna s'asseoir sur son lit.

*

Ce soir-là, Zhuang Zhidie ne rentra pas à la résidence de l'Association des écrivains. Yuan Zhifei l'avait invité avec les autorités de la ville à donner son jugement sur un nouveau spectacle et l'aider à remanier les textes. Zhuang s'amusa avec les comédiens à jouer aux cartes. La partie se poursuivit tard dans la nuit. Zhuang Zhidie s'apprêtait à partir, quand Yuan

Zhifei l'entraîna chez lui pour prendre un verre et peut-être aussi pour lui faire visiter sa maison qu'il venait de réaménager. Zhuang n'y prêta cependant aucune attention, il se contenta de boire. Jusqu'à présent, il s'imaginait que son ami Yuan, directeur d'une troupe d'artistes à majorité féminine, avait dû coucher avec toutes ces superbes créatures ; en fait ce n'était pas le cas, de plus leur beauté n'arrivait pas à la cheville de celle de Tang Wan'er. En songeant au déjeuner, il éprouva une certaine satisfaction, et n'en but qu'avec plus de vigueur. Il savait aussi que ce soir la femme de Yuan Zhifei n'était pas là. Ce couple avait pour politique la non-ingérence mutuelle dans les affaires de l'autre, avec pour seule contrainte de passer la soirée du samedi ensemble. Zhuang Zhidie retira donc sa veste et commença alors, en sirotant son alcool, à palabrer sans fin très tard dans la nuit jusqu'à ce qu'il tombe de sommeil. Il partagea avec Yuan Zhifei son lit à une place. Le lendemain matin, lorsqu'il se réveilla, la lumière filtrait déjà au travers de la fenêtre, il s'étonna du raffinement et de l'élégance de la décoration de l'appartement de son ami. Ce dernier, triomphant, expliqua que le papier mural était importé de France, que les vitres fumées des portes et des fenêtres venaient d'Italie. Seuls les panneaux de contre-plaqué avaient été fabriqués à Shanghai. Il en avait acheté trente-sept, mais ce n'était pas encore assez luxueux. Il emmena ensuite Zhuang Zhidie admirer la baignoire dans la salle de bains, la gazinière dans la cuisine et enfin les deux armoires de qualité supérieure placées dans les deux petites chambres. Seule la porte à côté du grand salon était verrouillée de l'intérieur. « C'est la chambre de ma femme, elle y a accroché un authentique lustre japonais, tu vas voir l'objet rare ! » Il sortit la clef, donna un tour. Lorsque la porte s'ouvrit, Zhuang Zhidie resta stupéfait. Sur un immense lit, confortable et moelleux, dormaient deux individus : une femme, l'épouse de Yuan Zhifei, et un homme qu'il ne connaissait pas. Zhuang eut l'impression que son cerveau disjonctait, il ne savait plus où il en était lorsqu'il entendit son ami se lancer dans des explications :

– Elle, c'est ma femme... Quand est-elle rentrée ? Nous dormions à poings fermés, nous n'avons pas entendu la porte s'ouvrir.

Zhuang Zhidie ne savait que dire, mais son silence risquait de gêner son ami. Il ne trouva rien de mieux que de demander :

– Et lui ?

– Lui, c'est moi, répondit Yuan Zhifei en refermant la porte avant d'entraîner Zhuang Zhidie à nouveau dans sa chambre. Il ouvrit bruyamment sa penderie. Les cinq étagères étaient remplies de chaussures de femmes de tailles différentes et de modèles en tout genre.

– Je suis un passionné de chaussures, déclara-t-il, et chaque paire a une histoire savoureuse.

Zhuang Zhidie était étonné. Si ces chaussures avaient été achetées pour des femmes, pourquoi n'avaient-elles jamais été offertes ? Peut-être en achetait-il deux paires, une qu'il donnait, l'autre qu'il gardait, pour se constituer des archives personnelles ! Yuan Zhifei choisit une paire qu'il lui tendit :

– Celles-ci sont un cadeau que M. Zhu, directeur du marché rue de l'Ouest, m'a fait avant-hier, elles n'ont ni histoire ni numéro, donne-les de ma part à ton épouse.

Zhuang Zhidie quitta à la hâte Yuan Zhifei, sa paire de chaussures sous le bras. Il se rappela, alors que sa moto venait de dépasser le carrefour de la rue de la Vaste-Miséricorde, qu'il avait sur lui le récépissé pour percevoir ses droits d'auteur. Il fit demi-tour et se rendit à la poste où il encaissa la modeste somme d'un peu plus de cent yuans. En sortant, il remarqua la foule dans les rues et s'aperçut, en regardant sa montre, que c'était l'heure de la sortie du travail. Sa boîte à la main, il marcha avec nonchalance jusqu'au parking des deux-roues, finalement étonné lui-même d'avoir accepté ces souliers, affaire sans intérêt. Il en sourit lorsque soudain une idée lui traversa l'esprit ;

il se précipita dans une cabine téléphonique et appela Jing Xueyin. Une voix masculine décrocha : « Qui est-ce ? Qui est à l'appareil ? » Zhuang Zhidie comprit que c'était son mari, il raccrocha le combiné d'un coup sec. Il téléphona ensuite à l'unité de travail de Jing Xueyin où il apprit qu'elle était allée voir ses parents et qu'elle n'était toujours pas rentrée. Il tapota la boîte et sortit très vite de la cabine pour se planter à côté du panneau d'affichage où il lut le journal. Un jeune homme s'approcha en sautillant allégrement :

– Voulez-vous des lunettes ? demanda-t-il à voix basse. (Une paire de lunettes de forme arrondie brillait, accrochée sur le devant de son T-shirt.) Pour être franc, je les ai volées, les verres sont en vrai verre ; dans une boutique elles vous reviendraient à huit cents yuans, mais comme j'ai besoin d'argent je vous les cède pour trois cents, vous y gagnez.

Zhuang Zhidie leva la tête et regarda le soleil blafard, il cligna les yeux, souriant, puis farfouilla dans sa poche, d'où il sortit non pas l'argent mais une carte de visite :

– Mon jeune ami, enchanté, voici ma carte.

Le jeune homme, interloqué à la lecture du nom, le salua avec respect :

– Vous êtes donc le grand professeur Zhuang, quel honneur pour moi ! Je suis allé écouter l'une de vos conférences, mais comme vous avez grossi je ne vous ai pas reconnu.

– Vous aussi vous aimez écrire ? s'enquit Zhuang Zhidie.

– J'ai toujours rêvé depuis ma plus tendre enfance d'être un jour écrivain. L'an dernier le journal de la ville a publié un de mes courts poèmes.

– Xijing est une capitale merveilleuse ! Lorsqu'une météorite tombe du ciel, sur dix victimes, sept au moins sont des amateurs de littérature !

Confus, le jeune garçon s'en alla. Zhuang, à la fois amusé et irrité, se faufila dans un bazar et acheta, avec ses misérables droits d'auteur, un service de table en porcelaine de Jingdezhen[1], une poêle, un réchaud alimenté par des briquettes de charbon en forme de nids d'abeille, ainsi qu'un service à thé qu'il demanda de bien vouloir livrer à l'adresse de Tang Wan'er. Il enfourcha alors sa Mulan pour se rendre directement chez sa belle-mère, à la Maison de la Double Bienveillance.

Il y avait cinquante-cinq ans, dans la grande banlieue au nord de la ville, sur les bords de la rivière Wei, vivait un personnage insolite qui se prénommait Niu, doté de pouvoirs magiques. À cette époque-là, Yang Hucheng mit fin à sa carrière de bandit de grand chemin pour créer une troupe d'arts martiaux à Xijing et il pria le fameux Niu de devenir son conseiller. Cet homme étrange, véritable sauvage, ne voulait pour rien au monde vivre à la ville. Il préférait rester à la campagne dans sa petite cabane de trois pièces, entourée d'un champ aride d'un mu de superficie, et ne se déplacer que très exceptionnellement pour régler des affaires importantes à la demande du commandant Yang. Un jour, Liu Zhenhua, seigneur de la guerre de la province du Henan, assiégea Xijing. Après lui avoir infligé un blocus forcené de quatre-vingts jours sans réussir à entrer dans la ville, il appliqua une stratégie japonaise, à savoir creuser un souterrain qui le mènerait à l'intérieur de Xijing. Les habitants savaient que l'ennemi creusait un souterrain, mais ne savaient pas où il déboucherait. Jour et nuit, ils enterraient des jarres remplies d'eau et observaient, dans la panique et l'effroi, les mouvements de l'eau. L'homme doué de pouvoirs magiques, vêtu d'une longue robe chinoise et d'une jaquette courte de mandarin, apparut dans la ville qu'il sillonna de long en large. Il s'arrêta près de la porte du Champ de manœuvre et s'assit sur une pierre pour fumer le narguilé.

1. Ville du Jiangxi célèbre pour ses fabriques impériales de porcelaines. *(N. d. T.)*

– C'est ici qu'il faut creuser un gigantesque trou et le remplir d'eau, déclara-t-il.

Yang Hucheng, pour le moins dubitatif, ordonna cependant que l'on exécutât cet ordre. Il avait vu juste, sa stratégie contraignit Liu Zhenhua à la déroute. En témoignage de sa reconnaissance, Yang Hucheng offrit à cet homme doué de pouvoirs magiques toute une ruelle qui donnait dans la rue de la Maison de la Double Bienveillance. Mais l'homme qui préféra s'en retourner sur les bords de la rivière Hui en fit cadeau à son fils. Comme à cet endroit se trouvait le plus gros des quatre puits d'eau douce de toute la ville, le fils y ouvrit une station d'eau potable et chaque jour il partait livrer son eau sur une charrette tirée par un âne. Zhuang Zhidie, qui aimait par-dessus tout raconter cette histoire, poussait toujours sa femme, Niu Yueqing, lorsque des amis leur rendaient visite, à leur montrer tout d'abord la photographie de son grand-père paternel ainsi que les vieux jetons en os des porteurs d'eau, avant de les emmener dans ladite ruelle pour leur faire voir où la famille Niu avait vécu. Sa femme le grondait alors :

– Pourquoi ébruiter cette histoire pour se moquer de notre déclin familial ? Ma mère n'a jamais enfanté de fils, si elle en avait eu un, nous ne serions pas réduits à vivre dans ce taudis !

– Mais je ne m'en moque absolument pas, rétorquait-il, impudent, sa décadence ne m'a pas empêché de t'épouser !

– Non, mais tu entends ça, maman, disait-elle en s'adressant à sa vieille mère, ton gendre a le culot de se prétendre célèbre, de vouloir nous en remontrer ! Dis-lui, toi, que sa renommée n'arrive pas à la cheville de celle de mon grand-père !

La vieille Dame s'était entêtée à rester vivre à la Maison de la Double Bienveillance, et aurait préféré mourir plutôt que de partir avec sa fille et son gendre dans cette résidence de l'Association des écrivains. Chaque fois que Zhuang Zhidie mettait le pied dans la ruelle, spontanément cette partie de vie de sa belle-famille lui revenait à l'esprit.

Le soleil était au zénith, et la chaleur torride. Zhuang Zhidie sur sa mobylette tourna dans la ruelle. Il était en nage et les gouttes de sueur lui brouillaient la vue. Par malchance, un chien était couché en travers de la chaussée, la langue pendante, mais il était trop tard pour l'éviter. La Mulan heurta le mur, mais ne tomba pas, Zhuang s'égratigna juste la peau de l'auriculaire. Il franchit la petite porte, son ami Zhao Jingwu qui bavardait avec Niu Yueqing était sorti précipitamment en entendant le bruit du moteur.

– Te voilà quand même de retour ! dit Zhao Jingwu.

Puis il l'aida à transporter dans la pièce le morceau de muraille.

– Tu ne vas pas rapporter ce vieux truc dans la maison ! hurla son épouse.

– As-tu remarqué qu'il s'agissait d'une brique de l'époque Han ?

– Là-bas, à l'Association des écrivains, tu entasses tant de vieux machins que plus personne ne peut entrer. Tu ne vas pas nous encombrer avec ça ici ! Si cette vieille ruine date des Han, les mouches chez nous sont de l'époque Tang !

Zhuang Zhidie regarda Zhao Jingwu et commenta :

– Ce que tu viens de dire a une grande valeur artistique. Ton sens de l'art a toujours été très développé !

Il laissa Zhao Jingwu remporter la brique sur son porte-bagages avant de lui faire signe de venir s'asseoir.

Grandes et sombres, les pièces de cette vieille maison étaient décorées de colonnes et de panneaux de bois de pin de Corée d'excellente qualité et, bien que la plupart des sculptures en relief fussent effritées, elles restaient le symbole de la prospérité des années d'antan. La vieille Dame, âgée de quatre-vingts ans, qui dormait dans la chambre de l'autre côté de la cloison de gauche, appela son gendre lorsqu'elle entendit sa voix. À cinquante ans elle avait perdu son mari et à soixante-trois ses facultés. Il y avait deux ans, lorsqu'elle était restée alitée quinze jours d'affilée, elle avait déclaré qu'elle allait mourir, mais elle était toujours de ce monde. Depuis lors, ses seules conversations tournaient d'ailleurs autour de la mort, elle divaguait complètement et son comportement était pour le moins étrange. L'hiver précédent, elle avait harcelé son gendre pour qu'il lui achète un cercueil, un cercueil en bois de cyprès. Zhuang Zhidie s'étonna ! Une personne aussi robuste qu'elle vivrait bien encore quelques décennies, à quoi bon s'encombrer d'un tel objet maintenant, surtout que les citadins proscrivaient l'inhumation ? La vieille Dame s'obstinait, ne voulait rien entendre, réclamait son cercueil, sa vue lui donnerait la certitude d'une existence après le trépas. Elle entreprit une grève de la faim. Zhuang Zhidie, vaincu, abdiqua. Il fit venir un cercueil des montagnes du Sud. La vieille Dame déménagea matelas et couette et fit du cercueil son lit. Niu Yueqing se disputa avec elle ; si les gens l'apprenaient, ils s'imagineraient qu'elle maltraitait sa vieille mère. Le plus surprenant après l'épisode du lit-cercueil, ce fut de la voir sortir dans la rue, tous les jours, le visage caché par un masque de papier. Niu Yueqing s'énerva et lui interdit de franchir le seuil de la porte. Mais Zhuang Zhidie, qui aimait la taquiner, complimenta sa belle-mère sur ses méthodes pour le moins étranges ; s'il possédait les mêmes facultés qu'elle, inutile pour lui de s'inspirer des romans étrangers de sorcellerie, il laisserait courir son imagination naturelle et composerait des chefs-d'œuvre sur ce sujet.

La vieille Dame l'appela de nouveau. Il entra dans la chambre, c'était une vraie fournaise. La fenêtre et les rideaux étaient hermétiquement fermés.

– De quoi te plains-tu ? demanda la vieille Dame. La chaleur n'est plus aussi accablante que de mon temps ! À l'époque, dès le mois de juin, c'était la canicule ; aujourd'hui on ne peut pas dire qu'il fasse chaud, tes vapeurs sont purement sentimentales. Enduis tes seins de salive, ça passera !

La vieille Dame mit de la salive sur son doigt qu'elle passa autour des mamelons de son gendre, lui procurant une sensation de fraîcheur immédiate.

– Zhidie, reprit-elle, ton beau-père vient juste de passer, il était assis à la même place que toi. Il se plaint que les nouveaux voisins ne sont pas des gens bien. Le mari et la femme se disputent toute la journée et le gamin est un insupportable polisson qui vient souvent chaparder ses petits pains cuits à la vapeur. Brûle un bâton d'encens pour lui.

Dans la chambre, sur une table, trônait la photo du défunt et un brûle-parfum rempli de cendre d'encens. Zhuang Zhidie alluma un bâtonnet et découvrit, en levant la tête, pendue au coin du mur, une vieille toile d'araignée chargée de poussière. Il prit une canne pour l'enlever.

– N'y touche pas ! C'est là que ton beau-père aime à s'asseoir quand il vient ici.

Zhuang Zhidie voulut poser une question, mais la vieille Dame poursuivit :

– Le voici, il arrive toujours quand on brûle de l'encens. Où étais-tu, espèce de vieux diable, pour te hâter ainsi ?

Zhuang Zhidie tourna la tête et regarda tout autour de lui ; le bâton se consumait et la fumée montait au plafond en longues volutes. La vieille Dame déclara que son mari était en train d'ouvrir le coffret renfermant les vieux jetons qui servaient autrefois aux porteurs d'eau.

– À la maison, pesta-t-elle, les seules antiquités qui nous restent, ce sont ces vieux jetons, tu ne vas quand même pas les emporter ! La dernière fois que le maire est venu, c'était exprès pour les voir. Qu'est-ce qu'on lui montrera la prochaine fois qu'il reviendra ?

La vieille Dame glissa sa petite boîte, qui d'ordinaire lui tenait lieu d'oreiller, sous ses fesses.

– Quand vous aurez fini de vous raconter vos histoires de revenants, tu me laisseras la place, dit sa fille de la pièce voisine.

– Ta mère divague totalement, reconnut Zhuang en sortant, ce doit être une sorte de réaction affective! Le 19 juin c'est l'anniversaire de ton père, voilà plus de dix ans que nous ne le fêtons plus, cette année n'oublie surtout pas d'acheter une liasse de papiers funéraires, nous la brûlerons ce jour-là pour lui.

Il demanda alors à Zhao Jingwu qui l'attendait l'objet de sa visite.

– Rien de particulier, répondit ce dernier, j'aimerais juste te faire visiter ma maison. C'est une vieille demeure traditionnelle à cour carrée que le maire a décidé de détruire pour édifier un gymnase à la place. Si tu ne viens pas la voir là maintenant, il sera bientôt trop tard.

– La visiter a toujours été mon intention, mais je n'ai jamais trouvé le temps, dit Zhuang Zhidie. N'oublie pas d'ailleurs que tu m'as promis de me donner quelques belles pièces d'antiquité.

– Aucun problème, répondit Zhao Jingwu tout content, tu choisiras ce que tu voudras. Inutile que ta femme nous prépare le déjeuner, aujourd'hui c'est moi qui régale et je vous offre à manger cette fameuse spécialité de Xijing, une «soupe de calebasses». Je voudrais m'entretenir avec toi d'une affaire importante.

– Quelle horreur de manger ça par cette chaleur, dit Niu Yueqing, ça pue, je n'y vais pas.

– Tu n'y connais rien, renchérit son mari, c'est la grande spécialité des petites échoppes de Xijing. C'est une simple soupe où baignent des morceaux d'intestin de porc farcis en forme de calebasses, d'où son nom, accompagnés de galettes détrempées. Tout est dans l'assaisonnement. Tu en as mangé une fois dans le restaurant Le Vent en poupe, porte Est, et ce n'est pas là la meilleure, c'est Au printemps naissant, porte Sud, que l'on déguste la vraie. La légende veut que ce restaurateur ait obtenu la véritable recette de Sun Simiao, médecin hors pair, d'où sa vertu curative! Depuis toujours tu souffres de constipation, tes intestins sont malades, tu ne guériras qu'en mangeant des intestins d'animaux! Notre médecine veut que nous compensions nos manques physiologiques en absorbant la même partie d'un animal. Viens avec nous.

– Dans ces conditions, Jingwu sera bien incapable de manger! dit-elle.

– Et pourquoi donc? demanda son mari.

– À cause de la mésaventure qui lui est arrivée. Il est tombé amoureux d'une fille qui vient juste de se marier! Zhao Jingwu est très brillant, mais pour séduire les filles, il n'a pas deux sous de cervelle! Tu voudrais qu'il avale des boyaux de porc par-dessus le marché!

– Si tu as un chagrin d'amour, mon vieux, le meilleur remède contre ce mal est encore de s'en envoyer une!

Zhao Jingwu éclata de rire, mais déclara qu'il se vouait au célibat. Il se leva et tira Zhuang Zhidie par le bras.

– Avant de partir, vous allez me rendre un service, ordonna Niu Yueqing, après vous pourrez prendre la poudre d'escampette, je m'en moque.

– Quel service? s'inquiéta son mari.

– Ce matin j'ai acheté au Moineau rouge un gratte-dos pour ma mère, elle prétend qu'elle a des poux, en fait, elle a des démangeaisons comme tous les vieux. Je ne pensais pas que la mère Wang, sa voisine, lui en aurait offert un. Je veux donc qu'on me rembourse le mien, mais je crains que ce soit impossible, donnez-moi une idée!

– Que d'efforts, juste pour quelques sous! ne put s'empêcher de s'écrier Zhuang Zhidie.

– Quelle générosité! Tu es riche comme Gong Jin-gyuan, ma parole! rétorqua-t-elle.

– Quelle économe vous êtes, ma chère Niu! renchérit Zhao Jingwu.

– Un homme peut toujours gagner beaucoup d'argent, si sa femme est un panier percé, ça ne sert à rien. Comment voulez-vous combler un trou sans fond? Un sou est un sou, à quoi bon avoir plusieurs grattoirs, c'est de l'argent jeté par les fenêtres ! J'espère bien pouvoir me le faire rembourser. Si le vendeur refuse, je ferai appel à sa raison en lui rappelant que maintenant les membres du parti communiste ont, en toute liberté, le droit de démissionner, il serait impensable de ne pas avoir le droit de se faire rembourser ! Mais aujourd'hui les vendeurs qui sont tous des jeunes se moqueront de cet argument. S'ils se fâchent, que faire ? À votre avis, si j'élève la voix, dois-je les injurier dans un langage raffiné ou plutôt grossier ?

— Vas-y, fais un essai ! lui proposa Zhuang Zhidie.

— Ordure, canaille, salopard, encule ta mère !

— Tu te débrouilles bien, mais pour faire civilisé tu devrais dire : « Enculez votre mère ! »

— Vous voyez, Jingwu, mon mari a beau être un personnage extraordinaire, jamais il ne me soutient.

— Le professeur Zhuang est pourtant l'idole des jeunes ! répondit Zhao Jingwu.

— J'ai épousé un homme, pas une idole, déclara-t-elle, c'est précisément cette idolâtrie juvénile qui gâte mon mari. Or tous ces jeunes ne connaissent pas les travers du grand professeur Zhuang, ses mycoses des pieds, ses caries dentaires, ses grincements de dents nocturnes, ses pets digestifs ou encore ses longues stations aux toilettes pour lire un journal en entier !

— À mon avis, poursuivit Zhao Jingwu, si le scandale ne suffit pas, exigez de voir le chef de rayon, et si ce dernier est introuvable, alors téléphonez directement au maire de Xijing.

— Vous avez raison, je file, attendez mon retour pour vous en aller.

— Il faut voir la vie qu'elle me fait endurer à la maison, moi que les foules acclament sitôt le pas de la porte franchi ! confia Zhuang Zhidie à son ami après son départ.

— Ta femme n'est pas si mal, elle est peu cultivée, certes, mais plus avisée que quiconque.

— Elle est insupportable, dit Zhuang Zhidie, et qui

plus est terriblement fatigante, du genre à te faire avaler de force une galette au sésame alors que tu n'as plus faim.

Il abandonna son ami et enfourcha sa mobylette pour porter le vestige de muraille Han chez eux, à la résidence de l'Association des écrivains.

Niu Yueqing était déjà de retour alors que Zhao Jingwu n'avait même pas eu le temps de terminer sa tasse de thé. Elle entra, un paquet de petits pains farcis, juste sortis de l'étuve, à la main. Le visage cramoisi, elle conseilla à sa mère de les manger sans tarder.

– Devinez comment l'affaire s'est soldée ? lança-t-elle.

– Déjà de retour ? s'étonna Zhao Jingwu. Ils ont refusé.

– Remboursé ! annonça Niu Yueqing.

– Bravo ! répondit-il, il faut savoir montrer sa poigne !

– Quelle poigne ? répondit-elle. J'arrive au Moineau rouge, je me plante devant le comptoir, le vendeur me demande ce que je désire et, me voyant tourner autour du pot, sourit : «C'est pour un remboursement ?» me dit-il, j'acquiesce aussitôt, il me donne l'argent, l'affaire est réglée.

– Réglée ? dit-il stupéfait.

– Exactement, mais j'avoue qu'une telle facilité manque d'intérêt.

Zhuang Zhidie qui rentrait à l'instant s'écria :

– Souvent nous compliquons à l'extrême une histoire toute simple, et nous simplifions beaucoup trop une affaire compliquée.

– Belle morale, professeur, déclara Niu Yueqing en faisant la moue.

La vieille Dame mangeait ses petits pains farcis et les trouvait insipides.

– Quelle est cette odeur si forte ? demanda Zhao Jingwu.

– Mère, c'est toi qui remues les légumes macérés dans le vinaigre ? demanda Niu Yueqing.

– Vous fabriquez votre vinaigre vous-même ? demanda Zhao Jingwu.

– Votre ami Zhuang a ses petites manies, expliqua Niu Yueqing, il ne consomme que les produits faits maison ! Je vais vous en donner.

Zhuang Zhidie se souvint soudain de la paire de chaussures qu'il tendit à sa femme.

– Tu les as achetées pour moi ?

Il ne dit surtout pas qu'il s'agissait d'un cadeau de Yuan Zhifei qu'elle détestait. Il raconta que Xia Jie les lui avait données. Devant les talons aiguilles et les bouts pointus, Niu Yueqing s'écria :

– Mon Dieu, mais ce sont de véritables instruments de torture !

– Je déteste t'entendre parler ainsi, déclara Zhuang Zhidie, à t'écouter, toutes les femmes que l'on croise dans la rue sont des criminelles !

Elle se déchaussa pour les essayer :

– Tu espères toujours que je sois dans le vent, mais avec des engins pareils je suis bien incapable de faire quoi que ce soit, peut-être as-tu dorénavant l'intention de me servir comme un esclave ?

En se mettant debout, elle hurla de douleur. Elle ne portait que des chaussures à talons plats à cause de ses pieds larges et charnus, ce qui désolait son mari qui attachait une grande importance aux pieds des femmes. Selon lui, la beauté féminine dépendait pour un tiers de la grâce du pied.

Très mécontente, Niu Yueqing déclara :

– Seules les chaussures à talons fabriquées à Pékin me vont, pas celles faites à Shanghai.

Zhuang Zhidie les rangea en se disant que le mieux était de les rendre pour éviter une scène de ménage. Il sortit, accompagné de son ami, et accrocha la boîte de chaussures à son guidon.

*

Sitôt dans la rue, Zhao Jingwu constata que la bonne humeur de son ami revenait. Il lui raconta qu'un homme d'affaires, un paysan fort capable, du nom de Huang, qui habitait à une dizaine de li dans la banlieue sud, avait monté un commerce de pesticides et lui avait, à plusieurs reprises, expliqué qu'il tenait à ce que Zhuang Zhidie écrive un article sur son entreprise ; peu importait la taille d'ailleurs, le principal étant qu'il soit publié.

– Combien lui as-tu demandé ?

– Pour être franc, ce type est un parent de ma tante maternelle, qui m'a déjà relancé, mais chaque fois, sous un prétexte quelconque, j'éludais la question. Je me suis dit : après tout pourquoi refuser ? Il ne s'agit pas d'une production littéraire, tu rédiges ton truc le temps d'une partie de mah-jong ! J'ai conclu l'affaire pour cinq mille yuans.

– Pour ce prix-là je signe d'un pseudonyme.

– Impossible, le type tient à ce que figurent tes nom et prénoms.

– Mon patronyme complet pour cinq mille yuans ?

– Ne parle pas trop vite, déclara Zhao Jingwu, c'est à peu près la somme que tu gagnes pour un article important.

– Laisse-moi le temps de réfléchir.

– Le type doit venir chez moi aujourd'hui, décide-toi. Inutile de mentionner le problème d'argent, je veux qu'il paye d'abord, ces nouveaux riches ont de l'argent.

Tout en parlant, ils arrivèrent à la maison de Zhao Jingwu. Celui-ci donna un coup de pied dans le fourneau d'un vendeur ambulant de pop-corn installé juste devant sa porte d'entrée.

– Écarte-toi, tu nous enfumes ! grommela-t-il.

Très mécontent, le vendeur, un petit homme sale, voulut riposter, mais il ravala sa salive et finit par pousser sa charrette plus loin. Zhuang Zhidie attendit que le nuage de fumée se soit dissipé pour découvrir le numéro de la plaque, le 37 de la rue aux Quatre-Résidences. La porte d'entrée était d'une architecture recherchée, couverte de tuiles faîtières arrondies et vernissées, et le haut des murs décoré de petites scènes sculptées ; seule une des planches du chambranle manquait ; la laque noire des deux grands battants était écaillée et six des gros clous ronds étaient tombés. Les imposants piliers, taillés dans du granite, étaient décorés d'une paire de licornes ciselées. Des anneaux de fer étaient incrustés dans les murs de brique de part et d'autre de la porte et, juste en dessous, se trouvait une longue pierre violacée. Zhao Jingwu remarqua l'intérêt avec lequel son ami détaillait l'ensemble. Il expliqua que ces anneaux servaient jadis à attacher les chevaux et les pierres de point d'appui pour enfourcher l'animal. Autrefois les nobles se déplaçaient à cheval et les clochettes accrochées à leur selle résonnaient joyeusement ainsi que les sabots de leurs montures. L'équivalent aujourd'hui de nos bureaucrates qui circulent, majestueux et fiers, dans leur petite voiture. Zhuang Zhidie, qui admirait la finesse des licornes ciselées, constata que toutes les belles pièces d'architecture de Xijing avaient disparu et que personne, hélas, ne prêtait plus attention à ces piliers sculptés. Il aurait aimé les estampiller pour en faire un recueil. Sitôt la porte d'entrée franchie, il tomba en arrêt devant le mur-écran, un panneau de briques décoré du bambou unique de Zheng Xie[1] : entouré de part et d'autre de deux phrases parallèles, *le bambou vert affronte seul les intempéries*, et, *tout au long des ans, il esquisse de belles arabesques*.

— Je n'avais encore jamais vu le célèbre bambou de Zheng Xie, déclara Zhuang Zhidie en applaudissant, pourquoi ne pas l'avoir estampillé ?

— Maintenant que la maison va être démolie, je me prépare à tout enlever. Prends ce que tu aimes.

1. Grand poète, peintre et calligraphe de la dynastie Ming (1368-1644), connu pour ses bambous aux formes particulières. *(N. d. T.)*

Il pénétra dans la maison à cours carrées, en traversa trois, dont chacune comprenait des bâtiments et des galeries aux fenêtres travaillées avec finesse. Les différents occupants ayant construit de bric et de broc des cabanes ou des appentis devant lesquels trônaient un seau d'eaux usées et un sac d'ordures, le passage obstrué obligeait à faire plein de détours. Les deux hommes se frayèrent péniblement un chemin et les voisins qui vaquaient à leurs occupations juste vêtus d'un caleçon les regardaient comme des bêtes curieuses. Certains faisaient la cuisine, d'autres jouaient au mah-jong sur des petites tables de fortune. Le capharnaüm de la dernière cour était indescriptible : au pied d'un cédrèle de Chine se trouvaient trois grandes pièces aux fenêtres étayées par un bâton ; à la porte pendait un rideau de bambou. « C'est ici que j'habite », déclara Zhao Jingwu. L'obscurité de la pièce était telle que Zhuang Zhidie ne remarqua pas tout de suite que les murs blanchis à la chaux cloquaient presque de partout. Une table carrée à l'ancienne, en palissandre, était placée sous la fenêtre et juste derrière le lit qui croulait sous le poids des piles de livres et de périodiques, alors qu'une épaisse couche de craie s'entassait dessous. Zhuang Zhidie savait que c'était pour éviter les moisissures. Zhao Jingwu l'invita à s'asseoir sur une chaise basse dont il remarqua la finesse incomparable. Il s'exclama d'admiration :

– C'est vraiment la première fois que je pénètre dans une de nos maisons traditionnelles, moi qui vis depuis tant d'années à Xijing. Autrefois on vantait leur confort, maintenant elles sont devenues de véritables cours des miracles. Quel charme ce devait être de vivre là pour une seule famille !

– Jadis toute la maison nous appartenait, mais en 1950, lorsque les pauvres envahirent les lieux, ils les investirent définitivement. Leur nombre n'a pas cessé d'augmenter, ils ont tout saccagé.

– Tu ne m'avais jamais dit que c'était ta maison familiale. Pour posséder une telle demeure tes ancêtres devaient appartenir à ces familles influentes et fortunées d'autrefois!

– Mon histoire va t'étonner. Mes ancêtres n'étaient pas que des gens riches. Tu sais qu'à la fin de la dynastie des Qing, lorsque l'armée des Huit Puissances[1] attaqua Pékin, l'impératrice douairière Tzu-Hsi[2] dut s'enfuir à Xijing escortée par l'un de ses ministres, qui n'était autre… que mon grand-père maternel, le grand légiste Zhen Chaoye, ministre de la Justice à la cour impériale. La rue entière nous appartenait alors. Lorsque l'armée des Huit Puissances lança l'assaut sur Pékin, il était le leader des cinq partisans de la guerre qui en secret soutenaient les Boxers[3]. Le gouvernement impérial ne pouvait résister aux étrangers. Comme l'impératrice Tzu-Hsi était en fuite, Li Hongzhang[4] signa le traité de 1901 avec les diables d'étrangers[5] qui exigèrent que mon grand-père leur soit livré pour être pendu. L'impératrice se trouva dans une impasse. Les habitants de Xijing, plus de soixante mille personnes, se rassemblèrent au pied de la Tour de la Cloche pour manifester leur désaccord, déclarant à Tzu-Hsi que si elle livrait mon grand-père aux étrangers elle devrait quitter la ville sur-le-champ. Poussée par la volonté du peuple et n'ayant pas le cœur à trahir son ministre, l'impératrice promulgua un décret impérial lui accordant le droit de se suicider en avalant de l'or. Mais l'absorption du métal précieux ne le tua pas, il dut se boucher le nez et la bouche avec du papier mouillé pour mettre fin à ses jours. Zhen Chaoye rendit l'âme à cinquante ans. Pour pouvoir vivre, les femmes du clan Zhao

1. Armée qui réprima l'insurrection des Boxers en 1900.
2. 1835-1908. Elle détint le pouvoir effectif de 1861 à 1908.
3. Société secrète qui provoqua en 1900 les troubles qui servirent de prétexte à l'intervention des puissances étrangères.
4. Homme d'État et diplomate (1823-1901) qui lutta contre les Taiping, contribua à la modernisation de la Chine, négocia avec les puissances les traités de Tientsin en 1871, de Shimonoseki en 1895 et de Pékin en 1901.
5. Traité signé à Pékin entre la Chine et les puissances, mettant fin à la guerre des Boxers. *(N. d. T.)*

vendirent peu à peu les maisons de cette rue, ne gardant que celle-ci. Tu vois, il ne me reste à moi, leur descendant, en tout et pour tout que ces deux petites chaises basses.

– Tu es donc d'un lignage aussi illustre ! Il y a six mois, le maire constitua une équipe pour rédiger le livre *Xijing 5 000 ans d'histoire*. Je fus chargé du chapitre sur les arts et les lettres. À sa parution, j'ai lu celui sur cet homme de Xijing, ministre de la Justice sous les Qing, sans penser qu'il s'agissait de ton ancêtre. Si cette dernière dynastie n'avait pas été renversée, ton grand-père serait mort dans son lit comme un vénérable vieillard et je n'aurais pas eu la chance de te connaître !

– Les Quatre Grandes Crapules de Xijing ne seraient pas ces fils de putain de maintenant ! déclara Zhao Jingwu.

Zhuang Zhidie se leva et avisa, debout derrière le rideau de bambou, une jeune fille vêtue de rouge, assise sur les marches de la maison d'en face, qui lisait tout en berçant un bébé.

– Les vicissitudes de la vie offrent bien des surprises, constata Zhuang Zhidie, quand on voit ce qu'est devenue ta luxueuse demeure d'antan. Dire que bientôt il n'y aura plus trace de tout cela ! Mon pays natal est à Tong Guan, historiquement la première des grandes passes à l'intérieur de la Chine, lieu incontesté de beaucoup de hauts faits héroïques. Il y a dix ans, ce chef-lieu de district a été transféré, depuis la ville n'est plus que décadence et abandon. Lorsque j'y suis retourné récemment, je suis resté assis un long moment, triste et mélancolique, sur les ruines d'une des maisons. À mon retour, j'ai rédigé un article publié dans le journal de la ville, peut-être l'as-tu lu ?

– Oui, c'est d'ailleurs ce qui m'a décidé à t'inviter à venir voir cet endroit, tu auras peut-être envie d'écrire quelque chose une fois sorti d'ici.

La jeune fille vêtue de rouge changea de position, mais elle gardait la tête penchée sur son livre.

Ses cils noirs étaient longs, l'arête de son nez peu marquée.

– Cette fille est très belle, dit Zhuang Zhidie sans réfléchir.

– De qui parles-tu ? demanda Zhao Jingwu en levant les yeux. La fille en face, c'est la bonne des voisins, elle vient du nord du Shaanxi. Cette maudite région ne donne pas grand-chose, excepté de jolies filles !

– Je cherche depuis longtemps une bonne, j'ai un peu peur de celles recommandées par les services municipaux. Comment est cette fille ? Elle pourrait peut-être me présenter une collègue de sa région !

– Elle a la langue bien pendue et elle est très efficace. Une domestique pareille ferait le bonheur de tes invités. Pourtant, tout le monde prétend qu'elle profite de l'absence de ses patrons pour donner au bébé des somnifères, ce qui explique qu'il dorme toute la matinée. Je n'en crois pas un mot, c'est de la pure jalousie de la part des autres petites bonnes, envieuses de sa beauté et de sa fortune.

– C'est stupide !

Les deux hommes s'assirent à nouveau. Zhao Jingwu ouvrit une malle en bois d'où il sortit des pièces de collection qu'il montra à son ami ; peintures et calligraphies anciennes, porcelaines fines, objets de bronze, pièces de monnaie, estampes. Mais ce que Zhuang Zhidie préférait, c'étaient onze vieilles pierres à encre chinoise, véritable fierté de son propriétaire. Non seulement elles étaient en pierres rares de Duanxi, mais qui plus est, très anciennes. Zhao Jingwu les prit une à une et les passa à Zhuang Zhidie émerveillé, qui les palpa, les fit tinter à son oreille. Sur chacune étaient gravés les noms des propriétaires successifs. Zhao Jingwu lui expliqua la chronologie, leur titre honorifique, comment et pourquoi la pierre était passée à la postérité. Zhuang Zhidie en était médusé :

– Comment as-tu constitué une telle collection ?

– Celles-ci, je les ai depuis longtemps, d'autres proviennent de trocs, et celle-là par exemple m'a coûté trois mille yuans.

— Trois mille yuans, une fortune !

— Cher ? Aujourd'hui, même à vingt mille yuans, je ne m'en séparerais pour rien au monde. Le mois dernier, je me suis rendu au musée dans le quartier de l'étang aux Lotus ; comme la municipalité vient d'ouvrir un grand musée, les autorités supérieures exigent que les différents petits musées de quartier leur remettent leur collection. Or tous les objets de ces musées ne sont pas répertoriés, pour pouvoir éventuellement être vendus aux bénéfices des ouvriers et des employés. Dès que j'ai vu cette pierre, j'ai eu le coup de foudre et j'ai voulu l'acheter. Ils en voulaient dix mille yuans, mais à force de marchander, comme je les connaissais bien, je l'ai eu pour trois mille.

Zhuang Zhidie, perplexe, la prit et l'examina avec minutie ; effectivement le poids de la pierre était considérable en comparaison des autres. Il testa ensuite sa dureté avec ses dents, puis sa sonorité, fine comme celle du métal, en la plaçant à son oreille, et pour finir il découvrit en la retournant quelques caractères très explicites : « Wen Zhengming [1] la posséda. »

— Nom de Dieu, s'écria-t-il, t'es un vrai connaisseur ! Pense à moi la prochaine fois que ce genre d'occasion se présente, sinon je ne ferai plus jamais rien pour toi.

— Calme-toi ! Dernièrement quelqu'un m'a appris sous le sceau de la confidence que Gong Xiaoyi, le fils de Gong Jingyuan, possédait une pierre à encre, une pièce exceptionnelle. C'est un type qui se drogue, il attend le départ de son père pour l'étranger pour s'en débarrasser. Quand je l'aurai vue, si la pièce est bonne, tu ne viendras pas pour rien. Je t'ai dit que je voulais te donner quelque chose, que penses-tu de ça ?

Il lui tendit deux vieilles pièces de monnaie que Zhuang Zhidie retourna dans tous les sens.

---

1. Grand poète, calligraphe, peintre de la dynastie Ming. Fondateur du néo-classicisme. *(N. d. T.)*

– Quelle vieille canaille tu es, dit-il. Trompe qui tu veux, mais pas moi ! Soit, ce sont des pièces précieuses, mais l'une n'est qu'une copie du système monétaire des Han et l'autre est encore plus ordinaire puisque c'est une copie du système des Song.

– Je testais juste tes connaissances d'expert en la matière, répondit Zhao Jingwu un peu gêné, mais tu es un véritable pro. Voici en fait ce que je te destinais, des pièces rares et anciennes.

Il sortit d'une bourse de velours rouge une paire de miroirs en bronze, les compara avant d'en tendre un à son ami qui les avait reconnus. Sur le premier était gravé en relief un couple de grues tenant chacune dans leur bec un ruban qui reliait deux canards mandarins ; sur l'autre une paire de chevaux célestes tenant dans leur bouche des branches sur lesquelles reposaient un argus et un phénix. Zhuang Zhidie, émerveillé, lui arracha les deux :

– Que diable, c'est une paire ! Donne-la-moi. Ta collection de pierres à encre est impressionnante, un de ces jours je t'en offrirai une qui la complétera.

Zhao Jingwu semblait embarrassé.

– Soit, prends la paire, mais demande à Wang Ximian de m'offrir une de ses peintures.

– Sans problème ! Je t'emmène chez lui quand tu veux. Il exaucera ton souhait et même nous festoierons !

Il s'approcha de la fenêtre pour examiner les miroirs de bronze.

Au même moment on frappa à la porte.

– Qui est-ce ? demanda Zhao Jingwu sans obtenir de réponse.

D'un coup d'œil il fit signe à Zhuang Zhidie de glisser les miroirs dans son giron, tandis que lui fermait avec soin sa malle à clef et empilait dessus de vieilles revues.

– Qui est-ce ? répéta-t-il.

– C'est moi ! répondit une voix.

– Huang, le directeur de l'entreprise de pesticides ! annonça Zhao Jingwu.

Il ouvrit la porte.

– Comment, tu arrives seulement maintenant! Le professeur Zhuang Zhidie t'attend depuis une éternité! Allons manger, nos estomacs crient famine!

Zhuang Zhidie observa l'homme, petit et quelconque, le visage noir et empâté, mais qui portait cependant une chemise d'une blancheur impeccable et une cravate; il tenait à la main un gros paquet. Il s'approcha et serra la main de Zhuang Zhidie qu'il ne lâcha plus:

– Monsieur Zhuang Zhidie, j'ai aujourd'hui, enfin, le plaisir de vous rencontrer, vous dont le nom résonne à mes oreilles comme des coups de tonnerre! Quand j'ai dit à ma femme que j'allais vous voir, elle s'est moquée de moi, prétendant que je prenais mes désirs pour des réalités. Je ne me laverai pas la main, de sorte qu'en rentrant elle pourra la serrer à son tour, quel honneur pour elle!

– Ma main vaudrait-elle celle de notre président Mao?

Les trois hommes éclatèrent de rire.

– Vous êtes plein d'humour, monsieur, reprit Huang, on peut dire que vous n'êtes pas fier malgré votre célébrité!

– Je vous en prie, répondit Zhuang Zhidie, la réputation d'un homme de lettres est toujours injustifiée, ce qui n'est pas le cas de votre grosse fortune, monsieur!

Huang gardait toujours dans sa main moite celle du professeur:

– Ne dites pas ça, monsieur Zhuang Zhidie, j'ai lu vos articles dans les journaux. Nous autres, d'origine pauvre et campagnarde, crevions la misère autrefois, maintenant c'est vrai, la fortune nous a souri, mais elle n'arrive pourtant pas à la cheville de votre célébrité. Sans doute suis-je plus âgé que vous, monsieur, et je vais vous dire quelque chose de peu poli, mais sachez que si un jour vous êtes à sec, un mot de vous et mon argent sera le vôtre. Mon entreprise de pesticides marche extrêmement bien, tout le monde s'arrache le produit numéro 101. Quand me ferez-vous l'honneur de me rendre visite ?

– Inutile de tourner autour du pot, j'ai mis le professeur Zhuang Zhidie au courant. C'est un homme très occupé qui d'habitude n'écrit jamais ce genre d'article, mais il consent à faire une grande exception pour toi. Choisis le jour où nous irons visiter ton entreprise, puis donne-moi cinq mille yuans, ton article sera publié sans problème. Mais il faut que les choses soient claires, l'article ne dépassera pas cinq mille mots.

Huang se décida enfin à lâcher la main du professeur avant de s'incliner avec respect devant lui et de répéter inlassablement : « Merci, merci infiniment ! »

– À quand cette visite ?

– Pourquoi pas cet après-midi ? avança Huang.

– Impossible, remettons ça à dans trois jours.

– Parfait, je viendrai vous chercher. Jingwu, comme je suis heureux de la haute considération que le professeur Zhuang Zhidie me porte ! Allons déjeuner ! Quel restaurant avez-vous choisi ?

– Aujourd'hui c'est moi qui régale, trancha Zhao Jingwu, nous avons décidé de manger de cette fameuse soupe de calebasses.

– Mais c'est parfait ! répondit Huang.

– Pratique surtout, le restaurant Au printemps naissant n'est pas très loin.

M. Huang sortit de son gros paquet une bouteille de vin blanc de la région, le Phénix de l'Ouest, trois pots de café, deux boîtes de gâteaux au sésame et une cartouche de cigarettes 555 qu'il remit à Zhao Jingwu.

– Partageons, déclara celui-ci, embarrassé. Zhuang, prends donc la cartouche de cigarettes.

Mais Zhuang déclina l'offre, il n'avait pas l'habitude de fumer des cigarettes étrangères qu'il trouvait trop fortes.

– Si M. Zhuang n'aime fumer que nos cigarettes chinoises, dit Huang, la prochaine fois je lui offrirai une cartouche de la Montagne à la Pagode rouge. Je serai offusqué que vous refusiez ces maigres présents.

Zhao Jingwu ramassa les cadeaux, puis leva un visage souriant vers son vieil ami Zhuang Zhidie :

– Tu dois mourir de faim, mais tes visites étant si rares, j'aimerais que tu me calligraphies un petit quelque chose, très rapidement pour ne pas perdre trop de temps.

– Tu es vraiment un vieil hypocrite, j'aurais dû m'en douter, rien qu'à ton sourire, que tu allais solliciter mes services ! Pourtant, toi qui ne possèdes rien, pourquoi vouloir cette calligraphie ?

– J'ai très envie de conserver quelques rouleaux de peintures et calligraphies célèbres.

Immédiatement la table fut installée, le papier déroulé. Zhuang Zhidie prit son pinceau, mais l'inspiration lui manquait. La tête penchée, il demanda :

– Qu'est-ce que j'écris ?

– Ce qui te vient à l'esprit, suggéra Zhao Jingwu, par exemple les événements qui t'ont marqué récemment. Si demain tu devenais un personnage célèbre à qui on s'intéresse, je posséderais là un document de première main.

Zhuang Zhidie marmonna tout en maniant son pinceau : « Le vent s'attendrit à l'arrivée du papillon. La lune pâlit d'ennui au départ de l'homme. »

Zhao Jingwu qui ne comprenait rien à ce poème questionna Zhuang Zhidie.

– Quel en est le sens ? Dans la première phrase tu parles du papillon, « die », qui est aussi ton nom ; dans la seconde de la lune, « yue », qui est celui de ton épouse. S'agirait-il d'un sous-entendu ? Existe-t-il un certain parallélisme entre « arrivée » et « départ », entre « attendrissement » et « ennui » ? Ce texte est pour le moins obscur.

Zhuang Zhidie non seulement ne lui donna aucune explication, mais laissa son pinceau calligraphier une rangée de petits caractères sur le côté : « Zhao Jingwu me réclame une calligraphie, j'exauce son désir et consigne ici quelques vers classiques. Comprendra celui qui comprendra. Ma calligraphie ne vaut rien, soit, mais dans trois cents ans, elle sera reconnue comme une pièce de musée, et le moindre petit caractère vaudra alors de l'or! À cette époque-là, lorsque les descendants de Zhao Jingwu se mettront à spéculer, la somme dépassera dix mille yuans! N'en rajoutons pas! N'en rajoutons plus! Voici quelques mots lancés par Zhuang Zhidie.»

Zhao Jingwu qui lisait un à un les caractères applaudissait, fou de joie:

– C'est excellent! Vraiment excellent! Une telle peinture vaut plus de dix mille yuans!

Huang regardait avec envie.

– Monsieur Zhuang, dit-il, faites-moi l'honneur, je vous en prie, de me calligraphier aussi quelques mots, je les ferai encadrer pour les accrocher dans notre salle de réception!

Et sans attendre que Zhuang Zhidie accepte, il s'approcha pour ajouter de l'encre, mais débordant d'énergie il s'en renversa plein la main qu'il dut aller rincer sous le robinet dans la cour.

– Adieu tout l'«honneur» qu'il voulait transmettre à sa femme! dit à voix basse Zhuang Zhidie.

Les deux amis pouffèrent de rire.

– Écris-lui quelque chose, insista Zhao Jingwu, les nouveaux riches adorent le raffinement.

– C'est vrai, maintenant il suffit d'être fonctionnaire pour être un connaisseur, rétorqua Zhuang Zhidie. Notre maire, qui à l'origine est diplômé de pédologie, est, depuis qu'il a pris ses fonctions, incollable sur l'industrie, sur le commerce et sur les créations artistiques et littéraires, c'est extraordinaire! Ces nouveaux riches ont tout ce qu'ils veulent!

– Il a beau être riche, il a quand même besoin d'ajouter ton raffinement à son argent.

Zhuang Zhidie se mit à l'œuvre: «Cent diables hideux grimacent mais Dieu reste muet; les étoiles brillent mais pâlissent face à la lune.» Zhao Jingwu allait crier bravo, lorsque le rideau de bambou bougea et qu'une voix s'écria:

– Lequel est l'écrivain Zhuang Zhidie ?

Zhuang Zhidie leva les yeux et découvrit devant lui la jeune nounou des voisins d'en face.

En voyant Huang se laver les mains dans la cour, elle lui avait demandé ce qu'il avait fait pour les avoir ainsi tachées d'encre. Il avait raconté sa démarche auprès de Zhuang Zhidie et la jeune demoiselle, abandonnant sa lecture, avait fourré la tétine dans la bouche du bébé et s'était précipitée chez son voisin. Zhuang Zhidie n'avait encore jamais rencontré une fille aussi peu courtoise et s'adressant à un professeur avec aussi peu de politesse, mais sans savoir pourquoi, sa franchise lui plut.

– C'est moi, dit-il en regardant le beau visage.

– Vous vous moquez de moi, déclara la jeune bonne en le toisant. Vous, Zhuang Zhidie ?

Huang stupéfait cherchait le regard de Zhao Jingwu.

– Selon toi, à qui ressemble ce fameux Zhuang Zhidie ? demanda Zhao Jingwu.

– Un homme au moins grand comme ça, plus que vous en tout cas.

Elle ajouta le geste à la parole.

– Oh là ! là ! soupira Zhuang Zhidie. Ma gloire grandit de jour en jour, mais ma taille hélas est invariable, dire qu'on ne me prend même pas pour le professeur Zhuang Zhidie !

C'est alors que la jeune fille le reconnut. Elle l'observa minutieusement de la tête aux pieds, le visage cramoisi.

– Je m'excuse si je vous ai offensé, dit-elle.

– Vous êtes la gouvernante de la famille d'en face ? demanda Zhuang Zhidie.

– Oui, une bonne, cela vous amuse !

– Pas du tout, mademoiselle. À l'instant, je disais à mon ami Zhao mon admiration de vous voir lire tout en gardant l'enfant. Pour une servante, vous êtes une exception !

– Si vous n'avez pas de mépris pour moi, écrivez-moi une calligraphie !

– Quel aplomb! Mais comment refuser? Quel est votre nom?

– Liu Yue.

Interloqué, il songea: «Tiens, c'est aussi une lune!» et écrivit deux vers anciens: «Vaste est la campagne, bas est le firmament qui s'accroche aux arbres; dans les eaux limpides du fleuve se mire la lune, si près de nous.»

– Liu Yue, quelle chance tu as, déclara Zhao Jingwu, pinceau, encre, papier, pierre à encre, tout t'attendait là sur la table! Il ne te reste plus pour remercier le professeur qu'à lui trouver une jeune domestique originaire de ton pays natal.

– Pour un homme comme le professeur, les filles chez nous sont plutôt maladroites et sans finesse, aucune ne lui conviendra.

– Il me suffit d'en voir une pour les connaître toutes! Vous saurez bien me choisir une perle!

– Je suis unique! rétorqua la jeune demoiselle après une minute de réflexion.

Zhao Jingwu qui ne l'avait pas imaginée capable de tant d'audace lui fit les gros yeux. Mais Zhuang Zhidie, fort content, déclara qu'il n'en attendait pas moins d'elle. Liu Yue, comblée, éclata de rire et s'adressa à Zhao Jingwu:

– Allons, monsieur Zhao, cessez de me regardez comme ça! Dès que j'ai eu la certitude qu'il s'agissait bien du professeur Zhuang, j'ai tout de suite eu envie d'être sa gouvernante!

– Impossible, trancha-t-il, tu as signé un contrat avec les voisins et si tu les quittes, ils sauront que c'est ma faute et me maudiront à tout jamais.

– Serais-je la fiancée-enfant[1] selon nos vieilles coutumes ancestrales?

Zhuang Zhidie imperturbable déclara:

---

1. Avant la Libération, le cas était fréquent dans les familles pauvres de confier une fillette à ses futurs beaux-parents comme fiancée du bébé. (N. d. T.)

– Attendons l'expiration de votre contrat, Zhao Jingwu me préviendra.

*

En allant au restaurant, Zhuang Zhidie manifesta son étonnement pour cette jeune fille qui ne ressemblait en rien aux campagnardes habituelles tant elle était belle.

– Personne d'ailleurs n'aurait cru qu'elle embellirait si vite, ajouta Zhao Jingwu. Au début, elle portait un vêtement de grosse toile, baissait les yeux lorsqu'on lui adressait la parole et n'osait pas répondre. Puis un jour où ses propriétaires étaient à leur travail, elle ouvrit l'armoire de sa maîtresse et essaya une à une toutes ses robes en s'admirant dans la grande glace; un voisin qui l'avait aperçue lui dit qu'elle ressemblait à Chen Chong[1]. «Ah oui?» répondit-elle en fondant en larmes. Personne ne connut la raison de son chagrin. «Tu enverras ton premier mois de salaire à tes parents, lui avait dit sa patronne, la vie est dure là-bas dans les hauts plateaux de loess», mais elle ne l'avait pas écoutée et avait tout dépensé en vêtements. D'un seul coup, tel un coursier paré d'une selle, elle était devenue resplendissante et tout le voisinage s'extasiait sur sa ressemblance avec Chen Chong. Dès lors, de jour en jour, elle débordait de vie, véritable métamorphose.

Zhuang Zhidie adorait le caractère de cette jeune fille et l'avait d'ailleurs, sans le vouloir, déjà laissé transparaître. S'il avait poussé Zhao Jingwu sur ce sujet, il préférait pourtant ne pas relancer la conversation, mais ce dernier lui conseilla, s'il tenait absolument à avoir cette jeune demoiselle chez lui, à ne pas louer ses services mais à l'inviter librement. En traversant une ruelle, il reconnut l'une des maisons à cours carrées cachées sous une profusion de branches

---

1. Célèbre actrice chinoise qui joua dans *Le Dernier Empereur*. *(N. d. T.)*

d'un immense plaqueminier. Le vent soudain balaya une feuille jaune qui vint se coller juste sur l'œil droit de Zhuang Zhidie.

– Jingwu, demanda-t-il, si l'on bifurque dans cette venelle on arrive au Temple de la Vacuité Pure, n'est-ce pas ?

– C'est exact.

– Je me suis récemment lié d'amitié avec une personne qui habite par là, dit Zhuang, demandons-lui de se joindre à nous pour le déjeuner, ce sera sympathique.

– Tu veux parler de la jeune bonzesse Hui Ming ? déclara Zhao Jingwu.

– Une bouddhiste, manger du porc ! s'insurgea Zhuang.

– Péché ! Invite ton amie que je la connaisse ! suggéra Zhao.

Zhuang Zhidie enfourcha sa mobylette, assurant qu'il revenait tout de suite.

Dès qu'il s'arrêta devant la porte, une tête à la chevelure brillante dépassa du muret :

– Professeur Zhuang !

Tang Wan'er lui sourit. Le muret était couvert de plantes grimpantes, Zhuang Zhidie se demandait bien comment elle avait pu le voir.

– Attendez, dit-elle, je vais vous ouvrir la porte.

En fait, elle avait eu envie de faire pipi, s'était accroupie là en regardant le pied du mur détrempé par les traces d'eau et s'était aperçue que ces traces avaient des formes humaines. Sans savoir pourquoi, elle avait songé à Zhuang Zhidie et, bien que seule, elle en avait rougi de honte. Or c'était précisément à ce moment-là qu'elle avait entendu le ronflement de la mobylette. Elle s'était relevée à la hâte et avait constaté que c'était bien lui. Elle remonta aussi sec son pantalon couleur crème qui avait glissé sur ses chevilles et se précipita chez elle.

Zhuang Zhidie observait par la porte entrebâillée la jeune femme qui tout en courant serrait la ceinture de son pantalon. Il la vit tortiller son postérieur bien en chair et en eut le souffle coupé.

Tang Wan'er face à son miroir se recoiffait, puis avec une houppette qu'elle tamponna sur son fard à joues, se poudra les pommettes avant de s'enduire les lèvres de rouge. Seulement alors elle courut ouvrir la porte et resta un long moment appuyée contre le chambranle à rouler des yeux doux. Zhuang Zhidie comprit aussitôt que le maître de maison n'était pas là.

– Zhou Min est-il là ? demanda-t-il.

– Il est parti très tôt ce matin à l'imprimerie, répondit-elle. Mais entrez donc, professeur ! Mon Dieu, vous ne vous protégez pas avec un chapeau par ce soleil !

Zhuang Zhidie, quelque peu troublé, ne savait plus si l'absence du mari était providentielle ou non. Son paquet à la main, il entra et se laissa tomber sur un siège. La jeune femme s'empressa de lui verser du thé, de lui offrir des cigarettes et de mettre le ventilateur en marche.

– Professeur Zhuang, nous ne savons vraiment pas comment vous remercier ; vous, un homme couvert de gloire, que tout le monde s'arrache, parfois sans succès, vous nous avez témoigné tant de générosité !

– Tant de générosité ? s'étonna-t-il.

– Mais oui, l'imposant service de table que vous nous avez fait porter, et que nous ne pourrons jamais utiliser complètement, même en fondant une large famille.

Zhuang Zhidie se souvint alors de ses achats de vaisselle dans le bazar.

– Broutilles ! déclara-t-il en riant, je n'ai dépensé là que la maigre somme gagnée en rédigeant un petit article.

La jeune femme plaça son tabouret face à lui et s'assit les jambes croisées.

– On peut quand même acheter tant de choses juste avec un petit article ? Zhou Min prétend qu'on est payé au nombre de signes, y compris la ponctuation. Que gagnez-vous uniquement pour la ponctuation quand vous rendez vos manuscrits ?

– Aucun éditeur ne rétribue un texte qui n'est fait que de ponctuation ! répliqua-t-il en riant.

La jeune femme rit bruyamment, se tortilla, mais aussitôt tira sur son T-shirt à décolleté arrondi qui dévoilait sa large poitrine blanche lorsqu'elle riait. Ce geste fit bondir le cœur de Zhuang.

– Professeur, je me demande si dans vos romans vous partez de modèles pour créer vos personnages ?

– Disons que la plupart sont le fruit de mon imagination.

– Comment faites-vous pour les dépeindre avec tant de richesse ? Zhou Min prétend que vous êtes un homme plein de sentiments et débordant d'amour ; une femme qui a un tel mari ne connaît pas son bonheur !

– La mienne affirme que dans une vie future elle ne voudrait pour rien au monde épouser un écrivain !

La jeune femme sembla un peu étonnée, garda le silence un moment puis ajouta en baissant les yeux :

– Elle nage dans le bonheur sans le savoir, car elle ne connaît pas le goût amer d'une vie partagée avec un rustre !

Elle essuya une larme. Zhuang Zhidie pensa aussitôt à son sort. Il n'avait jamais vu son mari, mais il imaginait le genre d'homme qu'il pouvait être.

– Vous êtes une femme heureuse, dit-il pour la consoler, d'un physique agréable, et qui plus est née sous une bonne étoile. Oubliez le passé, la vie est belle maintenant.

– Vous parlez ! Xijing n'est pas une ville déplaisante, mais où s'installer ? Professeur, peut-être savez-vous pratiquer la physiognomonie, dites-moi ce qui m'attend !

La jeune femme tendit une main fine et claire qu'elle posa sur ses genoux. Il la saisit et, troublé, déclara d'une traite sans réfléchir que les ouvrages qui traitaient de cette science définissaient la bonne ou mauvaise fortune de la femme d'après certains éléments ;

un front plat et arrondi, par exemple, était signe de bon augure, alors qu'un front bosselé ne l'était pas ; un nez relevé était un bon omen, alors qu'un nez fuyant était mauvais signe ; pareil pour les cheveux, ils devaient être lisses, pas ternes ; quant au cou-de-pied, il le fallait marqué. Attentive, la jeune femme qui avait passé en revue chacune des parties du corps énumérées était très contente d'elle. Un point restait obscur : l'épaisseur du cou-de-pied. Zhuang Zhidie glissa sa main derrière la cheville de Tang Wan'er, descendit doucement, puis s'arrêta, pointant un doigt en l'air ; elle retira sa chaussure, leva son pied presque à la hauteur de son visage. Sa souplesse étonna Zhuang, ainsi que la finesse et la délicatesse de son pied. Le cou-de-pied était peu prononcé, la voûte plantaire très légèrement creuse, pas plus grosse qu'un abricot ; quant aux orteils, tendres comme de jeunes pousses de bambou, du plus gros au plus petit ils allaient en s'affinant, et le dernier bougeait avec dextérité. Une merveille ! Zhuang Zhidie n'avait jamais vu de pied aussi troublant, il faillit même siffler ! Lorsqu'il vit la jeune femme remettre ses chaussettes et ses chaussures, il lui demanda quelle était sa pointure. « 35, répondit-elle, je suis grande, mais mes pieds sont petits, c'est un peu disproportionné. » Il se leva, ravi, et sortit de la boîte les chaussures qu'il lui tendit. « Elles sont pour vous ! »

– Magnifiques ! Combien coûtent-elles ?

– Vous voulez les payer ? Ne soyez pas ridicule, je vous les offre !

Elle le regarda.

– Allez, essayez-les !

Sans le moindre mot de remerciement, elle les enfila, balançant violemment les vieilles sous son lit.

De retour au restaurant, Zhuang Zhidie était d'excellente humeur. Zhao Jingwu et M. Huang, qui après l'avoir attendu longtemps le voyaient revenir seul, semblaient déçus. Ils se plaignirent de leur estomac affamé, lui demandant s'il ne mourait pas de faim. Il se contenterait de boire, leur dit-il.

Ils burent beaucoup tous les trois. Après avoir vidé une demi-bouteille, leurs propos étaient gentillets, mais une fois l'autre moitié vidée, leurs paroles prirent une tournure noble et héroïque ; après avoir avalé une autre demi-bouteille, ils divaguèrent complètement, et se turent quand tout fut liquidé. Ils restèrent attablés une bonne partie de l'après-midi, puis Zhuang Zhidie déclara qu'il devait partir. Zhao Jingwu voulut le raccompagner, il déclina l'offre de la main et partit en chancelant. Sur sa Mulan, une fois dans la rue, il s'aperçut qu'il pouvait encore remarquer les caractères mal calligraphiés des publicités accrochées aux portes des magasins. Arrivé chez sa belle-mère, sitôt le pas de la porte franchi, il s'endormit jusqu'à la nuit tombée. Il ne se leva qu'une fois le dîner servi par Niu Yueqing. Il s'assit, seul, à table, puis déclara que n'ayant pas faim il ne mangerait pas, il préférait retourner avec sa mobylette passer la nuit dans leur appartement.

— Certainement pas ce soir, trancha sa femme, nous dormirons ici.

Il bafouilla, prétexta un article à rédiger, mais intraitable sa femme lui lança :

— Tu peux y aller, moi en tout cas je reste ici.

Il partait rien que pour avoir la paix, mais afficha néanmoins un air contrit avant de sortir en soupirant.

La nuit tombait sur la ville. Des oiseaux gazouillaient en haut de la Tour de la Cloche tandis qu'en bas, à côté de la porte, des vendeurs ambulants de brochettes de mouton et de bouillon aux raviolis allumaient lampes et fourneaux. Une nuée de gamins piailleurs et bagarreurs faisaient le siège d'une vieille marchande de barbe à papa. Zhuang Zhidie ne s'approcha que pour observer sa façon de faire : une cuillerée à soupe de sucre pouvait ainsi s'effilocher et se tortiller tels des fils de soie. En levant la tête, il aperçut la mère Liu qui arrivait avec sa vache. Après avoir vendu son quota de lait, la paysanne et sa bête ne quittaient la ville qu'à la fraîcheur du soir. La vache beugla en le voyant, ce qui affola les gamins qui se dispersèrent.

– Voilà quelques jours que je ne vous avais pas vu, vous aviez quitté la résidence ? demanda la mère Liu.

– Demain j'y serai, je vous attendrai.

Il balança une tape sur la croupe de la bête tout en s'intéressant à la production de son lait et à son prix de vente. La marchande se plaignit que la livre de fourrage eût augmenté de dix centimes, mais qu'en revanche le prix du lait n'eût pas bougé et que venir en ville par une canicule pareille pour ne rien gagner fût épuisant. Pendant ce temps, la vache restait campée sur ses quatre pattes sans bouger.

– À quoi bon geindre ? Si vous ne vous donnez pas cette peine tous les jours, c'est pas un sou qui vous manquera, mais de quoi vivre ! Regardez votre bête, elle prend la vie du bon côté, comme un vrai philosophe !

Bien sûr Zhuang Zhidie avait lancé cette boutade sans réfléchir et sans imaginer, un seul instant, que l'animal enregistrait chacun de ses mots. On prétend que le chien est un animal sensible, le chat aussi d'ailleurs, en fait c'est la vache qui l'est le plus. Il y avait un an, lorsqu'il avait fait un reportage sur les banlieues il avait habité chez cette paysanne. Elle cultivait alors des légumes, commerce peu lucratif, de plus elle était bien trop honnête pour tricher avec le fléau de la balance. Sa situation était peu enviable. Zhuang Zhidie lui avait alors suggéré :

– À l'heure actuelle, il est fréquent, dans les villes, que le lait soit coupé d'eau, les plaintes des masses sont importantes, mais comme les consommateurs de lait sont de plus en plus nombreux, les vendeurs de lait veulent s'enrichir, ils continuent donc à couper le lait avec de l'eau. Car même s'ils sont maudits, les gens boiront toujours du lait. À mon avis, il vous faudrait élever une vache à lait que vous mèneriez à la ville tous les jours et vous vendriez son lait juste tiré sur place. Même si le prix est un peu élevé, les gens apprécieront et l'argent que vous en tirerez sera bien supérieur à celui que vous rapportent vos légumes.

Convaincue, la mère Liu partit dans les régions montagneuses du Sud acheter cette bonne vache. La bête, pleine de reconnaissance envers le professeur, lui lançait chaque fois un long beuglement en signe de salut. Là, en l'entendant vanter son tempérament de « philosophe », elle fut persuadée qu'elle en était un, et dès lors porta sur cette ville un regard de philosophe. Mais comme il lui manquait la parole, personne ne le sut jamais.

Un matin de très bonne heure, lorsque la mère Liu eut tout vendu son lait, elle mena sa vache se reposer au pied des remparts, là où justement Zhou Min jouait de son ocarina. Le son languissant et plaintif avait beau les rendre mélancoliques, elles aimaient néanmoins écouter le joueur. Il s'arrêta soudain, et lorsque la vache releva la tête, elle le vit s'éloigner doucement, silhouette irréelle. Elle aurait voulu lui témoigner son émotion, mais elle ne le pouvait pas. La marchande piqua du nez et s'endormit, la vache brouta une touffe d'herbe qu'elle rumina tout en pensant :

« Lorsque je vivais encore là-bas dans les montagnes du Sud, je savais déjà qu'il existait des hommes et qu'il existait aussi des bovidés. À vrai dire est-ce l'homme qui descend de la vache ou l'inverse ? Les hommes prétendent qu'ils descendent du singe. Aberration ! Pourquoi choisir pour ancêtres ces chimpanzés aux postérieurs si rouges et aux visages si laids ? L'homme a inventé un tel mensonge pour nous asservir à tout jamais et avoir la conscience tranquille. Admettons cette injustice, impossible en tout cas de l'élucider ! Il ne nous est donc pas interdit de penser que bovidés et hommes descendent tous deux du singe. Deux races sont nées de la transformation du singe : une à qui on donna le don de la parole et l'autre pas. La pensée se manifeste chez l'homme par la parole, chez nous par la rumination. C'est ainsi, voilà tout. Dans ce monde de chaos, les bovidés n'auraient donc pas plus de raison d'exister qu'une vulgaire petite puce ? Je m'insurge. Nous sommes des colosses, au corps imposant, aux quatre pattes bien solides, dotés d'une paire de cornes pointues et résistantes pour lutter. Dans un monde où tous les fauves sont destinés à attaquer l'homme, nous sommes les seuls à être de son côté, à collaborer avec lui, à le reconnaître comme notre chef. Or si l'homme a fait de nous ses domestiques, au même titre que les poules ou les cochons, en revanche il traite ces derniers avec le plus grand soin. Ne leur rapportent-ils pas, l'une ses œufs, l'autre sa viande ! Tandis que nous, il nous exploite pour labourer les champs, manœuvrer la meule, transporter de lourds fardeaux, et boire en fin de compte notre lait sans vergogne ! »

L'humiliation de sa race la mettait dans tous ses états. Elle ne recouvra en fin de compte la sérénité qu'après avoir relevé la tête et contemplé le ciel, immensité blanche. Elle finit par rire, rire qui se manifesta par un beuglement sonore. « Sur cette terre, constata-t-elle, tous les animaux sont diaboliques, excepté Dieu et nous, les bovidés. En faisant de nous ses esclaves, l'homme nous intègre dans son monde civilisé ! La civilisation a rendu l'homme calculateur et intrigant ; il risque, victime de sa propre intelligence, de se détruire. Ce serait nous, les bovidés, qui prendrions sa succession. Cela n'a rien d'absurde, l'histoire humaine est faite souvent de renversements de situation où la classe exploitée devient reine ! N'oublions pas que des bovidés se sont déjà infiltrés chez les hommes sous forme de vêtements, de chaussures ou de sacs en cuir. Nous avons nos espions fiers de leurs origines ! Quant à moi… » La vache savourait sa joie ! Elle était une envoyée du Tout-Puissant, voilà tout !

Elle se sentait reconnaissante à l'égard du professeur Zhuang du destin sacré qu'il lui avait offert et de l'avoir considérée comme philosophe !

*

Le 19 juin au soir, Zhuang Zhidie acheta du papier monnaie d'offrande avant de se rendre à la Maison de la Double Bienveillance. Niu Yueqing faisait transformer, par un forgeron ambulant, une vieille paire d'épingles à cheveux en argent en un anneau. Zhuang Zhidie s'approcha pour observer le visage de l'homme, son regard perçant et ses lèvres fines. Il actionnait de son pied le soufflet sans lâcher le fer à souder. La paire d'épingles devint une boule d'argent souple et molle. Zhuang Zhidie voyait cela pour la première fois. À chaque crise de démence, la vieille Dame buvait une décoction à base d'argent. Si Niu Yueqing voulait faire de ces épingles des boucles d'oreilles, Zhuang songea qu'il serait peu commode de devoir les retirer chaque fois.

– Je ne veux pas de boucles d'oreilles! hurla Niu Yueqing. C'est un anneau pour toi. Wang Ximian en porte trois, toi aucun! Les gens te traitent de vieil avare et moi m'accusent de manquer de générosité à ton égard!

– N'importe quoi! bougonna-t-il en entrant dans la maison.

Niu Yueqing éprouva une grande satisfaction à la vue de l'anneau tout neuf. Elle le prit et rentra ravie pour que son mari l'essaye. Il était occupé à tamponner le papier monnaie d'offrande pour les morts à l'effigie des *renminbi*[1]. Il étalait les liasses de billets sur le sol et les tamponnait recto verso. Niu Yueqing se moqua de lui, le trouvant bien trop consciencieux; à quoi bon se donner tant de peine, le geste suffisait. La vieille Dame allongea la main pour lui clouer le bec, priant son gendre de continuer, sinon les défunts traverseraient l'Achéron sans sous. Niu Yueqing rétorqua que si cet argent destiné aux morts, qui n'était en fait que du vulgaire papier imprimé à l'effigie du renminbi, pouvait se transformer en pièces de métal, eh bien tant mieux! Sa vieille mère l'injuria et partagea

1. Monnaie de la république populaire de Chine. *(N. d. T.)*

la liasse en six tas qu'elle donna à Zhuang Zhidie pour y écrire le nom de chaque défunt. Naturellement la pile la plus grosse était destinée à son mari, venait ensuite celle de son beau-frère, de sa sœur, et enfin d'une tante de Niu. Cette dernière ne put s'empêcher de se moquer du sérieux avec lequel sa mère s'acquittait de son devoir, elle prenait soin de tant de morts... Elle passa au doigt de son mari l'anneau. Il s'affala dans le canapé en affichant de grands airs. Il balança au bout de ses pieds ses chaussures, des doigts tapota avec fermeté les accoudoirs en expliquant qu'il devait aussi changer de chemise, la sienne étant démodée.

– Je t'en ai acheté une, rouge vermillon. Le vieux Huang dans mon unité de travail porte la même et lui qui a soixante-deux ans paraît dix ans de moins !

– Dans ce cas mon pantalon n'ira pas avec la chemise, déclara-t-il, si tu m'en trouves un, prends-le-moi. Mais il me faut aussi changer de chaussures, quant aux chaussettes...

– Ça va ! Ça va ! trancha son épouse. Quand tu auras fait peau neuve, tu passeras au ravalement de la façade ! Et pendant que tu y seras, tu n'auras plus qu'à changer de femme !

– Depuis l'année dernière où tu t'es fait plomber une dent avec une barrette en or, tu me couvres de paroles d'or et d'argent, et je dois obtempérer au moindre de tes désirs. Maintenant que tu t'es mis en tête de me faire porter un anneau, je dois m'exécuter.

Riant jaune, il retira l'anneau et le posa sur la table. Il grommelait et pestait contre sa femme qui voulait le ridiculiser en lui faisant porter n'importe quoi.

– Je veux te faire plaisir et tu me fais des reproches, rétorqua-t-elle peu contente, c'est avec joie que je te conseillais, mais puisque tu t'en moques, dorénavant ne viens plus me demander mon avis sur ton habillement ou ta coiffure.

La vieille Dame, qui les entendait se quereller, n'intervint pas, mais elle se plaignit soudain que tous les papiers monnaie d'offrande étaient de cent yuans, sans aucune petite coupure, ce ne serait pas très facile pour acheter quelque chose dans le royaume des morts. Zhuang Zhidie prit l'une des liasses et tamponna des billets de dix, cinq ou un yuan. La famille sortit alors dans la rue pour les brûler.

La nuit était tombée, passants et voitures se faisaient rares. Le lampadaire à quelques mètres de là éclairait mal. Dès que le papier prit feu, l'ombre des trois personnages se mit à danser sur les murs le long de la ruelle, petits fantômes difformes bondissant au gré des flammes. Les cendres voltigeaient dans tous les sens. La chaleur ne les dérangea tout d'abord pas, mais lorsqu'ils s'agenouillèrent près du foyer ils durent reculer, ils avaient l'impression de rôtir. La vieille Dame se mit à murmurer le nom de chaque défunt pour les inviter à venir prendre leur argent, tout en leur recommandant de bien le ranger, de ne pas le gaspiller, sans pour autant se priver, et lorsqu'ils auraient tout dépensé qu'ils le lui disent. Zhuang Zhidie et Niu Yueqing étouffèrent un peu le feu qui prenait trop. À ce moment-là, ils levèrent tous trois la tête, surpris par la brusque apparition dans le ciel, à l'ouest, d'une lueur rouge.

— Ce sont encore ces mânes affamés qui se battent, déclara la vieille Dame, à qui appartiennent ces revenants ? Bon Dieu, si leurs descendants ne leur donnent rien, ils vont s'emparer de l'argent destiné à mon vieux !

— Tu racontes n'importe quoi ! dit sa fille, à qui de tels propos donnèrent la chair de poule. C'est sans doute une usine qui effectue une soudure pour l'installation d'une machine quelconque, il n'y a pas plus de mânes faméliques que de beurre en branche !

La vieille Dame tourna à nouveau ses regards vers le firmament, sans cesser de pester. Elle était convaincue que son vieux avait été finalement le plus rapide et que personne n'avait eu le temps de voler son argent.

— Yueqing, demanda-t-elle à sa fille, la jeune femme qui habite au numéro dix est enceinte, n'est-ce pas ?

– Les habitants de cette maison sont des charbonniers qui viennent de Shangzhou. Ils sont venus à la ville pour faire fortune en emmenant le ban et l'arrière-ban. Tu as raison, l'une des femmes est enceinte.

– Ces types-là collent leurs femmes enceintes dès qu'ils les touchent! Elles se tapent deux, trois, grossesses. Plus ils crèvent la misère, plus ils ont de gamins, et plus ils ont de mômes, plus ils bouffent de la vache enragée. Je me demande ce qu'ils cherchent!

– Avant-hier midi, je suis allée à la consultation à l'hôpital et je l'ai rencontrée. Elle voulait que le médecin l'examine pour savoir si elle était enceinte. Il lui demanda de se déshabiller, mais dut pour l'ausculter lui désinfecter la peau du ventre, noire et repoussante de crasse, avec un coton imbibé d'alcool à 90°. «Il faut vous laver avant de venir, ordonna le docteur tout en passant le coton sur son ventre. – Mon mari est charbonnier!» rétorqua-t-elle cramoisie après un moment de silence.

Niu Yueqing riait en racontant l'histoire, Zhuang Zhidie aussi.

– Ce gamin qu'elle va mettre au monde est la réincarnation d'un de ces revenants! proféra la vieille Dame.

Sa phrase à peine achevée, des cris perçants de nouveau-né se firent entendre au loin. Aussitôt ils virent un homme qui courait dans tous les sens frapper aux portes et hurler: «Elle a accouché! Elle a accouché! Vite, donnez-moi un coup de main pour aller rue de la Chèvre-de-l'Est acheter trois soupes et une bouteille du vin jaune de Shaoxing, elle crie famine et se tord de douleur. Elle prétend qu'elle pourrait manger une vache si elle en rencontrait une!»

Zhuang Zhidie et Niu Yueqing échangèrent un regard étonné, la vieille Dame aurait-elle vu juste? En regardant le ciel, leur crainte redoubla. Comme le papier s'était consumé, ils se relevèrent pour rentrer. Une ombre humaine se glissa derrière le sterculier à feuilles de platane à l'angle de la rue.

– Sœur Niu! Sœur Niu! dit la voix.

– Qui va là ? demanda la vieille Dame.

– C'est moi.

Zhuang Zhidie s'approcha et reconnut, grâce à la lueur des flammes, la vieille Wang qui habitait la ruelle à droite. Il s'éloigna dégoûté.

Autrefois, la vieille Wang était une prostituée de la maison close Le Printemps réuni. À vingt-cinq ans, lorsqu'elle avait rencontré Hu Zongnan, secrétaire de son état, elle lui avait mis le grappin dessus et ils menèrent alors une petite vie bien rangée. Ils eurent un fils qui se tua en percutant un poteau électrique avec sa mobylette. Puis, quelques années plus tard, elle perdit son mari. Elle se retrouva, veuve, sans ressources. Depuis deux ans, elle avait transformé sa maison en une sorte de halte-garderie privée. Comme elle connaissait la vieille Dame depuis fort longtemps et qu'elles étaient voisines, elle venait souvent faire un brin de causette. Zhuang Zhidie prétendait qu'elle disait n'importe quoi. Son regard en coin, son comportement lui semblaient bizarres. Il ne l'aimait pas, allant même jusqu'à déclarer qu'elle perturbait les enfants, ce qui agaçait la vieille Dame ainsi que sa femme qui lui reprochait son parti pris contre cette pauvre vieille. Du coup, la vieille Wang ne se montrait pas beaucoup quand il était là, mais se rattrapait lorsqu'il n'y était pas. Il y avait six mois, la vieille Dame avait avoué à sa voisine son inquiétude sur le fait que sa fille et son gendre, malgré leur âge, n'avaient toujours pas d'enfant. Deux ans après leur mariage, lui avait-elle raconté, sa fille était tombée enceinte, mais avait fait une fausse couche ; lors de sa deuxième grossesse, elle avait dû avorter : dans son entreprise on ne pouvait avoir des enfants qu'en fonction des résultats ; aujourd'hui, il ne leur manquait rien, excepté un garçon, mais ils n'y arrivaient pas ! La vieille Wang déclara qu'elle avait une recette miracle qui non seulement était infaillible mais qui en plus leur donnerait un garçon à coup sûr. La vieille Dame savait parfaitement, sa fille le lui avait avoué en essuyant une grosse larme sur sa joue, qu'elle n'avait pas d'enfant non parce qu'elle n'en voulait pas, mais parce qu'elle ne pouvait pas. Ces dernières années Zhuang Zhidie l'étonnait de plus en plus, à vrai dire il était bizarre. Il faisait preuve de virilité lorsque c'était inutile, mais en revanche était toujours frappé d'impuissance au moment opportun. Il avait pour cette raison consulté beaucoup de médecins, mais sans succès, et se résignait à ne pas avoir de descendant. La vieille Dame se tracassa jusqu'au jour où elle eut une idée : demander à une cousine germaine par alliance d'adopter l'enfant qu'elle mettrait au monde. Au moins il serait de la famille. Par bonheur, la jeune cousine tomba enceinte. La vieille Dame lui dévoila son projet qu'elle accepta aussitôt, mais à une condition, il fallait que ce fût un garçon ! Elle l'obligea donc à passer une échographie qui révéla qu'elle attendait une fille. Elle dut avorter. Ensuite la vieille Dame l'emmena consulter sa voisine, la mère Wang, qui lui donna les recommandations suivantes : pour être enceinte elle devait avoir des rapports sexuels trois jours après le début de ses règles et prendre immédiatement ce remède, une cuillerée matin et soir, sans se plaindre de son amertume ni s'inquiéter d'éventuelles pertes de sang. Elle remit à la jeune cousine la potion confectionnée par ses soins, une bouteille au contenu noir et gluant. La vieille Dame naturellement se confondit en remerciements et voulut la payer. La mère Wang assura qu'il n'y avait pas urgence, qu'elle s'acquitterait de sa dette lorsque le garçon serait venu au monde. Simplement ce médicament à base d'aquilaria d'importation coûtait très cher. Niu Yueqing fut chargée de s'en occuper. Lorsque Zhuang Zhidie l'apprit, il fut fort mécontent et se querella avec sa femme. Ce soir-là, en apercevant Zhuang Zhidie, la mère Wang s'exclama avec une joie non contenue :

– Sœur Niu, as-tu entendu ces vagissements qui viennent du numéro dix ? La femme du charbonnier avait déjà trois filles, eh bien, grâce à mon remède, elle vient d'avoir un petit gars ! J'ai passé mes journées assise chez elle à attendre cette naissance et son charbonnier de mari hurlait : « Si c'est pas un garçon, vous me remboursez ! » C'est, en comptant celui-ci, le vingt-quatrième gamin qui naît grâce à moi ! Qu'en dites-vous ? Vous l'aurez, votre fils !

– Mère Wang, je vous fais confiance, assura Niu Yueqing heureuse.

– En tout cas il ne faudra pas m'oublier quand il sera là ! reprit la vieille.

Niu Yueqing invita la vieille Wang à venir boire un thé, mais elle refusa, remettant ça à un autre jour.

– La mère Wang t'a encore parlé de ses potions miracles pour avoir des petits gars ? lui demanda Zhuang Zhidie.

– Son remède est fabuleux ! Si la femme du charbonnier a eu un garçon, c'est bien grâce à elle !

La voyant avec le remède entre les mains, Zhuang Zhidie lui en demanda le prix. « Cinq cents yuans », répliqua-t-elle. Fou furieux, il se précipita dans la cuisine pour avaler un bol de bouillie de riz avant de filer s'étendre sous sa moustiquaire.

En rentrant, Niu Yueqing et sa mère étaient, elles, de fort bonne humeur. Elles dînèrent, puis Niu Yueqing emporta une cuvette d'eau dans sa chambre pour faire un brin de toilette. En se lavant, elle raconta à Zhuang Zhidie que la mère Wang détenait cette recette magique de son feu mari, le secrétaire Hu Zongnan, qui ne la lui avait révélée que le jour de sa mort. De son vivant il avait gardé le secret, mais convaincu que sa pauvre femme, sans ce pouvoir, vivrait dans la déchéance totale jusqu'à la fin de ses jours, il avait décidé de le lui confier. Zhuang Zhidie ne disait mot. Sa toilette terminée, Niu Yueqing se parfuma, changea l'eau, et lui demanda de se laver à son tour. Il déclara qu'il n'en avait aucune envie. Niu Yueqing desserra la moustiquaire et le tira par ses vêtements :

– Aucune envie ! Et moi alors, tu crois que ça me fait plaisir ! Avalons ce médicament et essayons ! J'aime autant être enceinte que d'adopter l'enfant de cette cousine. Nous ne nous rabattrons sur cette solution que si la potion n'est pas efficace. Car il faut assurer la descendance mais en essayant que l'enfant soit de notre sang. Un étranger risquerait de nous trahir.

– Je ne supporte pas ta cousine. La dernière fois qu'elle est venue, elle a passé son temps à geindre sur son sort et sa misère. Je suis bien persuadé qu'elle fera tout ce qu'elle peut pour tomber enceinte, habile stratagème pour s'emparer de notre fortune!

Niu Yueqing le taquina et lui lava le sexe à l'eau claire avant qu'ils ne se glissent tous deux sous la moustiquaire, la lumière éteinte. Zhuang Zhidie qui redoutait son impuissance commença par la caresser.

Ici l'auteur autocensure cent dix-sept caractères.

– Peut-être que nous allons réussir, déclara Niu Yueqing, raconte-moi des histoires, des histoires vraies.

– Que veux-tu que je te raconte? Si ça marche, tant mieux, sinon on laisse tomber. Les grands hommes sont exceptionnels, ils n'ont ni descendants ni ascendants!

– Soit, on te considère comme un homme de renom, mais ici, à Xijing, la célébrité de Wang Ximian dépasse largement la tienne et il a trois garçons! J'ai même entendu dire d'ailleurs qu'il avait un fils naturel âgé de cinq ans.

– Si tu n'étais pas aussi emmerdeuse, il va sans dire que moi aussi j'aurais pu avoir un fils naturel!

Niu Yueqing ne répondit rien. Brusquement émoustillé par le désir, il eut envie.

– Doucement, doucement, dit-elle.

Il ne bougeait déjà plus. En colère, elle le repoussa.

– Parfait, même si tu veux t'envoyer en l'air avec n'importe qui, t'auras bien du mal à faire un bâtard, vu ton impuissance!

Zhuang Zhidie perdit aussitôt son entrain. Niu Yueqing cependant exigea qu'il la caressât avec volupté. Puis ils s'endormirent, dos contre dos, sans dire un mot.

Le lendemain, Niu Yueqing, les larmes aux yeux,

demanda à son mari de l'accompagner chez sa cousine pour lui remettre le médicament. Il refusa. Triste et pleine de regrets, elle s'y rendit seule. Zhuang Zhidie resta assis un moment chez lui, sans enthousiasme, puis il se décida à aller visiter, en banlieue, la fabrique de pesticide 101 en vue de son article. Le tour fut vite fait, il écouta la présentation de Huang par lui-même, jeta un coup d'œil à l'atelier, très rudimentaire, et rédigea son papier en une soirée. Sur le chemin qui le conduisait à la rédaction de la revue, l'envie étrange lui vint de profiter de l'occasion pour aller voir Tang Wan'er.

Arrivé au carrefour près du Temple de la Vacuité Pure, l'inquiétude le saisit. Zhou Min était-il là ? Sinon, comment Wan'er interpréterait-elle sa visite ? La conversation qu'il avait eue avec Yuan Zhifei sur son expérience nocturne l'encourageait, le stimulait, alors que le souvenir de son aventure avec Jing Xueyin cette année-là le décourageait. D'ailleurs lorsqu'il songeait à son impuissance face à sa femme, il se sentait déprimé et doutait de sa virilité. En revanche, son cœur palpitait à la moindre évocation de Tang Wan'er, sans comprendre ce qui l'attirait chez cette femme. À force de ressasser ses idées, il ne savait plus trop où il en était. Il hésita, puis finit par entrer dans un minuscule café où il commanda une bière et une assiette de jambon fumé. Les murs de cet endroit, pas plus grand qu'un mouchoir de poche, étaient en briques non peintes et sur le comptoir de bois blanc s'alignaient des bouteilles d'alcool toutes bouchonnées d'un morceau d'étoffe rouge. Une vieille charrue en bois accrochée au mur juste derrière le comptoir donnait à ce lieu un petit air campagnard. Il aimait ce café qui calmait ses humeurs légères et le faisait penser à ses jeunes années à Tong Guan. Les buveurs se comptaient sur les doigts de la main ; les premiers étaient des vendeurs ambulants qui, tout en jetant un œil sur leur marchandise, bavardaient avec le patron et sirotaient leur unique consommation de la matinée, qu'ils savouraient doucement. Un autre client entra, s'accouda au comptoir sans dire un mot, le patron lui remplit aussitôt à ras bord un petit verre qu'il porta à ses lèvres et avala cul sec en renversant la tête ; il sortit quelques pièces de sa poche qu'il donna au patron :

– Vous le coupez d'un peu d'eau ? dit-il en lui faisant un clin d'œil.

– Vous voulez ma ruine ? demanda le patron, quand j'aurai mis la clef sous la porte, fini vos trois canons quotidiens !

Le type s'en alla en souriant. Le calme revint dans le petit estaminet où seuls restaient deux clients : Zhuang Zhidie et un vieux monsieur à la peau toute ratatinée mais au regard encore très vif. Il buvait un verre d'eau-de-vie de sorgho et grignotait des haricots jaunes macérés dans la saumure. Rien qu'à sa façon élégante et vigoureuse de tenir sa petite tasse entre le pouce et le majeur, Zhuang Zhidie devina que cet homme savait manier le pinceau. Dans ce genre d'endroit, Zhuang Zhidie rencontrait souvent de vieux professeurs ou des étudiants passionnés et idéalistes, habillés avec sobriété, conviviaux et simples. Les jeunes désœuvrés qui passaient leur temps à boire les méprisaient souverainement. Ils les prenaient pour des ouvriers à la retraite ou des cadres moyens influents. Ils leur fauchaient leurs tabourets, et lorsqu'ils faisaient la queue pour choisir des légumes macérés dans la saumure les bousculaient délibérément. Zhuang Zhidie qui n'arrivait pas à identifier ce vieux monsieur craignait qu'il ne fût quelqu'un avec des relations. Il ne le quittait pas des yeux, espérant qu'il relève la tête et qu'il regarde dans sa direction, tout en redoutant qu'il ne le vît. Car, ce genre de personnage, excellent physionomiste, l'aurait aussitôt interrogé pour savoir ce qu'il avait dans le ventre. Mais le vieux monsieur, sans s'intéresser à rien de ce qui l'entourait, prit avec ses doigts une fève qu'il mit dans sa bouche et mastiqua longuement avant de porter la tasse à ses lèvres. Il était heureux ainsi. Subitement Zhuang Zhidie ressentit une lassitude de vivre. Il s'estimait un bon à rien, se méprisait. C'est alors qu'il entendit une musique s'élever au loin et s'amplifier de plus en plus. Il suivit le patron qui se précipita dehors. Une des familles de la ruelle célébrait le retour des cendres de son défunt à la demeure ancestrale. Un petit orchestre de percussions conduisait le cortège familial, une dizaine de personnes, en habit de deuil. Zhuang Zhidie avait participé à bon nombre d'incinérations, mais pour la première fois aujourd'hui il se sentit ému par la musique grave et profonde. Elle l'apaisait.

— Quel est cet air ? demanda-t-il au patron de l'estaminet.

— C'est la musique lente et rythmée des chants funéraires de la dynastie des Qin.

— Quelle merveille !

Le patron, surpris, le regarda.

— C'est bizarre que vous aimiez les chants funéraires. Certes, c'est beau à entendre, mais difficile à écouter chez soi, ce n'est pas comme les chansons à la mode !

Sans répondre, Zhuang Zhidie retourna à sa place. Un jeune chaussé de lunettes à monture blanche, qui s'était assis à sa table, commanda un verre de bière et une assiette de foie de porc sauté, puis sortit de sa poche une revue. Absorbé par sa lecture, il riait de temps à autre. Aujourd'hui les gens qui se plongeaient corps et âme dans leur lecture étaient en fait très rares, avait constaté Zhuang Zhidie. Niu Yueqing ne lisait jamais aucun de ses articles, alors qu'elle se jetait avec passion sur ceux des autres. Le jeune homme claqua soudain la langue avec bruit, Zhuang Zhidie devina que le héros de son histoire devait déguster quelques mets délicieux. À ce moment-là, le jeune homme saisit d'une main ses baguettes et attrapa trois tranches de jambon fumé dans l'assiette de Zhuang, les enfournant directement dans sa bouche cachée derrière la revue. Le spectacle amusa Zhuang Zhidie, mais trouvant que le jeune avait du toupet, il frappa la table avec ses baguettes. Le lecteur sursauta, posa son jour-

108

nal, laissa échapper un cri, puis baissa la tête pour recracher le jambon...

– Excusez-moi, je suis vraiment désolé, je me suis trompé !

– Que lisez-vous qui vous absorbe tant ?

– Un article sur Zhuang Zhidie. Ce nom vous dit quelque chose ? C'est un écrivain. Jusqu'à présent, je n'ai lu que ses romans, en fait c'est un homme comme vous et moi !

– Ah bon ! Que dit ce papier ?

– Zhuang était un gamin stupide, qui à l'école prenait son maître pour un être supérieur. Un jour, en allant aux toilettes, il s'aperçut que l'instituteur faisait pipi exactement comme lui. Abasourdi, il s'écria : « Vous aussi, maître, vous faites pipi ! », comme si cet homme ne devait pas pisser comme tout le monde ! Naturellement l'instituteur le regarda, surpris, mais ne répondit rien. Alors continuant à l'observer, le petit Zhuang s'écria de nouveau : « Vous aussi, vous vous branlez ! » Trouvant son éducation déplorable, l'instituteur en informa son père qui le battit...

– Pur mensonge ! déclara Zhuang Zhidie.

– Vous imaginez donc, rétorqua le jeune lecteur, que les grands hommes le sont dès leur naissance !

– Laissez-moi voir.

Zhuang s'empara de *La Revue de Xijing* et de l'article intitulé « L'histoire de Zhuang Zhidie » signé Zhou Min. Il le parcourut très vite. Tout était fondé sur des on-dit et des racontars, exagérés, mais non sans intérêt. Zhou Min le disait exalté et magnanime, capable de donner une chèvre, mais de revenir réclamer la corde qui tenait l'animal. Il passait pour être à la fois ingénieux et stupide, aimant lire Li Qingzhao qu'il citait, tout en étant incapable, en revanche, de déchiffrer un horaire de trains. Il le décrivait aussi à la fois bon et méchant, enseignant une méthode infaillible pour connaître le sexe des mouches. (Selon lui tout dépendait de l'endroit où elle tombait. Si l'insecte se posait sur un miroir, c'était à coup sûr une femelle...) Pris en photo dans des lieux publics, il affectait une affreuse grimace, prétendant qu'il était la réincarnation d'un cheval. Non celle d'un agile coursier ou d'une bête de somme, mais d'un canasson à touristes, joliment enrubanné et sur lequel on monte pour la photo souvenir. Un peu plus loin, Zhou Min évoquait ses aventures amoureuses et racontait que Zhuang Zhidie avait eu, autrefois, un coup de foudre pour une jeune femme qui travaillait dans la même unité que lui, qu'ils avaient filé le parfait amour, toujours inséparables, mais que, par un malheureux concours de circonstances, ils ne s'étaient pas mariés. Zhuang Zhidie fronça les sourcils : comment oser répandre cette histoire ancienne dans la mesure où elle impliquait autrui ? La jeune femme avait beau ne pas être nommée, il s'agissait de toute évidence de Jing Xueyin. Il est vrai qu'en ce temps-là il l'aimait à la folie, et le regrettait à présent. Il avait brûlé d'amour pour elle et pourtant il ne l'avait jamais touchée, ne serait-ce qu'une seule fois durant toutes ces années ; il ne lui avait même jamais pris la main ! Qu'en penserait son mari s'il venait à lire ces quelques lignes ? Que dirait Niu Yueqing si elle tombait sur l'article ? D'où Zhou Min détenait-il pareils renseignements ? Ce qui tracassait le plus Zhuang Zhidie, c'était la réaction de Jing Xueyin. Que penserait-elle de lui ? Elle s'imaginerait que c'était lui, Zhuang Zhidie, qui avait fourni les moindres détails pour se vanter. Que pourrait-elle répondre si son mari la pressait de questions ? Inquiet, il posa le journal et se précipita sur-le-champ à la rédaction de *La Revue de Xijing*. Tang Wan'er lui était complètement sortie de l'esprit.

Douze ans plus tôt, lorsque Jing Xueyin, diplômée de l'université, avait été nommée au Bureau de la Culture, Zhuang Zhidie faisait partie du comité de rédaction de *La Revue de Xijing*. Une nouvelle table de travail avait été placée face à la sienne, et la salle de réunion avait été transformée en une officine où s'entassaient cinq personnes : Zhong Weixian, le directeur qui, tout directeur qu'il était, n'avait barre que

sur Zhuang Zhidie. Un autre rédacteur, qui avait inté-
gré le Bureau de la Culture en même temps que Zhong
Weixian mais qui refusait de lui obéir. Li Hongwen,
qui avait pris ses fonctions deux ans avant lui, un
homme brillant qui aimait polémiquer et s'était beaucoup dépensé pour que Zhong devienne directeur de
cette cellule, malgré le peu d'estime que lui portait
cet homme. Selon Zhong Weixian ce type était une
crapule. Or, s'il est facile de se lier d'amitié avec un
brave homme, il n'en est pas de même avec une crapule, surtout si on lui est redevable. Il y avait aussi
cette veuve, Mme Wei, qui s'était éprise de M. Yan,
le directeur adjoint que Zhong ne maîtrisait pas. Et
puis Jing Xueyin ! Elle n'appelait pas le directeur du
Bureau de la Culture par son titre, mais oncle, car il
avait été autrefois le subordonné de son père. Zhuang
Zhidie était le seul sur qui Zhong Weixian pouvait
compter. Durant les moissons, Zhuang Zhidie devait
aller dans les environs donner un coup de main aux
paysans ; lors des séismes, il faisait partie des brigades
de secours ; le matin c'était à lui, aussitôt arrivé, de
faire bouillir l'eau ; le soir c'était encore à lui de fermer les fenêtres et les portes. Durant cinq ans, il avait
été le factotum des autres. Mais bien qu'il pestât,
furieux, d'avoir à endurer leur mépris et leurs humi-
liations, il s'aperçut, le jour où il les quitta, qu'il avait
passé là des journées merveilleuses. Et quels souvenirs inoubliables il gardait de Jing Xueyin ! Maintenant, quand il songeait à elle, elle lui apparaissait
comme la source intarissable où il se désaltérait sur
la longue route de son existence. Douze années avaient
passé, le directeur du Bureau de la Culture était le
même et *La Revue de Xijing* continuait d'exister. Cette
veuve, Mme Wei, avait fini par épouser M. Yan, le
directeur adjoint du Bureau de la Culture, depuis
promu chef dans un autre département. Quant à Jing
Xueyin, elle avait abandonné sa carrière littéraire pour
la politique et occupait désormais un poste important
de dirigeante au Bureau de la Culture. Zhong Weixian,
un homme qui n'avait jamais eu d'avenir, bien qu'il

ne lui fît jamais confiance, ne sut pourtant pas se séparer de Li Hongwen. Après une série d'efforts considérables, il avait réussi à battre la direction en place qui, durant son contrat de trois ans, avait mal géré la revue et il en était devenu rédacteur en chef.

En arrivant à *La Revue de Xijing*, Zhuang Zhidie n'arrêta pas de saluer ses vieilles connaissances. Alors qu'il poussait la porte du bureau, il découvrit les rédacteurs en train de brandir chacun un caleçon.

– Mieux vaut arriver à propos que trop tôt! s'écria Li Hongwen. Tiens, prends-le, je te le donne.

– Qu'est-ce que ça signifie? demanda Zhuang Zhidie stupéfait.

Un inconnu s'avança et lui serra la main.

– Professeur Zhuang, bonjour! Je me présente, Wang Henian, écrivain, donnez-nous votre avis sur les produits que nous fabriquons!

– Nous venons de décider, dit Li Hongwen, que tous les auteurs amateurs seront chargés de trouver de la publicité pour subventionner la revue. Wang Henian est un garçon qui a du talent, mais comme il appartient à une petite entreprise de quartier, il n'a pas les moyens de se payer un encart publicitaire. Aussi nous offre-t-il certains de ses produits: des caleçons qui préviennent les maladies vénériennes, ayant à la fois un effet préventif et curatif.

– Moi, c'est d'un effet viril que j'aurais besoin! rétorqua Zhuang Zhidie.

Tout le monde s'esclaffa.

– Zhidie, viens voir, dit Zhong, j'ai des cigarettes pour toi.

Il ouvrit son tiroir et en sortit une boîte pleine. Il y avait dix ans, lorsque Zhuang Zhidie s'était mis à fumer, il avait donné cette grosse boîte à Zhong pour qu'il y range les cigarettes que les auteurs lui offraient. Zhong Weixian, qui ne fumait pas, les refusait systématiquement au début mais Zhuang avait fini par le convaincre de les prendre.

– Crois-tu, mon pauvre Zhong, s'indigna Gou Dahai, la dernière recrue de la revue, que Zhuang fume encore de ce tabac-là ? À partir d'aujourd'hui, je prends le relais !

Il joignit le geste à la parole et s'empara de la boîte qu'il rangea dans son tiroir tout en avançant son tabouret pour Zhuang Zhidie.

Zhuang s'assit et, après les politesses d'usage, ils parlèrent du dernier numéro de la revue. Tous se montraient satisfaits de la qualité du contenu et de la couverture, ainsi que de la partie publicitaire. Ils jubilaient que l'article à scandale de Zhou Min fût placardé à la porte de la poste et décidèrent, d'un commun accord, de lancer un deuxième tirage et d'augmenter le salaire de Zhou Min.

– Les grands écrivains, je l'ai toujours dit, déclara Li Hongwen – regardez Cao Xueqin avec son *Rêve dans le pavillon rouge* – nourrissent des générations entières pour l'éternité. Maintenant, Zhuang Zhidie, tu es livré en pâture aux masses ! Mais comme l'article de notre ami Zhou Min n'est pas très long, tu n'as pour l'instant de dévorés que tes orteils. Le jour où l'envie me prendra d'écrire, quelle partie de toi pourrai-je me mettre sous la dent ?

– Je ne t'autoriserai pas à toucher à un seul de mes cheveux ! rétorqua Zhuang Zhidie.

– Allons donc ! Un jour je ferai un papier que je signerai du nom d'une jeune fille, qu'en dis-tu ? Je suis persuadé que tu me diras alors : «Mange-moi les couilles !»

– Je te ferai avaler mes hémorroïdes ! dit Zhuang Zhidie en riant.

Zhou Min, qui jusqu'ici n'avait pipé mot, s'affairait à servir du thé à Zhuang Zhidie. Finalement il lui demanda :

– Professeur, c'est mon premier article, qu'en pensez-vous ?

Le sourire disparut du visage de Zhuang Zhidie. Il leur expliqua qu'il était venu précisément à ce sujet, quelque chose le tracassait.

– Quoi ? demanda Zhong Weixian, inquiet à son tour.

113

– L'article en lui-même ne me pose aucun problème, seul le passage qui relate mes relations avec Mlle X me dérange. Tout y est exagéré et j'ai très peur des réactions !

– J'ai questionné Zhou Min, dit Zhong Weixian, il m'a assuré que rien de ce qu'il avait écrit n'était contraire à la réalité.

– L'affaire a un fond de vrai, mais tout a été amplifié, déformé, et même si le nom n'est pas cité, personne ne s'y trompera. Vous savez très bien que Jing Xueyin et moi, malgré notre grande intimité, n'avons jamais eu d'histoire d'amour.

– Et alors ? dit Li Hongwen. L'article la décrit comme un être sublime, quel mal à parler d'amour ? Il est parfaitement normal d'avoir des aventures amoureuses avant de se marier, surtout avec un homme devenu célèbre, ce ne peut être que glorifiant pour une femme. Jing Xueyin sera bien contente que le monde entier apprenne sa liaison avec toi !

– Arrête de dire n'importe quoi ! Même si je suis convaincu qu'elle n'est pas le genre de femme que tu penses, n'oublie pas que nous sommes en Chine, il faut voir la réalité en face. Aujourd'hui elle est non seulement mariée, mais occupe également un poste de dirigeant. Nous aspirons tous à vivre sans ennuis.

– Que préconises-tu alors ? demanda Zhong Weixian.

– Qu'on envoie immédiatement quelqu'un porter l'article à Jing Xueyin. Tout n'est pas encore perdu, ensuite il sera trop tard.

– J'y suis déjà allé, trancha Zhou Min, elle n'est pas rentrée.

– Portez-le-lui dès son retour ! ordonna Zhuang Zhidie.

– Calme-toi, lui conseilla Li Hongwen. On a l'affaire en main. Aujourd'hui Zhou Min nous invite à déjeuner avec ses droits d'auteur. Profitons-en !

– Pas de problème, assura Zhou Min, je vous invite à manger des petits pains farcis de saucisses chez Jia, rue du Marché-à-l'Orge.

– Li Hongwen, tu ne changeras jamais, ne put

s'empêcher de constater Zhuang Zhidie. Pourquoi te fais-tu toujours offrir à manger par les autres ? Je ne t'ai jamais vu inviter qui que ce soit.

– Impossible ! C'est ma vieille qui gère l'argent ! Si tu ne veux pas que Zhou Min régale l'équipe, alors à toi l'honneur !

– Jouons le déjeuner au mah-jong, suggéra Gou Dahai.

– Es-tu d'accord ? demanda Zhuang Zhidie à Zhong Weixian.

– Oui, si vous ne jouez pas pour de l'argent. Je vous fausse compagnie, j'ai quelque chose à faire.

Zhuang Zhidie sourit et lui serra la main en le raccompagnant. Li Hongwen déclara sitôt la porte fermée :

– Vous voyez comment sont nos chefs ? Il ne s'oppose pas à ce que nous jouions, mais s'il y a un pépin, il ne répond de rien ! Ah c'est beau d'être dirigeant !

– Il se prend pour un dirigeant, déclara Gou Dahai, alors qu'il aura passé sa vie à n'être qu'un petit chef de rédaction, incapable de monter en grade !

– Il aura été un timoré toute sa vie ! dit Zhuang Zhidie.

Ils poussèrent un bureau au milieu de la pièce et Li Hongwen sortit le jeu de mah-jong tandis que Zhou Min plaçait une tasse à thé et un cendrier devant chacun des joueurs.

Zhuang demanda à Zhou Min de lui rendre un service : porter son article au responsable du *Journal de la ville*. Celui-ci s'en alla tout content.

Zhuang Zhidie, Li Hongwen, Gou Dahai et une jeune recrue, Xiao Fang, commencèrent par tirer les places au sort. Zhuang Zhidie tomba sur l'est et devint maître du jeu, Li sur l'ouest, Gou sur le nord et Xiao sur le sud. Mais Li voulut intervertir sa place avec celle de Gou, prétendant que Zhuang Zhidie qui avait de l'argent pouvait payer, alors que le jeu de Gou n'était pas bon.

– Ce n'est pas que le jeu de Gou soit mauvais,

argumenta Zhuang Zhidie, mais ta place favorite est le Bois, alors qu'au nord, correspond l'Eau.

– Tu connais aussi tout ça ? lui demanda Li.

– C'est toi que je connais bien !

– Je t'aurai prévenu, poursuivit Li, aujourd'hui c'est moi qui vais gagner. Combien as-tu d'argent sur toi ?

Zhuang Zhidie ôta sa chaussure et en retira vingt yuans.

– Zhuang Zhidie, t'es vraiment un malin ! admira Gou Dahai. Cacher ton argent dans tes souliers !

– À l'époque où je travaillais au Bureau de la Culture, l'argent me méprisait, maintenant c'est moi qui le méprise !

– Arriveras-tu à me tenir tête avec tes deux billets ? lui demanda Li Hongwen.

– Ne t'inquiète pas, je suis imbattable.

La partie commença, Zhuang Zhidie l'emporta. Fou furieux, Li Hongwen prétendit que les dominos chinois aussi étaient des lèche-cul. Ils demandèrent à Zhuang une cigarette, prétendant qu'elle portait chance. Mais la cigarette à peine finie, ils toussaient déjà, les larmes aux yeux.

À propos des cigarettes, Xiao Fang demanda à Zhuang Zhidie si du temps où il travaillait ici, il fumait celles de Zhong Weixian, ce qui de fil en aiguille amena à parler de ce dernier.

– Comment va-t-il maintenant ? demanda Zhuang Zhidie. Sa femme continue-t-elle à le relancer jusqu'ici ?

– La vie n'a pas été une partie de plaisir pour lui, dit Gou Dahai. À vingt ans, il était étiqueté droitier[1], ensuite, manque de pot, il a épousé une hystérique. Le mois dernier, le 3, elle est venue lui griffer le visage au sang devant tout le monde.

---

1. Mouvement qui avait fait suite au mot d'ordre lancé par Mao « Que cent fleurs s'épanouissent, que cent écoles rivalisent » et qui fut vigoureusement réprimé en juin 1957 par Deng Xiaoping. Cent mille personnes – journalistes et intellectuels – furent déportés dans des camps de rééducation et près de deux millions furent l'objet d'une « chasse aux sorcières ». *(N. d. T.)*

– Qu'est-ce qu'il y peut ? Quand je travaillais ici, ils vivaient séparés mais dès qu'elle se pointait il était terrorisé. On lui avait conseillé de divorcer, elle s'y était opposée. Je ne pensais pas que leur situation était toujours la même !

– J'ai une confidence à vous faire mais qui ne doit pas sortir d'ici ! dit Li.

– M. Li a toujours des petits secrets à nous raconter ! constata Xiao Fang.

– Li Hongwen est doué pour l'espionnage ! déclara Zhuang Zhidie. Lorsque Yan, le directeur adjoint, et Mme Wei sont tombés amoureux, c'est lui qui le premier s'en est aperçu. Il était resté caché dans les toilettes pendant quatre heures à les espionner.

– Et alors, déclara Li Hongwen, ils ont bien fini par se marier ?

– Quel mérite de les avoir espionnés ? demanda Zhuang.

– Ils m'ont tout de même remercié d'avoir rendu public leur secret !

– D'accord ! C'est bon ! Raconte-nous ce que tu sais sur Zhong !

– Devinez ce qui pousse le vieux à vivre ? Car il a bel et bien un véritable soutien moral ! Dans sa jeunesse, il était amoureux d'une des filles de sa classe ; sitôt ses diplômes obtenus, il s'est engagé dans le mouvement droitier dont on disait que cette jeune fille faisait partie. Mais, ne la retrouvant pas, il fit connaissance, via un camarade, d'une banlieusarde qu'il a épousée. Il y a quelques années, il a appris par hasard que son ancienne passion, toujours vivante, enseignait dans un collège du district de la province de l'Anhui, qu'elle était divorcée et non remariée. Dès lors, il ne nous parle plus que d'elle. Il lui a écrit quatre lettres auxquelles elle n'a pas répondu. Il s'en est étonné. Soit elle est morte, soit elle a quitté son poste. Pourtant, il ne se passe pas un jour sans que le vieux Zhong ne file comme un voleur au centre de distribution du courrier voir s'il n'y a pas une lettre pour lui.

– Il y est sûrement.

– Moi je sais ce qu'il est allé faire, annonça Li Hongwen – l'évaluation du titre professionnel approche... Il a bien besoin qu'on intercède en sa faveur pour son poste! Il y a deux ans, il a joué de malchance: Wu Kun, qui était alors rédacteur en chef, l'a évincé; cette fois-ci, il a beau occuper le poste de rédacteur en chef, son ancienneté est insuffisante. Gagné!

Tout en parlant, Li Hongwen abattit ses dominos: pour la troisième fois, il gagnait la partie. Il parlait de plus en plus, faisant sans cesse valoir son habileté au jeu, reprochant à Gou Dahai son manque d'expérience.

– Lorsque Li Hongwen perd, il boude, constata Xiao Fang, mais lorsqu'il gagne, il jacasse comme une vieille pie!

– Vous êtes jaloux parce que maintenant je suis votre ennemi à tous, dit Li Hongwen. Gagner au jeu n'est pas forcément une bonne chose, chanceux au jeu, malheureux en amour! Oh! là! là! Excusez-moi, j'ai encore tiré une bonne série.

Il abattit un domino.

– La chance me poursuit. Dommage que ce ne soit pas le grand chelem, dit-il. Zhidie, je vais dire quelque chose qui ne va pas te faire plaisir, mais si Zhong Weixian n'a pas obtenu son avancement, c'est à cause de la méchanceté de Wu Kun. Or il se trouve que Jing Xueyin est à tu et à toi avec Wu Kun. Tu devrais lui en toucher un mot.

Zhuang Zhidie qui n'avait pas un bon jeu avait déjà emprunté trois billets à Gou Dahai. Il avait beau fixer les dominos, son esprit était ailleurs: il se demandait comment, depuis plus de dix ans, Zhong Weixian avait fait pour vivre. En entendant Li Hongwen lui conseiller d'en parler à Jing Xueyin, il esquissa un sourire forcé et répondit:

– La liberté de chacun! Pour quelle raison lui en parlerais-je? Malgré son âge, Zhong espère donc chaque jour une lettre de cette femme.

– Autre chose, ajouta Li Hongwen. Êtes-vous déjà entré dans sa chambre ? Eh bien, elle est remplie de fortifiants virils en tout genre alors qu'il ne couche plus avec sa vieille depuis plus de dix ans et qu'il n'a aucune liaison. À mon avis, pour avaler ces médicaments-là, c'est que la fille lui a laissé espérer que… Il a bien envie de profiter de la vie en se remariant sur le tard !

Soudain il hurla et tapa avec bruit son domino sur la table :

– Gagné !

Le domino se coupa en deux, une des parties tomba par terre. Les joueurs s'aperçurent qu'il ne lui restait plus en main qu'un demi-jeton.

– Comment ça, gagné ? dit Gou Dahai le premier. Ton domino n'est pas valable, il en manque la moitié !

– Tu n'as pas vu qu'il s'est cassé en deux ? argua Li Hongwen.

– Je m'en moque, le domino que tu as entre les mains n'est pas bon. Tu n'as pas gagné !

Au moment des comptes, Gou Dahai et Xiao Fang ne voulurent en aucun cas payer. Quant à Li Hongwen, il était fou furieux. Zhuang Zhidie trancha :

– Même si on annule le dernier coup, Li Hongwen, tu as déjà gagné trois fois. Tu veux peut-être qu'ils se déculottent pour te payer ce qu'ils te doivent.

– Je refuse d'inviter ceux qui ne s'acquittent pas de leur dette, décida Li Hongwen.

– Laisse tomber, je vous invite tous, trancha Zhuang Zhidie.

Il emprunta aussi sec cinquante yuans à Gou Dahai et demanda à Xiao Fang d'aller chercher Zhong Weixian qui n'était pas dans sa chambre. Ils partirent donc tous quatre manger des petits pains cuits à la vapeur farcis de saucisses rue du Marché-à-l'Orge. Ensuite ils prirent du thé dans une maison de thé et ne se séparèrent qu'à la nuit tombée.

En chemin, Zhuang Zhidie songea, vu la défaite qu'il venait d'encaisser au mah-jong, que si les dires de Li Hongwen s'avéraient exacts, la chance devait alors lui sourire en amour. Saurait-il se distinguer en amour lui qui avait été si lamentable au jeu ? Il resta un moment hésitant, regrettant de ne pas être allé voir Tang Wan'er. Il était trop tard, de plus il était possible que Zhou Min soit déjà rentré. Il accéléra le pas en direction de la Maison de la Double Bienveillance.

À l'angle de la ruelle, dans le noir, une ombre accroupie cria brusquement en le voyant : « Ordures – ramassage d'ordures ! » Zhuang Zhidie reconnut le vieillard aux comptines.

– Que pouvez-vous ramasser à une heure pareille ? lui demanda Zhuang Zhidie, en ponctuant sa phrase d'un rot alcoolisé.

Le vieillard, sans s'occuper de lui, tira sa vieille charrette dépourvue de pneus le long de la venelle et se mit à entonner une strophe :

Le petit vin de la révolution enivre chaque jour,
Il corrompt le parti,
Il donne des maux d'estomac,
Il attise la colère de la vieille,
Qui va l'accuser au comité de l'autocritique,
Mais le secrétaire général avoue : il n'est pas bon de
ne pas boire sa petite ration.

*

Zhuang Zhidie poussa la porte ; la lumière était encore allumée. Assis sur le canapé, sa femme et Hong Jiang comptaient les billets et faisaient les additions à l'aide d'une calculatrice. Zhuang Zhidie regarda l'argent entassé.

– Le mois a été bon ? dit-il.

– Tu parles ! ricana Niu Yueqing. Au début les livres de cape et d'épée de Jin Yong se sont bien vendus, mais on ne se doutait pas que dans cette même rue cinq nouvelles librairies s'ouvriraient qui les vendraient tous. C'est le principe du singe sur la montagne du Sud, lorsqu'il s'incline tous les autres singes l'imitent. Alors ça ne se vend plus. Disons que cet argent suffira à peine à payer les salaires des deux employés et les impôts. Il y a quelques jours, Hong Jiang a acheté trois étagères de livres qu'il a vendus en un rien de temps! Dire que toi, tu traînasses du matin au soir, sans rien faire! Hong Jiang prétend que les éditions de la Musique céleste dans le Hunan viennent de sortir un livre, quel est le titre?

– *L'Amant de Lady Chatterley*.

– Ce livre fait sensation, déclara Niu Yueqing, mais impossible de se le procurer. Tu connais l'éditeur, je crois, il était intéressé par tes manuscrits. Télégraphie-lui dès demain pour qu'il nous en envoie!

– Cela m'est difficile, Hong Jiang, occupe-t'en et signe à ma place.

– Heureusement que vous le dites devant témoins, sinon on prétendrait que j'usurpe votre nom.

– Inutile de raconter que j'ai ouvert une librairie, ajouta Zhuang Zhidie.

– Vous êtes trop scrupuleux, si vous aviez mis la boutique à votre nom, vous recevriez n'importe quel livre sans aucun problème.

– Je suis un écrivain, trancha-t-il, que penseraient de moi les gens s'ils apprenaient que je suis directeur d'un fonds de commerce!

– Dans le monde où nous vivons, il est justement bien vu que des hommes de lettres se lancent dans les affaires, le nom est une richesse et, si vous ne l'utilisez pas, c'est du gâchis. Vous ne pensez pas vous enrichir uniquement de votre plume, un écrit moyen vous rapporte moins qu'un caractère tracé par Gong Jingyuan.

– Hong Jiang voudrait te soumettre son idée, dit Niu Yueqing.

– Depuis un an que cette librairie est ouverte, j'ai constaté qu'écrire des livres n'était pas aussi lucratif que de les vendre et encore moins que de les éditer. Maintenant la plupart des libraires sont également éditeurs, soit ils se débrouillent pour obtenir le code d'édition, soit ils piratent carrément l'œuvre. Il s'agit toujours de romans érotiques ou policiers, qui ne sont jamais ni revus ni corrigés et que l'on tire à quatre-vingt-dix-neuf mille exemplaires, c'est la fortune à coup sûr! Regardez cette espèce d'analphabète et de branleur de la rue de la Porte-du-Moineau-Rouge, il emploie un type pour découper et assembler les paragraphes érotiques de n'importe quel bouquin, il les compile et ça lui rapporte quinze mille yuans. Maintenant vous ne le voyez plus circuler qu'en taxi et manger chaque jour des plateaux de fruits de mer au restaurant de luxe de l'hôtel de la Cité des Tang.

– Je le sais, répondit Zhuang Zhidie, mais je ne veux pas faire comme eux.

– Je savais que vous tiendriez ce langage, dit Hong Jiang. Actuellement une librairie vient de sortir un livre de cape et d'épée écrit par Liu De qui ne se vend pas, elle nous propose de nous le céder à moitié prix. J'ai pensé, et j'ai déjà soumis mon idée à votre épouse, que nous pourrions leur racheter et modifier la couverture, et au lieu de mettre Liu De, nous pourrions imprimer Quan Yong en gros caractères, ce qui nous permettrait de gagner sans aucun doute beaucoup d'argent.

– Gagner beaucoup d'argent? s'étonna Zhuang Zhidie.

– Je vous explique : les livres de Jin Yong se vendent comme des petits pains, bien sûr ils n'ont rien de comparable avec celui dont je vous parle, mais si nous utilisons une calligraphie en écriture cursive pour imprimer Quan Yong, ces deux caractères, sur la couverture, vous savez comme moi que les caractères Jin et Quan se ressemblent à deux petits points près. Tout le monde s'y méprendra ; seule une observation attentive permettra de déceler la différence ! Le tout est de savoir si vous voulez ou non conclure ce marché. Si oui, sachez qu'il vous faut trouver cent mille yuans. Votre épouse et moi-même avons déjà une solution.

– Si tu donnes ton accord, l'argent n'est pas un problème, renchérit sa femme. Nous venons de recevoir une invitation de Wang Ximian à l'anniversaire de sa femme, qui fête demain ses soixante-dix ans. Tu es invité, mais même si tu n'y vas pas, j'irai et je lui emprunterai quatre-vingt mille yuans auxquels nous ajouterons nos économies et le compte sera bon.

– Soixante-dix printemps, s'étonna-t-il, je croyais qu'elle en avait à peine soixante ! Bien sûr j'irai, mais je trouve très choquant d'emprunter de l'argent à quelqu'un le jour de son anniversaire !

Niu Yueqing envoya Hong Jiang s'occuper de la librairie.

– Retournes-tu à la résidence de l'Association des écrivains ce soir ? demanda-t-elle à son mari.

– Il est trop tard, la porte sera fermée.

– Sinon, tu serais parti passer la nuit là-bas ? Quel drôle de couple formons-nous !

Zhuang Zhidie ne répondit rien et alla se coucher le premier. Sa femme le suivit. Allongés chacun de leur côté, ils entendirent alors le son, plaintif et mélancolique, de l'ocarina.

– Qui peut-il être ? demanda tout haut Zhuang Zhidie.

– Qui joue ainsi ? s'étonna Niu Yueqing.

Puis le silence retomba. Il avait parlé à voix haute sans le vouloir. Il espérait que Niu Yueqing se rendormirait aussitôt. Mais elle s'agita dans tous les sens sous la couette, et finit même par le caresser. Il avait craint que les choses ne se terminent ainsi. Il commença par lui tourner le dos, peu enthousiaste. Mais il se ravisa aussitôt, plein de remords, et décida d'accomplir son devoir conjugal.

– Je vais te masser pour te détendre, lui proposa-t-elle, et toi raconte-moi des choses…

Mais comme il répétait des histoires déjà maintes fois ressassées, elle protesta, elle réclamait du sensationnel.

– Raconte tes aventures !

– Quelles aventures ?

– Je suis bien persuadée que tu dois aller faire ça ailleurs !

– Vu la manière dont tu me surveilles, j'aurais du mal à te tromper !

– Tu n'as personne ? Et cette Jing Xueyin, avec laquelle tu fricotes depuis des années ?

– Je te jure que je ne l'ai jamais touchée !

– Pauvre malheureux ! Veux-tu que je te présente quelqu'un ? Dis-moi, sur qui as-tu jeté ton dévolu ?

– Sur personne.

– Comme si je ne te connaissais pas ! Mais tu n'es pas très malin. Lorsque nous parlions à l'instant de l'anniversaire de l'épouse de Wang Ximian, fallait voir ton regard, la rapidité avec laquelle tu as déclaré que tu irais à la fête, la joie que tu as manifestée. À mon avis tu as un penchant pour elle.

– C'est vrai, mais j'ai bien peu de chance !

Elle ne répondit rien. Il la crut endormie, mais elle ne l'était pas.

– Cette femme adore se maquiller, s'attifer ; malgré son âge elle se donne des airs de jeunette.

– Une femme a bien le droit de se faire belle !

– Pour plaire à qui ? La femme de Gong Jingyuan prétend qu'elle n'était qu'une petite aguicheuse dans sa jeunesse ! À cette époque-là, elle était vendeuse dans un bazar, eh bien, elle s'envoyait en l'air avec le premier venu derrière le rayon, après son travail. Un jour, ses cris et gémissements attirèrent des gens qui la virent par la fenêtre, en pleine action. Quelqu'un finit par enfoncer la porte, eh bien, le couple continua jusqu'au bout sa petite affaire !

Tout en parlant, Niu Yueqing glissa brusquement sa main sur le sexe de Zhuang Zhidie qui était en érection. Elle attira alors son mari pour qu'il s'allonge sur elle.

L'auteur autocensure cinquante et un caractères.

Inconsciemment, elle ne put s'empêcher de pousser un cri et de se recroqueviller.

– Bravo ! dit-il.

– Pourquoi t'en prendre à moi ? Tu prétends toujours que tu n'as pas envie de faire l'amour avec moi, mais il faut voir dans quel état cela te met de parler de la femme de Wang Ximian ! Tu te laisses nourrir, habiller, sans parler du souci que me donnent ces deux maisons à entretenir !

– Arrête de te plaindre ! La femme de Zhou Min, plus jeune que toi de six ou sept ans, n'a pas une ride malgré toutes les peines qu'elle a endurées.

– La femme de Wang Ximian ne te suffit pas, s'écria-t-elle en colère, maintenant on passe à Tang Wan'er. De quelle vie dure veux-tu parler ? Selon Xia Jie, elle et Zhou Min ont fui Tong Guan par amour, c'est tout.

– Hein ?

– Celle qui fugue pour une histoire d'amour n'est certainement pas une bonne épouse ! Plus elle est chouchoutée, moins elle est fidèle.

– Quand Xia Jie est-elle venue ?

– Cet après-midi. Elle m'a remis un bracelet en jade de la part de Tang Wan'er qui regrettait mon absence au déjeuner de l'autre jour.

– De quoi te plains-tu ? Les gens sont pleins d'égards pour toi et tu trouves moyen de les critiquer derrière leur dos. Un bracelet en jade ? Montre-le-moi !

– Je l'ai laissé dans son étui. Je ne peux pas l'enfiler, mon bras est trop gros. Quand l'ai-je critiquée ? Je déteste que tu me vantes les qualités des autres femmes pour ne voir que mes défauts ! Je ne serais pas si ridée si je n'avais pas autant de travail.

Zhuang Zhidie préféra abandonner le sujet de Tang Wan'er.

– Si tu es si fatiguée, dit-il, prenons une femme de ménage. Il y a quelques jours Zhao Jingwu m'a proposé de nous aider à en trouver une. Cela te simplifiera la vie, tu n'auras plus rien à faire. Tu deviendras la reine des désœuvrées !

– Si tu veux, répondit-elle, sa méchante humeur envolée, je retrouverai peut-être une certaine jeunesse.

Ils échangèrent encore quelques mots, puis elle se pelotonna comme un petit chat dans ses bras et elle s'endormit. Il attendit qu'elle ronfle pour se dégager sans la déranger, et prendre le journal glissé sous son oreiller. Il parcourut quelques pages, puis alluma une cigarette en espérant entendre le musicien jouer là-haut sur les remparts. Mais rien ne vint troubler le silence, même pas la voix du vieux collecteur d'ordures.

*

Le lendemain, Niu Yueqing se rendit au marché près du Temple de l'Ancienne Passe pour commander un gâteau à la pâtisserie. Elle insista auprès du chef pour qu'il inscrive à la crème «Bon anniversaire». Elle acheta ensuite quelques mètres de soie de Suzhou, une bouteille de vieil alcool de sorgho Doubles Vallées, une boîte de viande de mouton séchée et salée, deux livres de sucre roux, et une demi-livre de thé du Puits du Dragon. Zhuang Zhidie avait finalement décidé qu'il n'irait pas à cette soirée d'anniversaire.

— C'est sûr, tu ne viens pas ? Si la femme de Wang Ximian me demande pourquoi, que dois-je répondre ?

— Il y aura trop de monde, je n'aime pas ça. Non, vraiment, cela ne me dit rien. Si Wang Ximian te pose une question, réponds-lui que le maire m'a enlevé pour une importante réunion. Non, honnêtement, je n'ai pas envie de bouger.

— Viens, cela fera plaisir à Wang. J'aborderai le problème d'argent. S'il accepte de nous prêter cette somme, parfait, mais si je le sens réticent, que faire ? Dis-moi franchement, tu n'as vraiment pas envie de venir ou bien est-ce moi qui te dérange ? Auquel cas, je n'y vais pas.

— Tu es pénible ! Je vais calligraphier un petit poème à l'intention de notre amie.

Sur la feuille de papier déroulée, il traça au pinceau : «*Le soleil couchant étend ses bienfaits à l'infini, le monde humain réserve son affection pour la vieillesse.*» Puis il pressa sa femme de se mettre en route.

Sitôt Niu Yueqing partie, il décida de se rendre chez Tang Wan'er. Il réfléchit aux cadeaux éventuels qu'il pourrait lui apporter. Il fouilla de fond en comble l'armoire de sa femme où il ne trouva que des biscuits et des sucreries. En revanche, il découvrit une belle pièce de soie imprimée dans le placard de la chambre de la vieille Dame, qui se mit à lui raconter des histoires interminables sur son mari qui venait, soi-disant, tous les matins au lever du jour. Il était de fort méchante humeur, et lorsqu'elle lui demandait comment, de si bonne heure, il pouvait déjà être si hargneux, il lui répondait : «Je ne me mêle pas de leur histoire, alors qu'ils me fichent la paix ! »

– De qui parle-t-il ? s'inquiéta Zhuang Zhidie.

– Moi aussi je le lui ai demandé : «Notre gendre est un personnage influent qui mange en tête à tête avec monsieur le maire, qui oserait nous outrager ? » Il a prétendu que les deux nouveaux voisins qui se battent des journées entières l'empêchent de dormir et de manger. À mon avis, le vieux ne ment pas. Puisque tu ne vas pas à cette fête, va donc voir de quoi il s'agit. Si réellement ces voisins sont si gênants, mets-y un peu d'ordre !

La vieille Dame se dirigea vers la cour où elle coupa avec son couteau des rameaux sur une branche de pêcher. Zhuang Zhidie, à la fois amusé et énervé, l'aida ensuite à regagner sa chambre. Il accepta d'aller voir ce qui contrariait son beau-père.

Il avait décidé de partir une fois la vieille Dame installée dans sa chambre. Mais sur ces entrefaites, la cousine, qu'il n'attendait pas, arriva, un paquet de riz à la main. La vieille Dame ne put tout d'abord contenir sa joie, puis fondit en larmes ; pourquoi cette jeune cousine l'avait-elle délaissée ? Que faisait son père pour ne pas lui avoir rendu visite ces six derniers mois ? Il s'était sans doute enrichi et ne pensait plus à elle, pourtant elle n'avait jamais eu l'intention de lui emprunter de l'argent. La jeune cousine s'empressa de se justifier : son père avait repris la fabrique de tuiles et de briques du village, il travaillait dur et ne pouvait s'absenter.

– Il ne peut pas quitter son poste maintenant !

Autrefois il avait bien le temps ! Il était fourré ici tous les quatre matins, se remplissait la panse et partait les bras chargés de provisions !

La colère de la vieille Dame contrariait la jeune cousine qui passa par toutes les couleurs de l'arc-en-ciel. Zhuang Zhidie intervint pour excuser sa belle-mère qui n'avait plus toute sa tête vu son grand âge, elle divaguait à longueur de journée.

— Comment pourrais-je lui en vouloir ? déclara la cousine, surtout qu'elle n'a pas tout à fait tort au fond. À cette époque-là, nous étions nombreux à la maison, la vie n'était pas facile et nous survivions grâce à sa générosité. (Puis se tournant vers sa tante :) Vous avez raison de vous en prendre à mon père, il sait bien qu'il n'est pas venu vous voir depuis longtemps, mais dans dix jours la foire s'installe au village, il y aura du théâtre, mon père m'envoie vous chercher à cette occasion.

— Moi qui ne paye pas une seule place de théâtre ici à la ville où les troupes ne manquent pas, pourquoi irais-je à la campagne voir un spectacle ?

— C'est très différent de voir une pièce dans un théâtre et en plein air. À dire vrai, maintenant que nous avons les moyens, mon père voudrait vous gâter un peu.

— À cette condition, je viendrai. Mais pourquoi n'invites-tu pas ton oncle ?

La jeune cousine blêmit et se tourna vers Zhuang Zhidie.

— Elle est toujours ainsi maintenant, dialoguant à moitié avec les vivants, à moitié avec les morts, dit-il pour la rassurer.

— Il est invité, bien entendu, déclara la jeune cousine.

— Voilà qui est parfait ! Zhidie, va faire un tour sur sa tombe pour corriger un peu ces bruyants voisins si l'on veut que ton beau-père accepte.

Il ne contredit pas sa belle-mère, mais proposa tout d'abord à la cousine de se rafraîchir ; elle commença par refuser, puis accepta quelques gourmandises. Et elle lui demanda, curieuse, le prix de tout ce qu'elle voyait et qu'elle regardait avec envie. Alors qu'ils allaient sortir, la vieille Dame exigea tout à coup que la jeune femme rentre : elle voulait lui parler. Zhuang Zhidie l'attendit un long moment dans la cour. Il la vit apparaître enfin, le visage cramoisi.

– Que s'est-il passé ? lui demanda-t-il.

– Elle voulait savoir si j'avais pris le médicament que cousine Niu m'a donné, si oui ou non j'étais enceinte et que j'insiste auprès de mon mari pour qu'il ne boive pas… Je suis terrifiée. Mettre cet enfant au monde ne m'ennuie pas, mais j'ai en même temps si peur qu'il ne soit pas intelligent, qu'il vous déshonore.

Zhuang Zhidie, ne sachant que répondre, préféra changer de sujet et parler de sa belle-mère.

– Il est sûr qu'avec son grand âge, dit la cousine, ma tante tient des propos incohérents. Mais tous les vieux sont pareils, à la campagne aussi. Ils ont tendance à assurer une certaine communion entre l'empire des morts et notre monde à nous. Ce n'est pas aussi absurde que ça paraît !

– Je ne vous aurais pas crue pareille à votre tante, dit-il, mi-figue mi-raisin.

Ils partirent tous deux sur la Mulan et franchirent la porte nord de la ville pour gagner directement le fossé ouest de la muraille, seul vestige de l'époque Han. Ils laissèrent la mobylette sur le bord de la route. Ils furent très vite en nage, vu la canicule. En arrivant sur le bord des douves, ils aperçurent au loin une stèle. La jeune cousine fondit en larmes. Zhuang Zhidie lui demanda la raison de ce chagrin.

– Si je ne pleure pas, mon oncle défunt se mettra en colère et les revenants de la région se moqueront de lui.

Après quelques sanglots, elle sécha ses larmes. Zhuang fut saisi de frayeur : à gauche de la vieille tombe de son beau-père, il y avait en effet un tombeau neuf que les mauvaises herbes n'avaient pas encore envahi ; les fleurs de papier blanc de la couronne mortuaire avaient été arrachées par le vent et traînaient dans la boue. Il songea aussitôt qu'il s'agissait là des nouveaux voisins dont parlait sa belle-mère. Son cœur battit à tout rompre. Tandis que la jeune cousine s'agenouillait et brûlait du papier monnaie d'offrande tout en murmurant un flot d'incantations, Zhuang retourna au bord des douves pour demander des explications à un paysan qui travaillait là. Ce dernier lui raconta qu'un mois auparavant une famille du nom de Bi, originaire du village du même nom, avait eu un accident mortel en heurtant un camion au carrefour alors que les parents conduisaient leur enfant à la ville. Ils avaient été enterrés là. Zhuang Zhidie pâlit. Il comprit que la vieille Dame ne mentait pas. Il se hâta de clouer les branches de pêcher pour bien sceller la nouvelle tombe, puis il prit la jeune femme par le coude et ils quittèrent l'endroit au plus vite.

À leur retour, la vieille Dame partit avec la jeune cousine. S'apercevant que la journée était bien avancée, Zhuang Zhidie avala quelque chose à la hâte. Niu Yueqing déjeunait sans doute chez les Wang. En se remémorant les événements de la matinée, il ne pouvait plus croire que sa belle-mère divaguait. Il essaya de retrouver les propos apparemment incohérents qu'elle tenait pour les noter dans un petit carnet. Soudain, le ciel s'obscurcit, le vent se mit à souffler et à faire vibrer les vitres. Un orage allait éclater. Il se précipita pour fermer les fenêtres et rentrer le linge et les couettes qui séchaient dans la cour. Mais pas une goutte d'eau ne tomba. Le ciel se couvrit de gros nuages noirs aux contours étranges. À la fin, leur masse se transforma en une gigantesque forme quasiment humaine, une silhouette en pleine course, les cheveux défaits, les pieds d'une grandeur démesurée, les orteils écartelés comme de monstrueux éventails couverts de sillons et de spirales. La forme le passionna, il voulut la décrire dans son carnet et, faute de trouver les mots adéquats, il tenta de la dessiner. Mais la tempête redoubla de force. Saisi d'une sorte de panique, il ferma la porte à clef et s'en alla à la résidence de l'Association des écrivains.

Niu Yueqing ne revint pas de tout l'après-midi. Le soir non plus. Vers dix heures, un coursier se présenta chez lui pour lui transmettre un message de la part de sa femme :

– Mme Wang a retenu votre épouse pour une partie de mah-jong. Votre femme l'a invitée ainsi que son mari et sa belle-mère à venir déjeuner demain chez vous. Ils ont accepté avec joie.

– Quoi ? dit-il étonné. Demain de bon matin je dois faire les courses ?

– C'est précisément ce qu'elle voudrait.

Puis l'homme tendit à Zhuang Zhidie une liste détaillée des produits à acheter : deux livres de viande de porc, une livre de côtelettes, une carpe, une tortue, une demi-livre de rascasse, une demi-livre d'holothuries, trois livres de lotus, deux livres de ciboule chinoise, une livre de cosses, une livre de doliques, deux livres de tomates, deux livres d'aubergines, deux livres de champignons frais, trois livres d'alcool d'osmanthe, trois livres de pâté de soja, sept bouteilles de soda, une demi-livre de légumes variés salés, deux livres de viande de mouton, une livre de viande de bœuf salée et fumée, cinq œufs de cent ans, un poulet rôti, un canard laqué, du foie de porc cuit, une demi-livre de jambon fumé. Elle ajoutait de ne pas oublier de prendre chez sa mère une bouteille de vin de sorgho, dix bouteilles de bière, un sac de cacahuètes, un paquet d'oreilles de Judas parfumées, un bol de riz glutineux, un sachet de jujube rouge et une poignée de farine. Il fallait également acheter une boîte de petits pois en conserve, une de pousses de bambou, une de cerises, une livre de saucisses, deux livres de concombres, cent grammes de légumes fermentés, cent grammes de graines de lotus.

– Comme c'est ennuyeux ! soupira Zhuang, c'est si simple d'aller au restaurant !

– Votre femme était sûre de votre réaction, aussi m'a-t-elle demandé d'insister, car c'est Mme Wang

qui a émis le désir de déjeuner chez vous. Les restaurants sont excellents, mais rien ne vaut l'atmosphère conviviale de la maison où l'on parle en toute
tranquillité.

« Niu Yueqing croit vraiment que j'ai un faible
pour la femme de Wang Ximian ! » pensa-t-il. Une
fois le messager parti, il se dit qu'après tout, puisque
la fête avait lieu chez eux, pourquoi ne pas en profiter pour convier à ce banquet Meng Yunfang et sa
femme, Zhou Min et Tang Wan'er, ce n'en serait que
plus animé. En outre, cet ajout d'invités servirait à
prouver à Niu Yueqing qu'il se moquait pas mal de
cette Mme Wang, et à créer une occasion pour Tang
Wan'er de découvrir où il vivait. Sa décision prise, il
téléphona le soir même à Zhao Jingwu pour lui
demander de venir lui donner un coup de main le
lendemain matin pour la corvée des courses.

*

Il se réveilla très tôt et enfourcha sa mobylette pour
se rendre au 8 bis de la rue des Roseaux, chez Zhou
Min. Tang Wan'er, déjà habillée, se coiffait devant sa
glace. Zhou Min était accroupi sous la vigne, la
bouche pleine de dentifrice. En voyant Zhuang Zhidie entrer dans la cour, son visage s'illumina comme
à la lecture des sûtras. Quant à Tang Wan'er, les
mains dans les cheveux, elle vint à sa rencontre, le
salua en rougissant un peu puis s'éloigna pour aller
parfaire son chignon.

– Tu n'es pas encore coiffée depuis le temps ? s'exclama Zhou Min. Sers donc du thé au professeur
Zhuang.

Elle se dépêcha d'obtempérer, mais comme le thé
était brûlant elle posa très vite la tasse et souffla sur
ses mains, avec un petit sourire gêné à l'adresse du
professeur.

– Vous vous êtes brûlée ?

– Non, ce n'est rien, dit-elle tout en portant néanmoins à sa bouche son doigt qu'elle suça lentement.

Tang Wan'er avait passé une excellente nuit. Sitôt levée elle s'était préparée avec entrain et n'en paraissait que plus belle. Elle portait une blouse rose à col arrondi et sans manches, avec une minijupe fort moulante qui mettait en valeur ses jambes superbes.

– Vous vous apprêtiez à sortir ? s'inquiéta Zhuang Zhidie.

– Non, je ne vais nulle part.

– Vous êtes déjà si élégante !

– Élégante ? Je m'efforce toujours de l'être chez moi. Maquillée. C'est plus agréable pour les amis qui nous rendent visite. Mes petites habitudes vous amusent ?

– Pas du tout, c'est typiquement féminin.

En découvrant qu'elle portait les chaussures qu'il lui avait offertes, Zhuang Zhidie sentit son cœur bondir. La jeune femme s'aperçut de son émoi :

– Cette blouse et cette jupe sont vieilles comme les ponts, dit-elle, elles ont plus de cinq ans, seules les chaussures sont neuves, qu'en pensez-vous ?

Rassuré, Zhuang Zhidie apprécia le propos délibérément ambigu de la jeune femme. Elle n'avait donc pas raconté l'histoire de ces chaussures à son mari.

– L'ensemble n'est pas mal, je vous assure. En fait l'habit a peu d'importance, tout dépend de celui qui le porte, répondit Zhuang.

Zhou Min qui revenait de la cour une grappe de raisins à la main intervint :

– C'est une véritable garde-robe ambulante ! Elle possède un nombre incalculable de chaussures et elle a pourtant trouvé le moyen d'acheter celles-ci ! On ne sait plus où les mettre !

Zhuang Zhidie savourait son bonheur. Pourquoi n'avait-elle pas parlé à son mari de ce cadeau, et pourquoi lui mentir avec un tel naturel ? Cela ne signifiait-il pas quelque chose ?

– Zhou Min, dit-il, le but de cette visite matinale est de vous inviter à déjeuner. Vous ne pouvez refuser. Le peintre Wang Ximian, son épouse et sa mère, sont conviés à ce repas, ainsi que Meng Yunfang et sa femme. Je ne reste pas plus longtemps, je file chez ces derniers les inviter avant de faire les courses.

– Nous inviter ? dit Tang Wan'er. Vous nous faites trop d'honneur !

– J'ai bien accepté votre invitation l'autre jour, répondit Zhuang. Soyons simples, nous sommes amis ! Wan'er, c'est bien vous qui avez chargé Xia Jie de remettre à ma femme un magnifique bracelet de jade ?

– Mon cadeau ne lui plaît pas ?

– Mais au contraire, elle est très embarrassée de ne pas avoir été là.

– Ce n'est rien du tout ! Zhou Min n'oubliera jamais que nous vous connaissons grâce au professeur Meng, aussi ai-je donné un même bracelet à Xia Jie.

Zhuang Zhidie sortit de sa poche une bourse en tissu qu'il lui tendit :

– Mon épouse m'a chargé, à son tour, de vous remettre ce modeste cadeau en espérant qu'il vous plairait à tous les deux.

Tang Wan'er la prit et l'ouvrit en déclarant :

– Quelle gentillesse de sa part ! Venant d'elle, tout nous fait plaisir. Zhou Min, viens voir ! s'écria-t-elle en découvrant le miroir.

– Professeur, dit Zhou Min, je suis confus, c'est une pièce de collection !

– La valeur n'a pas d'importance !

La jeune femme se regardait déjà dedans en expliquant qu'elle avait entendu parler de miroirs en bronze mais elle se demandait quelle image ce métal pouvait renvoyer. Qui aurait imaginé que son éclat était aussi brillant que celui du verre ! Elle retira de la table une cuvette décorée et posa le miroir à la place. Elle ne se lassait pas de se regarder.

– Tu contemples ta laideur ! dit Zhou Min.

– Je me demande à qui a appartenu ce miroir autrefois ? (Puis avec une moue :) Zhou Min, tu as utilisé toutes les tuiles décoratives que je collectionnais de-ci, de-là, tu en as même cassé une ! Souviens-toi que ce miroir est mon trésor à moi, interdiction d'y toucher !

– Crois-tu que je méconnaisse la valeur d'une telle

pièce ? dit Zhou Min, avec un regard légèrement gêné à Zhuang Zhidie.

— Fais donc un saut chez M. Meng pour éviter au professeur d'y aller, reprit Tang Wan'er, et achète quelques cadeaux en revenant. Ce repas est sans doute en l'honneur d'un anniversaire, le vôtre ou celui de votre épouse.

— Absolument pas, c'est juste un repas entre amis.

Zhou Min s'apprêtait à partir, Zhuang Zhidie à le suivre.

— Je vais les prévenir, prenez votre temps. Wan'er va aller vous chercher des brioches sucrées et du fromage de soja en gelée chez le marchand au coin de la rue. Vous n'avez certainement pas encore pris votre petit déjeuner.

La jeune femme ferma la porte de la cour sitôt Zhou Min parti.

— Professeur, dit-elle en revenant, je vais acheter quelques gâteaux pour le petit déjeuner.

Il se leva, un peu gêné, resta debout, puis se rassit.

— Je n'ai pas l'habitude de manger le matin, n'en prenez pas pour moi.

— Si vous ne voulez rien, moi non plus.

Elle lui jeta un regard en coin. Il était en nage, des gouttes de sueur perlaient sur son nez et il la dévisageait avec audace. Elle s'assit en face de lui sur un tout petit tabouret, les genoux croisés. Les yeux de Zhuang Zhidie tombèrent de nouveau en arrêt sur les ravissantes chaussures.

— Elles me chaussent à merveille, dit-elle, et elles sont très agréables à porter !

Il allongea la main, mais ne traça qu'un demi-cercle dans le vide et n'acheva pas son geste. Il n'en pouvait plus d'excitation. La jeune femme se taisait. Elle décroisa les jambes, puis articula un «professeur Zhuang» d'une voix rauque. Il leva la tête, surpris, elle fit de même et ils restèrent silencieux de nouveau.

— Ne m'appelez plus professeur.

— Que dois-je dire ?

– Appelez-moi par mon prénom, c'est moins céré-
monieux.

Elle se leva pour se donner une contenance, palpa
le miroir de bronze posé sur la table.

– Le professeur Meng affirme que vous aimez col-
lectionner les objets d'art, pourquoi nous donner
une pièce aussi belle ?

– Que vous l'appréciiez me fait plaisir. Ce miroir
date de la période Kai Yuan de la dynastie des Tang,
il me semble vous convenir parfaitement à vous qui
avez pour patronyme Tang. Vous venez à l'instant
d'admirer son éclat, mais vous n'avez pas encore vu
les motifs de décoration qui ornent l'autre face.

La jeune femme découvrit en le retournant un
couple de canards mandarins glissant au milieu de
fleurs de lotus. Un ruban dans le bec les unissait l'un
à l'autre grâce à une grue, les ailes déployées, le cou
penché, qui tenait dans le sien les extrémités. Sur le
bord du miroir, gravé en relief et en fins caractères
un poème :

Il rend la bonté évidente, met la vertu au jour
Il rend les hommes immortels, il connaît toutes les
vérités
Pour y épier son allure, pour y parfaire sa beauté
Il est le symbole de la plénitude, le reflet de l'excel-
lence
Les fleurs y fleurissent et dispersent leur ombre
Il est rond et pur comme la lune.

La jeune femme fut émerveillée.

– Ce miroir porte-t-il un nom particulier ? demanda-
t-elle.

– Miroir de bronze d'un couple de grues tenant
dans leur bec un ruban unissant un couple de canards
mandarins.

– Comment votre épouse a-t-elle pu accepter que
vous m'offriez pareil cadeau, symbole d'amour ?

Il ne sut quoi répondre. Le visage de la jeune femme
s'empourpra. «Il fait chaud», dit-elle en se levant

pour aller ouvrir la fenêtre. C'étaient des fenêtres à l'ancienne qui ne s'ouvraient qu'à moitié sur leur partie supérieure. Comme la barre en bois résistait, elle se haussa sur la pointe des pieds, leva les bras dans une attitude qui affina sa taille et dévoila ses reins à la chair pâle. Il se précipita pour l'aider, sans penser que la barre de bois tomberait et que le vantail se refermerait. La jeune femme laissa échapper un cri de frayeur. Il eut juste le temps de soutenir son corps défaillant avant qu'elle ne s'écroule dans ses bras. Il l'enlaça. Leurs bouches se collèrent d'un même accord en un long baiser interminable.

Ici l'auteur autocensure vingt-trois caractères.

Lorsque Zhuang Zhidie retrouva la parole, il murmura :

– Enfin, je vous ai dans mes bras ! Tang Wan'er, j'avais tellement envie de vous !

– Moi aussi, dit-elle en sanglotant.

Il la trouva encore plus désirable en pleurs. Il essuya de sa main les larmes qui roulaient le long de sa joue, les embrassa même ; la jeune femme sourit, amusée, l'en empêchant. Leurs bouches se rencontrèrent à nouveau, ils s'embrassèrent avec une passion violente et, presque à leur insu, leurs mains tremblantes caressèrent leur corps. Celles de Zhuang Zhidie descendirent le long du dos de la jeune femme. Mais la jupe était trop serrée, la main s'affola, puis glissa sur les reins ; Tang Wan'er dégrafa sa jupe et la main fébrile de son amant se faufila aussitôt pour s'arrêter dans un endroit chaud et humide.

Ici l'auteur autocensure onze caractères.

– Le jour où je vous ai donné cette paire de chaussures, un désir fou m'a pris de caresser votre pied.

– Je m'en suis aperçue, je l'ai souhaité, mais votre main s'est arrêtée net.

– Pourquoi ne m'en avoir rien dit ?

– Je n'ai pas osé.

– Moi aussi, et pourtant je suis amoureux de vous depuis notre première rencontre. Nous étions destinés l'un à l'autre. Seulement j'éprouvais quelques craintes. Vous êtes la première femme dont j'aie eu envie, aussi espérais-je un signe de vous qui me donne le courage de me dévoiler.

– Vu votre célébrité, je craignais votre mépris.

Zhuang porta la jeune femme qui s'abandonnait dans ses bras sur le lit. En lui retirant sa courte jupe et en lui baissant son collant jusqu'aux genoux, il éprouva l'étrange émotion qui le prenait quand, dans son enfance, il arrachait l'écorce des jeunes saules au printemps ou lorsqu'il pelait les oignons dans la cuisine. Une jambe à la peau blanche s'offrit à ses yeux. La jeune femme voulut ôter ses chaussures et se débarrasser complètement de son collant, mais il l'adorait ainsi avec ses chaussures, les jambes relevées. Il la rejoignit sur le lit et ils firent l'amour.

Ici l'auteur autocensure trois cent soixante-dix-neuf caractères.

Leurs corps s'effleuraient, se soulevaient au rythme des gémissements de la jeune femme. Il n'avait encore jamais connu un tel plaisir. Il avait retrouvé toutes les sensations du désir, surpris de ne pas avoir été victime d'une éjaculation précoce. Elle, le visage en nage, les cheveux défaits, se releva pour changer de position. Elle descendit du lit et, le ventre contre le rebord, lui offrit ses fesses dont la gauche portait un grain de beauté. Il se contenait toujours, ne parlait pas mais haletait sans cesse. La jeune femme s'interrompit pour ôter complètement ses chaussures et son collant.

Ici l'auteur autocensure deux cent treize caractères.

Zhuang Zhidie, les yeux perdus dans le vague, la regardait vaciller, les lèvres tremblantes, les yeux révulsés lorsque, tout à coup, il poussa un cri.

Ici l'auteur autocensure cinquante caractères.

Il se rhabilla. Elle resta lovée, sans forces, sur le lit. Il s'assit sur le canapé en face et fuma une cigarette. Il admirait ce corps dans la position du sommeil, beau comme un jade. Elle le regarda aussi, sourit, un peu confuse, sans dire un mot. Elle n'avait pas le courage de se lever. Cette femme le faisait songer à ces vers des poèmes Tang sur les concubines impériales qui sortaient de leur bain épuisées. Il comprit soudain que ces descriptions étaient l'image qu'offraient les concubines après une nuit d'amour.

– Vous faites vraiment bien l'amour !

– Vraiment ?

– Je n'ai encore jamais connu pareille jouissance ! Vous faites très bien l'amour !

Il n'en tira aucune fierté, mais lui avoua en toute honnêteté :

– Vous êtes, en dehors de Niu Yueqing, la seule femme avec qui j'ai fait l'amour. Curieusement, aujourd'hui j'ai pu jouir et éviter l'éjaculation précoce, alors qu'avec ma femme c'est impossible. Je pensais que mon impuissance était ma faute.

– Vous n'y êtes pour rien, c'est à nous les femmes de maîtriser cela.

Ému, il se précipita vers elle, la serra dans ses bras, puis enfouit sa tête dans sa poitrine et la remercia, des sanglots dans la voix :

– Wan'er, merci, jamais je n'oublierai !

Ils échangèrent un long baiser, puis elle commença à se rhabiller, à se recoiffer, se maquiller les yeux et se mettre du rouge sur les lèvres.

– Maintenant que je t'appartiens, ne me fais pas perdre la face au cours du déjeuner devant la femme de Wang Ximian, créature divine et célèbre.

– Tu n'as rien à craindre.

– Pourtant j'ai peur.

– Peur de quoi ?

– De l'accueil de ton épouse.

– Tout dépend de la façon dont tu t'y prendras.

– Je pense que je saurai, pourtant j'ai quelques craintes. Comment vais-je m'habiller ?

– Tes vêtements sont superbes, de toute façon il est un peu tard pour t'en préoccuper. Si tu le désires voici de l'argent pour t'acheter un ensemble élégant.

– Je n'ai que faire de ton argent, dis-moi simplement ce que je dois mettre.

Elle ouvrit son armoire et se mit à essayer un à un chacun de ses vêtements. Zhuang Zhidie, affolé, fixa son choix sur une robe noire, puis l'embrassa en la serrant dans ses bras avant de filer.

*

En arrivant chez lui, il découvrit un tas de marchandises entassées devant la porte. Zhao Jingwu qui n'avait trouvé personne les avait laissées là. Au moment où Zhuang Zhidie s'apprêtait à rentrer les courses, Niu Yueqing et l'épouse de Wang Ximian arrivaient. Le voyant affairé dans la cuisine à préparer le poisson, l'épouse de Wang Ximian s'exclama :

– Mon Dieu, quelle chance j'ai d'avoir pour cuisinier un écrivain aussi célèbre !

– Je vous en prie ! déclara Niu Yueqing, restons simples. Essayez de trouver un petit coin propre où vous asseoir, mon mari va vous tenir compagnie le temps que je termine.

– Et Ximian, demanda Zhuang, pourquoi n'est-il pas là ? Peut-être vient-il en taxi avec sa vieille mère ?

– Il ne viendra pas. Il est parti aujourd'hui en train pour Pékin. Quant à ma belle-mère, hier au soir elle comptait encore venir, mais en se levant ce matin, elle a été prise de vertiges. Je crains que la soirée d'hier, le jeu et l'excitation ne l'aient fatiguée. Elle se sentait réellement incapable de sortir, mais veut qu'on lui porte ce qu'il y aura de bon. Elle aura ainsi l'impression d'avoir participé à la fête.

– Quel dommage ! Elle n'est encore jamais venue chez nous.

– Ce n'est pas plus mal, trancha l'épouse de Wang Ximian, cela me donne un peu de liberté. Quand elle est avec moi, je ne me sens pas libre pour parler !

– Alors profitez à votre guise de votre journée, ma chère, dit en riant Niu Yueqing.

Niu Yueqing retira ses chaussures à hauts talons, passa un tablier et poussa son mari et leur invitée dans la bibliothèque.

Une fois l'épouse de Wang installée, Zhuang Zhidie bavarda avec elle.

– Comme vous avez maigri !

La femme passa ses mains sur ses joues, c'était vrai, elle avait beaucoup maigri. Elle ne ressemblait d'ailleurs plus à rien. Il la rassura, sa maigreur n'enlevait rien à sa beauté ; peut-être même voulait-elle paraître svelte avec quelques kilos en moins ?

– Une cure d'amaigrissement à mon âge ? dit-elle. Depuis le début de l'année, je n'ai aucun entrain, je tombe malade pour un oui, pour un non, je m'enrhume, et aucun médicament – et j'en ai consommé une quantité effroyable – ne me guérit. Le mois dernier j'ai consulté un vieux médecin qui soigne par la médecine traditionnelle, il m'a assuré que rien ne me débarrasserait de mes maux, excepté, si les symptômes réapparaissaient ce mois-ci, d'avoir un enfant. Seule une grossesse remettrait de l'ordre dans mon corps perturbé. Que faire ? Même si je le désirais, c'est trop tard maintenant.

– Souvent les gens disent qu'en y mettant du sien à cinquante-neuf ans, on arrive encore à enfanter à soixante ! Quel âge avez-vous ? Si vous voulez vraiment tomber enceinte, je vous promets de vous obtenir le permis voulu !

– Vous êtes plus jeune que nous, si vous voulez un enfant, pourquoi ne pas en faire un ? lui demandat-elle.

Elle avait vraiment parlé sans réfléchir, mais fit néanmoins rougir Zhuang Zhidie. Par hasard, Niu Yueqing, qui sortait de la cuisine pour aller chercher de la poudre de clavalier afin d'assaisonner un mets, entendit la dernière phrase. Elle écarta le rideau et lança :

– Nous voulions un enfant, mais Zhidie craignait que cela ne le dérange dans ses activités. Aujourd'hui, nous nous sentons bien seuls. Je m'efforce pourtant de le persuader, sa production littéraire est suffisante et sa renommée considérable !

– Bien sûr ! Bien sûr ! s'exclama la femme de Wang.

Zhuang Zhidie se taisait, l'air penaud. Niu Yueqing le fusilla du regard :

– Ne reste pas planté là, apporte des fruits à notre amie.

Il obtempéra et c'est alors qu'il se souvint qu'il voulait téléphoner à Zhao Jingwu pour savoir pourquoi il n'était pas resté ; il fallait qu'il vienne tout de suite l'aider à préparer le déjeuner.

À ce moment-là le haut-parleur se mit à hurler : « Zhuang Zhidie, descendez, un invité pour vous ! Zhuang Zhidie, descendez, un invité pour vous ! »

– Qui braille ainsi ? demanda la femme de Wang.

– Comme c'est insupportable ! Pour faire son devoir, elle le fait, la vieille gardienne Wei ! Quelle sale habitude ! J'ai l'impression d'être une prostituée quand on hurle ainsi mon nom.

Au moment où son mari s'apprêtait à descendre, Niu Yueqing cria de la cuisine :

– Aujourd'hui nous recevons une hôte de marque, que personne ne vienne nous déranger. Laisse-moi descendre, je dirai que tu n'es pas là.

– J'ai aussi invité Meng Yunfang et son épouse, ainsi que Zhou Min et la sienne.

– Tu avais tout planifié, voilà qui est parfait ; le déjeuner n'en sera que plus animé, marmonna-t-elle. (Puis à voix basse à son mari :) Meng a une grande gueule, quand il est là, on ne peut pas en placer une. Comment faire pour lui glisser notre problème d'argent ?

– Parle-lui-en tout de suite !

– Tu te défiles chaque fois qu'il y a une difficulté !

Zhuang Zhidie s'en alla, le sourire aux lèvres. Niu

Yueqing, la bouilloire à la main, se dirigea vers la bibliothèque où elle remplit d'eau chaude la tasse de la femme de Wang Ximian. Tout à la fois souriante et volubile, elle aborda la question qui lui tenait à cœur. La femme de Wang Ximian accepta sur-le-champ, sans hésiter. Un bruit de pas résonna dans le couloir, puis la voix perçante de Meng Yunfang suivit :

– Notre amie Mme Wang est déjà là ?

Elles arrêtèrent leur conversation pour l'accueillir. Meng Yunfang sur le pas de la porte cria :

– Voici un an que nous ne nous sommes pas vus, tout en prenant de l'âge, vous restez aussi jeune que Xia Jie ! Vous nous faites honte ! Maintenant je comprends où Wang Ximian puise toute sa force de création, sa source d'inspiration ne se tarit pas !

– Quel beau parleur ! Si vous me trouvez à votre goût, faites un échange avec mon mari !

– Volontiers, déclara-t-il en s'adressant à sa femme, et toi tu ne perdras pas au change ! Une simple toile de Ximian se vend quelques milliers de yuans, imagine la vie pour toi !

Xia Jie jeta un coup d'œil à son mari :

– Wang Ximian n'a pas jeté son dévolu sur moi, mais tu peux toujours te faire embaucher comme valet de chambre.

La femme de Wang Ximian s'avança vers Xia Jie et lui pinça la bouche. Elles plaisantèrent toutes deux un moment avec une gentillesse enfantine. Meng Yunfang s'assit, but une gorgée de thé, et tout en la regardant lui dit :

– Je vous complimente sur votre jeunesse et vous ne me croyez pas. Zhidie, regarde comme les flammes sur sa tête sont hautes !

– Des flammes sur ma tête ? demanda la femme de Wang Ximian affolée.

– N'importe qui en a, leur hauteur est une indication subtile de la vitalité de l'être, expliqua Meng Yunfang.

– Vous ne saviez pas que notre ami Meng étudiait le qigong ?

– Je l'ai entendu dire, répondit-elle. Il me semble endiablé.

– Comment ça, endiablé ? s'étonna Meng, je viens d'étudier à fond *Les Chiffres de mutations de la fleur de prunier*, *Les Chiffres sacrés de Maître Shao*, *Les Six grands chiffres sacrés*, *Les Portes des merveilles et les armures de fuite* ainsi que le *Précis des secrets de la vie à la version impériale*; j'ai fait aussi trois conférences sur le *Livre des Mutations*; actuellement je suis plongé dans un grimoire qui explique avec une étonnante clarté le problème de la réincarnation, des parents, du moment propice pour naître, du patronyme que votre femme doit avoir, savoir comment s'y prendre pour concevoir un fils ou une fille...

– Selon toi, inutile de se battre, tu t'en remets au destin, dit Zhuang Zhidie.

– Notre vie est fatalement déterminée, mais cela ne veut pas dire qu'il ne faille pas lutter. J'y ai réfléchi. C'est précisément dans les limites de notre destin qu'il faut d'autant plus se battre pour acquérir la perfection. *Les Chiffres sacrés de Maître Shao* est un livre très peu connu. De plus, pour le comprendre il faut avoir préalablement assimilé un livre clef, presque introuvable. Sur les six chiffres sacrés, dont il traite, je n'ai su en déchiffrer que deux. Ne riez pas, le Grand Maître de la Sagesse du Temple de l'Immanence lui-même n'a pas trouvé. Actuellement ceux qui se consacrent à l'étude de ce livre en deviennent fous.

– Yunfang, trancha Niu Yueqing, cessez ce bavardage excessif, aujourd'hui acquittez-vous de votre tâche, qui est celle d'un cuisinier.

– Parfait! Parfait! Puisque tel est mon sort! S'il advenait que je devienne un jour président de la République, il me faudrait aussi être le cuisinier des membres du Bureau politique!

Il alla à la cuisine. La femme de Wang Ximian profita de son absence pour glisser à Zhuang Zhidie :

– Zhidie, pourquoi ne pas m'en avoir parlé ?

– De quoi ? demanda-t-il.

– Enfin voyons ! Si vous me l'aviez dit hier soir, la chose aurait été prête et je vous l'aurais apportée aujourd'hui.

– Tout ceci est une idée de ma femme, qui aimerait que vous vous occupiez de cette affaire.

– De quoi s'agit-il ? demanda Xia Jie qui ne comprenait rien à leur conversation. Que de mystère !

Il se tut.

– Zhidie, pas un mot ! déclara péremptoire l'épouse de Wang Ximian, rendez-vous demain au pied du troisième pilier du pont Grandeur de l'Est dans le jardin du lac aux Nénuphars, je vous y attendrai.

– Notre mot de passe reste le même, dit-il.

Xia Jie esquissa une moue. « Espèce de chiens ! pensa-t-elle, je vais tout raconter à ta femme. » Elle n'était cependant pas pleinement satisfaite, car elle était tout à fait consciente qu'ils lui avaient délibérément mis l'eau à la bouche, sans pour autant se dévoiler ; ils l'avaient traitée comme une vulgaire étrangère. Elle s'étonna que Zhou Min et son épouse ne soient toujours pas arrivés. Elle demanda s'il possédait un jeu de gobang car elle désirait prendre sa revanche sur Tang Wan'er. Sa phrase à peine achevée, on frappait à la porte. Elle ouvrit en déversant un flot d'injures :

– Vous avez vraiment un sacré culot ! Tout le monde est là et vous arrivez, insouciants, sans vous presser, après avoir pris le temps de vous envoyer en l'air !

Elle ouvrit, Zhao Jingwu se trouvait devant la porte et juste derrière lui une jeune beauté, le visage rubicond, un énorme sac à la main. Elle se tut aussitôt et alla prévenir Zhuang Zhidie. Il arriva, très surpris.

– Professeur Zhuang, me voici comme promis, dit la jeune fille.

Zhuang Zhidie, pris au dépourvu, restait interdit.

– Liu Yue est venue me trouver à l'instant où je partais, la famille chez qui elle était employée l'a congédiée, elle veut s'engager chez toi tout de suite. Un autre jour, lui ai-je dit, aujourd'hui mon ami reçoit. Mais au contraire, répondit-elle, folle de joie, cela tombe bien, il doit avoir besoin de mes services. J'ai pensé qu'elle n'avait pas tout à fait tort, et je te l'ai amenée!

Zhuang Zhidie prit d'une main le gros ballot, et de l'autre indiqua à la jeune fille le chemin de la cuisine pour la présenter à sa femme.

– Yueqing, viens voir. Il y a quelques jours je te suggérais de trouver une bonne, eh bien, notre ami Jingwu nous l'a trouvée, la voici!

Niu Yueqing sourit en la voyant.

– Que nous arrive-t-il aujourd'hui? Est-ce là une réunion de jolies femmes?

La plaisanterie de Niu Yueqing détendit Liu Yue.

– Désormais je suis à votre service, déclara-t-elle.

Elle observa sa nouvelle patronne. Niu Yueqing était une femme de taille moyenne, bien en chair, les cheveux coupés court selon la mode actuelle, retenus cependant par un serre-tête en plastique bon marché. Son visage, que seuls quelques petits points noirs à peine perceptibles marquaient, était grand, son nez fuyant, ses yeux tout ronds.

– Comment t'appelles-tu? lui demanda Niu Yueqing.

– Liu Yue.

– C'est amusant! Moi mon prénom est Yueqing.

– J'étais faite pour travailler chez vous!

– *Fatum!* déclara Niu Yueqing amusée, Liu Yue, tu verras, le travail ici n'est pas épuisant. Simplement lorsque nous recevrons, je te demanderai d'être très vigilante et de bien t'occuper de nos hôtes, c'est tout. Maintenant que tu as franchi le seuil de notre porte, tu n'es plus une étrangère, tu fais partie des nôtres. Le professeur Zhuang est absent toute la journée, il vaque à ses occupations, nous resterons ensemble à la maison comme deux sœurs.

– Vous êtes si gentille, j'en suis touchée. Seulement, étant campagnarde, je suis assez rustre et je risque de commettre des impairs. Que l'on m'insulte, peu importe, mais je ne veux en rien porter préjudice

146

à votre renommée. Donnez-moi de bons conseils, et si je n'exécute pas correctement vos ordres, grondez-moi, insultez-moi, battez-moi s'il le faut.

Son discours combla Niu Yueqing de joie. Liu Yue rassembla ses cheveux en queue de cheval, les serra dans une barrette, et remonta ses manches pour laver les légumes. Niu Yueqing l'en empêcha.

– Mais non, attends un peu ! lui dit-elle. Tu viens à peine d'arriver, repose-toi !

– Comme vous êtes gentille ! Je ne mérite pas tant d'égards et je ne suis pas venue pour m'amuser.

Zhuang Zhidie présenta la jeune servante à ses amis, puis lui fit visiter la maison. Liu Yue admira le salon, grand et spacieux, et remarqua une calligraphie du maître encadrée dans un sous-verre au cadre noir accroché sur le mur d'en face. « Dieu reste muet ». Elle se rappela avoir lu ces mots dans un de ses livres, mais il manquait la première partie : « Cent diables hideux grimacent. » L'ellipse de la première sentence donnait plus de force à ces mots tout en incitant à la méditation. Elle se dit qu'un écrivain était vraiment un être extraordinaire. À côté de la porte, un paravent à quatre panneaux sculptés de phénix en vol ; juste devant, une table en bois noir en forme de noix de coco, dernière mode de Hong-Kong, entourée à droite et à gauche d'une chaise de même bois à haut dossier. Un canapé en cuir italien était placé sous la calligraphie ; à côté, un meuble hi-fi à quatre tiroirs qui jouxtait une table basse en verre et métal sur laquelle reposait la télévision, recouverte d'un tissu à motifs de couleur claire ; enfin, placé juste dessous, un magnétophone. Près du poste, une grande fleur en plastique trônait dans un vase en porcelaine de Yaozhou. Que de choses ! Ces meubles sombres ressortaient avec élégance sur les murs blancs. Liu Yue soupira, finalement seuls les gens cultivés avaient du goût et cet intérieur n'avait rien de comparable avec celui, vulgaire et bariolé, de ses anciens patrons. En se dirigeant vers le sud, elle découvrit deux chambres à coucher ; l'une était celle des maîtres de maison meublée de lits jumeaux avec chacun à leur tête une petite table de nuit sur un tapis de laine, uni, de couleur crème. Le mur principal était couvert d'une grande armoire de la teinte du bronze ancien et une petite commode se trouvait près de la fenêtre. Les rideaux de velours rose traînaient par terre et sur le rebord de la fenêtre était posé le climatiseur. Au mur, accrochée entre les deux lits, une photo de mariage des maîtres de maison ; au dos de la porte, dans un cadre sous verre, le poster en couleur d'une sirène. Les lits jumeaux dans la chambre à coucher attirèrent son attention ; elle regarda, perplexe, le professeur.

— Ce sont des lits modulables, dit-il, comprenant l'étonnement de la jeune fille.

Liu Yue gloussa. Attirées par ces rires, la femme de Wang Ximian et Xia Jie accoururent. Liu Yue rougit. Zhuang Zhidie fit alors les présentations. Xia Jie entraîna Liu Yue dans le bureau du maître sans la quitter des yeux.

— Vous nous annoncez une bonne, mais c'est une princesse qui nous arrive !

Puis s'adressant à la jeune fille :

— D'où venez-vous ?

— Du nord du Shaanxi.

L'épouse de Wang Ximian déclara :

— Un adage veut que « les meilleures ardoises viennent de Qingjian, le meilleur charbon de Wayaobao, les plus belles femmes de Mizhi et les plus beaux mâles de Suide ». Vous êtes sûrement de Mizhi, mademoiselle !

— Quelle érudition, madame ! s'exclama Liu Yue.

— L'érudit, c'est votre nouveau maître, répondit la femme de Wang Ximian, regardez son bureau !

Liu Yue tourna la tête et découvrit une pièce pas très grande aux murs recouverts d'étagères allant du plancher au plafond. Des antiquités de toutes tailles remplissaient les deux derniers rayons. Liu Yue reconnut les jarres en terre cuite des Han occidentaux, les fourneaux en poterie des Han orientaux ainsi que les chevaux en poterie émaillée tricolore et les figurines funéraires en terre cuite des Tang. Les sept autres rayons ne contenaient que des livres. C'était de simples rayonnages, sans porte de verre. Le moindre espace vide, si petit fût-il, était rempli par des objets divers : morceaux de tuile, hache de pierre, cailloux aux formes et couleurs variées et surprenantes, bois sculptés, sculptures d'argile, bambous reliés, silhouettes de cuir, papier découpé, les douze animaux correspondant à chacun des douze Rameaux terrestres désignant l'année de naissance sculptés dans du noyer, ainsi qu'une paire de chaussures en paille. Les rideaux étaient tirés et, juste devant, un très grand bureau où trônait un buste en bronze du maître de maison entouré par une montagne de livres et de papiers. À côté de l'étagère, près de la porte, se trouvait une table carrée sur laquelle il y avait les quatre trésors du lettré, pinceau, encre, papier, pierre à encre, et juste dessous un grand vase en porcelaine à décor bleu et blanc rempli de rouleaux de peinture. Au centre de la pièce, devant le canapé, sur une petite table basse, celle que les paysans ont coutume de poser sur le *kang*, taillée dans un bois de qualité et de facture soignée, était placé un brûle-parfum en bronze, lui-même reposant dans un morceau de muraille assez grossier. À côté, une statue d'une poétesse Tang, les cheveux relevés en chignon, les pommettes vermeilles, les traits fins, le corps bien en chair, vêtue d'une robe courte rouge et d'une écharpe violet pâle, les mains croisées sur la poitrine, un visage exquis qui laissait deviner un sourire contenu. Liu Yue la regarda avec amusement :

– On a l'impression qu'elle est vivante ! dit-elle.

Zhuang Zhidie se réjouit de la sensibilité de la jeune fille et la complimenta. Puis il alluma un bâton d'encens qu'il plaça dans le brûle-parfum ; trois volutes de fumée s'élevèrent par les fentes du couvercle qui montaient et s'étiraient en un nuage blanc.

– Observez bien tous maintenant ! dit-il.

– Plus on la regarde, et plus elle donne l'impres-

sion de s'avancer avec légèreté vers nous! déclarè-
rent-ils à l'unisson.

– Comme le hasard est parfois surprenant! constata
Xia Jie, regardez comme cette statuette ressemble à
Liu Yue! On croirait qu'elle a servi de modèle!

Liu Yue trouva en effet la ressemblance frappante.

– C'est moi qui lui ressemble et non l'inverse.

Gênée pourtant de ce qu'elle venait de dire, elle
s'appuya contre le chambranle de la porte.

– Liu Yue, quand tu auras un peu de temps libre,
tu pourras venir lire dans mon bureau.

– Eh bien, déclara Xia Jie, quel traitement de
faveur, mademoiselle! Jusqu'à présent le bureau du
maître était aussi inaccessible que la salle du trône
des audiences impériales à la Cité interdite. Personne
n'avait le droit d'y entrer. Moi j'ai dû me contenter de
la compagnie de Mme Wang!

– Liu Yue, désormais tu fais partie de la famille,
assura Zhuang Zhidie, rougissant un peu.

Xia Jie, bien décidée à ne pas le lâcher, déclara:

– Oh! là! là! Voilà qui est si gentiment dit!

Elle s'approcha de Zhuang Zhidie et lui glissa à
l'oreille:

– Vous cherchiez une bonne ou une dame de compagnie? Ne vous trompez pas!

Zhuang Zhidie, très embarrassé, rougit jusqu'aux
oreilles. Liu Yue, qui n'avait pas entendu, comprit
cependant, vu la gêne du maître, que les propos
devaient avoir un lien avec elle.

– Je ne deviendrai jamais un écrivain, même en
absorbant toute votre bibliothèque. Chaque fois que
j'entrerai ici pour y faire le ménage, rien que d'en
respirer l'air, cela me suffira, dit-elle.

– Fais la guerre à la poussière, surtout pas aux
moustiques! lança une voix. Ces petites bêtes qui
s'abreuvent du sang de notre maître deviennent des
moustiques intellectuels, qu'ils nous piquent, pour
nous transmettre sa science!

Ils se retournèrent et découvrirent, debout dans
l'encadrement de la porte, une jeune femme, superbe,

le visage rayonnant, et Zhou Min juste derrière, un paquet à la main. Zhuang Zhidie se leva aussitôt, mais ne dit rien. La jeune femme le fusillait du regard.

– Zhuang Zhidie, dit-elle en souriant, nous sommes un peu en retard, voulez-vous faire les présentations ?

Il s'approcha aussitôt, prit le paquet des mains de Zhou Min et les fit entrer. Alors qu'il les présentait à l'épouse de Wang Ximian, cette dernière s'écria :

– Surtout pas de faire-valoir en raison de la célébrité de mon mari.

Elle tendit la main à Tang Wan'er en s'exclamant :

– Mon Dieu, que cette femme est belle et séduisante, si j'étais un homme je l'enlèverais au péril de ma vie !

Tang Wan'er s'étrangla et pâlit aussitôt. Elle ne se détendit que lorsque Zhuang Zhidie la laissa en compagnie de Liu Yue. Elle se mit alors à bavarder avec la jeune bonne, alla même jusqu'à prendre sa main dans la sienne et à lui accrocher sa barrette rouge dans les cheveux.

– Je ne sais pourquoi, mais vous me semblez si familière que j'ai l'impression de vous avoir déjà rencontrée quelque part ! Mon enfant, souvenez-vous bien de moi, désormais il faudra m'ouvrir chaque fois que je rendrai visite au professeur Zhuang !

– Mais tout naturellement.

Xia Jie qui n'avait rien dit jusqu'à présent s'adressa à Tang Wan'er :

– Quelle pie ! As-tu bientôt fini de jacasser ? Je t'attends depuis un moment pour jouer aux échecs.

– Quelle impatience ! Avant de commencer la partie, il faut que je voie la maîtresse de maison.

– Moi aussi je vais à la cuisine, déclara Liu Yue, je passe devant vous. Madame, dit-elle en entrant dans la cuisine, vos invités sont là, allez vite leur tenir compagnie, je vais aider le professeur Meng.

Zhou Min présenta sa femme à Niu Yueqing qui se hâta de brosser ses vêtements avec ses mains. Lorsqu'elle releva la tête et qu'elle découvrit devant elle cette jeune personne toute pimpante, elle en fut troublée. Liu Yue était belle et son visage d'une beauté parfaite. Tang Wan'er, elle, avait de petits yeux enfoncés, un front pas très haut, mais une peau éclatante d'où se dégageait une sorte de beauté imperceptible. Niu Yueqing remarqua ses cheveux le long des tempes bien tirés et si serrés, qu'elle se demanda si ce n'était pas un postiche. En s'apercevant du contraire, elle dit très fort :

– Ah, c'est vous, Tang Wan'er ! C'est la première fois que je vous vois, mais j'entends si souvent votre nom que ça m'en donne de l'urticaire ! J'ai demandé au professeur Zhuang de m'emmener chez vous faire votre connaissance, mais il n'a jamais trouvé le temps. Ah ces hommes célèbres, occupés du matin au soir ! Moi aussi je suis débordée, mais je me demande bien pourquoi ! En fait, nous autres les femmes nous nous dépensons sans compter pour servir les autres. Et dire qu'on prétend que nous dépendons des hommes, qu'ils nous entretiennent, que nous tournons même autour d'eux !

– Vous oubliez la fin de ce dicton, déclara Meng Yunfang : la femme dépend de l'homme, se fait entretenir, tourne autour de lui et lui caresse les couilles !

– Arrêtez vos cochonneries, dit Niu Yueqing, inutile que Tang Wan'er vous gratifie de professeur. Ne craignez-vous pas de perdre votre prestige en parlant ainsi devant une jeune femme innocente ?

– Au début, lorsqu'on se connaît à peine, on se donne du professeur long comme le bras, déclara Meng Yunfang, mais pensez-vous que nous soyons réellement dignes de ce titre ? Quelques jours après on se tape sur le ventre ! C'est comme les chaussettes en peau de chien dont on ne distingue ni l'endroit ni l'envers. Lorsque Zhidie n'était pas encore célèbre, ne m'appelait-il pas, avec le plus grand respect, professeur ? Il y a deux ans, il ne m'appelait plus que par mon nom, l'année passée par mon prénom et aujourd'hui je suis aide cuisinier ! Vous dites que Tang Wan'er est naïve et sans expérience. Il y a deux mois, je me suis rendu dans le district de Hua Yin, au pied de la montagne du même nom, pour faire une conférence sur *Le Livre des Mutations*. Le bus roulait depuis longtemps et il fut difficile de persuader le chauffeur de faire une petite halte. Le véhicule s'arrêta enfin, tous les passagers se précipitèrent pour se soulager. Un type pissa là juste devant la porte, à peine descendu. Une mère et sa fille le suivaient ; la femme empêcha sa fille de voir le spectacle. « Invraisemblable, dit-elle, vous auriez tout de même pu vous cacher. » « Eh bien, grand-mère, lui répondit-il, vu ton âge, je ne suis qu'un gamin devant toi. – Un gamin, mais tu te moques de qui ? intervint la jeune fille en faisant la moue : Regarde la couleur de ton engin, tu me prends pour une novice ? »

Niu Yueqing s'empara de la balayette en bambou et en administra quelques coups sur la tête de Meng, puis elle tira Tang Wan'er par le bras en sortant de la cuisine.

– Ne faites pas attention à ce qu'il dit, plus il en raconte, plus il en rajoute !

Elles s'assirent sur le canapé. Niu en la remerciant pour le bracelet de jade se souvint brusquement que son mari prétendait qu'elle n'avait pas une ride ; elle l'observa, c'était exact. Elle lui demanda alors quelle crème de soins elle utilisait chaque jour, avec quoi elle se nettoyait la peau.

– Avez-vous vu la peau du visage de Mme Wang ? Elle m'a expliqué qu'elle appliquait chaque matin sur son visage des rondelles de concombre qu'elle laissait agir ensuite quinze minutes, le temps que la peau absorbe le jus. Tous les soirs avant de se coucher elle se fait, paraît-il, un masque avec un blanc d'œuf, qui en séchant tend la peau, ce qui diminue ses rides.

– Moi j'utilise n'importe quelle crème, déclara Tang Wan'er, les méthodes de Mme Wang sont celles des riches. Vous imaginez le nombre de concombres et d'œufs à avaler !

– Je comprends, votre beauté est naturelle. Impossible de rivaliser avec vous ! De plus j'ai tant de choses

153

à faire avec ces deux maisons que je n'ai ni le temps ni le cœur à me pomponner !

— Madame (Tang Wan'er haussa le ton), vous êtes la vertu incarnée ! À force de rabâcher à tout bout de champ que vous vous épuisez pour votre mari, toute la ville sait qu'il tire sa réussite de son épouse modèle. Dès que vous franchissez le pas de cette porte, tous les regards se tournent vers vous, quelle récompense, quel mérite !

Les paroles de Tang Wan'er étaient arrivées jusqu'aux oreilles de l'épouse de Wang qui se leva, le visage défait, et confia à voix basse à Xia Jie :

— Cette petite mesquine me ridiculise, pourtant je ne lui ai jamais rien fait !

Xia Jie, le sourire aux lèvres, lui glissa à l'oreille :

— L'histoire de la fugue amoureuse, sans doute !

— Mon Dieu, gémit Mme Wang, c'est vrai, j'y ai fait allusion tout à l'heure, mais c'était bien involontaire. Elle m'en veut à cause de ça ? Quelle femme cruelle pour abandonner si facilement sa famille, son mari, son enfant même, sa propre chair !

Lorsque l'horloge sonna quatorze coups, Niu Yueqing les invita à passer à table. Meng Yunfang disposa huit plats froids et huit chauds, quatre plats maigres et quatre de viande ainsi que différentes boissons alcoolisées ou non. Comme il ne consommait ni alcool ni viande, il s'affaira dans la cuisine pour se préparer les plats végétariens qu'il aimait. Il ne prit pas place autour de la table. Et tout le monde de compatir pour le mal qu'il se donnait, avant de porter des toasts. Zhuang Zhidie trinqua d'abord avec l'épouse de Wang Ximian, puis avec Xia Jie, Zhou Min, Tang Wan'er, Zhao Jingwu, et enfin avec Liu Yue.

— Allons, trinquons ! Que tout le monde s'amuse ! déclara Niu Yueqing, en passant son bras autour de celui de son mari, sa tasse à la main.

Un éclat de rire général fusa. Tang Wan'er sourit en silence, les yeux fixés sur Liu Yue à qui elle en voulait de tant parler pour se faire bien voir. C'est vrai, Liu Yue riait de bon cœur et, lorsque son regard croisa celui de Tang Wan'er, cette dernière détourna la tête pour suivre le vol d'une mouche qui décollait de la jardinière posée sur le rebord de la fenêtre. La mouche prit son envol et se posa sur le lobe de l'oreille de Zhuang Zhidie qui, ayant les deux mains prises, l'une par sa tasse à vin, l'autre par celle de sa femme, ne put rien faire d'autre que de secouer légèrement la tête. Mais la bête ne broncha pas. Tang Wan'er se dit en elle-même : si jamais elle quitte son oreille pour se poser sur moi, ça nous portera bonheur. En effet l'insecte alla se percher dans ses cheveux. La jeune femme comblée n'osa plus respirer. Mais Zhou Min, qui avait compris le manège, souffla sur la mouche qui virevolta au-dessus de la table. Tang Wan'er le fusilla des yeux, folle furieuse. Xia Jie avait saisi leur petit jeu :

— Ces deux-là ne supporteraient-ils pas de voir nos hôtes trinquer ? dit-elle.

Elle chassa de sa main la mouche posée sur le bord du plat de pieds de porc et l'envoya d'un seul coup d'aile dans le verre de Niu Yueqing.

Une ombre passa sur le front de Tang Wan'er. Elle éprouva un certain chagrin en constatant que, malgré son âge, les traits du visage de Niu Yueqing étaient d'une beauté parfaite. Pourtant, si chaque partie de son visage prise séparément était la perfection incarnée, l'ensemble paraissait stéréotypé. Un peu comme des aliments rares qui perdent goût et saveur lorsqu'ils sont cuisinés ensemble. Somme toute, se dit Wan'er, malgré mes yeux plus petits, mon nez moins bien dessiné, ma bouche légèrement plus grande, je donne finalement une meilleure impression. La mouche tomba dans la tasse à vin de Niu, laissant les invités interloqués. Tang Wan'er s'en réjouit intérieurement. Elle proposa à la maîtresse de maison de changer de verre avec elle. Niu et Zhuang trinquèrent. Puis Niu Yueqing remercia Tang Wan'er en lui versant un verre de vin.

— Tang Wan'er, ne faisons pas de manières entre amis ! J'en serais fâchée.

– Des manières ? Je porte un toast à votre santé. La dernière fois vous n'êtes pas venue chez moi, me ferez-vous l'honneur d'accepter une autre invitation pour un jour prochain ?

Les deux femmes vidèrent leur tasse. Niu Yueqing, qui ne supportait pas l'alcool, avait, au bout de deux verres, les joues en feu, aussi voulut-elle aller se regarder dans le miroir de sa chambre.

– Vous êtes beaucoup plus belle ainsi, c'est plus réussi que le maquillage ! assura Tang Wan'er.

Après avoir trinqué trois fois de suite, seuls Zhou Min, Zhao Jingwu et Zhuang Zhidie étaient encore capables de boire, les femmes s'avouèrent vaincues.

– Aujourd'hui vous êtes là pour boire ! dit Zhuang Zhidie, nous allons jouer à un jeu de société dans lequel le perdant est obligé de boire. Les règles sont les mêmes que d'habitude, jouons à l'idiotisme quadrisyllabique, le perdant a pour gage d'avaler un verre de vin.

– Quelle découverte ! dit Liu Yue.

– Quelle est votre découverte ? s'étonna Tang Wan'er.

– Avant de venir ici, j'avais une idée préconçue sur la façon de vivre des intellectuels. En fait, je constate que vous vivez comme tout le monde. Seuls les jeux de vos fins de banquets diffèrent. Je connaissais le jeu de la mourre, mais jamais je n'avais entendu parler de ce jeu d'idiotisme quadrisyllabique.

– La règle est simple, expliqua Zhuang Zhidie, quelqu'un commence, il trouve un idiotisme quadrisyllabique, le suivant doit en jouant sur l'homophonie ou l'homonymie du dernier mot trouver une autre expression de quatre caractères et ainsi de suite. Le perdant vide son verre.

– Dans ces conditions, je vais remplacer le professeur Meng à la cuisine, annonça Liu Yue.

– Liu Yue, dit Niu Yueqing, ne me dis pas qu'une étudiante qui a son diplôme de fin d'études n'est pas capable de trouver ! La seule ici qui ait quelques difficultés, c'est moi !

156

Zhuang ouvrit le jeu : *hôtes distingués plein la pièce solennelle* ; *solennel et arrogant*, dit Zhao Jingwu ; *arrogant et faux*, lança Zhou Min que Liu Yue reprit par un *faux amour de maître Ye pour les dragons* ; *dragons en marche pluie opportune*, rétorqua Xia Jie et Niu Yueqing de dire *opportun le temps n'attend pas pour agir*.

Tang Wan'er dont c'était le tour semblait déroutée, elle regardait Zhuang en se creusant la tête, brusquement elle lança : *Agir selon sa volonté* ; *té, té, té… tissu fleuri*, avança Niu Yueqing, ce qui déclencha l'hilarité générale. Elle fut taxée d'un premier gage. Elle but et recommença : *t'es ma première connaissance* ; *connaître son époque et ses tendances*, répliqua Zhuang Zhidie du tac au tac. Zhao Jingwu poursuivit : *tendances conflictuelles et inéluctables* ; *inéluctables comme la vie et la mort*, lança Zhou Min ; à son tour Liu Yue dit *mourir et renaître* ; *naître entre de mauvaises mains*, avança Xia Jie ; Mme Wang se décida : *mains qui ramassent de l'or et le rendent* ; *rendez-vous des amants*, reprit Tang Wan'er. Zhuang Zhidie frémit, elle sourit, les autres s'esclaffèrent ; elle se corrigea aussitôt, *rendent mon cœur joyeux et rieur*. Zhuang Zhidie, soulagé, poussa un : « Parfait. » Niu Yueqing poursuivit *le rire fait du bien*, mais personne n'accepta cette réponse ; elle dut, avant de proposer une autre phrase, se soumettre à un nouveau gage.

– Je vous l'avais bien dit que j'étais nulle, je peux boire la bouteille à moi seule. Tang Wan'er qui joue juste avant moi est trop forte, je ne trouve rien, je veux changer de place.

– Asseyez-vous à côté de moi, lui proposa Liu Yue, vous passerez après moi, vous n'avez rien à craindre. Laissez votre place au professeur Zhuang qui relèvera le défi derrière Tang Wan'er.

Niu Yueqing se leva et prit place à côté de Liu Yue en déclarant que c'était encore à elle de commencer : *le bonheur est vaste comme la mer* ; *la mer rêve et le ciel songe*, poursuivit Xia Jie ; *songe d'une flûte au fond de la vallée, au loin*, dit l'épouse de Wang

Ximian; *au loin se colportent les mauvaises réputations*, lança Tang Wan'er. Zhuang Zhidie poursuivit : *réputations trop lourdes à supporter*; *supporter les vicissitudes de la vie*, reprit Zhao Jingwu ; *vie fuyante et impossible à saisir*, dit Zhou Min ; Liu Yue renchérit, *saisie d'un danger immédiat*. Niu Yueqing qui ne trouvait rien vida à nouveau son verre. Les invités plaisantèrent. À ce repas donné en leur honneur, elle était finalement la seule à boire. Elle rit de bon cœur tandis que son corps défaillait. Elle se cramponnait au rebord de la table, mais ses jambes ne la soutenaient déjà plus.

— Ivre ! Elle est complètement ivre, dit son mari.

Avant qu'il ait achevé sa phrase, elle avait glissé sous la table. Certains se précipitèrent et proposèrent de lui faire avaler du thé ou du vinaigre, mais Zhuang Zhidie trancha :

— Portons-la sur son lit, ça ira mieux quand elle aura dormi. Aujourd'hui la maîtresse de maison vous a donné l'exemple, que le prochain qui perd ne triche pas. Xia Jie, à vous.

Meng Yunfang, de la cuisine où il terminait de déguster ses plats végétariens, déclara :

— Qu'est-ce qui se passe aujourd'hui ? Le jeu tourne mal. Arrêtez-vous là et trinquons ensemble ! Je vous apporte de bonnes choses.

Ils se mirent debout et vidèrent cul sec leur tasse de vin. Ils avaient tous le visage rouge comme les fleurs de pêcher, à l'exception de Zhou Min qui gardait les joues fraîches. Meng Yunfang déposa les nombreux plats sur la table. Ils mangèrent copieusement avant de terminer par une soupe de poisson parfumée à la cannelle. Ils s'apprêtaient tous à plonger leur cuillère dedans, lorsque Zhuang Zhidie déclara :

— Qu'aujourd'hui Yueqing soit ivre, c'est normal, elle a été si mauvaise. Maintenant que celle qui fut la meilleure goûte cette soupe la première.

— À Tang Wan'er l'honneur, elle a montré tant de perspicacité, je crois que nous sommes tous d'accord, dit Xia Jie.

– En quoi ai-je été meilleure que Xia Jie ? dit Tang Wan'er. En tant que metteur en scène, elle a le ventre rempli de ce genre d'expression !

– Alors ce serait donc ça ! dit Meng Yunfang, et moi qui lui demande chaque jour de faire un peu d'exercice car ses rondeurs me dérangent !

Xia Jie s'avança vers son mari pour lui pincer l'oreille :

– Parce que mes rondeurs te déplaisent ! Dis-nous franchement : qui d'entre nous a une taille de guêpe ?

L'oreille tirée n'empêcha cependant pas Meng Yunfang de manger.

– Elle est terrible, dit-il, son amour est féroce, elle me frappe, elle m'insulte !

– Laissez-moi voir, dit Tang Wan'er, lequel de vous, messieurs, a les oreilles les plus grandes !

Elle jaugea celle de Zhuang Zhidie. Tout le monde s'en amusa et laissa transparaître un sourire entendu. Zhuang, quant à lui, fit mine de ne pas y prêter attention, il offrit la première cuillère de soupe non pas à Tang Wan'er, mais à l'épouse de Wang Ximian. Lorsque cette dernière eut avalé le bouillon, elle reposa son bol sur la table avant de s'essuyer les lèvres avec son mouchoir parfumé et d'annoncer qu'elle avait très bien mangé. Xia Jie et Tang Wan'er firent de même. Liu Yue se leva et servit à chaque convive une assiette garnie de pastèque. Puis chacun alla à la cuisine laver son bol et ses baguettes. Zhuang Zhidie laissa à ses invités la liberté de faire ce qu'ils désiraient. Ceux qui voulaient se reposer allèrent dans la chambre en face de son bureau ; Mme Wang demanda un verre d'eau bouillie pour avaler ses médicaments. Elle avait, avoua-t-elle, trop bu et voulait s'assoupir un moment. Xia Jie, d'une voix percutante, annonça qu'elle voulait disputer une partie d'échecs avec Tang Wan'er et qu'elle choisissait Zhou Min comme arbitre. Zhuang Zhidie et Meng Yunfang s'installèrent dans le salon pour bavarder.

– Zhidie, dit Meng, je voudrais te demander à nouveau un service. Le maire a donné très rapidement son accord à la demande écrite de Hui Ming que tu avais transmise à Huang Defu, autorisant le Temple de la Vacuité Pure à reprendre possession de ses biens. Maintenant la restauration est en cours et c'est Hui Ming qui en a la charge. Elle est très reconnaissante de ce que tu as fait pour leur communauté et insiste chaque fois pour que tu lui rendes visite.

– Huang Defu ne doit pas être oublié. Si j'y vais, il faut aussi l'inviter.

– Bien entendu, simplement je crains qu'il ne veuille pas.

– Si je le lui demande, il ne pourra pas me refuser cette faveur.

– Dans ce cas, il sera de nouveau sollicité. À l'angle nord-est du Temple de la Vacuité Pure, il y a un grand morceau de terrain que Hui Ming voudrait également reprendre, mais un immeuble de cinq étages vient d'y être construit, habité par des gens assez hétérogènes. Le maire lui a fait savoir qu'il lui était impossible d'accéder à cette demande à cause du problème de relogement de ces locataires. Hui Ming comprend sa position. Elle voudrait cependant pouvoir disposer, pour leur communauté, de l'appartement de trois pièces, toujours inoccupé, situé au cinquième étage. Pour l'instant le maire ne s'est pas encore prononcé. Mais j'ai pensé, si l'accord est donné et si Hui Ming accepte, que nous pourrions y séjourner une semaine ou deux, lorsque nous autres écrivains nous serions à la recherche du calme pour écrire. Cet endroit peut également être consacré à des séminaires ponctuels et devenir, pourquoi pas, un salon littéraire et artistique en quelque sorte.

Zhuang Zhidie écoutait avec grand intérêt son ami lui exposer ses idées.

– Voici, me semble-t-il, un projet admirable! Je vais en toucher deux mots à Defu, mais je suis persuadé que cela ne pose aucun problème. (Puis il ajouta à voix basse:) Motus et bouche cousue, c'est un secret entre nous! Personne ne doit être au courant de ce lieu de retraite en dehors de nous, les artistes! Surtout pas un mot à ma vieille, sinon elle m'enverra chercher pour un oui pour un non.

– Je comprends bien.

– J'ai encore un service à te demander, dit Zhuang. Es-tu vraiment capable de prédire l'avenir grâce à la divination par les huit hexagrammes ?

– Dans ce domaine, je suis imbattable ! assura Meng avec suffisance.

– Ne parle pas si fort ! Et dis-moi de quoi mon avenir est fait !

– Que veux-tu savoir au juste ?

– Je ne peux rien te dire, sauf au cas où j'aurais besoin de ton aide.

Meng Yunfang déclara qu'il lui fallait de l'achillée musquée, l'herbe la plus efficace pour ce genre de pratique. Il avait bien chargé quelqu'un de lui en rapporter du fleuve Henan, mais il l'avait laissée chez lui. « Peu importe, dit-il, je prendrai des allumettes à la place. » Il en sortit quarante-neuf de la boîte et demanda à son ami d'en prendre dix et de les enfermer dans chacune de ses paumes. Puis il lui recommanda d'en faire deux tas, qu'il déplaça avant de les réunir. Il compta un nombre impair d'allumettes qu'il plaça sur le côté en demandant à Zhuang de constituer à nouveau deux tas. Il répéta l'opération six fois de suite tout en invoquant en alternance le principe yin et le principe yang. Au bout d'un moment, Meng Yunfang releva la tête et regarda son ami en déclarant :

– Que se passe-t-il pour que l'interprétation soit aussi complexe ?

– C'est toi le maître en la matière, et tu ne comprends rien ?

– Ta situation, ces dernières années, n'est pas particulièrement limpide. Comment se fait-il que je tombe sur un hexagramme fermé ? Donne-moi le mois et l'année de ta naissance !

Zhuang Zhidie lui donna les renseignements requis.

– C'est bon, puisque tu es de l'élément de l'eau. S'il s'agit d'un problème matériel, l'affaire est représentée par un arbre qui se trouve à l'intérieur d'un carré, caractère connu qui signifie que l'on se trouve dans l'embarras. En revanche, s'il s'agit d'un problème humain, c'est un homme qui figure au centre du carré, ce qui signifie que tu te trouves dans une situation d'emprisonnement.

– C'est un problème humain, avoua Zhuang, le visage blême.

– Bien que cet homme au centre du carré symbolise le malheur de l'emprisonnement ou de la mise sous surveillance, néanmoins l'eau intervient dans ton horoscope. Si l'on fait précéder ce caractère de la clef de l'eau, ce mot prend le sens de nager, ce qui t'offre une porte de salut en flottant. Si tu arrives à t'en sortir, c'est parfait, sinon je ne réponds de rien pour toi.

– Tu dis des bêtises.

Le cœur troublé, il se leva pour verser de l'eau dans la tasse à thé de son ami.

*

Xia Jie et Tang Wan'er firent trois parties d'échecs que Xia Jie gagna. Tang Wan'er, qui refusait de s'avouer vaincue, insistait pour continuer lorsqu'un cri perçant venu de la chambre à coucher déchira le silence. Affolé, Zhuang Zhidie renversa l'eau de la bouilloire sur le foyer, éteignant ainsi le feu. Il courut dans la chambre où il découvrit Niu Yueqing, le visage en nage, assise par terre. Tout le monde accourut, curieux de savoir ce qui s'était passé. Niu Yueqing pas encore remise de son affolement expliqua qu'elle sortait d'un affreux cauchemar, ce qui rassura ses amis.

– Vous nous avez fait peur !

Confuse, elle se releva et rajusta sa coiffure devant la glace de son armoire.

– Quel rêve terrifiant ! dit-elle.

– Racontez-nous ! Les diables japonais entraient dans la ville ?

– Je ne m'en souviens plus.

Tout le monde partit d'un éclat de rire. Elle secoua la tête et avoua avec la plus grande sincérité :

– Je me rappelle certains détails. C'est ça, j'étais dans un bus avec mon mari quand soudain de la fumée s'est élevée à l'intérieur. Quelqu'un a crié : le bus va exploser, il est piégé. L'homme a sauté, Zhuang Zhidie et moi aussi avant de nous enfuir. Mais mon mari courait très vite, sans m'attendre. Puis j'ai atteint une falaise. Il s'est d'abord approché de moi pour me dire : « Nous avons beaucoup de chance, toi et moi. » J'ai refusé de l'écouter parce qu'il m'avait abandonnée au moment crucial.

La femme de Wang Ximian et Xia Jie dévisageaient Zhuang Zhidie.

– Pourquoi me regardez-vous ainsi ? À vous voir, on croirait que c'est vrai !

Ils pouffèrent à nouveau de rire, Niu Yueqing poursuivit :

– Tout en parlant je l'ai poussé sans penser qu'il tomberait du haut de la falaise dans le vide…

– C'est bon, vous êtes quittes ! déclara Xia Jie. Lui ne vous a pas attendue, vous, vous l'avez poussé ! À mon avis, vous venez d'inventer tout ceci car vous êtes honteuse de votre conduite d'ivrogne, vous la maîtresse de maison.

– Mais je vous jure que ce cauchemar était effrayant et vous vous moquez de moi. Qui prétend que j'étais ivre ? Je suis tout à fait capable de recommencer.

– Personne ne doute de ta grande capacité à boire. Je propose de faire une photo de nous tous, il n'est pas si facile d'être réunis.

Tang Wan'er trouva l'idée excellente ; elle laissa d'abord Zhao Jingwu prendre une photo de Zhuang Zhidie et de Niu Yueqing seuls, puis elle se glissa derrière eux en appuyant sa tête sur l'épaule de Niu Yueqing :

– Prenez-nous en photo aussi !

Elle garda cette position. Photo après photo, la pellicule fut vite terminée. Zhou Min observait, amusé, puis il s'impatienta et expliqua à ses hôtes qu'il devait partir et prit, sans tarder, le chemin de son travail.

Il avait pas mal bu et, sachant qu'il serait en retard à son bureau, il se hâtait. À mi-chemin il s'acheta une bouteille de jus de prunes aigres glacé, et se sentit beaucoup mieux après l'avoir avalé. En entrant au Bureau de la Culture, il vit dans la cour un groupe d'hommes en train de discuter. Depuis qu'il avait été embauché comme travailleur temporaire, il était bien déterminé à repartir sur le droit chemin; aussi se montrait-il toujours empressé à rendre service, toujours avenant et poli. Lorsqu'il les entendit dire «Quand on parle du loup on en voit la queue, c'est ce type-là!», il sourit et passa son chemin. L'un d'entre eux s'approcha :

– Zhou Min, ça va ?

– Très bien, merci.

– Rien qu'à votre politesse, on vous devine disciple de Zhuang Zhidie! Il prétend toujours ne jamais écrire, mais il lui suffit de disparaître quelques jours pour qu'il publie un roman. Plus vous vantez la perfection de son style, plus il vous assure qu'il n'a aucun talent, alors qu'il a une si belle plume! Personne ici ne conteste son œuvre. Votre article est une véritable bombe!

– Vous l'avez tous lu ? demanda Zhou Min.

– Tous, sans exception. Même le vieux chauffagiste, l'analphabète : nous le lui avons lu. Ce matin le mari de Jing Xueyin l'a traînée, dès sa descente d'avion, paraît-il, chez le directeur du département. Elle hurlait, jurait, une véritable furie. Pourquoi faire tant d'histoires ? Qu'elle cesse ces airs de sainte nitouche! Pourquoi ne l'a-t-elle pas épousé, son Zhuang Zhidie ? À l'époque, elle se croyait bien supérieure à lui, maintenant elle regrette, et s'emporte sous le coup de l'humiliation. Pour qui se prend-elle ? Elle est même ruinée. Seule sa carrière est une réussite, et encore grâce à ses parents!

Zhou Min, telle une tornade, grimpa à l'étage sans attendre la fin du récit. Il poussa la porte de la rédaction, au complet à l'exception de Zhong Weixian. Ils vociféraient tous tant et plus.

– Ça se passe vraiment mal ? demanda Zhou Min.

– Hé oui ! dit Li Hongwen, encore hors de lui. Elle, en tant que chef de service, peut faire ce qu'elle veut de nous.

– Pourquoi nous maltraiter ainsi ? dit Gou Dahai. La revue est publiée pour les lecteurs, pas pour elle.

Zhou Min comprit qu'elle avait dû venir ici, à la rédaction, faire un scandale et qu'il était impossible de régler l'affaire pacifiquement.

– Quand est-elle revenue ? demanda-t-il. Zhuang Zhidie vous avait prié de lui porter l'article pour qu'elle soit au courant dès son retour. Pourquoi ne pas l'avoir fait ?

– Hier soir, lorsque la revue est arrivée, expliqua Li Hongwen, Wu Kun s'est jeté dessus, puis est parti aussitôt trouver le mari de Jing Xueyin. J'imagine les remous que cela a provoqués pour que le mari vienne dès ce matin trouver le directeur du Bureau de la Culture. Ensuite il est allé attendre sa femme à sa descente d'avion et l'a traînée ici pour faire un scandale. Il rabâchait qu'il était le mari de l'intéressée, si les autres se moquaient de cette affaire, pas lui. Qu'il nous foute la paix pour cet article, il ferme bien les yeux sur la liaison qu'elle entretient avec Wu Kun.

Zhou Min était assis là, effondré, contrecoup du festin du midi. Il pensa qu'il n'y avait pas de fumée sans feu, et que cette affaire attirerait non seulement des ennuis à Zhuang Zhidie, mais peut-être perdrait-il lui-même sa place à la rédaction de la revue.

– Et Zhong Weixian dans l'histoire ? demanda-t-il à Li Hongwen.

– Le directeur du Bureau de la Culture vient de le convoquer par téléphone.

Un moment plus tard, Zhong Weixian arrivait. Apercevant Zhou Min, il lança : « Ah te voilà ! »

– Monsieur Zhong, je vous présente mes excuses, à vous et à toute la rédaction.

– Qu'est-ce que ça veut dire ? Ce n'est pas un problème d'excuse. Nous sommes dans la merde et si nous ne faisons pas immédiatement notre autocritique, l'auteur de l'article ainsi que la revue seront tenus pour responsables. D'ailleurs, cette affaire aura des répercussions sur Zhuang Zhidie lui-même. Qui voudra encore éditer ses manuscrits ?

Zhong Weixian retira ses lunettes, frotta ses petits yeux ronds et globuleux, puis remit les lunettes sur son nez sans avoir enlevé les saletés qu'il avait à la commissure des paupières.

— Je sais, dit-il, mais maintenant l'affaire a pris de telles proportions ! À midi, Jing Xueyin est venue, elle a piqué une colère folle. Comme j'ai persisté à maintenir que nous n'avions commis aucune faute, elle s'est rendue sur-le-champ à la préfecture pour voir le vice-préfet, M. Qu, en charge de la Culture. Le vice-préfet en a référé immédiatement au directeur du département de la propagande. Ce dernier a conseillé à Jing Xueyin d'écrire au directeur du Bureau de la Culture pour mettre noir sur blanc ses conditions : primo, l'auteur de l'article ainsi que le comité de rédaction de la revue doivent impérativement reconnaître que l'aventure décrite entre elle et Zhuang Zhidie est une histoire inventée de toutes pièces, un tissu de mensonges, qui porte sérieusement préjudice à sa réputation. Elle exige des excuses et que les choses soient tirées au clair lors de la réunion générale du Bureau de la Culture. Secundo, la revue doit être temporairement suspendue, ce numéro supprimé et dans le prochain sera insérée une déclaration mentionnant que l'article de Zhou Min est non conforme aux faits, que toute reproduction de cet article est interdite. Tertio, suppression pour l'écrivain de ses droits d'auteur et de ses primes trimestrielles.

— Chapeau, nos dirigeants ! déclara Li Hongwen hystérique, ils condamnent sans rien savoir ! Que peut connaître de cette affaire le directeur du Bureau de la Culture ?

— Il a son opinion et ne tolère aucune contradiction, renchérit Zhong Weixian.

– Ils ont peur de perdre leur poste, poursuivit Gou Dahai, si tu ne plies pas, tu risques de perdre le tien. Tu parles d'une fonction de merde, qui n'a pas plus de poids que celle d'un petit chef de village !

– Rien ne sert de s'énerver, reprit Zhong Weixian, réfléchissons et examinons froidement la situation. Zhou Min, réponds-moi franchement, tout ce que tu racontes dans cet article est-il vrai ou faux ?

– Tout à fait vrai.

– Aucune loi n'interdit d'avoir des aventures amoureuses avant le mariage, déclara Li Hongwen, en plus c'est leur problème à tous les deux. Qui pourrait prétendre que toute cette histoire n'est que mensonge ? Jing Xueyin nie catégoriquement, mais on peut lui donner la preuve de la véracité des faits relatés. Il est question dans l'article d'un vase en porcelaine à décor bleu et blanc que j'ai vu dans le bureau de Zhuang ! Elle peut toujours réfuter la vérité !

– Donne-moi une cigarette, dit Zhong Weixian à Gou Dahai.

Ce dernier plongea la main dans sa poche, il la fouilla longuement avant de trouver une cigarette qu'il lui tendit. Zhong Weixian, qui n'avait pas l'habitude de fumer, tira si fort qu'il en toussa :

– Je vais en référer aux autorités supérieures et me battre pour faire annuler ces trois conditions. Si l'on vous questionne à ce sujet, surtout ne répondez rien. Je vous demande en revanche d'être ponctuels et au moindre problème de m'en parler.

Il se dirigea alors vers son nouveau bureau qu'il occupait seul, mais en sortant, il se cogna la tête contre le chambranle, tituba et du coup se prit les pieds dans le crachoir placé au coin du mur, renversant l'eau sale sur le sol.

– Quelle poisse ! bougonna-t-il.

– Bon vent, vieux Zhong ! lança Li Hongwen en éclatant de rire.

Il ferma la porte et poursuivit :

– Zhuang Zhidie est un écrivain génial, mais d'une grande maladresse avec les femmes. Jing Xueyin fait un tel scandale qu'il est fort possible qu'il n'y ait jamais rien eu entre eux. Sans doute rêvait-elle, en ce temps-là, qu'il la possède de force, mais lui n'en avait aucune envie. Depuis plus de dix ans, elle garde, refoulée au fond d'elle-même, cette rancœur qu'elle laisse éclater soudain, maintenant qu'elle s'est acquis une solide renommée.

– «Posséder de force», c'est exactement cela, reconnut Gou Dahai, mais pourquoi avoir nourri tant de haine si précisément il ne l'a pas touchée ?

– Tu ne peux pas comprendre, tu n'es pas marié, lui rétorqua Li Hongwen.

– Et alors ? Je sais ce qu'est l'amour.

– Tu parles, t'es un véritable cœur d'artichaut. Tu les laisses tomber les unes après les autres. Et si en plus quand tu fais l'amour avec une fille tu ne la forces pas, elle te prend pour un minable.

– Zhou Min, toi qui as de l'expérience, raconte-nous, demanda Gou Dahai.

Zhou Min se contenta de hocher la tête, songeur.

– Pensez-vous qu'elle ferait autant d'histoires si elle n'était pas mariée et si Zhuang Zhidie avait réellement abusé d'elle autrefois ?

On frappait à la porte. Li Hongwen s'arrêta net et alla ouvrir à Zhong Weixian de retour.

– Je viens de penser à quelque chose de très important. S'il vous arrive, ces temps-ci, de rencontrer Jing Xueyin dans les couloirs, surtout pas d'histoires, même si elle cherche, à dessein, à vous mettre dans l'embarras.

– Tu as été catalogué droitier, moi je n'ai pas eu cette chance-là, déclara Li Hongwen.

– Je ferai tout ce que vous voudrez, assura Zhong Weixian, mais obéissez-moi sur ce point, c'est un ordre.

Il repartit.

– Hongwen, tu es dur avec le pauvre Zhong qui est pourtant dans un sale état avec cette histoire sur les bras.

– Zhou Min, c'est à toi d'intervenir, affirma Li

Hongwen, ou bien à Zhuang Zhidie lui-même. Zhong ne fera rien, c'est un poltron dont le courage n'est guère plus gros qu'une graine de sésame. Tu risques un jour d'avoir plus de poids que lui.

Les propos de Li Hongwen perturbèrent Zhou Min. Il aurait voulu encore lui demander conseil, mais Li Hongwen s'assit et sortit un flacon de lotion capillaire contre la chute des cheveux pour se frictionner le cuir chevelu, s'inquiétant auprès de Gou Dahai de l'efficacité du produit.

– J'ai bien trois poils qu'ont dû repousser! lui répondit l'autre.

On entendit dehors une explosion de pétards. Zhong Weixian entra de nouveau en toute hâte, il voulait savoir ce qui se passait. Li, Gou et Zhou se précipitèrent sur le balcon.

– Vous êtes fou, hurla Zhong Weixian, ne sortez pas tous sur le balcon, un seul suffit, vas-y, Gou! Sachez qu'à présent nous sommes la cible de tous ceux qui travaillent ici.

– Ça vient de la deuxième fenêtre du troisième étage, côté ouest, expliqua Gou Dahai en rentrant du balcon. Lorsqu'ils m'ont vu, certains ont brandi une feuille de journal sur laquelle était écrit : «Tous nos hommages à la revue».

Le visage de Zhong Weixian s'assombrit.

– Ces types-là ne supportent pas Jing Xueyin, ils ont déjà protesté contre le fait qu'elle soit passée dirigeante au Bureau de la Culture, mais personne n'y prête attention. C'est un prétexte pour exprimer leur mécontentement.

Il envoya Gou Dahai calmer les esprits et éviter que les choses ne dégénèrent. Li Hongwen descendit aussi. À son retour, il déclara, blême, que rien n'allait plus. Wu Kun avait traîné le directeur pour qu'il profite du spectacle. «Vous avez vu dans quel état se trouve maintenant le Bureau de la Culture, avait vociféré Wu Kun, vous nous avez limogés, nous, l'ancien comité de rédaction, mais regardez un peu le comportement du nouveau.»

– Même si on place la revue sous scellés, ce vieux salopard de Wu Kun ne compte quand même pas nous virer une fois de plus ! hurla, hors de lui, Zhong Weixian. Donne-moi une cigarette !

Gou Dahai qui n'en n'avait plus alla récupérer les mégots, mais ils baignaient dans l'eau glauque du crachoir.

*

Comme convenu, Niu Yueqing se rendit chez Wang Ximian pour prendre l'argent. Craignant de se faire attaquer, vu la somme, elle avait demandé à Liu Yue de l'accompagner. Toutes deux, affublées de vieux vêtements, revenaient un cabas à la main, l'argent au fond, des choux sur le dessus. Liu Yue suivait sa patronne à trois pas derrière, pas un de plus, pas un de moins. Elles traversèrent l'avenue de l'Est et arrivèrent devant la poste. Sur le panneau publicitaire, à la porte, était placardée une affiche : « *Le dernier numéro de* La Revue de Xijing *publie en exclusivité la chronique scandaleuse des aventures amoureuses du célèbre écrivain Zhuang Zhidie.* » Niu Yueqing, interloquée, s'arrêta, mit son panier entre ses jambes et demanda à Liu Yue d'aller acheter un exemplaire. La lecture de l'article la laissa pantelante. Liu Yue n'osa pas demander d'explication. À leur arrivée, Zhuang Zhidie n'était pas encore rentré. Niu Yueqing se coucha sur-le-champ. Surprise, Liu Yue demanda à sa patronne ce qu'il fallait préparer pour le dîner.

– Fais ce que tu veux, dit Niu.

Liu Yue opta pour ce qu'elle réussissait le mieux : crêpes de millet, pommes de terre en rondelles frites, et bouillie de riz accompagnée de jujubes rouges. La cuisine achevée, voyant que la nuit tombait, elle s'assit dans le salon, mais comme elle s'ennuyait, elle alla prendre le frais devant la porte d'entrée. À ce moment-là, Zhuang Zhidie revenait en poussant sa Mulan.

Zhuang Zhidie avait porté sa pellicule à développer. Durant les deux heures d'attente, il avait observé quatre vieilles femmes chaussées de lunettes en train de jouer aux jetons colorés et de bavarder avec une voisine. La voisine, une solide charpente, les pommettes saillantes, la bouche pointue comme un bec, faisait sécher des kakis sur une natte devant sa porte. Zhuang Zhidie pensa qu'ils ne devaient pas être très sucrés, voire qu'ils étaient mauvais. L'une des vieilles, qui avait remarqué l'insistance avec laquelle il dévisageait la femme, s'enquit en clignant de l'œil :

– C'est cette bonne à rien que tu regardes ? Elle est pourtant cousue d'or. Tous les jours elle joue au mah-jong et fourre dans son soutien-gorge l'argent qu'elle gagne.

– Que fait-elle pour en avoir autant ?

– Elle vit de son commerce de kakis et loue la maison d'en face pour les faire sécher. Elle passe ses journées à imbiber les fruits de poudre de gypse pour les blanchir.

– Mais c'est très mauvais ! Cela provoque de terribles coliques !

– Les gens s'en fichent, demande-lui. Ma Xiangxiang, hurla-t-elle, le camarade veut te parler !

La fameuse Ma s'arrêta net, et demanda à Zhuang Zhidie qui s'avançait vers elle :

– C'est pour acheter des fruits ?

– Ils sont si blancs avec cette poudre de gypse !

– Qui êtes-vous ?

– Un écrivain-romancier.

– Un bottier ! Ah, elles sont belles tes chaussures ! Tout du faux ! Il n'y a pas une semaine que j'ai acheté celles-ci, elles bâillent déjà complètement du bout.

– Je ne fabrique pas de chaussures, j'écris des articles. Mon travail est lié à la presse.

Ma Xiangxiang prit les fruits séchés, rentra chez elle et ferma sa porte. Les quatre vieilles éclatèrent de rire :

– Qu'est-ce qui n'est pas faux par les temps qui

courent? Crois-tu qu'on puisse se mordre l'oreille avec ses propres dents?

– D'accord, si vous me prêtez une échelle.

– Tu as de la repartie! Mais laisse-moi te montrer que j'y arrive.

Elle ouvrit grande la bouche, laissant apparaître deux rangées de belles dents bien blanches, qu'elle souleva brusquement d'un coup de langue. Elle saisit son dentier et s'en pinça l'oreille. Sidéré, Zhuang Zhidie éclata de rire.

– Belle prothèse! commenta la commère. On peut avoir de faux cils, de faux nez, de faux seins, et même de faux culs. Tu es incapable de distinguer le vrai du faux chez toutes ces filles que tu vois traîner dans les rues!

La vieille ne manquait ni d'humour ni d'esprit. Zhuang Zhidie serait bien resté un peu plus longtemps, mais il consulta sa montre, les deux heures s'étaient écoulées. Il salua la commère qui lança aux autres:

– Ce type aussi est peut-être un faux.

Cette phrase jeta le doute dans l'esprit de Zhuang Zhidie, qui repensa à son aventure avec Tang Wan'er, une sorte de rêve vague et flou. Il ne savait plus qui il était vraiment. S'il était Zhuang Zhidie, l'être lâche d'autrefois, comment avait-il pu commettre une action qui réclamait une telle audace? S'il n'était pas Zhuang Zhidie, alors qui était-il en vérité? C'était la première fois qu'en fumant au soleil, la fumée de cigarette qu'il rejetait projetait sur le sol une ombre rouge sombre et non noire. En tournant brusquement la tête, il découvrit une ombre humaine haute de plusieurs mètres qui bondissait au pied du mur. Il fut saisi de panique avant de comprendre que ce n'était rien d'autre que son ombre reflétée sur le mur par l'intermédiaire d'une porte en verre. Zhuang Zhidie, que rien n'affolait jamais, avait été littéralement terrifié par son ombre. Il scruta rapidement les environs: heureusement personne n'avait été témoin de son affolement. Arrivé chez le photographe, il voulut regarder tout de suite les photos. Tout d'abord celles avec sa femme, puis celles avec Tang Wan'er, mais là encore la frousse s'empara de lui. Sur chaque photo, le décor du salon, la table, les chaises, jusqu'aux sculptures de jade sur le paravent, apparaissaient avec une clarté parfaite. En revanche, il n'y avait aucune trace des personnages. Ni de Niu Yueqing ni de Tang Wan'er. Il en était de même pour les autres photos. Zhuang Zhidie, complètement abasourdi, demanda au photographe ce qui s'était passé. Ce dernier se fâcha, il n'avait fait que développer la pellicule qu'on lui avait donnée, surtout qu'il n'aille pas casser la réputation de son commerce ! Zhuang Zhidie n'osa pas argumenter, il sortit, mit en marche sa mobylette qui refusa, il ne comprit pas pourquoi, de démarrer. Il rentra chez lui en la poussant, les idées embrouillées.

*

En l'apercevant, Liu Yue, qui attendait devant la porte d'entrée, lui demanda d'où il venait. Il lui répondit. La jeune fille voulut voir la tête qu'elle avait, car, lui avoua-t-elle, elle n'était jamais à son avantage sur les photos. Elle le pressa tant que Zhuang lui mentit, prétextant qu'elles n'étaient pas encore développées. Il n'avait pas envie de les lui montrer. Déçue, Liu Yue lui expliqua quand même à voix basse que sa femme était très en colère et s'était couchée dès leur retour après avoir acheté *La Revue de Xijing*. Sur le moment, épuisé, il laissa tomber le problème des photos et monta prendre la revue pour la relire dans son bureau. Lorsqu'il en sortit, il sourit à Liu Yue et lui demanda gentiment d'appeler sa femme pour passer à table. Liu Yue avoua qu'elle n'osait pas. Il baissa la tête, réfléchit et entra dans la chambre à coucher.

Enveloppée dans une serviette de toilette, un éventail en feuilles de massette sur le visage, Niu Yueqing était allongée sur son lit. Zhuang lui demanda pourquoi elle dormait à cette heure-ci. Il était l'heure de dîner. Niu Yueqing garda les yeux clos. Il la secoua de nouveau, mais raide comme une planche, les paupières bien fermées, elle se refusa à bouger. Liu Yue riait sous cape.

– Yueqing, arrête ce cinéma ! ordonna Zhuang.

Imperturbable, elle ne bronchait toujours pas.

– Si je ne sens pas ton souffle, je vais te croire morte, dit-il en riant.

Il plaça sa main devant les narines de sa femme qui se redressa aussitôt.

– Tu aurais bien aimé que je crève ! s'écria-t-elle.

– Liu Yue, as-tu vu le temps qu'il fait soudain ? Il pleut.

– Les draps sèchent sur le balcon, hurla Niu Yueqing.

Liu Yue pouffa de rire et s'éclipsa dans la cuisine. Niu Yueqing, qui venait de réaliser la ruse de son mari, ne put s'empêcher de sourire. Puis elle se ressaisit et l'injuria :

– Quel fouteur de merde ! Tu t'imagines peut-être que cette vieille histoire est glorieuse ? Tu veux justifier tes fredaines avec les aventures romanesques d'un homme devenu célèbre ?

– Ah ! c'est l'article de Zhou Min. Tout n'est que mensonge. Ne me dis pas que tu n'étais pas au courant de cette histoire avec Jing Xueyin !

– Pourquoi l'avoir autorisé à écrire ce genre de chose ?

– Mais comment voulais-tu que je le sache ! Tu sais parfaitement que je ne lis jamais ce genre de papier. J'ai juste entendu dire qu'il était tout jeune dans le milieu, qu'il avait les dents longues, je ne suis donc pas surpris de voir qu'il m'ait choisi, moi, pour donner du poids à son article. Si j'avais su, j'aurais interdit la publication.

– Où cette jeune recrue a-t-il pêché ses informations ?

– Sans doute des bruits, des rumeurs qui courent.

– Que tu alimentes en te vantant ! Jing Xueyin est la fille d'un haut cadre, il est donc évident que cette

174

histoire avec elle ne peut que te servir à élever ta position sociale.

– Comme si j'avais besoin d'elle maintenant!

– Je comprends, pour que tu en parles avec tant d'ardeur, c'est que rien n'a jamais cessé entre vous!

Sa colère montait, des larmes roulèrent le long de ses joues. Liu Yue qui les entendait se disputer de la cuisine accourut pour les raisonner :

– Ne vous mettez pas dans cet état-là, la colère ne sert à rien, dit-elle, le professeur Zhuang est un homme connu, tous les hommes connus ont ce genre d'aventure. Qu'y pouvez-vous ?

– Liu Yue, rien qu'à ta manière de parler, tu me crois coupable! dit-il.

Niu Yueqing passa des larmes au rire et serra contre elle Liu Yue :

– Quand tu arrives, notre dispute tourne au rire.

– Quand les dents sont longues, on se mord la langue! Dans quelle famille ne se dispute-t-on jamais? Là où je travaillais avant, l'homme avait une liaison. Des voisins ont informé sa femme qui a prétendu s'en moquer complètement, l'essentiel pour elle était qu'il continue d'entasser son argent dans l'armoire de la maison et surtout pas ailleurs.

Niu Yueqing sourit et pinça la joue de la jeune fille.

– C'est bon, la colère est passée, allons dîner, proposa celle-ci.

– Je m'en moque, simplement ce genre d'affaire peut porter préjudice à la renommée du professeur Zhuang, déclara Niu Yueqing, car pour être franche, je le connais et je peux t'assurer que, même s'il avait eu envie de cette liaison, il n'en aurait jamais eu ni le courage ni la force. Les gens prétendent qu'il est comme ceci ou comme cela, moi je n'en crois pas un mot. Ce que je déteste c'est le plaisir qu'il éprouve à raconter n'importe quoi sitôt dehors, sans tenir compte des conséquences que cela peut avoir.

Sur quoi, elle se mit à sangloter. Liu Yue n'eut pas le temps de répondre, on frappait à la porte. Niu

Yueqing sécha aussitôt ses larmes et demanda qui était là, tout en faisant signe à son mari de se cacher dans son bureau.

– C'est moi, Zhou Min !

La porte s'ouvrit, Niu Yueqing sourit.

– Vous n'êtes pas rentré chez vous après votre travail ? Vous devez avoir faim, dînez avec nous.

Zhou Min expliqua qu'il avait quitté le bureau un peu plus tôt et qu'il avait eu le temps de rentrer manger chez lui. Mais comme matin et soir il aimait à flâner sur les remparts de la ville, il avait décidé de faire un petit détour pour venir les voir. Zhuang Zhidie sortit de son bureau pour le saluer, content, car il arrivait au bon moment. Il l'invita à prendre une crêpe que Zhou Min persista à refuser. Zhuang mit dans le magnétophone, pour le laisser savourer la musique, la cassette de Liang Shanbo et Zhu Yingtai.

– Professeur Zhuang, aimeriez-vous de la musique d'instruments traditionnels ? proposa Zhou Min.

Zhuang acquiesça de la tête tout en mangeant sa crêpe.

– Je possède ici un enregistrement médiocre, mais vous allez écouter comme la musique est belle.

Il changea la cassette. Une mélodie profonde, lente et sereine, se répandit avec douceur.

– Où avez-vous enregistré ce chant ? demanda Zhou Min.

– Avez-vous déjà fait attention à cet homme qui chaque matin et chaque soir joue de l'ocarina sur le haut des remparts ? J'ai passé une soirée à l'enregistrer de loin et en cachette, ce qui explique la mauvaise qualité du son ; pourtant si vous fermez les yeux vous avez le sentiment de vous retrouver peu à peu dans un désert, vous vous sentez submergé par une désolation absolue, envoûté par ce chant plaintif. Vous avez l'impression de pénétrer dans une forêt sombre, plantée de pins anciens, denses et serrés, puis vous apercevez là, sur une branche, une perle de rosée qui glisse, doucement, sans doute va-t-elle tomber, mais non, puis brusquement c'est la chute, elle se brise ; vous ressentez une sorte de crainte, de mystère, vous êtes pris d'un besoin irrésistible d'aller plus loin. Votre marche vous entraîne au cœur même de la forêt, les rayons du soleil percent au travers des branches ; mais impossible de retrouver le chemin du retour…

Zhuang Zhidie posa son bol sur la table.

– Professeur Zhuang, s'exclama Liu Yue, vous êtes un vrai poète lyrique !

Zhuang Zhidie remarqua que Zhou Min baissait la tête.

– N'est-ce pas ce que vous ressentez en écoutant un tel chant ? lui demanda-t-il.

– Professeur, avoua Zhou Min, ce joueur c'est moi.

Zhuang Zhidie resta bouche bée de surprise. Niu Yueqing et la jeune fille s'arrêtèrent aussi de manger.

– Je joue, soir et matin, pour tromper l'ennui sans penser que quiconque m'écoute. Si vraiment vous aimez cette musique, je vous donnerai un bon enregistrement. Mais je ne comprends pas pourquoi un homme célèbre comme vous, qui a tout ce qu'il désire, dont tous les projets aboutissent, aime ce genre de musique.

Tout en parlant, il sortit de sa musette un petit objet de couleur noire qui ressemblait à un pot en terre cuite, percé de trous.

– Voici mon instrument, dit-il.

Zhuang Zhidie savait ce que c'était mais n'en avait en fait jamais vu. Il le prit aussitôt, examina l'objet rare et demanda à Zhou où il l'avait acheté, car lui-même n'avait pu en trouver dans aucun magasin d'instruments de musique, les vendeurs n'en connaissaient même pas l'existence. Zhou Min expliqua que cet instrument datait de la haute antiquité et que très peu de gens savaient en jouer. Il avait appris à Tong Guan avec un vieil artiste populaire. Lorsqu'il était arrivé à Xijing, il avait travaillé au Temple de la Vacuité Pure, et c'est lors des travaux qu'il l'avait trouvé. Comme personne ne savait ce que c'était, il l'avait pris et s'exerçait sur les remparts, mais il ne jouait pas très bien. Les deux hommes parlaient avec animation.

– Je ne sais pourquoi, mais cette musique m'a plu. J'ai également une autre cassette, achetée celle-ci, que je voudrais vous faire entendre. La mélodie est encore plus profonde.

Il glissa la cassette dans le magnétophone. Une musique funèbre envahit la pièce. Niu Yueqing baissa le son.

– Qui peut bien aimer écouter une musique pareille? dit-elle. Si les voisins l'entendent, ils vont s'imaginer qu'il y a un mort chez nous!

– Écoute pour apprécier! dit Zhuang.

Un sourire amer au coin des lèvres, il arrêta la cassette. Puis il retourna à table.

– Vous craignez votre femme? lui demanda Liu Yue.

– Pas du tout, c'est elle qui n'a pas peur de moi, dit-il.

Niu Yueqing fit exprès de ne pas relever.

– Cette bouillie de riz est succulente, ajouta-t-il.

Il vida son bol, posa ses baguettes et demanda à Zhou Min s'il était libre. Auquel cas, ils pourraient aller passer un moment chez Meng Yunfang.

L'embarras se lut alors sur le visage de Zhou Min, qui tergiversa avant d'avouer:

– Lorsque vous aurez fini de dîner, je voudrais vous parler.

– J'ai fini, allez-y.

– Je voulais tout d'abord vous remercier de la chance que j'ai eue d'écrire cet article sur vous, bien que je n'aie jamais pensé qu'il puisse déclencher une telle polémique. À son retour, Jing Xueyin a fait un scandale effroyable, il est fort probable que la direction du Bureau de la Culture vous convoque pour vous questionner sur la vérité des faits exposés. Je suis donc venu ce soir pour avoir votre avis sur la question.

– Nous l'avons lu, déclara Niu Yueqing.

– Vous aussi, madame? s'exclama Zhou Min, déconfit.

178

– Quand il n'y a pas d'histoire, il ne faut pas en chercher, quand il y en a, il ne faut pas en avoir peur. Si quelqu'un doit faire un scandale, c'est bien moi et pas elle, cette dénommée Jing. Certes le papier n'a pas été écrit par mon mari lui-même, mais les faits sont là. Comment peut-elle oublier sa passion d'antan et attenter un tel procès à son ancien amant !

Zhuang Zhidie ne commenta pas. Son visage s'assombrit, il demanda à Zhou Min comment les choses se passaient entre la revue et le Bureau de la Culture.

– Pourtant, soupira Zhuang, j'avais bien insisté pour qu'elle soit prévenue le plus tôt possible, et vous n'en avez pas tenu compte ! Maintenant que la polémique est déclenchée, elle s'entêtera, se réjouira même du malheur d'autrui, sans oublier que Wu Kun profitera de l'occasion pour mettre de l'huile sur le feu. Elle prétextera aussi la pression exercée par son mari. On a tous son amour-propre, si elle ne réagit pas, on croira qu'elle approuve tacitement. Puisqu'elle a choisi de relever le défi, elle ira jusqu'au bout. Elle, qui n'a jamais connu l'échec, elle est d'une ambition redoutable, elle ne fera jamais machine arrière.

– Maintenant que la dénommée Jing est contre nous, dit Niu Yueqing, pourquoi vouloir te mettre à sa place ? Que la revue ait publié l'article de Zhou Min, c'est bon pour toi ? Tes propos risquent de blesser tes confrères de la rédaction.

Zhuang Zhidie contenait sa colère.

– Que dois-je faire alors ? s'écria-t-il.

– Si la direction du Bureau de la Culture vous questionne, dit Zhou Min, répondez que tout ce qui est écrit dans l'article est vrai, vous pourrez même ajouter... je crains que ces paroles ne soient désagréables à entendre pour vous, madame.

– Allez-y, dit-elle.

– Que vous avez couché ensemble, que l'article est bien en dessous de la vérité. En amour ce genre de chose est fréquent, vous, vous affirmez que c'est exact, elle soutiendra que non, comment savoir qui dit vrai ? Personne ne pourra jamais rien prouver !

C'est comme l'eau d'un étang, une fois remuée, elle devient trouble !

Zhuang Zhidie se leva aussi sec ; l'expression de son visage avait changé :

– Comment pouvez-vous envisager que je soutienne cette version des faits ? dit-il. Nous sommes en train de chercher une solution, non de parler de responsabilité. Au moins restons honnêtes !

– Zhou Min, vous ne pouvez parler ainsi, dit Niu Yueqing. Le professeur Zhuang a une certaine réputation, qui n'a rien à voir avec la vôtre ou la mienne. Si la vérité éclate, il sera rabaissé au rang des canailles de cette ville ! Comment oserai-je encore parler aux gens quand je franchirai le pas de ma porte ?

Zhou Min rougit, il se gifla, déclara qu'il avait perdu la tête pour débiter de telles inepties. Naïf comme il était, dès qu'il avait entendu les exigences de la direction provinciale, il avait paniqué. Il suppliait le professeur Zhuang et son épouse de lui pardonner. Zhuang Zhidie était dans une telle colère qu'il porta sa tasse à ses lèvres sans s'apercevoir qu'elle était vide. Il la reposa sur la table et détourna la tête. Niu Yueqing lui versa du thé ainsi qu'à Zhou Min.

– À quoi bon vous mettre dans cet état, dit Niu Yueqing à Zhou Min, le professeur vous comprend ! Cessez de vous excuser, c'en est pénible à la fin.

Zhou Min retrouva sa candeur habituelle.

– J'ai dit ça parce que j'étais fâché. Que faire alors ?

– Je ne vois pas d'issue, répliqua Zhuang, simplement jamais je ne reconnaîtrai cette histoire d'amour.

– Tout ça c'est du passé, dit Niu Yueqing, je n'ai pas envie d'en parler davantage. Savoir si oui ou non vous étiez amoureux avant que je te rencontre, je m'en moque, mais maintenant nous sommes mariés, vous êtes toujours fourrés ensemble, je ne suis pas aveugle, je vois bien ce que vous faites. J'ai beau te conseiller de rompre avec elle, tu préfères me faire mal et la protéger indûment. Je croyais que c'était une personne au grand cœur qui nourrissait des sentiments à ton égard, mais je m'aperçois qu'elle ne recule devant rien pour te nuire.

– Abstiens-toi de tes commentaires ! À t'écouter, on finirait par croire que toute cette histoire est vraie !

– Tu crois que je suis jalouse sans doute ? Au contraire, je te trouve plutôt pitoyable ! répondit-elle.

Voyant que la situation se gâtait, Liu Yue tenta d'intervenir. Zhou Min quant à lui s'en voulait de s'être conduit si mal.

– Jusqu'à présent j'ai tout toléré, mais voir que tu n'éprouves envers cette femme ni colère ni haine me démoralise. Si tu refuses d'admettre qu'il s'agit d'amour, veux-tu bien m'expliquer quelle est la nature de vos rapports ?

– De la camaraderie, de l'amitié.

– Pourquoi l'article parle-t-il d'elle et non pas de n'importe qui d'autre de la rédaction ?

– Tout simplement parce que l'amitié qui nous liait était plus forte qu'avec précisément n'importe qui d'autre.

– C'est ce que tu prétends, reprit Niu Yueqing, mais as-tu regardé la réalité en face ? Le ton de l'article ne trompe pas, il parle d'amour ! Si tu persistes à nier, la revue et Zhou Min courent à la catastrophe par ta faute. Qu'est-ce que la société va penser de toi ? Les gens prétendront que, pour une femme, Zhuang Zhidie a envoyé ses amis au peloton d'exécution !

– C'est un moyen pour me forcer à céder !

– Cette bonne femme ne vaut pas un clou, toi tu persistes à prétendre que c'est de l'or. Tu préfères y laisser ta peau que renoncer à cette dénommée Jing. Parfait, agis comme bon te semble !

Puis s'adressant à Zhou Min :

– Zhou Min, dites à Zhong Weixian que la revue, qui a choisi de publier votre article, doit assumer les conséquences de ses actes ! Quant à vous, préparez vos affaires, demain vous retournerez au Temple de la Vacuité Pure comme ouvrier !

Elle se leva pour aller se coucher.

Zhuang Zhidie, consterné, faisait les cent pas dans le salon. Zhou Min restait planté là, bêtement. Liu Yue, contrariée de la tournure que prenaient les événements, apporta une assiette de prunes. Elle en proposa à Zhou Min qui refusa, elle insista, il s'obstina, valse lente de l'offre et du refus. Zhuang Zhidie s'avança, en prit une qu'il donna à Zhou Min et une autre qu'il mangea.

– Faisons ainsi ! déclara-t-il. Je soutiens donc que la base de ces renseignements est absolument vraie, je peux même dire que c'est moi qui vous les ai fournis. Mais, lorsque je vous les ai donnés, je n'ai jamais mentionné avec qui cette aventure m'était arrivée. Je vous ai simplement parlé de mes nombreuses conquêtes féminines d'autrefois. Rien ne prouve que l'histoire relate mon aventure avec Jing. Bien que votre article soit une interview, il est soumis aux règles du journalisme, vous avez donc procédé à une synthèse des renseignements collectés lors de notre entretien. Adoptons cette version des faits ! Nous pourrons ainsi parer à toute condamnation.

Zhou Min soupira longuement avant d'acquiescer. Puis il prit congé et se retira.

Niu Yueqing entendit la porte claquer. Elle appela, de sa chambre, son mari. Lorsqu'il entra, il la vit assise sur son lit en train de se démaquiller.

– Bravo ! dit-il. Devant lui, tu n'as certes pas mentionné sa responsabilité, mais ta façon d'exprimer les choses lui a permis de se faire une belle opinion de moi ! Il m'imagine désormais capable de les sacrifier, lui et tous ses collaborateurs !

– Si j'ai réagi ainsi, rétorqua Niu Yueqing, c'est pour te pousser à prendre une telle décision.

– Que sais-tu des intentions de Zhou Min ? En réalité je le connais à peine, il s'est servi de mon nom pour se faire embaucher au service de la rédaction de la revue, ce qui m'a déplu, maintenant il sème la pagaille et tu prends sa défense ! Qu'est-ce que je dirai à Jing Xueyin si je la rencontre ?

– Tu veux reprendre votre liaison ?

Zhuang Zhidie ferma la porte de la chambre et s'installa dans le salon où il s'alluma une cigarette. Il entendit alors, assez confus, le son de l'ocarina. Lorsque le silence fut retombé, il pria Liu Yue, assoupie sur le canapé, de regagner sa chambre et resta dans le salon. Il mit très doucement la cassette de la marche funèbre. Dans l'obscurité totale, il laissa son corps et son esprit sombrer peu à peu dans un monde que lui-même ne pouvait définir.

*

Plusieurs jours de suite, Zhou Min partit tôt et rentra tard ; il passait son temps à la rédaction. De retour chez lui, il n'avait ni envie de faire l'amour à Tang Wan'er ni de souffler dans son ocarina. Sa femme piaffait, elle se plaignait de ne pas être allée danser au Sheraton depuis une éternité. Zhou Min repoussait toujours au lendemain. Elle lui suggéra au moins de se rendre à la librairie du professeur Zhuang. Il en profiterait pour voir les nouvelles publications et par la même occasion témoignerait sa sollicitude au professeur.

– Je ne passe pas comme toi mes journées à ne rien faire ! répondit-il avec impatience, vas-y, toi, si le cœur t'en dit.

Il n'alla pas jouer sur les remparts de la ville, mais se coucha. La jeune femme boudait, le jour comme la nuit. Le matin, lorsque Zhou Min partait au bureau, elle ne flânait même pas, seule, le long des rues. Elle restait chez elle et passait son temps à se parer, se maquiller, se parfumer, épiler ses sourcils. Elle tendait l'oreille lorsqu'elle entendait bouger l'anneau de fer de la porte de la cour, espérant voir apparaître Zhuang Zhidie. Le jour où ils avaient fait l'amour pour la première fois elle avait été si heureuse. Elle songea que désormais son corps lui appartenait et ne put maîtriser une bouffée de désir qui enflamma tout son être. Elle observait ces gens qui passaient devant la porte et qui la regardaient avec la plus grande indifférence, assise sous le poirier au milieu de la cour. Dans sa rage, elle sourit sans pitié. « Attendez le jour où vous découvrirez qui je suis pour Zhuang Zhidie, vous verrez comme vous m'adulerez alors ! » Pourtant Zhuang Zhidie n'était pas venu depuis bien longtemps ! Elle se mit en colère contre elle-même, défit ses cheveux bien coiffés et colla ses lèvres rouge sang d'abord contre son miroir puis contre le battant de la porte. Ce soir, la lune brillait de mille feux au firmament. Zhou Min était parti jouer sur la muraille. Elle ferma la porte de la cour et prit un bain. Elle enfila un pyjama et s'assit sur une chaise longue sous le poirier, dans la cour. Elle resta ainsi un bon moment en proie à la solitude avant de se lancer dans un monologue. « Pourquoi ne viens-tu plus, mon amour ? Ressemblerais-tu à tous ces hommes, à qui l'amour fait tourner la tête un instant, et qui oublient tout dès le lendemain ? Je ne suis qu'une femme de plus au palmarès de tes conquêtes féminines ! Peut-être m'as-tu simplement aimée pour nourrir ton ins-piration d'écrivain, vivre une autre expérience ? » À force de réfléchir et de revivre cette matinée, elle se persuada que toutes ses supputations étaient fausses. Zhuang Zhidie n'était pas comme les autres. La pre-mière fois qu'il avait croisé son regard, il avait eu un geste timide en s'approchant d'elle, puis il avait succombé au désir. La jeune femme ne pouvait pas croire qu'il ne l'aimât pas avec sincérité. Sa première expérience, Tang Wan'er l'avait eue avec un ouvrier qui l'avait allongée de force sur le lit et violentée. C'était ainsi qu'elle s'était retrouvée mariée. Elle était dès lors devenue un champ et lui la charrue. Il labou-rait selon son désir, elle devait se laisser faire. Il étei-gnait la lumière et montait sur elle. Elle n'avait pas eu le temps d'éprouver quoi que ce soit, que leur accouplement cessait. Arriva alors Zhou Min. Natu-rellement la vie avec lui n'avait rien de comparable avec ce qu'elle venait de vivre avec son ouvrier. Néanmoins Zhou Min n'était rien d'autre qu'un petit personnage d'une petite bourgade du district, ce qui n'avait aucune commune mesure avec un homme de grande renommée d'une capitale comme Xijing. D'autant plus qu'au début Zhuang Zhidie s'était montré timide, mais, dès le pas franchi, ce n'avait été que mille caresses voluptueuses. Tang Wan'er venait de découvrir les plaisirs de l'amour! Tout en méditant, sa main glissa vers le bas, câline, elle appela Zhuang Zhidie, puis se mit à gémir, à gazouiller de plaisir, à se tortiller comme un ver.

Ici l'auteur autocensure trente-sept caractères.

Dans son égarement, elle prit la lune accrochée entre les branches pour le visage de son amant. Elle pointa sa langue et voulut passer une de ses jambes autour de lui. Elle enlaçait l'arbre, se redressant de tout son corps. Soudain, elle retomba, apaisée. Quelques feuilles tourbillonnèrent en dessinant des cercles avant de se poser sur la jeune femme. Vidée de toute son énergie, elle ne bougeait plus. Elle resta allongée là, épuisée, abasourdie. Zhou Min, qui avait fini de jouer, revenait.

– Tu ne dors toujours pas? lui demanda-t-il.

Elle brossa les feuilles de son pyjama et couvrit sa jambe nue.

– Non.

Zhou Min qui n'avait plus de goût à rien regarda la lune briller au-dessus de la cour.

– Quel beau clair de lune ce soir! dit-il.

– Superbe.

Wan'er reprit ses réflexions intimes: «Que peut-il bien faire en ce moment? Lit-il dans son bureau ou bien dort-il déjà? Oh, mon amour, cette brève séparation m'oblige à partager ce toit avec un autre! Surtout ne ferme pas ta porte, laisse le vent souffler jusqu'à toi, peut-être te réveillera-t-il? Si tu entends de légers frémissements, surtout ne bouge pas, garde les yeux fermés, mon Zhidie, ce sont les prémices de notre amour. »

Lorsque Zhou Min eut fini de se débarbouiller dans la cuisine, il constata que sa femme était toujours allongée, l'air absent, sous son arbre.

– Pourquoi ne viens-tu pas te coucher ? lui demanda-t-il.

– Que tu es assommant avec toutes tes questions ! Couche-toi si tu veux !

Elle enfila ses claquettes et ouvrit la porte d'entrée.

– Tu sors, à une heure pareille !

– Je ne peux pas dormir. Je vais m'acheter une glace au coin de la rue.

– Tu sors en pyjama maintenant ?

La glace n'était qu'un prétexte. Elle n'en acheta pas, mais se servit du téléphone du marchand pour téléphoner. Liu Yue décrocha, demanda qui était au bout du fil. « C'est moi, tu ne m'avais pas reconnue ? » Tang Wan'er prit des nouvelles du professeur Zhuang et de son épouse. Liu Yue étonnée demanda pourquoi elle appelait si tard.

– Rien d'urgent, répondit Tang Wan'er, simplement je voulais proposer les services de Zhou Min au cas où vous auriez eu besoin de ses bras pour certains travaux, à savoir changer la bouteille de gaz, rentrer du charbon ou du riz.

La jeune fille appela alors Niu Yueqing qui, après quelques mots d'explication, prit le téléphone.

– Merci de votre gentillesse. Pourquoi ne venez-vous pas faire un tour ?

– Je ne voudrais pas déranger le professeur.

– Il n'est pas à la maison, il participe actuellement à la réunion de l'Assemblée nationale populaire municipale. Il est pris pour une bonne dizaine de jours. Venez donc passer un moment avec moi.

– Certainement, certainement.

Rassurée, elle pensa qu'il serait plus facile de le voir durant cette période. Elle raccrocha, regrettant aussitôt de ne pas avoir demandé où se tenait la réunion.

Le lendemain soir, Zhou Min rentra plus tôt que

d'habitude. Une fois son repas terminé, il s'installa à la table et se mit à écrire. Tang Wan'er s'approchant, il cacha sa feuille avec sa main. Elle fit la moue et emporta la télévision dans sa chambre. Elle voulait juste tuer le temps avant de s'endormir. L'émission retransmise montrait précisément, à sa grande surprise, la réunion de l'Assemblée nationale populaire. Sur l'écran, elle aperçut Zhuang Zhidie assis avec dignité à la tribune. L'espace d'un instant, elle s'imagina sa femme et trouva cela merveilleux. La nouvelle s'était répandue jusqu'à Tong Guan et, ce soir, ceux qui le regardaient à la télévision parlaient forcément d'elle. Ceux qui la connaissaient lui pardonnaient sur-le-champ tout ce qu'ils lui avaient reproché et l'enviaient. Qu'avait à redire son ex-mari, ce vulgaire campagnard, d'avoir perdu sa femme ? Les querelles entre Zhou Min et son ex-mari venaient du fait que leur position sociale était pratiquement identique. Si elle épousait Zhuang Zhidie, il ne se montrerait pas si arrogant, et finirait bien par accepter le divorce. Elle ne put s'empêcher de ressasser quelques vieilles histoires. Lorsque Zhou Min rangea ses pinceaux et ses papiers et qu'il vint se coucher, ils n'échangèrent pas un mot. Chacun éteignit sa lampe et s'endormit de son côté. Elle avait ses petites manies. Au début, elle ne pouvait s'endormir toute nue que blottie dans les bras de son mari. Zhou Min s'en plaignait, prétendant l'inconfort. Il avait proposé que chacun dorme seul avec sa propre couette ; elle s'y était opposée avec fermeté. Maintenant c'était elle qui l'exigeait. Elle s'était assoupie bercée par ses rêves, quand, soudain, elle sursauta, Zhou Min se glissait près d'elle. Elle le repoussa aussitôt prétextant la fatigue. Ce refus arrêta net Zhou Min dans son élan. Il retourna seul sous sa couette, l'air boudeur. Mais comme il ne trouvait pas le sommeil, il se leva en soupirant. Tang Wan'er s'en moquait pas mal. Zhou Min éteignit la lampe et fit tomber un livre posé à côté de son oreiller. Il se mit alors à sangloter.

– Tu es fou ou quoi de pleurer comme ça à une heure pareille !

– Je suis si triste, et toi au lieu de me consoler, tu m'engueules. On prétend qu'un foyer, dans la vie, est un havre de paix ; or, moi, ma pauvre vieille barque ne rencontre que des vagues rebelles en rentrant au port.

– Parce que tu appelles ça une vie ? dit Tang Wan'er. J'ai tout perdu en te suivant ici, ma vie paisible, mon enfant, ma réputation, mon travail. Je suis partie avec un prétendu héros, mais nous ne sommes que des vagabonds qui ne savent pas de quoi le lendemain sera fait. Ma vie est un long tunnel noir sans fin. Tu trouves que c'est une existence, toi ? Sans compter que les autres nous jugent, la femme de Wang Ximian me bafoue en public, et tu ne cherches même pas à prendre ma défense ! Te consoler, moi ? Ces derniers temps, il n'y a pas un jour où tu n'es pas parti tôt pour rentrer tard, m'abandonnant, seule toute la journée, sans me dire un mot. Qui pense encore à moi ?

– C'est précisément pour toi que je me suis mis tous ces ennuis sur le dos et maintenant tu m'en veux.

– Quelle histoire ! Tu appartiens désormais au Bureau de la Culture, c'est ce que tu voulais.

En repensant au cataclysme qu'avait déclenché son article, Zhou Min soupira :

– Si cette affaire s'était passée à Tong Guan, j'aurais cassé la gueule à cette dénommée Jing avec ma bande de copains, mais ces procédés ne sont pas de mise ici dans les cercles littéraires. Nous devons être reconnaissants au professeur Zhuang de m'avoir donné l'opportunité d'entrer à la rédaction de cette revue, c'est vrai, mais au moindre problème, il n'a même pas le courage de me protéger. Il persiste à nier toute aventure amoureuse avec elle, pensant que c'est mieux ainsi. Mais Jing, qui ne recule devant rien, peut très bien exercer une pression sur lui, et je crains fort alors qu'il affirme que mon papier n'est qu'un tissu de mensonges. Dans ce cas, certes, c'est lui qui m'aura

mis en place, mais ce sera lui, aussi, qui me débou-
lonnera.

Ses propos rendirent Tang Wan'er nerveuse. Elle
se leva et se versa un verre d'eau. En regardant son
époux, elle remarqua qu'il avait maigri. Il la prit dans
ses bras, mais elle résista ; une pensée lui traversa
alors l'esprit : ce ne serait pas plus mal ainsi, s'il n'arrivait pas à se maintenir sur la scène littéraire de
Xijing, elle aurait davantage l'occasion d'être avec
Zhuang. Elle se glissa toute nue sous sa couette et
déclara :

– Ne blâme pas le professeur Zhuang, il craint
d'avoir des ennuis.

– J'espère qu'il ne m'en voudra pas, poursuivit
Zhou Min, qu'il me laissera en tout cas une issue.

– Que veux-tu dire ?

– À présent je vais suivre ses conseils à la lettre,
reconnaître que tout ce que j'ai écrit est vrai, qu'il
s'agit d'une synthèse sans désigner quelqu'un de précis. S'il soutient, en présence de Jing, que j'ai raconté
des mensonges, je dirai que c'est lui qui m'a fourni
tous les renseignements, la preuve en est les notes
que j'ai prises lors du reportage.

– Une interview ! Alors que tout n'est que ouï-dire
et on-dit.

– Ça, ce n'est pas un problème.

Tang Wan'er ne répliqua pas. Elle éteignit la
lumière, tandis que son cœur se mettait à battre violemment.

Le lendemain matin, Zhou Min partit dès l'aube à
la revue. Tang Wan'er se hâta d'allumer la télévision
car elle savait que l'émission de la veille était retransmise le matin de bonne heure. En effet Zhuang Zhidie apparut sur l'écran. Elle nota, avec attention, que
la réunion avait lieu à l'hôtel de la Capitale Antique, à
l'extérieur de la porte Sud, où elle se rendit sitôt prête.
Effectivement des drapeaux multicolores décoraient
la porte principale et une grande banderole rouge
couvrait la façade de haut en bas sur laquelle était
écrit : «*Fêtons solennellement l'ouverture de l'Assem-*

blée populaire municipale dans notre hôtel! » Mais la
porte principale était fermée et les autres étroitement
surveillées par quatre ou cinq types qui portaient
l'insigne de la Sécurité publique et qui interdisaient
l'entrée à toute personne étrangère à la réunion. À
l'intérieur des barrières métalliques, dans la cour, une
longue file de voitures attendait. Les représentants de
l'Assemblée qui venaient de déjeuner se dégourdis-
saient les jambes dans la cour, ils se curaient les dents
et recevaient des cigarettes en échange d'un ticket.
Côté rue, la foule pressée contre les barrières hurlait
dans un vacarme assourdissant. Tang Wan'er qui
aimait l'animation se mêla à la foule. Quelqu'un lui
salit ses jolies chaussures à talons en lui marchant
sur les pieds. Alors qu'elle sortait, mécontente, son
mouchoir de sa poche pour les nettoyer, elle aperçut, collées contre une des barrières de sécurité, trois
femmes aux cheveux gras et un homme rustre qui
brandissaient une pancarte aux inscriptions suivantes :
« *S'il vous plaît, messieurs les représentants de l'Assemblée nationale, réhabilitez les victimes d'une erreur
judiciaire* », puis, en tout petit, figurait la raison de
l'injustice. Les trois femmes se jetèrent le front contre
terre et hurlèrent : « Nous voulons voir le maire ! Nous
voulons voir le maire ! » Des larmes roulaient le long
de leurs joues. Les hommes de la Sécurité publique
s'approchèrent pour les repousser, mais ces pauvres
femmes s'accrochaient aux barrières ; dans leurs
efforts, leurs vêtements se soulevèrent, découvrant
des poitrines ratatinées, des ventres noirs de crasse.
Les victimes imploraient : « Pourquoi le maire refuse-
t-il de nous recevoir ? Les fonctionnaires ne doivent-
ils pas plaider pour le peuple ? Si vous nous rejetez
encore, on se frappera la tête à mort ici. »

– Faites ce que vous voulez, on verra le résultat !
rétorqua le garde.

Il alluma une cigarette. Tang Wan'er, juste à côté,
observait le spectacle. Elle remarqua que l'animation
grandissait et que beaucoup d'hommes ne regardaient pas ces femmes en colère, mais elle précisé-

ment. Elle savait pertinemment que leur laideur n'en rendait que plus frappante sa beauté. Elle n'en éprouvait d'ailleurs pas la moindre gêne, au contraire, elle prit un air hautain, puis, en balançant les hanches, elle entra par une petite porte et avait déjà fait quelques pas lorsque le garde l'arrêta.

— Hé, camarade, montre-moi ta carte de délégué à l'Assemblée populaire nationale !

— Je ne suis pas déléguée, je cherche Zhuang Zhidie, rétorqua-t-elle.

— Je suis vraiment désolé, mais la consigne est stricte, l'entrée est interdite à toute personne ne faisant pas partie de la réunion. Si tu veux voir Zhuang Zhidie, je vais envoyer quelqu'un le chercher.

Il demanda à un type dans la cour de dire à Zhuang Zhidie que quelqu'un désirait le voir. Quelques minutes plus tard, Zhuang Zhidie arrivait. Il voulut savoir, tout heureux, ce qu'elle faisait là.

— Dépêche-toi de me faire entrer, j'ai quelque chose à te dire, répondit-elle.

Il ordonna au garde de la laisser passer.

— Tu es trop séduisante, je monte le premier. Chambre 703. Souviens-toi, ne te trompe pas.

Sans se retourner, il entra dans l'hôtel. Elle le rejoignit dans la chambre. Il ferma la porte aussitôt et la serra dans ses bras. Très docilement, elle le laissa faire. Elle passa ses jambes autour de sa taille, ses bras autour de son cou.

— Toi qui à l'instant te montrais encore si prudent, dit-elle, tu perds la tête maintenant !

— Dieu, que j'ai pu penser à toi ! dit-il, heureux. Cette nuit j'ai encore rêvé de toi, imagine un peu, je te portais sur mon dos pour escalader une montagne, je t'ai portée toute une nuit.

— Tu n'es pas mort de fatigue ?

Il déposa la jeune femme sur le lit, caressa et lécha son corps. Elle gloussait de plaisir.

— Je n'ose plus bouger, dit-elle soudain, au premier geste je risque de tout mouiller.

Tout émoustillé, il ravala sa salive et commença à

la déshabiller. La jeune femme se releva, retira elle-même ses vêtements. Elle voulut prendre une douche pour se débarrasser des odeurs de transpiration. Il alla dans la salle de bains, fit couler l'eau et la laissa se laver. Il s'allongea seul sur le lit après avoir ôté ses vêtements. Il l'attendait, mais comme elle ne venait pas, il poussa la porte de la salle de bains et la découvrit, nue, debout sous la douche, les cheveux défaits, une main tenant la pomme de douche, l'autre soutenant son sein lourd. Il se jeta sur elle. La jeune femme se sentit défaillir, la pomme de la douche lui échappa.

Ici l'auteur autocensure cent douze caractères.

Elle appuya sa tête contre la baignoire, ses longs cheveux traînaient par terre. Il releva la tête, elle le mordit au sang dans le cou, laissant quatre petites marques rouges. « Ne mouille pas tes cheveux », lui dit-il. Il se redressa, ferma le robinet et la coucha sur le lit. À la tête du lit, se trouvait un grand miroir mural. Elle resta un long moment à regarder dans la glace, puis elle sourit :

– Regarde-toi donc un peu, tu n'as rien d'un écrivain !

– Quelle allure doit avoir un écrivain selon toi ?

– Élégance et distinction.

– Bon, d'accord.

Il souleva les jambes de la jeune femme pour observer de plus près son sexe. Gênée, elle résista. Mais le désir eut raison d'elle, son sexe coulait à n'en plus finir. Elle tira alors la couette qu'elle roula sous sa tête et continua à se regarder dans la glace. Elle geignit de plaisir et il s'empressa de lui bâillonner la bouche avec sa langue. On n'entendit plus que leurs halètements...

Ici l'auteur autocensure cinq cents caractères.

Lorsqu'elle apprit où elle avait une tache de vin, elle se regarda dans la glace, songeant combien Zhuang

Zhidie l'aimait. Son premier mari, l'ouvrier de Tong Guan, ne l'avait jamais vue ; Zhou Min non plus, pas plus qu'elle d'ailleurs.

– Est-ce bon d'avoir une tache de vin ? demanda-t-elle.

– Sans doute, moi aussi j'en ai une, ici.

– C'est parfait, dit-elle, lorsque nous nous retrouverons là-haut, nous serons sûrs de ne pas nous tromper ! La porte est-elle bien fermée ? À l'heure du déjeuner quelqu'un risque-t-il d'entrer ?

– C'est seulement maintenant que tu t'en préoccupes ! Rassure-toi, nous sommes tranquilles.

Elle se laissa de nouveau enlacer.

– Nous avons plus d'énergie que n'importe quels jeunes pour faire l'amour ! dit-elle. En fait si je suis venue jusqu'ici avec tant de témérité, c'est pour te parler. L'article de Zhou Min te cause pas mal d'ennuis, n'est-ce pas ?

– Comment le sais-tu ? Je lui avais pourtant bien recommandé de ne rien te dire de peur que tu ne t'inquiètes, ce qui ne servirait à rien. Pourquoi t'en a-t-il parlé ?

Tang Wan'er lui demanda si ce que Zhou Min lui avait raconté était vrai. Zhuang Zhidie acquiesça de la tête.

– Il a beau être mon mari, l'affaire est entre tes mains, fais attention à lui.

– Quoi ? Il est au courant de notre liaison ?

Tang Wan'er lui expliqua ce que Zhou Min comptait faire en dernier ressort. Zhuang se leva, silencieux, puis s'assit, ricanant, avec mépris.

– Tu es en colère ? s'inquiéta-t-elle. Tu veux le punir ? Si j'en parle, c'est simplement pour que tu prennes garde à lui, pas pour le punir. Il est intelligent, parfois l'intelligence pousse à de mauvaises actions, pourtant je ne le crois pas capable de méchanceté.

– Je suis conscient de tout cela, répondit-il.

Brusquement le visage de Tang Wan'er se crispa et deux grosses larmes coulèrent le long de ses joues.

Zhuang s'empressa de lui demander la raison de son chagrin.

– Ce n'est pas notre bonheur qui me fait pleurer, mais de comprendre que l'amour entre Zhou Min et moi est mort. Depuis que je t'ai rencontré, je me languis de toi sans cesse, sentiment que je n'ai jamais éprouvé auparavant, même lorsque j'avais dix-sept ou dix-huit ans. Dieu, qu'il est dur de partager la vie d'un être pour qui l'on n'éprouve plus rien.

– Pour moi aussi il en est de même, mais je n'ose pas pleurer, ce n'est pas bon pour la santé. Écoute-moi !

Il essuya ses larmes avec sa main avec la même tendresse que celle que l'on a à l'égard des enfants.

– Soit, dit-elle, je sèche mes larmes, mais j'ai un aveu à te faire. Plus nous sommes ensemble, plus j'ai peur, peur d'en arriver là, que tu me sois indispensable. Comment vivre maintenant ? Mon amour, je veux t'épouser, je veux être ta femme !

Sans attendre sa réaction, elle poursuivit :

– Mon unique désir est de devenir ta femme, bien que je n'aie aucun talent, aucune position sociale, de surcroît pas de hukou qui m'autorise à vivre à Xijing et que, sans doute, je ne te servirai pas avec autant d'attention que ton épouse. Mais je peux t'assurer que je te rendrais heureux, d'un bonheur infini. J'ai vu et j'ai compris que tu ne ressemblais en rien aux autres hommes. Tu es un écrivain, tu éprouves sans cesse le besoin d'être stimulé pour que s'épanouisse ton inspiration artistique. La plupart des femmes, Niu Yueqing y compris, sont parfaites pour subvenir à tes problèmes matériels quotidiens, mais elles sont incapables de se renouveler indéfiniment pour te donner fraîcheur et nouveauté. Tu es un homme sincère, je m'en suis aperçue dès notre première rencontre, pourquoi cependant sembles-tu si triste ? Malgré ton sourire, ta mélancolie ne m'a pas échappé, elle a sans doute beaucoup de raisons, mais une au moins est évidente : ton refoulement sexuel. Je ne me considère pas comme une horrible créature qui a voulu te séduire, briser ton ménage et chercher à tirer profit de ta réputation et de ta fortune. Certains prétendront, peut-être, que tu es un homme inconstant et volage, et que je suis une femme frivole et légère. C'est faux. Tout homme aspire au bonheur, à plus forte raison un artiste, pour qui l'inconstance est la manifestation du désir de créativité ! Tout cela est bien difficile à comprendre pour le commun des femmes. C'est pourquoi Niu Yueqing ne voudrait pour rien au monde épouser à nouveau un écrivain dans une vie future. Dans ce domaine, je me sens plus forte que les autres, je sais parfaitement que je pourrai m'adapter à ton tempérament et t'apporter le renouveau sans pour autant perdre ma personnalité. Mon rôle de femme est de me sacrifier pour permettre à ta créativité de s'exprimer... J'en suis tout émue. Tu es l'astre qui me donne de l'éclat ! Est-ce que je me berce d'illusions ? Ai-je une trop haute opinion de moi-même ? Je suis tout à fait consciente que tu es un homme marié à une femme à la fois jolie et vertueuse, et que, pour comble de bonheur, tu es une célébrité. Tu ne t'appartiens pas, tu appartiens à Xijing, le moindre de tes faits et gestes alimente les rumeurs de la ville. Es-tu prêt à braver tous les dangers si notre liaison fait scandale ? Es-tu capable de supporter n'importe quel tourment ? Depuis que nous avons fait l'amour ensemble, je me suis demandé si nous devions rompre, mais je n'en ai pas eu la volonté... Ne te moque pas de moi. Peu importe que je devienne ou non ta femme, l'important pour moi était de t'ouvrir mon cœur, je me sens mieux ainsi !

Elle s'allongea alors sans bouger. Zhuang Zhidie, qui ne s'attendait pas à de telles déclarations, ne l'en trouva que plus adorable et la serra dans ses bras. Ils se regardèrent les yeux dans les yeux, le cœur triste cependant. Il ne put d'ailleurs retenir une larme.

– Wan'er, dit-il, pourquoi me moquer de toi ! Ton amour m'est si précieux. Voici donc les pensées qui t'ont tourmentée ces derniers temps ! Moi-même je vis un enfer atroce ! Il y a dix ans, lorsque je suis arrivé à Xijing, je me suis juré, en contemplant la beauté resplendissante de la Tour de la Cloche, de me faire un nom. Je me suis battu comme un fou pour surpasser les autres et maintenant je suis si malheureux. Xijing est une vaste métropole, mais qu'est-ce que ça m'apporte ? Qu'est-ce qui est à moi, vraiment à moi ? Rien, sauf mon nom, Zhuang Zhidie. Oui, c'est le mien. Partout les gens m'adulent et font mon éloge. Je me demande la raison d'un tel engouement à mon égard. Est-ce qu'ils se trompent ? Est-ce à cause de mes écrits ? Mais ils sont nuls ! Sans aucune valeur ! En réalité, je n'ai réussi qu'à me faire une réputation, ma carrière littéraire est un échec total. J'en suis conscient et j'en éprouve une honte que les gens prennent pour de la modestie. J'en souffre terriblement. À qui avouer ma peine ? Et qui pourrait me comprendre ? Meng Yunfang est mon meilleur ami et pourtant nous sommes en désaccord à ce sujet. Il me reproche de me plaindre. Niu Yueqing, ma femme, une épouse modèle, fait l'admiration de tous, et pourtant je ne peux lui parler de cela. Je suis déprimé. À la maison, devant mon silence, ma femme s'imagine toujours un tas de choses et ne sait que se plaindre des tracas domestiques. Puis c'est moi qui m'emporte. Nous nous disputons si souvent que plus aucune communication n'est possible. Penses-tu qu'ensuite je puisse écrire quelque chose de bien ? Je n'éprouve plus rien, il ne me reste que l'énervement. Je récrimine contre ciel et terre et passe mes journées à traîner, en colère. Je crains de perdre complètement ma créativité. Je suis fichu. Je suis devenu tellement neurasthénique que j'ai presque perdu ma puissance sexuelle. C'est dans ce contexte que je t'ai rencontrée. J'ai connu des filles, mais ça n'a jamais été très loin. Je ne peux pas concevoir que l'on fasse l'amour sans sentiments. Je préfère encore la masturbation ! Lorsque je t'ai rencontrée, je ne sais pourquoi, mais mon cœur s'est mis de nouveau à vibrer et tu as fait naître en moi une force incroyable. Tu es belle, d'un charme indicible ; tu es fascinante, comme une mélodie douce ou la flamme du feu. En un mot tu es femme, avec toute sa saveur. Tu as accepté mon amour, je t'en suis très reconnaissant. Quand nous sommes ensemble, je me sens de nouveau un homme, un vrai. Mon énergie et ma passion sont revenues. Je ne suis pas fichu, non ! Je pourrais sûrement écrire des livres de valeur. Et pourtant, je suis si triste que nous nous soyons rencontrés si tard. J'ai déjà songé à notre mariage. Mais soyons réalistes ! Même si je déplore cette célébrité qui me lasse, je dois pourtant en tenir compte. Si, maintenant, je parle de divorce, je vais déclencher un énorme scandale. Comment réagiront les dirigeants ? Et mes amis, sans parler de Niu Yue-qing ? Pour le commun des mortels, une telle affaire se règle en une semaine, deux mois au plus, pour moi impossible... Wan'er, si je t'explique tout cela, c'est pour que tu me comprennes. Je pourrais te tromper en te berçant de mots doux, mais je m'y refuse. Simplement souviens-toi de ceci : tôt ou tard, je t'épouserai ! Crois-moi.

La tête blottie contre sa poitrine, elle acquiesça :
– Je te crois, je t'attendrai.
Il l'embrassa tendrement.
– Allez, souris-moi.
La jeune femme lui sourit. Ils s'étreignirent, basculèrent sur le lit, et s'enlacèrent.
– Tu peux encore ? lui demanda-t-elle.
– Mais oui, je peux, et comment.

Ici l'auteur autocensure cinq cent dix-sept caractères.

Ils entendirent alors hurler dans le couloir que la réunion recommençait. Zhuang consulta sa montre, il était deux heures cinq. Ils se rhabillèrent aussitôt.
– Cet après-midi c'est moi qui ouvre la séance, je prends la parole le premier.
– Qui pourrait croire que dans un instant tu ouvriras la séance d'un air solennel à la tribune, alors que nous sommes là en train de faire l'amour ? Ce soir à

la télévision, tous ceux qui te regarderont s'exclameront : voici notre idole, Zhuang Zhidie ! Et moi je me dirai que je suis la seule à savoir la force qu'il a entre les jambes !

Il lui mordilla le cou.

– Je sors d'abord, attends qu'il n'y ait plus personne dans le couloir pour partir.

Il s'en alla. Tang Wan'er se recoiffa, se remaquilla et refit le lit. Puis n'entendant plus de bruit, elle s'envola avec la légèreté d'une feuille d'érable qui tombe de l'arbre.

*

La réunion durait depuis trois jours déjà, Tang Wan'er était venue deux fois et pensait bien ne pas en rester là, vu le bonheur et l'entrain que ses visites donnaient à Zhuang Zhidie. Il en avait presque oublié la contrariété que lui avait causée l'article de Zhou Min. Ce soir-là, au restaurant, il tomba sur Huang Defu et s'inquiéta devant sa maigreur, sa mine de papier mâché et ses yeux cernés. Il était épuisé, avoua Huang. Zhuang lui demanda d'intervenir auprès du maire en faveur de la création d'un club littéraire dans l'immeuble près du Temple de la Vacuité Pure. Huang Defu ne refusa pas d'intercéder, mais, dit-il, pas tout de suite : le moment n'était pas opportun pour soulever cette question mineure alors que le maire était sollicité de tous côtés par des affaires urgentes.

– Un problème aussi simple, dit Zhuang Zhidie, pourrait se régler en deux mots. Pourquoi le maire ne profite-t-il pas de cette réunion des délégués pour lever un peu le pied ?

– Vous autres, hommes de lettres, s'indigna Huang Defu, vous imaginez que nos dirigeants profitent de ce genre de réunion pour se détendre !

Puis il tira Zhuang Zhidie à l'écart et lui expliqua, sur le ton de la confidence, que ces réunions étaient encore plus stressantes que n'importe quel combat. Avant l'ouverture de la séance, chaque soir, il avait dû sillonner en voiture, accompagné du secrétaire en chef, toute la ville pour s'informer des problèmes à régler. Il avait ainsi passé cinq nuits blanches de suite. Sitôt la séance ouverte, la situation n'avait fait que se compliquer. L'élection d'un nouveau président de l'Assemblée nationale populaire municipale était à l'ordre du jour. Certains voulaient que Huang Defu soit candidat, tout en sachant qu'il n'était pas fait pour ce poste. S'il était élu, ce serait une catastrophe! En revanche, le renouvellement du mandat du maire ne posait, lui, pas de problème.

– Vous ne saviez pas cela peut-être? demanda Huang Defu.

– Pas du tout, je ne soupçonnais rien.

– Vous, les gens de lettres, vous ne comprenez rien à la politique. Vous voudriez que je plaide, là, sur-le-champ, votre cause auprès du maire! S'il est bien disposé, l'affaire a neuf chances sur dix de réussir, mais s'il est dans un mauvais état d'esprit et qu'il refuse pour une raison quelconque, toute autre démarche sera ensuite inutile. Rassurez-vous et faites-moi confiance, je choisirai le moment adéquat pour lui soumettre votre requête.

Son discours laissa Zhuang Zhidie coi, il ne souleva plus cette question. Voyant le maire et Huang Defu serrer la main aux autres délégués, l'air souriant et jovial, Zhuang préféra se retirer dans sa chambre pour lire.

Cet après-midi-là, le présidium décida que les délégués se réuniraient en équipe pour délibérer. Ceux qui devaient prendre la parole la prirent, les autres feuilletaient la presse qui leur avait été donnée. Zhuang Zhidie commença par la rubrique artistique et littéraire, en page trois, du *Journal de la Province*, puis il parcourut celui de la municipalité, dont les pages une et deux étaient presque exclusivement consacrées à cette réunion. Il trouva que cela manquait d'intérêt. Il se plongea alors dans le troisième, intitulé *Fin de semaine*, où l'un des gros titres attira immédiatement son attention : «Retard fréquent du personnel à la mairie » ; la moitié du personnel arrivait avec une demi-heure de retard. Il s'agissait d'un sondage réalisé à l'improviste par un journaliste, qui s'était posté devant la porte de la mairie. Le tant de tel mois, tant de personnes arrivaient avec dix minutes de retard ; tant avec vingt minutes et enfin tant avec une demi-heure de retard. Quelques membres du cabinet du maire et du maire adjoint n'étaient jamais ponctuels.

La réunion se poursuivit. Zhuang, qui trouvait fort ennuyeux tous ces débats qu'il n'écoutait que d'une oreille distraite, monta dans sa chambre d'où il passa un coup de fil pour savoir si tout allait bien chez lui. Liu Yue décrocha et demanda qui était à l'appareil. Alors qu'il s'apprêtait à parler, il entendit une certaine animation en bruit de fond. Comme il n'avait pas encore ouvert la bouche parce qu'il essayait d'entendre, Liu Yue commença à le traiter de malade mental avant de raccrocher aussi sec le combiné. Il rappela, mais Liu Yue sans lui laisser le temps de réagir brailla : « Vous avez fait un faux numéro, c'est le crématorium ! », avant de couper. Fou furieux, il recomposa le numéro, et hurla sitôt le téléphone décroché : « Liu Yue, réponds-tu toujours ainsi à ceux qui téléphonent ? » Le reconnaissant enfin, la jeune fille se hâta de se justifier :

– C'est vous, professeur Zhuang ? Depuis votre départ, il y a au moins dix coups de fil par jour pour vous.

– Qui est là ? demanda-t-il, encore fou de rage.

– Hong Jiang. Il vient juste d'arriver, vous voulez lui parler ?

Après avoir tourné autour du pot, Hong Jiang aborda le problème. Le livre était en effet sorti depuis deux jours et il l'avait fait envoyer dans les points de vente au détail, ça marchait très bien. Hong Jiang se noyait dans les explications, Zhuang ne répondait rien. Hong finit par lui demander :

– Avez-vous entendu, professeur ?

– Hum ! répondit Zhuang.

– Cette fois-ci, c'est bon, nous allons faire de l'argent. Après un rapide calcul, je me suis aperçu qu'en ayant investi cent mille yuans, nous faisions un bénéfice net de trois cent mille! Vu les résultats, nous ferons réimprimer dix mille exemplaires dans une quinzaine de jours. Je pense demander l'aide d'un dénommé Jia qui travaille à la poste au service de la distribution. Ce type connaît un réseau clandestin de distribution dont il veut bien nous faire profiter. Je lui fais une confiance totale. Si vous êtes d'accord, voyons-le demain.

– Je n'ai pas le temps, demande à ma femme de s'en occuper.

Zhuang Zhidie raccrocha, se glissa sous la couverture et dormit jusqu'à l'heure du dîner.

Le repas terminé, il descendit voir si Tang Wan'er arrivait. Une soirée avec l'Opéra du Shaanxi avait été organisée pour tous les délégués qui se dirigeaient par petits groupes vers le théâtre Yi Su où avait lieu le spectacle. L'un d'entre eux l'interpella pour qu'il se joigne à eux. Zhuang refusa, il devait d'abord faire un saut chez lui; il prit congé. Il attendit qu'ils soient partis pour regagner sa chambre et ne pas manquer son rendez-vous avec Tang Wan'er. Mais quand il revint de la boutique où il avait acheté des gommes à mâcher pour avoir quelques bonbons à offrir à la jeune femme, Huang Defu frappait à la porte:

– Monsieur le maire vous demande!

– Le maire me demande?

Il referma immédiatement la porte, mais pas à clef, et gagna avec Huang une pièce au troisième étage dans le bâtiment d'en face. Vautré sur un canapé, une cigarette aux lèvres, le maire les attendait. Dès qu'il les vit, il se redressa:

– Voici notre grand écrivain! Vous n'êtes pas encore venu me voir alors que vous participez à la réunion!

– Vous sachant très occupé, je n'osais pas vous déranger.

– Huang Defu m'a parlé de votre requête, je suis tout à fait d'accord. D'aucuns prétendent que je devrais être ministre de la Culture plutôt que maire dans la mesure où, selon eux, je mets davantage l'accent sur la culture que sur la politique ou l'économie. Vu la réputation que je me suis acquise, je veux vraiment réaliser de grandes choses concrètes pour les intellectuels. Aussi l'appartement que vous désirez dans cet immeuble vous est accordé. Par la suite, lorsque vous y organiserez des manifestations, autorisées au public naturellement, n'oubliez pas de m'inviter.

— Merci infiniment, monsieur le maire, déclara Zhuang Zhidie en se levant. Mettre l'accent sur la culture, c'est saisir les points forts de notre capitale. La culture comme décor, l'économie comme support ! Je ne connais pas beaucoup les autres secteurs mais, dans le domaine culturel et artistique, on peut dire que tout le monde fait l'éloge des œuvres que vous avez accomplies !

— Defu, donne les clefs à Zhidie, ordonna le maire.

Huang Defu sortit de sa poche un trousseau de clefs et un permis de logement qu'il tendit à Zhuang Zhidie en ajoutant :

— Monsieur le maire est plus attentif que moi à certains détails. Il a préféré que je règle pour vous dès ce midi le problème de permis de logement afin de vous éviter de perdre du temps.

Zhuang prit les clefs, sans savoir comment exprimer sa reconnaissance.

— À l'avenir, n'hésitez pas à venir me trouver directement au moindre problème, ajouta le maire. J'ai entendu dire que Xijing, notre capitale, comptait quatre grands noms. Je n'en connais pourtant que deux : le vôtre et celui de Yuan Zhifei. Defu, pensez à les réunir un dimanche, je veux les inviter à déjeuner pour nouer amitié.

— Excellente idée ! se réjouit Huang Defu. Notre premier ministre, Zhou Enlai, prétendait qu'un bon politicien devait savoir s'entourer d'artistes, comme il le fit.

— Vous constituez tous quatre un trésor pour notre ville, poursuivit le maire. Aujourd'hui, je suis le maire et reconnu comme tel, demain, si mes fonctions prennent fin, je ne serai plus rien. Alors que vous resterez à tout jamais à la postérité grâce à vos œuvres !

– Vous êtes trop modeste, répondit Zhuang Zhidie en souriant, nous autres artistes nous ne sommes que de vaines choses. Le mois dernier, je me suis rendu au carrefour de la rue des Six-Résidences où j'ai vu sur les murs d'une usine d'eau minérale un slogan peint en rouge : « Qui boit de l'eau n'oubliera jamais le maire ! » Phrase qui m'a profondément ému. Les grands travaux que vous réalisez pour le peuple resteront dans l'histoire. Aujourd'hui, les digues de Bai Juyi et Su Dongpo à Hangzhou sont des témoignages culturels du passé.

– Cette rue, expliqua le maire, n'avait même pas l'eau courante. L'été surtout, les habitants devaient parcourir plusieurs li chargés de cuvettes et de seaux pour s'approvisionner. Leur mécontentement était grand. J'ai alors exigé un rapport du service des eaux de la ville. En effet les difficultés étaient nombreuses. Mais je suis entré dans une colère noire et, sans m'occuper des objections qu'il soulevait, j'ai déclaré inadmissible qu'un quartier d'une ville aussi moderne que Xijing soit privé d'eau courante. Je lui ai donné dix jours pour y remédier, sous peine de limogeage ! Le neuvième, l'eau courante était installée. Le quartier était en liesse. Des milliers de personnes ont fait éclater des chapelets de pétards, et ont voulu porter à la mairie une tablette gravée en signe de remerciement. J'ai immédiatement envoyé Defu les en empêcher. Mais je me suis dit en moi-même qu'il suffisait d'un simple geste pour que le peuple vous soit reconnaissant à vie !

– Voici un excellent sujet, que nous devrions, nous gens de lettres, consigner par écrit ! déclara Zhuang.

– Impossible, répondit le maire, il s'agit d'une affaire personnelle. En revanche, voici un article que des camarades subalternes m'ont demandé de lire. Je l'ai fait et je ne le trouve pas trop mal. Il paraît que le *Journal de la Province* est disposé à le publier, mais quand ? Mystère. Si l'on en croit certains journalistes, les pratiques de publication sont devenues épouvantables et même au *Journal du Parti* il faut avoir des accointances avec un des membres de la rédaction pour que son papier sorte. C'est parfaitement scandaleux !

Tout en parlant, le maire tendit à Zhuang Zhidie quelques feuillets.

— Lisez cet article au calme. Je pars dans trois minutes, j'ai une réunion à la mairie. Mais je viendrai, un jour prochain, m'entretenir avec vous dans votre chambre. C'est bien la 703 ?

— Si vous avez un moment, donnez-moi un coup de fil, je descendrai, c'est plus simple.

*

Les deux hommes passèrent dans la pièce voisine. Huang Defu ferma la porte et le pria de lire l'article. Zhuang Zhidie découvrit le gros titre : «*Depuis que le maire a pris les choses en main, la réforme va bon train*», puis en sous-titre «Nouvelles mœurs à la mairie de Xijing». Riposte du tac au tac aux critiques soulevées dans le journal *Fin de Semaine*, mais vu sous un autre angle.

— Avez-vous lu l'article publié aujourd'hui dans *Fin de Semaine* ? demanda Huang. Cela relève du complot politique. À l'origine, l'article devait être publié dans le *Journal de la Municipalité*, puis comme un fait exprès, il est sorti dans *Fin de Semaine*. Le but est clair, c'est un travail de diffamation à la veille des élections. L'influence négative de cet article est considérable. Une enquête révèle qu'il a été écrit par un des hommes de main du président de l'Assemblée nationale municipale. Le matin nous avions décidé que l'article sortirait en même temps dans le *Journal du Parti*, le *Journal de la Province* et le *Journal de la Municipalité*. Le *Journal de la Municipalité* n'y est pour rien. Les journaux du Parti, de la municipalité, et de la province, qui sont souvent en désaccord, ont toujours eu du mal à coopérer. Celui de la province dépend forcément de la province et nous n'avons par conséquent aucun droit sur lui. En revanche, vous connaissez pas mal de monde au sein de la rédaction de ce journal, vous pourriez intervenir et obtenir d'eux la certitude que non seulement ils publieront l'article demain mais, qui plus est, en première page. Dites-moi la personne à contacter. L'argent n'est pas un problème. Pour obtenir ce que nous voulons, nous n'hésiterons pas à leur proposer quelques milliers de yuans.

– Ce ne sont pas les relations qui manquent, mais si l'article doit être publié demain, n'est-ce pas un peu juste ? demanda Zhuang.

– Les élections ont lieu après-demain, à vous de jouer ! trancha Huang Defu, la voiture vous attend, je vous accompagne.

– D'accord, allons trouver le rédacteur en chef, répondit Zhuang. Si jamais il était déjà trop tard, le secrétaire de rédaction en chef est le frère d'un ami, on lui demandera de faire sauter un article pour placer celui-ci de toute force.

Il mit par écrit quelques noms en recommandant de ne pas oublier les cadeaux. Huang Defu chargea quelqu'un d'acheter une marmite électrique pour cuire le riz, un four, et différents jeux électroniques.

– Nous ne rentrerons pas ce soir tant que l'affaire ne sera pas réglée, trancha Huang Defu.

Zhuang Zhidie fit grise mine.

– Vous aviez un rendez-vous ? demanda Huang.

– Absolument pas, dit-il, j'ai juste quelque chose à prendre dans ma chambre, je reviens tout de suite.

– Je vous accompagne. Vu votre célébrité, les gens ont tendance à vous aborder et à ne plus vous lâcher.

– Alors je n'y vais pas, répliqua Zhuang contraint, forcé et désemparé.

Il partit donc avec Huang Defu à la recherche de son ami, qui par malchance n'était pas là. Il alla trouver directement le rédacteur en chef technique, lui remit les cadeaux et lui formula sa requête. Il obtint que le papier soit publié. Mais un rédacteur adjoint qui passait par là jeta un coup d'œil à la maquette.

– Qui a écrit ce papier contraire à celui paru dans *Fin de Semaine*? s'écria-t-il. Si la situation à la mairie est telle qu'il la décrit, nous devons agir avec précaution.

Du coup, le rédacteur en chef technique fit chercher Zhuang et Huang qui expliquèrent au rédacteur adjoint la situation.

– Vous êtes le secrétaire particulier du maire et un écrivain célèbre, je vous crois donc sur parole. Faire passer l'article ne pose aucun problème, mais pas forcément demain. Après-demain, certainement, d'accord?

– Impossible, répondit Huang Defu, faites-en sauter un autre, celui-ci par exemple.

– Voici trois jours qu'il attend, répondit le chef, ça vient d'un directeur d'usine qui est déjà venu nous casser les pieds trois fois.

– Pour vous, les déclarations d'une petite usine ont autant d'importance que celles de la municipalité? s'indigna Huang Defu.

Huang Defu finit par le convaincre de sortir l'article contre la somme de dix mille yuans. Voyant l'affaire réglée et inquiet à l'idée que Tang Wan'er l'attendait, Zhuang Zhidie pressa Huang Defu de rentrer. Mais ce dernier voulait rester jusqu'à l'impression définitive. Les deux hommes piquèrent un somme le temps que l'article soit imprimé. Huang Defu se plaignit de la petitesse du titre; le rédacteur technique en chef en avait assez, les ouvriers s'impatientaient. Huang sortit acheter quelques cartouches de cigarettes et en remit une à chaque ouvrier. Il rapporta également un poulet et une bouteille de vin pour la partager avec le rédacteur adjoint et le rédacteur en chef technique que l'alcool rendit très loquace. Il vanta la façon de travailler de Huang et l'honnêteté avec laquelle il s'acquittait de ses responsabilités. Des hommes comme lui ne couraient pas les rues à l'heure actuelle. Dans son émotion, il alla même jusqu'à proposer d'insérer une note de la rédaction que, le vin aidant, il rédigea avec verve. Il décida de faire sauter une courte information pour lui faire place. Huang Defu, ravi, donna sa carte de visite à l'homme au cas où ce dernier aurait besoin de ses services. Après cette nuit mouvementée, une fois le journal imprimé, Zhuang Zhidie qui ne tenait plus debout regagna la voiture, épuisé, soutenu par Huang. Le jour perçait déjà.

Au moment où la voiture passait au croisement de la rue du Temple de la Vacuité Pure, Zhuang Zhidie se réveilla brusquement. Pourquoi ne visiteraient-ils pas l'appartement ? Huang Defu l'accompagna et l'assura qu'aujourd'hui même à midi, il interviendrait auprès de l'hôtel de la Capitale Antique pour se faire donner quelques vieux canapés, une table, des chaises, un lit et même de la literie. Sachant les artistes toujours fauchés, il avait décidé de parer au minimum. Zhuang Zhidie le remerciait, lorsqu'ils entendirent des cris dans la rue : « Encore un couplet, encore un couplet ! » Les deux hommes descendirent. Arrivé le premier, Huang Defu n'aperçut que le vieux collecteur d'ordures entouré d'une bande de jeunes.

À dix-sept, dix-huit, le cheveu hirsute.

À vingt-sept, vingt-huit, parent responsable, bébé dans les bras.

À trente-sept, trente-huit, il attend la promotion.

À quarante-sept, quarante-huit, il vit tant bien que mal.

À cinquante-sept, cinquante-huit, il prend sa retraite.

À soixante-sept, soixante-huit, il cultive ses fleurs et ses poissons rouges.

À soixante-dix-sept, soixante-dix-huit, il stimule la Chine.

Huang Defu fronça les sourcils et hurla :

– Hé le vieux, qu'est-ce que tu racontes ?

– Rien, je n'ai rien dit, rétorqua-t-il en tournant la tête.

– Si tu persistes, reprit Huang Defu, la Sécurité

publique va de nouveau t'embarquer pour t'emmener au diable !

Le vieux remit son chapeau de paille sur sa tête et partit en tirant sa vieille charrette à bras. « Ordures…! Ramassage d'ordures…! » lança-t-il d'une voix sourde. Zhuang Zhidie, qui n'était encore qu'au troisième étage, manqua une marche, tomba et se foula la cheville.

*

Zhuang Zhidie resta trois jours à l'hôpital et en ressortit la jambe bandée et en boitant. Il s'installa chez sa belle-mère, dans l'antique maison familiale qui était de plain-pied. La vieille Dame était partie chez ses cousins pour la foire. Quelqu'un vint annoncer qu'elle resterait plus longtemps que prévu et ne reviendrait que les grosses chaleurs passées. Niu Yueqing servit à manger au messager. Puis elle prépara quelques vêtements de rechange pour sa mère, ainsi qu'un ballot de vieux habits, chaussures et chapeaux.

– Zhidie, dit-elle, tu ne portes plus tous ces vieux trucs, je peux les donner à notre cousine, à la campagne les gens ne sont pas aussi regardants qu'ici.

– Fais comme tu veux, répondit-il, la mine renfrognée.

Elle raccompagna le visiteur jusqu'à la porte, s'empara au passage du paquet de cigarettes posé sur la table et le lui donna.

– Mon Dieu, quel air méchant tu as pris quand je lui ai donné ces vieilleries ! reprocha-t-elle ensuite à son époux. Tu me fourres toujours dans le pétrin devant les autres !

– Qui fourre l'autre dans le pétrin ? Tu ne me parles de rien et tu me mets toujours devant le fait accompli ! Que voulais-tu que je dise devant l'intéressé ?

– Parce qu'il n'y a que moi qui donne des choses à ma famille, peut-être ? Tu pourrais quand même être honnête ! La tienne, qui habite à Tong Guan, nous dérange pour un oui, pour un non. Il y en a toujours un qui débarque, pour des raisons touristiques, médicales, professionnelles ou juridiques ! Jamais je ne les ai mal traités. Lorsque le gendre de ton vieil oncle nous a demandé froidement de lui prêter deux ou trois mille yuans, je lui en ai même donné un peu plus, tout en sachant que je n'en reverrais jamais la couleur. Mais ai-je jamais dit quoi que ce soit ? Aujourd'hui, lorsque les jeunes de Xijing cherchent à se marier, si les filles ne veulent pas d'un campagnard, c'est parce qu'elles craignent que les choses ne tournent mal…

Il l'arrêta d'un geste de la main.

– Tais-toi, veux-tu, dit-il, je suis fatigué en ce moment.

Il s'extirpa du canapé et gagna sa chambre en s'appuyant sur sa béquille. Il était en colère, sa femme, elle, s'était calmée. Elle demanda à Liu Yue, la moue aux lèvres, de lui porter un verre de sirop de prunes aigres, puis elle se ravisa et le lui prit des mains.

– Ne vous donnez pas ce mal ! dit Liu Yue, devant la porte.

– Tu me trouves méprisable, n'est-ce pas ? dit Niu Yueqing. De toute façon les femmes se font toujours avoir par les hommes !

– Si c'est vous qui le lui donnez, affirma Liu Yue, il refusera.

Zhuang Zhidie avala pourtant le sirop.

– Je t'ai entendue tenir des propos merveilleux, déclara-t-il.

– Qu'est-ce que j'ai dit ? demanda-t-elle.

Il ne répondit rien.

– Je sais, moi, intervint Liu Yue, « De toute façon les femmes se font toujours avoir par les hommes ». Le professeur aime vous entendre parler ainsi.

*

La mère Liu qui, chaque jour, tirait sa vache jusqu'à la résidence de l'Association des écrivains, n'avait pas vu le professeur Zhuang depuis dix jours. Elle se renseigna. Il avait été pris par des réunions et maintenant sa cheville tordue le retenait chez sa belle-mère. Elle fit alors un détour pour venir lui offrir à domicile son lait ainsi qu'une énorme citrouille aux vertus curatives. Le remède, selon elle, était infaillible. Niu Yueqing, reconnaissante, voulut la payer. La marchande refusa obstinément. Comme un vendeur ambulant de fromage de soja passait par là, Niu Yueqing voulut lui en acheter une pleine corbeille. La mère Liu l'en empêcha :

– Je ne mange jamais de votre fromage de soja fabriqué à la ville, il me donne des maux d'estomac.

– Seriez-vous allergique ? s'enquit Zhuang Zhidie.

– Il est dur comme du plâtre, certainement pas aussi moelleux que celui de nos campagnes, déclara la vieille. J'ai d'ailleurs entendu dire que maintenant les petits fabricants ajoutaient justement du plâtre, du plâtre qui avait déjà servi et qu'ils récupéraient dans les poubelles des hôpitaux.

– Allons donc, s'exclama Zhuang Zhidie en riant, mon plâtre va être recyclé !

– C'est un prétexte poli pour refuser mon cadeau, trancha Niu Yueqing, comment vous remercier ?

– Pas du tout ! Me remercier de quoi ? s'étonna la marchande. C'est un cadeau merveilleux que de connaître des gens comme vous. Il y a deux jours, j'entre en ville et je tombe sur l'avenue de l'Est interdite à la circulation. Les sirènes des voitures de police n'arrêtaient pas de hurler. J'apprends qu'un haut fonctionnaire est en visite à Pékin et qu'il est interdit de traverser tant que le cortège officiel n'est pas passé. Je tire ma vache pour m'approcher d'un policier au visage grêlé qui braille : «Circulation interdite à quiconque, à plus forte raison à une vache !» «Camarade, je vais porter son lait à M. Zhuang Zhidie. – Zhuang Zhidie l'écrivain ? demande le policier. – Naturellement ! – Dis à ce M. Zhuang que je m'appelle Su et que je suis un de ses fans», s'écrie le policier en me saluant. Vous auriez vu mon air en traversant la rue ma vache à la main !

– C'est vrai? s'étonna Liu Yue.

– Pourquoi est-ce que je vous raconterais des bobards? s'indigna la marchande de lait.

Liu Yue, voyant Zhuang Zhidie sourire, s'écria :

– Oh, j'y pense soudain, j'ai oublié de vous dire quelque chose. Le deuxième jour de votre hospitalisation, Hong Jiang a téléphoné : quatre petites entreprises de quartier désireraient vous prendre comme conseiller. Le travail n'est pas très fatigant, il s'agit d'écrire une présentation de leurs produits et de faire un rapport sur leur activité pour mille yuans par mois.

– Hong Jiang s'acoquine avec le premier venu. Il est fichu de faire copain avec celui qui pisse à côté de lui. Je me demande bien ce qu'il peut faire de mon nom! Un conseiller?

– C'est ce que je lui ai dit. Il prétend qu'à l'heure actuelle les gens cultivés sont à la mode. Autrefois, les hordes de brigands séquestraient bien les secrétaires particuliers du *yamen*[1] pour leur servir de conseillers, maintenant les entreprises de quartier qui veulent s'enrichir ont compris le filon, elles cherchent un intellectuel de renom.

Liu Yue allongea soudain la main et écrasa avec force un taon sur le dos du professeur.

– Dire que c'est à vous que ce taon s'en prend alors qu'on est si nombreux, dit Liu Yue.

– Si cette petite bête n'est pas un passionné de littérature, c'est que c'est un chef d'entreprise quelconque! s'exclama Zhuang Zhidie.

Tout le monde éclata de rire.

À force de bavarder, il se faisait tard. Malgré sa jambe raide, Zhuang Zhidie s'allongea sous le ventre de l'animal pour téter son pis. Liu Yue, trouvant original de s'abreuver ainsi, voulut en faire autant. Elle s'apprêtait à se glisser sous son ventre, quand la vache lança quelques vives ruades et lui balaya méchamment le visage de sa queue. Effrayée, la jeune fille

1. Siège de l'administration dans la Chine ancienne. *(N. d. T.)*

s'esquiva si vite que son bracelet de jade tomba à terre et se brisa. Elle fondit en larmes : son ancienne maîtresse le lui avait offert contre un mois de salaire. Elle ramassa les morceaux et donna un coup à la bête. Zhuang Zhidie la rassura :

— Ce jade était très ordinaire. Il n'a pas dû coûter bien cher. Ma femme en a un, superbe, qu'elle ne met jamais, il lui est trop étroit, elle te le donnera.

Le sourire revint sur les lèvres de Liu Yue.

— Cette vache n'a aucun sens de la courtoisie, déclara la jeune fille, sans doute aviez-vous tous deux quelques affinités dans une vie antérieure pour qu'elle vous laisse sucer son pis sans bouger !

— Probablement ! Et toi, sans doute as-tu quelques dettes envers elle dans une vie antérieure pour qu'elle ait brisé ainsi ton jonc de jade ! répondit Zhuang Zhidie.

Cette phrase, dite en toute innocence, fit pourtant souci à Liu Yue qui, du coup, passa une journée morose. Inquiète, elle se demanda quelles vieilles rancunes la vache pouvait bien nourrir contre elle. Après le dîner, elle se rendit au pied des remparts où elle cueillit un plein panier d'herbes tendres et d'armoises, puis ramassa quelques criquets pour les donner à manger à la vache le lendemain.

— Liu Yue est si bonne, commenta Niu Yueqing, qu'il est tout naturel qu'elle soit venue partager notre vie. Je ne supporte pas de voir souffrir qui que ce soit. Lors d'un deuil, je pleure rien qu'en voyant le chagrin des membres de la famille. Si un mendiant se trouve devant ma porte et que je n'aie rien à lui offrir, je cours lui acheter des petits pains cuits à la vapeur. L'année dernière, au début de l'été lors des fortes pluies, trois journaliers qui venaient des montagnes du Sud, et qui étaient sans travail, s'étaient réfugiés sous l'auvent pour s'abriter ; je les ai invités à passer la nuit à la maison. Et mon mari ne cesse de se moquer de moi, prétendant que je me comporte en pauvresse.

— Mais pas du tout ! protesta Liu Yue, il y en a

beaucoup qui aimeraient bien être à votre place !
Même la marchande de lait, la mère Liu, le dit. Avec
votre visage, vos yeux, votre nez, vous avez tout l'air
d'une impératrice !

– Ce que mon mari veut dire, reprit-elle, c'est que
je suis condamnée à n'être qu'une pauvresse qui ne
sait pas profiter de la vie.

– Dans ce sens-là, il a raison, reprit la jeune fille.
Avant de servir chez vous, j'imaginais que vous man-
giez, à chaque repas, des mets raffinés. Mais je me
suis aperçue, en vivant avec vous, que vous vous
contentiez d'une nourriture encore plus ordinaire
que nous les campagnards.

– Notre alimentation est saine. Tout le monde sait
que le professeur Zhuang aime manger des nouilles
faites avec de la farine de maïs et des pommes de
terre sautées, mais personne ne sait que j'ajoute à
chacun de ses repas du ginseng en poudre de première qualité dans son bol.

– Vous n'avez aucun problème d'argent, dit Liu
Yue, et pourtant vous ne suivez pas la mode pour
vous habiller et vous n'avez pas le quart des produits
de beauté qu'utilisait mon ancienne maîtresse.

– Mon mari me le reproche aussi, avoua Niu, il
trouve que je ne suis pas assez chic et trop négligée.

– Ce n'est pas ce que je voulais dire ! s'écria Liu
Yue, mais une femme de votre âge doit faire un peu
de toilette. Vous êtes bien naturellement, il suffirait
de peu de chose pour vous mettre en valeur.

– Je déteste les modes, déclara Niu Yueqing,
aujourd'hui les cheveux coiffés ainsi, demain autrement, le visage maquillé comme un acteur de théâtre.
Mon mari prétend que je n'ai jamais changé. « Pourquoi changer ? lui ai-je dit. Toute ma vie, je me serai
sacrifiée aux tâches ménagères en épouse modèle. Si
je me donnais des airs de séductrice pour ressembler
à toutes ces femmes à la mode que l'on croise dans
les rues, si je passais mes journées à faire du lèche-
vitrines, à flâner dans les jardins publics, siroter un
café dans les cafétérias des hôtels de luxe, ou fré-

quenter les discos, tu ne pourrais pas te consacrer en paix à l'écriture chez nous. »

Liu Yue garda un bon moment le silence avant de reprendre :

– Avez-vous lu les livres de votre mari ?

– Certains, mais je n'arrive jamais à entrer dans l'histoire.

– Moi, je les ai tous lus, il excelle à décrire les femmes.

– C'est ce que tout le monde prétend. Il divinise la femme, en quelque sorte. L'année dernière, une rédactrice avec laquelle il a signé un contrat était aussi de cet avis. Elle le prenait pour un féministe. Tu parles !

– Je ne suis pas d'accord avec vous. Pour moi, c'est un grand portraitiste de la psychologie féminine. À mon avis, s'il sublime la femme, faisant d'elle un être superbe et bon, et s'il décrit ses personnages masculins comme des créatures candides, c'est parce que, tout en débordant de sentiments, il n'arrive pas à franchir un certain pas. Tout ne fait qu'exprimer son refoulement sexuel.

– Son refoulement sexuel ? (Niu Yueqing éclata de rire et pointa un doigt sur le front de la jeune fille.) Comment t'expliquer à toi, ma pauvre fille, qui n'es pas mariée et qui ne sais même pas ce qu'est l'amour ! Que sais-tu du refoulement sexuel ? N'en parlons plus ! Porte ta cueillette dans les toilettes et mets les herbes à tremper. Par la chaleur qu'il fait, si tu les laisses dans la cour sous le soleil, elles ne seront plus fraîches demain.

La jeune fille, une fois ses herbes placées au frais, revint.

– Madame, à propos de la vache justement, je me sens un peu troublée. Dans notre village, il s'est passé une histoire étrange. Lorsque le père de Zhang Laizi était de ce monde, sa situation financière était plutôt bonne. Il a alors prêté quatre-vingts yuans à l'oncle maternel de Zhang Laizi. Un jour, en creusant au cours de travaux de terrassement, le père est tombé et s'est tué. Zhang Laizi est allé trouver son oncle pour qu'il lui rende l'argent, mais ce dernier a prétendu qu'il n'avait aucune dette envers lui. Les deux hommes se sont querellés un bon moment, puis l'oncle a hurlé qu'à sa mort il se transformerait en vache s'il refusait d'honorer sa dette. À ces mots, Zhang Laizi ne demanda plus rien. En mars de cette année, la vache chez les Zhang mit bas. Aussitôt après la naissance du petit veau, un homme vint annoncer qu'un deuil avait frappé leur famille, son oncle maternel était mort. Zhang Laizi qui comprit que le veau était une réincarnation de son oncle fut saisi de terreur. Dès lors, il nourrit avec soin le veau, qui grandit et devint une vache. Mais jamais il ne la laissait labourer les champs ou tourner la roue du moulin. Un jour qu'il la menait au bord du fleuve pour se désaltérer, il croisa en chemin un paysan du village voisin qui portait au bout de sa palanche des jarres en terre. La vache refusa tout net d'avancer. « Pourquoi t'arrêter ainsi, mon oncle ? » demanda Zhang Laizi. L'homme s'étonna que Zhang appelle sa vache « mon oncle ». Zhang lui en donna la raison, l'homme qui connaissait l'oncle en question écrasa quelques larmes en apprenant sa mort. Incroyable ! La vache d'une ruade fit tomber les jarres qui se cassèrent en mille morceaux. Zhang Laizi se hâta de demander leur valeur, quarante yuans, répondit l'inconnu. Il voulut le dédommager, mais l'homme refusa. « Avant la mort de ton oncle, je lui avais justement emprunté cette somme, nos comptes sont réglés maintenant ! » Madame, aurais-je vraiment une dette envers cette bête pour qu'elle s'en soit prise à mon bracelet de jade ?

– Une dette ? Mais tu viens de la payer avec ce bracelet cassé ! Mon mari te l'a bien dit, mon jonc en jade ne me sert à rien, je te le donne.

Immédiatement elle le passa au bras de Liu Yue à qui il allait à ravir. Dès lors, Liu Yue releva souvent ses manches, dévoilant la blancheur de ses bras.

De bon matin, Liu Yue aida Zhuang Zhidie à se rendre devant la porte de la maison pour téter le pis de la vache. La jeune fille donna à manger à l'animal les herbes tendres cueillies la veille. Niu Yueqing était déjà partie au travail. Zhuang, tout en bavardant avec la mère Liu, regardait la vache ruminer son herbe. Liu Yue rentra la première dans la maison. Mais n'ayant rien à faire, elle s'assit dans le bureau du professeur pour lire. Depuis qu'il s'était installé ici après son accident, Zhuang Zhidie avait apporté un grand nombre de ses livres, mais aucune pièce d'antiquité, excepté la statuette en argile de la poétesse Tang qui trônait sur la table basse. Préoccupée par cette histoire de dette contractée dans une vie antérieure, Liu Yue repensait aux propos que les amis du professeur avaient tenus sur sa ressemblance avec la poétesse. Elle trouvait qu'il s'agissait là encore d'une sorte d'affinité prédestinée. Plongée dans sa lecture, elle ne remarqua pas que Zhuang Zhidie était entré avant qu'il se soit assis à son bureau pour écrire. Aussitôt, elle s'apprêta à sortir en toute hâte.

— Tu ne me déranges pas, lui dit-il. Lis ton livre pendant que moi j'écris.

Liu Yue se rassit. Mais elle n'arrivait plus à fixer son attention tant l'ambiance était agréable : elle lisait là dans son coin, le professeur écrivait juste à côté. Un peu intimidée, elle releva la tête et observa la statuette au sourire énigmatique qu'elle trouva plus vraie que nature. Elle s'admirait ! « Je ne lui tiens compagnie que le temps d'une lecture, toi pour l'éternité ! » murmura-t-elle doucement à la statue, une petite moue au coin des lèvres.

— Liu Yue, demanda Zhuang Zhidie, que disiez-vous toutes deux ?

— Rien, répondit-elle confuse.

— J'ai tout entendu, mais vous vous parliez sans doute avec les yeux !

— Cela ne doit pas être commode d'écrire quand on est dérangé, dit-elle, rouge comme une pivoine.

— Depuis que tu travailles ici, tous mes amis prétendent que cette jeune poétesse Tang te ressemble.

Elle est réellement animée par une âme, dès que j'entre dans cette pièce, j'ai l'impression qu'elle me regarde. Voici que maintenant j'ai une poétesse vivante en face de moi, comment me concentrer sur mon travail ?

– Vous trouvez vraiment que je lui ressemble ?

– Il ne lui manque que le grain de beauté au-dessus du sourcil, répondit-il.

Liu Yue tâta de sa main ses sourcils sans rien trouver.

– Ce grain de beauté n'est pas bien ? demanda-t-elle.

– C'est celui de la séduction, dit-il.

Liu Yue éclata de rire, puis ajouta, les yeux pétillants de joie :

– J'en ai un aussi sur le bras.

Inconsciemment il repensa à ceux que Tang Wan'er avait sur le corps. Il eut un moment de distraction. Liu Yue tout en parlant releva sa large manche de gaze jusqu'à l'épaule. La chair claire de son bras apparut à Zhuang aussi blanche que les longues racines du lotus. Il remarqua aussi une légère touffe de poils au creux de son aisselle lorsqu'elle leva le bras pour lui faire admirer le fameux grain de beauté.

– Mon Dieu, quelle merveille ! s'extasia-t-il en lui prenant le bras.

Il le colla contre son visage et l'embrassa à pleine bouche. Dehors, sous la fenêtre s'élevaient les cris de joie d'un groupe d'enfants qui jouaient au cerf-volant.

*

La vache, qui regardait Liu Yue lui tendre l'herbe par brassées, laissa couler une larme pour lui témoigner sa reconnaissance. En son for intérieur, l'animal était sûr de connaître cette jeune fille, et cette vieille maison à cour carrée aussi. Elle avait l'impression de les avoir déjà rencontrées, l'une et l'autre, quelque part. Elle se souvint brusquement que, dans un autre monde où elle était déjà une vache, elle faisait partie des treize bêtes de somme chargées de transporter l'eau douce du puits qu'abritait cette maison. À cette époque-là, Liu Yue était un chat. Un jour, les treize vaches partirent chacune de leur côté porter leur charge. Elles distribuèrent au total cinquante-deux seaux d'eau contre cent quatre jetons. Mais ce chat profita d'un petit somme de son maître pour dérober dans sa gueule deux jetons qu'il emporta au pied de la muraille, s'amusa avec et les perdit. Résultat, son maître et la vache furent punis : la vache, vendue et emportée dans le fin fond des montagnes du Sud, se réincarna en vache et resta dans les montagnes. Le chat, quant à lui, se fit attraper par gourmandise. Quelqu'un l'attira avec un poisson et l'enleva. Il finit dépecé en écharpe pour l'hiver pour un campagnard du Shaanxi. La rumination chez la vache est une sorte de réflexion qui diffère de celle qu'on connaît chez l'homme. Elle peut être à contre-courant du temps et de l'espace. Elle peut, même si elle n'en a qu'une idée confuse, attacher de l'importance à des images très anciennes. À cause de cette différence, la vache a des connaissances plus vastes que celle de l'homme, elle n'a nul besoin d'étudier. L'homme, en revanche, dès sa naissance est un ignorant total, il ne sait rien faire d'autre que boire ou manger et doit donc se cultiver pour acquérir la pensée qu'il ne maîtrise qu'à la fin de sa vie, lorsque sa mort est proche. Les hommes se succèdent et avec eux de nouvelles ignorances. La vache voudrait bien raconter à l'homme les histoires du passé, mais impossible puisqu'elle ne possède pas le don de la parole. Si l'histoire se renouvelle, c'est précisément parce que l'homme n'a aucune mémoire du passé. Inévitablement l'homme pousse un long soupir en feuilletant les Annales à reliure traditionnelle entoilée de bleu. Il ne peut s'empêcher de constater : « Quelle répétition surprenante que l'histoire ! » Dans son for intérieur, la vache se moque de l'homme qu'elle trouve pitoyable.

*

Maintenant que la vache s'était restaurée, la mère Liu tira sur sa corde. Elles quittèrent la maison et s'enfoncèrent dans la ruelle. Tout en balayant de sa queue les taons qui la dévoraient, la brave bête continuait malgré elle sa méditation. Depuis qu'elle vivait sur cette terre, songea-t-elle, elle avait toujours été une bête dans les montagnes reculées du Sud. Même si elle était venue dans cette capitale historique pour un certain temps, tout lui était inconnu. Qu'est-ce que la ville finalement ? Rien d'autre qu'un tas de ciment. Les citadins se plaignent tous de l'accroissement de la population urbaine, du manque de place et de l'étroitesse du ciel. Pourtant, aucun ne veut quitter la ville par les quatre portes pour retrouver la campagne qu'ils ont abandonnée autrefois. L'homme est-il méprisable ? En construisant les villes, l'homme a construit sa cage. La montagne possède ses démons, l'eau ses mauvais esprits, et la ville ? Tout le monde connaît dans les villages ou les bourgs le prénom des vieillards, tout le monde reconnaît dans les campagnes à qui appartient le poulet qui traîne sur l'aire de battage ! En revanche, à la ville, on habite dans un appartement. Une fois rentré chez soi, on ferme sa porte et aussitôt on se retrouve seul, personne ne s'intéresse à vous. Dans les rues et les venelles, la foule est si nombreuse que l'on inspire l'air que votre voisin vint juste d'expirer. Dans les bus, on est entassé comme des sardines, au cinéma on est écrasé les uns sur les autres, pourtant on vous dévisage avec des yeux ronds d'inconnu. C'est un peu comme une poignée de sable qu'on laisse couler, les grains se dispersent. Plus on essaie de les réunir en les mélangeant avec de l'eau, plus ils s'éparpillent. Ceux qui habitent en bord de mer ou le long d'un fleuve viennent comme par hasard se baigner dans les lacs artificiels des jardins publics ; ceux qui vivent à la montagne ou dans des régions escarpées viennent également, comme par hasard, escalader les rochers artificiels des jardins

219

publics. Ridicules ces constructions de ciment qua-
drilatérales, ovoïdes ou trapézoïdales toujours entourées par quatre hautes murailles d'enceinte. La plupart
des gens souffrent de problèmes cardiaques, gas-
triques, pulmonaires, hépatiques ou nerveux alors
qu'ils se préoccupent d'hygiène à chaque instant,
portent un masque sur la bouche, créent des savons
pour se désinfecter les mains et les pieds, développent la pharmacothérapie, se brossent les dents sans
cesse, se couvrent le sexe de préservatifs. Ils étudient
sans fin, se réunissent sans cesse et concluent à une
réduction de la population. Ils préconisent donc la
fabrication d'une bombe lourde destinée à tuer l'humanité, à l'exception d'eux-mêmes et de leurs proches.

La vache sourit. Pour elle, rire signifiait éternuer à
plusieurs reprises et chaque jour elle émettait ces éter-
nuements répétés. La vache poursuivit ses réflexions
car, lorsqu'elle se mettait à raisonner, elle ne s'arrêtait plus. Parfois, elle se hasardait à penser qu'elle ne
comprenait ni les hommes ni cette ville où ils s'entassaient. Était-ce parce qu'elle-même n'était pas un
être humain qu'elle ne figurait pas sur le registre
d'état civil de cette ville ? Elle n'était en fait rien
d'autre qu'une bête au sang bouillonnant de sauvagerie. Pourtant, elle était convaincue que, lors du chaos
originel, la planète n'était peuplée que de monstres
dont l'homme faisait partie. En ce temps-là, régnait
une égalité parfaite entre l'homme et les animaux.
Maintenant la race humaine était aussi féconde que
les mouches, les moustiques ou les rats, la seule différence entre elle et les autres bêtes résidait dans la
construction des villes. Le plus lamentable c'était justement la construction des villes par les hommes ;
villes qui les avaient corrompus, les avaient rendus
égoïstes, mesquins. Leurs ongles mous ne leur servaient plus qu'à se curer les oreilles ; leur intestin était
tout rétréci une fois l'appendice retiré. Ils méprisaient souverainement tous les animaux sans savoir
que ces derniers les épiaient en silence des montagnes, des forêts, des fleuves et des rivières, et qu'ils

auraient à les affronter sous peu lors de la fin du monde ! La vache pressentait aussi la disparition totale de la ville dans le futur. La nuit, elle avait observé que la ville sombrait. La raison ? Chaque jour les réserves en eau de la ville étaient grandement attaquées ; les hommes exerçaient avec leurs constructions un mouvement de pression sur l'écorce terrestre. Mais ils ne s'en doutaient absolument pas. Ils continuaient allégrement d'entasser leur béton, de puiser dans les nappes phréatiques, asséchant les réserves naturelles, caractéristiques géographiques de Xijing. Regardez l'inclinaison de la pagode de la Grande Oie ! C'était un indice irréfutable. Le jour où la ville s'effondrera, si elle est emportée par les eaux du fleuve Jaune, l'endroit deviendra un gigantesque marais ou une ruine envahie par des herbes sauvages. À ce moment-là, et à ce moment-là seulement, l'homme comprendra sa faute. Il deviendra soit une tortue molle flottant entre deux eaux, soit un bovin ruminant l'herbe folle. Il saisira enfin que, sur cette terre, la sauvagerie est la même pour tous et il devra s'intégrer dans une autre existence.

À force de penser, la vache sentit son cerveau se fatiguer. Bien qu'elle marchât d'un air distrait le long des rues, elle se prenait pour un philosophe et en éprouvait le plus grand plaisir. Mais elle regrettait amèrement que Dieu ne lui ait donné qu'une intelligence limitée, car ses pensées s'embrouillaient, se compliquaient et, dès qu'elle réfléchissait trop longtemps, elle avait mal à la tête. Il lui arrivait même d'affabuler complètement et, dans son subconscient, de s'imaginer tirant une charrue, une charrue émoussée de l'époque des Han occidentaux ou des Tang. Prisonnière au milieu des voitures qui ressemblaient à des bouseux, elle regardait perplexe les talons de chaussures bouger sans cesse sous ses yeux sans trouver de champ à labourer. Elle soupira sur son manque d'intelligence et ses divagations involontaires. Elle longeait le long mur d'enceinte d'un jardin public, toujours tenue en laisse par la mère Liu, lorsqu'elle tourna la tête pour manger des épines de jujubes sauvages qui poussaient au pied. L'homme mangeait des piments pour leur goût pimenté, la vache des épines pour leur côté piquant. La vieille, en colère, se mit à lui administrer des coups de bâton sur la croupe pour la faire avancer.

*

Niu Yueqing constata que l'état de santé de son mari ne s'améliorait pas depuis son accident. Elle lui changeait chaque jour son bandage et lui imposait l'immobilité. Elle ordonna à la mère Wei, gardienne de la résidence, et aux voisins de la Maison de la Double Bienveillance de dire à quiconque désirait voir le professeur Zhuang qu'il n'était pas chez lui et de ne donner sous aucun prétexte l'adresse exacte. Puis elle recommanda à Liu Yue, sous le sceau du secret, de décrocher le combiné du téléphone pour éviter qu'on le dérange. Il échappait ainsi à tous. Le pauvre Zhou Min était sur des charbons ardents de ne pouvoir le joindre. Cet après-midi-là, il vint trouver Niu Yueqing pour la mettre au courant de la situation. Le Bureau de la Culture, après avoir étudié les trois conditions imposées par Jing Xueyin, avait décidé qu'il devait, ainsi que toute la rédaction, présenter ses excuses à l'offensée. Il s'était donc rendu, accompagné de Li Hongwen, dans le bureau de Jing Xueyin qui n'avait levé la tête que pour prendre son vernis à ongles et terminer sa manucure. Puis elle avait levé la tête une seconde fois, sans dire un mot, en agitant les doigts. Zhou Min était parti en crachant par terre. Li Hongwen en avait rendu compte au chef du Bureau de la Culture. « Si elle vous a reçu avec tant d'indifférence, c'est son problème, avait dit ce dernier. Nous pouvons passer outre la première et la troisième de ses conditions, mais la seconde, impossible. Rédigez le texte de la déclaration et montrez-le-moi. » Zhou Min avait donc voulu soumettre son papier au professeur Zhuang pour savoir ce qu'il en pensait. Mais il s'était fait jeter de l'hôtel de la Capitale Antique lors de la réunion des députés. Le lendemain matin, c'était déjà trop tard, il lui avait fallu remettre son projet aux autorités supérieures. Le directeur du Bureau de la Culture l'avait communiqué à Jing Xueyin qui, refusant son accord, avait déploré le choix de termes ambigus et avait exigé que soient portées les deux mentions «graves mensonges, calomnies perverses». Zhou Min et Zhong Weixian s'y étaient opposés, mais chacun avait campé sur sa position. Finalement le directeur du Bureau de la Culture avait transmis l'article au ministère de la Propagande, dont on attendait le verdict. Zhou Min s'était rendu plusieurs fois à la résidence de l'Association des écrivains, ainsi qu'à la Maison de la Double Bienveillance, mais la gardienne lui avait systématiquement répondu que le professeur était absent. Il avait également téléphoné ici et là-bas, mais c'était toujours occupé. Il avait fini par se demander si oui ou non Zhuang Zhidie s'intéressait encore à l'affaire. Il était célèbre, avait des relations, mais s'il choisissait de s'en laver les mains, le résultat serait catastrophique pour Zhou Min qui forcément se ferait injurier de retour chez lui.

*

Tang Wan'er ne voyait pas les choses comme son mari. Très inquiète, elle s'était rendue plusieurs fois à l'hôtel de l'Ancienne Capitale, se demandant si le pot aux roses n'avait pas été découvert. Auquel cas Niu Yueqing devait déjà être au courant, ce qui expliquait que Zhuang Zhidie les évitât, Zhou Min et elle. Elle se souvenait du soir où elle l'avait attendu, fantôme invisible, dans la chambre 703. Mais Zhuang Zhidie n'était pas venu. Elle avait patienté une demi-heure, puis avait fait les cent pas dans le couloir avant de descendre dans une ruelle derrière l'hôtel pour surveiller la lumière de la troisième fenêtre. Mais, à force de rester plantée là pendant plus de deux heures, elle avait eu mal aux pieds et au cou. Découragée, elle était partie. Zhuang Zhidie savait pourtant qu'elle viendrait au rendez-vous, alors pourquoi n'était-il pas là ? Leur liaison aurait-elle été découverte ? Niu Yueqing serait-elle venue rechercher son mari de force ? Sans doute le personnel de l'hôtel retrouvant, en faisant la chambre, des petits poils bouclés ou de longs cheveux dans les draps et dans la baignoire, avait parlé. Le cœur triste, épuisée, elle n'était pas sortie de chez elle durant plusieurs jours. Elle passait ses journées à lire, de son lit à son canapé. Elle lisait un recueil de textes de belles lettres anciennes qui réunissait les *Six récits d'une vie fugitive* de Chen Sanbai, les *Notes sur la maison en bambou* de Mao Bijiang, qui relatait ses amours avec Dong Xiaowan, et enfin des extraits des *Notes dispersées écrites dans l'oisiveté* de Li Yu. Elle avait commencé par ce dernier et apprit que le plus important pour une femme était d'avoir du «charme» : une femme relativement belle l'était dix fois plus si elle en avait. Une femme belle mais sans charme n'était rien. Ce «charme» était à la femme ce que les flammes sont au feu, la lumière à la lampe, l'éclat aux perles. Elle relut le passage plusieurs fois. Elle venait de comprendre : ce charme n'était-il pas ce que maintenant on appelait la personnalité ? Elle était bien persuadée de faire partie de ces femmes qui ont de la «personnalité». Elle se plongea ensuite dans la lecture des récits amoureux de Mao Bijiang et adora le personnage de Dong Xiaowan. Elle ne put s'empêcher de constater que c'était un auteur de talent, tout comme Zhuang Zhidie, mais que lui était, de surcroît, un amant passionné ! Pourquoi Zhuang Zhidie ne lui ressemblait-il pas ? En revanche, elle, elle était une seconde Dong Xiaowan ! Il existe parfois sur terre des coïncidences surprenantes. Ne se prénommait-elle pas aussi Wan ! Elle tourna alors brusquement la tête, elle eut l'impression qu'une Dong Xiaowan s'approchait d'elle doucement. Elle ne put retenir un sourire gracieux. Puis elle contempla le poirier par la fenêtre, et songea combien l'arbre était beau au printemps tout en fleurs blanches, ou encore l'hiver, couvert de neige. « Moi dans ma chambre j'écoute le bruit de la neige qui tombe, lui piétine la neige de l'autre côté du mur. » Mais c'était l'été. Ni fleur ni neige, quelques rares feuilles chétives pendaient de l'arbre, aussi tristes que sa pauvre vie. Son rêve passé, elle se replongea dans sa lecture. Il était question de pluie. Elle se leva pour aller dans la cour où une bruine fine tombait en chuchotant. Elle s'obstinait à croire que le poirier était l'incarnation de Zhuang Zhidie. Aurait-il été planté là pour veiller sur elle ? Elle enlaça son arbre avant de retourner dans sa chambre. Une goutte de pluie s'écrasa sur son livre ouvert.

Ses journées se passaient ainsi. Le soir, Zhou Min tardait toujours à rentrer. Wan'er entendait la cloche du Temple de la Vacuité Pure, juste derrière chez elle, sonner dans la nuit. La vitre cassée avait été bouchée avec du papier que le vent avait enlevé. Il sifflait avec fracas. Un soir, soudain, elle trembla de peur, elle avait l'impression que Zhuang Zhidie faisait les cent pas devant la porte d'entrée. Elle se hâta d'enfiler une paire de claquettes et se précipita dehors. Elle se dirigea vers la porte qu'elle ouvrit. La rue était d'un calme absolu, pas âme qui vive. Elle scruta les ténèbres un bon moment, avant de comprendre qu'il ne s'agissait que du vent. Elle rentra comme un automate, prenant conscience que Zhuang Zhidie n'était pas venu depuis longtemps, très longtemps. Peut-être ne reviendrait-il plus jamais. Elle sanglota, se lamenta sur son triste sort. Elle ne parvenait pas à se dominer. À cette peine s'ajoutait le chagrin de ne pas avoir son fils auprès d'elle. Elle s'était toujours efforcée de ne pas y songer, mais cette fois-ci, ce sentiment si longtemps refoulé surgit brusquement. Elle pleura à chaudes larmes. Elle s'aperçut tout à coup que dans trois jours son fils fêterait ses trois ans. Indifférente au retour de Zhou Min, elle sortit de nouveau, appela un cyclo-pousse et lui donna trois yuans pour qu'il l'emmène à la poste centrale d'où elle enverrait un télégramme à Tong Guan pour souhaiter un joyeux anniversaire à son fils. Elle pleura sur le chemin du retour, puis se coucha sitôt rentrée.

Zhou Min revint tard dans la nuit. Ne voyant aucune lumière, le poêle éteint et la marmite froide, il fut étonné et demanda à sa femme ce qui se passait. Il constata, en allumant, que ses yeux étaient aussi enflés que des pêches blettes. Il remarqua aussi le récépissé de la poste, sous l'oreiller, à son ancienne adresse à Tong Guan. Il exigea de savoir ce que cela signifiait. La colère monta en lui, il ne put se dominer et gifla Tang Wan'er. Elle bondit de son lit, nue comme un ver, et se jeta sur lui pour lui arracher les cheveux.

– Bats-moi ! Vas-y, frappe-moi ! hurla-t-elle. Cet enfant est si petit et il n'a même pas sa mère pour fêter son anniversaire ! Est-ce un crime que de lui avoir envoyé ces quelques mots ?

– Tu es devenue complètement folle ou quoi ? cria Zhou Min. Tu as une cervelle de moineau, ma parole ! Tu sais que tu vas nous foutre dans la merde avec ce télégramme ! Quand il le recevra, il verra naturellement d'où il a été envoyé. Tu tiens vraiment à ce qu'il sache où nous trouver.

– Tu parles d'une affaire, Xijing est une capitale immense ; c'est chercher une épingle dans une meule de foin !

Elle regarda dans le miroir sa joue tuméfiée et griffée. Elle se rua à nouveau sur lui pour lui tirer les cheveux.

– Tu parles d'un héros ! gémit-elle. Tu as peur qu'il vienne me chercher. Tu n'es qu'un poltron ! Un trouillard ! Tu as tant de courage que tu t'es sauvé comme un voleur après m'avoir enlevée ! Je suis réduite à mener une vie minable, vas-y, frappe-moi ! À Tong Guan, il n'a jamais osé lever le petit doigt sur moi. Tu es tellement bon, vas-y, tue-moi, qu'on en finisse.

Zhou Min, en voyant le visage tuméfié de sa femme, regretta de s'être laissé emporter avec tant de violence. Il s'agenouilla, passa ses bras autour de ses jambes et la supplia de lui pardonner. Il prit sa main pour se gifler. Elle fondit en larmes. Il essuya ses pleurs, puis se releva et l'embrassa. Il se mit à la chatouiller. Il ne se sentirait réellement pardonné que lorsqu'elle rirait de nouveau. La jeune femme ne put effectivement retenir un éclat de rire. Zhou Min, rassuré, alla à la cuisine lui préparer un bol de riz qu'il lui apporta. Elle le mangea et ils s'endormirent comme si rien ne s'était passé.

*

Zhuang Zhidie s'ennuyait à mourir. Il avait l'impression qu'une ombre sans forme planait au-dessus de lui. Sa colère grondait, mais ne parvenait pas à sourdre. Il détestait être cloué chez lui et ne pouvoir sortir pour se distraire, pour bavarder avec ses vieux amis. Il passait ses journées à lire, sans même se souvenir de ses lectures, et à taquiner Liu Yue. Ils avaient d'ailleurs, entre eux, dépassé les limites des rapports professeur-employée de maison. Il l'invita à chanter un chant folklorique du Shaanxi, intitulé « Prends ma main ».

> *Prends ma main, j'embrasserais ta bouche ;*
> *Main dans la main, bouche contre bouche ;*
> *Nous escaladons le mont Yi.*

Il l'écouta, ravi. Mais elle s'enfuit, le visage tout rouge, dans la chambre de la vieille Dame où elle s'enferma. Clopin-clopant, il la rejoignit, mais la porte résista.

– Liu Yue, Liu Yue, chante-moi cette chanson !

– Non, elle est stupide, répondit-elle derrière la porte.

– Soit, mais ouvre-moi.

– Professeur Zhang, s'écria-t-elle, vous vous moquez de moi parce que je chante mal.

– Mais pas du tout !

Il s'acharna contre la porte. Liu Yue poussa en silence le verrou. Il enfonça de toutes ses forces la porte qui céda ; il tomba par terre, heurtant son pied qui lui fit très mal. Il grimaça de douleur. Effrayée, la jeune fille s'accroupit, l'assurant, avec gravité, que tout était sa faute, que sa maîtresse dès son retour s'en prendrait à elle et la chasserait. Il lui pinça les fesses et la rassura :

– Elle n'en saura rien ! Tu ne seras pas renvoyée, je m'y opposerai !

Puis il l'attira à lui. Elle chancela, manquant de l'écraser. Elle se retrouva assise sur son cou, son bas-ventre face au visage du professeur. Sur le moment, elle se sentit à la fois gênée et affolée.

– Nous sommes bien comme ça, laisse-moi te regarder !

Sous l'ample corsage, Zhang Zhidie découvrit deux seins, bien ronds et laiteux, aux mamelons petits et rouge sombre comme des fèves.

– Tu ne mets pas de soutien-gorge ? dit-il.

Il passa sa main sous le corsage de la jeune fille qui détourna la tête en résistant.

Ici l'auteur autocensure vingt-cinq caractères.

– Vous n'avez donc personne, pour jeter votre dévolu sur une campagnarde ? lui demanda-t-elle. Sachez que je suis vierge !

Elle écarta sa main, et se releva pour aller à la cuisine préparer le repas. Zhuang Zhidie, toujours allongé par terre, le visage cramoisi, se demandait comment, par ennui, il avait pu se jeter sur elle. Il en était honteux. Puis il l'entendit chanter dans la cuisine :

> *Le gros fruit rouge, on l'a pelé.*
> *Les gens disent que c'est moi et toi,*
> *En fait ce n'est pas vrai*
> *L'honnête homme défend son honneur.*

Le soir avant de s'endormir, Zhuang Zhidie et son épouse échangèrent des banalités quotidiennes. Ils en vinrent tout naturellement à parler de Liu Yue.

– Pourquoi aujourd'hui Liu Yue portait-elle mes chaussures neuves ? demanda Niu Yueqing. Je ne m'en serais pas aperçue, si elle ne s'était pas précipitée pour les changer en me voyant arriver, le visage rouge comme une pivoine.

– C'est moi qui le lui ai proposé. Ce matin elle a lavé les siennes et n'avait rien à mettre pour aller faire les courses. Elle avait dû oublier de les retirer et s'en est souvenue en te voyant. Tu as tant de paires de chaussures que tu pourrais lui donner celle-là.

– Achetons-lui-en une paire neuve, celles-ci ont beau n'avoir que quinze jours, si on les lui donne, elle aura l'impression qu'on lui fait cadeau de choses déjà usées.

– Tu penses à tout ! Demain je lui donnerai l'argent nécessaire.

– Parfait ! Je voudrais aussi te parler d'une affaire qui me tient à cœur. Ce matin, en me rendant à la librairie, je suis passée par la confiserie de la rue des Barrières-de-Bambous voir ce qu'ils avaient de bon. La vendeuse m'a dévisagée. « Vous êtes bien la femme de l'écrivain Zhuang Zhidie, n'est-ce pas ? » J'acquiesce et lui demande pourquoi. Elle avoue nous avoir vus tous les deux en photo dans une revue et reprend : « Vous avez bien engagé une nouvelle bonne ? – Oui, une jeune fille du Shaanxi, prénommée Liu Yue, fraîche et jolie, personne ne croirait que c'est une paysanne. – C'est une belle petite garce ! m'assure-t-elle. – Qu'est-ce qui vous fait dire ça, elle vous doit de l'argent pour des bonbons ? – Pas du tout, mais avant elle travaillait chez moi, et elle m'a bien eue ! » On sentait la haine au travers de ses mots. « Elle m'avait été recommandée par le marché de la main-d'œuvre pour s'occuper de mon enfant. Je ne sais comment elle a su que vous cherchiez quelqu'un, mais elle m'a fait une comédie terrible pour partir. Je ne pouvais pas la retenir de force, je lui ai juste demandé de patienter jusqu'à ce que je trouve une autre employée. Elle n'en a fait qu'à sa tête. Le soir, en rentrant, j'ai trouvé mon gamin seul à la maison, braillant. Elle avait filé en me laissant un mot sur la table ! Elle s'est jetée sur votre célébrité et je me suis retrouvée pendant quinze jours à m'occuper de mon gamin, sans gagner un sou. Elle m'a coûté plus de deux semaines de gages. » Je n'ai rien répondu. Faut-il la croire ou pas ? Qu'en penses-tu ?

– Liu Yue n'est pas aussi mauvaise que cette femme le prétend, je crois au contraire que celle-ci a regretté son départ car Liu Yue était trop bien. Du coup elle se venge par jalousie et essaie de semer le doute dans notre esprit.

– C'est aussi ce que je me suis dit, mais avoue qu'elle est quand même jolie, rapide et habile, en un mot elle sait plaire. Que je la traite bien, c'est mon affaire, mais toi, ne te laisse pas aller à des familiarités avec elle !

– Si tu veux, demain, je la congédie !

– Tu sais parfaitement que je ne tiens pas à la perdre.

Elle se tortillait dans tous les sens car elle aurait bien aimé, dit-elle... Zhuang Zhidie la repoussa ; avec sa cheville tordue, elle voulait donc l'achever ! Niu Yueqing lui donna un léger coup de pied :

– Souviens-toi, lui dit-elle, n'essaie pas de me rouler !

Elle s'allongea sur le ventre et s'endormit.

*

Le lendemain, en arrivant à son travail, Niu Yueqing reçut un coup de téléphone de sa cousine à qui elle demanda naturellement des nouvelles de sa mère. La cousine assura qu'elle se portait fort bien. Elle commençait sa journée par un bol de bouillie de riz clair mélangée de moitié avec des fèves rouges et au déjeuner elle n'avalait qu'un demi-bol de riz mais se laissait aller sur les légumes. Les trois poissons que son mari avait pêchés l'autre jour dans la rivière Wei, les enfants n'y avaient pas eu droit, seule la vieille tante en avait mangé. Le soir, elle prenait deux œufs battus avec un verre de lait frais. À ce régime, elle avait grossi. Sa seule inquiétude concernait sa jarre de vinaigre que personne ne remuait. Aussi lui avait-elle recommandé d'insister auprès de sa fille pour qu'elle ne couvre surtout pas la jarre, sinon le vinaigre serait gâté. Elle se plaignait aussi de ne pas avoir de magnétophone pour écouter des airs d'opéra.

– C'est vrai, elle adore écouter cette musique, répondit Niu Yueqing, dans sa jeunesse elle allait souvent au théâtre. Qu'elle ne s'inquiète pas pour son vinaigre, il ne s'abîme pas.

Puis elle ajouta en passant quelques mots sur l'accident de son mari. Un des dirigeants de son unité de travail partait justement pour cette région des bords de la Wei acheter de la viande de mouton fraîche à un prix intéressant pour les travailleurs. Niu Yueqing courut à la résidence de l'Association des écrivains prendre un petit magnétophone de poche et deux cassettes d'opéra qu'elle remit au messager pour sa mère. Mais lorsqu'elle repassa ensuite par leur Maison de la Double Bienveillance, la vieille Dame était déjà revenue. Niu Yueqing s'étonna. Après avoir raccroché le téléphone, la cousine, sans réfléchir, avait mentionné l'entorse de son gendre. La vieille Dame avait alors exigé de rentrer sur-le-champ. La cousine avait dû se résigner à prendre l'autobus pour la raccompagner. Sitôt de retour, la vieille Dame examina le pied sans faire le moindre commentaire. Elle pesta simplement contre Liu Yue, jugeant que les couettes étaient mal pliées, que le vase sur la table n'était pas à son endroit habituel, que les fleurs sur la fenêtre avaient beaucoup trop d'eau et pour finir trouva à redire sur les deux toiles d'araignée qui avaient été retirées à l'angle du plafond. La jeune fille n'osa rien répondre. Le soir, Liu Yue partagea la chambre de la vieille Dame qui, selon son habitude, se coucha dans son cercueil et se mit à divaguer en pleine nuit. Au début, la jeune fille pensa qu'elle lui parlait. Elle fit semblant de dormir, sans lui répondre. Mais la vieille Dame parlait de plus en plus, comme si elle se querellait avec quelqu'un. Par moments, elle se radoucissait, se montrant persuasive, puis sa colère reprenait, elle vociférait alors de plus belle. Elle s'en prit même à son oreiller. Liu Yue, terrifiée, alla frapper à la porte de la chambre de ses patrons. Zhuang Zhidie et Niu Yueqing se réveillèrent. Ils demandèrent à la vieille Dame si elle ne faisait pas un cauchemar.

– Vous les avez fait partir avec vos cris, rétorqua la vieille Dame.

– Qui ? demanda Niu Yueqing.

– Comment le saurais-je ? répondit sa mère, à l'instant j'ai vu entrer quelques hommes, un bâton à la main, pour taper sur la jambe de Zhidie. D'où venaient-ils pour battre mon gendre sans raison ?

– Elle divague complètement, dit Niu Yueqing.

La jeune fille, pâle comme une morte, tremblait de peur.

– Mère, arrête de raconter n'importe quoi, grommela sa fille, tu nous terrifies avec tes histoires de revenants.

– Laisse-la parler ! intervint Zhuang Zhidie.

Puis se tournant vers sa belle-mère, il dit :

– Mère, avez-vous réussi à les intimider tous ?

– Ce sont tous de mauvais démons, comment veux-tu qu'ils m'écoutent ? Demain tu iras au Temple de l'Immanence et tu demanderas aux moines de nous donner deux amulettes. Actuellement, la ville est infestée de ces maudits fantômes, seuls les moines en viennent à bout. Lorsque tu auras les amulettes, colles-en une sur le chambranle de la porte, et brûle l'autre. Ensuite tu mettras les cendres dans de l'eau que tu boiras, ton pied ira mieux.

– J'irai demain au temple, dormez en paix, la rassura Zhuang Zhidie.

Liu Yue refusa de partager sa chambre, elle s'installa sur le canapé au salon.

*

Le lendemain, Niu Yueqing se rendit à son travail comme d'habitude. Liu Yue avait les yeux boursouflés, témoins de sa nuit d'insomnie. Elle prépara le lait, les biscuits et le thé. La vieille Dame farfouilla dans ses vieilleries. Liu Yue s'en alla bavarder avec Zhuang Zhidie dans son bureau. Dès que sa belle-mère les entendit discuter, elle pencha la tête et, en regardant par-dessus ses lunettes de presbyte, rappela à son gendre de ne pas oublier de se rendre aujourd'hui au Temple de l'Immanence.

Après être passé par les toilettes, Zhuang revint s'asseoir dans le salon et regarda Liu Yue accrocher un rideau propre à la porte de la cuisine. Elle portait les chaussures à talons hauts achetées avec l'argent qu'il lui avait donné la veille. Mais sans bas, ce qui avait un certain charme. Elle avait un pantalon noir et court qui moulait son corps si bien que lorsqu'elle leva les bras pour clouer le tissu sur l'encadrement, sa taille se dessina joliment.

– Liu Yue, tu mets tes chaussures pieds nus ?

– Je n'ai pas de poils aux jambes, dit-elle affairée.

– Le bout pointu ne te blesse pas ?

– J'ai le pied fin.

– Ma femme a des pieds beaucoup trop gros. Dès qu'elle porte une paire de chaussures plus d'une semaine, elles sont toutes déformées. Ce n'est encore rien, comparé à certaines de nos amies. Xia Jie, par exemple, est celle qui a les pieds les plus laids. Elle ne supporte pas les chaussures à talons à cause de son cor sur son gros orteil. As-tu remarqué ? Lorsqu'elle est assise, jamais elle n'allonge ses pieds devant elle.

Liu Yue leva un pied pour l'observer. Zhuang Zhidie l'attrapa au passage, le colla contre son visage et, fronçant le nez, renifla l'odeur du cuir et le parfum de Liu Yue. Ayant toujours les mains en l'air pour accrocher le rideau, elle se dépêcha de reposer son pied. Le baiser la chatouilla à tel point qu'elle en rougit. Zhuang fit mine de ne rien avoir remarqué en déclarant tout bonnement que le modèle n'était pas mal. Ce qui apaisa Liu Yue.

– Pour un homme, dit-elle, vous prêtez beaucoup d'attention aux pieds des femmes, à leurs chaussures ! Qui croirait chose pareille !

– Cultiver un champ, c'est aussi travailler les bordures ; laver une poêle, c'est aussi récurer les bords. La beauté d'une femme se remarque à sa tête et à ses pieds. Tu peux être vêtue comme une souillon, si tes souliers sont jolis, tu es sauvée. Tang Wan'er a compris les canons de la beauté féminine. Elle met en valeur ses cheveux, qui par nature sont beaux, longs, épais, denses, avec de légers reflets blonds, et ne se coiffe jamais pareil. Pourquoi attaches-tu toujours les tiens en queue de cheval ?

– Vous voulez vraiment savoir pourquoi ? Tout simplement parce que je n'ai pas de sac à main ! L'été, je porte des jupes courtes et des blouses sans poche. Pour m'éponger lorsque je sors je me sers du mouchoir qui attache mes cheveux. C'est commode.

– Il fallait le dire ! Je vais te donner de l'argent pour t'acheter un petit sac. Je comprends maintenant, les femmes que je croise dans la rue ne mettent pas d'argent dans leur bourse comme je l'imaginais, mais mouchoirs, Kleenex ou maquillage !

Liu Yue éclata de rire. La vieille Dame qui les écoutait posa de nouveau la même question :

– Zhidie, quand iras-tu au Temple de l'Immanence ?

– J'y vais, j'y vais, lui répondit-il en faisant un clin d'œil à Liu Yue.

Il ne comprenait vraiment pas pourquoi sa femme avait parlé de son accident à sa mère qui, du coup, était revenue. Sans doute craignait-elle qu'il s'ennuie à passer ses journées seul à bavarder avec Liu Yue. Il décida de téléphoner à Meng Yunfang pour lui demander d'aller à sa place au Temple de l'Immanence chercher la paire d'amulettes. C'est alors qu'il découvrit que le combiné était mal raccroché.

– Je me demandais pourquoi depuis que je suis enfermé ici je ne recevais plus aucun coup de téléphone. Liu Yue, c'est toi qui as fait ça ?

Elle lui dit la vérité, toute la vérité, révélant que c'était une idée de sa femme.

– Me reposer ! Me reposer ! (Il était fou furieux.) Elle n'avait qu'à me faire enfermer dans une prison !

– J'étais bien obligée d'obéir à Madame.

– Lui obéir ! Elle n'aurait été tranquille que si je m'étais brisé les deux jambes !

– C'est injuste de dire cela, ça partait d'un bon sentiment.

– Elle est tout juste capable de s'occuper de mes repas et de mon habillement, mais jamais elle ne comprendra que l'être humain a une âme. Elle est mesquine et se méfie de tout le monde.

– Même de moi ?

Zhuang Zhidie ne répondit rien, il regagna son bureau en se cramponnant aux murs. Il s'assit, seul, hors de lui.

*

Meng Yunfang arriva dans l'après-midi avec les deux amulettes. Il pesta contre Zhuang Zhidie de lui avoir caché son accident. Il avait beau prétendre traiter ses amis comme des frères, ce n'était pas vrai. Pour lui Meng Yunfang n'était pas quelqu'un sur qui on peut compter. Zhang Zhidie raconta brièvement comment il s'était fait cette entorse, pas très grave d'ailleurs. À quoi bon le déranger ? Personne de ses amis n'était au courant.

– Me déranger ? dit Meng Yunfang, j'aurais au pire dépensé deux ou trois sous pour t'apporter du miel et des lauriers !

– Vous venez toujours les mains vides, dit Liu Yue, la moue aux lèvres, mais vous n'oubliez pas de vous remplir la panse en passant ! Les amulettes c'était un

235

ordre, qu'auriez-vous offert de plus si vous aviez su qu'il était convalescent ?

Meng Yunfang sourit.

– Quelle perspicacité ! Je n'ai peut-être rien apporté au professeur, mais je vais te faire éclater ta petite tête !

Il donna un coup sonore sur la tête de la jeune fille qui poussa un cri strident et maugréa que le ciel se vengerait !

– Là tu n'as pas tout à fait tort ! Le fils de ma première femme a été enrôlé cinq ans dans l'armée après avoir quitté la campagne, il était chef de peloton, pensant bien prendre du galon et devenir chef de compagnie, commandant de régiment… Mais le mois dernier, il a reçu une lettre l'informant qu'il était démobilisé, qu'il devait retourner d'où il venait. Il en référa à son chef : mon commandant, les autres ne sont que de simples soldats, moi je suis chef de peloton. C'est pareil ! lui déclara le commandant. Dans ce cas, je me tais, répondit mon fils, mais je suis sorti du ventre de ma mère, impossible d'y retourner et en plus elle est morte !

Liu Yue en avait les larmes aux yeux de rire.

– Il est bien le digne fils de son père, dit-elle, mais combien avez-vous de femmes ? J'ai entendu Madame dire que votre ancienne était une citadine et que l'enfant avait huit ou neuf ans. Difficile pour lui d'être à l'armée !

– Liu Yue, tu ne sais pas que Meng a divorcé très jeune d'une femme qui vivait à la campagne, précisa le professeur Zhuang.

– Je me suis marié trois fois, déclara Meng Yunfang, et chaque fois je les ai toujours choisies plus jeunes.

– Ce n'est pas surprenant, je vous trouvais ridé comme une vieille pomme ! ajouta Liu Yue.

Zhuang Zhidie foudroya la jeune fille du regard, puis il s'adressa à Meng Yunfang :

– Comment ça c'est arrangé en fin de compte pour ton fils ?

– J'ai appelé le chef de district, membre du comité permanent de ma région, que je connaissais et il m'a certifié qu'il lui trouverait un travail. Bien sûr, je lui ai demandé s'il ne voulait pas que le professeur Zhuang et moi-même fassions un saut pour intervenir auprès du commissaire préfectoral de la région, qui est un de tes anciens camarades de classe. «Vous ne lésinez pas pour m'intimider, m'a-t-il dit, vous connaissez donc le professeur Zhuang? – Non seulement je le connais, mais j'étais son témoin de mariage!» Il en était très heureux, vanta ta célébrité, mais craignait justement de ne pas être à la hauteur pour régler l'affaire. «Il n'existe aucune mesure politique pour placer votre fils, par conséquent inutile de le faire pistonner, je craindrais d'être dénoncé et d'avoir des ennuis. Je soutiendrai donc officiellement que ce jeune homme est un parent du professeur Zhuang, ce qui résoudra tous problèmes et permettra d'obtenir satisfaction, je vous le garantis.»

– Tu es devenu fou! C'est moi qui aurai des ennuis.

– Ta réputation est si grande! Lorsque ce chef de district viendra à Xijing, je l'amènerai ici, tu auras bien l'amabilité de le recevoir!

– Oh! là! là! intervint Liu Yue, vous êtes toujours en train de quémander quelque chose.

– Jamais sans remercier, regardez ceci!

Il sortit de sa poche un petit sac qu'il posa sur les genoux de son ami, à la hauteur de son nombril.

– Qu'est-ce que c'est? s'étonna Zhuang Zhidie.

– Toi qui passes tes journées plongé dans l'écriture, tu ne connais même pas ces remèdes miracles. Le maire a proposé qu'une rue entière, dans le quartier est de la ville, se consacre à ce commerce. Vingt-deux boutiques au total qui produisent exclusivement ce genre de remèdes. Il y a des chapeaux stimulateurs du cerveau; des ceintures lombaires efficaces, des caleçons virils et des poitrines magiques. J'ai même entendu parler de chaussettes, chaussures magiques ainsi que de tasses, de ceintures ou d'oreillers…

– Arrête ! C'est absurde ! Qui a pu donner un conseil aussi stupide au maire ! Sous les Wei et les Jin la société a complètement dégénéré précisément parce que l'on a encouragé les pratiques d'élaboration du cinabre, la recherche de la longévité. Et maintenant on recommence !

– Ces remèdes se vendent, ils se vendent même si bien que la fabrication augmente, c'est excellent pour le développement économique de Xijing.

Zhuang Zhidie désapprouva d'un hochement de tête, puis dit à son ami :

– Je ne suis pas sorti depuis si longtemps et je n'ai vu personne. J'ai une confidence à te faire.

Il fit signe à Liu Yue de sortir.

– Il s'agit sans doute d'une affaire louche pour ne pas vouloir que j'entende, marmonna la jeune fille en faisant la moue, je le dirai à Niu Yueqing.

– Obéis, déclara Meng Yunfang, dans quelques jours je t'apporterai une poitrine magique !

– Espèce de vieux pervers ! On en reparlera quand vous en aurez déjà offert à votre femme !

– Quelle peste ! Elle en porte déjà une, ses seins sont aussi petits que ceux d'une gamine de dix-huit, vingt ans !

– Liu Yue est une jeune fille, contrôle tes paroles devant elle.

Zhuang poursuivit à voix basse une fois qu'elle fut sortie :

– J'ai parlé au maire de l'appartement près du Temple de la Vacuité Pure. Il nous le donne et, meublé, par-dessus le marché. Voici la clef, tu peux aller y jeter un coup d'œil quand tu veux. Dernière recommandation : n'en parler à personne, secret absolu ! Niu Yueqing et Xia Jie ne doivent rien savoir.

– C'est extraordinaire ! jubila Meng Yunfang. C'est là qu'on juge ta célébrité par rapport à nous autres. Nous devons rédiger un article claironnant l'importance que le maire a attachée aux arts et aux lettres.

– Vas-y, fais-le ! Mais dis-toi bien qu'ensuite nous ne pourrons plus rien lui refuser. As-tu réfléchi aux activités que nous pourrons organiser dans cet appartement ?

– Laissons Hui Ming faire la première conférence, une présentation de l'école du Dhyâna. Actuellement la futurologie est en plein essor. J'ai à peu près lu tout sur ce sujet aussi bien en chinois qu'en langues étrangères, mais Hui Ming abordera le problème d'un point de vue bouddhique avec de nouvelles conceptions. Pour elle le monde futur sera régi par cette école philosophique dont s'imprégneront tous les avant-gardistes. Opinion que je partage entièrement. Grâce à cet appartement, je pourrai désormais me consacrer à l'écriture dans le calme absolu. À la maison, Xia Jie ronchonne perpétuellement. Je n'ai plus un seul endroit où être en paix.

– Les adeptes de cette école préconisent une paix intérieure absolue. Toi qui me vantes les bienfaits de cette philosophie, quand renonceras-tu aux mesquineries de ce monde ? Tu ne me sembles pas particulièrement satisfait, à ce que je peux en juger. Tu es incorrigible ! Tu t'es marié je ne sais combien de fois et tu n'es toujours pas content !

– Qu'y puis-je ! Je ne possède pas ta célébrité qui me permette de rencontrer des femmes !

– Pourquoi voudrais-tu que je te ressemble !

– Tu prends trop à cœur ton travail, tu mènes une vie trop sérieuse. Je me suis dit, en me mettant à ta place, que tu étais un écrivain sans rival mais tes œuvres passeront-elles pour autant à la postérité comme celles de Cao Zhan ou de Pu Songling ? Si ce n'est pas le cas, la vie d'un écrivain n'est guère plus folichonne que celle du dernier des petits chefs de service ! Le bouddhisme nous explique que l'accès à la vraie sagesse est possible pour tous, peu importe que l'on soit général, paysan, voleur ou prostituée, peu importe le rang social ou la race, le tout est d'atteindre la porte de la Loi. Ainsi, tu ne peux pas prétendre qu'un officier est supérieur à toi et qu'une fille de joie est une moins que rien. Tout le monde est égal.

– Je comprends bien. J'ai toujours dit qu'être écrivain était une profession. En ce qui me concerne, je ne suis bon qu'à ça, c'est mon gagne-pain, un point c'est tout.

– Inutile d'être malheureux. Aujourd'hui les hommes vivent dans un désordre total. Le pouvoir ne sert à rien, c'est périmé. La renommée non plus. À quoi bon lutter pour se faire un nom ? Je ne vais pas te raconter comment ceux qui détiennent le pouvoir en abusent à leurs fins personnelles, tu sais qu'à présent c'est monnaie courante. Je vais te donner l'exemple de mon voisin, un vieillard qui s'est considérablement enrichi en faisant du commerce. Du coup il a épousé une toute jeune fille, car monsieur voulait se mettre sous la dent de la chair fraîche ! Son point de vue était le suivant : si on ne traîne pas chez les filles quand on a de l'argent, après on est trop vieux. En venant chez toi, je suis passé sous sa fenêtre. Malade depuis trois jours, il est alité et grommelle sans cesse. Sa femme s'inquiétait de savoir s'il avait soif, s'il avait faim. Il lui a répondu qu'il n'avait envie de rien. Mais quand elle lui a demandé s'il n'avait pas envie de faire l'amour, il a crié : « Aide-moi à m'allonger sur toi ! » Regarde, un type comme lui, même malade à crever, il sait profiter !

– Je préfère ne pas poursuivre sur ce sujet, déclara Zhuang. As-tu vu Zhou Min et son épouse ces derniers temps ? Il n'est pas venu me voir ! J'ai toujours l'impression qu'une ombre gigantesque plane au-dessus de moi en ce moment. Pour un rien j'ai peur.

– Tu as vraiment ce pressentiment ?

– Penses-tu qu'il risque de m'arriver quelque chose de grave ?

– Tu ne m'as parlé de rien, mais Zhou Min m'a mis au courant. J'attends que tu me racontes. Puisque tu me fais confiance, je peux être franc : ce n'est pas une petite affaire, l'implication est colossale et, comme tu es un homme connu, le moindre de tes faits et gestes fait trembler l'univers. Zhou Min est sur des charbons ardents, tu pourrais l'aider.

– Parce que je ne l'aide pas ? N'écoute pas ce qu'il te raconte. Comment va sa femme ?

– Je savais que tu me demanderais de ses nouvelles, dit Meng Yunfang, un sourire perfide au coin des lèvres.

– Ferme ta grande gueule ! répliqua Zhuang Zhidie glacial.

– Pourquoi dirais-je des bêtises ? Je suis passé chez eux, mais je n'ai pas vu Tang Wan'er, elle est malade, m'a dit son mari. Une ensorceleuse pareille, qui fricote comme un espadon, je me demande bien quelle maladie a pu en venir à bout. Ce n'est pas gentil à elle de ne pas être passée te voir. Comment peut-elle te laisser tomber, elle qui n'a même pas son permis de résident pour vivre à Xijing !

Zhuang Zhidie attrapa dans la boîte un bonbon qu'il fourra dans la bouche de son ami pour le faire taire.

*

Après le déjeuner, Zhuang Zhidie s'allongea dans sa chambre et somnola. Mais les propos de son ami lui revinrent à l'esprit. Il avait blâmé Tang Wan'er de ne lui avoir ni téléphoné ni rendu visite, alors qu'elle était souffrante. Qu'avait-elle ? Comment était-ce arrivé ? Après l'avoir attendue en vain à l'hôtel de la Capitale Antique, puis après avoir ensuite essayé sans résultat de lui téléphoner, elle avait probablement dû s'imaginer toutes sortes de choses qui avaient fini par la rendre malade. La maladie poussant à la réflexion, que devait-elle penser de lui ! Inconsciemment, les détails de l'après-midi où ils avaient fait l'amour resurgissaient un à un dans son esprit et émoustillaient son corps. Son sexe le démangea. Il retira son caleçon, se masturba et s'endormit nu sur le lit. En se réveillant, il donna à Liu Yue son caleçon à laver.

La jeune fille remarqua les taches blanchâtres et comprit de quoi il s'agissait. Elle en fut troublée. À qui avait-il pensé en se masturbant ainsi en pleine journée, en l'absence de sa femme ? À qui rêvait-il ? Le jour où il l'avait culbutée, si elle s'était laissée aller, elle serait enceinte. Elle se demanda si elle l'attirait sincèrement ou bien s'il s'était juste amusé. Un écrivain célèbre comme lui en avait connu, des femmes ! S'il avait voulu faire l'amour avec elle, c'était sans doute à cause de sa jeunesse. Il était impossible qu'il veuille l'épouser. Vu sa célébrité, ses admiratrices étaient nombreuses, les femmes se jetaient à ses pieds, elle n'était pas grand-chose pour lui, mais la seule qui devait en souffrir. Maintenant il ne l'impressionnait plus.

La lessive terminée, elle suspendit le caleçon sur le fil au soleil dans la cour. Elle regagna sa chambre où elle s'observa minutieusement dans la glace de l'armoire. Elle s'étonna de se trouver plus jolie qu'avant. Elle en éprouva de la satisfaction. Elle trouvait ses seins plus souples sans soutien-gorge. Elle revoyait ceux de Niu Yueqing qu'elle avait aperçue, quelques jours avant aux bains publics, alors qu'elles prenaient leur douche. Ils pendaient, avachis, comme les kakis sur les branches en hiver. Cette constatation la rendit toute joyeuse. C'est alors qu'on frappa à la porte. Le bruit était si doux que Liu Yue crut tout d'abord que ce devait être le vent. Mais on insista. Elle s'approcha, entrebâilla la porte après avoir mis la chaîne de sécurité, et se trouva face à Zhao Jingwu qui la gratifia d'un clin d'œil et fit mine d'entrer. Mais l'entrebâillement était si petit, qu'il dut se résoudre à retirer le pied qu'il avait tenté de poser.

– N'insistez pas ! déclara Liu Yue. Vous frappez avec élégance mais vous forcez la porte comme un voleur !

– Le professeur Zhuang est-il là ?

– Il se repose. Asseyez-vous.

– Liu Yue, reprit Zhao Jingwu à voix basse, tu es ici depuis si peu de temps et tu es si belle, si bien habillée.

– Dès le lendemain de mon arrivée, ma patronne

m'a payé mon premier mois de salaire. J'ai fait quelques achats. Je ne peux pas porter n'importe quoi étant donné les visiteurs que nous recevons, je déshonorerais le professeur Zhuang.

– Mon Dieu, tu as même un superbe bracelet de jade !

– Ne touchez pas !

– Je ne te condamne pas de vouloir travailler chez les grands puisque c'est moi qui t'ai présentée.

– Naturellement je vous en suis reconnaissante.

– Ça mérite bien un petit remerciement, quand même ?

Liu Yue donna une claque dans la main de Zhao Jingwu et éclata de rire.

*

En entendant des rires, Zhuang Zhidie demanda qui était là. « C'est moi », se hâta de répondre Zhao Jingwu, tout en remettant de l'ordre dans ses cheveux face au miroir.

– Entre, que nous parlions.

Zhuang Zhidie resta allongé sur son lit.

– Comment va ton pied ? Je viens d'apprendre à l'instant ton accident par Meng Yunfang que j'ai rencontré dans la rue avant le déjeuner. Je me suis dit que tu devais t'ennuyer à mourir, ainsi prisonnier. Je suis donc venu passer un moment avec toi et je t'ai apporté quelque chose qui va t'amuser.

Il sortit de son giron un éventail et un sac en plastique qui contenait une peinture pliée. Il ouvrit d'abord l'éventail qu'il tendit à Zhuang. C'était un objet raffiné, en papier légèrement jaune tacheté d'or, terminé par une poignée en forme de petite calebasse. Sur l'endroit était peint un paysage, une copie d'ancien, rien d'extraordinaire. En revanche, sur le dos, il découvrit des caractères minuscules et serrés, plutôt bien calligraphiés. À première lecture, cela ne ressemblait pas à une poésie des Tang ou des Song. C'étaient en fait les résolutions de l'orientation de la ligne politique générale socialiste du Parti communiste chinois suivi d'un nom célèbre, Kang Sheng[1], ainsi que de son sceau. Zhuang Zhidie se redressa d'un seul coup :

– C'est un éventail dédicacé par Kang Sheng lui-même !

– Je sais combien tu raffoles des vases anciens, déclara Zhao Jingwu, j'avais donc écrit à un ami qui était d'accord pour t'en offrir un. Il devait venir à Xijing à la fin de ce mois, mais il s'est fait coincer la semaine dernière pour une histoire de bouddha, deux statuettes qu'il avait achetées soixante mille yuans. Je me demande quel genre de bouddha il a pu acheter à ce prix-là ! Pour transporter la marchandise de Hanzhong à Xijing, il avait loué un taxi. Arrivé à Baoji, il s'est fait arrêter, avec ses bouddhas, par deux voitures de police qui le suivaient. Avant-hier, un de ses parents est venu me trouver, la Sécurité publique leur a fait comprendre que les statues étaient confisquées et qu'il était sous les verrous ; soit il purgeait une peine de sept années de prison, soit il payait une amende de cent mille yuans. Quel parti prendre ? Ils avaient trois jours pour décider. Naturellement ils préféraient payer l'amende. Devine à combien se monte la fortune de cette famille. Grosso modo, cent soixante mille yuans ! L'argent n'était donc pas un problème pour eux, néanmoins ils craignaient que, tout en s'acquittant de cette dette, leur parent ne soit pas relâché. Ils m'ont demandé d'intervenir et m'ont donné cet éventail pour me remercier. Ce n'est certes pas une pièce d'antiquité, mais je le considère comme un objet contemporain digne des musées. Kang Sheng l'a offert à Liu Shaoqi avant la huitième session plénière du Comité central du Parti communiste. Rappelle-toi qu'avant cette session, il s'opposait radicalement à Liu Shaoqi et qu'ensuite, voyant que la position de Liu Shaoqi devenait importante, il s'est mis à lui lécher les bottes.

1. Chef de la Sécurité publique. *(N. d. T.)*

– C'est effectivement une pièce de valeur, répondit Zhuang, la calligraphie de Kang Sheng n'est pas si mal.

– Mais bien sûr, il est considéré comme un excellent calligraphe ! Toi qui aimes cet art, garde l'éventail précieusement.

– Mon ami, la courtoisie exige la réciprocité ! Choisis ce qui te plaît !

– Je ne veux rien, juste quelques feuilles d'un de tes manuscrits.

– Je ne suis pas un prix Nobel, je peux t'en donner tout un tas si tu veux.

– Si tu m'accordes ce plaisir, je te fais un autre cadeau, qui te plaira, sans aucun doute.

Il sortit de son sac un lavis de quatre *chi* [1], signé Shi Lu, intitulé « Escalader le mont Hua ». La composition était brutale et singulière, le coup de pinceau extravagant. Zhuang Zhidie comprit au premier coup d'œil qu'il s'agissait d'une œuvre tardive de Shi Lu, peinte alors qu'il était déjà frappé de démence. Il s'exclama plusieurs fois sur la beauté de la peinture. Il s'en approcha pour lire le petit poème écrit en fins caractères : « Si vous souhaitez une meilleure vue, montez à l'étage. »

– Cette inscription ancienne en lettres d'or recouvre un sens profond, mais elle se trouve ici tronquée. Le poème initial est de Wang Zhihuan, il s'intitule « Monter au pavillon de la Cigogne ». Shi Lu a tout bonnement omis de calligraphier deux caractères, ce qui rend difficile la compréhension de ces deux vers.

– C'est un peintre, pas un poète, lui répondit Zhao Jingwu. Il a probablement oublié, par inadvertance, un mot dans le premier vers et il a préféré, plutôt que de le rajouter, en supprimer un dans le second. Ce qui atteste encore davantage de sa folie. Je l'ai acheté pour trois fois rien, trois cents yuans, à une femme à Tong Guan. On m'en a proposé, au bas mot, trente ou quarante mille à Canton.

---

1. Mesure de longueur : 0,33 mètre environ. *(N. d. T.)*

– C'est incroyable !

– Fais-moi confiance, je connais le cours du marché ! Actuellement, les peintures de Shi Lu atteignent des prix faramineux dans le Sud et se vendent cent vingt mille yuans à l'étranger. Comment crois-tu que Wang Ximian se soit enrichi ? Il s'amuse, en douce, à copier les œuvres de Shi Lu pour les revendre aux touristes étrangers de passage à Xijing. Un de mes bons amis, qui appartient à ce milieu-là et qui entretenait autrefois d'excellentes relations avec Wang Ximian, inondait lui aussi le marché de ses reproductions. Or, comme il s'est récemment fâché avec Wang Ximian, il est venu me voir pour me proposer de nous associer. Nous ouvririons une galerie dans laquelle seraient accrochés des tableaux de peintres, célèbres on non, peu importe. L'essentiel étant de se procurer des faux. Il se chargerait donc de trouver les artistes qui copieraient les originaux, et nous n'aurions plus qu'à écrire quelques mots sur la peinture. Notre commerce serait, sans aucun doute, très lucratif.

– Si la reproduction saute aux yeux, quelle honte pour moi que mon nom apparaisse dans cette affaire !

– C'est absurde ce que tu dis, personne n'est capable de faire la différence, et si jamais on était attaqués, nous dirions que nous nous sommes fait avoir, que nous pensions qu'il s'agissait de vrais. Réfléchis, qui pourrait imaginer que nous sommes impliqués dans une affaire de faux, que nous collectionnons des faux ? On ne les vend que lorsqu'on est à sec. Crois-moi, nous sommes inattaquables. À l'heure actuelle, sur dix procès, deux ou trois seulement sont tirés au clair. Tu penses bien qu'il serait impossible de trancher une affaire comme la nôtre. Même si un expert à l'œil avisé découvrait notre supercherie, il s'empresserait d'acheter le tableau. Pourquoi ? Tout simplement parce qu'une reproduction, même si ce n'est rien d'autre qu'un faux, a de la valeur en tant que telle. Quelques caractères de ta main, écrivain célèbre, ne gâchent rien, bien au contraire. Si tu ne veux pas de cet argent facile, continue de mener ta carrière d'écrivain.

– Tu parles bien vite! Ce n'est pas parce que je suis indécis que l'affaire est réglée. Où ouvrir cette galerie? Il faudra accrocher quelques peintures de grands maîtres. Je n'ai pas grand-chose à t'offrir.

– Il y a deux pièces vides à côté de la librairie, que nous pourrions acheter et transformer en galerie d'art, les deux endroits se mettraient en valeur l'un l'autre. Tu ne possèdes pas assez d'œuvres de renom, mais moi j'en ai quelques-unes et je devrais en recevoir d'autres sous peu. Xijing regorge actuellement de pièces surprenantes que le monde ne soupçonne pas.

– De quoi veux-tu parler?

– Le parent de cet ami à qui j'ai apporté mon aide m'a expliqué que le type qui lui avait donné l'éventail dédicacé par Kang Sheng était venu à Xijing voici trois mois. Il voulait que Gong Jingyuan grave une épigraphe sur une stèle pour son grand-père. Pour le remercier, il lui a offert le début d'un poème de Bai Juyi, le fameux «Chant de l'éternel regret[1]» calligraphié par Mao Zedong. En effet, le Grand Timonier n'a calligraphié que les cent quarante-huit premiers caractères, tous de la taille d'un bol. Lorsqu'il s'est rendu chez les Gong, son cadeau sous le bras, Gong Jingyuan n'était pas là. Son fils Gong Jingyi a accepté le présent et l'a remercié à son tour en dérobant à son père quatre de ses rouleaux. Le fils est un gros fumeur d'opium, un bon à rien. Il revendra sûrement le «Chant de l'éternel regret» dont il tirera une coquette somme le jour où il sera à sec pour se procurer de la drogue. S'il l'a encore, je connais le moyen de le récupérer!

– Tu es malin comme un singe, mon vieux Jingwu. L'affaire me plaît, mais je me refuse à faire le moindre effort. Débrouille-toi avec Hong Jiang!

1. Titre d'un célèbre poème de Qu Xuan, du pays de Chu, à l'époque des Royaumes combattants. *(N. d. T.)*

– Qui te demande de faire quoi que ce soit? Ton accord nous suffit. Hong Jiang est tout à fait capable de m'aider, seule son étourderie est à craindre, mais j'y prendrai garde.

Leur entretien terminé, Zhuang Zhidie demanda à Liu Yue de raccompagner Zhao Jingwu jusqu'à la porte d'entrée.

– De quoi avez-vous parlé avec le professeur Zhuang? questionna la jeune fille, radieuse.

– De la création d'une galerie d'art. Liu Yue, si tu es gentille avec moi, je t'embaucherai à la galerie et tu ne seras plus jamais une servante. Adieu lessive, cuisine, ménage!

– Parce que je ne suis pas gentille avec vous, peut-être? La galerie n'est pas encore installée que vous me faites déjà des propositions. À la place de Zhuang, vous auriez fait de moi une esclave noire.

Zhao Jingwu s'amusa à la boxer, elle répondit du tac au tac. Ils échangèrent quelques feintes. Finalement, Liu Yue lui balança son pied dans les fesses.

– Après mon départ, s'enquit-elle, mes anciens patrons m'ont-ils maudite?

– Ils m'ont même injurié moi aussi et racontent à tout le monde que tu assommais le gamin de somnifères. Est-ce vrai?

– Il pleurait déjà avant de venir au monde! Dès qu'il se réveillait, il hurlait. Surtout ne leur dites pas que je travaille ici, ils seraient bien capables de venir faire un scandale pour me porter tort.

– Je n'ai rien dit. Mais tu n'es pas un fantôme, tu sors, tu te promènes, tu fais les courses, crois-tu que les gens qui habitent ici ne t'ont pas vue? Il se pourrait qu'ils te dénoncent. Si tes anciens patrons te retrouvent, je ne pourrai pas intervenir!

– Vous vous vantez à longueur de journée de connaître aussi bien les hautes sphères que la mafia à Xijing, dit-elle l'air sombre, pourquoi ne pas faire pression sur eux? Cela ne dépend que de vous. Si jamais vous me trompez, vous ne remettrez plus les pieds ici.

– Tu sais écraser les autres en abusant de ton pouvoir !

Après le départ de Zhao Jingwu, Liu Yue s'attarda dans la ruelle jusqu'au retour de sa patronne qui s'étonna de la trouver là suçant son pouce. Que faisait-elle ? La jeune fille se hâta d'expliquer qu'elle venait de raccompagner Zhao Jingwu et qu'elle allait rentrer. Niu Yueqing la gronda : une jeune fille ne devait pas traîner dans la rue et s'exposer aux regards de tous. Tandis qu'elles parlaient, Zhou Min et Tang Wan'er passèrent à bicyclette.

– Vers quelle boîte de nuit volez-vous ainsi, les tourtereaux ? demanda Niu Yueqing.

– Nous venions précisément chez vous, dit Tang Wan'er déjà descendue de vélo. À midi, lorsque j'ai appris par le professeur Meng que votre mari s'était foulé la cheville, j'ai tout de suite voulu venir, mais Zhou Min a préféré que j'attende son retour pour m'accompagner. L'accident est sans gravité, j'espère ?

– Vous savez y faire ! Parce que vous me croisez dans la rue, vous me dites venir chez moi. Vous alliez tout bonnement au dancing. Si élégante, juste pour me rendre une petite visite !

– Vous êtes injuste, madame. Nous ne sommes pas, comme d'autres, indifférents au malheur du professeur. Je suis toujours ainsi où que j'aille. L'élégance est pour moi une marque de courtoisie à l'égard d'autrui.

Tout en parlant, elle embrassa Liu Yue qui remarqua alors ses longs cheveux permanentés à la mode actuelle, tombant sur ses épaules. Niu Yueqing se dérida.

– Je vous prie de m'excuser. Entrez ! Nous allons, Liu Yue et moi, préparer des nouilles.

– Nous avons déjà soupé, répondit Zhou Min, nous venons de manger un bol de raviolis et un potage pékinois avec M. Zhong, le rédacteur en chef de la revue. Ne nous attendez pas, rentrez. Zhong est retourné prendre quelque chose chez lui, nous lui avons donné rendez-vous ici, il ne sait pas où vous habitez.

Niu Yueqing et Liu Yue rentrèrent. Niu Yueqing annonça à son mari que Zhou Min et son épouse allaient arriver d'une minute à l'autre, accompagnés d'un certain M. Zhong, rédacteur en chef de la revue, qui venait chez eux pour la première fois, sans doute pour régler cette histoire d'article. Mais il pouvait tout aussi bien le faire par téléphone, comme d'habitude. Ils n'étaient pas assez intimes pour qu'il vînt en personne prendre de ses nouvelles.

– Zhou Min aura probablement insisté, toujours à propos de ce satané article, dit Zhuang. Zhou Min est un homme qui a de la suite dans les idées, il a peur, seul, de ne pas arriver à me convaincre. Il pense que la présence de Zhong aura du poids.

– Pour être intelligent, il est intelligent, mais il se comporte comme un petit chef de district, rétorqua Niu Yueqing.

Elle prit un fruit qu'elle alla laver à la cuisine.

Peu de temps après, les trois amis arrivèrent. Zhuang Zhidie les accueillit clopin-clopant. Tang Wan'er se hâta de l'aider à s'asseoir sur le canapé, à allonger sa jambe sur un tabouret, puis elle défit le bandage.

– C'est encore douloureux, n'est-ce pas? s'inquiéta-t-elle, les larmes aux yeux, en voyant la cheville toujours enflée.

Zhuang Zhidie avait remarqué son trouble. Il prit sa main qu'il serra en silence avant de lui tendre un mouchoir pour essuyer ses larmes. Puis il releva la tête et s'adressa à Zhong Weixian :

– Je suis confus qu'à ton âge tu aies pris la peine de me rendre visite. Sacré Zhou Min, il pouvait venir seul, sans te déranger.

– De toute façon je voulais venir, répondit-il. Tu étais d'accord pour que l'article de Zhou Min paraisse, et nous voulons continuer à publier tes chefs-d'œuvre. Un rédacteur compte à la fois sur ses écrivains et sur ses lecteurs. Si tu me soutiens, je n'ai rien à craindre pour ma place.

Voyant que Zhong Weixian avait tout de suite attaqué le problème, Zhuang s'abstint des banales formules de politesse d'usage et se lança dans le vif du sujet :

– Il m'a été impossible de me rendre à la rédaction de la revue avec cette réunion qui a duré dix jours et ensuite à cause de mon accident. Maintenant les choses sont ce qu'elles sont, Zhou Min ne m'a pas prévenu à temps.

– J'ai essayé, répondit Zhou Min, mais vous étiez intouchable, du coup le Bureau de la Culture a transmis la déclaration au département de la propagande.

– La situation est la suivante, déclara Zhong Weixian. Jing Xueyin tient mordicus à ce que ces quatre mots « graves mensonges, calomnies perverses » soient ajoutés sur la déclaration, et je m'y suis opposé ! J'ai expliqué au directeur du Bureau de la Culture que vu mon parcours je me moquais de sa volonté ; après avoir été étiqueté droitier pendant vingt ans, j'ai été réhabilité, puis j'ai travaillé trois années à la revue avant d'être de nouveau déboulonné par Wu Kun. Au pire, je serai encore une fois destitué de mes fonctions ! Si on publie cette déclaration, de quel œil le lecteur va-t-il considérer notre revue ? De quel prestige jouira-t-elle encore ? Comment protégerons-nous les droits et intérêts des auteurs ?

Zhong, le rédacteur en chef, avait toujours été, jusqu'à présent, prudent et timoré. Jamais on n'aurait cru qu'il puisse se montrer aussi intransigeant et s'exprimer sur un ton aussi énergique. Zhuang Zhidie et Niu Yueqing en étaient émus.

– Cette histoire tourmente Zhong jour et nuit, déclara Zhou Min. S'il ne résistait pas avec autant de volonté, le professeur Zhuang et moi-même serions déjà la risée du monde entier ! Je nourris des craintes, pas pour moi, mais pour vous, professeur, car j'ai peur que cette affaire nuise à votre réputation.

Zhuang Zhidie ne répondit rien, il appela Liu Yue

pour qu'elle serve du thé à Zhong. Elle était avec Tang Wan'er dans le bureau où elles parlaient coiffure.

– Actuellement cette déclaration est entre les mains du département de la propagande, dit Zhong Weixian. Depuis trois jours, je les harcèle par téléphone pour qu'ils me donnent leur approbation. Or on m'a répondu qu'il fallait que le vice-préfet de la province, chargé de superviser la culture, en prenne connaissance. Ces jours-ci ils sont débordés, mais ils trancheront au plus vite, m'ont-ils assuré. Je suis néanmoins inquiet. La meilleure des choses serait effectivement que le vice-préfet nous donne raison. En revanche, s'il accepte les exigences de Jing, je ne pourrai plus rien contre lui.

Zhuang Zhidie baissa la tête. Il garda le silence un moment avant de dire :

– Je suis rassuré de savoir que tu maîtrises l'affaire au sein de la revue. De mon côté, je me charge des dirigeants au niveau provincial. Zhou Min, je vais vous rédiger une lettre que vous remettrez au secrétaire général du comité municipal du Parti, c'est un parent du vice-préfet de la province. Nous lui demanderons de lui en toucher un mot. J'espère que les dirigeants ne resteront pas sur leur position, mais qu'ils se montreront impartiaux et n'écouteront pas un seul son de cloche.

Dans sa joie, Zhou Min en oublia le fruit qu'il tenait à la main.

– Professeur, pourquoi ne pas avoir utilisé de telles relations plus tôt ? Ça aurait mouché Jing Xueyin !

– Les relations importantes, intervint Zhong, ne doivent servir qu'en dernier recours.

Zhuang Zhidie ne trouva rien à redire. Il prit une cigarette qu'il alluma avec le mégot de la précédente.

Sa cigarette terminée, il appela sa femme pour qu'elle tienne compagnie à Zhong, le rédacteur en chef, le temps qu'il rédige la lettre. Il passa dans son bureau. Tang Wan'er et Liu Yue jacassaient comme des pies. Dès qu'elles le virent, Tang Wan'er laissa tomber Liu Yue pour le questionner sur son accident.

Comment et où cela s'était-il produit ? Elle avait rêvé de lui plusieurs nuits de suite ; il filait à toute vitesse sur sa Mulan dans une grande avenue. Le voyant passer, elle l'avait appelé, mais il l'avait ignorée. Il allait si vite dans son rêve qu'elle n'aurait jamais imaginé qu'il se soit foulé la cheville !

– Sûr que je filais vite ! Ce n'est pas en restant à me prélasser dans un salon que j'allais régler les problèmes pour le maire. Je me suis tordu la cheville, n'est-ce pas regrettable ? Surtout que ce soir-là, j'avais justement rendez-vous avec quelqu'un pour parler d'art. La personne a dû venir pour rien. Je crains bien qu'elle ne me maudisse au fond de son cœur.

Il regarda Tang Wan'er, qui fit un clin d'œil à Liu Yue :

– Votre célébrité excuse tout ! La pauvre n'a pas eu de chance, peu vous importe qu'elle ait attendu une éternité, les yeux rongés par le chagrin.

– Qu'elle m'en veuille, c'est son droit, répondit Zhuang Zhidie souriant, néanmoins c'est un être cher, ses reproches seront doux, ses coups seront tendres. La prochaine fois que nous nous verrons, je l'autorise à se jeter sur moi pour m'arracher un morceau de chair.

Liu Yue écoutait leur conversation sans en comprendre un traître mot.

– Pourquoi tout ce bavardage inutile pour un problème qui ne nous concerne pas ? dit-elle.

– N'en parlons plus, trancha-t-il. Tang Wan'er, vous avez été souffrante ces derniers temps, m'a-t-on dit ?

– Problème de cœur, répondit-elle, les yeux brillants.

– Ah ! Comment allez-vous maintenant ?

– Beaucoup mieux.

– Soyez néanmoins prudente. Liu Yue, va chercher dans le tiroir de la chambre de ma femme le flacon de vitamine E pour le donner à Tang Wan'er.

– Pourquoi vous soucier des maux de cette dame ?

demanda la jeune fille. Hier soir, personne ne s'est inquiété de mon mal de tête.

– Tu dis n'importe quoi. Tu as dormi en ronflant comme un loir, de quoi te plains-tu ?

– Parce que vous passez vos nuits à écouter ronfler cette jeune demoiselle ? demanda Tang Wan'er.

Liu Yue sortit aussitôt, le sourire aux lèvres. Dès qu'elle eut le dos tourné, Zhuang Zhidie et Tang Wan'er se jetèrent dans les bras l'un de l'autre. Tang Wan'er colla sa bouche contre celle de son amant et lui suça la langue voracement. Il en eut les larmes aux yeux. Ils ne se séparèrent que lorsque Liu Yue réapparut, sa bouteille de vitamine à la main. Tang Wan'er, assise dans une position décente sur le canapé, dans l'ombre, prétexta un grain de sable dans ses chaussures pour les ôter, mais elle en profita pour sécher ses larmes avant de prendre le flacon de vitamine.

– Professeur Zhuang, s'écria-t-elle, vous n'avez que des médicaments à me donner !

– C'est déjà pas mal, rétorqua Liu Yue, et celui-ci n'est pas amer.

– Il n'en reste pas moins un médicament, lança Tang Wan'er, ce qui n'est pas un cadeau.

– Ne dérangeons pas le professeur qui doit rédiger une lettre, dit Liu Yue.

Elle tira énergiquement Tang Wan'er par le bras hors de la pièce.

Sa lettre achevée, Zhuang Zhidie songea qu'il n'avait pas vu Tang Wan'er depuis longtemps mais que ce soir, alors qu'elle était là, ils étaient si nombreux qu'il n'avait même pas pu lui parler seul à seul. Il s'était débarrassé de Liu Yue pour donner rendez-vous à Wan'er un jour prochain, mais elle en avait profité pour l'embrasser, l'empêchant de prononcer un seul mot. Il griffonna donc à la hâte un billet et chercha quand et comment il pourrait le lui glisser. Il donna à Zhong la lettre pour qu'il en prenne connaissance avant de la remettre à Zhou Min. Ils burent encore quelques tasses de thé. Puis Liu Yue les invita à manger des nouilles épicées. Zhuang Zhidie renchérit. Mais Zhong déclina l'invitation. Il se faisait tard, il devait partir. Sa mauvaise vue le gênait pour circuler à bicyclette de nuit. Il se leva. Zhou Min l'imita. Tang Wan'er se contenta juste de souhaiter un prompt rétablissement au professeur avant de les suivre. Niu Yueqing la retint. Elle voulait lui donner quelques haricots mungo pour parfumer leur bouillie de riz, pensant qu'ils avaient peu de chose chez eux. Tang Wan'er refusa. Mais Niu Yueqing insista, déclarant que, par cette chaleur, manger des haricots mungo allégeait les inflammations internes. Elles n'arrêtaient pas, l'une d'insister, l'autre de refuser. Lorsque Zhuang Zhidie raccompagna les deux hommes à la porte d'entrée, il se retourna et aperçut Tang Wan'er toujours en grande conversation avec son épouse et sa servante. Il pensa qu'elles reconduiraient certainement Tang Wan'er dehors et qu'il n'aurait aucune chance de lui glisser le billet doux. Une inspiration soudaine lui vint à l'esprit en voyant les deux hommes ouvrir l'antivol de leur bicyclette. Il roula son petit mot qu'il coinça dans l'antivol du vélo rouge de la jeune femme.

En effet, les adieux collectifs se prolongèrent dehors. Niu Yueqing resta devant la porte d'entrée, tandis que Tang Wan'er s'avançait jusqu'à son engin. Au moment où elle s'apprêtait à enfoncer la clef dans son antivol, elle découvrit le papier et comprit sur-le-champ. Elle le prit, le déplia à l'intérieur de sa poche et lorsqu'elle se pencha pour débloquer l'antivol, le lut grâce à la lumière qui venait de la maison par la porte entrouverte. « Après-demain midi », disait le mot qu'elle chiffonna immédiatement. Le visage rayonnant de joie, elle poussa son vélo et vint à son tour serrer la main de ses hôtes. Elle garda le papier froissé au creux de sa main lorsqu'elle serra celle du professeur pour qu'il le sente, puis d'un doigt chatouilla sa paume. Ils échangèrent tous deux un sourire complice.

Niu Yueqing ne fit pas attention. Liu Yue, en revanche, remarqua leur petit manège.

*

Zhao Jingwu et Hong Jiang se démenèrent comme des diables pour agrandir la librairie. Ils demandèrent de l'aide à la seconde et à la quatrième des Quatre Grandes Crapules pour régler le problème de procédure d'achat de la maison voisine ainsi que celui de la licence commerciale. Lorsque l'affaire prit tournure, ils s'activèrent plusieurs jours pour se mettre dans la poche le ministère de l'Industrie et du Commerce, l'administration fiscale, la Compagnie de l'eau et de l'électricité, le ministère de l'Environnement ainsi que tous les services du quartier. Ils invitèrent les dirigeants de ces différents ministères à déguster un canard laqué au restaurant de la Capitale de l'Ouest et à manger de la soupe aux trois pénis, bœuf, âne et chien, au restaurant de l'Honorable Vertu. Ils passèrent toute la nuit à jouer au mah-jong, s'évertuant à perdre pour laisser gagner leurs hôtes. Des liens d'amitié se nouèrent, une certaine intimité se créa. Hong Jiang était chargé de réunir les fonds. Le roman de cape et d'épée de Quan Yong et l'apport personnel représentaient cent vingt mille yuans, y compris les quatre-vingt mille empruntés à la femme de Wang Ximian. Niu Yueqing donna en plus quarante mille yuans pour régler le problème de la galerie d'art avec Zhao Jingwu. Hong Jiang expliqua qu'il manquait quatorze mille yuans que traînaient à régler les détaillants domiciliés hors du district et qu'il craignait de ne pouvoir récupérer pour le moment. Comme les sommes dues par chacun étaient infimes, s'il se déplaçait lui-même pour exiger le payement, entre les frais de voyage et d'hôtel il ne gagnerait rien. Il préférait les relancer par lettre. De toute façon, il fallait se préparer psychologiquement à ne peut-être rien obtenir. Niu Yueqing suivit son conseil sans trop comprendre, elle se contenta de pester contre la malhonnêteté des gens qui n'avait plus rien à voir avec la loyauté d'autrefois. Elle sortit enfin quelques billets de cent yuans pour lui régler son salaire du mois. Mais Hong Jiang lui en rendit quarante-cinq, estimant ses gages trop importants. Le commerce des livres n'avait pu prospérer que grâce à ces quatorze mille yuans que Hong Jiang avait su faire fructifier. Ce dernier avait, en cachette, remis cette somme à un lointain parent qui résidait à la porte Est de la muraille de la ville, dans la ruelle de la famille Wang, où il avait ouvert un commerce de récupération d'objets de rebut. Négoce qui faisait la spécialité de cette célèbre ville-fantôme, au cœur de Xijing, s'étendant au pied des remparts juste à la hauteur de la porte Est. Le soir, après la tombée de la nuit, et le matin, avant le lever du jour, on pratiquait là des échanges de vieux objets. Le plus amusant était que cette partie de la capitale avait vraiment des allures de cauchemars. Le terrain, à cet endroit-là, était en contrebas, si bien que les douves étaient plus profondes et remplies d'eau plus qu'ailleurs ; sur les bords, la végétation n'en était que plus abondante. Depuis toujours, matin et soir, le brouillard y était dense et les réverbères éclairaient mal. Les transactions se faisaient à voix basse entre des hommes vêtus de haillons, les cheveux hirsutes et sales, qui se déplaçaient à la hâte. Autrefois, on venait acheter ici, à ces chiffonniers, des choses dont on avait besoin quotidiennement et que l'on ne trouvait ni dans les boutiques d'État ni dans les commerces privés, ou bien tout simplement parce que c'était moins cher ; on pouvait remplacer sa roue ou sa chaîne de vélo, les pièces cassées de son fourneau à charbon, réparer sa vieille fenêtre, ses conduites d'eau, sa robinetterie, ses chaises, trouver des morceaux de bois pour caler son pied de lit, des plaques de contre-plaqué, des bidons d'enduit pour les murs de sa maison, des coudes pour son installation de chauffage central, des ressorts pour son canapé, des sacs de jute… Mais, avec le temps, la ville-fantôme avait pris des proportions gigantesques, et ceux qui y venaient n'étaient plus uniquement ces campagnards loqueteux qui investissaient les villes pour le ramassage de vieux détritus ni ces enseignants et employés des ministères qui portaient leur éternel costume à quatre poches, les cheveux coiffés d'une raie ou bien en brosse. On y rencontrait aussi des types de toutes sortes, habillés très différemment. Ils donnaient du pittoresque à cet endroit et parlaient un argot que personne ne comprenait. Ils couvraient leurs étals de dessins de femmes outrageusement maquillées, aux poitrines pulpeuses et aux fesses dodues. Ces types, toujours vêtus à la dernière mode, changeaient sans cesse de style ; aujourd'hui, ils portaient des chaussures fines à talons hauts, le lendemain, ils enfilaient dans des claquettes leurs pieds nus et gras aux ongles peinturlurés du rouge en vogue. Le matin, cheveux longs et blonds, l'après-midi, crânes rasés comme des voleurs. Ils se vantaient perpétuellement les uns les autres des vêtements de marque qu'ils achetaient. Les vieux habitués, vendeurs ou acheteurs, avaient cru que ces nouveaux venus donneraient de la valeur à leur statut au sein même de cette ville. Mais très vite, ils s'aperçurent que tous ces types n'étaient en fait que des traînards, des voyous, des voleurs, des pickpockets, qui revendaient bon marché des bicyclettes et des triporteurs, et qui proposaient des objets qu'ils n'avaient encore jamais vus : armatures d'acier, ciment, fuseaux d'aluminium, fil de cuivre, pinces, tenailles, étaux en tous genres, clefs, câbles, fil de fer, jusqu'aux couvercles en fer des canalisations souterraines sur lesquels était inscrit « Réservé à la municipalité ». C'est ainsi que s'étaient ouvertes quelques boutiques de récupération dans cette minuscule ruelle de la famille Wang, proche de la ville-fantôme. Hong Jiang était propriétaire de l'un de ces commerces, qui pour être récent n'en était pas moins florissant. Il revendait, grâce à un intermédiaire, ses acquisitions à des magasins d'État ou bien pratiquait la vente directe à des petites entreprises de quartier ou des villages voisins. Il faisait, par ce biais, des bénéfices considérables. Naturellement, ni Niu Yueqing ni Zhuang Zhidie n'étaient au courant de son petit trafic, ni même les autres employés de la librairie. Ouvrir une galerie d'art nécessitait un paquet d'argent bien supérieur aux quarante mille yuans que lui avait remis Niu Yueqing. Même en comptant les rentrées de la librairie, il était encore loin du compte. Il lui fallait un soutien financier de la part de grosses entreprises. Il avait donc eu l'idée de créer un conseil d'administration, constitué par ces entreprises, pour gérer la galerie. Dès son ouverture, il leur assurait d'afficher sur la porte des placards publicitaires et de leur offrir une fois l'an deux tableaux de peintres célèbres. Il en discuta avec Zhao Jingwu et décida d'aller trouver M. Huang, l'inventeur du pesticide numéro 101.

Hong Jiang se présenta assez longuement à ce M. Huang qui ne le connaissait pas. Il lui fit l'éloge de son fameux produit 101, vanta ses attitudes et méthodes de chef d'entreprise moderne. M. Huang, grippé, la goutte au nez, rétorqua :

– Vous venez me demander de l'argent ? Combien voulez-vous ?

– Beaucoup de gens sollicitent vos faveurs ?

– Ce sont de véritables nuées de sauterelles ! Dès qu'ils ont connaissance de ma fortune, ils viennent tendre la main sans même prendre la peine de tourner autour du pot.

– Rien d'étonnant, vu premièrement la renommée de votre produit, deuxièmement l'influence considérable de l'article de Zhuang Zhidie sur votre entreprise. Surtout gardez la tête froide ! Je suis venu à la fois pour faire votre connaissance, car j'ai beaucoup entendu parler de vous, mais également en tant que porte-parole du professeur Zhuang. Il a l'intention d'ouvrir une galerie d'art et par ce biais de faire de la publicité pour certaines grandes entreprises.

Il sortit un document portant les statuts du conseil d'administration, sa nature, ses fonctions et les conditions d'adhésion. M. Huang, tout heureux, se mit à lire à voix haute, comme un écolier appliqué, les mots un à un : « Pour être membre du conseil d'administration il faut verser une somme supérieure à cinq mille yuans, ouvrez la parenthèse, ou mille yuans, fermez la parenthèse. Pour être vice-directeur, dix mille yuans ; le chiffre n'est pas limité. Le directeur sera le célèbre professeur Zhuang Zhidie. » Sa lecture achevée, il releva la tête et resta bouche bée. Son fils qui faisait ses devoirs dans la cour vint lui demander de lui lire un caractère qu'il ne connaissait pas.

– Tu ne sais toujours pas reconnaître ce mot. Il s'agit de *hai*, la mer. Je te l'ai répété trois fois !

– Hum ! répondit l'enfant.

– *Hai, hai*, comme *yang* dans *haiyang* qui signifie océan.

– *Hai, hai*, comme *yang* dans *haiyang*, répéta l'enfant.

– Il s'agit de *hai* et non de *yang*, corrigea Hong Jiang.

– Fiche le camp, hurla son père, fiche le camp, si tu écoutais ton professeur en classe, tu ne me casserais pas les pieds à la maison.

Puis il se tourna vers Hong Jiang :

– Voici donc les statuts !

– Vous serez sur un pied d'égalité avec les plus grands hommes du milieu culturel, précisa Hong Jiang. Glorieux, n'est-ce pas ! Devons-nous, puisque nous sommes des paysans, n'être condamnés à rester notre vie durant que de vulgaires chefs d'entreprise d'origine campagnarde ? Pourquoi ne pas abolir une fois pour toutes ce terme de campagnard, d'ailleurs ?

M. Huang, fort content, invita Hong Jiang à s'asseoir. Il lui proposa des cigarettes de très bonne marque, ainsi que du thé, tout en le questionnant avec minutie sur le professeur Zhuang ; n'avait-il pas déménagé récemment ? Comment se portait son beau-père qui avait été hospitalisé ? Le professeur Zhuang s'était-il fait enlever, grâce au laser, ce grain de beauté sur le menton ?

– Cessez cet interrogatoire, mon cher. Vous êtes

très habile. Si le but de ma visite avait été de vous tromper, je serais tombé dans votre piège. Mais regardez ceci ! N'est-ce pas le même sceau que celui apposé sur la calligraphie de Zhuang Zhidie qui trône sur votre mur ?

Il sortit un sceau aux caractères couverts d'encre rouge cinabre. M. Huang l'examina, l'appliqua sur une feuille de papier et constata que les deux impressions se ressemblaient comme deux gouttes d'eau.

– C'est le sceau que le professeur Zhuang utilise à la librairie. Il voulait venir lui-même, mais retenu tout d'abord par la réunion de l'Assemblée nationale populaire municipale, ensuite par son entorse, il en a été incapable. Il m'a donc chargé de le remplacer et m'a confié ce sceau, pièce à conviction.

– Je ne mets pas en doute votre parole parce que j'examine avec attention ce sceau. Qu'est-ce qu'un sceau ? Tous les jours la Sécurité publique est confrontée au problème de vrais-faux sceaux utilisés à dessein personnel ! Comment se porte la cheville de M. Zhuang ? Est-ce grave ?

– Aucune amélioration. Même le maire est intervenu. Il a passé un coup de fil au professeur de l'hôpital rattaché à l'Académie de médecine pour le soigner, mais les résultats sont loin d'être satisfaisants.

– Pourquoi ne pas m'en avoir parlé plus tôt, je lui aurais recommandé un vieil ami qui utilise nos bonnes vieilles recettes, il serait guéri depuis longtemps. Mon ami, M. Song, spécialiste des cassures et des entorses, obtient d'excellents résultats en mélangeant pommades et médicaments.

– Demandons-lui de venir soigner le professeur, cela vous permettra de juger de mon honnêteté.

Ils se rendirent sur-le-champ chez ce monsieur, puis se précipitèrent tous les trois dans un taxi qui les emmena à la Maison de la Double Bienveillance.

*

Au chevet de Zhuang Zhidie, Song le médecin retira le bandage et palpa la cheville. Une petite bosse persistait qui ne disparaissait que très lentement. M. Huang se fâcha :

– Tu parles d'un professeur de médecine pour vous soigner si mal ! Professeur ! Professeur ! Mais il se fiche de qui ? Avec l'emplâtre du docteur Song, demain vous courrez comme un lièvre jusque sur le haut des remparts de la ville.

– Vieux Huang, cesse de me donner des docteurs longs comme le bras !

– Tu mourrais plutôt que de demander secours ! Qu'est-ce que tu fous dans ce collège minable où tu ne gagnes même pas trois yuans par jour ? Tu aurais meilleur temps de te retirer et de créer ton propre dispensaire. Ta vie n'en serait que plus douce. Prends bien soin du professeur Zhuang, guéris-le vite, c'est un homme célèbre qui pourra toujours t'aider à obtenir ta licence pour exercer !

Zhuang Zhidie s'étonna que Song ne soit pas médecin.

– Il n'a jamais réussi à obtenir sa licence, ce qui explique qu'il se soit retrouvé gérant de cantine dans un collège et qu'il n'exerce ses talents de médecin que sur ses amis.

Le récit émut Zhuang Zhidie.

– Bien sûr qu'il faut développer vos méthodes miraculeuses. Naturellement, seul le bureau de la Santé publique délivre ce permis et je n'y connais personne. En revanche, Wang, le chef du bureau de quartier de la rue de l'Honorable-Vertu, est un ami, et son cousin, le directeur du Bureau de la Santé.

– Tu entends ça, mon vieux Song ! Ce que c'est que d'être célèbre ! Cela n'a rien à voir avec des pauvres gens comme nous. Battons le fer pendant qu'il est chaud ! Allons tout de suite trouver votre ami pour qu'il prenne contact avec le chef du Bureau de la Santé publique. Votre présence est indispensable. Ensuite nous ne vous importunerons plus, Song réglera l'affaire directement avec le directeur.

Song n'en croyait pas ses oreilles. La joie se lisait sur son visage, néanmoins il hésitait :

– Là, tout de suite ? Mais comment est-ce possible pour le professeur Zhuang ?

Zhuang Zhidie était un peu mécontent de voir l'empressement que M. Huang mettait à prévenir les désirs de son ami Song. Pourtant, rien qu'à son air gêné, il trouva ce dernier plus honnête que la moyenne des gens. Habituellement on avait affaire à deux catégories de médecins, ceux qui pratiquaient la médecine occidentale et qui déclinaient toute responsabilité, et ceux qui pratiquaient la médecine chinoise traditionnelle et qui n'étaient que des vantards. Lorsque ce M. Song avait examiné sa cheville, il n'avait pas dit s'il allait ou non le guérir, ce qui avait été une indication précise, pour Zhuang, sur sa certitude à le guérir. La raison pour laquelle, malgré son habileté, il n'obtenait pas de permis d'exercer, venait sans doute du fait qu'il n'avait aucune relation. M. Song se leva, il voulait aller aux toilettes. Zhuang Zhidie lui expliqua qu'il n'y en avait pas chez lui. Il se servait d'un seau hygiénique, bien plus confortable d'ailleurs que les latrines publiques où l'on restait accroupi.

– Je n'ai vraiment pas l'habitude des seaux d'aisance, déplora M. Song.

Niu Yueqing l'accompagna à l'extérieur de la maison pour lui montrer le chemin. Au bout d'un long moment, il n'était toujours pas revenu. M. Huang dressa un bilan de son entreprise et se confondit en remerciements pour cet article que le professeur avait bien voulu écrire. Hong Jiang, fatalement, parla du projet de conseil d'administration de la galerie d'art, mais Zhuang insista encore : il voulait que l'affaire se règle sans lui, juste entre Hong Jiang et Zhao Jingwu. M. Huang s'apprêtait à dire quelque chose lorsque Hong Jiang le coupa :

– Monsieur Huang, voyez comme vous transpirez. Venez vous rafraîchir le visage.

Il secoua ses vêtements et déclara, honteux, que gros comme il était, il ne supportait pas la chaleur.

Il alla se passer de l'eau sur le visage et sur le cou. Hong Jiang l'accompagna.

– Ne mentionnez pas cette histoire de conseil d'administration devant le professeur Zhuang, lui dit-il à voix basse. Vous avez bien entendu qu'il me délègue tous ses pouvoirs pour régler l'affaire. Lui qui est malade, nerveux, va se plaindre que je suis un bon à rien.

– Donnez-moi un exemplaire des statuts de ce conseil. Ce mois-ci je suis un peu raide, mais je passerai avec l'argent le mois prochain et nous en reparlerons.

Hong Jiang lui remit une feuille et sa carte. C'est alors que M. Song revint portant un gros sac en plastique qui contenait deux cartouches de cigarettes La Montagne à la Pagode rouge, deux bouteilles de vin blanc le Phénix de l'Ouest et un paquet de biscuits aux graines de sésame. Zhuang Zhidie surpris s'écria :

– On vous croyait aux toilettes, et vous êtes allé faire des folies. Non seulement vous venez me soigner, mais en plus vous me couvrez de cadeaux. Je n'ose accepter !

– J'étais confus d'être arrivé les mains vides pour cette première visite, surtout que vous acceptez d'aller plaider ma cause auprès de votre ami Wang. Pourquoi refuser ces modestes présents ?

– Acceptez ! Lorsqu'il aura son dispensaire, M. Song deviendra riche ! rétorqua Huang.

– Allons-y, trancha Zhuang Zhidie, nous remettrons ces cadeaux au chef de quartier Wang.

M. Song n'était absolument pas d'accord. Ils polémiquèrent un bon moment. Zhuang Zhidie consentit à garder une cartouche de cigarettes. M. Song sortit appeler un taxi tandis que M. Huang et Hong Jiang soutenaient le professeur pour quitter la ruelle. Ils s'embarquèrent tous quatre pour le bureau du chef Wang, rue de l'Honorable-Vertu. Par chance, Wang était là. Mais étant occupé, il les invita à s'asseoir à l'écart et leur proposa un verre d'eau en attendant. Wang était en grande conversation avec une jeune femme qui portait des lunettes à monture blanche. Elle était assise sagement, les pieds croisés sous la chaise, les mains crispées sur un petit sac posé sur ses genoux.

– Monsieur Wang, je suis extrêmement reconnaissante de votre sollicitude et de votre confiance, et très excitée de la tâche que vous me confiez. À trois heures du matin, je ne dormais toujours pas. Ma grande sœur, me voyant si agitée, crut que j'avais enfin trouvé.

– Que vous aviez enfin trouvé? s'étonna le chef Wang.

– Comment vous expliquer? Elle qui se préoccupe constamment de mon mariage a cru que j'avais enfin un petit copain.

– Votre chef d'entreprise prétend que vous n'avez jamais eu d'amoureux. Vous en avez trouvé un maintenant?

– Le jour de mon diplôme je me suis juré que je ne me marierais que lorsque j'aurais une situation. Vous comprenez pourquoi j'attache tant d'importance à cette opportunité. J'ai passé la nuit à concevoir des tas de projets. Faut-il copier le style des Tang, ou bien celui des Ming ou des Qing? Je pencherais plutôt pour s'inspirer du style contemporain occidental. L'endroit ne pourrait-il pas ressembler à une sorte de sculpture municipale ou à un lieu d'utilité publique?

– Ne soyez pas inquiète, je suis persuadé que vous saurez mener à bien cette réalisation. Lors de la réunion de sélection des projets, je mettrai le vôtre en avant et si jamais certains n'étaient pas d'accord, je n'en démordrais pas. Croyez-moi, je suis encore capable d'imposer ma volonté! Mais revenons à votre mariage, c'est une question qu'il faut absolument envisager. C'est incroyable qu'une jeune personne charmante comme vous n'ait pas d'amoureux. Sans doute êtes-vous difficile sur le choix du partenaire?

– Je vous ai dit la vérité. Tant que je n'aurai pas réglé ma situation professionnelle, pas question de parler mariage.

Wang fronça les sourcils et se tourna pour donner un violent coup de poing dans un sac de sable accroché au mur, derrière son bureau. La jeune femme, quelque peu surprise, ajusta ses lunettes.

– Vous êtes un passionné de boxe ?

– C'est uniquement pour me défouler. Je comprends votre position. Mais aujourd'hui peu de choses vont comme on le désire. J'assume ma fonction depuis cinq ans déjà, et dans cinq ans je serai toujours là. Vous pensez peut-être que cela me plaît ? Mais est-ce une raison pour s'en prendre aux autres, les battre, les tuer. Battre qui ? Tuer qui ? À la maison, dès que j'ouvre la bouche, ma vieille se met à jacasser sans fin. Alors j'ai acheté cette paire de gants de boxe et je me défoule contre ce sac de sable.

Zhuang Zhidie écoutait la complainte de Wang. Bien que fulminant, il compatissait à ses malheurs.

– C'est une excellente idée, s'exclama Huang. Moi, ma femme a toujours raison. Lorsque je lui donne un coup, elle m'en retourne deux. L'homme doit toujours céder. Si vous la battez en douceur, elle ne se corrigera jamais ; si vous y mettez le paquet, vous avez peur de la laisser sur le carreau. Je vais aussi m'acheter une paire de gants de boxe !

Il passa derrière le bureau, prit le gant et donna quelques coups dans le sac. La jeune femme, un peu gênée, se leva.

– Ne partez pas, j'ai encore quelque chose à vous dire.

– Je voudrais faire un tour aux toilettes, où sont-elles ?

– Il n'y en a pas ici. Sortez par l'arrière-cour, vous tomberez dans la rue voisine et vous trouverez des toilettes publiques sur votre gauche. De toute façon, à la porte de l'arrière-cour les mouches sont si nombreuses que vous n'aurez qu'à les suivre, elles vous y mèneront directement.

La jeune femme adréssa un petit sourire à Zhuang Zhidie et à ses amis avant de sortir. Mais elle revint aussitôt, elle avait oublié son sac.

– Pensez à prendre une tuile cassée, il y en a tout un tas près de la porte. Elle vous servira de tremplin pour atteindre les lieux, l'urine déborde de partout, dit Wang.

– C'est une femme qui a de l'argent, ça se voit, glissa à voix basse Hong Jiang à Zhuang.

– Ce n'est pas évident. Ne va pas imaginer que son sac renferme sa fortune, il ne contient que du papier toilette.

– Elle est si belle, pourquoi tant de problèmes pour se trouver un amoureux ?

– Belle ? Mais elle est sublime ! renchérit Wang qui avait entendu. Dire qu'elle fait partie des trois cents ouvriers de l'usine de chandelles.

– Elle n'a rien d'une ouvrière, reprit Zhuang. Quel est ce projet d'architecture ?

– Elle est diplômée d'une petite école spécialisée en architecture et n'a trouvé aucun débouché après l'obtention de son diplôme. Même les diplômés d'architecture de notre ville ne trouvent aucun emploi. Que vouliez-vous qu'elle fasse ? Il ne lui restait plus qu'à entrer comme ouvrière dans cette usine de chandelles. D'autre part, après la réunion des délégués provinciaux de l'Assemblée nationale populaire, le maire a déclaré vouloir accomplir quelques grandes réalisations pour le peuple. Les toilettes publiques en font partie. Or dans notre capitale, quarante-huit rues et ruelles n'ont pas de toilettes publiques. J'ai donc confié ce projet à cette jeune femme. Il y a bien longtemps que je ne vous ai vu, mon cher grand écrivain. Qu'écrivez-vous de beau en ce moment ? Quand nous consacrerez-vous un petit article ?

– Quand vous voudrez, cela ne dépend que de vous. Je viendrai un de ces jours faire une étude de la situation de votre bureau. Aujourd'hui j'ai un service à vous demander.

Il expliqua à Wang le problème du docteur Song en le priant de bien vouloir en informer son cousin, le directeur du bureau de la Santé publique.

– Que puis-je refuser à un écrivain tel que vous ?

M. Song, maintenant que nous nous connaissons, revenez me voir très vite en ayant pris soin de consigner votre situation exacte par écrit. Je vous présenterai mon cousin.

Song hocha la tête comme une poule qui picore. Sur ces entrefaites, la jeune femme revint. Elle se racla les pieds devant la porte.

– Je vous avais pourtant bien recommandé de prendre une brique, s'écria Wang.

– J'ai suivi votre conseil. Mais comme j'ai dû attendre longtemps, j'ai fini par la laisser tomber. Heureusement, je portais des chaussures à talons hauts, car je n'aurais pas donné cher d'une paire plate.

– On est nombreux dans le quartier. Et l'attente est toujours plus longue le soir, à la fin des programmes de télévision, ou le matin quand les gens se lèvent. Le plus drôle, c'est quand les passants s'imaginent, vu la file d'attente interminable, une flambée des prix et qu'ils se ruent pour faire la queue à leur tour de crainte de rater une occasion d'acheter.

Tout le monde éclata de rire.

– Pour atteindre les toilettes d'ici, dit la jeune femme, vous utilisez un raccourci par la porte de derrière. En revanche, les autres habitants doivent faire tout un détour. Je viens très vite de comprendre l'importance de ma tâche. Une question encore, monsieur Wang : où construirait-on les nouvelles toilettes ? Ce matin, en passant voir le site envisagé, je me suis aperçue qu'au nord il y a un restaurant. Impossible de réaliser notre projet en face. Au sud, il y a un magasin mais également une fontaine. Impossible de placer des toilettes à côté d'un point d'eau où les gens lavent leur nourriture. Le seul lieu adéquat serait la portion médiane de la rue, mais le coiffeur ne voudra pas en entendre parler. Cette boutique est son gagne-pain, il fera des pieds et des mains pour contrecarrer le projet.

– Combien a-t-il de petites bouches à nourrir ? demanda Wang.

La jeune femme ne répondit pas. Zhuang trouva que sa moue coléreuse lui seyait adorablement.

– À votre accent, je me doute que vous n'êtes pas de Xijing, dit-il.

– Je suis originaire de l'Anhui.

– Alan, je vous présente mon vieil ami, l'écrivain Zhuang Zhidie.

La jeune femme laissa échapper un petit cri de surprise et rougit aussitôt.

– Dès que vous êtes entré, votre visage m'a semblé familier. Je n'arrivais pourtant pas à me souvenir où je vous avais vu. Mais je me rends compte, grâce à M. Wang, que c'est à la télévision.

– De quel coin exactement de l'Anhui ? dit Wang amusé.

– Suzhou. Vous connaissez, professeur ?

– Parler de Suzhou me fait penser à une amie, peut-être la connaissez-vous. Une étudiante des années cinquante qui fut, par la suite, injustement étiquetée droitière. Une fille très compétente, très belle surtout, et qui vivrait actuellement seule à Suzhou. Mais je ne sais de quelle unité de travail elle dépend.

– Vous voulez parler de l'amie du rédacteur en chef Zhong ? demanda Hong Jiang.

– Vous êtes au courant vous aussi ?

– Zhou Min m'a raconté la vieille passion de Zhong. À son âge, être toujours aussi fou amoureux d'elle ! Il lui écrit lettre sur lettre.

– Ne dites pas de mal de ce brave type sans savoir de quoi il retourne, le réprimanda Zhuang. Auriez-vous entendu parler de cette femme ?

La jeune femme réfléchit, puis secoua la tête.

– Quand avez-vous quitté Suzhou ?

– Depuis sept ou huit ans. Je n'y retourne que quelques jours par an. Je n'y connais presque plus personne.

– Votre famille habite toujours là-bas ?

– Nous sommes trois filles. Ma sœur aînée travaille à la poste à Suzhou, la seconde vit à Xijing comme moi. Si vous voulez obtenir des renseignements sur cette personne, je peux demander à ma sœur de s'en charger.

– C'est inutile. Peut-être n'habite-t-elle pas Suzhou ; peut-être n'est-elle déjà plus de ce monde. Néanmoins, vous pourriez me rendre un autre service, si vous le voulez bien.

– De quoi s'agit-il ? Je serais flattée de pouvoir vous être utile, professeur Zhuang.

Zhuang Zhidie lui remit sa carte de visite. Elle s'excusa de ne pas en avoir une à lui donner en retour. Le gardien de son usine avait bien le téléphone, mais il refusait de passer les communications aux ouvriers. Le mieux serait de l'appeler chez sa sœur où elle vivait, son dortoir était en reconstruction cette année. Elle prit un papier et calligraphia avec soin le nom, l'adresse et le numéro de téléphone de sa sœur. Zhuang Zhidie la remercia.

– Je vous contacterai le moment venu.

Visiblement agacé par cette longue conversation entre la jeune femme et l'écrivain, Wang balança un coup de poing dans son sac de sable. Zhuang Zhidie résuma alors la situation :

– Docteur Song, puisque mon ami, M. Wang, consent à vous aider, faites ce qu'il vous a suggéré. Aujourd'hui, il est temps de prendre congé pour ne pas l'importuner davantage.

Tout le monde se leva.

– Vous partez déjà ? demanda Wang. Vous êtes toujours les bienvenus. Si jamais il vous manque un joueur pour taper le carton, appelez-moi, j'arriverai tout de suite.

Il reconduisit ses hôtes jusqu'à la porte. Alan sortit alors un petit carnet de son sac et demanda au professeur Zhuang un autographe.

– Quel intérêt ? demanda celui-ci en signant.

Ravie, elle l'accompagna jusqu'au perron mais manqua une marche et se retrouva par terre.

Tous craignirent qu'elle ne se soit foulé la cheville, mais les dégâts se limitaient à un talon de chaussure cassé. La jeune femme rougit de honte.

– Qu'est-ce qui se passe ? demanda Wang.

– Je suis confuse ! bredouilla-t-elle. Ces chaussures sont toutes neuves ! Quelle mauvaise qualité !

Wang proposa d'aller au coin de la rue faire remplacer le talon par le cordonnier. Alan refusa, son beau-frère pourrait le lui réparer. Elle ramassa une brique et fit sauter d'un seul coup le second talon, les fourra les deux dans son sac, puis salua Zhuang et ses amis avant de s'éloigner, le visage cramoisi.

Le lendemain, bien qu'il eût encore mal en posant le pied par terre, Zhuang n'avait cependant plus besoin de ses béquilles pour marcher. Toute la famille s'en montra enchantée. La vieille Dame marmonna que les amulettes y étaient pour quelque chose. Cette nuit-là, Liu Yue qui dormait à poings fermés fut réveillée par ses propos incongrus :

– Les amulettes sont efficaces contre les mauvais esprits, mais toi, mon vieux, tu te montres frivole, n'oublie pas que la bonne est là, tu veux être la risée d'une jeune vierge.

– Vous divaguez encore, madame, lui dit Liu Yue.

La vieille Dame se redressa dans son cercueil.

– Tu es réveillée ? On ne se réveille que le matin, pas avant, trancha la vieille Dame.

Puis, comme si elle grondait quelqu'un, elle jeta la chaussure qu'elle tenait dans ses bras en riant fort. Elle avait pour habitude de dormir avec une chaussure serrée sur la poitrine pour empêcher, prétendait-elle, son âme de s'envoler.

Liu Yue ne croyait pas un mot de ce qu'elle racontait et pourtant elle n'osait pas toucher à la chaussure. Souvent le soir, lorsque la vieille Dame regardait la télévision, elle piquait du nez, agrippée à son soulier. Liu Yue agitait la main devant ses yeux. Si la vieille Dame ne réagissait pas, Liu Yue les portait, elle et sa chaussure, dans le cercueil. La jeune fille lui demanda pourquoi elle avait jeté sa chaussure.

– Mon vieux vient juste de rentrer, il est là, debout contre le mur, et c'est lui que je frappe.

Liu Yue, en nage, alluma aussitôt la lumière. Il n'y

avait personne contre le mur, juste le crochet en bois sur lequel elle accrochait ses vêtements. La vieille Dame palpa la petite tige de bois qu'elle affirmait être le pénis de son mari.

– Pourquoi ce vieux machin a-t-il tant d'énergie? bougonna-t-elle.

Puis elle arracha le crochet et le balança par la fenêtre.

– Que les chiens le mangent, il ne nous embêtera plus!

*

À l'aube, Zhuang Zhidie but son lait devant la porte d'entrée en écoutant un moment Zhou Min jouer de son antique ocarina sur le haut des remparts. Privé de liberté depuis si longtemps, il était ravi que sa cheville lui permette de se rendre sur la muraille. Mais à son arrivée, Zhou Min était déjà parti. Il contempla alors le lever du soleil qui teintait de rouge les briques du mur. Spectacle merveilleux. De retour chez lui, il demanda à Liu Yue s'il avait eu des visites ou des coups de fil. Rien. «Pourquoi ne vient-elle pas?» marmonna-t-il. Liu Yue, très perspicace, se demanda, en repensant à la façon dont Zhuang Zhidie et Tang Wan'er se tenaient l'autre jour, s'ils n'avaient pas rendez-vous. Elle le sonda:

– Vous voulez parler de Tang Wan'er, professeur?

– Comment as-tu deviné? Zhou Min devait aller voir le secrétaire général du comité municipal du Parti, je ne sais quelle tournure l'affaire a prise. Il aurait pu venir me faire un compte rendu ou envoyer Tang Wan'er.

Liu Yue se dit qu'elle avait vu juste.

– Tang Wan'er viendra, déclara-t-elle.

Zhuang s'assit un moment mais, ne voyant personne, il retourna à son bureau où il commença une longue lettre.

À dix heures quinze, Tang Wan'er arriva et appela Liu Yue qui faisait la lessive. Les mains pleines de savon, celle-ci releva la tête et découvrit la jeune femme coiffée d'un chignon et vêtue d'une large robe violette.

– Que voulez-vous ? Pourquoi tant de précipitation ? Vous êtes en nage. Madame n'est pas là, le professeur est dans son bureau, allez-y vite.

– Madame n'est pas là ? Moi qui venais pour bavarder un moment avec elle.

Zhuang Zhidie sortit de son bureau, salua Tang Wan'er, puis il s'assit en parlant de la pluie et du beau temps.

– Aujourd'hui, je vous garde à déjeuner, annonça-t-il. Liu Yue, ma femme se plaint toujours que tu n'as rien à faire, prépare-nous donc quelque chose.

– Je ne reste pas, mon déjeuner m'attend chez moi, protesta Tang Wan'er.

– Liu Yue, fais des raviolis pour midi. Va acheter de la viande et des bulbes de ciboule.

– J'avais bien deviné que je devrais sortir faire des courses ! rétorqua la servante qui prit un cabas et s'en alla.

Dès qu'elle eut le dos tourné, Tang Wan'er, les larmes aux yeux, se jeta dans les bras de Zhuang Zhidie.

– Ah non, tu ne vas pas pleurer ! s'écria Zhuang.

– Je pense tellement à toi !

Ils s'enlacèrent et s'embrassèrent avec passion. La main de la jeune femme se glissa entre les jambes de son amant. Il la poussa avec sa bouche en direction de la chambre. Elle avait compris et se détacha de lui pour s'y rendre d'elle-même. Il s'assura que la vieille Dame dormait profondément, et ferma doucement la porte. Il entraîna Tang Wan'er dans son bureau. Dévorés de désir, ils se déshabillèrent très vite.

– Tu ne portes ni culotte ni soutien-gorge ?

– Histoire de gagner du temps !

Il allongea la jeune femme sur le canapé en cuir, souleva ses jambes et lui embrassa le sexe.

Ici l'auteur autocensure quarante-sept caractères.

Plus elle se tortillait, plus il était excité et la suçait à pleine bouche. Mais, brusquement, son dos la démangea. Il voulut qu'elle le grattât.

— C'est un moustique qui vient de te piquer ? Surprenant en pleine journée, non ? Qu'est-ce que tu me fais ? demanda-t-elle tout en lui grattant le dos, tu, tu, tu… me… mords…

Sa main s'arrêta, elle tomba en pâmoison, s'abandonnant totalement. Un frisson de plaisir parcourut Zhuang de la tête aux pieds.

Ici l'auteur autocensure trois cent trente-trois caractères.

Lorsqu'il se releva, il souriait.

— Quel goût ça a ?

— Goûte.

Il colla sa bouche contre la sienne avant de pousser un cri inattendu.

— Qu'y a-t-il ? s'étonna Tang Wan'er.

— Ma cheville…

— Tu ne devrais pas faire d'effort.

— Ce n'est rien.

— Laisse-moi t'aider.

Elle se leva pour l'aider à s'asseoir sur la chaise.

Ici l'auteur autocensure vingt-cinq caractères.

— Ne crie pas, recommanda Zhuang, ma belle-mère est juste à côté.

— Je m'en fiche.

Elle continuait à gémir de plaisir. Il lui fourra un mouchoir dans la bouche qu'elle mordit.

Ici l'auteur autocensure dix-huit caractères.

— Dépêche-toi de te rhabiller, Liu Yue va rentrer.

Elle passa sa robe, mit de l'ordre dans ses cheveux, s'épongea et lui demanda si elle avait toujours du rouge à lèvres. Fatalement non, puisqu'il avait tout sucé. Il prit son tube et lui maquilla la bouche. Puis il releva sa robe pour écrire avec le rouge à lèvres près de son sexe. Elle le laissa faire pendant qu'elle se repoudrait. Lorsqu'il eut fini, elle se pencha et découvrit ces mots : « Chambre de l'Insouciance ».

– C'est le nom de ton bureau !

– Un jour, je calligraphierai ces mots avec mon pinceau et j'irai les coller chez toi !

– Les hommes sont vraiment étranges, constatat-elle, les soucis les tracassent, l'amour les distrait ! Es-tu rassasié ?

– Et toi ?

– Comblée ! Tout à fait comblée ! J'aurai la force d'attendre toute une semaine.

– Moi aussi. Sans toi, je ne sais comment j'arriverais à survivre.

– Pourquoi ne pas nous marier très vite ?

Il baissa la tête, l'angoisse pointa sur son visage.

– N'en parlons plus, dit-elle, cela te contrarie. Je suis heureuse, même si nous ne nous marions pas. Aimer et être aimée, voilà le vrai bonheur. Ton seul amour pour la vie, voilà qui me suffit.

– Je t'aime. Mais je voudrais pourtant te demander de m'attendre, de m'attendre quoi qu'il arrive.

Ils retournèrent au salon bavarder. Liu Yue revint et se dépêcha de hacher la viande pour farcir les raviolis. Tang Wan'er regarda sa montre :

– Mon Dieu, il est tard, je dois rentrer préparer son déjeuner à Zhou Min. Il cherche depuis des jours à joindre le secrétaire général, sans résultat. Aujourd'hui, il a décidé, s'il n'arrivait pas à le voir, de l'attendre coûte que coûte chez lui, assis devant sa porte.

– Si vous devez partir, je ne vous retiens pas. Vous ne vouliez pas prendre un livre ?

Ils regagnèrent le bureau. Liu Yue, qui s'activait dans la cuisine, ne croyait pas un mot de leur comédie. Elle posa son couteau et la viande pour aller jeter un coup d'œil. Mais la porte était à moitié fermée et le rideau tiré. Elle aperçut, dépassant du rideau, deux paires de pieds qui se faisaient face, la paire à talons hauts écrasant celle à talons plats. Elle fila à la cuisine d'où elle entendit Tang Wan'er dire :

– Liu Yue, je m'en vais.

Elle regarda partir la jeune femme sans la raccompagner.

Liu Yue, dans son for intérieur, songeait qu'elle n'était pas indifférente à son maître, qui s'était montré plus que gentil avec elle, mais pour qui, seule, Tang Wan'er comptait. Elle en était attristée. Elle reporta sa hargne sur Tang Wan'er et pesta contre elle. « Quelle honte ! Faire l'amour avec Zhuang Zhidie et se souvenir de préparer le repas de son mari ! » Elle voulut parler au professeur, mais elle s'aperçut qu'il dormait. Elle devina qu'ils avaient dû faire l'amour pendant qu'elle était au marché. Si jamais elle trouvait la moindre pièce à conviction, elle raconterait tout à Niu Yueqing. L'inspection du bureau du maître ne révéla rien. Elle découvrit juste trois feuilles, l'ébauche d'une lettre d'amour, sur la table de travail. L'en-tête était sans équivoque « Axian, mon amour » ; et la signature aussi « Ton Prunier qui t'aime ». « Parce qu'en plus, ils envisageaient d'entretenir des relations épistolaires ! » ricana-t-elle. Elle était arrivée sans qu'il eût le temps d'envoyer la lettre. Lui avait-il fait lire ? Ils avaient dû réfléchir et décidé d'utiliser des pseudonymes. Elle éparpilla les feuilles par terre pour faire croire à un coup de vent, puis elle prit soin de bien refermer la porte.

Au retour de Niu Yueqing, la jeune fille lui demanda d'appeler le professeur pour passer à table.

– Je crains qu'il n'ait pas vu passer l'heure, occupé comme il est à écrire dans son bureau. Dites-lui de venir.

Niu Yueqing entra dans la pièce, mais ne vit personne. Au moment où elle déplorait que la fenêtre fût ouverte, elle remarqua les feuilles qui jonchaient le sol. Elle les ramassa et s'assit pour les lire.

– À table, déclara Liu Yue, que faites-vous là, la mine grave ? Vous n'êtes pas bien ?

– Liu Yue, as-tu reçu une lettre aujourd'hui ?

– Non. Pourquoi cette question ?

– Pour rien.

Elle fourra la lettre dans sa poche et passa à table. Liu Yue se décida enfin à appeler elle-même le professeur ainsi que la vieille Dame.

– Tu manges toute seule, sans attendre ta mère ? dit-il voyant sa femme déjà attablée.

– Que veux-tu qu'elle mange ? Bientôt elle sera sans doute réduite à mendier !

– Ne passe pas ta colère sur nous si tu as des ennuis dans ton travail ! dit-il sèchement.

– Je ne passe ma colère sur personne ! Je n'ai pas de souffre-douleur !

– Tu es malade ? demanda-t-il, voyant l'air renfrogné dont elle les gratifiait.

Niu Yueqing balança son bol avec fracas sur la table et s'en alla dans sa chambre où elle éclata en sanglots. La vieille Dame qui entrait demanda à la jeune bonne ce qu'elle lui avait fait.

– Rien, répondit Liu Yue.

– Pourquoi ce chagrin si personne ne t'a rien fait ? persista-t-elle. Quelle chose te contrarie, ma fille ? Dans cette maison personne n'est jamais d'accord. On en parle, comme ça. Tu as du chagrin parce que tu ne peux pas avoir d'enfant, c'est ça ? Notre cousine est tout à fait d'accord pour en faire un à ta place. Il n'est pas dit, d'ailleurs, qu'à l'heure actuelle elle ne soit pas déjà enceinte. Que craindre une fois que la semence a pris ! Le bébé se fortifiera quand il sera au monde ! À toi maintenant de faire courir le bruit que tu es enceinte. Personne ne s'apercevra de la supercherie !

– Mère, laissez ce sujet de côté, dit Zhuang Zhidie.

– Si ce n'est pas la raison de ton chagrin, pourquoi pleures-tu alors ? persista la vieille Dame. Tu as tout ce qu'il te faut : vêtements, nourriture, confort, honneur. Zhidie n'est peut-être pas gentil avec toi ? Jeune comme tu es, il t'offre une servante. Adieu les corvées ménagères, courses, lessive, repas ! De quoi te plains-tu ?

– Il est bon, très bon avec moi, gémissait entre deux sanglots Niu Yueqing de sa chambre. Mais qui a de la considération pour moi ? Le confort matériel, soit ! Mais qui me réchauffe le cœur ?

– Qu'est-ce que tu racontes ? Arrête de dire n'importe quoi ! ordonna Zhuang Zhidie.

– Tu comprends parfaitement ce que je veux dire ! cria-t-elle.

– Moi aussi, renchérit la vieille Dame, je vois bien ce qui se passe. Tu nages dans le bonheur sans le savoir ! Zhidie est tout à fait conscient de ta gentillesse à son égard ! Il n'est peut être pas très expansif ni très loquace, c'est tout !

– Il faut le voir parler sans fin avec les autres, ce n'est pas étonnant qu'il n'ait plus rien à dire chez nous.

– Arrête de voir le mal ! poursuivit la vieille Dame. Je suis capable de juger. Ses journées sont très dures. S'il ne reçoit pas de visiteurs, il s'épuise à la tâche à sa table de travail. Tu vis bien de l'argent qu'il gagne ? Il y en a beaucoup qui seraient restés couchés toute la journée avec une entorse, au lieu de peiner une matinée entière dans son bureau.

– Écrire ! Je n'en doute pas ! Fatigué ? Plus il écrit, plus il est énergique.

Elle s'arrêta et fondit de nouveau en larmes.

Hors de lui, son mari cessa de manger. Il s'allongea sur le canapé pour dormir. Liu Yue porta son bol à Niu Yueqing qui refusa d'avaler quoi que ce fût. Elle fit ensuite de même avec Zhuang Zhidie, qui se montra agressif, la soupçonnant d'être l'instigatrice de cette tourmente :

– Je ne veux rien, mange toute seule.

Liu Yue retourna dans la chambre qu'elle partageait avec la vieille Dame et pleura.

Cette ambiance houleuse dura tout l'après-midi et même jusqu'au lendemain. En se levant, Zhuang Zhidie pensa à Alan. Il alla chercher la lettre dans son bureau, mais s'étonna de ne pas la trouver. Il questionna Liu Yue qui prétendit ne rien savoir.

– La nuit t'a-t-elle porté conseil ? demanda à Zhuang Zhidie Niu Yueqing, qui sortait de sa chambre les cheveux en bataille.

– Que veux-tu dire ? La colère m'a rongé toute la nuit.

– Tu me détestes, n'est-ce pas, mon cher Axian ?

– Axian ? Qui est Axian ? demanda Liu Yue.

– Le professeur Zhuang a différents noms de plume. Sous doute ne le savais-tu pas. Il a également les noms que lui donnent certaines personnes. Axian ! Quel joli nom !

– Pourquoi ce nom ? demanda la jeune fille.

Zhuang comprit alors la raison de cette rébellion : la lettre était tombée entre les mains de ces deux femmes. Rassuré, il en profita pour tirer les choses au clair :

– Tu as lu cette lettre ? demanda-t-il à sa femme.

– Si tu veux garder secrètes certaines relations, fais en sorte qu'elles le restent. Peux-tu m'expliquer qui est cette jeune personne ? Depuis quand entretiens-tu des relations épistolaires avec elle ? Et que lui racontais-tu dans les quatre ou cinq autres lettres ? J'étais au courant pour Jing Xueyin qui défraye toutes les chroniques, mais je n'imaginais pas qu'il existât une Prune ! Qui est-elle ?

– Baisse d'un ton, veux-tu. Tu as envie que les voisins entendent ?

– Précisément. Toi, homme de renom, l'idole de tous, je veux qu'on sache que tu n'es qu'un affreux scélérat.

– Madame, ne faites pas de tort au professeur, conseilla Liu Yue, la presse entière vante votre mariage heureux, votre amour partagé.

– Amour partagé ? L'amour a dû me rendre aveugle.

Zhuang Zhidie attendit que la colère de Niu Yueqing tombe pour s'expliquer, en détachant les mots un à un :

– Maintenant écoute-moi. Axian n'est ni mon nom

279

de plume ni un sobriquet ; c'est le surnom de Zhong, le rédacteur en chef de la revue. Prune est une de ses anciennes camarades de lycée dont il est amoureux.

Il leur raconta la vie de Zhong Weixian, ses amours passées, ses espérances actuelles ; la rencontre avec Alan dans le bureau du chef Wang.

– Lorsque l'article de Zhou Min a déclenché cette vague de polémiques, il a été très chic avec nous, conclut Zhuang Zhidie. Je lui en suis reconnaissant. Comprenant son attachement à cette femme, une idée m'est venue : pourquoi ne pas lui offrir une petite consolation sur la fin de ses jours ? J'ai donc écrit une lettre que j'ai signée du nom de sa bien-aimée, Prune. Impossible forcément de la poster ici à Xijing. La sœur aînée d'Alan l'enverra de l'Anhui pour éviter d'éveiller ses doutes. Voilà ce qu'il en est. Si tu ne me crois pas, demande à Zhou Min, il est au courant lui aussi.

Niu Yueqing et Liu Yue en restèrent abasourdies. Elles avaient l'impression qu'on venait de leur servir un conte de fées.

– Pourquoi prétendez-vous toujours, madame, que le professeur joue à l'entremetteuse ? demanda Liu Yue.

– Bien sûr que je me renseignerai auprès de Zhou Min, répondit sa femme. Pour écrire des mots si doux c'est que tu as déjà bien dû te trouver dans la même situation, sinon tu n'atteindrais pas une telle perfection.

– Un écrivain n'est-il pas un psychologue ? demanda-t-il.

Niu Yueqing lui rendit la lettre.

– S'il n'y a rien, tant mieux. Mais pourquoi avoir eu mauvaise conscience alors ? demanda-t-elle à son mari. Tu as vu comme l'expression de ton visage a changé quand je me suis mise en colère. Impossible maintenant de savoir si tu dis vrai ou si tu mens. Si tu mens, tu sais t'y prendre pour me tromper.

– Comment cette lettre t'est-elle tombée entre les mains ?

280

– Liu Yue m'a envoyée te chercher dans ton bureau, les feuilles jonchaient le sol.

– J'avais posé un presse-papiers dessus, impossible que le vent les ait éparpillées.

– C'est moi qui les ai découvertes en premier, avoua Liu Yue. Craignant que vous n'ayez commis quelque faute, je les ai volontairement dispersées pour que Madame s'en aperçoive.

– Tu as bien agi, ma fille, complimenta Niu Yueqing. Dorénavant, quoi qu'il se passe ici, raconte-moi tout.

– Tu n'es pas engagée comme espionne ! hurla Zhuang hors de lui.

Liu Yue regretta alors son initiative. Elle insista pour porter la lettre chez Alan. Niu Yueqing déclara qu'elle la déposerait en allant à son travail.

Zhuang Zhidie ne décoléra pas de la matinée. Il se montra détestable avec Liu Yue, s'en prenant constamment à elle.

Injustement grondée, la jeune fille se réfugia dans la cuisine où elle se mit à pleurer. Un peu plus tard, on frappait de nouveau à la porte. C'était Zhou Min.

– Le professeur n'est pas là, répondit-elle.

– Je suis là, hurla-t-il de son bureau d'où il avait tout entendu, entrez.

Zhou Min lui reprocha de lui avoir menti. Elle éclata de nouveau en larmes.

Zhou Min exposa ses griefs à Zhuang Zhidie en lui redonnant la lettre qu'il avait écrite quelques jours auparavant. Pendant trois jours il avait, sans succès, couru après le secrétaire général. Ce matin, en se rendant encore chez lui, il avait appris qu'il tenait réunion à l'hôtel de l'Oiseau bleu où il avait aussitôt couru. Le secrétaire général effectivement trônait à la tribune officielle. Impossible de le déranger. Zhou s'était posté à la porte dans l'espoir que l'autre irait tôt ou tard se soulager la vessie. L'attente avait duré deux heures. Le secrétaire s'était alors rendu aux toilettes où il déféqua. Zhou Min, qui l'avait suivi, s'accroupit à côté de lui, juste au-dessus de la fosse, faisant semblant de procéder à la même chose.

– Vous êtes bien le secrétaire général, n'est-ce pas? avait-il lancé, ne sachant trop quoi dire.

– Hum.

– Avez-vous vu le vieux Hu?

– Non.

– Moi non plus.

Le secrétaire général s'était essuyé, relevé et avait remis son pantalon, prêt à regagner la salle de réunion.

– Monsieur le secrétaire général, je voudrais vous parler.

– Qui êtes-vous? Je ne vous connais pas.

– C'est exact. Lisez cette lettre et vous comprendrez.

D'une main, le haut fonctionnaire tenait son pantalon, de l'autre la lettre à laquelle il avait jeté un coup d'œil avant de la rendre à Zhou Min.

– Qu'a fait cet écrivain ces derniers temps?

– Il écrit.

– Normal pour un écrivain. C'est son travail.

– Il se consacre à l'écriture.

– C'est ce que l'on dit, et ce que je croyais. Je n'aurais jamais imaginé qu'il puisse se mêler de politique.

– C'est un écrivain, il ne comprend rien à la politique.

– Tiens donc. Alors pourquoi s'est-il démené toute la nuit à la rédaction du journal pour que l'article soit publié? Puisque vous êtes son ami, dites-lui de faire attention. Lui qui habite depuis si longtemps à Xijing ne peut agir comme le premier venu!

Les deux hommes sortirent des toilettes.

– Si vous demandiez au vice-préfet de la province chargé de la culture…, insista Zhou Min.

– Ne comptez pas sur moi pour vous pistonner!

En écoutant ce récit, Zhuang Zhidie eut l'impression de recevoir un coup de massue sur la tête. Il s'empressa de déchirer la lettre en pestant.

– Qu'ils aillent se faire foutre, ces dirigeants de

merde ! Pourquoi n'aurais-je pas dû aller à la rédaction du journal ? Pour ne pas froisser le président de l'Assemblée populaire nationale municipale ? Mais je ne pouvais pas imaginer que cette affaire impliquait tant de ses proches et que cela allait lui retomber dessus. M'accuser de me mêler de politique ! Si cela avait été le cas, on n'en serait pas là justement. Pourquoi le président de l'Assemblée nationale populaire ne garde-t-il pas sa place ? Puisque lui, son secrétaire général, le soutient, si son maître tombe, qu'il se démerde avec le maire, pas avec moi. Inutile de déverser ses saloperies sur moi. Je n'ai aucune envie d'être fonctionnaire. Écrivain je suis, écrivain je reste. Il s'imagine peut-être qu'il a le pouvoir de me briser !

Sa colère montait. Il repoussa avec violence le cendrier qui glissa et tomba sur un vase en porcelaine. Le vase se fracassa. Le bruit attira la vieille Dame qui accourut. Croyant que les deux hommes se querellaient, elle les réprimanda. Zhou Min n'osa pas dire la vérité. Il se tut et quitta la pièce. Liu Yue s'empressa de ramasser les morceaux.

– Ne vous mettez pas dans un état pareil. Votre belle-mère va croire que c'est la faute de Zhou Min qui est en larmes dans le salon.

– Mêle-toi de ce qui te regarde ! lui conseilla-t-il. Tu as la langue trop bien pendue.

Il lui claqua la porte au nez et s'enferma dans son bureau.

Remis de son émotion, Zhou Min décida d'aller consoler Zhuang Zhidie. Mais il se heurta à porte close.

– Professeur, ouvrez-moi, nous allons trouver une solution.

– J'ai du mal à avaler la pilule. Ce secrétaire général se prend pour qui ? Je vais écrire au maire.

– Mettez un mot au vice-préfet de la province et je lui porterai.

– Inutile ! Inutile d'aller trouver qui que ce soit ! Que les hauts dirigeants donnent leurs ordres ! Que craignez-vous ? J'ai essuyé bien plus d'échecs que vous !

Zhou Min n'osa pas insister. Il resta un moment, puis s'en alla la tête basse, abattu.

Le soir, lorsque Niu Yueqing revint, sa mère brûlait du papier de monnaie d'offrande dans sa chambre, Liu Yue pleurait au salon, Zhuang Zhidie, enfermé dans son bureau, écoutait la cassette de la marche funéraire. Liu Yue lui conta en détail les aventures de la journée. Niu Yueqing s'étonna de n'avoir rien su d'une affaire aussi importante. C'était incroyable ! Un écrivain était un écrivain, il n'avait fait qu'exécuter les ordres du maire ! Elle injuria tout le monde, pestant contre ciel et terre. Elle s'en prit à Jing Xueyin qu'elle qualifia de perverse, à Zhuang qui avait clamé sur tous les toits ses liens avec elle. Fallait voir dans quel pétrin ils étaient maintenant ! Zhuang Zhidie tapa sur le canapé et hurla :

– Cesse de juger, tu m'emmerdes ! Tu vas finir par me forcer à me pendre, en m'offrant la corde par-dessus le marché !

Terrifiée, Niu Yueqing n'ajouta plus un mot. Aidée de Liu Yue, elle confectionna des nouilles épicées, sachant que c'était le plat préféré de son mari.

*

La ruelle des Saules-Frêles à la porte Nord des remparts avait produit ces dernières années un jeune écrivain, homme sage et honnête, ouvrier de son état dans une usine de distribution d'électricité. Il ne travaillait que trois jours sur quatre car il était de service une nuit sur deux. Il avait donc du temps pour faire un peu de commerce, mais sa véritable passion était l'écriture. Bien qu'il eût plus de trente noms de plume différents, il les avait tous fait graver sur des sceaux en jade de Lantian. Il était peu connu à Xijing, car peu édité. Pratiquement, seuls les habitants de sa ruelle le connaissaient. Chaque fois que l'on passait devant sa fenêtre, on le voyait toujours assis, appliqué à écrire. Il toussait comme un malade vu les cigarettes de mauvaise qualité qu'il fumait. Des années auparavant, il était allé demander conseil à Zhuang Zhidie qui l'avait introduit à la rédaction de la revue, lui permettant ainsi de publier quelques courts récits. Du coup, il passait souvent prendre des nouvelles du professeur et bavarder avec lui. Mais depuis un certain temps sa prose n'était plus publiée et il ne venait plus, n'osant pas faire perdre son temps à Zhuang Zhidie. Il y avait un an ou deux, des librairies l'avaient invité à écrire des romans un peu érotiques destinés à captiver le lecteur. Il en avait pondu deux, uniquement pour gagner quelques centaines de yuans, car il estimait que ce genre de création portait atteinte à sa dignité. Et il avait encore plus honte de rendre visite à Zhuang Zhidie. Un de ses parents, monté à la capitale pour chercher un travail, s'était installé chez lui, s'était lancé dans le commerce de fruits et légumes et s'était enrichi. Il louait maintenant une maison basse près du périphérique nord. Il consacrait ses journées à ses légumes et ses nuits à boire et jouer aux cartes avec ses acolytes. Il avait même réussi à faire venir sa femme et sa fille. La femme de notre jeune écrivain, jalouse de la réussite de ce campagnard, fulminait contre leur propre situation. Un beau jour, ce parent, rutilant comme un sou neuf, était venu leur proposer la gérance d'une échoppe qui vendait des petits pains cuits à la vapeur.

– Si tu es d'accord, lui avait-il dit, nous pouvons nous associer, ma femme t'aidera. C'est un commerce qui a toujours bien marché. J'ai calculé que les anciens propriétaires utilisaient mille cinq cents livres de farine par jour pour faire les petits pains. Même si nous en faisons un peu moins, mettons huit cents ou mille livres, nous ferons chacun un bénéfice mensuel net de mille yuans.

– Lançons-nous dans la vente de petits pains ! Ma femme me rend la vie tellement impossible à la maison que je n'arrive pas à écrire, avait répliqué le jeune écrivain.

Sa couette sous le bras, il était parti s'installer près du troisième périphérique d'où il se rendait directement à son usine pour assurer ses trois-huit et revenait ensuite. Il avait passé ainsi dix jours sans rentrer chez lui.

Mais le onzième jour, il revint pédalant, sa couette et quatre sacs de chanvre remplis de petits pains cuits à la vapeur sur son triporteur.

– Nous sommes ruinés ! annonça-t-il à son épouse.

– Comment ça, ruinés ? D'habitude ceux qui font du commerce s'enrichissent, pourquoi nous, aurions-nous tout perdu ?

– Il ne faut jamais contrarier le destin ! Or tu as contrecarré le mien. Tu n'imagines pas le mal que je me suis donné pendant ces dix jours pour finir avec ce tas de machins qui m'a coûté cinq cents yuans.

Ce n'est qu'en arrivant au troisième périphérique qu'il avait découvert que la maison que louait son parent se trouvait dans la grande cour d'un relais et que l'atelier de fabrication des petits pains était situé dans la rue face à l'écurie. Le jour de l'ouverture ils préparèrent huit cents livres de farine, mais en raison du milieu trop alcalin, les petits pains avaient pris une couleur jaune et n'avaient pas levé. Personne n'en avait acheté. Malgré trois essais successifs, le résultat avait été le même et il s'était retrouvé, pour sa part, avec sa production sur les bras.

Il avait donc perdu cinq cents yuans. Il acheta quatre sacs de chanvre qu'il remplit de petits pains et rentra chez lui. Sa femme naturellement le traita de tous les noms mais dut se résoudre à trouver un moyen de les écouler.

– Au goût, ils ne sont finalement pas mauvais. Seul leur aspect n'est pas très appétissant. Il aurait été regrettable de les donner à des cochons. D'un autre côté, à nous trois on en a pour le restant de nos jours. Le mieux serait de les offrir à des amis. Toi, l'écrivain, tu côtoies tous les jours du beau monde, pourquoi ne pas en donner à ce M. Pang du journal de la ville, ou bien à ce Zhuang Zhidie...

– Un cadeau pareil ! Au professeur Zhuang ?

De fil en aiguille, il pensa à Yuan Zhifei qui était en train de faire restaurer les dortoirs de sa troupe. Pourquoi ne les lui vendrait-il pas moins cher pour ses ouvriers ? Il se rendit chez Yuan Zhifei, qui hélas venait de congédier ses ouvriers car les travaux étaient achevés. Mais Yuan Zhifei eut pitié de lui. Il téléphona à beaucoup d'amis pour savoir s'ils ne voulaient pas acheter des petits pains pour la cantine de leur entreprise. Il contacta aussi Niu Yueqing. Elle compatissait, confia-t-elle à Yuan Zhifei, et comprenait le chagrin que pouvait ressentir ce jeune homme :

– Combien d'écrivains vivent dans le rêve et mènent une vie qui n'en est pas une ! Dites à votre ami de venir me voir à mon bureau cet après-midi. La cantine de mon unité de travail n'en voudra certes pas, mais j'ai une idée pour qu'il s'en débarrasse. Inutile de lui expliquer comment. Dites-lui simplement que notre cantine les lui prend.

– Quelle femme parfaite, s'extasia Yuan Zhifei, vous me faites rougir de honte !

– Mais non ! C'est une de vos connaissances et aussi un élève de mon mari.

– Qu'écrit donc notre ami Zhuang en ce moment pour vivre reclus comme un moine ? Est-il content de ce qu'il a fait ? Voyez-vous une objection à ce qu'il vienne me voir, j'aurais besoin de ses conseils.

– Bien au contraire. Invitez-le à voir votre spectacle. Il est inquiet depuis quelques jours et rien ne lui fait plaisir. Une sortie le déridera sûrement.

Le matin même, Yuan Zhifei alla chercher Zhuang Zhidie en voiture. Il l'emmena déjeuner au restaurant du Grand Hôtel des Tang, puis sitôt le repas fini, ils regagnèrent le bureau de Yuan Zhifei situé au rez-de-chaussée de l'immeuble où il habitait. Immeuble de trois étages qu'il louait pour sa troupe depuis plusieurs années. Les premier et deuxième étages étaient les dortoirs. Les trois pièces communicantes au rez-de-chaussée servaient de salle de répétition, les autres de bureaux ou de chambres pour des amis de passage. Ils burent quelques tasses d'infusion de tiges d'immortelles de Ba Shan. Yuan Zhifei demanda à son ami s'il avait envie d'aller voir cet après-midi le spectacle que donnait sa troupe dans la salle des fêtes d'une grande usine, dans la banlieue est de la ville. Zhuang Zhidie demanda s'il n'avait pas déjà vu ce spectacle. Pratiquement, avoua Yuan Zhifei, seule la distribution était un peu différente. Zhuang Zhidie déclina l'invitation.

– Je l'aurais parié, déclara Yuan Zhifei en tapant sur le canapé. J'irai seul, tu resteras ici. Je te ferai porter du bon vin, des bonnes cigarettes et tu en profiteras pour m'écrire un article pour mon Évaluation des titres de ma fonction.

Il expliqua que la compagnie de théâtre dans laquelle il travaillait autrefois était en train de procéder à l'Évaluation des Titres de sa fonction. Bien qu'ayant créé sa propre troupe, il avait gardé son ancien poste à titre honorifique, sans traitement. Il était en effet impossible pour lui d'avoir une Évaluation de ses titres au sein de sa troupe, cela ne pouvait s'appliquer qu'à son ancienne unité de travail.

– Pourquoi veux-tu cette Évaluation de merde ?

– Je veux de l'argent et des titres ; les titres sont un statut social. Dans la société actuelle, le pouvoir permet de gagner de l'argent, le statut social aussi. Ta célébrité te donne bien des facilités pour publier. Qui dit publication dit fatalement appointements.

– J'ai acquis une certaine célébrité grâce à mes articles. Sur quoi se fondera-t-on pour ton évaluation ?

– Je m'occupais des costumes, de la façon de faire disparaître les taches de sueur. C'est un sujet en or pour une Évaluation ! Comme il est impossible de laver les costumes, le meilleur moyen est de pulvériser du vin et de laisser sécher, mais souvent il reste des auréoles. Mon secret : une fois le vin pulvérisé, il faut plier le costume dans une malle et ne plus s'en occuper. L'alcool en s'évaporant fait son effet.

– Tu veux que je te rédige un papier sur ce truc-là ? Jamais de la vie !

– Attends, je t'ai à peine expliqué, reprit Yuan Zhifei, un peu désappointé. Plus personne en Chine ne connaît ce procédé pour rendre leur éclat aux costumes.

– Tu penses faire breveter ton invention peut-être !

– Si ce sujet n'est pas bon, parlons du jeu des acteurs.

– Quel rôle as-tu déjà interprété ?

– Aucun, mais grâce à mon père je connais parfaitement la gestuelle théâtrale et son symbolisme, je suis imbattable sur ce sujet.

– Moi aussi.

– Ah bon ! répondit Yuan, un peu désappointé.

– Raconte quand même.

– Que choisir ? Par exemple sais-tu comment les acteurs arrivent à se grimer pour que leur visage exprime une affreuse grimace, dite la grimace aux longues dents ?

Zhuang Zhidie avoua son ignorance.

– Es-tu d'accord pour faire un papier sur ce sujet ?

– Que veux-tu que j'écrive, je ne sais même pas de quoi il s'agit. Il faudrait que tu me fasses une petite démonstration et je prendrais quelques notes.

Yuan Zhifei expliqua qu'il avait besoin de dents de porc mais où en trouver ? Il se tapa sur la poitrine et monta en courant au deuxième étage chercher une pile de papiers jaunis.

– Voici les explications.

Zhuang Zhidie découvrit, en effet, des dessins et des notes.

– Ces documents ont été rédigés par mon père. Il a toujours gardé le secret de cette technique, n'a légué qu'à moi seul ces feuilles. Pourquoi ne pas remanier l'ensemble pour en faire un article ? Je t'en supplie, rends-moi ce service. Repose-toi d'abord, tu t'y mettras ensuite. Ce soir je t'inviterai à boire du vin où macère une vésicule de serpent.

– Inutile de me supplier, là n'est pas la question.

Mais quelle drôle d'ambition pour toi que Xijing place sur un piédestal.

– Je n'ai pas comme toi la prétention d'écrire pour la postérité. J'aime la vie, je la prends comme elle vient.

L'après-midi Yuan Zhifei partit donc à la tête d'une joyeuse troupe de comédiens tandis que Zhuang Zhidie, sa sieste terminée, se mettait à rédiger l'article. Au départ, il avait accepté pour se changer les idées, mais en lisant minutieusement les vieux documents, il finit par trouver ce sujet passionnant. Il apprit donc que ce jeu de grimaces mobilisait trois parties : la langue, les lèvres, les joues. Il apprit comment placer les fausses dents pour obtenir des mimiques différentes, des grimaces parfois terrifiantes, une foule de choses sur cet art qui lui était jusqu'alors totalement inconnu. Son article terminé, comme Yuan Zhifei n'était toujours pas de retour, il alla se promener dans un marché non loin de là.

Marché, lieu de bousculade et de poussière. Après avoir observé le spectacle d'un œil amusé, Zhuang Zhidie se sentit subitement démoralisé. En levant la tête, il constata que des nuages impétueux, fougueux, voilaient le soleil : le temps tournait à l'orage. Il rebroussa chemin. Le vent se leva. La plupart des gens couraient dans tous les sens, une confusion totale régnait au carrefour de la ruelle. Zhuang Zhidie remarqua alors une femme penchée au-dessus d'un étal de viande, en train de choisir du cœur et du poumon de porc. Une femme assez grande, svelte, vêtue d'un tailleur vert foncé, dont la position mettait en valeur une paire de fesses bien rondes. Ses pieds fins et gracieux étaient chaussés de souliers à talons aiguilles. Pour en avoir le cœur net, il s'approcha et se retourna vers elle. Il éclata de rire en découvrant qu'elle n'était autre que la femme de Wang Ximian. Attirée par le rire, elle se releva et s'exclama :

– C'est vous, Zhidie ! Que faites-vous ici ? Y a-t-il longtemps que vous m'observez ?

– Je me demandais qui pouvait être cette jolie femme qui néanmoins achetait du cœur de porc. Son mari doit être une canaille de première, me suis-je dit. Je n'ai pas songé que j'injuriais mon ami Ximian.

– C'est pour mon chat, corrigea-t-elle en souriant. Qui mangerait une chose pareille! Il y a longtemps que je ne vous ai vu. Je viens d'apprendre par la mère de Meng Jin que vous vous êtes foulé la cheville et je pensais aller vous voir demain. Mais vous galopez comme un lièvre! On m'a raconté des histoires.

– Je me suis fait une entorse, mais je vais mieux. Qui est Meng Jin? Comment sa mère est-elle au courant de mon accident?

– Meng Jin est le fils de Meng Yunfang, sans doute a-t-il entendu son père en parler et il l'aura rapporté à sa mère.

– Comment va-t-elle?

– Difficile à dire.

Elle prit sa marchandise, régla et proposa à Zhuang Zhidie de venir passer un moment chez elle.

– Ximian est à Canton, je suis seule avec ma belle-mère et ma bonne, venez, je vous préparerai des raviolis et je vous montrerai mon chat.

– Je suis chez Yuan Zhifei pour qui j'écris un article. Il n'est pas encore de retour, je ne peux partir sans le saluer.

Soudain un roulement de tonnerre les fit sursauter.

– La pluie arrive, allons nous abriter chez Yuan Zhifei, dit Zhuang Zhidie.

Sa phrase à peine terminée, des gouttes de pluie grosses comme des sapèques se mirent à tomber. Zhuang prit par la main Mme Wang, si légère qu'il semblait la porter, et ils coururent dans la ruelle, le dos courbé pour se faufiler entre les gouttes. Ils étaient trempés jusqu'aux os en arrivant chez Yuan Zhifei.

Ils s'assirent, l'orage se rapprochait. Brusquement

le ciel s'obscurcit. Un éclair déchira les ténèbres. Blanc d'acier dans un ciel noir d'encre. Un nouveau coup de tonnerre fit trembler portes et fenêtres, si violent qu'ils crurent que la foudre s'était abattue dans la cour. Zhuang Zhidie voulut allumer la lumière, mais craignant un court-circuit, il alluma la bougie à moitié consumée qui se trouvait sur la table et demanda à sa compagne si elle avait peur.

– Peur? Je n'ai rien à craindre tant que vous êtes là. Si un dragon doit nous attraper, il nous attrapera tous les deux!

Tout en parlant, elle prit une serviette de toilette pour sécher ses cheveux. Sa jupe trempée collait à son corps comme une feuille de papier fin, et révélait les moindres soubresauts.

– Comment va la mère de Meng Jin? demanda Zhuang. Je ne l'ai pas vue depuis des années.

– Une femme sans homme est un crabe sans pied. Meng Jin est grand, espiègle, la réplique de son père! Je l'ai rencontrée il y a quelques jours dans la rue, elle était dans un état lamentable, la larme à l'œil à tout propos. Elle cherche à se remarier mais qui voudrait d'elle à quarante ans? J'ai songé à un voisin de mes amis, un ingénieur qui est veuf.

– Si elle vous avait ressemblé, ne serait-ce qu'un peu, Meng Yunfang n'aurait jamais divorcé, ne put-il s'empêcher de constater en souriant.

– Vous vous moquez toujours de moi! Si vous m'aviez vue dans ma jeunesse! Maintenant je suis vieille, malade à longueur d'année et terriblement amaigrie.

– Sornettes! À la maison je vous donne souvent en exemple, ma femme me rétorque que Wang Ximian est suffisamment riche pour vous acheter des pilules de jouvence!

La femme ne dit rien, sourit, puis fondit en larmes.

– Wang Ximian m'achète reconstituants sur fortifiants, dit-elle, mais hélas je connais la racine de mes maux.

Elle renifla. Ses yeux boursouflés étaient noyés par

le chagrin. Zhuang Zhidie n'osa pas poser de questions, il lui passa la serviette de toilette pour qu'elle sèche ses larmes. Puis sur le ton de la plaisanterie, il changea de sujet :

– Wang Ximian est à Canton pour organiser une exposition, il est fou! Quelle ambition, après avoir sévi dans le Nord, il s'attaque au Sud!

– Pas du tout. Il est parti faire des affaires. Vous n'êtes sans doute pas au courant, mais il est malade depuis des années.

– Malade? De quoi? Bien que maigre, c'est un homme cent fois plus énergique que moi.

– Il est réellement malade, il a une hépatite B, sans que son foie soit encore atteint.

– Mon Dieu! En effet, personne n'est au courant.

– Surtout ne dites rien. Il prend des médicaments en cachette, mais il est malade un jour sur deux. Je vais vous faire une confidence, il ne m'embrasse plus depuis des années et lorsque nous faisons l'amour, ce qui arrive une fois tous les deux mois, il met un préservatif.

Zhuang Zhidie doutait fort de l'honnêteté de son ami vu le nombre d'aventures extraconjugales qu'on lui connaissait. Cette histoire d'hépatite ne devait être qu'un prétexte.

– Je lui dis souvent : « Puisque tu es malade, reste à la maison pour te soigner », mais il est toujours à courir par monts et par vaux à longueur d'année, m'envoyant de l'argent chaque mois. Pour ça nous n'en manquons pas! Argent qui, hélas, permet d'acheter une maison, mais pas un foyer ; des médicaments, mais pas la santé ; des plats succulents, mais pas l'appétit ; des divertissements, mais pas le bonheur ; un lit, mais pas le sommeil.

Elle se tourna vers la fenêtre. Dehors l'obscurité était totale et le tonnerre grondait encore, le vent et la pluie faisaient rage. Elle se redressa brusquement.

– Je n'aurais jamais dû vous raconter tout ça. Cet orage inattendu qui nous a poussés jusqu'ici m'a incitée aux confidences. Puisque nous y sommes, j'ai un aveu à vous faire.

– Un aveu? Ces dernières années je ne vous ai pas beaucoup rendu visite et je m'en excuse. Mais si vous avez besoin de mes services, je ferai tout mon possible pour vous aider.

– Vraiment?

– Que le tonnerre me foudroie si je mens!

– Ne dites pas ça, j'en mourrais. Mes aveux vont sans doute vous amuser. Autrefois, jeune fille, j'ai assisté à une de vos conférences littéraires ici, à Xijing. Je vous voyais pour la première fois et je ne sais pourquoi une idée m'a traversé l'esprit: si je me marie, c'est lui et personne d'autre! J'ai fini par vous rencontrer, mais impossible de vous avouer directement mon amour. J'ai donc chargé une amie de demander à Jing Xueyin de servir d'intermédiaire. Elle lui a répondu avec un petit ricanement: «Elle se fait des illusions!» Lorsque j'ai appris, juste après, votre liaison avec elle, j'étais désespérée. Puis le bruit courut que finalement vous épousiez Niu Yueqing. J'ai fondu en larmes. Mon chagrin surmonté, j'ai décidé d'aller chez vous où j'ai constaté que votre femme était belle, distinguée. Je me suis consolée en épousant Wang Ximian. Aujourd'hui nous ne sommes plus tout jeunes, je vous ai ouvert mon cœur, mais surtout ne me dites rien. Je voulais juste clore cette partie de ma vie, j'en suis soulagée.

Zhuang Zhidie resta pétrifié. La surprise le rendait muet. Il revit en détail toutes ces années qui s'étaient écoulées depuis qu'il l'avait rencontrée pour la première fois. Le regret et l'émotion l'envahirent. Il la vit, là devant lui, les lèvres tremblantes.

– Ne dites rien, surtout ne dites rien, supplia-t-elle.

Ils restèrent assis en silence un moment, avant d'entendre du chahut dans le couloir puis la voix de Yuan Zhifei.

– Zhidie, es-tu encore là? Quel ami tu es!

Il poussa la porte, la femme de Wang Ximian se leva.

– Zhidie est vraiment un ami! dit-elle, pour vous consacrer son temps et travailler à votre place tandis que vous vous amusiez!

– Ah! s'exclama Yuan Zhifei en le voyant, maintenant j'en suis beaucoup moins sûr. Si vous n'aviez pas été là, serait-il resté aussi sagement ici?

Zhuang Zhidie prit une serviette de toilette et l'aida à essuyer ses cheveux trempés tout en lui expliquant qu'il avait rencontré Mme Wang au marché et qu'ils étaient venus bavarder ici pour s'abriter de la pluie. Personne n'avait dîné. Yuan Zhifei s'excusa. Il appela un des comédiens qui était à l'étage et lui demanda d'aller chercher des plats dans un petit restaurant.

Après le repas, Yuan Zhifei lut l'article rédigé par Zhuang Zhidie. Il en fut très satisfait. Il prit une bouteille d'alcool pour en offrir à ses amis. La femme de Wang Ximian déclara qu'elle devait rentrer, Zhuang Zhidie aussi. Yuan Zhifei leur proposa d'attendre la fin de l'orage pour leur appeler deux taxis qui les raccompagneraient chez eux. Après avoir vidé la moitié de la bouteille, ils avaient tous trois le visage en feu, mais la pluie n'avait toujours pas cessé. Le tonnerre grondait de plus belle.

– Pourquoi vouloir rentrer par un tel déluge? insista Yuan Zhifei. L'un de vous peut dormir ici dans mon bureau, l'autre dans la chambre voisine.

– Je suis d'accord, et vous? dit Zhuang Zhidie.

– Mon mari n'est pas là, je suis seule. Mon unique souci, c'est mon chat.

– Je vais passer un coup de fil dans vos foyers respectifs. Les injures de Niu Yueqing au cas où elle trouverait que je te dévergonde ne me font pas peur. Quant à vous, j'ai juste à demander à votre belle-mère de prendre soin de votre petit chat.

– Dites-lui de ne pas oublier de le nourrir ce soir; il y a dans le réfrigérateur une queue de poisson, qu'elle lui en prépare la moitié coupée en petits dés.

– Mon Dieu, vous prenez votre chat pour votre mari !

Sur ce, Yuan Zhifei monta téléphoner.

Lorsqu'ils eurent vidé complètement la bouteille et bien bavardé, il se faisait déjà tard. Yuan Zhifei qui avait la tête lourde proposa d'aller se coucher. Il leur montra où se trouvaient les toilettes, la salle d'eau, avant de rejoindre, légèrement chancelant, ses appartements à l'étage. Le couloir était d'un calme absolu. Zhuang Zhidie, ses ablutions terminées, apporta une cuvette d'eau à Mme Wang.

– Rafraîchissez-vous avant de dormir. Demain matin, je viendrai frapper à votre porte et nous irons dans le restaurant du Vieux Sun manger des petits pains farcis.

Zhuang Zhidie tenait bien l'alcool. Il avait bu la moitié de la bouteille à lui tout seul mais se sentait néanmoins en pleine forme. Allongé sur son lit, il écoutait le bruit de la pluie qui le fit penser à l'épouse de Wang Ximian. Depuis dix ans, il avait toujours éprouvé une profonde sympathie à son égard, mais sans aller trop loin dans ses rêveries. Incapable de dormir, il se mit à la comparer à sa femme, puis à Tang Wan'er, et enfin à Liu Yue. Ce qui l'excita. Son sexe durcit. Sans allumer la lumière, il se leva, s'habilla, sortit dans le couloir et alla aux toilettes se soulager. Mais cela ne régla pas le problème. Il frappa alors à la porte de la chambre de Mme Wang.

– Qui est-ce ? demanda-t-elle.

– C'est moi, répondit-il.

– Qu'y a-t-il ? Attendez un peu.

De la lumière transparut au travers du papier collé sur la petite vitre de la porte. Il entendit Mme Wang s'approcher, tirer le verrou sans pour autant ouvrir.

– Entrez, dit-elle enfin.

Zhuang Zhidie poussa la porte et entra. Elle était assise habillée sur son lit, ses jambes cachées sous une serviette de toilette.

– Avez-vous entendu le chat qui miaulait là-haut ? demanda-t-elle. Il me fait songer au mien.

– Je… Je…, bafouilla-t-il en fermant la porte.

Il s'approcha d'elle, décontenancé. Elle comprit ce qu'il voulait.

– Zhidie, dit-elle à voix basse. Vous ?

Il se pencha et la serra dans ses bras.

– Je ne peux pas dormir, ânonna-t-il, je…

Il embrassa avec volupté ses lèvres fines. Elle tendit aussitôt les bras pour l'enlacer. La serviette de toilette tomba sur le côté, découvrant son corps nu juste vêtu d'un petit slip rose pâle. Une véritable sirène. Il se glissa immédiatement dans son lit, sans même quitter ses chaussures. Elle l'arrêta dans son élan.

– Zhidie, nous ne pouvons pas, ce n'est pas bien. Nous devons respecter, vous votre épouse, moi mon mari. J'ai été amoureuse de vous autrefois, et il m'a été difficile de vous oublier ensuite. Mais nous ne pouvons agir ainsi. Ce n'est bien ni pour vous ni pour moi. Si vous m'aimez aussi, attendons d'être vieux. N'allez pas croire que je veuille provoquer le destin, mais si Wang Ximian et Niu Yueqing meurent les premiers, nous nous marierons alors. Si nous mourons les premiers, tant pis.

Elle se força à sourire et ôta de son cou une chaîne à laquelle pendait une pièce en cuivre.

– Je porte bagues, boucles d'oreilles, bracelets en or, mais jamais de collier en or. Non que j'en manque, mais parce que je ne me sépare jamais de celui-ci. Je l'ai trouvé sur le rebord de la fenêtre ce jour où je suis allée chez vous voir à quoi ressemblait Niu Yueqing, et je l'ai pris. J'avais besoin d'avoir quelque chose de vous. Mon mari n'a jamais rien su de ce collier. Aujourd'hui, puisque mon cœur n'a plus de secret pour vous, je vous le rends. Je voulais que vous le sachiez. Il est imprégné de ma sueur, de mon sang, de mes odeurs, il est un peu moi.

Elle le retira et le lui donna. Il le passa à son cou mais garda la pièce dans sa bouche. Il s'en alla les yeux pleins de larmes. En se retournant, il la vit, une main sur le ventre, le visage crispé de douleur.

– Vous souffrez?

– Mon estomac, de vieilles douleurs, des spasmes qui me reprennent lorsque je suis émue. Allez vous coucher et dormez bien.

Il lui aurait bien proposé de la masser, mais il n'osa pas. Il défit la petite poche que Meng Yunfang lui avait donnée et qu'il gardait nouée sur sa poitrine.

– Prenez ceci, portez-le sur vous.

Elle sourit, opina de la tête et accepta. Puis elle le regarda ouvrir la porte et s'en aller.

*

Par cette nuit d'orage, tout le monde dormait depuis longtemps dans la vieille Maison de la Double Bienveillance. Brusquement un coup de tonnerre retentit, réveillant en sursaut Liu Yue. Elle s'était toujours imaginé que le tonnerre était une boule de feu descendue du ciel qui tourbillonnait au-dessus des maisons avant de tomber sur les tuiles faîtières vernissées et de les briser. Dans son pays natal, là-bas dans le Shaanxi, elle avait vu des dragons enlever des hommes par des nuits d'orage semblables. Elle se souvenait des hurlements d'un des villageois : «Un dragon vient d'enlever la deuxième femme de Jin!» Elle s'était alors précipitée dehors et avait vu une femme, le visage livide, couchée par terre devant la porte, au pied d'un acacia. L'arbre avait été coupé en deux et la partie supérieure baignait dans une mare. La femme n'était plus qu'une petite chose ratatinée, seule une de ses chaussures était restée intacte, un tennis blanc tout propre. En entendant, ce soir, la foudre tomber sur le toit de la maison, Liu Yue se mit à craindre qu'un dragon ne veuille l'enlever. Elle leva le drap sous lequel elle se cachait et jeta un coup d'œil par la fenêtre. N'y avait-il pas comme une boule de feu qui allait percuter la vitre et entrer, ou bien une lumière blafarde longue comme un serpent qui rampait jusqu'à elle?

– Madame, madame, hurla-t-elle, vous dormez à poings fermés, alors que je meurs de peur.

Mais la vieille Dame ne répondit rien. Liu Yue poussa un autre cri, encore sans succès. Dans sa frayeur, Liu Yue crut que le dragon avait emporté la vieille Dame. L'espace d'un instant, elle fut prise d'un égarement. Elle crut qu'un dragon avait pris possession de Xijing et qu'il avait à la fois kidnappé la femme de Wang Ximian, celle de Meng Yunfang ; Jing Xueyin, ainsi que Tang Wan'er, tandis qu'elles se lavaient le derrière. Si bien que leurs fesses s'étaient désintégrées en premier, maculant de sang la cuvette… Liu Yue poussa un cri strident et terrifiant qui déchira le silence de la nuit.

Niu Yueqing se précipita dans le salon et alluma. Elle découvrit alors la jeune fille rampant nue dans la pièce, qui la fixait en déclarant :

– Le dragon enlève les gens, madame, le dragon enlève les gens. Votre mère a déjà disparu.

Niu Yueqing se jeta dans la chambre : en effet le cercueil était vide. Elle inspecta la cuisine, les toilettes, la bibliothèque, pas l'ombre de la vieille Dame.

– Regardons si ses chaussures sont là, dit Niu Yueqing.

Elles n'y étaient pas. Comme folles, les deux femmes se précipitèrent dans la cour. À la lueur d'un éclair, elles découvrirent la vieille Dame age-nouillée, les mains jointes sur une pierre au milieu de la cour, sous la pluie, en train de prier. Liu Yue toujours nue se hâta de porter la vieille Dame telle quelle dans son lit. Niu Yueqing se dépêcha de lui mettre des vêtements secs, puis couvrit Liu Yue d'un drap.

– Mais que faisais-tu, mère, en pleine nuit, dehors ? Attention à la foudre par un temps pareil !

– Les démons font des leurs là-haut, dit-elle, j'ai peur que leur colère ne se déchaîne et qu'une cata-strophe ne s'abatte sur notre capitale.

– Que va-t-il nous arriver ? geignit la jeune fille, sans force.

– Des démons se battent entre eux, ils se livrent un combat sans merci. Toute la ville le contemple, et le pire, s'en moque. Personne ne pense à prier.

– Et ce sont eux qui hantent les rues ? demanda Liu Yue.

– Mais bien sûr ! Et ils sont plus nombreux que les habitants de Xijing ! À sa mort, l'homme se transforme en revenant, mais le revenant, lui, est immortel. Il se glisse partout.

Liu Yue blêmissait en écoutant les propos de la vieille Dame.

– Ne fais pas attention à ce qu'elle dit, déclara sa fille, sinon tu auras encore plus peur. Mère, va te coucher, ce n'est rien.

La vieille Dame bougonnait, elle n'était pas d'accord. Elle se recoucha serrant sa chaussure mouillée contre sa poitrine.

– Liu Yue, à force d'être avec ma mère, tu vas devenir dingue. Cesse de te complaire dans cette histoire de dragon qui enlève les gens ! Tu es quand même diplômée, tu sais parfaitement que la foudre est un phénomène électrique et non une histoire d'enlèvement par un dragon.

Le visage de la jeune fille reprit des couleurs.

– Je ne sais pourquoi, mais je l'ai toujours cru, déclara-t-elle cependant, un peu honteuse.

– Ce n'était qu'un mauvais rêve ! conclut Niu Yueqing.

Le restant de la nuit, le tonnerre s'éloigna peu à peu. Mais la vieille Dame ne dormit pas. Au moment où Liu Yue allait sombrer dans le monde des rêves, elle fut réveillée par un coup de canne que lui administrait la vieille Dame.

– Liu Yue, quelqu'un a frappé à la porte.

– Mais non, qui viendrait à cette heure ? répondit la jeune fille en tendant l'oreille.

– Je te dis qu'on a frappé.

Liu Yue se leva, ouvrit la porte, il n'y avait personne. Elle se rendormit, mais la vieille Dame recommença.

– Entends-tu ? Qui cela peut-il être ?

Liu Yue alla voir. Personne. Elle se recoucha sans s'occuper de la vieille Dame. À quatre heures du matin environ, la vieille Dame s'assit dans son lit, persuadée qu'elle entendait frapper. Liu Yue fit semblant de ronfler pour ne pas répondre. La vieille Dame vint lui pincer le nez, lui reprochant de dormir comme un loir alors que quelqu'un était derrière la porte.

– Vous ne dormez pas et vous m'empêchez moi aussi de dormir, déclara la jeune fille en s'asseyant d'un bond. Qui voulez-vous qui frappe à la porte ? Des esprits maléfiques, pardi !

Elle alla voir de nouveau, haletante. Mais il n'y avait toujours personne. Elle décida de dormir sur le canapé au salon.

Au matin, Niu Yueqing découvrit la jeune fille endormie sur le canapé, livide, les yeux cernés. Mise au courant des événements de la nuit, elle déclara :

– Sa maladie reprend. Lorsque Zhidie rentrera, lui qui aime l'entendre raconter ces histoires fantastiques partagera sa chambre et toi tu dormiras avec moi.

À son retour, Zhuang Zhidie demanda où était sa femme. À son travail, répondit Liu Yue. Un dimanche ? s'étonna-t-il. Elle lui raconta l'aventure de ce jeune écrivain, qui, après s'être lancé dans le commerce de petits pains cuits à la vapeur, avait fait faillite. Niu Yueqing s'était mis dans la tête de l'aider.

– Elle se lance dans les œuvres de charité maintenant ! lança Zhuang.

Il alla dire bonjour à sa belle-mère qui fatalement lui raconta ses mésaventures de la nuit. Passionné, il demanda des détails. Il annonça à Liu Yue qu'il allait se lancer dans les récits d'histoires fantastiques. La jeune fille qui ne comprenait pas du tout de quoi il s'agissait se contenta de lui préparer un thé qu'elle lui porta dans son bureau. Il n'avait pas écrit trois pages qu'il entendit la vieille Dame appeler Liu Yue. On avait frappé à la porte ! Elle voulut aller voir, la vieille Dame l'en empêcha.

– Surtout n'ouvre pas ! Ce sont encore ces esprits maléfiques qui viennent nous relancer. N'ouvre pas ! Je t'en conjure, surtout n'ouvre pas !

La vieille Dame ferma elle-même la fenêtre de sa chambre et tira les rideaux. Elle fit de même dans celle de sa fille ainsi qu'à la cuisine. Liu Yue s'y opposa. Les deux femmes se querellèrent. Liu Yue qui n'arrivait pas à convaincre la vieille Dame se précipita dans le bureau du maître.

– Mère, plaida Zhuang, par une chaleur pareille on étouffe sans air !

– Si vous ne leur ouvrez pas la porte, ils entreront par les fenêtres. Chaud ? Tu as trop chaud ? s'écria la vieille.

– La journée, il n'y a rien à craindre, assura Zhuang, allons voir qui frappe à la porte. Si ce sont des revenants, je m'en charge et je les tue d'un coup d'épée.

Il décrocha celle qui était au mur.

Ils allèrent tous les trois à la porte, Zhuang Zhidie ouvrit, personne. La vieille Dame scruta la rue.

– Regardez, il s'agit vraiment de génies malfaisants, dit-elle en fixant le battant de la porte.

– Mais non, pas du tout, répondit Liu Yue.

– Il y a une vache et un serpent, un serpent à deux têtes. Qu'est-ce que cela veut dire ? Je n'ai encore jamais vu de monstres pareils. Deux cornes, huit pattes. Celui-ci est un homme, avec de grandes dents. Celui-là aussi, une tête d'homme sur un corps de cochon...

Zhuang Zhidie ne voyait rien. Il songea à faire une photo, encore que ne se sentant pas très à l'aise.

– Comment, tu ne vois rien, mais cela crève les yeux ! grommela la vieille Dame. Ce sont eux qui, lorsqu'ils frappent, laissent des traces. Regardez, jour après jour, le battant s'épaissit. Ce n'est pas étonnant, les couches d'empreintes s'accumulent !

Zhuang Zhidie hocha la tête. La maladie de sa belle-mère ne s'arrangeait vraiment pas. Il repensa aux photos surprenantes qu'il avait faites. Huit chances sur dix pour que le problème vînt de l'appareil ou du développement. Liu Yue se détendit en le voyant hocher la tête.

– Madame, dit-elle en riant sous cape, les battants sont effectivement plus épais.

– C'est vrai, plus épais, renchérit son gendre. Retournez dans votre chambre et rassurez-vous, Liu Yue et moi sommes là, vous ne risquez rien.

La vieille Dame ne se sentait pas en paix, elle passa sa journée à déranger Zhuang Zhidie dans son bureau, prétendant que les coups recommençaient. Lorsque sa femme revint, il lui avoua qu'il lui était impossible de travailler ici dans cette ambiance. Niu Yueqing sermonna sa mère qui se mit en colère ; elle exigeait que son gendre aille au plus vite au temple demander aux moines des amulettes. Zhuang Zhidie téléphona à Meng Yunfang qu'il en apporte pour les coller sur les battants de la porte d'entrée. Ce n'était pas le Grand Maître de la Sagesse du Temple de l'Immanence qui les avait écrits, mais Hui Ming.

– Demain Hui Ming prend la direction du Temple de la Vacuité Pure, ajouta Meng Yunfang. Elle m'a demandé d'inviter quelques amis, personnalités des arts et des lettres, pour participer à la fête. Veux-tu venir ?

– Hui Ming directrice du Temple !

– Cette jeune bonzesse réussit tout ce qu'elle entreprend, dit Meng Yunfang. Si elle n'était pas nonne, elle serait vice-maire.

– Je suis bien persuadé qu'un jour elle reprendra la vie séculaire, déclara Zhuang souriant.

– Qu'est-ce qui te fait dire ça ? demanda Meng Yunfang.

Zhuang continua de sourire sans répondre. Puis il demanda à voix basse :

– Donne-moi les clefs du petit appartement, j'ai besoin de calme pour écrire.

– C'est un endroit merveilleux où personne ne pourra te déranger. Voici un double des clefs, garde-le.

– Je sors avec Meng Yunfang, annonça Zhuang Zhidie à Liu Yue, j'ai quelque chose à faire. Si je ne rentre pas ce soir, c'est que je dors chez lui. Demain le Temple de la Vacuité Pure célèbre la promotion de Hui Ming. Nous sommes conviés à la cérémonie. Dis à ma femme que tous les dirigeants de la ville y participent. Il n'est pas convenable que je n'y aille pas.

En sortant de la maison, Meng Yunfang montra son étonnement :

– Tu découches ?

– Cela ne te regarde pas.

– Si ta femme me téléphone, qu'est-ce que je dois dire ?

– Que nous sommes en pleine discussion à propos d'un article. As-tu terminé le tien pour le maire ?

– Oui. Je lui ai même remis et j'attends qu'il me donne son avis.

– Il est préférable qu'il en ait connaissance le premier. Mieux vaut d'avance s'attirer ses bonnes grâces.

Les deux hommes se séparèrent, Zhuang Zhidie prit directement le chemin de la maison de Tang Wan'er.

La jeune femme était en train de préparer une valise.

– Tu viens me voir sitôt rétabli ! s'écria-t-elle en battant des mains.

Zhuang s'approcha et l'embrassa sur la bouche.

– Où aurais-je été si je n'étais pas venu ici en premier ?

La jeune femme lui versa une tasse de café tout en jetant des regards furtifs par la fenêtre.

– Que regardes-tu ainsi ? s'enquit-il.

– Zhou Min est allé acheter du dentifrice, comment se fait-il qu'il ne soit pas encore rentré ? Je lui aurais demandé de rapporter un poulet rôti du petit restaurant au coin de la rue.

– Je ne veux pas de poulet, mais de la langue !

– Tu es fou ! Je ne te laisserai pas en manger. (Elle ajouta à voix basse :) Impossible aujourd'hui, il va bientôt revenir. Il est juste allé acheter du dentifrice car la revue l'envoie ce soir à Xianyang écouler les invendus. Les autorités supérieures voulaient les brûler. Mais chacun a décidé de se débrouiller pour les vendre dans d'autres villes. Sinon la revue perdra de l'argent.

– Quand reviendra-t-il de Xianyang ?

– Demain midi, alors que je lui avais suggéré de profiter de son voyage pour prendre un peu de bon temps. Impossible, me dit-il, Zhong nous a donné ordre d'être le plus rapide possible pour éviter d'éveiller tout soupçon.

– C'est la providence ! Rendez-vous ce soir au cinquième étage, appartement treize dans cet immeuble à gauche du Temple de la Vacuité Pure.

– C'est chez qui ?

– À nous quand nous y serons !

Il se leva et partit. La jeune femme le regarda s'éloigner, puis se hâta de rincer sa tasse, de boucler n'importe comment la valise, avant de se mettre à fouiller dans sa garde-robe pour trouver ce qu'elle pourrait mettre.

*

Ce soir-là, au dîner, Liu Yue demanda à sa maîtresse s'il était bien vrai que Zhuang Zhidie ne rentrerait pas.

– Laisse-le traîner quelques jours. Meng Yunfang aime parfois à le garder le soir chez lui.

– Il dort chez eux ? Ils ont la place de le loger ?

– Ne t'occupe pas de ça. (Niu Yueqing soupira.) Cette année la malchance nous a poursuivis, nous n'avons eu que des problèmes. Dans une semaine, mercredi prochain, c'est l'anniversaire de Zhidie. Jusqu'à présent nous n'avions pas coutume de le lui souhaiter, nous ne fêtons en fait que celui de ma mère. J'ai bien envie de changer pour une fois. Peut-être que les beaux jours chasseront tous nos malheurs.

Voyant sa patronne très décidée, Liu Yue se laissa aller à dire ce qu'elle pensait :

– Les choses sont bizarres. La revue veut faire de la publicité pour Zhuang Zhidie, Zhou Min écrit un article qui fait un scandale à cause de Jing Xueyin. L'histoire à peine réglée, il se foule la cheville, en marchant de surcroît, lui qui n'a jamais d'accident de mobylette. Il met longtemps à se rétablir. Au moment même où il est guéri, c'est le secrétaire général qui lui fait des misères. N'est-ce pas étrange, tout cela ? Que le mal de la vieille Dame la reprenne, c'est normal. Mais que l'humeur du professeur devienne si mauvaise, ça ne l'est pas. Il n'est plus du tout gentil avec moi comme il l'était au début.

– Sa mauvaise humeur est aussi inquiétante, tu dois le comprendre. C'est un écrivain, de tempérament versatile, et de plus très susceptible. À quarante ans passés, les hommes se comportent comme des gamins. Depuis plus de dix ans que nous sommes mariés, j'ai l'habitude. Heureusement, il ne se drogue pas et ne court pas les filles. Nous devons être tolérantes quant à ses défauts. Le jour où toi et moi nous avons découvert cette fameuse lettre d'amour, nous l'avons blâmé à tort. Il est entré dans une violente colère. Plus il s'emportait, plus je me sentais rassurée. Un homme comme lui a besoin d'une femme qui joue à la fois le rôle d'épouse et de mère.

Elle est gentille, mais sotte, pensa en son for intérieur Liu Yue. C'est bien vrai qu'une femme soit la dernière à être au courant des aventures galantes de son mari alors que l'histoire défraie déjà les chroniques de la ville.

– Vous êtes donc à la fois une épouse et une mère

pour lui, reprit Liu Yue, mais une femme doit savoir se comporter en fille de joie pour son mari.

– Tu dis n'importe quoi ! Une épouse est une épouse, pas une putain. Tu prends le professeur pour qui ? Et moi alors ? Tu veux nous attirer le mépris en clamant à qui veut l'entendre ce genre de propos ?

La jeune fille lui tira la langue.

– Je n'en sais rien, je disais ça comme ça.

– Ce n'est pas que tu ne saches pas, c'est que tu sais beaucoup trop de choses que précisément tu ne devrais pas savoir. Espèce de sorcière, celui qui t'épousera aura bien vite du tourment.

Le dîner terminé, Niu Yueqing demanda à Liu Yue de prendre un papier et un crayon et d'écrire sous sa dictée la liste des invités pour l'anniversaire de Zhuang Zhidie. La jeune fille relut : Wang Ximian, Gong Jingyuan, Yuan Zhifei, Meng Yunfang, Zhou Min, Zhao Jingwu, Hong Jiang, sa cousine et toute sa famille, le vieux Wei, le vice-président de l'Association des écrivains, Xiao Ding de l'Association des beaux-arts, Wang Laihong de l'Association de chorégraphie, Zhang Zhenghai de l'Association des écrivains, Zhong Weixian du service de rédaction de la revue, Li Hongwen, Gou Dahai, en tout deux grandes tables.

– Pour tant de convives vous achèterez des plats préparés dans un restaurant ou il faudra tout faire ici ? Je suis incapable de tant cuisiner.

– Nous dînerons à la maison, répondit Niu Yueqing, c'est plus sympathique. Mais tu ne seras pas mise à contribution. Le mari de ma cousine est cuisinier, il s'occupera des plats cuits et Meng Yunfang des plats crus. Je te demande juste de m'aider à contacter nos amis et à faire les courses.

Les deux femmes consultèrent l'annuaire téléphonique pour savoir qui elles pourraient joindre par téléphone et noter les numéros afin que Liu Yue s'en charge. Ceux qui n'avaient pas le téléphone, elle leur porterait elle-même à bicyclette les invitations. Elles dressèrent également la liste des courses, cigarettes, alcools, ainsi qu'un peu de vaisselle neuve.

À ce moment-là, résonna devant la porte la complainte du vieux chiffonnier «… Ordures… Ramassage d'ordures.»

– Madame, nous devrions lui donner les bouteilles vides et les vieux journaux qui traînent au pied de la fenêtre, ce sera propre le jour où vous recevrez vos invités.

Niu Yueqing approuva en hochant de la tête. Elles sortirent donc les détritus. Le réverbère éclairait devant la porte de la cour. Le vieux était là, couché dans sa vieille charrette à bras, sur un matelas d'herbes, en train de fumer une cigarette, visiblement content de son sort.

– Il est si tard et vous collectez encore les rebuts.

Le vieillard sans regarder Niu Yueqing faisait des ronds en rejetant sa fumée ; il se contenta de répéter :

– Si tard, y a des rebuts !

Liu Yue riait sous cape.

– De quoi te moques-tu, petite sotte ? lui demanda sa maîtresse.

– Nous nous tracassons pour les problèmes matériels, lui semble tellement heureux comme ça. J'ai entendu dire depuis longtemps qu'il colportait des comptines à travers la ville, j'aimerais l'entendre. (Se tournant vers le vieux, la jeune fille poursuivit :) Vas-y, entonne ta chanson, tu auras un petit rabais sur la vente de ces vieilles cochonneries.

Toujours sans les regarder, il projeta brusquement un crachat qui dégoulina le long du réverbère. Quelques moustiques voltigeaient, apparaissant puis disparaissant sous les reflets de la lumière.

– Vous dormez sur une banquette-lit qui est en fait un coussin d'herbes ; moi je dors sur un coussin d'herbes qui en fait est une banquette-lit. Deux grues couronnées planent sur un nuage.

Les propos bizarres du vieillard étonnèrent Liu Yue qui se mit à glousser.

– Domine-toi un peu, s'il te plaît, lui demanda Niu Yueqing. Vous me semblez peiné, sans doute n'avez-vous pas d'endroit où passer la nuit ?

– Là où le vent se repose, je m'y repose.

– Il est tard, avez-vous au moins mangé ?

– Si vous avez dîné, moi aussi.

– Liu Yue, va chercher deux petits pains cuits à la vapeur.

La jeune fille n'avait pas tellement envie, mais obéit. Le vieillard ne remercia pas mais ne refusa pas, il sauta de sa charrette et pesa le tas de vieux journaux et de vieilles bouteilles avant de compter ses sous un à un pour régler ce qu'il devait. Niu Yueqing ne voulait pas qu'il paye. Mais le vieux s'entêtait.

– Écoutez-moi, tout le monde raconte que vous colportez des comptines à travers de la ville, alors je voudrais vous demander un service.

Le vieillard s'arrêta de compter ses pièces. Le voyant attentif, Niu Yueqing lui expliqua très vite que son mari avait été la cible de différents complots, et lui raconta de A à Z les péripéties par lesquelles il était passé, espérant que le vieillard composerait une comptine qu'il clamerait sur tous les toits pour le venger. Le vieillard ne répondit rien. Liu Yue revint avec les deux petits pains. D'une main il les prit, de l'autre il tendit les pièces. Niu Yueqing refusa cet argent. Il posa alors le petit tas de monnaie par terre et s'en alla en tirant sa charrette. Niu Yueqing poussa un long soupir, elle regrettait de s'être confiée si longuement. Lorsqu'elle se retourna pour rentrer chez elle, elle l'entendit chanter dans la ruelle, articulant très distinctement chaque mot.

– Que raconte-t-il ? Ce n'est pas du tout ce que je voulais.

Liu Yue, quant à elle, appréciait ; elle rentra et attendit que sa patronne s'endorme. Elle alla dans le bureau du professeur noter les paroles. Par la suite cette comptine fit le tour du monde littéraire de Xijing. Voici ce que la jeune fille nota sur le moment :

Maison. Riz. Argent. Femme. Enfant. Petit-enfant.
Zhuang Zi. Lao Zi. Confucius. Cette vie est passée. Il
ne reste qu'une paire de moustaches.

Liu Yue se déshabilla et se glissa dans le lit de sa
maîtresse qui ne dormait pas complètement. Niu
Yueqing caressa le corps de la jeune fille. Elle trouvait sa peau lisse et souple.

– Quel beau corps tu as! dit-elle.

Sous l'effet des caresses le corps de Liu Yue fris-
sonna. Les deux femmes échangèrent quelques mots
avant de se dire bonne nuit et s'endormir. La chaleur
avait diminué avec l'orage de la nuit dernière et Liu
Yue qui avait mal dormi était morte de fatigue. Elle
s'endormit vite. Son sommeil, agité par des rêves, fut
troublé de bruits bizarres qui n'exprimaient aucune
tristesse et qui par moments s'accéléraient avant de
ralentir. Son corps se perdait sans force au milieu de
ces bruits. Elle avait la sensation de ne plus avoir
ni bras ni jambes, plus rien d'ailleurs. Seul son cœur
battait la chamade avant de s'envoler, haut, très haut
sur un nuage, avant de tomber si brusquement qu'elle
se réveilla. Elle se sentait lasse, en nage de la tête aux
pieds. Soudain elle s'aperçut que son bas-ventre était
un peu humide ; elle y passa la main et se hâta de s'essuyer avec le drap. Elle entendit alors Niu Yueqing
gémir.

– Madame, madame, vous êtes en plein cauchemar.

– Non, pas du tout. Liu Yue, tu ne dormais pas ?
demanda Niu Yueqing confuse.

– Si, mais j'ai cru entendre un bruit très bizarre.

– Moi aussi.

– Sans doute étions-nous en train de rêver.

– Sans doute.

– Liu Yue, toi qui t'es réveillée la première, as-tu
entendu ce que je disais ?

– Je vous ai entendue gémir, croyant que vous
étiez en plein cauchemar, je vous ai réveillée.

– Pourquoi un cauchemar ? Rendors-toi !

Elle se leva pour aller aux toilettes. Liu Yue se leva

aussi. Elle vit sa maîtresse changer de slip et le laver. Elle comprit qu'elles avaient toutes deux fait le même rêve.

*

Le Temple de la Vacuité Pure datait de la dynastie des Tang. Il se composait alors de plusieurs séries de bâtiments, occupés par une importante communauté de bonzesses dont l'activité religieuse dépassait de loin celle du Temple de l'Immanence. La moitié des édifices fut démolie par un violent tremblement de terre pendant le règne de l'empereur Xian Zong des Ming et ne fut reconstruite qu'en partie seulement pour rester tel qu'il était à présent. Durant les années de chienlit de la Grande Révolution culturelle prolétarienne son état calamiteux ne fit qu'empirer. Les usines alentour squattèrent la plupart des temples, délogeant les nonnes qui y vivaient. Il fallut attendre que les religions soient de nouveau réhabilitées officiellement pour que l'on se mette en quête de retrouver les bonzesses d'autrefois. Mais c'était trop tard, elles étaient mortes ou avaient repris une vie séculière. On ne trouva, après avoir ratissé banlieues et campagnes avoisinantes, que cinq vieilles bonzesses toutes ratatinées et décrépites. Elles furent mobilisées pour réintégrer le monastère. Le spectacle qu'elles découvrirent en franchissant la porte d'entrée était consternant : statues de Bouddha démolies, temples en ruine envahis par des mauvaises herbes et des dizaines de pigeons sauvages qui s'ébrouaient sur les autels et les tables d'offrandes. Elles se consolèrent en se disant qu'il ne fallait pas s'attacher aux apparences et que le cœur de Bouddha était infini. Si elles redevenaient les gardiennes de ce temple, c'était la volonté de Bouddha. Elles firent donc raser leurs cheveux blancs et revêtirent la grande robe noire des nonnes, croisée sur le côté. Comme les aumônes des fidèles étaient plutôt maigres, elles vivaient de subventions allouées par la Commission des affaires aux différentes nationalités. De nouveau, le son de la cloche résonna matin et soir. Après quelques années, le temple principal avait été restauré, la statue polychrome de Guan Yin remise en état, les dortoirs à l'est et à l'ouest également reconstruits. Mais la Salle de la Déesse Mère restait dans un délabrement total. Les usines et la municipalité refusaient toujours de restituer les parties latérales de la cour de devant, si bien que le temple épousait la forme d'une calebasse difforme. Les vieilles bonzesses qui ne savaient pas lire passaient leurs journées entières à brûler de l'encens, à se prosterner devant Bouddha et à réciter les vieux sûtras dont elles ne se rappelaient que des bribes. Elles étaient devenues la risée des bonzesses du Temple de l'Immanence, du Temple du Dragon Couché et du Temple Kerria. Lorsque l'Association bouddhique décida de faire venir quelques bonzesses du Temple des Mille Bouddhas situé dans les montagnes de l'Extrême Sud, Hui Ming qui venait d'obtenir son diplôme fut mutée au Temple de l'Immanence. Dès son arrivée, elle jugea de l'importance de ce temple. Elle projetait néanmoins, un jour ou l'autre, d'intégrer le Temple de la Vacuité Pure. Très vite, l'Association bouddhique lui proposa de s'installer au Temple de la Vacuité Pure, mais jeune et sans expérience, elle refusa. Cependant, ce temple l'intéressait. Elle commença donc à entamer des démarches pour obtenir la restauration de terrains qui lui avaient appartenu autrefois ainsi que des crédits. Ses démarches s'avérèrent fructueuses et, comme son influence grandit peu à peu, elle finit par demander sa mutation dans ce Temple de la Vacuité Pure. Hui Ming n'en était pas directrice, elle secondait la supérieure, une vieille nonne sans compétence. Hui Ming obtint très vite la confiance des autres nonnes qui la considérèrent dès lors comme leur supérieure. Hui Ming se lança alors à corps perdu dans son entreprise, usa de toute son habileté, tissa sa toile dans toutes les directions et élargit ses relations. Elle finit par obtenir des crédits pour restaurer rapidement la Salle de la Déesse Mère et les frises polychromes des galeries. Seul restait à régler le problème des familles qui vivaient sur le terrain appartenant au temple. Elle consulta les archives de la préfecture où elle trouva une phrase clef concernant le Temple : « C'est ici que Yang Yuhuan se fit nonne. » Elle en fit une dizaine de photocopies qu'elle distribua aux Comités municipal et provincial ainsi qu'à l'Association bouddhique ; elle chargea Meng Yunfang de faire un rapport pour expliquer que le temple où Yang Yuhuan avait été consacrée nonne était considéré, dans l'histoire religieuse, comme un monument historique et serait donc un facteur positif pour redonner de l'essor à Xijing et développer le tourisme culturel. Elle réussit à convaincre le maire de convoquer la Commission populaire, l'Association bouddhique, ainsi que les Comités des usines et du département immobilier qui occupaient les terrains en question pour les obliger à les restituer. Elle se montra exigeante, assurant que le plus vite serait le mieux. Finalement, excepté cet immeuble de cinq étages, elle réussit à reprendre possession de tout le patrimoine du temple. Elle fit enfin restaurer la porte principale, et bien que la sculpture en bois du portique commémoratif ne fût pas celle d'autrefois, son style était aussi élégant que celui du Temple de l'Immanence. Les bonzesses du temple étaient heureuses et l'Association bouddhique à tous les échelons manifesta son admiration. Hui Ming qui avait le vent en poupe fut promue directrice et choisit un jour faste pour célébrer sa nomination.

Zhuang Zhidie et Tang Wan'er avaient passé une nuit d'amour. Le lendemain matin, ils se levèrent à huit heures, le visage bouffi et les yeux fatigués, se couvrant de caresses mutuelles. Ils avalèrent en vitesse une soupe de pâtes pimentées aux boulettes de viande dans un petit restaurant musulman avant de se rendre au Temple de la Vacuité Pure. Lorsqu'ils arrivèrent, ils s'assirent devant la porte principale et

bavardèrent. Sous l'auvent était accrochée une inscription horizontale sur de la soie rouge : « Le Temple
de la Vacuité Pure fête la promotion de Hui Ming au
titre de supérieure ». Sur la terrasse sous l'auvent,
était dressée une table couverte d'une nappe blanche
où tranchaient des microphones enrubannés de rouge.
De part et d'autre deux rangées de cinq chaises. Sur
les hautes colonnes de la porte, une paire de sentences
parallèles : « Les vérités bouddhiques sont encore plus
inaccessibles que les nuages aux sommets des montagnes » et « Les doctrines bouddhiques ressemblent
aux reflets de la lune dans l'eau, inaccessibles au
moindre remous ». Sur l'aire en terre, au pied du perron, une foule de gens, des moines en robe verte, des
prêtres taoïstes aux cheveux attachés, mais la plupart
étaient des invités et des agents de police chargés de
maintenir l'ordre public. Zhuang Zhidie remarqua la
voiture du maire. Surpris, il se dit que Hui Ming était
une femme d'action. Les gens qui n'avaient pas d'invitation étaient refoulés et se pressaient contre les
barrières de la porte d'entrée pour essayer quand
même de profiter du spectacle. Toutes sortes de petits
vendeurs ambulants de victuailles et de bondieuse-
ries en tous genres avaient dressé là leurs étals et faisaient l'article. N'apercevant pas Meng Yunfang dans
la foule et ne sachant s'il avait été invité, Zhuang
décida d'aller acheter des azeroles enrobées de sucre
candi. Tang Wan'er déclara qu'elle préférait un
« gâteau miroir », pâtisserie introuvable depuis des
années. Ils s'approchèrent du vendeur, un vieil homme
assis devant un fourneau qui cachait son triporteur.
Il avait dressé une sorte de bâche qui lui donnait l'allure d'une petite échoppe. Le vendeur avait accroché horizontalement une planchette en bois portant
une inscription : « Zhang, le roi du gâteau miroir ». De
chaque côté de cet écriteau, deux autres, verticaux,
vantaient la marchandise : « Riz originel, jus originel, spécialité originelle » et : « Vieille boutique, vieil
homme, vieille enseigne de tradition ». Le vieux avait

déjà pris deux gâteaux ronds qu'il enfilait sur un bâtonnet en bambou.

– Ne m'en donnez qu'un, dit Zhuang Zhidie, moi je n'en veux pas.

– Ah, ah! Vous n'êtes donc pas des amoureux! Oh, pardon, c'est pour votre femme, sans doute.

Tang Wan'er et Zhuang Zhidie se regardèrent, amusés.

– Comment faites-vous ces gâteaux? demanda Zhuang.

– Non seulement ils doivent être gros, mais en plus parfaitement ronds. À l'époque des Tang, cette gourmandise ne se mangeait que dans les maisons closes; puis on les trouva ensuite aux portes des théâtres ou dans les lieux d'attractions. Maintenant personne n'y prête plus attention, pourtant il est révélateur du statut d'un couple. Si un couple n'en achète qu'un, cela signifie qu'il est marié ou que la femme n'est qu'une simple camarade, ou une amie; en revanche s'il en prend deux, il s'agit d'amants. Je ne me trompe jamais.

– Vos gâteaux parfaitement ronds, dit Zhuang, sont le symbole du bonheur parfait, ils sont donc destinés au couple.

– Vous croyez, rétorqua le vendeur. À l'heure actuelle, quatre-vingt-dix pour cent des couples s'accommodent d'une vie sans amour.

Zhuang Zhidie et Tang Wan'er s'éloignèrent.

– Pourquoi n'en avoir acheté qu'un? demanda-t-elle. À en croire les propos du marchand, notre amour ne durera pas.

– Ce type attire le client avec ses boniments, pourquoi le croirais-tu? Si pourtant l'achat d'un seul signifie que nous sommes mari et femme, voilà un heureux présage qui laisse sous-entendre notre union.

Tang Wan'er s'en réjouit, lorsque soudain elle entendit quelqu'un crier :

– Eh bien, que faites-vous là tous les deux?

Ils se retournèrent et reconnurent Meng Yunfang.

– C'est à cette heure que tu arrives? demanda

Zhuang Zhidie. Je viens de rencontrer Tang Wan'er au coin de la rue. Je voulais qu'elle aille chercher Zhou Min puisque tu nous convies à célébrer l'ascension de Hui Ming. Zhou Min étant absent, elle n'osait pas venir, je me suis permis d'insister. (Puis appelant la jeune femme :) Tang Wan'er, Tang Wan'er, demandez à Meng Yunfang s'il vous invite ou pas ?

Tang Wan'er comprit immédiatement le subterfuge.

– Professeur Meng, m'invitez-vous ? dit-elle en riant.

– Naturellement, répondit Meng Yunfang. Je ne suis pas un vieil ours mal léché !

Arrivèrent bientôt en voiture, Li Hongwen et Gou Dahai, du service de rédaction de la revue et Dai Shangtian, critique littéraire de l'Association des écrivains. Après avoir échangé les formules de politesse traditionnelle, Meng Yunfang les conduisit jusqu'au portail qu'ils ne franchirent que lorsque ce dernier eut dit quelques mots aux policiers en faction. Meng Yunfang était très à son aise. Il allait de droite et de gauche, bavardait avec les uns et les autres, expliquant que les deux porte-drapeaux à l'extérieur du temple étaient de l'époque Song, que la porte principale faisait très exactement face à la porte de la Linotte, que la géomancie avait été respectée à la perfection. Une fois la porte d'entrée franchie, on découvrait un bassin au milieu du terrain ornementé de rocailles, sur lequel trônait une fontaine. Beaucoup d'invités y lançaient des pièces et suivant le côté sur lequel elles tombaient hurlaient de joie. Tang Wan'er se faufila au milieu de la foule pour lancer, elle aussi, des pièces qui coulèrent toutes. Elle fouilla dans ses poches et constata, furieuse, qu'elle n'avait plus de monnaie. En se tournant, elle aperçut Zhuang derrière le bassin. Elle le rejoignit pour qu'il lui donne des pièces. Comme il était en train de craquer une allumette et d'allumer une cigarette, il la laissa fouiller dans sa poche. Elle trouva ce qu'elle cherchait, mais ne retira pas sa main pour autant et s'empara de son sexe à travers la poche.

– Quelle audace ! Dans un lieu saint !

Tang Wan'er ne lâcha pas prise immédiatement.

– Pourquoi grandit-il ainsi ? dit-elle en riant.

Elle partit, les pièces à la main. Meng Yunfang s'approcha de Zhuang Zhidie, le prit par le bras et se dirigea vers l'intérieur du temple. Tang Wan'er avait réussi à lancer une pièce correctement, mais il n'y avait personne de sa connaissance pour applaudir son exploit. Elle s'éloignait en faisant la moue lorsque les rangées de bodhisattva le long des galeries lui redonnèrent de l'entrain. Ils avaient tous un visage rayonnant de joie, un air heureux qui donnait plaisir à les regarder.

– Vous contemplez les statuettes ? lui demanda Meng Yunfang, ou vous voulez savoir, d'elles ou de vous, laquelle est la plus belle ?

Elle se fâcha avant d'éclater de rire.

– Un visage fâché ressemble à celui du bodhisattva ; aucun d'eux n'a votre sourire charmeur !

– Mon cher professeur, vous offensez Bouddha avec de tels propos dans un lieu pareil, lui dit-elle.

– Ce n'est pas moi à qui vous allez apprendre quoi que ce soit sur le bouddhisme. Autrefois les maîtres prétendaient que Bouddha n'était qu'un bout de bois impénétrable !

Zhuang Zhidie, pendant ce temps, leva la tête pour regarder du côté des dortoirs des nonnes.

– Dorment-elles seules ou en chambrée ? demanda Li Hongwen.

– Quel intérêt ! dit Meng Yunfang.

– Si les bonzesses partagent le même lit, font-elles l'amour ensemble ? persista Li Hongwen.

Zhuang Zhidie ne répondit rien, une des bonzesses passait justement, vêtue d'une grande robe grise, la tête rasée et le visage radieux. Li Hongwen tira la langue, émerveillé par la beauté de ces femmes au crâne chauve.

– Lorsque tu verras la supérieure, tu en baveras d'envie ! dit Zhuang Zhidie.

Une longue file d'attente serpentait aux abords du bureau d'enregistrement. Une vieille nonne était assise derrière une grande table avec des pinceaux, de l'encre, du papier. Hui Ming sortit alors d'une petite porte ronde et s'avança vers eux. Li Hongwen en effet laissa échapper un cri d'émerveillement. Zhuang tendit le bras, mais elle le salua les mains jointes avant de les conduire par une petite porte dans une autre cour d'une extrême propreté, sur laquelle s'ouvraient au nord deux salons. Ils s'assirent et du thé leur fut aussitôt servi.

– Quel bonheur pour notre temple que vous soyez venu, professeur Zhuang. Je craignais tant un refus.

– Comment décliner une invitation aussi importante ? Toutes mes félicitations.

– Avez-vous remarqué que tous les dirigeants, aussi bien au niveau municipal qu'au niveau départemental, sont là.

Zhuang Zhidie aurait voulu des précisions mais déjà Hui Ming l'entraînait vers la pièce à l'ouest où des chaises noires garnies de coussins abricot entouraient une table basse en bois laqué noir incrustée de pierres dures, couverte de tasses à thé et de cigarettes.

– Messieurs les dirigeants, déclara-t-elle, je vous présente notre célèbre écrivain Zhuang Zhidie.

– Nous le connaissons, répondirent-ils en chœur.

Zhuang Zhidie reconnut les présidents des Comités provincial et municipal et le ministre des Affaires civiles. Huang Defu était également là ainsi que le secrétaire général du Comité municipal du Parti. Zhuang Zhidie serra la main aux trois présidents, puis s'avança vers Huang Defu à qui il demanda :

– Monsieur le maire n'est pas là ?

– Non, il a été retenu par une réunion très importante et m'a chargé de le remplacer.

– Je le croyais là, j'ai vu sa voiture en entrant.

– À quoi se consacre notre célèbre écrivain en ce moment ? demanda le fameux secrétaire général juste à côté.

Zhuang Zhidie fit semblant de ne pas l'entendre et poursuivit sa conversation avec Huang Defu :

– Comment allez-vous ?

– Et vous-même ? Votre entorse est guérie grâce aux soins d'un rebouteux, m'a-t-on dit.

– Son traitement a été efficace.

Lorsqu'il tourna la tête, le secrétaire général se redressa légèrement et lui tendit à nouveau la main. Zhuang feignant toujours de ne pas le voir dit un dernier mot à Huang Defu avant de retourner s'asseoir. Il prit sa tasse de thé tout en jetant un coup d'œil en coin pour constater que le fameux secrétaire restait planté là, la main toujours tendue, repliant néanmoins peu à peu ses doigts un à un en glissant à son voisin :

– Aujourd'hui nous sommes mercredi, demain jeudi et après-demain vendredi, ah là là...

À ce moment-là, Meng Yunfang, de la porte, fit un signe à Zhuang qui se leva.

– Aujourd'hui Hui Ming est débordée, elle ne peut pas tout faire et m'a prié de prendre soin de toi et des autres à sa place. Elle m'a donné six tickets pour que vous restiez dîner ici ce soir après la cérémonie. La nourriture a beau être végétarienne, elle ne manque pourtant pas de diversité, si tu n'y vois pas d'inconvénient.

– Il y a beaucoup trop de monde et de bruit. Je préfère sortir manger des nouilles dehors. Avec la chaleur, cela me fera du bien.

– Comme tu veux. Je laisse tous ces curieux admirer les peintures et calligraphies offertes pour l'occasion, la cérémonie va bientôt commencer. Tu veux y assister et prendre place sur la tribune avec les dirigeants ?

– Le secrétaire général du Comité municipal du Parti est là aussi, je l'ai volontairement snobé. Même si je me joins à eux, je ne modifierai pas mon comportement, ce qui ne sera pas très correct. Quel est le programme ?

– Nous ouvrons les festivités en faisant craquer des chapelets de pétards à la porte principale du temple et en laissant au Grand Prêtre des Nuages

Bénéfiques le soin d'annoncer que Hui Ming devient la supérieure de ce temple. Viendront ensuite les discours des dirigeants, des représentants des différents temples et religions, pour terminer par la cérémonie religieuse proprement dite dans le temple.

— Je n'assisterai qu'à la dernière partie.

— Je vais dire aux invités que chacun fasse ce qu'il désire. Rendez-vous à la fin devant la porte d'entrée. Va m'attendre dans la Salle de la Déesse Mère, je voudrais te montrer quelque chose qui te plaira, j'en suis sûr.

Zhuang Zhidie remarqua devant ce temple un gigantesque brûle-parfum rempli de cendre d'encens et, tout contre, une plaque de bronze longue de quatre mètres percée, tous les trois centimètres, de minuscules petits trous. C'était là que les fidèles brûlaient des bâtons d'encens et des bougies qu'ils plantaient ensuite dans ces petits orifices. La cire rouge fraîche recouvrait alors toute la plaque. Zhuang Zhidie trouva l'air irrespirable ; il sortit et se dirigea vers le petit pavillon situé à droite, faisant face à l'autre identique. Au centre était érigée une stèle portant des inscriptions qui relataient comment Yang Yuhuan avait décidé en ce lieu de devenir nonne et qui attestait des offrandes et des prières faites ici par l'empereur Xuanzong des Tang à Bouddha. Sachant que toutes ces notes avaient été le fruit du travail de Meng Yunfang, il sourit en se dirigeant vers le petit pavillon situé à l'ouest. Meng Yunfang s'y trouvait en compagnie de Tang Wan'er. La jeune femme était encore plus belle avec son visage en sueur. Elle déclara avoir tout visité et s'étonnait du nombre si important de moines dans un monastère de nonnes. L'orchestre composé de moines et de bonzesses l'avait aussi surprise.

— Comment voulez-vous que les treize bonzesses qui résident ici puissent faire face à tant de travail pour organiser une telle fête ? Des religieux d'autres temples sont venus les seconder aujourd'hui. Quant à l'orchestre, j'ai sollicité les musiciens de Yuan Zhifei qui, pour paraître plus solennels, ont revêtu ce vêtement bouddhique.

– Vieux Meng, les inscriptions sur les stèles sont de ton cru, n'est-ce pas ? demanda Zhuang. Tu es un beau menteur ! Quelle preuve as-tu que l'empereur Xuanzong se soit prosterné ici devant Bouddha ?

– Et toi, pour prétendre que ce soit faux ?

Il entraîna alors Zhuang Zhidie au centre du pavillon.

– Regarde et tu verras que tout est parfaitement vrai. Une nonne tout à fait respectable et d'une beauté sans égale est sortie de ce temple.

Zhuang Zhidie lut, sur une stèle pas très grande : «Texte commémoratif à la mémoire de Ma Linglu, nonne de la Nonnerie Héroïque et Sacrée de la Grande Hirondelle ; texte rédigé par Li Shiyu et calligraphié par Taihe.

«Mlle Lingxu, de la famille Ma, est née au sud du fleuve Wei. Jeune fille d'une beauté à nulle autre pareille, d'une grande intelligence, elle était habile à la danse et douée pour le chant. Un doux parfum d'orchidée émanait d'elle. Ce fut la plus belle des femmes de tous les temps. Pourtant elle se sentait lasse et mélancolique. Un lettré amoureux d'elle l'acheta, mais elle devint nonne. Elle se considérait pure comme le jade et refusa toujours de se donner à son mari, qui se languit trois années durant. Elle mourut brusquement. "Voilà une fleur qui n'aura pas donné de fruit", gémit son mari. Elle avait vingt-trois ans. Créature merveilleuse, belle comme la fleur au printemps, la plus belle de toutes. Nuage des Monts Wu, déesse de la rivière Lou, où es-tu ? J'implore les dieux de te retrouver.

«Stèle érigée le 22 du premier mois de l'année de règne de l'Empereur Sheng Wu. »

Sa lecture achevée, Zhuang Zhidie ne put contenir son admiration.

– C'est magnifique ! La description de cette jeune fille du nom de Ma est merveilleuse. L'année où je suis allé sur les bords de la Luo, je pensais, en contemplant ses eaux, à cette ode à la déesse de la Luo ; maintenant, grâce à cette stèle, j'ai l'impression de voir la déesse en chair et en os devant moi. Quel regret qu'une si jolie fille ait eu un tel destin !

Voyant Zhuang Zhidie sombrer soudain dans le romantisme, Tang Wan'er ressentit un picotement au cœur. Elle déclara néanmoins en souriant :

– On dirait du Shakespeare, mon ami ! Quel dommage que vous n'ayez pas vécu du temps de la belle ! Elle serait devenue votre épouse.

Zhuang Zhidie ricana.

– Se marier ou ne pas se marier ! En tout cas, je suis sûr que je l'aurais séduite.

Il acheta un bâton d'encens et le planta devant la stèle, geste qui ne fit qu'aviver la jalousie de Tang Wan'er.

– Le professeur Zhuang est amoureux. Cependant le monde n'a jamais manqué, depuis la nuit dés temps, de superbes beautés, et n'en manquera jamais. Regrettable que notre cher professeur n'ait pas vécu dans l'Antiquité, puisque les femmes de notre époque, belles comme des déesses, ne l'intéressent pas.

Elle fit rougir Zhuang Zhidie qui comprit aussitôt qu'en effet il s'était laissé aller à des rêveries amoureuses l'espace d'un instant et qu'il avait trop parlé. Au même moment la musique retentit et les fidèles massés devant la Salle de la Déesse Mère se ruèrent à l'intérieur.

– Elle va bientôt arriver ! Que la cérémonie commence ! hurla une voix aiguë de femme.

Zhuang Zhidie, Tang Wan'er et Meng Yunfang s'approchèrent sans savoir de quel bâtiment Hui Ming sortirait. Ils virent alors un moine au visage joufflu, avec de grandes oreilles, en costume de cérémonie, qui s'avançait en chantant, une plaque de jade dans ses mains jointes. Venaient ensuite des bonzesses, une première qui portait une statue de Bouddha, une autre un poisson en bois sur lequel elle battait la mesure, et enfin quatre nonnes rangées par deux, des lanternes en forme de fleur de lotus à la main. Hui Ming suivait juste derrière, la Kasaya dorée sur ses épaules, les pieds chaussés de chaussures en toile noire et semelles blanches, le visage grave mais rayonnant de joie et de beauté. Elle marchait légère, comme portée par un nuage. Huit musiciens et quatre nonnes fermaient le cortège qui gagna la Salle de la Déesse Mère. Li Hongwen, prisonnier de la foule, voulait voir à tout prix.

– Ne penses-tu pas que Hui Ming soit la réincarnation de cette jeune demoiselle Ma ? glissa Tang Wan'er à l'oreille de Zhuang Zhidie.

– Sans doute. Ce Temple de la Vacuité Pure est vraiment un endroit exceptionnel.

– Je reviendrai ici, déclara-t-elle.

– Pour y vivre ? s'étonna-t-il.

Le cortège avait atteint la Salle de la Déesse Mère, impossible pour Zhuang Zhidie et Tang Wan'er de mettre un pied à l'intérieur vu le monde. Ils n'entendaient que la musique et les chants.

– Je vais essayer de trouver quelqu'un qui nous permette d'entrer, dit Meng Yunfang.

Meng négocia, la foule s'écarta. La cérémonie religieuse se déroulait dans la Salle de la Toute-Puissance, mais auparavant Hui Ming et sa suite commencèrent par vénérer la Déesse Mère puis firent un détour par les deux pavillons latéraux, pour s'y prosterner et brûler de l'encens. Elles s'inclinèrent également devant chaque bodhisattva le long du corridor tandis que des acolytes plaçaient les dirigeants dans la Salle de la Toute-Puissance de part et d'autre de l'autel. Meng Yunfang tira Zhuang Zhidie par le bras. Il refusa.

– C'est bon, dit-il, on ne peut rien voir.

– Que faire ? demanda Meng Yunfang. Il n'y a pas non plus de place pour s'asseoir.

– Allons donc nous désaltérer dans notre petit appartement là-haut au cinquième, suggéra Zhuang Zhidie.

– Quelle riche idée ! se réjouit Meng Yunfang.

Il partit à la recherche de Li Hongwen, Gou Dahai, Dai Shangtian, et ils quittèrent le temple.

Meng Yunfang, en chemin, donna quelques explications sur leur nouveau repaire tout en suggérant de lui trouver un nom. Lorsqu'il ouvrit la porte, il découvrit cependant, accrochée au mur principal du salon, une calligraphie de Zhuang Zhidie encadrée et sous verre : « Recherche des Insuffisances ». Meng Yunfang, perspicace et s'adaptant à toutes circonstances, déclara aussi sec :

– Parfait, nous l'appellerons « Maison de la Recherche des Insuffisances ! »

Ils trouvèrent, à l'unanimité, le nom distingué et le sens profond.

– Désormais lorsque la revue demandera à des écrivains de corriger leurs articles, ils pourront le faire ici, l'endroit est merveilleux, déclara Li Hongwen.

– Certainement pas, trancha Zhuang Zhidie, ce lieu est réservé à nos activités. Tous les sept ou dix jours nous nous réunirons ici, mais l'accès sera strictement interdit à toute personne étrangère. Je vous ai amenés ici aujourd'hui car vous étiez fatigués, mais je vous en conjure, pas un mot à qui que ce soit. Si l'endroit est connu, adieu le calme.

Ils ouvrirent les bouteilles de bière et les deux paquets de cacahouètes achetés en bas et décidèrent de parler d'art et de littérature. Meng Yunfang proposa de commencer dès aujourd'hui. Tang Wan'er choisit le lit pour s'asseoir et non le canapé. Elle déclara qu'elle ne voulait pas boire.

– Pourquoi ne pas se joindre à nous ? lui demanda Meng Yunfang. Avez-vous vos règles ?

– Voyou ! répliqua-t-elle. Je n'y connais rien ni en littérature ni en art, je ne suis ni écrivain ni journaliste.

Sa main en arrangeant l'oreiller à la tête du lit tomba soudain sur un cheveu. Elle sursauta, affolée, et se dépêcha de le retirer.

– Nul besoin pour vous de disserter sur les arts et

les lettres, vous êtes l'art à vous seule, déclara Meng Yunfang. Laissez-nous parler de vous !

– Je ne vous appelle plus professeur, vous qui n'ouvrez la bouche que pour sortir des inepties.

– Voici ce que nous allons faire, trancha Zhuang Zhidie. Nous allons à tour de rôle raconter une histoire que chacun critiquera ensuite. Si à l'unanimité la critique est mauvaise, le perdant aura pour gage de boire trois gobelets.

– C'est ainsi que Pu Songling[1] a créé son pavillon Liao, ajouta Gou Dahai.

– Pu Songling n'avait pas l'habileté de Zhidie, déclara Meng Yunfang. C'est moi qui lui ai fourni un tiers des documents pour son roman et il ne m'a en revanche jamais donné un centime. Aujourd'hui, si je raconte une histoire à nouveau, le prix à payer est affiché, tu es bien d'accord, Zhidie ?

– Quand nous aurons fini de boire, nous irons manger des nouilles, je vous invite.

– C'est une histoire vraie, déclara Meng Yunfang. Vous connaissez tous la Porte de la Bienveillance et du Mérite, ce secteur en contrebas où vivent des gens venus du Henan. Avant la Libération, lors des grandes inondations du fleuve Jaune, les habitants du Henan fuirent leur région pour venir s'établir à Xijing où ils construisirent de misérables baraques provisoires à cet endroit-là. Ils s'y fixèrent cependant définitivement, rejoints par leurs compatriotes de plus en plus nombreux, et ce lieu prit le nom de quartier henannais. Maintenant les bicoques ont presque toutes été remplacées par des maisons basses, mais qui sont si petites vu le manque de terrain qu'elles ont en tout et pour tout une seule pièce avec une fenêtre à gauche et une porte à droite. Venons-en à l'histoire. Un couple venait juste de s'installer là. Elle pas particulièrement belle, lui follement amoureux d'elle. Le soir, ils faisaient plusieurs fois l'amour, la journée

---

1. Pu Songling (1640-1715), auteur des *Contes extraordinaires du Pavillon des loisirs*. (N. d. T.)

une fois, et comme leurs cris de plaisir s'entendaient, leur voisin en était tout perturbé. Notez que ce voisin était une véritable canaille. Le deuxième soir, après leurs ébats amoureux, la femme eut envie de faire pipi. Elle aimait toujours faire pipi après l'amour.

– Quand vous racontez une histoire, déclara Tang Wan'er, il faut toujours qu'elle soit salace.

– Parfait. Allons-y pour une histoire distinguée, dit Meng Yunfang. Un hôpital reçoit un malade pour l'opération de l'appendice. Une infirmière devait au préalable lui raser les poils pubiens. Une première, assez âgée, s'en charge. Le téléphone sonne, elle laisse une plus jeune poursuivre le travail. L'épilation terminée, les deux infirmières se retrouvent devant le lavabo en train de se laver les mains. La plus vieille se met à commenter ces jeunes garçons qui selon la mode actuelle se font tatouer. «Pourtant, ajoute-t-elle, celui-là était bizarre, placé à cet endroit-là. J'ai vu le mot "coule". – Il ne s'agissait pas d'un mot, mais d'une phrase, rectifia la plus jeune: "Le fleuve au printemps coule vers l'est."» Personne ne comprit la chute, seule Tang Wan'er donna un coup de poing à Meng Yunfang.

– Que faut-il comprendre? demanda Dai Shang-tian perplexe. Lune ne voit qu'un seul mot, l'autre toute une phrase, et alors?

– Vous êtes stupides! Tang Wan'er est la seule à avoir compris la plaisanterie. Vous ou moi n'aurions vu aussi qu'un mot!

Tout le monde éclata de rire en comprenant l'astuce.

– Reprends la première histoire, demanda Zhuang Zhidie.

– Pour la petite aventure offerte en prime, je ne sollicite pas un centime. Poursuivons la première. La femme sort donc pour aller uriner, puis s'apprête à rentrer chez elle. Mais dans le noir, et comme toutes les maisons se ressemblent, elle entre à tâtons dans celle qu'elle croyait être la sienne et se recouche. Or elle s'est trompée et se trouve dans la maison de son

326

voisin de droite, l'affreux voyou. Il l'avait entendue faire pipi et en était tout excité. Lorsqu'il la sent dans son lit, près de lui, il ne dit pas un mot, se contente de penser en son for intérieur que tout ce qui tombe du ciel est béni! Aussitôt, il se jette sur elle, l'enlace avec ardeur. «Quelle fougue, lui dit la femme, nous venons à peine de faire l'amour et tu en as encore si envie!» Le vieux filou s'est bien gardé d'ouvrir la bouche, il halète comme un bœuf au milieu de ses ébats. Surprise de cette étrange respiration, elle palpe sa tête et découvre qu'il est chauve. Horreur! Elle saute du lit et fonce chez elle. «Ma parole, c'est pire que les inondations du fleuve Bleu quand tu vas pisser! lui dit son mari. Quel temps tu mets!» La femme lui demande pardon et lui explique son erreur. Sous le coup de la colère, l'homme se précipite hors de chez lui et se jette chez son voisin de gauche. J'ai oublié de préciser que, vu la canicule en été, personne ne fermait sa porte, pour faire des courants d'air. Le voisin de gauche, un vieillard, se prend des coups de poing sans comprendre ce qui lui arrive. Fin.

– Et alors? demanda Li Hongwen.

– Morale de l'histoire: à l'heure actuelle, les parties en contrebas, près de la muraille, sont toutes en pleins travaux de réaménagement.

– Intéressant, pas de gage.

– Les histoires du vieux Meng sont toujours en dessous de la ceinture, dit Li Hongwen. Moi, je veux en raconter une que Tang Wan'er puisse écouter. Je suis un vieux de Xijing et j'ai une pléthore d'oncles et de tantes. Aujourd'hui, en ville, fleurissent toutes sortes de réseaux qui s'avèrent utiles, les sectes, les bandes, les associations de camarades de classe, le parti des compatriotes, les clans de secrétaires... Les réseaux familiaux, eux, ne valent pas un pet. D'ailleurs, actuellement les paysans envahissent les villes. Tous les cadres dirigeants, petits ou grands, qui ont des postes ici viennent de la campagne. Presque aucun vieux résident de Xijing n'a de responsabilité dans les unités de travail de cette ville.

Parmi les trente-six garçons et filles qui composent ma nombreuse famille, la moitié a été mutée dans des districts éloignés. Ceux qui restent sont des gens de condition si modeste qu'ils ne peuvent même pas obtenir de passe-droit pour envoyer leur gamin à la crèche. Je dois cependant à l'occasion du nouvel an leur offrir un cadeau. Cette année, j'avais décidé d'acheter une boîte de gâteaux. Ma femme s'étonna : une seule boîte alors que tes parents sont si nombreux, à qui vas-tu la donner ? J'ai une idée de génie, lui ai-je répondu. Le premier jour de l'an, de bon matin, je l'offre à mon oncle ; l'après-midi, ma tante nous envoie son gamin nous porter une boîte que j'apporte chez ma deuxième tante maternelle. Et ainsi de suite, tu me l'offres, je te l'offre à la manière des lampes tempête qui tournent sans jamais s'arrêter. Rendre visite à sa famille n'est pas une grosse affaire. On dépose sa boîte et on s'en va. Le huitième jour du premier mois, le dernier de mes parents est venu m'offrir une boîte de gâteaux ; sans attendre que je revienne, il l'a déposée et a filé. Je rentre, la boîte me semblait bien familière. Le prix affiché dessus, trois yuans trente-cinq centimes, la somme exacte, je m'en souviens parfaitement, que j'avais payée la mienne. Elle m'était revenue ! Intéressant, non, comme reportage littéraire !

– Moyen ! Tu as un gage.

Li Hongwen s'exécuta et reconnut que son histoire n'offrait pas grand intérêt.

C'était le tour de Dai Shangtian.

– Je n'ai aucune idée. Je préfère boire tout de suite, avoua-t-il.

– Pas d'accord, intervint Zhuang Zhidie. Tu es critique littéraire, c'est ton truc, tu es plus fort que nous. Vas-y !

– Je me dis souvent, commença Dai Shangtian, que les habitants de Xijing ont beau être nombreux, je n'ai en fait de relations qu'avec trois ou quatre, pas plus. Chez moi, je suis le fils de mes parents, le mari de ma femme, le père de mon fils ; à l'extérieur, je suis votre ami, fonctionnaire de mon unité de travail. Alors, qu'est-ce qui m'appartient vraiment sur cette terre ? Mon nom, mon nom uniquement. Or s'il est mon seul bien propre, je ne l'utilise pourtant jamais. Je ne m'appelle jamais par mon nom, seuls mes amis le font.

– Gage ! déclara Meng Yunfang. C'est nul.

– Pas d'accord, dit Zhuang Zhidie. Ce qu'il a dit m'a touché. À toi, Dahai.

– Ce que je vais vous raconter n'est pas une histoire, je ne jure pas non plus que ce soit vrai, on me l'a rapporté. Actuellement, les marchés regorgent de contrefaçons. Je croyais que ce phénomène ne touchait pas nos maîtres. Mais dimanche dernier, ma sœur aînée m'a relaté l'aventure de ce vieux dirigeant qui avait invité quelques vieux compagnons d'armes à déjeuner, plutôt que chez lui, dans un restaurant de luxe, signe de prestige. Désirant boire du *maotai*, il en commanda une bouteille, mais lorsqu'il le goûta, il s'aperçut que le vin était falsifié. On leur en apporta une autre, même chose. Pareil avec une troisième. Le gérant semblait terriblement confus. Le vieux dirigeant exprima sa surprise devant un tel incident dans un restaurant de cette classe. Du coup, il envoya son secrétaire chercher une bouteille chez lui qu'il offrit à ses hôtes. Mais loin d'être meilleure, elle ne contenait en fait que de l'eau.

– Quelqu'un a sans doute voulu lui graisser la patte, déclara Meng Yunfang. Mais qui peut s'offrir un maotai de qualité supérieure ! Or pas de cadeau, pas de passe-droit ! Zhao Jingwu prétend qu'il agit ainsi. Ce que Gou Dahai vient de raconter n'est une découverte pour personne. Aujourd'hui, notre bière est bonne, dégustons-la !

– À mon tour de vous en raconter une, dit Zhuang Zhidie. Tout à l'heure, au Temple de la Vacuité Pure, j'ai voulu aller aux toilettes. Il y avait foule, pas un trou de libre et une queue impressionnante. Un type accroupi en train de chier me regardait en souriant. Qui est-il ? me demandai-je. Un passionné de littérature? Un admirateur? A-t-il vu ma photo dans une revue? Je suis parti sans qu'il fasse attention à moi. Il était tout bonnement en train de chier et le sourire que j'ai cru lire sur son visage n'était en fait que la marque des efforts qu'il faisait pour chier.

Tout le monde éclata de rire.

– Vous nous injuriez, professeur, déclara Tang Wan'er. En nous faisant rire, c'est comme si nous étions en train de déféquer! C'est aussi de la diffamation envers vous-même. Comment un écrivain de votre rang peut-il raconter ça?

– De l'autodiffamation. Mais bien sûr! La meilleure façon d'éviter de gêner l'autre, et de ne pas être soi-même mal à l'aise, c'est encore l'autodiffamation. Le rire arrange tout. Autrefois, pour que les gens sourient sur les photos, on leur demandait de dire «cheese», maintenant il faut qu'ils chient avec effort. Qu'en pensez-vous? Interdit à quiconque de me piquer l'idée, j'en ai l'exclusivité.

– Pas d'accord, répondit Meng Yunfang. L'exclusivité est proscrite ici. Un salon littéraire est fait pour échanger des idées, éveiller la curiosité, stimuler la créativité!

– Je viens enfin de comprendre ce qu'est en réalité un écrivain, annonça Tang Wan'er. Tout le monde se copie et se plagie sans fin. Je me sers de toi, tu te sers de moi. Vous n'êtes qu'une multitude de poissons grouillant dans un immense bocal, vous abreuvant les uns les autres de ce que chacun recrache. L'eau devient putride et vous, messieurs, des poissons puants.

Un silence glacial salua sa phrase.

– Quelle sévérité! dit Meng Yunfang en riant. Vous nous dépouillez de notre peau d'hommes de lettres! J'avais envisagé pour nous surpasser d'inviter Hui Ming à disserter sur l'école du Dhyâna, mais comme elle est en ce moment débordée, nous remettrons cela à plus tard. Si tout le monde est intéressé, je me propose de vous entretenir du qigong, d'un point de vue intellectuel...

– Ne nous casse pas les pieds avec ces histoires-là, mon vieux, dit Zhuang Zhidie. Tang Wan'er n'est ni écrivain ni journaliste, mais d'une sensibilité plus grande que la nôtre. Elle nous perçoit avec plus de clairvoyance que nous-mêmes. Elle a beau être étrangère à notre monde, donnons-lui la parole.

– Je n'ai pas le talent que vous me prêtez, dit-elle.

– Si vous voulez prendre la parole, allez-y, déclara Meng Yunfang. Quand vous aurez fini, nous irons manger.

– Voulez-vous une histoire banale ou plutôt salace ? demanda-t-elle.

– Salace, pardi ! trancha Li Hongwen.

Tang Wan'er les dévisagea et partit d'un grand éclat de rire.

– Dès qu'il s'agit d'histoires salaces, vous êtes tous émoustillés ! Ce qui est dommage, c'est que je n'en connaisse pas. Je viens d'un tout petit coin, je fréquente peu les grandes villes, mais j'ai entendu un poème que je voudrais vous chanter.

– Excellente idée ! approuva Zhuang Zhidie.

Sur le plateau du Shaanxi qui s'étend sur huit cents li, tout n'est que poussière
Trente millions d'habitants de cette province chantent l'opéra
On mange un bol de nouilles dans la joie
Mais on rouspète du manque de piment.

Son couplet terminé, ils applaudirent à tout rompre.

– C'est le portrait type des habitants du Shaanxi ! Où avez-vous entendu cet air ?

– Aujourd'hui le plus intéressant d'entre nous est incontestablement Tang Wan'er. Les paroles, la musique, tout était parfait. Je suggère qu'elle n'ait pas de gage et qu'en revanche elle boive trois verres de vin pour récompense. Que celui qui désire boire davantage emporte la bouteille. Je vous invite à manger des nouilles.

Tout le monde se leva. Tang Wan'er but un premier verre, le visage radieux et le sourire aux lèvres. Mais elle demanda à Zhuang Zhidie de boire à sa place le second. Il remplit son verre pour trinquer avec elle. Elle leva la tête et but. Son visage s'empourpra, beau comme une fleur de cerisier.

*

Niu Yueqing fit plusieurs aller-retour à l'épicerie et fourra les paquets, petits et gros, dans son réfrigérateur. Il était encore un peu tôt pour acheter les poissons ou les crustacés. Elle partit alors en quête d'une chemise et d'un pantalon rouges pour Zhuang Zhidie. En femme avisée, elle passa d'abord par le grand magasin avenue du Sud où elle fureta un long moment sans rien trouver. Elle se rendit ensuite au marché du Temple du Dieu de la Cité. Ce temple datait de l'époque Song. Sitôt la porte principale franchie, on s'enfilait dans de minuscules ruelles cahoteuses, bordées de boutiques. Chaque boutique était spécialisée dans un seul produit ; il y avait celle où l'on ne trouvait que des aiguilles médicales, d'autres des bobines, des boutons, des ceintures, des chapeaux de cérémonie en feutre, des jeux de mah-jong, des crachoirs, des vases de nuit et autres objets divers. Ces dernières années, six nouvelles galeries s'étaient ouvertes qui ne vendaient que des articles traditionnels ; bougies que l'on offre aux âmes défuntes lors de la Fête du Repas froid[1], papiers de paille que l'on brûle pour les morts, cenelles suspendues à une cordelette de soie de trois pieds pour pendre dans la chambre nuptiale le soir des noces, molletons pour emmailloter les bébés, bandeaux de deuil blanc que portent au front les parents d'un défunt, chemises, pantalons, ceintures rouges pour conjurer le sort le jour anniversaire d'un homme d'âge mûr, étuves de bambou qui servent à la fabrication des gâteaux de jujube cuits à la vapeur, spécialités du quartier Est de

1. Jour des Morts, fêté le 5 avril. *(N. d. T.)*

la ville le huitième jour du quatrième mois lunaire, moules en bois à dessins pour la confection de galettes, chaussures de pluie pour les pieds bandés des vieilles femmes, résilles en velours noir, théières en fer-blanc ventrues à fin goulot pour chauffer le vin épais le huitième jour de la douzième lune. Dans une des boutiques, Niu Yueqing trouva les fameux vêtements rouges. Elle demanda s'il n'existait pas aussi le même T-shirt cent pour cent coton avec le caractère swastika imprimé dans le dos. Puis elle pesta contre les coutures peu solides, les points grossiers. Heureusement le vendeur était d'un caractère facile. Elle finit elle-même par se trouver ridicule en voyant le nombre d'habits étalés sur le comptoir :

– À croire que je cherche la robe impériale qu'il mettra en montant sur le trône !

En quittant la galerie marchande, elle tomba, surprise, sur Gong Jingyuan.

– Comment faites-vous pour rester si jeune ? demanda-t-il en éclatant de rire. Quelle sveltesse ! J'en suis jaloux ! Enlaidissez-vous vite, je ne m'en porterai que mieux.

Il tapota sa grosse bedaine en se lamentant qu'il ne pouvait plus jamais doubler personne. Niu Yueqing lui donna quelques petites tapes sur le ventre en lui avouant qu'à son âge seuls les hommes bedonnants étaient séduisants. Heureux, Gong Jingyuan déclara qu'il avait toutes ses chances ! Ils rirent tous deux de bon cœur, puis découvrant le pantalon et le T-shirt rouges qu'elle tenait à la main, il lui demanda sur un ton de reproche si elle désirait, en plus, se montrer très élégante.

– Le hasard fait bien les choses, notre rencontre m'évite de courir chez vous. Mercredi nous fêtons l'anniversaire de Zhidie, venez, vous mettrez de l'ambiance.

– Pardi ! Voici une bonne nouvelle ! J'apporterai mon jeu de mah-jong et nous passerons la nuit à jouer. Inviterez-vous le vieux Yuan accompagné de ses actrices ? Pour mettre de l'ambiance, il s'y connaît.

Voulez-vous que je vous trouve un cuisinier ? C'est ma spécialité !

– Inutile, répondit Niu Yueqing, je n'ai besoin de rien. Votre présence suffit mais surtout ne vous conduisez pas aussi mal que d'habitude, j'en serais fâchée. Si vous voulez effectivement jouer au mahjong, apportez votre jeu, nous n'en avons pas.

– Devinez ce que je venais faire ici. En acheter un, justement !

Ils plaisantèrent encore puis se quittèrent. Lorsque Niu Yueqing arriva chez elle, il faisait déjà nuit. Liu Yue avait dressé le couvert et mis les plats sur la table. Elle découvrit le mari de sa cousine assis à côté de la table et, sur le canapé, un sac de pommes de terre, deux citrouilles et un mouchoir rempli d'hémérolles fraîchement cueillies. Il n'avait pas encore commencé, il attendait Zhuang Zhidie et Niu Yueqing.

– Zhidie est absent pour quelques jours, dit-elle après l'avoir salué, il ne rentrera pas ce soir. Ne l'attendons pas pour dîner.

Sa phrase à peine finie, Zhuang Zhidie poussait la porte et entrait.

– Quand on parle du loup, on en voit la queue ! dit le cousin.

– Cela faisait longtemps que l'on ne s'était pas vus, dit Zhuang avec cordialité. J'ai appris que tu avais repris la briqueterie, comment vont les affaires ?

– Il y a ceux qui gagnent beaucoup d'argent sans effort et ceux qui se tuent à la tâche sans rien gagner. Veiller toute une nuit à la cuisson des briques ne vaut même pas un signe de ponctuation de tes romans. Je me démène comme un diable. Mais lorsque j'ai reçu ton message, je n'ai pas hésité et j'ai dit à ma femme que je devais accepter et venir coûte que coûte. Je vous ai apporté quelques légumes.

Zhuang Zhidie ne comprenait rien au sens de ses propos.

– Je ne crée pas d'entreprise, je ne veux pas construire de maison. Qu'est-ce qui t'amène ?

– Que tu es cachottier, tu n'es pas comme ta femme ! Tu as peur que nous autres campagnards nous venions manger chez toi ? Eh bien, tu as raison ! Et je ne viendrai pas seul, j'amènerai toute ma famille, des parents les plus proches aux plus lointains.

Zhuang Zhidie, comprenant que le cousin ne divaguait pas, demanda à Niu Yueqing de quoi il s'agissait.

Elle se contenta de rire sans répondre.

– À faire la fiesta dehors, intervint Liu Yue, vous oubliez la vie familiale. Il s'agit de votre anniversaire, pardi !

Zhuang Zhidie déplia T-shirt et pantalon rouges.

– Soixante-dix ? Quatre-vingts ? demanda-t-il, l'air renfrogné. Tu ne fêtes même pas celui de ta mère, pourquoi organiser une fête pour le mien ?

Puis se tournant vers le cousin :

– N'écoute pas ce que raconte ma femme, elle cherche les histoires. Mange, je t'en prie, moi je dîne dehors.

Il partit dans son bureau.

Le cousin voulait de toute évidence profiter du repas pour parler à Zhuang Zhidie. Mais voyant sa mine contrariée, il s'adressa à voix basse à Niu Yueqing. Sa femme avait effectivement pris les médicaments pour être enceinte et savait que l'effet ne durait qu'un mois. Mais elle avait attrapé une mauvaise grippe qui l'avait rendue malade trois jours et, lorsqu'elle avait été guérie, lui avait dû partir pour aller se faire rembourser une grosse commande de briques qu'un client refusait de payer. Quand il était revenu, la période de fertilité était passée. Il fallait, si cela était possible, que Niu Yueqing retourne voir sa vieille voisine pour qu'elle lui redonne de ce médicament miracle. Niu Yueqing s'énerva intérieurement à l'idée d'avoir dépensé plusieurs centaines de yuans en vain. Que d'argent gâché ! Elle ne voulait pas cependant se montrer désagréable à l'égard de son cousin, tout reposait sur lui.

– Je vais de ce pas chez la voisine. Mais l'aquilaria

est un composant qui coûte cinq cents yuans, il ne faut pas le gaspiller.

– Je te jure que je resterai avec elle le mois prochain et que je n'absorberai pas la moindre goutte de vin.

– Surtout pas un mot de cette histoire à qui que ce soit, recommanda à voix basse Niu Yueqing, c'est un secret entre nous. Lorsque l'enfant sera conçu, dis-le-moi aussitôt, je porterai à ta femme des aliments nourrissants. Ne la laisse rien faire, aucun travail pénible ; évite les querelles, ne l'énerve pas, et lorsque le moment de l'accouchement viendra, une voiture ira la chercher. Je me suis mise d'accord avec un homme en qui j'ai confiance à l'hôpital de la municipalité.

– D'accord, opina le cousin.

– N'en parle pas à Zhuang Zhidie.

Elle alla chercher son mari dans son bureau.

– Si tu ne manges rien, tu peux au moins tenir compagnie à notre cousin en lui offrant un verre de vin. Je reviens tout de suite, je vais acheter une paire de sandales pour ma cousine.

Zhuang Zhidie reparut dans le salon, une bouteille d'alcool à la main et le sourire aux lèvres.

Niu Yueqing se dépêcha d'aller chez la mère Wang où elle échangea la potion contre cinq cents yuans, puis elle acheta une paire de sandales en passant et rentra chez elle. Le cousin et son mari ne buvaient plus, ils avaient siroté la moitié de la bouteille. Niu Yueqing fourra sandales et médicaments dans un sac plastique qu'elle remit au cousin. Son regard était chargé de sous-entendus qui n'échappèrent pas à l'homme. «J'en prendrai soin», assura-t-il avant de s'en aller. Zhuang Zhidie voulut l'accompagner jusqu'à l'angle de la ruelle. Il gardait rancune à son épouse d'avoir organisé cette fête en son honneur. Il s'arrêta un moment dans le parc à l'extérieur de la porte Ouest pour écouter une troupe chanter des airs d'opéra du Shaanxi. En revenant il croisa un taxi qui sortait de sa ruelle et dans lequel il crut reconnaître le fils de Gong Jingyuan.

– C'est le fils de Gong Jingyuan qui sort d'ici ? demanda-t-il à Niu Yueqing sitôt le pas de la porte franchi.

– Il vient de partir. On prétend qu'il se drogue. C'est évident. Il a une mine de papier mâché. Son père part dès demain matin pour Lanzhou où il a une affaire urgente à régler. Il voulait te donner ton cadeau. Il n'a même pas voulu boire un verre d'eau. Il avait de la morve au nez et de la bave aux lèvres, sans doute était-il en manque. Qui était-il dans une vie antérieure pour dilapider ainsi le patrimoine familial !

Zhuang Zhidie avisa sur la table une boîte de gâteaux d'anniversaire et un paquet cadeau avec de jolis caractères : « Housse de couette de luxe en coton de satin ».

– Tu as déjà invité Gong Jingyuan ?

– Je l'ai rencontré cet après-midi dans la rue et je lui en ai parlé en passant. Tu ne vas pas refuser les cadeaux des amis ?

– Je croyais pourtant avoir été clair, mais tu acceptes quand même les cadeaux des autres. Tu veux me prouver quoi ? Sans m'en avoir touché un mot, tu invites à droite à gauche. Pour qui me prends-tu ? Jing Xueyin profite de la situation pour faire un scandale, je ne me plains même pas de perdre la face et maintenant, pour semer la merde, tu invites des gens de sorte qu'il y en ait encore plus qui me dénigrent par-derrière ! Tu vas me faire le plaisir de décommander tous ceux que tu as invités, sinon je quitterai la maison ce jour-là.

Niu Yueqing resta bouche bée sans rien trouver à répondre.

– Je ne veux pas me mêler de vos affaires, dit la vieille Dame en sortant de sa chambre, mais tes propos m'ont choquée et la colère gronde en moi. Ce cousin t'attendait pour dîner et regarde le ton sur lequel tu lui as parlé, tu l'as blessé. Yueqing se charge d'organiser ton anniversaire, mais c'est mon idée. Ce matin, ton beau-père est venu, il s'est moqué de sa fille qui manquait de piété filiale. Je lui ai dit, je suis vieille, j'ai une fille et nous pouvons compter sur notre gendre. Un gendre n'est qu'un demi-fils, Zhidie, lui, en vaut bien un ou deux. Je ne veux pas me mêler de vos histoires, pourtant tu te plains que recevoir notre famille c'est semer la merde, tu méprises mes parents d'origine campagnarde ! Cette maison est celle de gens célèbres, nous étions autrefois le seul puits d'eau à Xijing. Si l'eau courante n'avait pas été installée, nous serions à pied d'égalité avec le préfet !

Zhuang Zhidie aida la vieille Dame à regagner sa chambre et demanda à Liu Yue de lui préparer une infusion à l'orange.

— J'en ai marre, lui dit-il, que votre fille n'en fasse qu'à sa tête sans comprendre que j'en ai assez.

— Tu en as assez, cria Niu Yueqing depuis la salle à manger. Et moi, ta femme, tu ne crois pas que je n'en ai pas marre moi aussi ? Simplement je pensais que cette petite fête à l'occasion de ton anniversaire conjurerait la malchance qui s'abat sur nous cette année. Tu n'ouvres la bouche que pour me faire mal au cœur. Ça encore je le supporte, j'y suis habituée. Mais me mettre dans le pétrin devant mon cousin, vouloir me faire perdre la face ! Dès que tu es avec les autres, tu es volubile, jovial, mais à la maison tu nous fais une tête d'enterrement. Depuis six mois, tu n'es plus le même. Tu ne m'aimes plus, ou quoi ? Dire que tout le monde prétend que je suis une femme heureuse, mais qui sait comment tu me traites, tout juste comme une bonne, une esclave !

Lui Yue, qui avait suivi toute la conversation de la cuisine où elle récurait la vaisselle, ne put s'empêcher d'intervenir :

— Une bonne est une bonne, mais pas une esclave. Cela voudrait dire que Madame me considère comme une esclave depuis que je suis à son service.

— Ne te mêle pas de ce qui ne te regarde pas !

— Il n'est jamais agréable de se faire injurier, mais

je m'en moque. Pourtant vous feriez mieux de ne pas envenimer les choses avec cette histoire d'anniversaire. Le professeur Zhuang n'a pas tort. Il veut juste passer un bon moment avec de vrais amis. Vous, vous voulez faire les choses en grande pompe, or la maison est petite et les gens souffriront de la chaleur par cette canicule.

– Tu entends ce qu'elle dit! hurla Zhuang. Elle est plus avisée que toi!

Niu Yueqing laissa exploser sa colère en entendant sa jeune servante et son mari se liguer contre elle :

– Je n'arrive pas à la cheville de mademoiselle, pardi! Préparer à manger pour tant de monde l'affolait! Elle est bien contente de n'avoir rien à faire!

– Ce matin, je suis retournée trois fois au marché, dit la jeune fille, j'ai regretté que mes pieds soient si petits pour toutes ces courses. Je ne suis qu'une domestique, mon destin est de servir les autres, le travail ne me fait pas peur!

Devant la réaction de Liu Yue qui, d'ordinaire, se montrait soumise et obéissante, Niu Yueqing s'emporta encore davantage :

– Tu es un faux jeton, lorsque nous en parlions tu étais de mon avis, maintenant qu'il n'est pas d'accord, tu retournes ta veste. Normal, il est ton maître, un homme célèbre! On prétend que lorsque le mari déconsidère sa femme, personne ne la respecte. C'est bien vrai. Puisque tu es si avisée, Liu Yue, dis-moi comment résoudre cette histoire d'anniversaire. Vas-y, parle! Mais parle donc!

Liu Yue éclata en sanglots. Zhuang Zhidie n'avait pas bougé. Blême de rage, il regarda Liu Yue. Primo, elle n'était qu'une étrangère, secundo elle avait volontairement mis sa femme en colère. Il tapa brusquement sur la table.

– Liu Yue, pour quelle raison pleures-tu? Si Yueqing veut se donner du mal, qu'elle s'en donne! Ce jour-là tu viendras avec moi à la résidence de l'Association des écrivains préparer mon dîner.

– Parfait ! Faites comme vous voudrez ! Vous formez une *joint venture* pour me persécuter !

Elle se tut et fondit en larmes. Zhuang Zhidie sentit sa colère redoubler. Il allait exploser, quand la vieille Dame sortit à nouveau de sa chambre en chancelant. Liu Yue s'avança pour la soutenir, elle la repoussa, pointa un doigt en direction de son gendre, les lèvres tremblantes mais sans rien dire. Zhuang Zhidie fit demi-tour, ouvrit la porte et sortit. Il alla passer la nuit à la résidence de l'Association des écrivains.

*

Zhuang Zhidie s'installa à la résidence et ne revint pas à la Maison de la Double Bienveillance. Niu Yueqing, de son côté, resta chez sa mère sans aller le voir. Chacun campa sur ses positions, et d'anniversaire il ne fut plus question. Depuis que Liu Yue s'était disputée avec Niu Yueqing, leurs relations n'étaient plus si conviviales. En son for intérieur, la jeune fille se réjouissait du malheur de sa patronne, elle espérait même la voir souffrir davantage. Chaque matin, elle s'appliquait à se faire belle. Lorsque des passionnés de littérature venaient voir le professeur Zhuang, elle les recevait avec amabilité, sans obséquiosité ni arrogance. Elle mettait de l'ordre dans le courrier que le professeur recevait, dans les contrats que lui envoyaient les services de rédaction de différents journaux, dans ses invitations.

– Pour que le professeur les ait en temps voulu, demanda un matin Liu Yue à Niu Yueqing, qui de nous deux doit les lui porter ?

– Quel caractère ! Elle est vraiment plus habile que moi, ne put s'empêcher de constater Niu Yueqing, surprise.

– Je ne veux pas le voir, répondit-elle à la jeune fille.

Liu Yue se rendit donc à la résidence. Zhuang, bien entendu, fut ravi de sa visite. Il remarqua qu'elle était

340

habillée avec élégance, joliment maquillée et que toutes les lettres étaient bien classées. Il lui caressa la main, lui tint un long discours, puis la pria de lui mijoter un petit plat avant de s'en retourner. Liu Yue prit ainsi l'habitude de faire la navette entre la résidence où vivait le professeur et la maison traditionnelle où habitaient Niu Yueqing et la vieille Dame. Bien que Niu Yueqing fût en colère contre Zhuang Zhidie, elle n'émit aucune objection. Elle achetait même de bonnes choses qu'elle fourrait sans rien dire dans le panier de la jeune fille.

Durant cette période, Tang Wan'er se rendit plusieurs fois à la résidence. Avec son air rieur et ses allures séduisantes, même la gardienne, la vieille Wei, ne manqua pas de la remarquer. Lorsque celle-ci demanda à Zhuang Zhidie si elle était une actrice, il renonça à donner rendez-vous à Tang Wan'er à la résidence, mais lui demanda de le retrouver à la Maison de la Recherche des Insuffisances. Ce jour-là, il était tombé un fin crachin, puis le soleil était aussitôt réapparu. L'air humide était suffocant. Zhuang Zhidie, ne voyant venir personne, prit le télescope, acheté au marché avec Tang Wan'er quelques jours auparavant, pour observer les mouvements dans le bâtiment d'en face : un dortoir d'ouvrières qui travaillaient dans un atelier de broderie. Elles étaient toutes, sans exception, jeunes et jolies et dormaient à huit par chambrée. Sans doute venaient-elles d'achever leur travail car elles s'apprêtaient à se laver. Grâce à sa longue-vue, il vit qu'elles ne portaient qu'une petite culotte et un soutien-gorge, et que, pour une raison qui lui échappait, trois d'entre elles formaient un joyeux attroupement. Au moment où le spectacle devenait intéressant, une feuille de journal sur laquelle était tracé à l'encre et au pinceau « IL N'Y A RIEN À VOIR » fut collé à la fenêtre. Zhuang Zhidie, un peu confus, regagna sa chambre et tira le rideau. C'est alors qu'il découvrit sous la porte un petit papier. Le billet était signé de Tang Wan'er, mais il ne l'avait pas vu en entrant. « J'ai une bonne nouvelle à t'annoncer. Zhou Min m'a dit que le vice-préfet chargé de la culture avait été destitué de ses fonctions. Le directeur du département de la Propagande a porté sur la déclaration de Jing Xueyin la mention «La décision revient au Bureau de la Culture»; la revue a insisté pour publier notre déclaration, celle rédigée par Zhou Min et Li Hongwen. Jing Xueyin n'est pas d'accord. Zhong Weixian a déclaré que, dans ce cas-là, il ne publierait ni l'une ni l'autre.» Puis suivaient quelques lignes plus personnelles : «Aujourd'hui je ne pourrai pas venir, un ami de Zhou Min arrive de Tong Guan. J'ai profité des courses que j'avais à faire pour te prévenir. Pardonne-moi.» Zhuang Zhidie soupira. Le vice-préfet avait donc été évincé au bon moment. Même s'il avait refusé de fêter son anniversaire pour conjurer le mauvais sort ainsi que le souhaitait Niu Yueqing, la chance semblait lui sourire. Il regrettait juste l'absence de Tang Wan'er. Ils auraient mangé, bu ensemble et puis, et puis... Son imagination vagabonda, il n'y tint plus, il défit son pantalon et se masturba.

Ici l'auteur autocensure quarante-huit caractères.

Il éjacula puis s'essuya avec le billet doux. Il découvrit alors une rangée de caractères au dos : «Voici maintenant une mauvaise nouvelle. J'ai appris par Zhou Min que Meng Yunfang avait perdu un œil.» Son sang ne fit qu'un tour. Il remit ses vêtements en ordre, se passa un coup d'eau sur le visage et fonça chez son ami Meng.

Meng Yunfang avait bel et bien perdu un œil, et de façon bizarre. Extérieurement on ne remarquait rien, il ne souffrait même pas, simplement il n'avait plus d'acuité visuelle. Il n'en était pas abattu pour autant, il avait même le cœur à plaisanter.

— C'est hier matin en me levant que je m'en suis aperçu. Je suis allé à l'hôpital, mais le médecin n'a rien trouvé d'anormal après examen. Zhidie, désormais n'essaye plus de me piéger, sois gentil, ça ne pourra plus me sauter aux yeux.

Zhuang Zhidie, plein de compassion, lui conseilla de consulter plusieurs spécialistes, on ne pouvait se fier au diagnostic d'un seul.

– Sun Simiao[1] serait encore de ce monde qu'il n'y pourrait rien non plus, assura Meng Yunfang. Sais-tu pourquoi ? Ces derniers jours j'ai progressé dans l'étude des *Chiffres sacrés de Maître Shao* !

Il tira de sous son bureau une malle en cuir couverte de plusieurs piles de livres reliés à l'ancienne en toile bleue.

– Tu es bien né en 51, l'été, au mois de juillet, le 23, à huit heures du soir, n'est-ce pas ? Je vais te faire une séance de divination. Vas-y, choisis un nombre.

Zhuang Zhidie, sans rien comprendre à ce que lui racontait son ami, tira un nombre à quatre chiffres et fit ce qu'il lui ordonnait. Il feuilleta ensuite le livre et tomba sur le poème suivant :

– *Les vents tourbillonnent, les flocons de neige voltigent telles des plumes d'oie.*

Les pruniers et les bambous sont plus propres couverts de neige,

vous êtes né en juillet, d'une année bissextile et au jour exact du 23.

– *Les oies sauvages se séparent dans les larmes.*

Les frères n'ont pas tous la longévité,

Tous les mois ont des destins différents, les hommes aussi.

– *Votre père qui est du signe du Cochon mène une vie de voyageur*

dans son destin Ciel et Terre se battent.

Votre père disparaîtra le premier, votre mère survivra pour mourir au même âge que lui.

Zhuang Zhidie lut avec attention et en resta bouche bée.

1. Grand médecin des Qing. *(N. d. T.)*

– Il existe encore des livres aussi extraordinaires! Tout ce qui me concerne y est noté.

– Je te l'ai déjà dit, mais tu ne voulais pas me croire, dit Meng Yunfang en refermant l'ouvrage. C'est la partie la plus merveilleuse du *Livre des Mutations*. Elle était perdue depuis des siècles et beaucoup de grands maîtres de la divination en avaient entendu parler sans jamais avoir eu le texte entre les mains. Selon le Grand Maître de la sagesse, ce texte se trouvait à la bibliothèque du Temple du Génie protecteur de la ville mais lorsque Kang Youwei[1] vint à Xijing à la recherche de pièces rares, il déroba, avant de s'en aller, quelques objets. Quand la bibliothèque du Temple du Génie protecteur de la ville et le Temple de l'Immanence s'aperçurent qu'effectivement il avait volé une pierre à encre et une série de livres canoniques, ils en référèrent aussitôt au gouverneur militaire de la province du Shaanxi qui lança des hommes à sa poursuite. On ne mit la main sur lui qu'à Tong Guan où on le força à restituer ce qu'il avait volé. Cette affaire ébranla la Chine entière. Par la suite, on découvrit qu'il manquait un livre et, en consultant la bibliographie, on s'avisa qu'il s'agissait de cette partie introuvable intitulée les *Chiffres sacrés de Maître Shao*. Kang Youwei l'avait gardée. À sa mort, personne ne sut ce que ce livre était devenu. Il y a deux ans, un éminent personnage de Taiwan prétendit qu'il possédait un exemplaire, mais sans notice explicative. Il partit en Chine continentale, sillonna les treize provinces à la recherche de ce petit fascicule, mais hélas il revint les mains vides. Maintenant je le tiens!

– C'est incroyable, pourquoi ne proclames-tu pas ta découverte?

– Attendons de voir. Je te demande de garder le plus grand secret sur cette histoire. Le livre appartenait à un vieux monsieur âgé de soixante-deux ans

1. 1858-1927, célèbre réformateur et lettré de la fin des Qing. *(N. d. T.)*

qui vit dans le nord du Shaanxi et qui refuse de révéler sa provenance. On raconte que ce monsieur est un Mandchou, un descendant de la Bannière Rouge[1], et que le livre viendrait de la famille impériale. Le vieux n'en a jamais dit mot à qui que ce soit mais ce livre est resté pour lui une véritable énigme. Il a passé dix-huit ans de sa vie à peiner pour essayer de le déchiffrer en vain. C'est le Grand Maître de la sagesse qui a fini par nous mettre en rapport et ce n'est qu'après plusieurs rencontres qu'il s'est décidé à me laisser consulter l'ouvrage. Je viens de comprendre comment l'heure, le jour, le mois, l'année de la naissance se transformaient en un nombre à quatre chiffres. Pour l'instant, je suis juste capable de rechercher ton horoscope, le signe de l'année de naissance de tes parents, le nombre de tes frères, la famille d'origine de ta femme. Je peux également te dire qui tu étais dans une vie antérieure ou en quoi tu te réincarneras dans une vie future ; ce que l'existence te réserve de malheur ou de bonheur ; quelles seront tes périodes de richesse ou de pauvreté... Mais je n'ai pas réussi à percer davantage le mystère de ce livre qui porte en épigraphe cette phrase : « Une fois le secret révélé, on peut fermer les yeux et mourir en paix. » C'est en me plongeant dans ce texte que j'ai perdu un œil.

Le discours de Meng Yunfang bouleversa Zhuang Zhidie.

– Arrête de lire ce livre !

– Mais tu es fou ! Si on ne se penche pas sur ces textes, on garde la vue, soit, mais on ne comprend que le monde actuel. Pour interpréter l'avenir, il faut avoir accès à ces écritures et donc savoir sacrifier un œil. Qu'est-ce qui est le plus important, garder la vue ou comprendre l'avenir ? Rien de surprenant que le médecin n'ait trouvé aucune cause à ma cécité après examen clinique. Je suis malgré tout très satisfait

1. Chacune des huit divisions du peuple mandchou, spécialement de son armée sous les Qing. (N. d. T.)

d'être parvenu à pénétrer enfin un livre venu d'En-Haut et, depuis mon retour de l'hôpital, mon énergie n'en est que plus grande. Je passe mes jours et mes nuits à me concentrer sur cette lecture sans, hélas, faire de nouveaux progrès.

– Raconte-moi donc les surprises que me réservent les femmes ? en profita pour demander Zhuang Zhidie.

Après un long moment, Meng Yunfang finit par sortir un nombre à quatre chiffres qui correspondait à ces vers :

Devant la cour un arbre mort reçoit la visite d'un phénix

Chercher la prospérité avec l'acharnement d'un cheval sans trouver la vérité

Elle aime à voir des histoires là où il n'y en a pas
Elle aime aussi écouter les racontars.

– Que signifie ceci ? s'étonna Zhuang. On dirait que cela concerne Yueqing sans la concerner vraiment !

– Je t'avoue que c'est assez obscur pour moi aussi.

– Essaye avec les gens que nous connaissons, proposa Zhuang.

Meng Yunfang prit une feuille d'un livre qu'il lui tendit. Zhuang Zhidie ne comprenait pas davantage.

– C'est ce que la divination a révélé pour ma femme, tout est exact. Il est dit qu'elle devait se marier deux fois. Pour les autres, je ne peux rien faire, ne connaissant pas leur horoscope.

– Je vais te le donner pour trois femmes. Tang Wan'er d'abord ; elle est née en 57, le 3 mars pendant le dernier des douze rameaux terrestres[1] ; Liu Yue, née en 63, le 18 décembre pendant le quatrième des douze rameaux terrestres[2] ; et enfin la femme de Wang Ximian, née en 50, le huitième jour du douzième mois lunaire pendant le dixième des douze rameaux[3].

1. Entre 9 et 11 heures du soir. *(N. d. T.)*
2. Entre 5 et 7 heures du matin. *(N. d. T.)*
3. Entre 5 et 7 heures du soir. *(N. d. T.)*

Meng Yunfang chercha et trouva surprenant de ne pouvoir sortir pour chacune d'entre elles qu'un nombre à quatre chiffres correspondant à un poème en vers de sept caractères.

Pour Tang Wan'er il était dit que :

Elle a la nostalgie des eaux, elle pêche dans les vagues brumeuses.
Quand tout est fini, les choses sont sans fin
Quand le yin est atteint, les choses ne le sont pas.

Pour Liu Yue :

Joyeuse, joyeuse, joyeuse, elle se méfie toujours du malheur
Elle gagne la perle sous la nuque du dragon
Mais elle la perd et tombe dans l'eau.

Pour l'épouse de Wang Ximian :

Elle a tendance à être triste, elle aime à bavarder
Elle hésite toujours et se fait du souci
Elle dit c'est fini et ça ne finit toujours pas.

– Comment se fait-il que rien ne concerne leur mariage ? demanda, intrigué, Zhuang Zhidie.

– Il faudrait pouvoir entrer dans une autre série de nombre à quatre chiffres. Avec ce que tu m'as donné, je ne peux faire plus.

Zhuang Zhidie le regretta un instant avant de se dire qu'au total il valait peut-être mieux ne rien savoir. La vérité pouvait être terrifiante. Si tout n'était que *fatum*, finirait-il ses jours avec sa femme ? Si celle-ci le quittait et que leurs rapports en restent là, passe encore ; si elle décidait de continuer à vivre avec lui, comment s'y prendrait-il pour rompre ? Si en fin de compte il pouvait épouser Tang Wan'er, tant mieux ; si en revanche elle en épousait un autre, il se retrouverait alors le bec dans l'eau ! Il y avait aussi Liu Yue et l'épouse de Wang Ximian et d'éventuelles rencontres imprévues... D'après les affirmations de Meng Yunfang l'existence était déterminée dès la naissance. Succès, réussites, liaisons amoureuses, tout était écrit, rien n'arrivait par hasard. Zhuang Zhidie finit par regretter de ne pouvoir consulter ces textes.

– C'est aussi bien ne pas savoir, dit-il cependant, ne cherche pas à en connaître davantage sur tes amis intimes.

– Tu as raison, répondit Meng, si jamais tu en savais trop tu risquerais de perdre non pas la vue, mais la parole. Tu es un homme heureux, profite de ce bonheur !

– Moi, un homme heureux ! protesta Zhuang en secouant vigoureusement la tête.

Au bout d'une heure environ, Xia Jie revint. Elle était en nage. Elle salua Zhuang, puis se laissa tomber sur le canapé, se plaignant d'être épuisée. Elle demanda à Meng Yunfang de lui allumer une cigarette qu'il lui tendit.

– Vous fumez ? s'étonna Zhuang Zhidie.

– Pourquoi, vous les hommes, voudriez-vous avoir l'exclusivité de certains plaisirs ! rétorqua-t-elle. Yunfang, que mangeons-nous ? Qu'as-tu préparé de bon ?

– Zhidie est arrivé, nous avions des choses à régler, comment aurais-je eu le temps de cuisiner ? Fais-nous des pâtes !

– Tu passes tes journées dans une maison fraîche à te prélasser et tu voudrais en plus que ce soit moi qui cuisine. Pas question !

– Tant pis. Je vais aller acheter des pâtes toutes prêtes à un marchand ambulant.

Meng Yunfang prit des gamelles et sortit.

– Vous devez me trouver tyrannique, non ? dit Xia Jie sitôt son mari parti. Depuis qu'il passe ses journées plongé dans son fameux livre, je refuse délibérément de lever le petit doigt. Il est tellement absorbé qu'il n'écoute même pas ce que je lui dis. Il a tout d'abord voué un véritable culte au Grand Maître de la sagesse, ensuite à Hui Ming, et maintenant qu'il a rencontré ce vieillard qui habite dans la banlieue nord, il ne jure que par lui. Il ne peut vivre sans idolâtrer quelqu'un.

– Il n'est plus conseiller pour cette usine de produits miracles qui garantissent une longévité assurée ? demanda Zhuang en riant.

– Il y a longtemps que cette lubie lui est passée ! Regardez le sac plein de ces potions magiques qui gît là sous le lit. Lorsqu'il rédigeait les notices de présentation, il m'expliquait que ces sacs contenaient du bornéol, des pénis de tigres et autres plantes aromatiques, et je lui ai exprimé mon étonnement qu'une usine puisse chaque jour en produire autant ! Où vont-ils chercher tous ces pénis de tigres ? lui ai-je dit. Chaque animal n'en a pourtant qu'un ! Les cultives-tu là sous le lit ou bien les captures-tu dans la grande montagne blanche dans le nord-est de la Chine ? En tout cas, tu n'as pas peur que la Sécurité publique mette son nez dans cette affaire et te condamne pour massacre d'animaux rares !

Zhuang éclata de rire. Meng qui revenait avec ses nouilles pimentées s'enquit de la raison de cette bonne humeur.

– Ne dites rien, ordonna Xia Jie, il est tellement ridicule !

Meng Yunfang n'en demanda pas davantage. Ils se mirent à table.

Le repas terminé, Meng voulut sortir avec Zhuang. Fâchée, Xia Jie les ignora. Sitôt dehors, Meng retrouva son entrain. Il pria Zhidie de le conduire à mobylette au village des Jeunes Peupliers, dans la banlieue nord, là où vivait le vieux monsieur merveilleux. Cet homme avait passé les dernières années à vagabonder dans toute la Chine à la recherche des véritables connaisseurs du *Livre des Mutations* pour obtenir d'eux la méthode qui lui permettrait de déchiffrer ce mystérieux livre des *Chiffres sacrés de Maître Shao*. Il avait pu avoir accès à une des formules rimées de ce livre grâce à une vieille femme, une rebouteuse, qui avait bien voulu la lui expliquer. Curieux de connaître ce vieux monsieur, Zhuang Zhidie ne se fit pas prier pour accompagner son ami au village des Jeunes Peupliers.

Le village était vraiment minuscule. À l'entrée se trouvait une petite maison à étage agrémentée d'une terrasse sur laquelle se tenait un jeune couple. La jeune femme allaitait son bébé.

– Tu te décides à boire, oui ou non? dit le père. Sinon c'est papa qui va téter le sein.

Il se jeta sur le sein qu'il suça voracement.

– Ton père a un sacré culot! dit la maman.

Puis elle amusa l'enfant en lui chantant une petite chanson :

– *Le 23, sacrifice au Génie du foyer; le 24, nettoyer la maison; le 25, moudre le pâté de soja; le 26, cuire les petits pains à la vapeur; le 27, tuer le poulet; le 28, coller le papier découpé pour décorer les fenêtres; le 29, fermer le grenier à céréales; le 30, on se lave les pieds; le 1er, on met des souliers neufs.*

Zhuang Zhidie ne quittait pas la jeune femme des yeux.

– Ce sont le fils et la belle-fille du vieux monsieur avec leur bébé. Pourquoi les dévisages-tu ainsi?

– J'écoutais la chanson, les dernières paroles sont amusantes.

– Le 30 du dernier jour du dernier mois lunaire, dit Meng Yunfang, on fait chauffer de l'eau pour se laver les pieds, ensuite on se coupe les ongles et on met des chaussures neuves. Le matin du jour de l'an, les enfants se prosternent devant les adultes le front contre terre. Pour ce rituel, les pieds doivent être propres...

– D'accord! D'accord! Cette jeune femme chante avec l'accent du Henan. Dieu, que cette mélodie est agréable!

– Votre père est-il là? demanda Meng Yunfang au jeune couple.

– Oui, répondit l'homme.

Meng Yunfang fit entrer Zhuang Zhidie dans la cour avant de se rendre directement dans une chambre au rez-de-chaussée, au nord de la maison, où se trouvait le vieux monsieur qui sirotait seul son thé. À leur entrée le vieillard ne se leva pas mais se contenta de les saluer d'une inclinaison du buste, puis il leur fit signe de s'asseoir et leur offrit du thé dans une tasse crasseuse. Il parla à Meng Yunfang à voix basse. Zhuang Zhidie examina la pièce plongée dans l'obscurité totale, sans la moindre fenêtre, ce qui expliquait l'odeur pestilentielle, irrespirable. Le lit, la table, tout était encombré de livres anciens reliés en toile bleue.

– C'est un cousin du côté paternel, le rassura Meng, vous pouvez parler devant lui en toute confiance.

Le vieux monsieur jeta un coup d'œil à Zhuang et lui demanda s'il fumait. Il chercha une cigarette sur lui, mais n'en trouvant pas, il se tortilla, allongea le bras et dénicha un paquet dans le fatras de sa couette qu'il lança à Zhuang.

– Je suis allé trois fois au nord de la Wei[1], dit-il toujours à voix basse, mais le type n'a jamais voulu me laisser consulter le livre. La quatrième fois, il a encore refusé, prétendant que pour le feuilleter il fallait l'acheter. J'ai accepté et lui ai demandé combien il en voulait. «Je veux me faire construire une maison, dit-il, j'ai besoin de deux cent mille yuans. – Impossible pour moi de débourser une telle somme. Je vous propose quarante mille yuans. – C'est beaucoup, trop peu», dit-il. Je marchande alors avec lui. «J'ajoute cinq mille, c'est tout que je peux faire.» Il se plaint que c'est encore insuffisant. Nous discutons, mais c'est mon dernier prix. Avant-hier après-midi, j'y retourne, mais il avait changé d'avis. Je décide donc de rester et de passer la nuit à négocier. Quel intérêt pour lui de garder ce livre composé de vingt-trois formules rimées puisqu'il ne sait pas l'utiliser. Je lui assure que, lorsque j'aurai compris, je lui enverrai une copie de l'explication. Le matin, il accepte. Je lui donne donc comme convenu la somme de cinquante mille yuans. Il sort un livre minuscule et éclate en sanglots, se reprochant d'être un fils indigne, capable de vendre le seul trésor légué par ses ancêtres. Le vieux monsieur prit un petit coffre de camphre

---

1. Rivière qui prend sa source au Ganxu, arrose le Shaanxi et se jette dans le fleuve Jaune. *(N. d. T.)*

duquel il sortit quatre feuilles manuscrites, puis se pencha pour glisser quelques mots à l'oreille de Meng Yunfang.

— Ce n'est rien, dit Meng Yunfang, je dois rentrer à mobylette avec mon cousin. Dès que j'aurai progressé dans mes recherches, je reviendrai.

— Surtout pas. J'irai sans doute chez vous demain après-midi, répondit le vieux monsieur.

Zhuang et Meng prirent congé et quittèrent le village.

— Que penses-tu de lui ? demanda Meng Yunfang.

— Je n'aime pas ce genre de type. Il a l'air fourbe.

— Il se méfiait de toi, je ne lui ai pas dit qui tu étais. D'où sa froideur.

— Cette fois-ci tu va devenir complètement aveugle !

— Impossible de savoir si les vingt-trois formules sont vraies ou fausses, puis-je ou non les convertir ? Si je perds mon autre œil, je crains fort que Xia Jie ne me quitte.

— Je croyais que, grâce à ta méthode de divination, tu étais certain qu'elle ne divorcerait plus.

— Elle ne partira pas, mais elle me maltraitera. À ce moment-là, j'aurai besoin que tu viennes me voir plus souvent.

— Sans problème. Je t'enverrai alors au Temple de la Vacuité Pure. Hui Ming n'a-t-elle pas merveilleusement bien pris soin de toi ?

— Depuis qu'elle est devenue la supérieure de ce temple elle a bien changé. Pour l'obtention de crédits, je l'ai mise en rapport avec Huang Defu. Désormais, au moindre problème, elle traite directement avec lui. Lorsque nous nous voyons, elle ne me parle plus que d'*Amitôbba*. Quelle fervente bouddhiste !

— Tu parles d'une fervente bouddhiste ! Je crains fort que tu n'aies souillé sa fervente virginité !

Meng Yunfang ne répondit rien, il se contenta de sourire. Son expression, radieuse, mit mal à l'aise Zhuang qui revit flotter devant lui l'image de Hui Ming drapée dans sa robe de moine couleur or. Du coup il manqua de se jeter dans le fossé avec sa mobylette. Arrivés à l'extérieur de la porte Nord, là où passait la voie ferrée, Zhuang Zhidie s'exclama soudain :

– Où se trouve la rue de l'Anti-Gaspillage ?

– Pas très loin d'ici. Une fois la porte Nord franchie, tourne vers l'est.

– Parfait, je t'emmène voir une fille que je connais.

– Parce que tu as une petite amie dans le coin ?

– Ferme ta grande gueule !

Zhuang Zhidie lui conta les aventures de Zhong Weixian et, de fil en aiguille, lui parla d'Alan. Pourquoi, si près de chez elle, ne pas en profiter pour passer la voir, s'assurer qu'elle avait bien envoyé la lettre et prendre des nouvelles de Suzhou ?

Ils ne s'étaient pas rendu compte qu'à l'ouest de la rue de l'Anti-Gaspillage le quartier était habité par des immigrés de la province du Henan. Sitôt entrés dans la ruelle de la Miséricorde universelle, ils eurent l'impression de traverser le couloir d'un immeuble ; de chaque côté se dressaient, plus ou moins hautes, des maisons à une ou deux pièces. Sous la fenêtre près de la porte d'entrée s'entassaient le fourneau, la jarre à eau propre et le panier rempli d'ordures. Les passants devaient regarder où ils mettaient les pieds. Ils avancèrent en se faisant tout petits ; impossible de passer trois de front ; lorsqu'ils croisaient quelqu'un, il leur fallait se plaquer sur le côté. L'haleine du quidam, odeur de tabac ou d'oignon, les assaillait de plein fouet. Lorsqu'ils garèrent la mobylette à l'entrée de la ruelle, ils regrettèrent l'absence d'un parking surveillé. Des vieilles femmes qui fabriquaient des cartes de jeux les rassurèrent :

– Elle est bien là où elle est, elle ne risque rien. Ce n'est pas ici que les voleurs viendront la chercher !

– Bizarre. Le chef de la Sécurité publique habiterait-il par hasard dans les parages ? demanda Meng Yunfang.

– Pas du tout. Pas même un chef de section ! La ruelle est bien trop étroite, portes et fenêtres se touchent, où voulez-vous qu'un voleur se cache ? À l'entrée, nous fabriquons des cartes, à l'autre bout des tables de mah-jong. Si un voleur entrait, comment ressortirait-il ?

– C'est une ruelle familiale, merveilleux ! Pourriez-vous nous dire si la sœur d'une certaine Alan habite ici ? Elle est originaire de l'Anhui.

– De l'Anhui ? Aucun habitant de cette région ici, répondit catégoriquement la vieille femme.

– L'épouse de Mu Jiaren n'est-elle pas justement originaire de l'Anhui ? corrigea une autre commère.

– Comment ça, tu sais bien qu'elle vient du Henan ! Je la connais, moi, la femme de Mu Jiaren ! Sa jeune sœur vit ici depuis un bon moment, elles sont les deux seules beautés de la ruelle. Qui êtes-vous ? Des parents ? Des amis ? Des collègues ?

– Des collègues, répondit Meng Yunfang.

– Au 27, avoua la vieille. Souvenez-vous, le 27 et non le 29. Ne vous trompez pas, les deux numéros se touchent. Au 29, c'est un jeune couple qui passe ses journées au lit, si vous le dérangez, vous vous attirerez des ennuis.

Les deux hommes poursuivirent leur chemin en souriant. Ils entendirent la vieille ajouter :

– Le vent qui souffle sur la famille Mu est bizarre. Depuis des générations tous les hommes sont stupides, laids et à moitié fêlés, en revanche ils épousent des femmes de plus en plus jolies.

Zhuang et Meng avançaient en regardant attentivement chaque numéro de porte. Un homme accroupi sur ses talons lavait du linge devant le 27.

– C'est bien le 27 ? s'assura Zhuang, questionnant le type.

– Oui.

– Alan habite-t-elle ici ? poursuivit-il.

Tandis que l'homme levait la tête et les regardait, une voix s'éleva de la maison « Qui est-ce ? » « Oui, Alan habite ici ! » L'homme déplaça la cuvette pour les laisser entrer. Ils aperçurent une femme en pyjama qui, assise sur un grand lit en bois, se coupait les ongles des pieds. Des pieds fins et jolis aux ongles vernis de rouge. Elle leva la tête, ce n'était pas Alan. Meng Yunfang sortit une carte de visite de sa poche et la lui tendit :

– Zhuang Zhidie est un écrivain, il connaît Alan.

La femme sauta du lit et jeta un coup d'œil à Zhuang :

– Mon Dieu, que nous arrive-t-il pour qu'une telle célébrité vienne chez nous ?

Elle attrapa une veste qu'elle enfila tout en parlant :

– Comment, mais asseyez-vous ! Jiaren, ne reste pas là bêtement, offre quelque chose à boire à ces messieurs. C'est mon mari.

Mu Jiaren tourna la tête en souriant, découvrant des dents très blanches dans un visage très sombre. Il avait les mains pleines de savon.

– Mon mari est un pauvre type qui ne sait rien faire, excepté laver ou récurer. C'est un bon à rien. Vous pouvez rire !

– Si je ne lave pas, qui le fera ? dit Mu Jiaren, très gêné. Tu ne fais rien !

– C'est ce que tu prétends ! Si tu avais le talent de M. Zhuang, je me sacrifierais volontiers à longueur de journée pour te laisser écrire et tu ne lèverais pas le petit doigt, crois-moi !

– Quelle fausse idée vous avez de ma personne ! protesta Zhuang Zhidie. Souvent il m'arrive de faire la cuisine ou la lessive chez moi.

– Votre épouse a tort de vous laisser vous abaisser à de telles tâches, déclara la femme. Qu'elle soit fatiguée, soit, mais la fatigue physique n'a jamais tué quiconque, seule la fatigue mentale est insupportable.

Mu Jiaren versa du thé aux invités et s'assit dans un coin, le sourire toujours aux lèvres. La femme attrapa son éventail pour éventer Zhuang Zhidie et Meng Yunfang, en s'excusant de ce que sa maison fût aussi petite et dépourvue de ventilateur. Son mari, dessinateur en architecture, utilisait la table comme bureau de travail ; leur fils, lui, s'installait à la machine à coudre pour faire ses devoirs. Un ventilateur aurait fait voler tous les papiers, donc elle n'en avait pas acheté ; Zhuang Zhidie, un peu confus, prit l'éventail pour s'éventer lui-même.

– Vous cherchez Alan, n'est-ce pas ? Je suis sa sœur aînée, je m'appelle Acan. Quand elle a parlé de votre rencontre, je ne l'ai pas crue. Une personnalité telle que vous, vous imaginez ! Je ne l'ai crue que lorsqu'elle m'a montré la lettre, me disant que c'était votre femme qui la lui avait remise pour que je l'envoie à ma sœur. Je n'ai d'ailleurs pas très bien compris : je dois envoyer cette lettre à ma sœur pour qu'elle la renvoie ensuite ici à Xijing ?

Zhuang Zhidie expliqua en détail l'affaire à la jeune femme.

– Avez-vous des nouvelles de Suzhou ? demanda-t-il.

– J'ai reçu une lettre de ma sœur me parlant d'une certaine Xue Duanmei, qui fut secrétaire dans un collège avant d'être étiquetée droitière pendant dix ans. Elle est morte trois ans après sa réhabilitation.

Zhuang Zhidie en fut peiné. Il pensa à Zhong Weixian qui ne vivait que par elle et que pour elle. S'il apprenait sa mort, il s'effondrerait d'un seul coup.

– Yunfang, garde cette nouvelle secrète, vous aussi, Acan. Si jamais Zhong Weixian le savait, il en mourrait. À mon avis, je dois continuer à lui écrire à la place de cette malheureuse et vous, vous devez m'aider, et assurer le circuit postal que nous avons créé. Si ses missives restent sans réponse, il aura vite fait d'avoir des doutes.

– Que pourrais-je refuser à un cœur généreux comme le vôtre ! répondit la jeune femme. Une fois votre lettre rédigée, si vous avez le temps apportez-la, sinon je passerai la prendre chez vous.

– Ne vous dérangez pas, répondit Zhuang Zhidie. J'habite tout près de l'unité de travail d'Alan. Je la lui donnerai.

– C'est une bonne idée, seulement Alan ne va pas souvent à son usine en ce moment. Comme elle travaille sur ce projet de toilettes publiques, elle se démène dans tous les sens à longueur de journée.

– Le projet n'est pas encore terminé ?

– Qui l'aurait cru ? Elle s'y consacre avec autant de soin que si elle travaillait à la restauration de l'Assemblée nationale populaire ! Ces derniers jours, elle m'a dit que le chef Wang l'appelait constamment mais que, hélas, aucune décision n'avait été prise. Elle est très inquiète, ne mange plus et monte directement se coucher.

Zhuang Zhidie remarqua une échelle appuyée contre un des angles du mur, une échelle qui donnait sur un étage, celui donc où vivait Alan.

– Il doit faire froid là-haut, dit Zhuang Zhidie.

– Froid ? C'est l'étuve ! s'exclama Acan. Il y avait bien une fenêtre qui ventilait la pièce, mais on a été obligé de la condamner car elle donnait juste sur celle de la petite maison d'en face habitée par deux voyous. L'endroit est sombre, sans lumière, si bas qu'on ne peut y tenir debout. Je prépare chaque jour pour Alan une boisson fraîche aux haricots mungo. Je lui conseille de se marier au plus vite, d'épouser un débrouillard pour s'en sortir et en finir avec cette vie de chien. Elle me répond que, si elle se mariait maintenant, elle n'aurait plus goût à rien. Mon Dieu, j'étais plus passionnée qu'elle à son âge et même si l'existence n'est pas drôle tous les jours, moi je vis, ma foi !

À ce moment-là, un livreur de charbon passa dans la ruelle avec son triporteur. La cuvette lui barrait le passage, il hurla qu'on la pousse. Mu Jiaren se précipita pour la retirer. Il la souleva sans la vider, la rentra chez lui. Une fois l'engin passé, il revint avec sa cuvette. Il se remit, sans parler, à laver le linge. Mais Acan lui demanda d'aller acheter quelques plats chauds pour accompagner l'alcool qu'elle voulait offrir à ses invités. Zhuang Zhidie déclina aussitôt l'invitation. Acan se fâcha.

– Vous craignez qu'on n'ait rien à vous donner ou qu'on manque d'hygiène !

Ils finirent par accepter de prendre un verre en grignotant du foie et des oreilles de porc, des tripes, des pousses de bambous et des champignons. Acan fit frire sur le fourneau devant la porte un petit poisson dont la bonne odeur envahit la ruelle.

Leurs verres vides, ils firent un brin de causette, puis Mu Jiaren lava la vaisselle avant de partir travailler. Zhuang Zhidie et Meng Yunfang voulurent prendre congé, mais Mu Jiaren les en dissuada :

– Pourquoi tant d'empressement ! Je suis de service de nuit, je dois assurer mon tour. Continuez votre conversation et restez dîner, vous goûterez nos bonnes nouilles du Henan.

– N'abusons pas ! dit Zhuang Zhidie. La prochaine fois nous n'accepterons rien.

– J'ai compris, dit la jeune femme, vous craignez d'éveiller des soupçons parce que mon mari s'en va ! Chez les obsédés du cul, peut-être, mais si on n'a pas l'esprit mal tourné, je ne vois pas le problème !

Les propos de la jeune femme firent rougir Zhuang Zhidie et Meng Yunfang, qui acceptèrent de prolonger leur visite. Acan suggéra à Meng Yunfang de mettre la mobylette devant la maison pour éviter qu'elle ne reste sans surveillance lorsque les vieilles rentreraient chez elles. Sitôt Meng Yunfang sorti, elle lança à Zhuang Zhidie un regard enflammé et lui demanda s'il avait vraiment eu l'intention de partir ou bien n'avait exprimé ce souhait que par pure politesse.

– Vous traitez vos invités avec une telle gentillesse qu'à la première rencontre on a l'impression de vous avoir toujours connue, déclara Zhuang Zhidie en riant.

– Vous n'imaginez pas la joie que votre visite me fait, répliqua-t-elle. Voulez-vous m'attendre un moment ? Je vais emprunter à mon voisin un paquet de graines de pastèques à grignoter.

Elle fila aussitôt. Meng rentra et Zhuang lui demanda comment il trouvait Acan.

– Pas mal et très gentille.

– J'ai rencontré peu de femmes de son genre, avoua Zhuang. Elle est plus élégante que sa sœur et moins maquillée que la plupart des femmes, ce qui la rend d'autant plus sympathique.

– Elle t'a tapé dans l'œil ? se moqua Meng.

La jeune femme revint et donna à chacun une poignée de graines de pastèques.

– Alan ne rentrera que très tard, dit-elle. Pourquoi ne pas écrire cette lettre à Zhong Weixian ici ? Je la posterai demain à ma sœur. Pour le directeur Zhong, une lettre de plus, c'est une année de vie en plus.

– Vous êtes aussi passée par là, Acan ? dit Meng Yunfang.

– Bah ! Tous les cœurs se ressemblent ! Simplement, dans ma jeunesse, je n'avais personne à qui écrire et personne qui m'écrivait.

– Incroyable si l'on en juge par vos qualités et votre caractère !

– C'est ce qu'on pense et pourtant ce sont précisément mes qualités et mon caractère qui m'ont perdue. Jeune, j'étais trop exigeante ; adulte, je suis devenue plus fragile, si bien que je n'ai pas trouvé chaussure à mon pied. Je n'ai jamais rencontré d'homme intéressant, en revanche je suis toujours tombée sur des minables dont j'ai eu du mal à me débarrasser.

– C'est pareil pour tout le monde, dit Meng. Zhuang reçoit beaucoup de lettres, mais toutes le questionnent sur ses petits secrets d'écrivain, il n'y a jamais aucune lettre d'amour.

– Sans doute l'épouse du professeur Zhuang est-elle jolie, dit Acan, du coup les autres femmes n'osent risquer la comparaison.

– Oui, son épouse est quelqu'un de tout à fait remarquable, reconnut Meng Yunfang.

– Le contraire m'aurait attristée ! répondit la jeune

femme. Pensez un peu, M. Zhuang laisse aux femmes qu'il rencontre une forte impression. Si l'on apprenait que son épouse est laide, les femmes trouveraient que M. Zhuang manque d'exigence, si bien que tomber amoureuse de lui n'offrirait aucun intérêt.

– Vous avez des idées pour le moins étranges, répondit Meng Yunfang. La plupart des femmes qui ont un amant n'attendent pas que son épouse soit laide pour espérer prendre leur place.

Zhuang Zhidie agita la main : où cette conversation allait-elle les mener ?

– Quel dommage que vous habitiez dans cette ruelle, ajouta-t-il en regardant Acan.

– Pourquoi ? demanda-t-elle. Ici-bas, ce sont souvent des femmes exceptionnelles qui épousent des hommes tout à fait ordinaires. Ma seule satisfaction, c'est mon fils, un garçon bien, beau et de surcroît intelligent.

– Que fait-il ? demanda Meng Yunfang.

– Il est au collège et suit des cours supplémentaires. Tous mes espoirs sont en lui. Je veux qu'il entre à l'université, qu'il obtienne un doctorat pour partir faire carrière à l'étranger.

– Vous êtes si jeune, dit Zhuang Zhidie, ému, pensez à vous. Si tous vos désirs sont tournés vers votre fils...

Acan sourit, d'un sourire encore plus dur, avant de poursuivre, la tête baissée, les yeux fixés sur la table où elle essuya une poussière qu'elle était seule à voir :

– Vous avez raison, néanmoins vous ne pouvez pas comprendre... (Elle marqua une pause.) J'ai raconté à Alan combien j'ai eu le ventre tiraillé par la faim lorsque j'ai été envoyée dans le Xinjiang. Nous étions si pauvres que nous n'avions même pas un grain de riz ! Quand on crève de faim, ce n'est pas pareil !

– Je comprends..., murmura Zhuang Zhidie.

Meng Yunfang qui écoutait la conversation sans rien dire décida qu'il voulait profiter de la mobylette pour aller régler une affaire en ville. Il reviendrait dans deux heures, ce qui donnerait à Zhuang le temps d'écrire sa fameuse lettre.

Après son départ, Zhuang Zhidie se sentit vaguement mal à l'aise.

– Vous pouvez écrire en paix maintenant, dit Acan.

– Je m'y mets.

La jeune femme débarrassa la table, puis sortit papier et pinceau. Zhuang Zhidie s'installa tandis qu'Acan s'asseyait dans un coin pour lire. Zhuang recommença plusieurs fois, déchirant ses brouillons. Acan, craignant qu'il ne souffre de la chaleur, proposa de l'éventer. Zhuang Zhidie refusa. Acan continua à le regarder écrire en silence. Sa lettre achevée, Zhuang tourna la tête et remarqua, un peu étonné, que la jeune femme le fixait d'un air étrange.

– J'ai fini, dit-il simplement.

Acan sursauta. Elle se rendit compte qu'elle était perdue dans ses rêves. Rouge de confusion, elle se hâta de répondre n'importe quoi.

– Déjà! Si vite!

Zhuang Zhidie songea en son for intérieur qu'il ne l'avait encore pas vue intimidée.

– Voulez-vous me la lire? demanda-t-elle en s'approchant de lui.

– Pardi! Écoutez et dites-moi si le ton est bien celui d'une femme, car je crains que Zhong Weixian ne s'aperçoive de la supercherie.

Zhuang Zhidie lut les trois pages. Sa lecture terminée, il se rendit brusquement compte qu'Acan était debout à ses côtés, une main posée sur la table, l'autre l'éventant doucement dans le dos avec son éventail en feuilles de massette. Il releva la tête et découvrit juste au-dessus du sien le visage d'Acan, les yeux perdus dans le vague, les pommettes rouges de plaisir.

– Comment la trouvez-vous?

– J'ai l'impression que cette lettre a été écrite pour moi.

– Acan! cria soudain Zhuang Zhidie malgré lui, d'une voix sourde.

– Quoi? dit-elle, le corps tremblant.

Il allongea sa main qui tenait le pinceau et, sans lâcher celui-ci, enlaça la jeune femme, tout en se levant. Il se pencha sur elle et leurs bouches s'unirent. Le pinceau teinta d'une tache d'encre noire la blouse blanche d'Acan. Dans leur étreinte, ils renversèrent une chaise en rotin.

– C'est la plus belle lettre que j'aie jamais écrite, avoua Zhuang Zhidie. Et c'est en pensant à vous que je l'ai rédigée.

– Vraiment?

Zhuang Zhidie la serra plus fort encore, sans lui en dire davantage. Son ardeur devait suffire à lui prouver ses sentiments.

– Ne croyez pas que je sois une femme de rien, lui confia-t-elle, blottie dans ses bras. C'est faux, absolument faux. J'ose à peine croire que vous puissiez être attiré par moi. Faire l'amour avec vous serait merveilleux, et j'ai envie de connaître une fois au moins de ce bonheur-là.

Il se rassit. Elle lui répéta qu'elle était quelqu'un de bien, qu'elle avait fait de bonnes études, que sa famille appartenait à une classe sociale élevée, qu'elle avait rencontré Mu Jiaren lorsqu'elle était allée au Xinjiang en quittant l'Anhui et qu'enfin, depuis quelques années, ils avaient été mutés à Xijing. Désormais, elle menait une vie minable, fatigante, mais elle avait gardé sa pureté et ses idéaux d'antan. Et elle n'avait jamais laissé personne, excepté son mari, la regarder, l'admirer.

– Acan, inutile de me le dire, je vous crois.

– Je veux que vous sachiez tout de moi. Je veux être parfaitement transparente à vos yeux. Je veux vous impressionner!

Elle finit par retirer sa blouse, son pyjama, son soutien-gorge, sa culotte; elle ôta ses chaussons. Elle était nue, toute nue devant lui...

Ici l'auteur autocensure quatre cent onze caractères.

Acan l'attira vers son bas-ventre d'où émanait un parfum insolite.

– Je sens bon, n'est-ce pas? C'est ce que me dit mon mari. Respirez bien, là, un peu plus bas, c'est encore plus parfumé.

Zhuang Zhidie se pencha, effectivement un doux parfum lui fit tourner la tête. Il eut l'impression merveilleuse de planer dans les nuages...

Ici l'auteur autocensure vingt-deux caractères.

Acan serrait les dents de douleur. Zhuang Zhidie s'arrêta, de peur de l'avoir blessée.

– Faites comme vous préférez. Lorsque j'ai accouché, le gynécologue trouvant que mon bassin était plus étroit que la normale a craint que l'enfant ait du mal à passer.

Zhuang Zhidie la pénétra alors tout en douceur. Quand il voulut éjaculer, elle lui demanda de ne pas le faire en elle...

Ici l'auteur autocensure cinquante et un caractères.

– Je n'utilise pas de contraceptif, j'ai peur de tomber enceinte, avoua-t-elle.

Elle le serrait très fort dans ses bras, lorsque brusquement son visage se crispa, elle éclata en sanglots. Zhuang Zhidie se releva aussitôt.

– Regrettes-tu, Acan? J'ai tort, je n'aurais pas dû me conduire ainsi.

Mais elle se jeta sur lui, le prit de nouveau dans ses bras pour qu'il s'allonge à ses côtés.

– Non, je ne regrette rien. Quelle idée! Je suis beaucoup trop émue, c'est tout. Je veux vous remercier. Vous m'avez comblée, non seulement dans mon corps, mais dans mon cœur aussi. Vous ne pouvez imaginer combien j'étais pessimiste, démoralisée, pensant que ma vie n'avait plus le moindre intérêt. Je ne veux rien, rassurez-vous, ni argent ni faveur. Vous venez de me redonner confiance. Comme j'envie votre femme ! Elle doit réussir brillamment tout ce qu'elle entreprend. J'en suis jalouse, vraiment très jalouse. Mais croyez-moi, je ne chercherai pas à me substituer à elle. Soyez tranquille, je ne serai en aucun cas source d'ennuis ou de charge pour vous.

Zhuang Zhidie n'avait encore jamais entendu une femme lui tenir ce langage. Il essuya une larme.

– Acan, je ne suis pas aussi bien que tu le prétends, tes propos me rendent honteux.

Elle le serra de nouveau dans ses bras, la tête contre sa poitrine. Ils restèrent silencieux un moment, puis elle lui demanda d'une voix douce s'il voulait fumer. Il refusa.

– Laisse-moi sentir ton parfum encore une fois, dit-il, qu'il masque mes mauvaises odeurs.

Docile comme un chat, elle s'allongea. Il s'agenouilla et la couvrit de baisers de la tête aux pieds tout en respirant sa chair.

*

À Xijing, près de la Pagode de la Grande oie, se trouvait un hameau étrange et célèbre du nom de Yaobao où tout le monde savait jouer du tambour. La tradition voulait que l'ancêtre de Yaobao fût un éminent joueur de tambour dans l'armée impériale des Qin avant de venir s'installer là. Pour fêter les mérites de leur ancêtre ainsi que pour réunir le clan, ses descendants perpétuaient cette tradition en jouant le *Triomphe des armées des Qin*. Depuis la nuit des temps, le deuxième jour du deuxième mois lunaire, la Chine entière célébrait la fête du Dragon qui relève la tête ; or Yaobao célébrait ce jour-là la fête du Tambour. Pavoisé de bannières orangées, le village entier était en liesse. Les musiciens déambulaient dans tout le hameau, des chapelets de pétards éclataient à en ébranler ciel et terre. De leur habileté au tambour, les habitants de Yaobao avaient fait leur gagne-pain. Dans la banlieue sud de la ville, les entreprises paysannes, pour annoncer la commercialisation d'un nouveau produit sur le marché ou l'augmentation de leur chiffre d'affaires, conviaient la fanfare de Yaobao à sillonner les rues. Autrefois, ce n'était que le deuxième jour du deuxième mois lunaire que les villageois entendaient les roulements de tambour. Désormais cela arrivait souvent. Aux premiers roulements, ils savaient immédiatement qu'un paysan célébrait la création de sa nouvelle entreprise ou qu'un autre avait fait fortune. Aussitôt, les curieux déferlaient dans les rues, telle une marée humaine.

Ce dimanche-là, le son du tambour résonna plus puissant que d'ordinaire. Le bruit fit sursauter Niu Yueqing et Liu Yue qui dévidaient des écheveaux de laine. Liu Yue en laissa échapper sa pelote.

– Petite sotte ! Tu ne peux pas faire attention ! bougonna Niu Yueqing. Va me chercher mes chaussures à talons aiguilles, nous allons jeter un coup d'œil.

Elles s'arrangèrent un peu et sortirent. Difficile d'avancer vu la foule. Liu Yue prit la main de sa patronne. Elles escaladèrent les barrières de la voie piétonne pour marcher sur la partie réservée aux vélos, en essayant de les éviter. Niu Yueqing voulut que Liu Yue lui lâche la main, elle trouvait ce geste inélégant. Pourtant elle lui reprocha aussitôt de marcher trop vite. Pourquoi tant se presser ? Elle songeait aux critiques de son mari sur son manque de coquetterie. Elle avait renouvelé sa garde-robe et donné à Liu Yue tous les vêtements qu'elle ne portait plus. Ses chaussures neuves à hauts talons et bouts pointus la blessaient déjà atrocement alors qu'elle n'avait fait que quelques pas. La jeune fille fut bien obligée de ralentir.

– Je n'ai jamais vu pareils joueurs de tambour, dit Liu Yue. Chez nous à la campagne, dans le nord du Shaanxi, les roulements ne sont pas aussi percutants, ils ne donnent pas de telles palpitations.

– Il faut s'intéresser à la musique, mais pas exclusivement. L'intérêt du spectacle, ce sont surtout les musiciens eux-mêmes, déclara Niu Yueqing.

Liu Yue se rendit compte alors que les rues grouillaient de gens vêtus de costumes aux couleurs gaies. S'apercevant que tous les regards étaient tournés vers elle, elle s'empressa de susurrer à l'oreille de Niu Yueqing :

– Madame, vous êtes ravissante, tout le monde vous regarde.

– Me regarder ? Moi ! Pourquoi regarderaient-ils une vieille peau ? C'est toi, ma fille, qu'ils admirent, rétorqua Niu Yueqing.

Elle avait beau porter les vieux habits de sa patronne, Yue était joliment faite, et jeune de surcroît, si bien que ces vieilleries lui allaient encore mieux que du neuf. Les deux femmes se perchèrent sur la dalle en pierre d'une fontaine d'où elles virent s'avancer de front trois triporteurs sur lesquels reposait transversalement un gigantesque panneau aux lettres d'or : « Huang Hongbao, le directeur de l'usine du pesticide numéro 101, présente ses salutations aux citoyens de la ville. » Juste derrière, sur un autre triporteur, trônait un gros homme, la peau mate, le visage souriant, l'air aimable, agitant inlassablement la main vers la foule. Venaient ensuite d'autres triporteurs rangés en colonne par quatre. Sur chaque véhicule des deux rangées centrales, on remarquait un gros tambour rouge clouté de noir. Tous les hommes portaient en écharpe, de l'épaule droite à la hanche gauche, un ruban de satin rouge à l'emblème de l'entreprise Huang sur lequel était inscrit « Grand succès du pesticide 101 ». Sous les rayons du soleil, les cymbales scintillaient. Les musiciens les entrechoquaient trois fois, avant de les brandir en l'air en poussant un cri. Les joueurs de tambour battaient trois mesures sur les bords de l'instrument, puis trois sur la peau ; ils terminaient, une baguette levée, l'autre frappant une dernière fois le tambour. Tout ceci sous les acclamations admiratives et les salves d'applaudissements du public qui avait envahi les rues très tôt. Soudain Niu Yueqing se pencha vers Liu Yue :

– Regarde, dit-elle, cet homme si laid qui prend la pose du président Mao lorsqu'il passait les troupes en revue, je le connais, il est venu à la maison ! Maintenant qu'il est riche, il se croit tout permis...

– Je me disais bien qu'il ne m'était pas inconnu, dit Liu Yue. Je me souviens maintenant : le jour où il est venu voir le professeur il n'avait pas cet air imposant.

Puis, brusquement elle se mit à hurler : « Hou ! Hou ! »

– Qu'est-ce qui te prend de brailler de la sorte !

– C'est Tang Wan'er là-bas.

Niu Yueqing regarda et découvrit en effet, perdues au milieu de la foule, si différentes des autres spectateurs, Tang Wan'er et Xia Jie, rayonnantes, pimpantes, habillées à la dernière mode. Tang Wan'er entendit les appels de la jeune fille et tourna la tête, telle une girouette, avant de les apercevoir.

– Vous êtes venues vous distraire ? leur cria-t-elle. Le professeur Zhuang n'est pas avec vous ?

Les deux jeunes femmes sautèrent de leur perchoir et se frayèrent un chemin pour les rejoindre, se retenant par la main, s'agrippant mutuellement aux épaules. Au milieu de cette foule bigarrée, elles riaient de si bon cœur que leurs voisins ne manquèrent pas de les remarquer. Un groupe de désœuvrés les dévisagea. Elles essayèrent d'éviter leurs regards, mais elles entendirent l'un d'entre eux rappeler à l'ordre son copain : « Xiaoshun, Xiaoshun, tu as perdu la tête ou quoi ? Tu m'entends ? » Un autre s'exclama : « Regarde-moi ces quatre bombes ! » Liu Yue qui avait entendu, mais qui n'avait pas compris, demanda à voix basse à Xia Jie ce qu'ils voulaient dire.

– Tu leur as tapé dans l'œil, expliqua-t-elle.

– C'est vous qui leur faites tourner la tête, rétorqua Liu Yue à Tang Wan'er en la prenant par la taille. Quelle élégance aujourd'hui, en quel honneur ? À nous faire crever d'envie !

Tout en parlant, Liu Yue retira la barrette de Tang Wan'er pour l'accrocher dans les cheveux de Niu Yueqing qui, la prenant dans sa main, constata qu'elle était en ivoire de Dali. Étonnée, elle questionna la jeune femme :

– Zhou Min vous a aussi acheté une barrette en ivoire de Dali ?

– Hein ? bredouilla Tang Wan'er rougissante.

– Elle vous va très bien. L'année dernière, le professeur Zhuang m'a rapporté la même de Dali. Pour moi, elle est trop grande, trop blanche, impossible à mettre. Elle est toujours dans sa boîte. On peut donc acheter les mêmes ici qu'à Dali.

Elle la remit dans les cheveux de Tang Wan'er qui donna un petit coup de pied à Liu Yue. La jeune fille, déséquilibrée, tomba et salit son pantalon gris. Mais elle se releva aussitôt.

– Quelle largesse ! déclara Tang Wan'er, tu ne ramasses donc pas ce que tu as laissé tomber ?

– Qu'est-ce que j'ai laissé tomber ? demanda la jeune fille en examinant le sol.

– Tous ces regards collés sur ton pantalon !

Les trois femmes restèrent un moment perplexes avant d'éclater de rire.

– Vous avez l'esprit toujours aussi mal tourné, ma chère ! dit Niu Yueqing. Aujourd'hui j'ai bien l'impression que c'est vous que l'on regarde le plus !

La musique s'arrêta subitement. Les prospectus du fameux pesticide 101 voltigèrent tels des flocons de neige au-dessus de leurs têtes. Des forêts de mains se levèrent pour les attraper. Liu Yue courut, en saisit un. Elle s'aperçut alors que les musiciens cachaient tout d'un coup leurs visages sous des masques qui représentaient pucerons, chenilles, papillons, mouches. Le spectacle était pour le moins insolite. Ils entonnèrent aussitôt une chansonnette :

Nous sommes de méchants insectes nuisibles. Nous sommes de méchants insectes nuisibles. Pesticide 101, attaque-nous. Pesticide 101, tue-nous. Tue-nous ! Tue-nous !

– Madame, regardez, cria Liu Yue qui revenait en courant, voici le prospectus rédigé par le professeur Zhuang.

– Laisse-moi voir, dit Tang Wan'er en lui arrachant le papier des mains.

– Ne lisez surtout pas une chose pareille, supplia Niu Yueqing, c'est une honte que le nom de mon mari figure sur ce papier. Le fameux Huang ne l'avait certainement pas prévenu.

Un badaud la montrait du doigt en parlant. Elle l'entendit vaguement dire à un voisin : «Tiens, c'est la femme d'un écrivain. »

– Laquelle ? s'empressèrent de demander les autres.

– Celle au milieu qui porte une tunique verte fendue sur les côtés, c'est la femme de Zhuang Zhidie.

Son sang ne fit qu'un tour.

– Ne restons pas ici, dit-elle aussitôt à ses trois compagnes, trop de monde nous regarde.

Elles quittèrent leur perchoir et se dirigèrent vers la rue du Sud.

– Nous ne sommes pas loin de chez moi, je vous invite à venir faire une partie de mah-jong, suggéra Xia Jie.

– Liu Yue et moi devons rentrer, nous avons suffisamment flâné.

– C'est pourtant en pensant à vous que j'ai fait cette proposition, dit Xia Jie. Vous peinez toute la journée, toujours à l'ouvrage, sans relâche. Aujourd'hui vous avez pris un peu de bon temps, pourquoi ne viendriez-vous pas jusque chez moi ? Wan'er, Liu Yue, amenez-la de gré ou de force.

– D'accord, consentit Niu Yueqing en riant. À Dieu vaille !

Les quatre femmes filèrent en vitesse à travers plusieurs ruelles avant d'arriver chez Xia Jie.

Elles se lavèrent le visage. Puis Tang Wan'er se remaquilla en utilisant les produits de beauté de la maîtresse de maison. Elles préparèrent le jeu, distribuèrent les places et les jetons.

– Yunfang s'exerce toujours à la pratique du qigong au Temple de l'Immanence? s'enquit Niu Yueqing.

– Dieu seul le sait! répondit Xia Jie. En ce moment, il étudie avec peine son fameux livre. Il a déjà perdu un œil, à ce rythme-là il va y laisser le second.

Tout le monde savait le malheur qui avait frappé le pauvre homme. Elles en plaisantèrent en se demandant qui abaisserait son regard sur sa femme lorsqu'il serait complètement aveugle.

– Je séduirai des inconnus. Comme il n'y verra rien, il ne pourra pas en être fâché, affirma Xia Jie.

Un peu interloquées, les trois autres joueuses ne surent que répondre. Niu Yueqing entendit alors dans la rue la voix d'une marchande de lait.

– Liu Yue, on dirait bien la mère Liu, va voir si c'est elle.

C'était bien elle.

– Comment? Tu fais encore commerce à cette heure-ci?

– Mais c'est Liu Yue! Que fabriques-tu là? Aujourd'hui, je suis allée vendre mon lait rue du Nord et pour rentrer je n'ai pas pu passer, la rue était bouchée.

– Attache ta vache là et entre. Ma maîtresse est en train de jouer au mah-jong.

Sans lui laisser le temps de répondre, Liu Yue attacha la vache au pied de l'acacia et ramena la mère Liu à la maison. Les trois autres femmes la saluèrent et l'invitèrent à se joindre à elles.

– Vous n'y pensez pas, avec l'air que j'ai? s'écriat-elle.

– Nous sommes entre amies, quelle importance! D'ordinaire nous buvons toujours votre lait. Aujourd'hui il est déjà si tard, vous n'êtes pas pressée de rentrer, déjeunez avec nous, c'est Xia Jie qui régale, vous n'avez pas à craindre de la ruiner.

Elles la forcèrent à s'asseoir pour jouer avec elles. La mère Liu qui, dans son village, passait pour une bonne joueuse se sentit tout émoustillée, flattée même que ces citadines lui proposent de faire une partie avec elles. Seul le montant de la mise, qu'elle ignorait, l'inquiétait un peu. Elle tâta dans sa poche la monnaie de la vente de son lait, craignant, si elle perdait, d'être venue en ville pour rien et surtout d'être la risée des autres. Niu Yueqing comprit, rien qu'à sa mine, son embarras.

– La mise n'est pas très grosse, entre cinquante fen et un yuan. Jouez à ma place, si vous gagnez vous gardez tout, si vous perdez, je paye pour vous.

– Niu Yueqing est riche aujourd'hui, à nous de gagner.

– D'accord, mais juste une partie, dit la mère Liu, je n'ai pas la main heureuse.

– Madame, dit Liu Yue, jouez, moi je cours à la résidence préparer le repas du professeur.

– Le professeur Zhuang s'est installé là-bas? demanda Tang Wan'er en affectant un air innocent.

Niu Yueqing ne lui répondit pas, mais conseilla à Liu Yue :

– Ne t'occupe pas de lui. Il part quand il veut, et rentre de même!

– Ils se sont disputés et vivent chacun de leur côté? demanda Tang Wan'er discrètement à la jeune fille.

– Mais non, répliqua-t-elle à mi-voix.

Tang Wan'er était rusée. Quoique fâchée de ne pas savoir ce qu'il en était vraiment entre Zhuang Zhidie et sa femme, elle n'en laissa rien paraître et continua de jouer. Mais, préoccupée, elle abattit le mauvais jeton. Liu Yue, folle de joie, prit le jeton qu'elle embrassa bruyamment.

– Je vous facilite le jeu! dit Tang Wan'er.

Elles terminaient leur quatrième partie quand Meng Yunfang revint, accompagné de Meng Jin, son fils d'un précédent mariage. Le garçon entra et salua ces dames d'un «Bonjour, tante Niu, bonjour, tante Tang», sans même les regarder, puis fila dans la chambre de son père bouquiner et écrire. Xia Jie ne dit rien, mais son visage exprimait son mécontentement. Meng, satisfait, passa dans la cuisine pour lui préparer à manger. Il conseilla aux joueuses de ne surtout pas se déranger pour lui. La mère Liu, un peu gênée, alla tirer du lait pour en donner un bol à chacune. Niu Yueqing la remercia, elle ne buvait jamais de lait cru. Elle donna sa part à Meng Jin qui l'avala cul sec.

– Ce gamin est grand, c'est le portrait craché de Meng Yunfang, dit-elle.

– Nous nous disputons souvent à cause de lui, avoua Xia Jie à voix basse. L'année de notre remariage, j'avais posé trois conditions. La première, que l'enfant soit à la charge de sa mère. Meng pouvait s'en occuper, mais je ne voulais pas le voir chez nous. À cette époque-là, il a accepté, mais maintenant il le ramène constamment ici. Je lui ai dit que je n'étais pas d'accord, il m'a juré de ne plus recommencer, mais dès que j'ai le dos tourné, c'est toujours pareil. Il lui prépare de bons petits plats. Aujourd'hui, il pensait bien ne pas me trouver là.

– C'est son fils, après tout ! répondit Niu Yueqing. Il peut le ramener quand il veut et le gamin manger ce qui lui plaît.

– Ce n'est pas une question de nourriture. Lors de mon divorce, la garde de mon enfant m'a été attribuée. Yunfang a beau prétendre qu'il l'aime, c'est faux. Il ne chérit que son propre fils et traite le mien avec froideur. Du coup, mon pauvre gamin en a souffert.

– Je vais en parler à votre mari, dit Niu Yueqing, ne sachant trop quoi répondre. Maintenant que vous formez une famille, les deux enfants sont les vôtres, il faut les traiter en toute équité.

Les voyant se faire des confidences, Tang Wan'er s'approcha mais les deux femmes changèrent de sujet et se mirent à parler de la pluie et du beau temps.

Le déjeuner terminé, Liu Yue exprima son inquiétude pour Zhuang Zhidie :

– Je ne sais ce qu'il aura mangé !

– Lui ? Très bien ! intervint Meng Yunfang. Je l'ai

croisé dans la rue, il allait au journal. Soit il invitait la rédaction à déjeuner, soit il était invité.

La mère Liu déclara qu'elle avait bien mangé, mais que sa bête en revanche avait le ventre vide. Elle partit car elle devait rentrer sans tarder. Meng Yunfang prit sa place au mah-jong. Après quatre parties, tout le monde se sépara.

*

La mère Liu avançait en tirant sa vache. Elle regrettait d'être restée si longtemps et d'avoir déjeuné chez ces gens-là. Un, sa bête n'avait pas eu sa ration de foin ; deux, son petit attendait à la maison et, même si c'était sa belle-mère qui s'en occupait, les montées de lait la faisaient souffrir. Elle chercha alentour un endroit calme pour se cacher, son vêtement étant trempé à la hauteur de la poitrine. Elle trouva des toilettes où elle se tira du lait. La vache l'avait gentiment suivie ; tout d'abord dodelinant du chef et balançant la queue, puis elle avait fini par baisser sa tête, son cerveau hanté par ses pensées. Elle était restée allongée sous l'acacia tout le temps que sa patronne avait joué au mah-jong. Elle avait vu les joueurs de tambour se disperser depuis la Tour de la Cloche, les voitures et les humains se répandre comme l'eau courante dans les rues et les ruelles. Elle avait observé avec attention les pieds des passants et leurs diverses chaussures. Elle ne comprenait pas, dans la mesure où les pieds servaient à marcher, pourquoi l'on fabriquait des chaussures avec des talons si hauts et des bouts si pointus. En quoi était-ce beau ? « Seuls les pieds des bovins sont beaux ; ceux des ours aussi ; ou des grues, songea-t-elle. Souvent l'homme s'extasie devant la beauté majestueuse des pieds de l'ours et celle, vigoureuse, de la grue, sans comprendre qu'il s'agit d'une nécessité vitale. » Ses réflexions l'attristaient. Les critères de la beauté chez l'homme entraînaient une sorte de dégénérescence. Il ne marchait jamais pieds nus, ni dans le sable ni dans les endroits broussailleux couverts de ronces et pourtant quatre-vingt-dix pour cent des gens avaient des cors. Ils fini-raient par marcher en se cramponnant aux murs ! Et que dire de leurs engins à moteurs ou de leurs esca-liers roulants ! La modernisation faisait rage chez l'homme. Regardez ce qu'il portait, ce qu'il man-geait ! Mais une simple piqûre de moustique l'empê-chait de dormir une nuit entière ; un bol de nouilles pas cuites lui filait la diarrhée ; bols et baguettes des petites gargotes le long des rues étaient désinfectés, aseptisés ; il se protégeait de la pluie avec un para-pluie ; du vent, avec un masque ; l'été, il ne pou-vait vivre sans climatiseur et l'hiver sans chauffage. L'homme n'était pas plus résistant qu'un vulgaire brin d'herbe ! Matin et soir, il se brossait les dents et devait éviter de manger aigre ou sucré, froid ou chaud ; le cure-dents lui était indispensable. Mais les plus ridicules étaient ces artistes modernes qui nous affligeaient de leurs sculptures ou de leurs pein-tures à tous les coins de rues. À quoi ça rimait ? Les peintres arrivaient-ils avec leur encre à rendre toutes les manifestations de la nature, les nuages de chaque jour ? La pluie qui inonde un mur... La couleur de la merde dans les toilettes... Les artistes contemporains réussissaient-ils à peindre toutes ces variétés natu-relles ? Chaque soir, l'homme regardait la télévision, les jeux Olympiques par exemple, des athlètes qui appartenaient à l'élite des sportifs... Une simple autruche pouvait-elle participer à une course de cent mètres ? L'homme de Banpo[1], l'ancêtre de l'homme, était l'homme par essence. Il n'avait probablement pas la rapidité de ces coureurs d'élite, mais ces der-niers avaient-ils sa force ? L'homme était en pleine régression ; sa stature était plus petite que celle des guerriers du premier empereur des Qin, sa taille plus

1. En 1954, des archéologues chinois ont effectué des fouilles à neuf kilomètres à l'est du centre de la ville actuelle – à Banpo –, révélant qu'il s'agissait là d'un village néolithique de la période Yangshao (5000-2000 av. J.-C.). *(N. d. T.)*

fine. Maintenant il fallait être mince, acheter des pantalons étroits, se serrer la taille, utiliser crèmes ou thés amaigrissants. La régression humaine était telle qu'il ne restait plus que quelques cerveaux malins qui contribuaient précisément à accélérer ce phénomène de régression. La vache, elle, était consciente de ce qu'était une métropole; l'homme dans sa décadence n'était plus adapté à l'univers naturel. Craignant le vent, le soleil, la chaleur et le froid, il se regroupait dans un seul endroit. Largué au cœur d'une immense plaine ou d'une montagne, il ne valait guère mieux et sa vie n'était pas plus assurée que celle d'un lièvre ou d'une coccinelle !

La vache s'arrêta de penser.

– Regarde cette vieille vache, comme elle a l'air bête ! dit un passant.

Cette réflexion ne l'irrita pas, elle se contenta de renifler en se moquant de lui : « Ils ne comprennent rien. Pour des hommes de grande sagesse, ils sont quand même un peu lourds d'esprit. » Le passant, constatant que l'animal ne manifestait aucune agressivité, s'approcha pour lui taquiner la croupe avec un bâton, il alla même jusqu'à lui frapper les oreilles. « Elle ne bouge même pas », constata-t-il. La bête, les yeux grands ouverts, restait imperturbable. Son comportement terrifia le badaud qui se sauva avec bruit. « Surveille bien ta vache, la vieille ! » lança-t-il à sa patronne.

*

Zhuang Zhidie s'ennuyait, il n'avait rien à faire. Il envoya son manuscrit, une histoire fantastique sur les mauvais esprits, au journal, puis il se rendit au comité de rédaction de *La Revue de Xijing*. Ne sachant si Zhong Weixian avait reçu sa lettre de Suzhou, il éprouvait quelques appréhensions. Dès qu'il poussa la porte du bureau, il les découvrit attablés à trois bureaux réunis en une seule table, en train de déjeuner à l'occidentale.

– Voici un hôte sur lequel on ne comptait pas ! s'exclama Li Hongwen en le voyant. Aujourd'hui nous fêtons notre victoire. Nous avions pourtant décidé de ne pas t'inviter, mais te voilà qui arrives à pas feutrés ! Il ne nous reste qu'à partager.

Zhou Min s'était précipité pour lui avancer une chaise.

– Nous étions tous d'accord pour fêter ça par un petit gueuleton, expliqua Zhong Weixian. Nous avons décidé de manger à l'occidentale, ici dans notre bureau, et de commander des plats au Restaurant de Xijing. Viens, sers-toi. On est unis pour le pire et le meilleur. Trinquons, trinquons avec notre ami l'écrivain !

Zhuang Zhidie but le premier.

– Je vous remercie tous, dit Zhuang Zhidie, vous que j'ai compromis. Si nous sommes là aujourd'hui, c'est grâce à votre combativité et à votre obstination.

– C'est moi qui ai compromis la revue, intervint Zhou Min, et vous, professeur Zhuang, par la même occasion. Je vous présente mes excuses à vous tous ici présents.

– Cessez de vous remercier ou de vous excuser. Le seul qui doit effectivement être remercié, c'est le vice-préfet de la province.

Tout le monde leva son verre et porta un toast au vice-préfet.

Assis à côté de Zhong Weixian, Zhuang Zhidie lui demanda à mi-voix :

– Actuellement la déclaration n'a pas été publiée, comment réagit la partie adverse ?

– Elle a fait un scandale dans le bureau du directeur de la culture. De son côté, Wu Kun a fait pression sur les dirigeants. Jing Xueyin explique que dorénavant, face à son mari, elle ne dira plus rien, jusqu'à présent c'était elle qui portait la culotte, maintenant c'est son mari qui commande. Il est, paraît-il, si violent qu'elle aurait déjà tenté de se suicider plu-

sieurs fois, vu l'enfer dans lequel elle vit. Tu parles!
Qui pourrait croire ça! Le diable! Et encore!

– Avant-hier, renchérit Li Hongwen, je les ai vus,
elle et son mari, bras dessus bras dessous, flâner au
marché.

– Peut-on croire ce que Li Hongwen vient de dire?
demanda Zhuang Zhidie.

– Non, répondit Zhong Weixian. Jing Xueyin ne se
suicidera jamais, ce n'est pas son genre. Toute cette
histoire est une embrouille de Wu Kun qui se sert
d'elle pour m'attaquer. Elle ne me lâchera pas!

Zhuang Zhidie se tut. Gou Dahai entra en courant,
une pile de revues et de lettres à la main.

– J'ai une lettre? demanda Zhong Weixian.

– Non.

– Donne-moi ça, dit-il en se rasseyant, que je vois
si elle ne serait pas coincée au milieu des journaux.

Il chercha, sans résultat. Gou Dahai sortit alors de
sa poche une lettre:

– Tiens, vieux Zhong, je savais ce que tu voulais. À
toi de me payer un déjeuner, sinon je la lis devant
tout le monde.

– Tu ne peux pas faire ça, dit Zhong Weixian, cramoisi, la dernière fois c'est déjà moi qui ai invité, ça
m'a coûté très cher. Si à chaque lettre je dois réga-
ler, combien de personnes vais-je entretenir?

Il avait l'air pitoyable. Il arracha brusquement la
lettre et la fourra dans sa poche.

– De quoi s'agit-il pour avoir autant d'importance?
demanda Zhuang Zhidie.

– La lettre d'un ami.

– Zhuang, quand vas-tu nous remettre ton manuscrit? demanda Li Hongwen. Notre chef, Zhong, a
besoin d'aller aux toilettes.

Ils s'esclaffèrent.

– Dès qu'il a mangé, il a besoin d'aller aux toilettes? s'étonna Zhuang sans trop comprendre. La
société d'import-export fonctionne de manière rap-
prochée!

– C'est pour lire sa lettre, pardi, déclara Li Hongwen. La dernière fois qu'il en a reçu une, il s'est précipité aux toilettes, il est d'ailleurs resté si longtemps que j'ai cru qu'il était tombé dans le trou. Je suis allé voir. Il s'était barricadé et pleurait à chaudes larmes.

Honteux, Zhong Weixian aurait voulu entrer dans un trou de souris. Il entraîna Zhuang Zhidie vers le couloir.

Les deux hommes bavardèrent un peu là, debout. Mais voyant que Zhong ne l'invitait pas à entrer dans son bureau, qu'il semblait même gêné, tâtant constamment la lettre dans sa poche, visiblement très impatient de la lire, Zhuang comprit qu'il devait prendre congé et le salua.

De retour à la résidence de l'Association des écrivains, il se mit à écrire sa lettre pour Zhong Weixian. Sa tâche terminée, il songea brusquement qu'il commettait là un mensonge, mais après tout Zhong Weixian était un être attachant. Bien que vieux maintenant, il ne pouvait se résigner à tirer un trait sur cette histoire d'amour d'antan. Tandis que lui ? Autrefois, il était si bon avec Jing Xueyin, et dire que maintenant ils se battaient, pire que les pires ennemis ! Il en était même arrivé à détester Zhou Min. À l'heure actuelle, quel était l'état d'esprit de Jing Xueyin ? Wu Kun prétendait qu'elle voulait mettre fin à ses jours. Un sentiment de pitié l'envahit. Décidé à écrire à Jing Xueyin, il prit un pinceau et un papier. À mi-chemin, il déchira la feuille. Puis il décida de s'adresser non pas à elle seule, mais aussi à son mari. Il expliqua qu'il n'avait pas eu connaissance de l'article car, si on le lui avait soumis, il se serait opposé à sa publication. L'écrivain, un jeune sans expérience, n'avait pas eu pour intention de la calomnier ou de lui nuire. Elle devait le croire. Il terminait en insistant sur l'aide et la gentillesse qu'elle lui avait témoignées autrefois, il ne pourrait jamais oublier. Cet article avait déclenché de vives polémiques, perturbant la paix de son foyer, il s'en excusait mais, hélas, n'y pouvait rien. En revanche, il était disposé à avouer publiquement qu'il n'y avait eu, entre eux, aucune aventure amoureuse. Sa lettre terminée, il alluma une cigarette et glissa dans le magnétophone la cassette de musique funèbre. Il s'approcha de la fenêtre ; une lueur rouge s'étendait à l'horizon, le crépuscule tombait. Il fourra les deux lettres dans sa poche et sortit. Demain matin, il lui faudrait aller voir Alan afin qu'elle poste à sa sœur la lettre pour Suzhou. Mais par distraction il glissa dans la boîte les deux lettres, celle pour Jing Xueyin et celle pour Alan. Il regretta son étourderie. Autrefois, trop candide, il s'était montré lâche envers Jing Xueyin. Était-ce son comportement d'antan qui était juste ou bien sa façon d'agir à présent ? Soudain pris de nausée, il vomit. Il releva la tête et vit un type avec un brassard du service d'hygiène de la ville le fixer en sortant de sa poche son carnet de contraventions. Furieux, il se pencha au-dessus du caniveau, mais il ne vomit pas.

De retour chez lui, un peu dans la lune, il sonna et se rendit compte au même moment que Niu Yueqing n'était pas là. Il ouvrit la porte en silence et se planta au milieu du salon, vaguement déboussolé. La solitude lui pesait. Il était en mesure d'écrire une lettre pour Zhong Weixian, il était aussi en mesure de témoigner en faveur de Jing Xueyin pour préserver son bonheur familial, mais, face aux difficultés qui surgissaient dans son ménage, il s'avouait impuissant.

On sonna. Zhuang Zhidie crut qu'il s'agissait de Liu Yue, sans imaginer un instant que c'était Tang Wan'er.

– Quel air pitoyable ! lui dit-elle. Ta femme et ta bonne ont passé la journée à manger, boire, s'amuser chez Meng tandis que tu restais prostré ici.

– La musique me tient compagnie, répondit-il.

Il remit la cassette.

– Pourquoi écoutes-tu ce genre de musique portemalheur ?

– C'est la seule qui puisse apaiser le cœur de l'homme.

Assis sur le bord du lit, il prit la main de la jeune

femme et la regarda sourire sans rien dire. Puis il baissa la tête.

– Vous vous êtes disputés ? demanda-t-elle.

Il ne répondit rien. Elle libéra sa main et sortit de son sac à dos des provisions : une bouteille de jus à la vitamine C, un paquet de galettes farcies d'oignons et d'une sauce de soja épaisse, trois tomates, deux concombres.

– Il est tard, tu n'as sans doute pas encore dîné, dit-elle.

Elle le regarda manger, tout en lui souriant. Elle aurait voulu lui dire quelque chose, mais ne savait pas quoi.

– Aujourd'hui Xia Jie m'a raconté une histoire drôle, finit-elle par dire. Un paysan qui arrivait tout droit de sa campagne ne trouvait pas les toilettes rue du Nord. Il remarqua un mur dans un coin désert et décida de déféquer là. Ce fut vite fait. Au moment où il remontait son pantalon arriva un flic. Il retira aussi sec son chapeau de paille pour cacher la merde. « Que fais-tu ? » lui demanda le policier. « J'attrape un oiseau », répondit le paysan. Le policier qui tenait le chapeau s'apprêtait à le retirer, quand le type s'écria : « Surtout pas, attendez que je revienne avec une cage. » Il décampa sur-le-champ, pendant que le policier tenait toujours le chapeau avec soin. Amusant, non ?

– Intéressant, acquiesça-t-il en souriant. Mais tu me parles de merde quand je suis en train de manger…

– Mon Dieu, que je suis…, avoua-t-elle en se frappant la tête.

Elle retourna à la cuisine prendre une serviette. Elle marchait posément, ses longues jambes perchées sur ses hauts talons. Elle revint, la petite serviette à la main. Zhuang Zhidie s'essuya la bouche.

– Wan'er, je n'avais pas remarqué combien ta démarche est élégante.

– Tu trouves ! Mon pied gauche tourne un peu vers l'extérieur, j'essaie de me corriger en ce moment.

– Fais encore quelques pas.

Elle pivota, avança, puis se retourna en lui souriant avant d'ouvrir la porte des toilettes et d'y entrer. Il entendit comme un bruit d'eau dans les ravins au printemps. Il s'approcha, ouvrit la porte. Le postérieur à la peau blanche de la jeune femme trônait sur la cuvette.

– Ne reste pas, ça sent mauvais.

Il ne bougea pas. Au contraire, il l'attrapa brusquement et la prit dans ses bras telle quelle.

– Aujourd'hui j'ai mes règles, je ne peux pas faire l'amour.

Il aperçut en effet une serviette hygiénique dans le fond de sa culotte.

– Tant pis. Wan'er, je te veux, j'ai envie de toi. J'ai besoin de toi.

La jeune femme ne résista pas. Ils étalèrent une épaisse couche de papier sur le lit.

Ici l'auteur autocensure cent caractères.

Le sang jaillit, dessinant un éventail sur le papier, une coulée rouge vif ruisselait le long de sa cuisse comme un serpentin.

– Tu peux être content, tu m'as fait saigner !

Zhuang Zhidie pressa la tête de la jeune femme contre sa poitrine.

– Wan'er, maintenant, je deviens méchant, vraiment méchant.

Elle dégagea son visage et le regarda, effrayée. Elle sentit son haleine où le tabac se mélangeait au vin et remarqua son menton mal rasé.

– C'était à elle que tu pensais ? Tu t'imaginais dans ses bras en faisant l'amour avec moi ?

Il ne répondit rien. Il ne pensait pas seulement à Niu Yueqing, mais également à Jing Xueyin. Impossible de savoir pourquoi, à cette minute précise, il s'était mis à songer à elles deux. La question de Tang Wan'er ne fit que redoubler son ardeur, il la retourna encore plus furieusement et, ses deux mains appuyées sur le lit, il la prit par-derrière…

Ici l'auteur autocensure trois cents caractères.

Le sang perlait sur le papier comme les pétales des fleurs d'abricotier. Il ne savait plus s'il haïssait Tang Wan'er ou s'il exécrait sa femme et Jing Xueyin. Il ne s'écroula que lorsqu'il eut éjaculé. La musique continuait de répandre sa mélodie douce et profonde.

Vidés de leurs forces, ils ne bougeaient plus, comme des bulles d'eau sur les briques de terre qui sèchent au soleil. Ils n'échangèrent pas une parole. Allongés, ils fermèrent les yeux. Tang Wan'er s'endormit. En se réveillant, elle le vit, la tête tournée vers le plafond, en train de fumer. Elle baissa les yeux et s'aperçut, horrifiée, qu'il n'avait plus de sexe. Elle se redressa brusquement :

– Ton… ton…, bafouilla-t-elle.

– Coupé, répondit-il calmement.

Affolée, elle lui écarta les jambes. Il avait coincé son engin en arrière.

– Tu m'as fait peur ! Méchant ! s'écria-t-elle, mi-souriante, mi-colère.

Zhuang Zhidie rit aussi, puis déclara qu'après y avoir réfléchi très longtemps, il était bien décidé à se lancer dans la rédaction d'un roman.

– Wan'er, dit-il en la prenant par l'épaule, j'ai un aveu à te faire, il faut que tu me comprennes. Tout le monde passe par des expériences plus ou moins pénibles, les miennes plus que toute autre sont difficiles à oublier, c'est pourquoi j'ai besoin d'écrire pour me libérer. Or la rédaction d'un roman nécessite du temps et de la tranquillité, il me faut donc quitter toute cette agitation, renoncer à mes amis et à toi. Je pense m'exiler : si je reste dans cette métropole je ne ferai rien de bien, je serai un homme fini.

– C'est enfin ce que j'avais envie de t'entendre dire. Tu prétendais que je stimulais ta force créatrice, or tu n'as pratiquement rien écrit depuis que nous sommes ensemble. Sans doute, en te désirant trop, je perturbe ton calme. Je manque totalement de volonté, je ne pense qu'à te retrouver et, lorsque je suis avec toi, qu'à faire…

– Ce n'est pas ta faute, Wan'er, c'est précisément à cause de toi que je veux écrire un bon roman, c'est toi qui me pousses à le faire, qui me stimules. Je n'ai aucune envie d'en parler à quiconque. Lorsque je serai parti, je t'écrirai et si je te demande de venir me voir, viendras-tu ?

– Si tu en éprouves le besoin, je viendrai.

Zhuang Zhidie l'embrassa de nouveau. Il découvrit une plaque d'impétigo sur le ventre de la jeune femme et voulut la lécher. Tang Wan'er résistait.

– Regarde, je ne te l'ai léchée que trois fois, et il y a déjà une amélioration.

Tang Wan'er s'apaisa, elle le laissa la lécher comme un chat.

*

Zhuang Zhidie passa quelques coups de fil à des amis qui habitaient en banlieue ou dans le district, mais aucun n'était là. Il décida donc d'aller trouver M. Huang, le directeur de l'usine de pesticides dans la banlieue sud-ouest de la ville. M. Huang lui avait déjà parlé d'une chambre qu'il tenait à sa disposition au cas où il voudrait être au calme pour écrire. De plus, sa femme qui ne travaillait pas était un véritable cordon bleu et préparait d'excellentes nouilles. Zhuang Zhidie laissa chez lui, en guise d'explication, ces trois mots « Parti pour écrire » avant de s'en aller sur sa mobylette. À midi, il arriva chez Huang Hongbao, qui possédait une maison à étages à l'occidentale ; les murs extérieurs étaient recouverts de carreaux de céramique mais, dans la cour, les bâtiments étaient en brique suivant le style d'architecture traditionnelle chinoise. Au cœur de l'arête faîtière était placé un miroir rond et, à chaque angle de l'avant-toit, des lanternes pendaient aux tuiles sculptées légèrement relevées. Sur la barre transversale qui barrait la porte en paulownia ornée de clous en fer, on lisait : « Cultivons le lettré ». La porte était entrouverte et sur les battants se trouvaient deux inscriptions mal calligraphiées, d'un côté « Extrêmement intelligent », de l'autre « Intelligence extrême ». Par l'entrebâillement, Zhuang Zhidie découvrit une grande cour et, juste en face, la porte d'entrée du bâtiment principal, aussi imposante que celle de la salle de conférences d'une unité de travail. Le bâtiment comptait trois étages à cinq fenêtres, chacun terminé par une terrasse dont la balustrade était peinte de fleurs de toutes saisons. Zhuang Zhidie toussota, mais cela ne provoqua aucune réaction. « Le directeur Huang est-il là ? » cria-t-il sans obtenir davantage de réponse. Il poussa la porte et entendit soudain un véritable rugissement : il aperçut un chien féroce dont la laisse était attachée au fil à linge en fer ; comme elle était assez courte, l'affreuse bête n'avait pas pu se jeter sur lui, mais ses aboiements de fauve résonnèrent loin. Effrayé, Zhuang recula précipitamment. Une femme sortit alors de la cuisine, les mains rougies et boursouflées. Elle regarda d'un air étonné le visiteur en lui demandant qui il cherchait.

– Le directeur Huang. C'est bien sa maison, n'est-ce pas ?

Sous son regard, la femme se dépêcha de cracher dans ses mains pour les passer dans des cheveux clairsemés qui laissaient apparaître un cuir chevelu rouge. Zhidie se souvint que M. Huang aussi était chauve, avec sa femme ils faisaient donc la paire. Les inscriptions sur les battants de la porte étaient sans doute le tour d'un mauvais plaisantin !

– Je m'appelle Zhuang Zhidie, je viens de la ville. Vous êtes l'épouse de Huang Hongbao, n'est-ce pas ? Vous ne me connaissez pas, nous sommes de bons amis, votre mari et moi.

– Mais bien sûr que je vous connais ! C'est vous l'écrivain qui avez rédigé l'article pour notre pesticide 101 !

Le chien aboya de plus belle. La femme l'injuria.

Puis, souriante, elle pria son visiteur d'entrer. Tout naturellement, il se dirigea vers le bâtiment principal, mais elle l'arrêta.

– Par ici, c'est là que nous vivons.

Elle courut ouvrir la porte de la cuisine. La maison basse comportait trois pièces; celle du milieu était divisée par un muret, d'un côté étaient installés trois fourneaux, de l'autre un *kang*[1], un canapé, un fauteuil et une télévision. Zhuang s'assit et alluma une cigarette. La femme fit chauffer de l'eau et activa le feu avec un soufflet bruyant qui enfuma immédiatement toute la pièce.

– Vous n'utilisez pas le gaz? s'étonna Zhuang Zhidie.

– Nous l'avons, mais je trouve ça dangereux.

– Vous louez la maison à étages?

– Jamais de la vie! Personne n'y habite.

– Pourquoi vivez-vous dans cette partie?

– Nous ne sommes pas habitués à l'autre. Nous préférons dormir sur le kang plutôt que sur une banquette-lit, on évite le mal de reins. Mon mari fume toute la nuit, il crache constamment, un sol en brique est plus facile d'entretien qu'un tapis.

Elle apporta ce qu'il croyait être de l'eau bouillie. En réalité le bol contenait quatre œufs au plat. Tout en mangeant, Zhuang lui expliqua que son mari l'avait invité à venir vivre au calme ici s'il le désirait.

– Merveilleux! Puisque vous allez vous installer ici pour écrire votre roman, vous parlerez de moi, je serai votre héroïne.

Zhuang Zhidie sourit: il était sûr qu'elle n'avait aucune notion du métier d'écrivain. Il demanda où était M. Huang et s'il reviendrait.

– Ne pas revenir, alors que vous êtes là! Je vais envoyer quelqu'un le chercher.

Elle s'inquiéta de savoir s'il était fatigué, il pouvait toujours monter se reposer un peu là-haut. Ils entrèrent dans le bâtiment principal; la salle était immense

1. Lit de briques chauffé par en dessous. *(N. d. T.)*

avec, au milieu, une table gigantesque entourée de canapés. À droite, il y avait un escalier dont la rampe était sculptée de bambous et d'orchidées. Aux deuxième et troisième étages, dans chaque chambre, des tapis recouvraient les planchers, et les têtes de lit, visiblement neuves, étaient sculptées en forme de poissons, insectes, fleurs ou oiseaux, et peintes en rouge et vert. Les matelas reposaient sur des sommiers faits de planches de bois dont la tranche était incrustée d'une feuille d'aluminium doré. Au mur était accroché un miroir dont le cadre représentait dragon et phénix. On trouvait également des brosses à chaussures et des gratte-dos. Mais une épaisse couche de poussière recouvrait l'ensemble. La femme tapa sur le couvre-lit, maugréant contre cette raffinerie qui venait de s'installer à l'entrée du village et dont les cheminées dégageaient une poussière de cendres qui volait partout, aussi terrible que celle des crématoires, et qui leur apportait malheurs et calamités. Les jeunes mariés qui arrivaient au village urinaient noir pendant trois ans.

– Vous avez une fortune colossale ! s'écria Zhuang Zhidie. Même le maire ne vit pas dans un tel luxe.

Mais, en son for intérieur, il ne put s'empêcher de constater que leur maison ressemblait à celle des vieux propriétaires fonciers d'autrefois. Mme Huang lui fit signe de s'asseoir près d'elle au bord du lit et lui avoua la joie qu'elle avait ressentie en apprenant de son mari sa venue possible et le fait qu'il adorait les soupes au maïs.

– Mon Dieu, dire que vous aimez ça alors que même les paysans n'en mangent plus ! Vous autres, les citadins, vous ne savez plus ce qui est bon, vous avez mangé trop d'holothuries et de calmars qui vous ont gâté le palais.

Zhuang Zhidie se contenta de sourire.

– Qu'allez-vous écrire ? Vous devez absolument écrire quelque chose sur moi, que les gens sachent que je suis son épouse.

386

– Naturellement, vous êtes son épouse, cela ne fait aucun doute.

Subitement, le visage de la femme se crispa. Elle était extrêmement laide. Zhuang Zhidie s'inquiéta : des larmes roulaient le long de ses joues.

– C'est moi qui l'ai aidé à sortir le pesticide numéro 101, sanglota-t-elle, c'est moi qui l'ai aidé à faire fortune et pourtant il ne m'aime pas. Je n'ai pas honte de tout vous raconter. Quand il a besoin de moi, il sait venir me chercher, quand il n'en a pas besoin, il me laisse tomber. À l'époque où il crevait la misère, où il n'était rien, personne n'aurait voulu de lui, c'est moi qui l'ai épousé et qui lui ai donné une fille, la première. Quant à la deuxième, il était dit qu'elle ne devait pas vivre et pourtant il m'accuse de l'avoir ébouillantée. Jugez vous-même. Je faisais chauffer de l'eau dans une marmite sur le poêle. Voyant que le bois manquait je suis allée en chercher dans la cour. En revenant, plus de fillette, elle était tombée dans la marmite ! Sans faire attention, en jouant sur le kang ! À votre avis, est-ce ma faute ? Maintenant, il se plaint que j'ai les dents noires, que je suis grosse et laide. Ma mère m'a faite ainsi, je n'y peux rien. Autrefois cela ne lui déplaisait pas. Le soir lorsque nous sommes au lit, allongé sur moi, il prend une revue de cinéma pour regarder les photos de ces pouffiasses. Je lui dis que toutes les femmes sont pareilles, que leur sexe ressemble à des orbites de cochon mort. Il me répond : « Va te faire foutre. » Vous voyez comme il est dégoûtant. Nous nous sommes disputés, il est parti et n'est pas revenu. Depuis, il veut divorcer. Vous pensez que c'est faisable ! Il me rend la vie impossible. La seule solution serait de mourir. Mais je ne veux pas, je ne laisserai jamais ces salopes effrontées prendre ma place ! Nous n'avons qu'un bon lit, pas question qu'elles y dorment !

Ses paroles glacèrent Zhuang qui comprit sur-le-champ qu'il n'était pas dans l'endroit idéal pour écrire. Elle était sans doute une excellente cuisinière, ses nouilles devaient être succulentes, ses boulettes de riz parfumées, mais il serait incapable de pondre un seul mot dans cette ambiance.

– Comment votre mari a-t-il pu se transformer ainsi? demanda-t-il en se levant. Aujourd'hui j'étais juste venu voir. Le jour où je m'installerai ici pour écrire vous serez mon héroïne.

Il sortit, descendit et mit sa mobylette en marche.

– Oh! là là! Pourquoi tant de précipitation? demanda la femme. Vous partez bien vite!

Zhuang Zhidie l'entendit hurler à un voisin, alors qu'il était déjà sur la route à l'entrée du village: «As-tu vu qui c'était? Un écrivain qui veut faire de moi l'héroïne de son prochain roman. Mon Dieu, surtout n'entre pas, il y a encore toutes ses empreintes.»

D'une traite, il arriva à la porte Sud de la muraille d'enceinte de la ville. Il fulminait contre cette métropole gigantesque incapable de lui offrir un endroit calme. Sitôt les remparts franchis, il se sentit fatigué, mais il ne savait où aller: à la résidence de l'Association des écrivains, à la Maison de la Double Bienveillance ou chez Tang Wan'er? Il resta là, indécis, un bon moment. Puis il gara sa mobylette et monta sur le haut de la muraille. Il espérait vivement rencontrer Zhou Min et surtout qu'il ait son ocarina. Il voulait apprendre à jouer, persuadé qu'il saurait très vite. Or la muraille était déserte: pas même un oiseau, seul s'étendait devant lui à perte de vue un grand tapis à carreaux verts et blancs, effet donné par les herbes qui envahissaient les interstices entre les grandes dalles de pierre. Il longea le parapet. Au pied de la muraille extérieure, dans les herbes sauvages et les bosquets, les amoureux s'enlaçaient avec ardeur. Zhuang Zhidie les contempla avec l'œil que l'on jette sur les animaux au zoo. Il continua son chemin à pas lents, espérant que son regard pourrait s'arrêter sur un beau paysage. Sa promenade le conduisit à un des angles des remparts où il découvrit une nuée d'oiseaux qui tournoyaient dans le ciel avant de s'évaporer brusquement dans les roseaux.

Un peu réconforté, il fut curieux de savoir où, dans ces roseaux, nichaient ces oiseaux. Herbes vierges que la main de l'homme n'avait pas encore souillées, lieu de sauvegarde des oiseaux de la ville ! C'est alors qu'il aperçut un homme assis là. Il crut tout d'abord qu'il s'agissait d'une pierre. Mais non. D'autres aspiraient donc comme lui à la recherche du calme ! Il s'en émut et voulut faire un petit geste vers cet inconnu. Mais en y regardant de plus près, il découvrit que l'homme était en train de se masturber, les deux jambes allongées. Il gémissait de plaisir dans les roseaux, chassant les oiseaux qui s'envolaient à tire-d'aile comme dans une bourrasque. Zhuang, déconcerté, demeura perplexe. Puis, se ressaisissant, il fit demi-tour et partit en courant. Des nausées le prirent, il se mit à vomir sans pouvoir s'arrêter. Il s'appuya contre le mur et recommença à cracher de la bile. Ses vomissements terminés, des oiseaux passèrent devant lui. Sa vue se brouillait-elle ou étaient-ce des hallucinations ? N'était-ce pas simplement le reflet de son ombre depuis le haut des remparts ? Il aperçut alors dans la ruelle vide le long de la muraille, le vieillard qui tirait sa charrette à bras en répétant sur tous les tons : « Ordures... Ramassage d'ordures... » Le vieillard s'approcha de lui en entonnant une petite comptine :

Buvons du vin, une bouteille, deux bouteilles, sans être ivre.

Jouons au mah-jong, trois, quatre jours, sans fatigue.

Dansons, cinq ou six pas, et nous savons.

Pour s'endormir, faisons l'amour à sept, huit femmes.

*

Zhong Weixian se rendit à la poste pour envoyer sa longue lettre avant de revenir à son bureau où à l'encre rouge il entoura sur son calendrier la date du jour qu'il ponctua d'un vigoureux point d'exclamation. Il s'apprêtait à boire son thé lorsque le directeur du Bureau de la Culture envoya quelqu'un lui porter un document. Zhong Weixian blêmit. Il téléphona sur-le-champ à Zhuang Zhidie. Liu Yue décrocha.

– De quoi s'agit-il? Je suis sa secrétaire, dit-elle croyant que c'était Meng Yunfang.

– Sa secrétaire? s'étonna Zhong Weixian.

Ne reconnaissant pas la voix de Meng, elle s'affola et appela aussitôt Niu Yueqing.

– Mon mari n'est pas à la maison. Que se passe-t-il?

Liu Yue vit le visage de sa patronne changer brusquement tandis qu'elle disait avec impatience : « Qu'il l'apporte! » avant de raccrocher le combiné et de s'écrouler sur le canapé.

– Qu'y a-t-il? voulut savoir Liu Yue.

– File à la résidence de l'Association des écrivains et ramène immédiatement le professeur Zhuang.

– On ne l'y a plus vu depuis plusieurs jours. Qui pourra me renseigner? Ce matin, lorsque j'y suis allée, il n'était toujours pas là. J'ai juste trouvé un message avec trois mots « Parti pour écrire ». Dieu seul sait où il a bien pu aller!

– Mais où est-il? Retournes-y et si jamais tu ne le vois pas, demande à la gardienne, la vieille Wei, s'il ne lui aurait pas laissé un numéro de téléphone. Sinon, cours chez le professeur Meng, et ensuite à la librairie questionner Hong Jiang.

– Parfait, je dois parcourir la moitié de la ville au pas de course!

– Ce n'est pas le moment de palabrer. Vas-y. Si tu es trop fatiguée, prends un taxi. J'attends Zhou Min.

Elle lui tendit trente yuans. Liu Yue, en se changeant, en profita pour faucher dans la poche du manteau de sa patronne sa carte hebdomadaire de bus, puis elle prit son porte-monnaie et sortit.

Avec l'argent que lui avait donné Niu Yueqing, elle commença par s'acheter une paire de bas de soie puis, en complétant avec ses propres économies, une paire de sandales en cuir blanc à talons hauts ainsi qu'une paire de lunettes de soleil. Comme il lui restait trois yuans, elle entra dans un petit débit de boissons rafraîchissantes où elle s'offrit une assiette de glace à cinq couleurs. Elle retira ses vieux souliers, enfila les neufs, chaussa la paire de lunettes et s'installa pour déguster sa glace. «Quelle est cette affaire urgente qui m'oblige à traverser la ville de long et en large?» songeait-elle. Elle craignait que finalement sa patronne lui réclame les trente yuans. Le jeune garçon assis à la table voisine ne cessait de la dévisager. Elle le regardait également en balançant inlassablement l'un de ses pieds. Le garçon se mit à rire, dévoilant deux rangées de dents ainsi que ses gencives très rouges. De son index replié, il lui fit signe. Terrifiée, elle se leva et se sauva. Elle se précipita dans la première boutique venue pour le semer. Mais lorsqu'elle ressortit, il l'attendait devant la porte.

– Mademoiselle, on s'envoie en l'air! lui lança-t-il.

Elle avait entendu parler de prostituées que les clients accostaient ainsi dans la rue en utilisant cette expression comme mot de passe. Une sueur froide lui parcourut la colonne vertébrale, mais elle n'en laissa rien paraître:

– Vous êtes cantonais? Quelle horreur, vous avez de la ciboule plein les dents!

L'homme, vexé, se retourna pour se regarder dans la vitrine du magasin d'en face. Liu Yue en profita pour bondir dans un bus à l'arrêt qui ferma ses portes juste derrière elle. Appuyée contre la vitre, elle vit que l'homme la cherchait. Elle lui lança un sourire charmeur, pointa son pouce vers elle-même, puis vers lui son petit doigt sur lequel elle cracha avec dédain.

Arrivée à la résidence de l'Association des écrivains, elle ne trouva personne. La vieille Wei ne savait rien. Pensant que le professeur aurait peut-être laissé une lettre, la jeune fille monta et chercha partout, sans succès. Elle découvrit en revanche, accrochée au robinet dans la salle d'eau, une chaîne avec une sapèque en cuivre qu'elle prit et mit dans sa poche, la trouvant très jolie. Elle s'en alla et monta dans un bus qui la mena chez Meng Yunfang qu'elle surprit en caleçon. Il lui demanda de l'attendre. Il enfourcha son vélo en criant qu'il savait où trouver Zhuang. Il prit la direction de la Maison de la Recherche des Insuffisances, mais elle était vide.

– Où êtes-vous allé, lui demanda Liu Yue lorsqu'il revint, pour mettre autant de temps ?

Meng Yunfang ne pouvant pas le lui avouer bafouilla. La jeune fille reporta ses derniers espoirs sur la librairie où elle se rendit en bus également. Elle comprit en voyant la boutique voisine en pleins travaux qu'il s'agissait de la galerie de peinture. Elle entra et demanda si Zhao Jingwu était là. Les ouvriers lui répondirent qu'il s'était absenté. N'ayant pas trouvé non plus Hong Jiang dans la librairie, elle monta à sa chambre au premier. Le calme régnait à l'étage. La jeune fille ouvrit la porte d'un coup de pied et découvrit Hong Jiang en pleine action avec une fille dans son lit.

– Parfait ! Tu as des journées bien remplies !

Affolé, il remonta son pantalon et couvrit sa complice avec le drap. Il claqua la porte et d'une main cloua le bec de Liu Yue. « Quelle malchance pour eux, se dit-elle, que je les aie pris en flagrant délit ! » Elle écarta la main de Hong Jiang, s'assit sur le canapé et prit la première chose qui lui tombait sous la main, un journal qu'elle parcourut tout en insultant le libraire.

– Espèce de lâche ! Ignoble canaille !

– Grande sœur, je t'en supplie, surtout n'en parle ni au professeur ni à la patronne.

– Quelle amabilité aujourd'hui ! Qui te permet de m'appeler grande sœur ? Je ne leur dirai rien, soit, mais à une condition. À la campagne, un homme et sa maîtresse surpris en train de faire l'amour sont contraints d'acheter deux chi de soie rouge à celui qui les a pris la main dans le sac, sinon le malheur s'abat sur eux !

Hong Jiang ouvrit un tiroir d'où il sortit une liasse de billets qu'il lui tendit.

– C'est pour m'acheter et que je la ferme?

– Grande sœur, je t'en supplie, ne refuse pas. Je sais que tes gages sont maigres, dorénavant si tu as besoin de quoi que ce soit, dis-le-moi.

– Je ne veux pas de cet argent maintenant. Si tu as peur que je parle, va demain à la banque le déposer sur un compte épargne pour moi. As-tu vu le professeur Zhuang?

– Dès demain matin j'irai le déposer à la banque à ton nom. Zhuang Zhidie? Non, il n'est pas venu.

– Sais-tu où il est?

– Non.

Liu Yue était sur le point de partir, mais elle se retourna et tira sur le drap.

– Laisse-moi voir qui est cette créature.

Liu Yue ne reconnut pas le tas de chair blanche et fraîche étendu sous le drap, bien que le gros grain de beauté sur la joue lui rappelât quelqu'un.

Niu Yueqing attendait le retour de Liu Yue, et bien davantage l'arrivée de Zhou Min. Ce ne fut pas lui qui vint mais sa femme. Zhong Weixian avait en effet convoqué Zhou Min pour qu'il prenne connaissance du document, puis en avait fait une photocopie qu'il l'avait chargé de remettre au plus vite à Zhuang Zhidie. Lorsque Zhou Min avait lu le papier, il en était resté coi. Il s'agissait d'une note que Jing Xueyin adressait au Bureau de la Culture, stipulant que dans la mesure où ce dernier refusait catégoriquement d'exécuter les ordres du ministre de la Propagande et que, de plus, la revue s'obstinait dans son refus de publier sa déclaration à elle, elle se voyait obligée d'intenter une action en justice. Elle avait porté plainte auprès du tribunal d'arrondissement qui l'avait déclarée irrecevable, l'accusé étant Zhuang Zhidie, délégué de l'Assemblée nationale populaire municipale. La plainte avait donc été transmise au tribunal municipal de seconde instance qui mettait en accusation Zhou Min pour avoir fourni les documents sur Zhuang Zhidie, Zhong Weixian, directeur de la rédaction de *La Revue de Xijing*, pour avoir publié l'article,

Li Hongwen et Gou Dahai, responsables de la publication. L'acte d'accusation n'avait pas été transmis au Bureau de la Culture, mais il y avait la photocopie de la lettre que Zhuang Zhidie avait écrite à Jing Xueyin et à son mari, chaque paragraphe entouré à l'encre rouge. Zhou Min, sans dire un mot, avait quitté la revue mais ne s'était pas rendu directement à la Maison de la Double Bienveillance pour en informer Zhuang Zhidie. Il était entré dans un bistrot où il avait mangé quarante brochettes de mouton et vidé quatre bouteilles de bière avant de revenir chez lui en titubant. Le matin, Tang Wan'er était sortie s'acheter du vernis à ongles. De retour, elle se limait les ongles et s'apprêtait à les vernir, quand elle vit Zhou Min entrer dans la cour, puis s'appuyer contre le battant de la porte en riant.

– Mais tu es complètement ivre ! s'écria-t-elle. Tu as bu.

Zhou Min glissa le long de la porte et lança un crachat bien baveux que les poulets de la cour se hâtèrent de venir picorer, puis il resta là sans plus bouger. Tang Wan'er, furieuse, voulut le porter à l'intérieur, sans y parvenir. Elle le tira par les pieds mais il se cramponnait au poirier en l'injuriant :

– Il m'a trahi pour une femme. Il veut me sacrifier ! Canaille ! Voyou ! Salaud !

– Qu'est-ce que tu racontes ? Qui t'a trahi pour une femme ?

– Mais lui, notre maître ! Celui que tu admires tant !

Le sang de Tang Wan'er ne fit qu'un tour.

– Quoi ? Il t'a trahi ? Pour une femme ! Comment suis-je arrivée jusqu'ici ? Aucun document juridique ne prouve que je t'appartienne !

Zhou Min la regardait, mais son esprit n'était plus très clair. Il n'entendait pas bien ce qu'elle lui disait, il ne distinguait que deux lèvres rouges qui se fermaient et s'ouvraient ainsi que dix bouts de doigts rutilants qui gesticulaient. Il s'était écroulé, ivre mort.

Tang Wan'er éprouva un accès de dégoût en le contemplant. Elle ne comprenait pas comment elle avait pu tomber amoureuse de lui à l'époque et tout abandonner pour le suivre. «Le moment est venu, se dit-elle, de lui parler.» Elle avait déjà plusieurs fois eu envie de lui avouer qu'elle voulait le quitter, plusieurs fois les mots lui étaient venus sur le bout de la langue, mais elle les avait ravalés. Pourtant, elle avait toujours craint qu'un jour Zhou Min ne découvre sa liaison avec Zhuang Zhidie, elle en était inquiète, effrayée. Maintenant qu'il était au courant, elle se sentait soulagée. Elle regarda le soleil là-haut dans le ciel, boule de feu brûlante, puis elle s'accroupit à côté de l'ivrogne endormi.

– Le sort veut que tout soit fini entre nous. Dors, quand tu seras réveillé je te raconterai tout. Peux-tu m'en vouloir ? Je ne t'appartiens pas.

C'est alors qu'elle découvrit un papier chiffonné dans sa poche. Elle le prit et, ne pouvant retenir un cri, courut vers la maison. Après l'avoir relu trois fois, elle comprit que son compagnon finalement n'était au courant de rien. Il s'était mis dans cet état à cause de la plainte déposée par Jing Xueyin et de la lettre que Zhuang Zhidie leur avait adressée, à elle et à son mari. «Comment, se demanda-t-elle immédiatement, n'a-t-il pas, arrivé à ce stade, coupé toute relation affective avec elle ? Lui qui soutient mordicus qu'il ne l'a jamais aimée, comment peut-il éprouver des sentiments aussi profonds ? Nous avons, lui et moi, fait l'amour, nous sommes des confidents, et il pense cependant encore toujours à elle ? Quel genre de femme est-elle pour l'avoir ainsi séduit ? » Tang Wan'er rangea le papier et finit, après s'y être reprise à plusieurs fois, par réussir à allonger Zhou Min sur le canapé. Elle se dépêcha ensuite de courir jusqu'à la résidence de l'Association des écrivains, à la recherche de Zhuang Zhidie. Mais en chemin, elle se ravisa. Elle éprouvait quand même une certaine rancune à l'égard de son amant et voulait donc que ce soit Niu Yueqing qui, de sa main, tranche ce lien qui unissait Zhuang Zhidie et Jing Xueyin.

– Le directeur Zhong a téléphoné, déclara Niu Yueqing à Tang Wan'er, pour me dire qu'il avait chargé Zhou Min de m'apporter au plus vite ce papier. J'étais morte d'inquiétude. Pourquoi ne l'a-t-il pas fait ?

En songeant aux injures que Zhou Min, ivre, avait proférées, Tang Wan'er avait compris que son mari détestait Zhuang Zhidie, raison pour laquelle il n'avait pas aussitôt exécuté l'ordre de Zhong. Elle se félicitait d'avoir découvert le papier et de l'avoir apporté elle-même.

– La lecture de ce document, dit-elle, a déclenché chez Zhou Min un violent sentiment de haine contre Jing Xueyin. À croire qu'elle veut envoyer le professeur Zhuang en prison ! Mon mari n'a pas eu la force de venir. Le cœur brisé, les yeux noyés de chagrin, il a honte de paraître devant le professeur Zhuang.

– Pourquoi ? demanda Niu Yueqing, émue.

À ce moment-là, Liu Yue entra. Niu Yueqing et Tang Wan'er contemplèrent, médusées, son accoutrement.

– Parce que tu as le cœur à faire de la toilette ? s'écria Niu Yueqing, mécontente. L'as-tu vu ?

– Je ne l'ai pas trouvé.

– L'as-tu cherché ou es-tu allée faire des courses ?

– Avec quel argent ? J'ai rencontré dans la rue une de mes compatriotes qui travaille à la réception d'un hôtel. Elle gagne plusieurs centaines de yuans par mois ; voyant mon air miteux, elle m'a offert une paire de sandales, des bas et des lunettes de soleil.

– Comment ça, ton air miteux ? Pourquoi te comparer à ces filles-là ? Le jour elles racolent le client dans les gares, Dieu seul sait ce qu'elles font la nuit !

Liu Yue n'osa rien rétorquer. Elle enleva ses chaussures et se frotta les pieds, son jonc en jade oscillant à son bras. Tang Wan'er remarqua le bracelet. Il ressemblait étrangement au sien. Niu Yueqing le lui aurait-elle donné ? Elle sentit monter en elle un peu de jalousie.

— Tu as toi aussi un beau bracelet de jade, lui dit-elle en lui prenant le bras, nous sommes vraiment dignes d'être sœurs. Comme le tien et le mien se ressemblent !

Elle allongea son bras pour comparer. Liu Yue, surprise, avait remarqué, elle aussi, celui de Tang Wan'er.

— Vous aussi vous n'en avez qu'un ? dit-elle. Ils feraient une belle paire !

Niu Yueqing, qui n'avait aucune envie de révéler l'histoire de ce jonc, déclara en feuilletant le document :

— Wan'er, avez-vous pris connaissance de ce papier ?

— Je l'ai lu. Le professeur Zhuang n'aurait vraiment pas dû écrire cette lettre à Jing Xueyin. Il est trop bon, cela risque de se retourner contre lui. Au contraire, il apporte même de l'eau au moulin de la partie adverse, il ne pourra plus rien contester au tribunal.

— Les hommes sont tous les mêmes, répondit Niu Yueqing. Plus vous les traitez avec gentillesse, plus ils se montrent distants ; en revanche tout ce qu'ils ne peuvent obtenir leur semble bon. Et que faire maintenant ? Il s'imagine que les papillotes ne contiennent que des bonbons, mais il oublie que certaines sont bourrées d'explosifs.

— Tout le monde est bien pareil ! rétorqua Liu Yue. On n'est jamais satisfait de ce que l'on a ! Le parfum des fleurs sauvages est plus excitant que celui des fleurs du jardin !

— Le professeur Zhuang n'est pas ce genre d'homme, affirma Tang Wan'er, cramoisie. Niu Yueqing à elle seule vaut toutes les fleurs, pourquoi irait-il s'enivrer de fleurs sauvages ?

— Ça suffit ! Quelle conversation ! Si jamais les voisins nous entendaient !

Niu Yueqing n'avait pas l'intention de garder Tang Wan'er, elle avait décidé d'aller avec sa jeune bonne s'installer à la résidence de l'Association des écrivains en attendant le retour de son mari. Liu Yue lut rapidement le papier et ne put contenir son inquiétude. Elle se reprocha d'avoir flâné trop longtemps en ville.

– Madame, je ne suis certes qu'une simple servante, mais je fais partie de la famille, pourquoi me cacher la vérité sur cette affaire importante ?

– Mais je ne te cache rien ! Je t'ai envoyée chercher mon mari parce que je me faisais du mauvais sang sans avoir eu le temps de te mettre au courant. Maintenant, tu as bien lu le papier, que je sache !

– Vous tenez vraiment à aller vous installer avec lui là-bas à la résidence de l'Association des écrivains ? Pourquoi avoir résisté si longtemps pour finalement abdiquer ? Vous imaginez comme il va vous traiter dorénavant lorsqu'il sera en colère !

– Je suis quand même sa femme ! À quoi bon se montrer dure face à un problème aussi grave. S'il va en prison, qui lui portera à manger sinon moi ? On est unis pour le pire, pas pour le meilleur ! C'est bien toujours moi qui cède !

Les trois femmes sortirent ensemble. Tang Wan'er prête à se diriger vers le sud, Niu Yueqing et Liu Yue vers le nord. Mais Niu Yueqing retint Tang Wan'er :

– Wan'er, je suppose que mon mari sera en colère que Zhou Min ne soit pas venu lui-même. Dites-lui de se montrer indulgent. Ils doivent se soutenir et lutter main dans la main. Si le professeur Zhuang tombe, Zhou Min aussi. La survie de Zhou Min dépend de celle de mon mari.

Sa petite leçon terminée, Niu Yueqing voulut que Liu Yue rentre chercher une bouteille de vin que Tang Wan'er porterait à son mari. Tang Wan'er arrêta la jeune fille :

– J'en suis parfaitement consciente, dit-elle. Comment Zhou Min oserait-il se montrer irrespectueux envers le professeur ? Je ne le tolérerai pas ! Pourquoi lui porter du vin ?

Les deux femmes, les larmes aux yeux, se serrèrent la main et se séparèrent.

Niu Yueqing regardait toujours l'extrémité sud de la ruelle alors que Tang Wan'er avait déjà disparu.

– Allons-y, la pressa Liu Yue.

– Allons-y, répéta Niu Yueqing. Liu Yue, que penses-tu de Tang Wan'er ?

– Et vous ?

– C'est une fille qui a bon cœur.

– Si vous le dites...

En arrivant à l'appartement, elles trouvèrent Zhuang Zhidie, bien que prêt, en train de retourner matelas et couvertures à la recherche de quelque chose. À son retour, après s'être lavé, il s'était aperçu que la chaîne avec la pièce de bronze qu'il portait accrochée autour du cou avait disparu. Pensant qu'il avait dû la poser quelque part dans la salle d'eau ou dans sa chambre, il l'avait cherchée mais en vain. Voyant débarquer sa femme et sa bonne, il renonça à ses recherches pour se servir, sans dire un mot, une tasse de thé qu'il but seul. Niu Yueqing se moqua de son accueil glacial. Elle ordonna à Liu Yue de préparer des nouilles tandis qu'elle remettait le lit en ordre, dépoussiérait la table et les tabourets, pulvérisait de l'eau de Cologne et terminait en allumant un bâton d'encens. En un tour de main, la pièce respira la propreté et le parfum auquel se mélangeaient les fragrances de l'encens. Niu se changea et passa une longue robe de satin fendue sur les côtés, se poudra le visage, se mit du rouge aux lèvres et s'assit à côté de son mari. Elle sortit de sa poche un paquet de 555 qu'elle lui tendit :

– Quel mauvais caractère ! Crois-tu que nous sommes venues te demander l'aumône !

– Qu'est-ce qui te prend aujourd'hui ? demanda-t-il d'un air dubitatif en regardant sa femme.

– Ce qui me prend ? Et toi ? Ne fais pas cette tête-là et viens à la cuisine nous aider.

À la cuisine, la jeune fille sourit au professeur.

Zhuang Zhidie profita du fait que Niu Yueqing était à la salle à manger pour demander à voix basse :

– Liu Yue, qu'est-ce qui lui prend aujourd'hui ?

– Le monde est à l'envers, vous avez encore gagné ! Personne ne résiste au célèbre écrivain.

Zhuang Zhidie pinça la bouche de la jeune fille et l'injuria :

– Quand tu seras mariée et que ton mari te tapera sur les nerfs, tu te rendras compte enfin de mes qualités.

– On verra qui tapera sur les nerfs de qui ! rétorqua Liu Yue.

Zhuang Zhidie remarqua qu'elle portait une minijupe noire et des bas couleur chair qui lui faisaient des jambes superbes.

– Liu Yue, ces bas te vont à ravir !

– Je suis bien à plaindre, madame a failli me tuer à cause de cet achat.

– Pourquoi gémir que tu n'as pas un sou, je t'ai bien donné de l'argent l'autre jour, non ?

– Si peu, je l'économise pour m'acheter un manteau en duvet cet hiver.

– Tu es plus maligne que jamais, dit-il en lui prenant la taille.

Liu Yue laissa échapper un cri.

– Que se passe-t-il ? demanda Niu Yueqing de la salle à manger où elle dressait le couvert.

Liu Yue fit résonner le couteau de cuisine sur la planche à découper.

– Je me suis ébréché un ongle en coupant les nouilles.

– Quelle étourdie ! Ne le mets pas dans la marmite !

Une fois à table, Zhuang Zhidie mangea copieusement. Il en avait la tête aussi embuée qu'une étuve.

– Maintenant que tu as bien mangé, je voudrais que tu lises quelque chose. Liu Yue, donne une cigarette au professeur, qu'il la fume en lisant tranquillement.

Ce qu'il fit, assis là sans bouger. Après un long,

très long moment, il eut un ricanement méprisant et balaya de la table les reliefs du repas avec le papier.

– Liu Yue, aujourd'hui ta patronne est joliment habillée, elle serait encore mieux si elle ne s'était pas tant fardé les joues.

Niu Yueqing et Liu Yue sursautèrent. Comment pouvait-il rester aussi imperturbable face à une affaire aussi grave ?

– Parfait, tu ne t'es pas mis en colère, lui dit sa femme. Mais tu ne dois pas pour autant accepter leur jeu. Puisque tu as un moment de libre, j'ai deux choses à te dire, que ça te plaise ou non, mais j'estime qu'en tant qu'épouse je me dois de le faire. Un, pourquoi as-tu écrit cette lettre à Jing Xueyin ? Outre le fait de reconnaître que vos relations d'antan existent toujours, tu prouves clairement que tu as agi avec stupidité. Même si tu éprouves de profonds sentiments pour elle, ce n'était pas le moment de lui écrire. Est-elle une femme au cœur aussi tendre que moi ? Il faut voir comme elle te traite, toi qui as tant d'égards pour elle… Passe encore qu'elle donne cette photocopie au tribunal comme preuve en sa faveur, mais, à en croire Zhong Weixian, elle en a fait une dizaine de copies qu'elle a envoyées aux dirigeants de la province et de la municipalité, à l'Association des femmes, aux délégués de l'Assemblée nationale populaire ainsi qu'à toutes les associations culturelles ou artistiques ! Tu vas être la risée de la terre entière ! D'après ce que je sais, Jing Xueyin se répand en disant à qui veut l'entendre qu'à l'époque tu étais fou amoureux d'elle, qu'elle, en revanche, ne t'a jamais trouvé à son goût, c'est donc à toi d'assumer les conséquences de tes actes ! Cette lettre qui circule entre les mains de tout le monde est bien une preuve contre toi, non ? Je n'ai pas envie d'en parler davantage. Que les autres se moquent de moi, je m'en fiche, mais réfléchis un peu au respect que tu me dois. Deuxièmement, tu es un homme célèbre, comme dit le proverbe, «les grands arbres ne craignent pas la tempête». En revanche, ce n'est pas le cas de Zhou Min. Il n'est qu'une simple fourmi que le premier venu peut écraser. Même s'il a fait une gaffe, sans l'intervention de Jing Xueyin, et si toi tu n'avais pas cette mauvaise habitude de parler sans réfléchir, cet article n'aurait servi qu'à te faire de la publicité. Dans la mesure où c'est grâce à toi que ce Zhou Min a trouvé ce travail, si à présent tu tiens compte de Jing Xueyin et non de lui, la petite pointe de reconnaissance qu'il te doit se transformera en haine. D'autre part, qui est-il réellement, ce Zhou Min, le sais-tu ? À l'origine il faisait malgré tout partie de ce monde de désœuvrés. Même s'il a décidé de repartir d'un bon pied, personne n'est sûr que ses mauvaises habitudes ne resurgiront pas. Il te déteste, c'est sûr. Aujourd'hui Zhong Weixian lui avait demandé de nous porter au plus vite ce dossier, il ne l'a pas fait. C'est finalement Tang Wan'er qui est venue. Qui sait ce qu'il a bien pu lui raconter ! Pourquoi a-t-il refusé de te voir pour une affaire aussi grave ? Tu dois bien avoir une idée sur la question.

Les arguments étaient logiques et Zhuang Zhidie les écouta attentivement. Pourtant il resta assis sans bouger et garda le silence un long moment.

– Je veux me consacrer à la rédaction d'un roman, si l'on me dérange, je ne pourrai rien faire, finit-il par dire.

*

Le soir même il appelait Meng Yunfang pour convoquer Zhou Min, Hong Jiang et Zhao Jingwu chez lui afin d'étudier les contre-mesures à prendre. Impossible de compter uniquement sur ceux qui travaillaient à la rédaction de la revue, ils devaient agir directement sur le tribunal municipal de seconde instance pour que la plainte soit rejetée. Zhao Jingwu connaissait au tribunal un juge prénommé Bai Yuzhu, mais il ignorait s'il serait chargé de l'affaire. Zhuang Zhidie envoya sur-le-champ Zhao Jingwu et Zhou Min chez ce juge et leur demanda, quelle que soit l'heure, de revenir lui faire un rapport sur la situation. Niu Yueqing prépara un grand sac rempli de cadeaux qu'ils emportèrent.

– C'est à moi d'acheter les cadeaux, déclara Zhou Min.

– Ne tergiversons pas, dit Niu Yueqing, dorénavant il est fort probable que ce genre de dépenses se renouvelle, ce sera alors à votre tour de vous en charger.

– Soyons un peu plus gais, dit Zhuang Zhidie une fois les deux hommes partis. Il n'y a rien de grave. Jouons au mah-jong en les attendant.

Zhuang Zhidie, Niu Yueqing, Hong Jiang et Meng Yunfang s'assirent autour de la table. Liu Yue offrit des cigarettes et du thé tout en jetant un regard entendu à Hong Jiang.

– Liu Yue, dit-il, ma veste est pendue au portemanteau, donne-moi la monnaie qui se trouve dans ma poche.

Liu Yue fouilla dans la poche et sortit un petit livret d'épargne qu'elle ouvrit : le compte était à son nom et portait la somme de trois cents yuans. Elle s'en empara aussitôt.

– Hong Jiang, c'est tout ce qu'il a ? dit-elle.

– C'est pas mal ! Non ?

– Combien y a-t-il ? demanda Niu Yueqing.

– Douze yuans, rétorqua Liu Yue.

– Je suis bon pour gagner ! ajouta Hong Jiang en lui faisant un clin d'œil.

– Gagner ? s'écria Liu Yue en regardant son jeu. À mon avis, échec total sans aucun doute. On prétend souvent que celui qui est heureux en amour est malheureux au jeu !

– Quatre-vingt mille, tu prends ou pas ? demanda Meng Yunfang. Hong Jiang, quelle est ta nouvelle victime ?

Rouge de honte, troublé, Hong Jiang joua le domino qu'il n'aurait pas dû jouer.

– Hong Jiang est gérant d'une librairie, bel homme, toujours tiré à quatre épingles, déclara Liu Yue tout

403

en lui tapant sur la tête, comment voulez-vous qu'il ne charme pas les filles !

– Liu Yue, dit Meng Yunfang, attention à sa coiffure de style hongkongais, tu le décoiffes. Un homme séduit par sa tête, une femme par ses pieds, tu peux regarder mais ne jamais toucher. Je croyais que tu l'avais surpris en flagrant délit ? À mon avis, Hong Jiang aura du mal à trouver chaussure à son pied. La vie est bizarre, les beaux garçons ne trouvent jamais de jolies filles. Regardez sa femme, elle est beaucoup moins bien que notre Liu Yue, qui elle non plus ne trouve pas d'homme à son goût…

Liu Yue, folle de rage, donna un coup de poing à Meng Yunfang.

– Qui a mauvaise vue a mauvais cœur ! dit-elle.

Niu Yueqing soupira et reprocha à sa servante son impertinence.

– Je l'ai trop gâtée, dit Meng Yunfang, elle n'a plus aucun respect pour moi.

– Yunfang, demanda Niu Yueqing, vous qui excellez dans la divination par les chiffres, dites-moi si la visite de Jingwu et Zhou Min sera fructueuse.

– Pour cela, j'aurai besoin de ma panoplie que, hélas, je n'ai pas apportée ; un calendrier perpétuel par exemple, afin de convertir les dates, les jours, les mois, les années.

– J'ai une sapèque en bronze, agitez-la, proposa Liu Yue.

Elle sortit de sa poche son trousseau de clefs auquel effectivement était attachée une pièce qui scintillait. Les yeux de Zhuang Zhidie fixèrent aussitôt l'objet.

– Liu Yue, fais voir, dit-il.

La jeune fille refusa. Niu Yueqing qui venait de jouer un jeton pressait son mari pour savoir si oui ou non il allait en choisir un. Zhuang Zhidie qui regardait Liu Yue se trompa. Il en prit un parmi les derniers. Meng Yunfang lui donna une tape sur la main :

– Tu fais n'importe quoi ! Quand tu vas aux toilettes, entres-tu dans celles des femmes ?

Zhuang Zhidie se ressaisit et regarda ses dominos.

– Avec une seule sapèque, c'est impossible, dit Meng Yunfang. Nous allons procéder ainsi. Yueqing, donnez-moi un nombre à trois chiffres, le premier qui vous passe par la tête. Moi je vais utiliser la méthode dite « Devant le cheval de Zhuge ».

– 379.

– Pas mal, dit Meng Yunfang en bougeant ses doigts de la main gauche, c'est assez favorable.

– Si ce n'est pas si mal, déclara Niu Yueqing, joyeuse, vous allez voir comment je gagne. Le mahjong dépend de l'humeur. Que voulez-vous, je gagne ! C'est à mon tour de présider le jeu.

– Allez-y, répondit Meng Yunfang, vous allez peut-être présider, mais présider un jeu de cochons.

Un chat miaula dans la cour. Un miaulement triste et perçant. Hong Jiang demanda s'il y avait une chatte dans la maison. La petite bête en rut ne devait pas se laisser souiller par de vulgaires bâtards. Il possédait chez lui un persan de pure race qu'il apporterait demain...

– Une chatte chez moi ? s'écria Niu Yueqing, je déteste les animaux, chiens ou chats. C'est celle du voisin. Qu'est-ce qu'elle peut être embêtante, dans un moment elle aura rameuté tous les chats sauvages du quartier.

– Mon Dieu ! s'exclama Zhuang, cet après-midi j'ai enlevé le couvercle du pot où macèrent les légumes salés pour qu'ils sèchent au soleil et j'ai oublié de le remettre.

Il se précipita sur la terrasse d'où il appela Liu Yue pour l'aider à déplacer la jarre afin que les chats ne volent rien. Lorsque la jeune fille fut près de lui, il lui demanda à voix basse :

– D'où vient cette sapèque en bronze ?

– Je l'ai trouvée dans votre salle d'eau et, comme elle m'a plu, je l'ai accrochée à mon trousseau de clefs.

– C'est à moi, dépêche-toi de me la rendre.

– À vous ? Mais il y avait une chaîne avec, je ne vous l'ai encore jamais vue ?

– Elle ne me quitte jamais, je la porte jour et nuit. Comment pourrais-tu le savoir ?

– C'est bien la première fois que je vois un homme de votre âge porter une chaîne avec une pièce à son cou. À en juger par votre air furibard, cela pourrait bien être le cadeau d'une certaine créature qui vous l'aurait offerte ces derniers jours pendant que nous étions à la Maison de la Double Bienveillance.

– Cesse tes bêtises !

Il emprisonna les deux mains de Liu Yue pour fouiller dans sa poche d'où il sortit la sapèque qu'elle réussit cependant à lui arracher. Zhuang Zhidie la reprit et la fourra dans sa poche, fort satisfait. Voyant que Zhuang Zhidie tardait à revenir, Meng Yunfang lui demanda d'une grosse voix :

– La jarre est si difficile à déplacer ? Continues-tu la partie, oui ou non ?

Zhuang Zhidie réapparut immédiatement, la sapèque en poche.

– Yunfang, dit-il, les légumes salés sont parfaits. Si le cœur t'en dit, je t'en mettrai dans un sac en plastique pour que tu les goûtes.

Zhao Jingwu et Zhou Min revinrent au milieu de la nuit. Ils avaient vu Bai Yuzhu à qui le procès n'avait pas été confié, mais qui confirmait que le tribunal avait reçu l'acte d'accusation. Tous les juges d'ailleurs étaient en émoi et se perdaient en palabres interminables avec des avis très divergents. À l'origine, l'acte d'accusation avait été envoyé à la cour d'assises, mais celle-ci jugeant qu'il ne s'agissait pas là d'une affaire criminelle, l'avait aussitôt transmis au tribunal civil. Le président de ce tribunal et l'un des juges, Sima Gong, chargés de l'affaire, étaient des amis de Bai Yuzhu. Vraiment ce Bai Yuzhu était un type très bien. Il avait préconisé de ne surtout pas déranger en premier le président du tribunal, mais de prendre contact impérativement avec le juge Sima, chez qui il les avait conduits sur-le-champ. Le juge s'était montré agréable. Zhao et Zhou lui avaient expliqué que le professeur Zhuang avait décidé de venir le voir ce soir, mais qu'en chemin un mal de ventre aussi soudain qu'insoutenable l'en avait empêché. Il les avait envoyés à sa place avec ce livre en souvenir. C'était une idée de Zhou Min. Il l'avait acheté au marché de nuit et l'avait dédicacé en imitant la signature de Zhuang Zhidie. En sortant de chez le juge, ils étaient repassés chez Bai Yuzhu qui avait déclaré qu'il rêvait depuis longtemps de faire la connaissance d'un homme aussi célèbre que le professeur Zhuang, mais que, hélas, il n'en avait jamais eu l'occasion. Il était heureux que cette affaire lui permette de se lier d'amitié avec ce grand écrivain dont il appréciait tant les livres. Son fils les aimait encore plus que lui. Il était militaire, travaillait dans les transmissions, mais écrivait des essais. Un jeune écrivain à qui, espérait-il, le professeur Zhuang pourrait dorénavant donner des conseils.

– C'est la seule exigence que nous puissions accepter de sa part, toutes les autres seront rejetées, trancha Niu Yueqing. Aidons son fils à publier ses écrits.

– Voici ses œuvres, déclara Zhao Jingwu en sortant de sa poche quatre articles. Bai Yuzhu nous a remis ces feuillets. L'armée a ses règles, nous a-t-il expliqué. Si l'on publie cinq articles dans un journal municipal ou provincial, on peut obtenir une médaille de troisième classe ; si l'on réussit à faire passer trois articles dans un journal national, on obtient une médaille de deuxième classe. Son fils, qui est très prolifique, lui a envoyé ces quatre articles en espérant qu'il trouverait un moyen de les faire publier dans un des journaux ou périodiques de Xijing. Il se tracassait, ne connaissant personne. Nous avons rapporté les manuscrits pour en parler autour de nous.

– Bonne idée, dit Zhuang Zhidie. À vous de trouver une solution pour la publication.

– Une solution ? Mais votre intervention est indispensable.

– Pose ça là, je regarderai demain. A-t-il d'autres exigences ?

– Bai Yuzhu prétend que Sima Gong est d'un tempérament austère, un homme plutôt réservé, qui ne fume pas, ne boit pas, ne joue pas au mah-jong. Il pense réussir à le convaincre, mais ce sera sans doute plus dur que pour quiconque. Ce Sima Gong a cependant une passion : la peinture et la calligraphie, il possède chez lui de belles pièces de collection. La condition est donc que vous lui offriez un rouleau exceptionnel. J'ai accepté. Rien ne nous empêche d'aller trouver un jour ou l'autre le fils de Gong Jingyuan pour qu'il nous cède cette fameuse peinture de Mao Zedong. À ce prix, l'affaire a neuf chances sur dix de réussir.

Ils discutèrent ainsi pendant un long moment avant de décider que, dans les jours à venir, Zhou Min se rendrait souvent chez l'homme pour se lier d'amitié avec lui. Zhuang Zhidie allait lire les quatre articles et chercher un moyen pour les faire publier au plus tôt. Zhao Jingwu et Zhuang Zhidie voulaient sans tarder négocier avec Gong Xiaoyi, pour offrir très vite cette calligraphie de Mao à Sima Gong. Le mieux serait d'inviter Bai Zhuyu et Sima Gong à dîner. Mais ils laissaient à Zhou Min et Bai Zhuyu le soin de régler cette question. Lorsque tout fut planifié, Zhuang Zhidie plaisanta :

– Nous qui complotons de la sorte à huis clos, prenons garde à ne pas être placés sur écoute !

L'idée suscita l'hilarité générale.

– Les coups d'État se font ainsi ! affirma Meng Yunfang.

– Je crains fort qu'il en aille de même pour toutes les grandes décisions du bureau politique du Comité central du Parti, avoua Zhuang Zhidie. Elles sont prises uniquement par quelques membres réunis en comité privé. J'ai lu un article qui racontait que le président Mao invitait souvent Zhou Enlai et Liu Shaoqi chez lui pour discuter des affaires d'État. Ils bavardaient tard et mangeaient un bol de nouilles aussi fines que des moustaches de dragons. Liu Yue, apporte-nous donc à chacun un bol de nouilles.

Liu Yue obéit. Elle revint rapidement de la cuisine

avec sept bols. Le dîner terminé, chacun rentra chez soi.

Zhuang dormit jusqu'au lendemain midi. Il lut alors les articles, mais ils contenaient tant de bourdes qu'il en eut la migraine. Il en fit une boulette qu'il jeta dans le seau hygiénique. Niu Yueqing se dépêcha de les récupérer et de les faire nettoyer par Liu Yue avant de les mettre à sécher sur la terrasse. Zhuang les expédia d'un coup de balai à l'étage inférieur. Ce geste rendit Niu Yueqing folle de rage, elle éclata en sanglots.

– Ce n'est pas toi qui les as écrits, peu importe leur qualité littéraire, le principal est qu'ils soient publiés.

– Publier ces merdes ? s'indigna Zhuang.

– Tu n'as pas envie de gagner ce procès ? rétorqua Niu Yueqing.

Zhuang Zhidie s'assit, très en colère. Finalement, il prit deux de ses propres articles encore inédits.

– Je vais les envoyer au service des arts et des lettres du journal provincial en changeant simplement la signature, dit-il à sa femme. Mon Dieu, quel écrivain je fais ! Suis-je encore digne de ce nom !

Il quitta la pièce d'un pas chancelant, et claqua violemment la porte.

Trois jours plus tard, les deux articles étaient en effet publiés. Zhou Min acheta le journal qu'il porta à Bai Zhuyu. Quoique ravi, ce dernier ne put s'empêcher de demander quand seraient publiés les deux autres. De retour chez Zhuang Zhidie, Zhou Min lui rapporta ces propos. Zhuang entra alors dans une colère noire :

– Comment ? Il n'est pas content ? Je n'en publierai pas d'autres, absolument pas. Tant pis si je perds ce procès.

Zhou Min n'osa rien rétorquer. Niu Yueqing, qui s'était fait gourmander parce qu'elle avait ajouté quelques mots, se tut aussi. Elle se tourna vers Zhou Min pour le réconforter. Puis elle courut chez Meng Yunfang le supplier de venir persuader son mari. Les jours suivants, l'injustice, la crainte, la souffrance, l'épreuve la firent fondre en larmes plus d'une fois en cachette.

Liu Yue leur faisait la cuisine et retournait deux fois par jour à la Maison de la Double Bienveillance pour préparer les repas de la vieille Dame toujours hantée par ses mêmes obsessions et qui ne cessait de maugréer contre la porte, prétendant que l'épaisseur des battants augmentait de jour en jour et que les ombres imprimées dessus prenaient vie chaque soir. Elle voulait que Zhuang vienne l'aider à brûler toutes ces choses-là. Liu Yue refusa, arguant du manque de temps du professeur. La vieille Dame se disputa avec la jeune fille, c'était quand même son gendre. Quel droit cette jeune personne exerçait-elle sur lui ? Elle n'était pas sa femme. Liu Yue, folle de rage, bâcla le repas. Elle détestait cette vieille. Elle avait envisagé déjà plus d'une fois de lui administrer des somnifères pour qu'elle dorme un jour ou deux, mais elle craignait que leur absorption n'entraîne des complications. La vieille Dame, munie de sa canne, se rendit en personne à la résidence de l'Association des écrivains pour persuader elle-même son gendre de venir. En revenant, ils croisèrent peu de monde dans la rue, pourtant la vieille Dame prétendit qu'elle ne pouvait faire un pas étant donné la densité de la foule. Elle montra du doigt trois personnes, trop maigres selon ses dires, qui dormaient là et dont on distinguait très nettement les côtes. Zhuang Zhidie regarda mais il ne vit rien.

– Vous avez vu des mauvais esprits ? lui demanda-t-il.

– Impossible de savoir s'il s'agit d'hommes ou de revenants, sans doute de revenants.

Elle brandissait sa canne avec ardeur. Zhuang Zhidie se mit à penser que la vieille Dame avait peut-être raison, après la mort l'homme se transformait en revenant. N'étaient-ils pas de plus en plus nombreux à présent ?

Zhuang Zhidie passa quelques jours dans la Maison de la Double Bienveillance. Niu Yueqing n'osait plus le déranger : elle consulta Meng Yunfang qui lui conseilla de le laisser tenir compagnie à la vieille Dame. Quant aux deux derniers articles, Meng les écrirait lui-même et tâcherait de les faire publier. Lorsque Zhuang Zhidie aurait repris son souffle, il comptait bien régler ce problème de calligraphie chez Gong Xiaoyi. Niu Yueqing se calma un peu. Elle attendait quotidiennement la venue de Zhou Min qui la renseignait sur l'évolution de la situation. Elle recevait aussi Zhao Jingwu et Hong Jiang qui venaient une fois par jour. Le plus fatigant était Bai Yuzhu ; Zhou Min l'invita une fois et dès lors il prit l'habitude de venir souvent à l'heure des repas, ou bien le soir vers vingt-deux heures, pour bavarder. Il lui arriva même d'amener des filles et des garçons, des passionnés de lecture, admirateurs de l'écrivain. Niu Yueqing les accueillait avec le sourire et leur offrait thé et cigarettes. Lorsqu'ils partaient, elle bâillait à gorge déployée, exténuée. Liu Yue balayait le plancher tout en pestant contre ces gens qui balançaient leurs mégots n'importe où dans la pièce plutôt que dans les cendriers ; qui, lorsqu'ils crachaient, étalaient leurs crachats avec leur semelle de chaussure ; qui trempaient à peine leurs lèvres dans une tasse de thé infusé chaque fois de nouvelles feuilles. Quel gâchis ! Dire qu'elle en faisait infuser pour chaque nouvel arrivant ! Même la cuvette des toilettes débordait de pisse !

Zhou Min avait beaucoup maigri, cela se voyait. Il ressemblait à un hérisson avec sa barbe de plusieurs jours. Il ne cessait de répéter que Bai Yuzhu le relançait à propos de la calligraphie qu'il lui avait promise. Niu Yueqing poussa Meng Yunfang et Zhao Jingwu à persuader Zhuang Zhìdie d'aller voir Gong Xiaoyi sans tarder. Contraint et forcé, Zhuang Zhidie se rendit une nuit, escorté de Zhao Jingwu, au 29 de la rue des Blés-et-des-Amarantes où, par chance, se trouvait Gong Xiaoyi. Gong Jingyuan n'avait que ce fils mais ils n'entretenaient pas de bons rapports.

Le père avait acheté pour son fils cette maison où il vivait seul. Le fait de ne pas le voir évitait qu'il s'énervât. Gong Xiaoyi les traita avec égards, leur offrant thé et cigarettes. Il manifesta son étonnement de voir son oncle lui rendre visite, alors que la maison était sale et en désordre. «Trouvez un coin propre pour vous y asseoir», lui dit-il tout en couvrant d'un papier journal le vase de nuit sous son lit. La pièce, un capharnaüm indescriptible, puait l'urine. Zhuang Zhidie ouvrit la fenêtre avant de se laisser tomber sur le lit. Gong Xiaoyi discuta avec eux, recroquevillé dans un fauteuil en rotin. Plusieurs fois, il fit l'effort de se redresser mais pour retomber aussitôt dans la même position.

– Buvez du thé, mon oncle, dit-il, les larmes aux yeux, je vais aux toilettes.

Il s'absenta un bon moment. Zhuang et Zhao sentirent une agréable senteur se répandre. Sur une étagère, une plante d'agrément aux feuilles fanées parut retrouver sa vitalité. À son retour, Gong Xiaoyi n'était plus le même homme : une certaine lueur brillait dans son regard.

– Xiaoyi, tu fumes toujours ? lui demanda Zhuang Zhidie. Montre-moi ça, je n'ai jamais vu d'opium.

– Mon oncle est donc au courant. Attendez, puisque c'est vous, d'accord…

Il sortit une boulette noire grosse comme un bouton. Il expliqua qu'il mettait un peu de cette pâte dans une cigarette pour la fumer. Ici il n'avait plus d'héroïne. Il proposa à Zhuang et Zhao d'essayer. Les deux hommes refusèrent.

– Mon oncle, vous qui êtes écrivain, ne pourriez-vous en rendre compte à un département quelconque ?

– De quoi ?

– Dans notre société, il y a de plus en plus de contrefaçons, on trompe le consommateur. On fabrique beaucoup de fausse héroïne dont l'utilisation provoque la chute des cheveux ou des plaques d'herpès.

– Écris un papier à ce sujet et je chargerai la Sécurité publique de faire une enquête.

– Mon oncle plaisante !

– Xiaoyi, ce que je vais te dire, tu as sans doute déjà dû l'entendre un certain nombre de fois mais en fumant ce machin-là, tu ne manges plus, tu ne bois plus. Ton père m'en a parlé, il se fait du souci ; ton entourage te considère d'un drôle d'œil. De plus, non seulement cela te coûte cher mais tu t'abîmes la santé, ce qui est pire. Tu es jeune et tu devrais songer à te marier.

– Mon oncle, vos propos ne me choquent pas, je sais que vous me parlez pour mon bien. Mais connaissez-vous au moins les bienfaits de la drogue ? Sous son emprise on obtient tout ce que l'on désire. Pour être franc, je déteste mon père. Il est si riche qu'il peut perdre deux mille, trois mille yuans en une nuit au mah-jong alors qu'il ne me donne pas un sou. Je hais également Xiaoli, nous avons été amoureux cinq ans, nous avons fait l'amour, et quand elle a décidé de partir, elle est partie ! Je hais aussi le dirigeant de mon unité de travail qui répand des calomnies sur mon compte, ce qui lui a valu d'obtenir dix calligraphies de mon père. Arrivera-t-il à me renvoyer ? Je sais que la drogue est une chose à laquelle on finit par ne plus pouvoir renoncer. Mais je n'arrive à réaliser mes ambitions, à atteindre mon idéal que grâce à ces paradis artificiels. Mon oncle, n'essayez pas de me persuader, vous avez vos idées, j'ai les miennes. Je crains que vous ne soyez comme mon père, un homme très célèbre qui fait trembler l'univers, mais qui néanmoins ne possède pas ma liberté d'existence. Croyez-moi, jamais je ne serai un insecte nuisible à notre société, jamais je ne deviendrai un petit voleur des rues, jamais je ne pillerai, jamais je ne violerai de femme, jamais je ne nuirai à qui que ce soit. Je suis le fils de mon père, et quand bien même je le dégoûterais, je reste son fils et ses peintures pourront m'offrir, ma vie durant, la drogue dont j'ai besoin.

– Bien entendu, répondit Zhao Jingwu, pour toi c'est le bonheur. Xiaoyi, je pense que c'est toi qui

413

possèdes les œuvres de ton père, notamment une calligraphie du président Mao, n'est-ce pas?

– Vous savez tout. En avez-vous parlé à mon père?

– Quand t'ai-je trahi? Pas une seule fois. Veux-tu que j'intercède en ta faveur auprès de Xiao Liuye et Wang Pangzi pour qu'ils continuent à te fournir de l'opium sans que ton père le sache?

– Zhao Jingwu, vous êtes un véritable ami. Cette calligraphie de Mao est exceptionnelle, au premier coup d'œil on remarque son souffle impérial. C'est en effet moi qui ai ce rouleau.

– Voilà qui est parfait! répondit Zhao Jingwu. Pour être clair, si nous sommes venus aujourd'hui, ton oncle et moi-même, c'est que nous aimerions voir cette peinture. Zhuang Zhidie est un écrivain, pour qui aucun caractère n'est extraordinaire, simplement il doit écrire un article sur la calligraphie de Mao, il lui faut un document. Lorsqu'il m'en a parlé, j'ai tout de suite pensé à toi. Dévoué comme il est, à quoi bon la garder pour lui, il nous la donnera, me suis-je dit.

– Je ne peux accepter ce cadeau sans contrepartie, intervint Zhuang, viens chez moi et tu choisiras en échange ce qui te plaira.

– La calligraphie du président Mao n'est certes pas celle de n'importe qui, dit Zhao Jingwu. Ce n'est cependant pas un objet de valeur, tout au plus un témoignage révolutionnaire, impossible à vendre. Si l'État en avait connaissance, tu serais obligé de la remettre aux autorités supérieures qui ne te donneraient pas un centime en échange.

Xiaoyi ricanait.

– Pourquoi ris-tu? s'étonna Zhao Jingwu.

– Vous n'êtes ni l'un ni l'autre des étrangers, dit-il, je vais donc être franc avec vous. Je peux vous donner n'importe quelle peinture de mon père, mais en aucun cas celle-ci. On m'en a proposé cinq mille yuans et j'ai refusé. J'aime le président Mao, il est mort, mais je le considère comme un dieu. Dans une maison, les dieux protègent des mauvais esprits.

Zhao Jingwu regarda Zhuang Zhidie qui hochait la tête d'un air désapprobateur.

– Tant pis, nous ne voulons pas te forcer, reprit Zhao Jingwu, mais tu ne peux pas laisser ton oncle repartir les mains vides. Donne-lui au moins quelques peintures de ton père, n'importe lesquelles !

Xiaoyi sortit de l'armoire des peintures, dont trois étaient montées sur rouleaux.

– C'est grâce à ça que je fume. Vous n'imaginez pas comme mon père les surveille de près. J'ai eu beaucoup de mal à les obtenir.

Zhao Jingwu enveloppa d'un papier journal les trois calligraphies et les coinça sous son bras.

– Je te revaudrai cela, assura Zhao Jingwu. Je demanderai à Xiao Liuye de ne pas être trop dur avec toi sur le prix de l'opium.

*

Après le départ de Zhuang Zhidie et Zhao Jingwu, Gong Xiaoyi sortit un long coffre en bois de son armoire et déroula la fameuse calligraphie de Mao Zedong pour la contempler. Zhao Jingwu avait amené Zhuang Zhidie dans le but de s'approprier l'œuvre. Preuve évidente que cette peinture était un trésor dont il ne voulait se séparer pour rien au monde. Si un jour le prix de l'opium venait à monter et qu'il n'eût plus un sou, il l'échangerait contre de la drogue. Une envie incontrôlable de fumer le saisit. Sa dernière boulette d'opium tomba sur le papier d'étain qu'il fit chauffer par-dessous, puis il prit un tube de papier pour aspirer une longue bouffée qu'il inhala profondément. Il ouvrit ensuite une bouteille de jus d'orange qu'il but d'un seul coup pour garder au fond de lui la drogue absorbée, sans recracher la moindre fumée. Ensuite il alluma une Marlboro qu'il fuma allongé. Il plongea immédiatement dans un autre monde où il lui sembla apercevoir Xiaoli qui

415

franchissait la porte. «Entre, Xiaoli, lui dit-il, où étais-tu passée tous ces jours-ci ? Je croyais que tu ne reviendrais jamais plus. – J'ai pensé sans cesse à toi, à chaque instant, chaque minute, mais tu ne venais jamais à ma rencontre», répondit-elle. Elle fit la coquette, s'allongea sur lui, ses seins pressés contre son visage, sa main glissant vers son bas-ventre, déclarant qu'elle mourait d'envie de manger cette saucisse-là. Xiaoyi se déshabilla, puis retira les vêtements de la jeune femme. Elle préférait que ce soit lui qui la dévêtît, la jouissance n'en était que plus grande. Elle portait beaucoup de vêtements, il les lui retira un à un, pour finalement découvrir un corps gracile. Ils cherchèrent alors différentes positions acrobatiques. Il lui demanda si elle avait déjà pris le bateau. Jamais, avoua-t-elle. Il déversa un sac de soja sur le lit qu'il étala uniformément et y plaça une planche en bois sur laquelle ils s'allongèrent. La planche tanguait. Mais Xiaoli descendit du lit et son visage commença à se métamorphoser. Elle prit les traits d'un horrible chien, ce qui mit Xiaoyi dans une colère folle :

– Tu ne veux pas faire l'amour avec moi. Tu es venue avec ce type, le dénommé Zhu. Qu'a-t-il de mieux que moi ?

– C'est exact, dès que tu n'es pas là, je fais l'amour avec lui. Il est plus fort que toi, un surhomme, d'une ingéniosité inimaginable !

Xiaoyi saisit un couteau :

– Je vais te tuer !

– Vas-y ! Tue-moi !

D'un coup de couteau, il la tua. Xiaoli tomba devant lui, son corps blanc comme neige se tortillait, le sang jaillit de son sein ruisselant de toute part, coula le long de sa cuisse. Passé la cuisse, l'hémorragie sembla s'arrêter, le sang se coagula. De la pointe du couteau, il traça un trait à partir du genou tout le long de la jambe ; le sang se mit de nouveau à perler goutte à goutte sur le sol. Xiaoyi fit une boutonnière dans la poitrine de la jeune femme et lui arracha le cœur.

« Tu as un cœur de pierre pour être si cruelle ! » Xiaoli poussa un léger râle. Lorsque Xiaoyi regarda le cadavre de la jeune femme qui frémissait encore, il la trouva d'une beauté à nulle autre pareille. Dans son excitation, il éclata d'un rire sans fin.

*

De retour chez lui, Zhuang Zhidie déroula les calligraphies pour les regarder. Il s'agissait en effet des meilleures œuvres de Gong Jingyuan, et il n'avait pas le courage de les donner toutes à Sima Gong. Il en choisit deux qu'il remit à Zhao Jingwu pour les accrocher dans la galerie. Aller chez Sima Gong l'ennuyait car il n'avait encore jamais fait ce genre de vile démarche. Zhao Jingwu lui assura qu'il n'avait pas le choix. Zhuang voulut que Meng l'accompagne : il alimenterait la conversation, évitant ainsi des silences embarrassants. Le soir même, Zhao Jingwu passa prendre Meng Yunfang qui n'était pas chez lui. Xia Jie déclara qu'il était parti voir Bai Yuzhu, pour cette histoire de procès sans doute. La mère de ce dernier en effet souffrait de maux de reins et Meng, accompagné du docteur Song, s'était rendus chez elle pour la soigner. Zhao Jingwu revint et expliqua à Zhuang Zhidie ce qu'il en était. Ils partirent tous deux chez Bai Yuzhu où se trouvaient en effet Meng Yunfang et le docteur Song, qui demanda à Zhuang Zhidie des nouvelles de sa cheville. Zhuang s'empressa de le remercier, le traitement avait été efficace, en cinq jours la douleur avait disparu. Bai Yuzhu avait beau être déjà venu cinq fois à la résidence de l'Association des écrivains, il n'avait cependant encore jamais été présenté à Zhuang Zhidie. Il le salua avec chaleur et affirma en se frappant la poitrine que ce procès ne posait pas de problème dans la mesure où il s'en occupait. Zhuang Zhidie prononça quelques mots de remerciement et lui montra la calligraphie de Gong Jingyuan. À son avis, Sima Gong apprécierait-il ce genre de peinture ? Et surtout l'accepterait-il ? Si oui, parfait, mais s'il refusait, que faire ?

– Pourquoi refuserait-il ? dit Meng Yunfang. Ce n'est pas comme si nous lui donnions un réfrigérateur ou un poste de télévision, ni même un livret d'épargne. Un cadeau aussi raffiné est du ressort d'un homme de lettres, c'est tout ! Lui donner cela n'a rien de honteux, qu'il accepte ne le met pas non plus dans l'embarras. Il pourra tout à fait officiellement dire qui le lui a offert, ce n'est pas un pot-de-vin. Au contraire, il ne pourra qu'en être fier. Si tu te sens mal à l'aise, je peux t'accompagner.

– Si j'y vais, c'est avec toi, répondit Zhuang Zhidie.

– Asseyez-vous un moment, proposa Bai Zhuyu, je fais un saut chez lui. S'il n'est pas seul, inutile d'y aller. Et s'il l'est, il me faut tout d'abord discuter un peu avec lui pour sonder son état d'esprit.

– Parfait, parfait ! Nous vous attendrons ici, acquiesça Meng Yunfang.

Lorsque Bai Yuzhu fut parti, Zhuang Zhidie demanda au docteur Song s'il avait obtenu son permis de médecin et s'il avait récemment vu le chef Wang.

– Cela fait un moment que je voulais aller vous voir, répondit le docteur Song, mais craignant que vous ne soyez déjà au courant de cette histoire, j'ai préféré ne pas vous déranger.

– De quelle histoire voulez-vous parler ? demanda Zhuang.

Le docteur Song passa à la cuisine pour se laver les mains et fit signe à Zhuang de le suivre. Après avoir fermé la porte, il se lança dans une longue explication :

– Vous souvenez-vous de cette femme ingénieur à qui avait été confiée une étude pour un projet de toilettes publiques ?

– Je m'en souviens très bien. Voici quelque temps que je ne l'ai pas vue.

– Elle est devenue folle.

– Folle ? s'écria Zhuang, sous le coup de la stupé-faction. Mais comment ? Vous l'avez vue, on vous l'a raconté ?

– Je ne l'ai pas vue, mais c'est vrai. Pour obtenir mon permis, je suis allé voir le chef Wang trois fois. Systématiquement il me répondait qu'il était occupé, qu'il fallait remettre l'entrevue à une date ultérieure, fixer un rendez-vous. Ce que je faisais. Ce jour-là, alors que je venais juste de m'asseoir dans son bureau, une femme entra, déclarant être la sœur d'Alan et que cette dernière était devenue folle. Elle voulait que le chef Wang lui explique la raison de cette démence. «Folle ! s'exclama le chef Wang, mais que va devenir le projet de toilettes publiques ? » La sœur de cette Alan sortit alors une pièce de lingerie qu'elle posa sur le bureau. Wang, l'air surpris, demanda ce que c'était. Moi, j'avais reconnu une culotte, un petit slip de femme, qui cependant avait été déchiré, plus exac-tement coupé avec une paire de ciseaux. «Regardez, me dit le chef Wang, j'ai aujourd'hui encore un pro-blème qui me tombe sur le dos. Retournez chez vous et revenez dans trois jours. » (Tout en parlant, le doc-teur Song allongea la tête sous le robinet, ouvrit la bouche pour boire de l'eau dont il se gargarisa avec vigueur avant de la recracher.) Trois jours plus tard, le chef Wang n'était plus là. J'ai appris qu'il avait été hospitalisé. Je me suis dit qu'une petite visite et un cadeau s'imposaient. J'ai donc demandé à ses col-lègues la raison et le lieu de son hospitalisation. Éclat de rire général. J'ai alors découvert les tenants et les aboutissants de toute l'histoire. Sous prétexte de dis-cuter du projet des toilettes publiques, le chef Wang convoquait Alan pour un oui, pour un non. Ce jour-là, le chef lui annonça que le projet était retenu, qu'ils allaient fêter l'événement tous les deux et arroser ça. Une fois Alan ivre, le chef Wang la culbuta sur la table et lui arracha ses vêtements. Dans sa précipita-tion, il découpa sa petite culotte avec des ciseaux et la viola. Quand la jeune femme recouvra ses esprits, elle se mit à hurler. Wang la menaça. Si jamais elle faisait du scandale, il raconterait qu'ils avaient certes des relations sexuelles mais que c'était toujours elle qui, de son initiative, venait le relancer jusque dans son bureau. Alan encaissa et rentra chez elle, mais finalement, obsédée par cette scène, elle en est devenue folle... C'est alors que sa sœur, décidée à la venger, s'est mis en tête de séduire ledit Wang. Un soir où celui-ci se jetait sur elle pour l'embrasser, elle lui mordit et lui coupa un bout de la langue. L'autre s'enfuit... Monsieur Zhuang, monsieur Zhuang, qu'avez-vous ?

Zhuang Zhidie, le visage blême, les yeux clos, glissait lentement contre le mur. Song s'affola, appela Zhao et Meng qui, affolés, allongèrent l'écrivain sur le sol. Zhuang rouvrit les yeux.

– Ce n'est rien, souffla-t-il.

– Je lui racontais une histoire qui ne le concernait même pas, et voilà brusquement qu'il se trouve mal ! dit le docteur Song à Men Yunfang.

– C'est la fatigue qui l'a mis dans cet état...

Les amis de Zhuang se rassurèrent en le voyant retrouver peu à peu ses couleurs et demander un verre d'eau. Peut-être serait-il bon, dirent-ils, d'aller à l'hôpital faire un check-up au cas où il s'agirait d'un malaise cardiaque.

Au bout d'un moment, Bai Yuzhu revint : Sima Gong n'était pas seul, des dirigeants du tribunal bavardaient avec lui. À son avis, il était préférable d'attendre que ses hôtes fussent partis.

– Vieux Bai, déclara Zhuang Zhidie, il est déjà tard et on ne sait jamais combien dure une conversation, nous reviendrons un autre jour voir le juge Sima.

Zhao Jingwu expliqua également le malaise dont venait d'être victime Zhuang.

– Vous avez raison, répondit Bai Yuzhu, c'est certainement le stress. Ne vous inquiétez pas, je m'occupe de votre affaire. Si j'échoue, foi de Bai, je ne suis plus digne d'être juge au tribunal.

Il les raccompagna dehors et serra chaleureusement la main de Zhuang Zhidie.

De retour chez lui, Zhao Jingwu raconta à Niu Yueqing et Liu Yue le malaise du professeur. Les deux femmes fondirent en larmes, assurant qu'il n'avait encore jamais souffert de problèmes cardiaques. Elles lui versèrent une tisane chaude, lui donnèrent un bol de soupe de gingembre et lui demandèrent ce qu'il avait envie de manger. «Je veux dormir», répondit-il et il se coucha. Zhao Jingwu partit. Niu Yueqing se déshabilla et s'allongea à côté de son mari. À son réveil, elle lui demanda comment il se sentait. «Mieux, dit-il. – Cela me rassure», avoua-t-elle. Puis elle se blottit dans ses bras. «Que tu es méchant! Sans cette histoire, tu m'aurais sans doute abandonnée! Tu as beaucoup maigri aussi. Ce malaise vient de tout ce tracas qui t'étouffe.»

Zhuang Zhidie tendit le bras pour enlacer sa femme. Elle se laissait aller, toute tendresse, lorsqu'elle sentit quelque chose de dur. Elle découvrit le collier avec la sapèque en bronze.

– D'où ça vient? C'est peu commun de porter pareille chose!

– Joli, n'est-ce pas?

– Bizarre pour un homme, probablement le cadeau d'une de ces salopes!

– Ne provoque pas le diable! C'est Yuan Zhifei qui me l'a donné. Il l'avait lui-même reçu d'un maître de qigong. Le porter éloigne les mauvais sorts et maintient en bonne santé.

– Il ment neuf fois sur dix! Comment as-tu pu avoir ce malaise cardiaque, si cette sapèque est miraculeuse?

Zhuang Zhidie changea aussitôt de conversation et lui raconta l'histoire d'Alan et de sa sœur. Naturellement, Niu Yueqing pesta contre le chef Wang, mais elle condamna aussi la manière dont Acan s'était vengée.

– Tu n'y comprends rien.

Niu Yueqing ne répondit pas, mais elle n'en pensait

pas moins. « Son malaise vient de là, de ces deux filles qu'il a rencontrées par hasard. Quand bien même il éprouverait des sentiments pour elles, pourquoi se mettre dans un tel état ? »

– Je ne comprends pas, dit-elle, toi qui comprends tout, explique-moi !

Mais Zhuang Zhidie fit semblant de dormir.

*

Il plut trois jours de suite sans interruption. Une grosse pluie qui tombait serrée et dense comme des cordes de chanvre blanc. Durant trois jours, l'obscurité fut totale, même en plein midi. Les cours des maisons traditionnelles et des immeubles étaient inondées, les caniveaux saturés. En revanche, l'eau courante était coupée. Liu Yue récupérait l'eau de pluie sur la terrasse à l'aide d'une cuvette. Zhuang Zhidie, qui avait pas mal de problèmes à régler, s'inquiétait de ne pouvoir sortir. Chose étrange, sept furoncles, qui ne le faisaient absolument pas souffrir, lui poussèrent dans le dos. Il assura à sa femme effrayée qu'il n'y avait pas de quoi s'affoler, sans doute était-ce dû à cette atmosphère humide et pluvieuse. Un peu de baume essentiel lui ferait du bien. D'autre part, Niu Yueqing se tracassait pour sa vieille mère qui vivait dans une maison basse. Elle aurait voulu lui téléphoner, mais les lignes étaient coupées. Elle décida donc de se rendre sur les lieux avec Liu Yue. La jeune fille, qui refusait que sa patronne se fasse tremper par un temps pareil, déclara qu'elle irait seule. À ce moment-là, la vieille Wei, la gardienne de la résidence de l'Association des écrivains qu'on n'avait pas entendue brailler depuis plusieurs jours, se mit brusquement à hurler dans son haut-parleur trois fois de suite.

– Qui peut bien venir nous voir par ce temps de chien ? s'étonna Niu Yueqing.

À peine avait-elle achevé sa phrase qu'un « Zhuang Zhidie, un visiteur pour vous, descendez ! Zhuang

Zhidie, un visiteur pour vous, descendez!» retentit de nouveau dans la cour traversant le fracas de l'averse. Niu Yueqing blêmit, son mari lui demanda pourquoi.

– Maintenant, le moindre problème me terrorise.

– Comme de toute façon je dois descendre, je vais voir qui c'est, déclara Liu Yue.

Elle enfila son imperméable, chaussa ses bottes et partit en courant. Devant la porte d'entrée se tenait là, trempé jusqu'aux os, le vieillard à la charrette à bras. Sans lui prêter attention, Liu Yue s'adressa à la gardienne :

– Qui cherchait le professeur Zhuang, il n'y a personne ?

La vieille Wei lui désigna, en faisant la moue, le vieillard.

– C'est toi qui veux voir le professeur Zhuang ? s'étonna la jeune fille.

– Je cherche Zhuang Zhidie, répondit-il, pas le professeur Zhuang. Je n'ai pas de professeur.

– Que se passe-t-il ? demanda-t-elle amusée. Dis-moi.

– Vous m'avez donné deux petits pains cuits à la vapeur, dit-il.

– Tu as bonne mémoire, inutile de me remercier.

– Je ne vous remercie pas, je vous maudis, j'ai eu une indigestion cette nuit-là, mon ventre était si ballonné que je n'ai pu fermer l'œil.

– Quoi ? Tu affrontes un temps pareil pour venir m'injurier !

Elle poursuivit son chemin sans plus s'occuper de lui.

– Vous tombez bien, reprit-il. Votre professeur a de gros furoncles dans le dos.

Liu Yue s'arrêta net. Elle trouva sa réflexion bizarre.

– Comment le sais-tu ? Mon Dieu, que dis-tu ?

– La vieille Dame qui habite dans la Maison de la Double Bienveillance m'a chargé de vous dire en passant que son vieux était venu la voir plusieurs fois, mais ne lui avait rien cuisiné. En revanche, son vieux est bien décidé à administrer des coups de fouet à son gendre.

– Que racontes-tu, son vieux est mort depuis huit ans! La vieille Dame perd la tête. J'y vais justement. Et toi, où vas-tu?

– Où vais-je? répéta-t-il. Les jours d'averse, les rues sont désertes, je vais à la préfecture, je suis le préfet; je vais à la mairie, je suis le maire. Je monte sur le podium de l'agent de la circulation et je suis policier; j'entre dans un restaurant et je fais fortune! Si vous allez chez la vieille Dame, montez, je serai votre chauffeur. Arrivé chez elle, je serai son vieux.

– Que de paroles! D'accord, je m'installe, mais je suis un peu confuse de me faire tirer par un homme de ton âge.

– Alors tirez-moi, je serai fonctionnaire!

– Comment pourrais-je?

Le vieux se mit à trotter le long des rues en tirant sa vieille charrette en ruine.

– Avez-vous la tête qui tourne? lui demanda-t-il.

– Pas du tout.

– Alors vous êtes faite pour circuler en voiture, non comme fonctionnaire, mais comme épouse de fonctionnaire.

La jeune fille sourit. La pluie se mit soudain à redoubler. Le spectacle de ce vieil homme squelettique et décharné sous ses vêtements trempés, ses cheveux collés par plaques comme des touffes de chaume, lui était insupportable, elle voulut lui donner son imperméable.

– Mademoiselle, votre destin est bien mince! dit-il.

– Comment ça, bien mince?

– Pourquoi me donner votre imperméable? Depuis le temps que je sillonne les rues de la capitale, tout le monde me prend pour un fou, excepté ceux qui dorment avec moi sous les voûtes des portes des remparts de la ville.

Liu Yue ne répondit rien, elle était bouleversée. L'eau ne cessait de monter dans les rues qui se transformaient en véritables ruisseaux et les plaques des égouts, bien qu'elles aient été ouvertes, n'arrivaient plus à absorber un tel déluge. Par endroits le niveau des eaux atteignait le genou. Le vieillard, tout en faisant un détour, montra du doigt à Liu Yue un mur éboulé, le sol spongieux au pied des poteaux électriques qui, dans leur chute, avaient cassé les fils. La jeune fille remarqua également des voitures nichées dans la partie basse des fossés ; sur la route, un camion et un minibus entrés en collision étaient enchevêtrés en forme de V. De toute évidence le camion avait percuté la voiture de plein fouet sur l'avant. Le vieillard se mit à rire.

– Pourquoi ris-tu ? lui demanda la jeune fille.

– Observez bien ce camion ! Dans ce bas monde, toute chose possède une âme ! À la vue du minibus, il n'a pu s'empêcher d'éprouver une passion subite pour lui et s'est précipité pour l'embrasser sur la bouche, provoquant ainsi une catastrophe.

La jeune fille rit. Mais, aussitôt, elle se sentit quelque peu mal à l'aise. Le vieillard, bondissant comme un singe, tirait sa charrette en repêchant à droite et à gauche ce qui flottait entre deux eaux, une boîte en plastique, un soulier en cuir, puis il les balançait d'un revers de la main dans sa carriole.

– Cette chaussure est neuve, constata-t-il, elle a sûrement été emportée par l'eau lorsque les maisons ont été inondées. Dommage qu'il n'y ait pas la paire ! Pourquoi ce ne sont pas des télévisions ou des liasses de billets que les eaux charrient ?

Soudain il se mit à hurler « Ordures… Ramassage d'ordures ! »

– Tu me prends pour un déchet, moi qui suis assise dans ta charrette ?

– Quand je me tais, ma gorge me fait mal.

– Alors chante-moi une comptine.

Pour la première fois le vieillard tourna la tête. Entre les gouttes de pluie, son visage ridé mais souriant était émouvant.

– Vous aimez m'écouter chanter ?

– Oui.

Il tirait sa carriole en courant, rapide comme une flèche.

Les dirigeants du Comité central prennent l'avion.
Ceux de la province et de la ville roulent en voiture.
Dans le district, on utilise les Jeeps.
Dans les campagnes, on se sert de tracteurs.
Les citadins, eux, roulent à bicyclette.

– Comment vous appelez-vous, mademoiselle? lui demanda-t-il en se tournant vers elle.

– Liu Yue.

– *Liu Yue chevauche le dragon des mers.*

– Je ne te permets pas de crier mon nom sur tous les toits, je n'en ai aucune envie.

Mais le vieillard continuait et les passants abrités le long des rues reprenaient aussitôt en chœur les paroles de la chanson qui se terminait par *Liu Yue chevauche le dragon des mers*. Furieuse, Liu Yue sauta de la charrette et tomba dans l'eau. Le vieillard n'entendit rien, ne s'aperçut de rien, il poursuivit sa course effrénée sous la pluie.

*

Lorsque la jeune fille arriva chez la vieille Dame, l'effervescence régnait, tout le monde criait dans un vacarme assourdissant. Vieux et jeunes emballaient dans des sacs plastiques ou des imperméables les appareils électriques et autres objets avant de courir s'abriter sous les auvents. Des policiers hurlaient des ordres. La première pensée qui vint à Liu Yue, c'est qu'il était arrivé malheur à la vieille Dame. Elle se précipita à son tour en bravant la foule. La maison était envahie d'inconnus, mais la vieille Dame trônait dans son fauteuil en rotin devant la porte. Liu Yue la prit dans ses bras.

– Ça va? Vous n'avez rien?

– Si je n'ai rien! s'exclama la vieille Dame. Hier

mon vieux est venu passer la journée avec moi, aujourd'hui aussi et aucun de vous trois n'étiez là. Il est entré dans une colère folle, déclarant qu'il allait administrer des coups de fouet à mon gendre. Comme il a la main leste, j'avais peur qu'il lui fasse mal.

– Mais non. Le professeur Zhuang a des furoncles dans le dos.

– Peux-tu me dire ce que c'est, si ce ne sont pas les coups du fouet ? Malgré les coups, ton professeur Zhuang n'est pas venu, attends que le tonnerre s'en mêle !

– C'est moi qui ai affronté le mauvais temps, le professeur Zhuang a tant de problèmes à régler qu'il n'a pas une minute à lui.

– Mon vieux avait bien raison de dire qu'il ne viendrait pas ! Il n'a fait que me maltraiter, exigeant que je lui prépare des galettes farcies de feuilles de clavalier. Même avec ce déluge, il m'a obligée à sortir dans la cour pour en cueillir quelques-unes et c'est ainsi que le mur s'est effondré. Tu ne trouves pas ça bizarre qu'il soit tombé non de notre côté mais de l'autre, chez le voisin, écrasant la vieille bossue de Shunzi ? Mon vieux prétend que si l'éboulement a eu lieu chez le voisin, c'est qu'une renarde a poussé le mur exprès de ce côté-là. Ce n'est pas normal.

Elle parlait, parlait, suffoquant de colère.

– Ne serait-ce pas à cause des inondations que le mur s'est écroulé ? demandèrent ceux qui l'avaient écoutée. Quelqu'un l'aurait poussé ?

– Le diable ! répondit Liu Yue. Comment croire ce que la vieille Dame vous raconte, elle qui ne fait plus la différence entre le monde des vivants et celui des morts ? Demandez-lui où se trouve maintenant son mari qui est décédé depuis plus de dix ans.

La vieille Dame tout édentée injuria Liu Yue qui la contredisait toujours, la traitant de vraie réactionnaire.

– J'ai reproché à mon mari de vouloir encore séduire. Nous nous sommes querellés, très violemment d'ailleurs. Dès qu'ils sont entrés, ils ont voulu téléphoner. Mon mari a déclaré qu'il ne supportait pas de sentir les odeurs des inconnus, qu'elles lui donnaient la migraine, il est parti.

Tout le monde éclata de rire, comprenant, en effet, que la vieille Dame était une névropathe. Ils mirent un temps fou à passer leur coup de fil et, lorsqu'ils eurent leur communication, l'un d'eux hurla que le maire dépêchait immédiatement une équipe de secours, accompagnée de cameramen de la télévision et de journalistes, ainsi que de notre grand écrivain national Zhuang Zhidie. Une ovation générale s'ensuivit, puis ils quittèrent la maison dans la bousculade.

– Dire que par ce temps de cochon le maire a convoqué Zhuang Zhidie ! Il va lui faire pomper l'eau ! Même à coups de fouet, mon mari n'a pu le faire plier. Un mot du maire et il accourt. C'est vrai que le maire est un fonctionnaire, mais mon pauvre mari, qui crois-tu qu'il était ? Un haut personnage sous les ordres du Génie Protecteur de la ville.

– C'est probablement pour écrire un article, dit la jeune fille.

– Sors voir s'il arrive, quand il sera là dis-lui de brûler quelques papiers monnaie d'offrande pour son beau-père.

Sans broncher, Liu Yue passa un vêtement sec, prit un parapluie et sortit se mêler à l'animation.

Le mur gauche de la cour, mur mitoyen avec la famille Shunzi, s'était en effet effondré. Juste derrière se trouvaient des latrines. Le tas de briques accumulées à l'intérieur avait fait déborder urine et excréments. Liu Yue savait que le terrain, à cet endroit, était en contrebas et que seule la maison de la famille Zhuang avait été construite sur des fondations très élevées. L'architecture n'était ici régie par aucune loi. Les constructions suivaient les sinuosités du terrain. Devant chaque porte, les habitants avaient édifié un monticule de terre et de briques pour éviter, les jours de pluie, lorsque les rigoles débordaient, que l'eau inonde les maisons. Tous les caniveaux convergeaient pour former une immense retenue d'eau. Avant le déluge, une pompe absorbait cette gigantesque mare pour la renvoyer dans les égouts loin de là. Maintenant, après trois jours et trois nuits d'une pluie diluvienne, la pompe ne fonctionnait plus et la retenue débordait, inondant les trois quarts des habitations. Liu Yue franchit la brèche d'un bond. La vieille mère Shunzi n'avait pas encore été mise en bière pour le crématoire, un simple drap blanc recouvrait son corps allongé dans la pièce. Bien que l'eau n'eût pas inondé la maison, le niveau dans la petite cour atteignait l'escalier. Son gros fils et sa bru, le front ceint du bandeau blanc, marque du deuil, avaient dressé une table d'offrande devant sa dépouille où ils brûlaient du papier monnaie pour les morts. Ils avaient versé toutes les larmes de leur corps, mais depuis l'arrivée de l'équipe de secours, ils ne pleuraient plus. Le fils élevait d'une main un petit monticule en terre devant la porte de la courette et de l'autre écopait, tout en racontant aux amis les circonstances de la mort de sa mère :

– Avec cette pluie, je ne suis même pas allé vendre mes cigarettes dans les rues, je me suis endormi, la tête à peine posée sur l'oreiller. Le manque d'énergie revient avec la chaleur de l'été, plus on dort, moins on se repose. Un bruit sourd m'a réveillé. Qu'est-ce qui est tombé ? me suis-je demandé. Je sors et je m'aperçois que le mur des cabinets s'est effondré. Depuis quelques jours, qui n'a pas un pan de mur ou un bout de toit emporté par les eaux ? Alors tant pis, demain il fera jour. Je me recouche mais sans trouver le sommeil. Pourquoi n'ai-je pas croisé ma mère ? Elle vit dans la petite pièce en face et sa bosse ne l'empêche pas d'avoir l'oreille fine, si bien qu'au moindre bruit, elle sort et appelle soit mon fils soit moi pour l'aider. Bizarre que sa curiosité ne l'ait pas poussée à sortir. Au bout d'un moment, ayant envie de pisser, je me lève, je vais aux cabinets où je découvre une de ses chaussures qui flottait. Pris de panique, je me baisse pour déplacer quelques briques

429

tombées, une de ses mains apparaît. Elle avait été ensevelie vivante aux toilettes. Dire que ce diable de maire dépense tout plein d'argent à nous faire des rues culturelles, littéraires et artistiques, il ferait mieux de l'utiliser pour nous construire des immeubles ! Si la pluie ne s'arrête pas, le quartier entier sera englouti par les eaux, on va tous crever. Le maire pourrait quand même venir voir.

– Veux-tu te taire, conseilla aussitôt un voisin, tu n'as pas regardé la télévision ? Depuis quelques jours, le maire dépêche des équipes de secours dans tous les endroits sinistrés. J'ai entendu dire que trois cents maisons s'étaient écroulées dans les terres basses près de la porte Nord de la ville et qu'il y avait eu douze victimes. On vient d'apprendre par un coup de fil que le maire va arriver d'une minute à l'autre. Il se démène sans compter, il est certain qu'il va décider de nous allouer des crédits. Tes paroles sont blessantes, elles risquent de le mettre en colère. Du coup, au lieu de nous accorder dix millions de yuans, il ne nous en donnera que la moitié.

L'homme acquiesça tout en plaçant de chaque côté de la dépouille les statuettes d'argile achetées par son voisin. Il s'agenouilla et se mit à pleurer.

Liu Yue aperçut des hommes, une caméra sur l'épaule, puis beaucoup d'autres qui couraient dans sa direction ; certains portaient des pompes, d'autres des sacs plastiques ; il y avait des médecins et des brancards. En voyant le professeur Zhuang, elle s'avança vers lui et le tira par sa veste :

– Professeur Zhuang, c'est bien vrai, vous voilà !

– Le maire m'a passé un coup de fil me priant de venir sur place, je n'avais pas le choix ! Comment se porte la vieille Dame ?

– Tout va bien, elle voudrait juste que vous brûliez un peu de papier monnaie d'offrande pour son vieux, parce qu'elle prétend qu'il est venu aujourd'hui.

– Impossible ! Quand j'aurai fini ici, sans doute me faudra-t-il me rendre dans les quartiers inondés à la porte Nord de la ville.

Ce soir-là, la pluie finit par s'arrêter. Zhuang Zhidie ne rentra pas chez lui, il se rendit dans un hôtel où une émission spéciale était transmise à la télévision : une allocution du maire aux citoyens, un rapport sur les secours portés aux sinistrés. Notre capitale est beaucoup trop vieille, déclarait-il, et l'endettement pour travaux d'urbanisme trop lourd. La municipalité allait se consacrer avec acharnement à rassembler des fonds pour restructurer les zones en contrebas de la Maison de la Double Bienveillance et de la porte Nord de la muraille. Dans cet hôtel, le ministère de la Propagande avait réuni quelques journalistes ainsi que Zhuang Zhidie pour qu'ils rédigent, la nuit même, un rapport sur l'événement. Après la catastrophe ils avaient, ensemble, mûrement réfléchi à la planification de la réorganisation des terrains inondés et avaient écrit sur le sujet un article de plusieurs milliers de caractères qui devait être publié dans le journal municipal trois jours plus tard.

Au moment où Zhuang quittait l'hôtel, Huang Defu arrivait pour présider, au nom du maire, un banquet de soutien aux sinistrés. Le buffet très copieux resta à moitié intact, car les gens épuisés n'avaient aucun appétit.

– Zhuang Zhidie, dit Huang Defu, si vous avez un chat, mettez dans un sac plastique quelques poissons, ne gâchons rien !

Les propos de Huang Defu lui firent songer à l'épouse de Wang Ximian. Il emballa ses poissons et sortit de l'hôtel pour se rendre directement chez elle, rue du Jardin-aux-Chrysanthèmes.

Wang Ximian avait acheté une petite maison haute avec une vieille cour qu'il avait retapée lui-même. L'ombre d'un grand saule couvrait la moitié de la cour. Des plantes grimpantes envahissaient les murs et les feuilles, denses et serrées, formaient un véritable rempart de verdure. Zhuang Zhidie sonna mais, après avoir attendu un bon moment, il poussa la porte qui n'était pas fermée. Il entra, la cour était vide ; il ne vit ni la vieille mère du maître de maison ni la bonne. Sur le large escalier de pierre s'étalait de la mousse bien verte dans laquelle une feuille morte était restée accrochée. Un coup de vent inattendu la fit vibrer comme un trille. Zhuang Zhidie trouva l'atmosphère glaciale et lugubre. Après un moment d'hésitation, il vit un chat sortir furtivement en courant. Il le suivit. Le petit animal ne s'arrêta pas cependant dans le salon, il grimpa l'escalier en colimaçon et se retourna pour regarder Zhuang. Zhuang atteignit le premier étage. Il découvrit alors l'épouse de Wang Ximian, alitée, l'air fatigué, qui lui sourit sans dire un mot. Zhuang posa son sac plastique et s'approcha d'elle.

— Vous êtes malade ? lui demanda-t-il.

— Je ne me sens pas bien, je n'ai pas la force de descendre. En entendant des pas dans la cour, j'ai deviné que c'était vous. D'où venez-vous ? Comment saviez-vous que j'étais souffrante ?

— Je ne savais rien du tout. Qu'avez-vous ? Avez-vous vu un médecin ?

— Avant-hier, en me réveillant, j'avais très mal au dos. J'ai demandé à la servante de regarder, elle m'a répondu que j'avais quelques furoncles. Je n'y ai plus prêté attention. Mais hier, dans la nuit, la douleur est devenue insupportable. Ce matin, la bonne m'a accompagnée à l'hôpital. Le médecin a incisé les furoncles. Je n'ai pas souffert, mais je n'ai plus aucune force.

— Faites-moi voir !

— Inutile, c'est affreux. Autrefois ma peau était belle, maintenant je suis couverte de cicatrices.

Tout en parlant, elle se redressa un peu pour que Zhuang Zhidie puisse s'asseoir sur le lit.

— Wang Ximian n'est pas là, je n'ai vu ni sa mère ni la domestique. Avez-vous dîné ?

— Il est toujours à Canton. Sa mère et la bonne sont sans doute parties à la poste lui envoyer un télégramme. Servez-vous à boire.

– Je n'ai pas soif. C'est étrange, moi aussi j'ai une éruption de furoncles dans le dos, mais contrairement à vous, je ne souffre absolument pas.

– Vraiment ? dit-elle étonnée. Comment est-ce possible ? Vous moqueriez-vous de moi histoire de me consoler ?

Zhuang Zhidie déboutonna sa chemise et lui montra son dos. Elle distingua sept furoncles disposés comme les sept constellations de la Grande Ourse. Prise d'angoisse, elle resta pétrifiée et attendit que Zhuang Zhidie se retourne, sa chemise reboutonnée.

– Zhidie, vous portez toujours mon collier ?

– Toujours.

Elle ferma les paupières et laissa couler quelques larmes. Le cœur troublé, Zhuang ne savait que faire ni que dire. Il aperçut un petit pied à la peau blanche et souple dépasser de la couverture brodée, un peu de travers. Il le recouvrit en tendant la main. Une main qui resta là, tremblante, sans bouger. Mme Wang essuya ses larmes et demanda avec un petit rire forcé :

– Que m'avez-vous apporté ?

– Je sors de l'hôtel, dit-il en se dépêchant de retirer sa main, il restait du poisson, je l'ai apporté pour votre chat.

– Que vous êtes bon de penser à lui ! Depuis deux jours, il n'a rien eu.

Zhuang ouvrit le sac plastique et, n'ayant pas d'assiette, il se souvint qu'il avait dans sa poche le journal qui publiait le rapport sur les inondations. Il en prit une page, l'étala par terre et y plaça le poisson. Le chat miaula de plaisir.

Zhuang bavarda avec l'épouse de Wang Ximian un bon moment, puis, quand il prit congé, la jeune femme serra son chat dans ses bras en lui recommandant de prendre soin de son visiteur. Le félin, une petite bête pleine de tact, acquiesça d'un miaulement.

– Raccompagne notre hôte à ma place !

Le chat d'un bond sauta de ses bras pour se diriger vers l'escalier. Zhuang Zhidie l'attrapa.

– Inutile d'aller plus loin, lui dit-il, reste auprès de ta maîtresse !

Puis tout en fixant cette dernière du regard, il déposa un baiser bien sonore sur le front de l'animal.

De retour chez lui, Zhuang Zhidie se sentit mort de fatigue. Niu Yueqing l'accueillit avec un respect digne d'un empereur ; elle lut son article et le laissa aller se coucher. Mais ayant oublié de lui dire quelque chose, elle entra alors qu'il dormait déjà.

– Bai Yuzhu vient de téléphoner pour la deuxième fois. Il ne faut plus perdre de temps, a-t-il affirmé, tu dois aller ce soir au plus tard voir Sima Gong. Dors maintenant, tu iras dans un moment quand tu te sentiras mieux.

Zhuang Zhidie ne se rendormit pas. Il se leva et se rhabilla. Il demanda à sa femme ce qu'elle pensait de l'article et pria Liu Yue de faire bouillir de l'eau pour inviter Meng Yunfang et Zhao Jingwu à prendre une tasse de thé.

– Regardez-moi ce thé, du thé frais du mont Jun Shan, dit-il en sortant de sa poche une jolie boîte, un cadeau du maire.

Il en mit une pincée dans sa tasse. Niu Yueqing observa qu'une partie des feuilles surnageait à la surface, l'autre infusait dans le fond, bourgeons longs et minces pas encore éclos qui flottaient à la verticale, véritable petite forêt miniature. Lorsqu'elles furent tombées au fond de la tasse, une buée blanche nuancée de vert s'en éleva. Une agréable odeur envahit peu à peu la pièce.

– Je n'ai encore jamais vu un thé de cette qualité-là.

– Téléphone à Meng Yunfang, Zhao Jingwu, Zhou Min et son épouse, qu'ils viennent déguster cette merveille.

– J'ai lu dans un livre, intervint Liu Yue, que l'empereur Wudi des Han, pour récompenser Huo

Qubing[1] de son combat dans le Corridor de Hexi, lui offrit du vin qu'il versa dans une source pour que son armée entière en profite; cet endroit prit alors le nom de Source au Vin. Le maire vous a offert un paquet de thé et vous invitez tout le monde et n'importe qui! Vous feriez mieux de remplir le château d'eau de la Compagnie des eaux de ces feuilles pour que la ville entière sache que le maire vous accorde ses faveurs.

– Tu te moques de moi, que ce genre d'attention flatte. Tu es jalouse, le maire ne t'en offrira jamais de pareil.

– Ne me méprisez pas!

– Si tu veux les inviter à déguster ce thé, invite-les! dit Niu Yueqing. Mais inutile de convier Tang Wan'er. Une femme peut-elle apprécier si un thé est bon ou mauvais? Moi, par exemple, je trouve qu'il est très parfumé, mais au palais il est âcre et amer.

– Toi, tu es de l'intérieur des passes, là où l'on boit le thé juste pour se désaltérer et où l'on utilise les feuilles pour masquer le goût alcalin de l'eau. L'eau dans le Sud est bonne et lorsque l'on boit du thé, c'est pour le plaisir de le déguster. Bien que Tang Wan'er vienne de Tong Guan, elle est cependant originaire du sud du Shaanxi et sait apprécier les bonnes choses. La dernière fois que je suis allé chez Acan, elle m'a offert un thé qui venait de la plantation de Yang Xian dans le Jiangsu, extrêmement parfumé et si agréable au palais que j'en ai mangé les feuilles. Avant de partir, j'en ai même pris une poignée que j'ai mastiquée telle quelle. Plusieurs jours après, j'en avais encore le goût dans la bouche.

– Quel être modeste! Se nourrir de feuilles de thé! déclara Liu Yue.

– Vous n'êtes pas des connaisseurs, vous les gens du nord du Shaanxi. Toi qui as beaucoup lu, explique-moi pourquoi dans les livres anciens on parle tou-

1. Général de l'empereur Wudi, des Han antérieurs, qui s'illustra par ses victoires sur les Xiongnu. *(N. d. T.)*

jours de «manger du thé». Précisément parce que nos ancêtres broyaient des feuilles pour les intégrer au ragoût ou les mélanger au riz. Que tu es bête!

— Nous le sommes tous, excepté vous, homme érudit mangeur de thé. Acan s'y connaît en thé, soit, mais elle ne se prive pas non plus d'autres choses!

— Tu la connais? Qu'a-t-elle donc fait?

— Elle est venue hier après-midi, répondit Liu Yue. J'avais peur que les voisins sachent qui elle est. Faut voir ce qu'ils auraient dit de nous!

— Acan est venue hier? demanda Zhuang Zhidie à sa femme. Pourquoi?

— Quelle bavarde, cette Liu Yue! se plaignit Niu Yueqing. Elle est à bonne école avec Meng Yunfang. Comme lui, elle parle à tort et à travers. Oui, Acan est venue hier. Tu m'avais vanté une superbe créature, finalement je l'ai trouvée très quelconque. Elle m'a raconté que sa jeune sœur était devenue folle, les médecins lui ont assuré que sa démence était incurable, qu'il fallait l'interner. Elle voulait que tu ailles la voir.

— Qu'a-t-elle dit d'autre?

— Quoi d'autre? Son aventure avec le chef Wang. Elle avait même un morceau de sa langue emballé dans du papier, quelle horreur puante! Elle m'a parlé de divorce...

— De divorce! Quel divorce? Pourquoi n'es-tu pas allée voir sa sœur? Pourquoi ne pas l'avoir consolée? Pourquoi ne pas l'avoir gardée quelques jours chez nous?

— Je l'ai mise dehors.

— Quoi? Tu l'as expulsée?

— Maintenant à Xijing tout le monde est au courant de l'histoire de la langue! Que le chef Wang soit un coureur de filles, certes, mais pour en arriver là, il fallait bien qu'ils soient deux! Il paraîtrait que les deux sœurs se le disputaient: la cadette, qui n'a pu obtenir les faveurs de Wang, en serait devenue folle; quant à Acan, elle voulait tirer profit de leur liaison pour lui extorquer une coquette somme d'argent.

C'est le genre de femme dont les maris rêvent de se débarrasser. Aller voir sa sœur, mais tu as perdu la tête ? La garder quelque temps ici pour qu'elle colporte tout ce qui se passe chez nous ? As-tu pensé à notre réputation ?

Zhuang était blême de colère.

– Tais-toi ! ordonna-t-il. Tu as toujours été célèbre pour ta bonté, cette fois-ci tu t'es surpassée ! C'est à coups de balai que tu l'as mise dehors ! Tu aurais dû la chasser avec ton grand couteau de cuisine. La tuer même puisqu'elle est si mauvaise, là au moins tu aurais prouvé ta grandeur d'âme !

– Me traiter ainsi parce que je l'ai mise à la porte, geignit Niu Yueqing qui se sentait injustement accusée. Parlons-en de ma grandeur d'âme ! Donne-moi un exemple d'une de mes mauvaises actions ! À quel mendiant affamé devant notre porte ai-je refusé un bol de riz dans ma vie ? Mais ce genre de créature malhonnête me dégoûte et je refuse qu'elle vienne souiller ma propre maison !

Zhuang Zhidie ricana, se leva et alla dans son bureau prendre la calligraphie de Gong Jingyuan. Puis il se racla la gorge et cracha sur le plancher.

– Tout n'est que saleté, oui saleté, toi seule es la pureté incarnée, alors reste-le !

Il partit sans fermer la porte.

– Liu Yue, tu es témoin, gémit Niu Yueqing, je ne suis plus rien pour lui. Plus je vais au-devant de ses désirs, plus il me déteste. Explique-moi pourquoi. Il se préoccupe sans cesse des autres, craint de froisser celui-ci, d'humilier celui-là ; en revanche, la seule dont il se moque complètement, c'est moi. Crois-tu que ce soit agréable d'être l'épouse d'un homme célèbre ?

Elle éclata en sanglots.

Zhuang Zhidie descendit et enfourcha sa Mulan qu'il conduisit comme un fou. Dans les ruelles et devant les magasins, les traces de boue des suites d'orages subsistaient encore, mais le milieu de la chaussée était sec. Comment Acan avait-elle découvert où il habitait ? Il espérait de tout cœur la rencontrer pour qu'elle l'emmène voir sa jeune sœur. Ses idées étaient confuses. Il détestait Niu Yueqing, détestait aussi ce salaud de Wang, et le maire, qui l'avait retenu pour rédiger cet article ; il détestait aussi le directeur du département de la Propagande et ce Huang Defu. Il fila comme une fusée jusqu'à la rue de l'Anti-Gaspillage où il réfléchit soudain que, si Acan avait divorcé, elle ne pouvait plus habiter là. Sa sœur cadette venait d'être transférée à l'hôpital psychiatrique, elle devait encore y être. Il fit demi-tour et prit la direction du service psychiatrique. Il croisa Acan, comme il s'y attendait, sur le chemin bordé de terrains vagues en friche. Il ne l'avait tout d'abord pas reconnue dans la passante qui marchait la tête basse et qu'il éclaboussa en doublant. Il se retourna pour s'excuser.

– Acan ! s'exclama-t-il en arrêtant sa machine.

Acan leva les yeux et resta un moment à le regarder, hébétée, avant de se jeter brusquement dans ses bras, en larmes.

– Acan, Acan, je n'étais pas chez moi lorsque tu es venue, c'est vrai, je te le jure. Je viens d'apprendre à l'instant que tu me cherchais.

Il essuya de sa main les joues ruisselantes de la jeune femme. Elle recula d'un pas et cessa de pleurer, puis elle sortit de sa poche une petite glace pour remettre de l'ordre dans ses cheveux en désordre.

– Vous connaissez toute l'histoire ? demanda-t-elle en se pinçotant le visage.

– Oui.

Zhuang Zhidie proposa qu'ils aillent rendre visite à Alan. Mais elle assura que c'était inutile, que, dans un endroit pareil, les gens normaux ne s'éternisaient pas et qu'à y rester trop longtemps, on y devenait fou ; de plus le médecin ne laisserait pas Alan sortir. Sans un mot, Zhuang Zhidie leva la tête vers le ciel tandis qu'une douleur indicible envahissait son cœur. Il offrit à Acan de la raccompagner où elle le désirait.

– Vous ne me détestez pas ? demanda-t-elle.

– Si je te détestais, je ne serais pas là.

Acan s'installa sur le porte-bagages, la mobylette démarra.

– Si vous n'étiez pas venu, je serais retournée chez vous aujourd'hui. Votre femme aurait pu m'injurier, me battre, je voulais vous voir coûte que coûte. Où allons-nous ? Emmenez-moi dans un endroit que vous connaissez, je veux être seule avec vous, j'ai quelque chose à vous dire.

Maintenant c'était Zhuang Zhidie qui pleurait. Il laissa le vent sécher ses larmes. Son visage, pensat-il, était aussi érodé par les larmes que les bords de ces vieux puits que la corde creuse en profondeur au fil des ans.

Ils arrivèrent à la Maison de la Recherche des Insuffisances où Zhuang apprit alors en détail de la bouche d'Acan le déroulement des faits. Il désapprouva sa manière de se venger du chef Wang. Elle lui expliqua qu'au début elle n'avait jamais songé agir ainsi. Elle était d'abord allée se plaindre à l'organisme de quartier directement concerné qui lui avait répondu qu'avec les mœurs actuelles les autorités pouvaient difficilement régler une telle affaire. De plus, en l'absence de témoin, il n'avait aucune raison de la croire plutôt que la partie adverse. Comment trancher ? Les autorités arguaient du fait que le chef Wang était un homme fort compétent ; il travaillait avec acharnement et, chose remarquable, avait développé beaucoup d'entreprises collectives et d'exploitations privées ; c'était grâce à son efficacité et à son militantisme qu'il avait obtenu la restauration des toilettes publiques dans son secteur. Aujourd'hui, les plaintes contre les dirigeants étaient nombreuses, soit pour corruption ou cupidité, soit pour relations sexuelles illicites. Autrefois on enquêtait effectivement, et ensuite ? Qui fallait-il punir ? Avec la politique de réforme et d'ouverture, les vieux concepts de moralité et les vieilles notions de valeur avaient changé ; ce qui, à l'époque, était condamné était de nos jours approuvé ou jugé sans importance. L'administration locale concernée avait même été jusqu'à déclarer qu'après tout, elle ne savait rien de ce qui s'était passé entre sa sœur et le chef Wang. Les autorités pouvaient comprendre, mais il leur était permis de douter qu'Alan fût ou pas la maîtresse du dénommé Wang. Tout bien considéré, Alan n'était plus une gamine, mais un être responsable, de surcroît l'histoire s'était produite dans le bureau de Wang et non chez elle ! Lorsque Acan avait entendu de tels arguments, elle avait perdu tout espoir. Dans son indignation, elle avait décidé de régler elle-même l'affaire. Mais comment se venger d'un être aussi abject ? Elle était une femme, une simple femme qui n'avait pour seule défense que de pauvres moyens de femme… Zhuang Zhidie soupira profondément. Mais il lui en voulait quand même de n'être pas venue le prévenir à temps.

– Ce qui est fait est fait, conclut-il, essayons de trouver une solution pour nous en sortir. Évidemment, la réputation de Wang va en prendre un coup, mais il n'est pas sûr que sa carrière de fonctionnaire en souffrira. S'il ne reste pas dans ce quartier, il sera muté ailleurs, mais son statut de chef sera préservé. Il paraîtrait qu'il se répand en calomnies sur ton compte et celui de ta sœur, dans ce cas tu peux porter plainte pour diffamation. J'ai apporté une calligraphie de Gong Jingyuan qui servira au moment décisif. Je vais aller trouver le maire avec qui je peux parler de cette affaire.

– Moi, je n'en ai plus la force. J'ai voulu me comporter en homme, et je n'ai pas réussi à protéger ma petite sœur. Au contraire, je me suis complètement épuisée. Je n'ai plus confiance en moi. Je suis fatiguée, vraiment très fatiguée. Que puis-je ? Faire destituer le chef Wang de ses fonctions ? Le faire emprisonner ? Est-ce que cela pourra réparer les préjudices que nous avons subis, ma sœur et moi ? C'est la providence qui vous a mis sur mon chemin, comme je vous en suis reconnaissante ! Maintenant je n'ai qu'un seul désir, mais surtout ne vous moquez pas de moi : je voudrais passer une nuit avec vous, une nuit d'amour, calme et douce, où vous me feriez un enfant.

Zhuang Zhidie prit Acan dans ses bras. Ils se regardèrent, les yeux brouillés de larmes. Acan se dégagea et sourit.

– Ne pleurons plus ! Séchons nos larmes ! Profitons du bonheur d'être ensemble. Attendez-moi, je vais me refaire une beauté.

Elle se dirigea vers la salle d'eau. Zhuang Zhidie voulut la suivre mais elle s'y opposa et verrouilla la porte. Elle ne réapparut que plus tard, nue, complètement nue, le visage rayonnant de joie, superbe et surprenante. Et brusquement, elle se jeta sur lui tel un papillon.

Ici l'auteur autocensure neuf cent quatre-vingt-quinze caractères.

Durant très longtemps, ils s'excitèrent mutuellement, oubliant peines et ennuis. Ils firent l'amour, gémissant sans retenue de bonheur. Ils s'aimaient, et leur jouissance les emporta dans un autre monde. Une bombe les propulsa au septième ciel où ils explosèrent sur un nuage. Ils se trouvaient au sommet du mont Hua[1] au lever du jour à contempler dans l'océan de nuages la vallée et la lumière de Bouddha. Ils essayèrent ensuite toutes les positions possibles et imaginables ; celles que les étrangers montraient sur les cassettes vidéo, celles que les anciens décrivaient dans *Le Canon de la fille pure*, même celles que les bêtes féroces ou les animaux domestiques pratiquaient, sans parler de celles qu'ils inventèrent. Ils atteignirent ensemble l'orgasme et, au milieu de leurs cris de plaisir, Acan hurla :

– Allez-y, n'attendez pas, éjaculez ! Je veux un enfant, un enfant de vous.

---

1. L'un des cinq pics sacrés de la Chine, situé au Shaanxi, appelé aussi Xi Yue. *(N. d. T.)*

Il se répandit alors en elle telles les eaux du fleuve Jaune. Ils restèrent, là, sur la grève, comme deux poissons morts. Peu à peu les reflets pourpres du soleil couchant pénétrèrent par la fenêtre. Les amants se regardèrent en souriant.

– Comment croyez-vous que cet enfant sera? demanda Acan.

– Certainement aussi beau que toi.

– Je veux qu'il vous ressemble.

Ils s'unirent à nouveau.

Ici l'auteur autocensure deux cent onze caractères.

– Quel parfum! s'écria Zhuang Zhidie.

Acan lui ôta un poil sur la lèvre. Elle se remit du rouge, puis passa sa bouche sur son corps; elle recommença, embrassant chaque fois une partie différente. Le corps de Zhuang Zhidie, maculé de rouge écarlate, semblait décoré, on aurait dit des médailles et des soleils.

Au moment où ils allaient se séparer, la nuit était complètement tombée.

– Merci pour cette dernière fois, dit Acan.

– Pour cette dernière fois? s'étonna-t-il.

– Oui, la dernière fois. Je ne viendrai plus jamais vous voir et vous, ne cherchez pas à savoir où je vis. Jurez-le-moi, oubliez-moi! Je ne veux pas que les autres sachent que je vous connais, je veux vous protéger.

– Mais c'est impossible. Je viendrai te chercher, n'importe où, à l'étranger même, je te retrouverai.

– Regardez comme la nuit est sombre.

Zhuang Zhidie tourna la tête et vit par la fenêtre briller une étoile dans le ciel.

– Elle est au-dessus des montagnes du Sud! dit-il.

Lorsqu'il se retourna, il découvrit le visage d'Acan couvert de sang, sa barrette à la main teintée de rouge. Zhuang Zhidie, effrayé, contemplait sa blessure. Acan saisit la bouteille d'encre posée sur la table et se barbouilla la moitié du visage, l'autre moitié toujours souriante.

– Parfait. En mettant de l'encre dans la plaie, je suis sûre de garder une cicatrice à vie. Ma beauté a assez duré, je veux devenir laide. Inutile de chercher à me revoir ; cela ne servirait à rien, je ne le veux plus...

Zhuang Zhidie demeura pétrifié. Il la contempla, muet de saisissement, alors qu'elle ouvrait la porte. Elle avait déjà mis un pied dehors qu'il se leva pour la retenir, mais elle l'en empêcha.

– Ne vous levez pas, regardez-moi simplement partir. Si vous continuez à écrire des lettres au rédacteur Zhong, pardonnez-moi, mais je ne les transmettrai plus. Envoyez-les directement à ma sœur à l'adresse que vous connaissez, je lui ai écrit, elle est au courant. Je pars en emportant votre enfant ; il est à vous, j'espère qu'un jour vous le verrez. Pourquoi pleurer ? Laissez-moi m'en aller heureuse.

Elle fit demi-tour et disparut, descendant une à une les marches qui résonnaient à chacun de ses pas. Zhuang Zhidie compta soixante-dix-huit échos.

*

Zhuang Zhidie rentra chez lui complètement bouleversé. Lorsqu'il arriva, il était déjà vingt-deux heures. Niu Yueqing n'était pas là. Liu Yue lui expliqua que Meng Yunfang et Zhao Jingwu étaient venus, c'était le jour où ils devaient aller rendre visite à Sima Gong. Ils l'avaient attendu en vain, son épouse les avait accompagnés à sa place. Au moment de partir, comme elle n'avait pas trouvé la calligraphie de Gong Jingyuan et qu'elle s'était rappelé qu'il l'avait emportée avec lui, elle avait envoyé Zhao Jingwu à la galerie en chercher une autre.

– Où étiez-vous passé ? demanda la jeune fille.

– Je suis allé voir Acan.

– Acan est plus importante que ce procès, dit-elle, quelque peu en colère.

– Parfaitement, répondit-il avec froideur.

Il entra aussitôt dans sa chambre, puis revint une couverture à la main pour aller s'étendre sur le canapé du salon.

Meng Yunfang, Zhao Jingwu et Niu Yueqing s'étaient donc rendus chez Sima Gong. Ce dernier était de fort bonne humeur ; il leur offrit du thé et des cigarettes, puis contempla la peinture de Gong Jingyuan.

– Le vieux Bai m'a parlé à plusieurs reprises de la plainte que Jing Xueyin a déposée, dit-il. J'en ai pris connaissance. Jing est d'ailleurs venue me trouver avec son mari pour en discuter. Cette femme est non seulement distinguée, mais elle est pleine de ressources. J'ai également compris qu'elle avait encore beaucoup de sympathie pour le professeur Zhuang, mais elle s'est voulue discrète devant son mari. N'oubliez pas cependant qu'elle est femme et cadre supérieur, qu'elle n'a jamais rencontré dans sa vie le moindre obstacle, tout a toujours marché comme elle le désirait. Lorsque cette affaire a éclaté, ni les responsables de la revue, ni l'auteur, ni même Zhuang Zhidie ne lui ont adressé un mot gentil, ni proposé quelque compromis ; au contraire, la situation n'a fait que s'envenimer, de sorte que maintenant il n'y a plus de solution harmonieuse envisageable. Le mieux, naturellement, serait qu'elle retire sa plainte, ce qui semble difficile. J'ai pensé aussi régler cette affaire en cachette, ne pas traiter le dossier maintenant et ajourner le procès, espérant qu'elle se radoucirait et qu'éventuellement elle en viendrait à retirer sa plainte. Mais, agacée par tant de retard, elle harcèle tous les jours le président du tribunal et celui de la cour. Cet après-midi, le président de la cour m'a annoncé que le procès allait débuter, c'est vrai.

Les mots de Sima Gong résonnèrent tel un coup de tonnerre pour Niu Yueqing littéralement terrifiée. Elle demeura muette.

– Aucune chance de retarder l'affaire ? demanda Meng Yunfang.

– Impossible, répondit Sima Gong, sauf si vous

parvenez à faire changer d'avis le président de la cour. Et il est très improbable qu'il revienne sur sa décision et renonce au procès.

Niu Yueqing sentit une bouffée de colère lui soulever le cœur et des larmes couler, qu'elle se hâta d'essuyer de sa main. Son nez la chatouillait, elle ne cessait de renifler.

– Votre rhinite ne va pas mieux, constata Meng Yunfang, j'ai un mouchoir en papier si vous voulez.

– Moi aussi, répondit-elle, comprenant qu'elle s'oubliait.

Elle se rendit aux toilettes où elle se laissa aller à pleurer un bon coup, puis elle sécha ses larmes, se calma, recouvra ses esprits et revint. Sima Gong prit la boîte de bonbons et lui en proposa un qu'elle accepta avec le sourire mais qu'elle se contenta de garder dans la main.

– Parlez, camarade Sima Gong.

– Rien ne prouve que la plaignante gagnera, le procès n'est pas joué d'avance, le tribunal doit procéder à une enquête exhaustive avant de trancher selon les règles de la justice. Puisque votre mari n'est pas là, dites-lui qu'il se prépare psychologiquement au procès et que, dès qu'il aura reçu un duplicata de l'acte d'accusation, il y réponde absolument. Faisons ainsi ! Et partez vite. Dans la mesure où le procès m'a été confié, il faut que j'évite chez moi tout contact avec l'une ou l'autre des parties concernées. Remportez la calligraphie de votre ami Gong Jingyuan.

Sa phrase terminée, il se tourna pour regagner sa chambre où il voulait regarder la télévision.

– Raccompagne nos invités ! dit-il à son fils.

Il ne leur restait plus qu'à se lever et à prendre congé. Dans le couloir de l'immeuble, ils décidèrent rapidement de retourner chez Bai Yuzhu, lequel se mit à se lamenter sans fin :

– Qu'avez-vous fait ces derniers jours ? Vous avez tant tardé à venir. Pourquoi Zhuang Zhidie n'est pas avec vous ? Devant la loi tous les hommes sont égaux, peu importe que l'on soit célèbre ou pas d'ailleurs, car s'il perd ce procès cela portera fatalement préjudice à sa renommée, comprenez-vous?

— Le vieux Bai analyse bien la situation, déclara Niu Yueqing, nous ne pouvons nous en prendre qu'à nous-même. Quelle déveine aussi, ces inondations! Le maire a accaparé Zhidie pour qu'il écrive un article, il a été retardé et n'a pu venir. Ce soir encore, il a été convoqué par le maire, comment pouvait-il refuser? Un jour prochain, il viendra vous voir, vous et le juge Sima Gong.

— C'est lui qui a l'affaire en main, répondit Bai Yuzhu, il ne peut s'exprimer davantage, il lui est impossible de prendre explicitement position. S'il laissait transparaître le moindre sentiment, la partie adverse en référerait aussitôt aux autorités supérieures et ce serait une catastrophe. Je vais vous avouer quelque chose que je ne devrais pas dire. La justice a ses lois, mais ce sont les juges qui les appliquent.

— Vieux Bai, nous sommes des amis, déclara Niu Yueqing, cette affaire repose entièrement sur vous. Le procès doit avoir lieu, il aura lieu; en revanche, le verdict ne dépend que de vous et du juge Sima Gong.

— Rassurez M. Zhuang. Peu importe le résultat, je ferai tout ce qui sera en mon pouvoir.

— Comment ça, «peu importe le résultat»? demanda Niu Yueqing déconcertée.

— Voici ce que nous allons faire. Je vais préparer quelques plats froids, puis j'irai inviter Sima Gong. Naturellement il connaît mes relations avec vous. S'il refuse mon invitation, c'est qu'après avoir lu l'acte d'accusation il considère que l'affaire est délicate et les chances de gagner faibles; si au contraire il accepte, c'est bon signe. Dans ce cas-là, je lui offre la calligraphie de Gong Jingyuan. S'il refuse, c'est que tout espoir est perdu et qu'il craint en acceptant un cadeau de ne pas le mériter si jamais le procès échoue; si, au contraire, il accepte la calligraphie, c'est que l'affaire a neuf chances sur dix de réussir. À ce moment-là je lui offrirai du vin et lui demanderai ce qu'il en est du procès. S'il reste muet, cela prouvera que l'affaire s'annonce mal ; s'il n'ose pas se vanter, soit il n'est pas sûr de lui, soit il est très déterminé ; s'il consent à me parler et qu'il sollicite mon avis, c'est presque gagné d'avance.

– Mon vieux Bai, tu nous récites là *Au bord de l'eau*[1], dit Meng Yunfang. Tout ce que tu viens de dire ressemble aux propos que tient dans ce roman la vieille Wang.

– Moi, je préfère le roman des *Trois Royaumes*[2], répondit l'autre.

Niu Yueqing pressa Zhao Jingwu d'aller rapidement au marché de nuit acheter quelques plats froids et de l'alcool. Bai Yuzhu protesta, il avait tout chez lui. Mais Niu Yueqing sortit quand même de l'argent et Zhao Jingwu obéit. Il revint très vite, portant trois bouteilles de vin aux cinq céréales et de l'émincé d'intestins de bœuf, de la langue de porc, sept pieds de cochon marinés dans du soja, cinq œufs de cent ans, un poulet aux cinq parfums. Bai Yuzhu leur demanda de se retirer et d'attendre en bas de l'immeuble. Lui restait ici, il utiliserait la fenêtre comme message codé. La première fois qu'il l'ouvrirait, cela signifierait que Sima Gong avait accepté l'invitation ; ensuite, s'il la fermait, signe que le juge aurait accepté la calligraphie ; s'il l'ouvrait une deuxième fois, c'est qu'ils discutaient du procès ; enfin, s'il la fermait de nouveau, ils pourraient se sentir rassurés.

Les deux hommes et la femme s'accroupirent au pied du mur au bas de l'immeuble d'en face et commencèrent à scruter attentivement la fenêtre de l'étage de M. Bai. En effet, elle commença par s'ouvrir. Mais à la joie succéda l'angoisse de ne pas la

1. Célèbre roman de Shi Naian, fin de la dynastie Yuan, histoire de brigands redresseurs de torts. *(N. d. T.)*
2. Roman des plus populaires composé à la fin des Yuan ou au début des Ming, transcrit plus tard en langue parlée. *(N. d. T.)*

voir se refermer. Le temps s'écoulait. Les passants étaient peu nombreux dans cette rue du marché de nuit qui se trouvait juste à l'autre bout de la ruelle d'où provenaient des cris de dispute qui tournèrent en pugilat. Meng Yunfang détourna la tête pour regarder, mais l'incident était sans intérêt.

– Jingwu, dit-il toujours accroupi au pied de son mur, tu es jeune, tu n'as pas mal au cou, surveille les mouvements de la fenêtre, je ferme les yeux pour me détendre un peu.

Il retira une de ses chaussures qu'il glissa sous sa tête et piqua un petit somme. Au bout d'environ vingt minutes, l'ombre d'une silhouette passa devant la fenêtre qui se ferma alors.

– Sima Gong a accepté la calligraphie, dit Zhao Jingwu en secouant Meng Yunfang qui ne manifesta rien.

– Laissez-le dormir, il est fatigué, trancha Niu Yueqing. Jingwu, reposez-vous aussi un peu.

– Je ne suis pas fatigué, répondit Zhao Jingwu, le professeur Meng, qui n'a qu'un œil, le fatigue déjà toute la journée en l'ouvrant. N'abusons pas, qu'il le ferme.

– Toi, ferme ta gueule, répondit Meng Yunfang.

– Tu ne dormais donc pas ? rétorqua Zhao Jingwu.

– J'ai beau n'avoir qu'un œil, quand il est ouvert, il l'est vraiment. Qu'est-ce qu'on entend ? Écoutez bien, on dirait le son de l'ocarina de Zhou Min sur le haut des remparts.

Ils tendirent l'oreille et perçurent vaguement quelque chose.

– Zhou Min est triste aussi, remarqua Niu Yueqing, chaque soir il joue là-haut sur les remparts. Sa musique est lugubre, et plus il joue plus c'est la déveine.

– Ce type ne tient pas en place, dit Meng Yunfang. Il se prend pour un être supérieur mais la chance ne lui sourit pas beaucoup. J'ai examiné sa physionomie et j'ai noté qu'il avait, sur l'arête du nez, un grain de beauté. Ceux qui ont cette particularité connaissent la solitude ; soit ils réalisent des miracles, soit ils essuient d'énormes échecs.

– Je suis d'accord avec vous, renchérit Niu Yue-qing, il a enlevé Tang Wan'er et brisé son ménage. Depuis qu'il est arrivé ici à Xijing, il ne rencontre que des problèmes. Mais changeons de sujet. Quand vont-ils s'arrêter de boire là-haut, est-ce que le vieux Bai, déjà complètement ivre, aurait oublié de parler du procès ?

– Ce n'est pas son genre, répondit Zhao Jingwu, il ne manque jamais à sa parole. De toute façon, le professeur Zhuang n'est pas n'importe qui et le vin qu'ils boivent est quand même le nôtre ! Professeur Meng, toi qui viens de nous parler de la physionomie de Zhou Min, que penses-tu de la mienne ?

– Je n'ai pas envie d'en discuter, je me contenterai juste de dire que ces derniers jours, quand tu es allé à la selle, c'était brûlant et dur !

– Qu'est-ce que tu en sais ?

– Yunfang, êtes-vous vraiment compétent ? demanda Niu Yueqing.

– Mais bien sûr ! répondit-il. Et ce grâce à la méthode dite « Porte Merveilleuse ». Regardez votre posture ! Nous autres nous sommes assis n'importe comment ; vous, vous avez choisi le pied du réverbère et comme l'ampoule est ronde, on pourrait prendre son ombre pour votre sexe ! Mais le globe ayant été cassé par un caillou lancé par un gamin, cela prouve que cette partie-là pose problème. Je peux vous assurer aussi que le type qui vit dans cette maison à gauche est un célibataire. Pourquoi ? me direz-vous. L'acacia décharné sans branches ni feuilles devant chez lui n'est plus qu'un vieux pieu. Si vous ne me croyez pas, allez le lui demander.

– Il y a de la lumière, je vais prétexter l'emprunt d'allumettes pour savoir.

Au moment où il s'apprêtait à partir, il s'écria :

– La fenêtre s'est ouverte !

– Quel type bien, ce vieux Bai, se réjouit Niu Yue-qing, nous devrons le remercier en conséquence !

(Puis il s'adressa à Zhao Jingwu.) N'allez rien demander à ce type, s'il était vraiment célibataire, le professeur Meng en serait trop content ; en revanche, s'il se trompait, le malheureux perdrait la face. Allez tous deux au marché de nuit vous offrir un poisson grillé.

Elle sortit une poignée de yuans qu'elle tendit à Zhao Jingwu. Quelques minutes plus tard, Niu Yueqing les rejoignait et demandait au marchand de leur servir du riz glutineux fermenté.

– Trois bols, dit-elle, avec trois œufs dans chacun.

Les deux hommes comprirent qu'elle les invitait à souper avec elle.

Lorsqu'elle rentra à la maison, il était déjà deux heures du matin. Liu Yue lisait sur le canapé au salon, la tête dodelinant dans tous les sens, perdue dans son histoire. Niu Yueqing lui arracha le livre des mains et lui en administra un coup sur le crâne.

– À qui rêves-tu ?

Liu Yue sourit et fila lui servir du thé. Niu Yueqing retira alors ses chaussures à hauts talons et ordonna à sa servante de se dépêcher de gratter avec une lame de rasoir le durillon qui la gênait sous la voûte plantaire.

– Quelle carapace ! s'exclama la jeune fille, saisissant la lame pour opérer.

– Voilà ce que c'est que de porter des talons hauts ! Les hommes nous trouvent séduisantes mais ils ne s'imaginent pas le supplice ! Quelle douleur insupportable !

Liu Yue réussit finalement à la soulager sans la faire saigner.

– Bien, déclara Niu Yueqing, je vais enfiler des claquettes. (Puis à voix basse :) Est-il rentré ?

– Oui, il dort, seul, dans son bureau.

– Je m'en moque, après tout ! dit-elle, en soupirant. J'en ai assez de m'occuper de lui, qu'il aille pavoiser devant les juges au tribunal !

Elle se retira dans sa chambre et verrouilla la porte.

Le lendemain, Zhuang Zhidie se leva après le départ de son épouse au travail. Il demanda à Liu Yue ce qu'elle avait dit cette nuit en rentrant. Rien, répondit la servante. Zhuang Zhidie passa un coup de fil à Meng Yunfang, puis retourna dans son bureau où il but du vin pour noyer son chagrin. Vers quinze heures, le postier délivra l'avis du tribunal auquel était jointe une copie de la plainte. Il lui fallait répondre et attendre sa convocation à l'audience. Zhuang Zhidie prit connaissance de la plainte qui comptait trois pages. L'écriture avait beau être celle de Jing Xueyin, le style manifestement n'était pas le sien. Il savait pertinemment que le contenu lui avait été dicté. Zhuang Zhidie jura. Il découvrit ensuite le nom des cinq inculpés : en tête Zhou Min ; puis lui-même ; ensuite par ordre Zhong Weixian, Li Hongwen, Gou Dahai. Il avait beau n'être que le numéro deux, la charge d'accusation contre lui était la plus longue et la plus virulente. Elle le décrivait comme un personnage de grande réputation, mais doté d'une âme infâme, un être ingrat, qui trahissait ses amis et qui avait forgé de toutes pièces cette aventure. Le visage de Zhuang Zhidie s'empourpra ; Xueyin avait complètement cassé leur amitié d'antan, il ne représentait plus rien pour elle. Il se sentait humilié, blessé dans son amour-propre. Une rage violente bouillonnait en lui. Il vida d'un coup la moitié d'une bouteille d'alcool et sortit en titubant. Il se rendit chez Zhou Min. Ce dernier, qui avait reçu la convocation du tribunal, s'était également laissé aller à boire. Les deux hommes s'assirent pour continuer à noyer leur chagrin ensemble. Puis Zhou Min expliqua que la rédaction de la revue avait aussi reçu une copie de la plainte ; selon les journalistes, aucun doute, on sentait là la verve de Wu Kun qui excellait dans le style sévère et dur. Certains avaient même vu la dénommée Jing et Wu Kun comploter ensemble, pourtant son mari lui faisait quand même confiance... De colère, Zhuang Zhidie jeta sa tasse et se mit à hurler :

– Ne me parle plus d'elle ! Ne me parle plus d'elle !

Ivre mort, il tomba sur le sol et resta allongé à cuver son vin sans se réveiller jusqu'à midi. Tang Wan'er téléphona à Niu Yueqing qui déclara avant de raccrocher brutalement : « Je ne veux plus m'occuper de lui ! » Tang Wan'er était folle de rage : « Tu ne veux pas t'en occuper, d'accord, mais ne va pas prétendre que c'est moi qui l'ai enivré », se dit-elle. Puis elle aida son mari à porter Zhuang sur le lit avant qu'il ne se rende au comité de rédaction de la revue pour noter l'évolution de l'affaire. Il laissa son épouse surveiller le professeur et prendre garde qu'il ne tombe du lit.

Sitôt Zhou Min parti, Tang Wan'er verrouilla la porte de la cour et retourna voir Zhuang Zhidie qui cuvait toujours son vin. Elle lui déboutonna sa chemise, prit Le Rêve dans le Pavillon rouge[1] pour le lire assise à ses côtés. Elle lisait, lisait, puis s'arrêta soudain, trouvant l'ambiance merveilleuse. Lui dormait là, d'une respiration régulière, elle plongée avec douceur dans son roman ; dehors, dans la cour, les branches du poirier bruissaient joliment sous le vent ; un vieux rat apparut entre les lattes du grenier et, les yeux grands ouverts, les contempla avant de glisser le long du fil de la lampe, de se faufiler sur la couette à la tête du lit, pour disparaître en un clin d'œil. Tang Wan'er imagina que l'homme allongé sur son lit était le sien ; qu'il s'était inconsciemment endormi en l'écoutant lire Le Rêve dans le Pavillon rouge. « Tu exagères, dit-elle, j'ai la gorge sèche à force de lire et toi tu t'es endormi. » Elle posa son livre et s'allongea pour l'embrasser sur la bouche. Mais comme il ne se réveillait toujours pas, elle décida de lui jouer un tour. Elle s'empara d'un crayon et s'amusa à dessiner sur son ventre bien repu. Elle entoura ses seins d'un trait qui les transformèrent en une paire d'yeux ; son nombril devint la bouche, légèrement relevée, ce qui faisait de son dessin un visage souriant. « Pourquoi ris-tu ? Je ne te permets pas de te moquer de moi ! »

1. Roman célèbre écrit par Cao Xueqin, dynastie Qing. (N. d. T.)

Elle ajouta des larmes sous les yeux et le visage passa du rire à la tristesse, de la joie au chagrin. Cependant Zhuang Zhidie ne se réveillait toujours pas. « À croire que tu fais semblant ! » Mais comme il ne bougeait toujours pas, elle lui ouvrit son pantalon et sortit son sexe avec lequel elle s'amusa.

Ici l'auteur autocensure vingt-six caractères.

Le désir la tiraillait. En se levant de son petit tabouret elle aperçut une tache d'humidité. Alors sans se soucier le moins du monde de quoi que ce soit…

Ici l'auteur autocensure cinquante-trois caractères.

… ses deux pieds se balançaient sur le plancher, sans chaussures. Elle reçut soudain un coup sur la tête, sursauta, pâle comme un linge. Elle se tourna : personne derrière elle. Elle reprit sa place : Zhuang Zhidie lui faisait les yeux doux en souriant. Tang Wan'er lui cacha aussitôt les yeux avec ses mains tout en montant sur le lit malgré ses pieds sales. Elle se mit sur lui et emboîta son sexe sur le sien.

– Tu n'as pas honte ! dit-il.

– Je t'interdis de parler, je veux que tu sois ivre !

Elle lui bâillonna la bouche avec ses lèvres. Zhuang Zhidie changea d'un seul coup de position, il se tourna, se retourna avec brutalité ; il mordait, pinçait avec violence.

– Je suis ivre, complètement ivre ! dit-il.

Ici l'auteur autocensure deux cents caractères.

Dehors, la nuit s'assombrissait de plus en plus, Zhuang Zhidie, allongé sans bouger, soupirait.

– Il fait nuit, Wan'er, constata-t-il en poussant un long gémissement.

– Oui, la nuit est tombée, pourquoi les jours sont-ils si courts !

– Wan'er, tu as versé quelque chose dans le vin, d'habitude je ne suis jamais ivre. Je dois rentrer, mais je me demande comment, j'ai les jambes si molles !

– Si tu n'en as pas la force, ne rentre pas. Il fait nuit, dors ici. Là où l'on dort, là est la nuit.

– Que dis-tu ? Répète !

– Là où l'on dort, là est la nuit.

– C'est beau, c'est une phrase de poète.

Tang Wan'er sauta par-dessus la tête de Zhuang Zhidie pour prendre une petite culotte dans sa penderie.

– Vraiment ? dit-elle tout en s'habillant et en attachant ses cheveux. Tu es écrivain, je suis poète, ce soir, lorsque Zhou Min sera de retour nous passerons la nuit à bavarder. As-tu réellement besoin de retourner chez toi pour dormir amoureusement avec ton épouse ?

– Si je rentre, de toute façon je dormirai seul dans mon bureau. Je vis sans amour et une vie dénuée d'amour est aussi sombre que la nuit.

– Je vais te donner de la lumière !

Elle allongea le bras pour allumer. Clac, clac ! Mais la lumière ne jaillit pas.

– Encore une coupure, grommela-t-elle. Tous les deux ou trois jours c'est pareil. Si j'étais le maire de Xijing, je virerais le directeur de la Compagnie d'électricité !

Elle gratta une allumette, ils sourirent à la lueur de la flamme. Puis l'obscurité revint ; elle en alluma une seconde, qui s'éteignit rapidement aussi. Tang Wan'er voulut continuer, Zhuang Zhidie l'en empêcha :

– Arrête-toi, ne gâche pas les allumettes. Que fait Zhou Min ? Est-il parti travailler ?

– Oui. Tous les soirs, il va jouer de son ocarina sur le haut des remparts. Il est tard. Comment se fait-il qu'il ne soit pas encore de retour ? Ce n'est pas bon signe, il a sans doute des ennuis à la rédaction de la revue. Habille-toi, je vais te préparer une soupe.

– Je ne veux pas manger, attendons qu'il revienne.

454

S'il nous trouve tous les deux dans le noir sans lumière, que va-t-il penser ?

– Si tu pars maintenant, tu peux fort bien tomber sur lui en franchissant la porte. C'est là qu'il aura des doutes. Rhabille-toi et continue de jouer l'homme ivre, je vais sortir faire des courses et je fermerai la porte à clef en prétendant que je t'ai enfermé tout l'après-midi. Je ne reviendrai que lorsqu'il sera de retour.

Zhuang Zhidie s'emporta contre les femmes décidément plus rusées que les hommes, mais il sortit de sa poche une liasse de billets.

– Achète-toi un vêtement en attendant. Avant vingt-deux heures les grands magasins ne sont pas fermés. J'ai toujours eu envie de t'offrir quelque chose, mais je craignais de mal choisir. Achète-toi ce qui te plaît.

Tang Wan'er refusa. Zhuang Zhidie insista. Elle accepta l'argent, sortit et verrouilla la porte.

Cette nuit-là, Zhuang Zhidie ne rentra pas dormir chez lui. Zhou Min le réveilla à son retour. Tang Wan'er réapparut alors, vêtue d'un nouveau costume, et se fit vertement gronder par son mari. Pour se faire pardonner, elle alla préparer le dîner. Ils soupèrent aux chandelles et Zhou Min insista pour que Zhuang Zhidie reste. Il demanda à Meng Yunfang de les rejoindre pour une partie de mah-jong à quatre.

– Mes amis, pour des hommes de lettres vous tombez vraiment bien bas. Il était convenu que vous auriez une discussion littéraire et vous voilà en train de jouer au mah-jong.

– Ce jeu n'a rien d'avilissant ! Hu Shi[1] a déclaré que la lecture permettait d'oublier le mah-jong, et le mah-jong la lecture. Selon moi, lecture et mah-jong

---

1. Hu Shi (1891-1962), écrivain, éducateur et philosophe. En 1917 il prit la tête du mouvement de la « Révolution littéraire » préconisant l'emploi du bai hua – langue vernaculaire – en littérature. *(N. d. T.)*

sont des échappatoires à l'ennui. Si Zhidie et Zhou Min ne se distraient pas un peu, comment oublieront-ils leurs soucis ?

Ils passèrent la nuit entière à jouer. Le lendemain Meng Yunfang invita Zhuang Zhidie à venir passer quelque temps chez lui. Il y resta trois jours. Ils se rendirent ensemble à une réunion de peintres organisée dans un hôtel de luxe. Le directeur de cet hôtel avait fait préparer un banquet de choix et convié un orchestre de chanteurs et de chanteuses populaires.

– Regarde celle-ci, murmura Meng Yunfang à son oreille, comme elle est mignonne et sensuelle lorsqu'elle sourit, le petit bout de sa langue tremblant entre ses dents. Si nous organisons une activité à la Maison de la Recherche des Insuffisances, nous les ferons venir pour mettre de l'ambiance.

– Toi qui as mauvaise vue, ferme les yeux pour éviter de te fatiguer.

Fou furieux, Meng Yunfang pinça sous la table la cuisse de son ami. Leur numéro terminé, les chanteurs reçurent chacun vingt yuans, puis partirent. Le directeur de l'hôtel approcha une table sur laquelle il disposa les quatre trésors du lettré.

– Il est difficile de réunir de grands artistes comme vous, leur dit-il. Auriez-vous la gentillesse de me laisser un petit souvenir de vous, moi qui suis un de vos fervents admirateurs ?

– Il avait été convenu que l'hôtel mettrait un salon à votre disposition pour faciliter les occasions de vous réunir, c'était tout, n'est-ce pas ? demanda Zhuang Zhidie tout bas à un peintre.

– Nous autres les peintres, nous sommes mieux reçus que vous les écrivains, rétorqua-t-il. Cependant quand on élève une poule, c'est pour qu'elle ponde des œufs. Nous sommes moins avares de nos œuvres que vous des vôtres.

Les peintres tour à tour s'exécutèrent. Leur travail achevé, ils sortirent chacun de leur poche leur sceau qu'ils apposèrent sur leur œuvre.

– Vous vous étiez tous munis de votre sceau ? s'étonna Zhuang Zhidie.

– Quand on nous invite, on sait pourquoi !

Le directeur pria Zhuang, écrivain et calligraphe célèbre, de tracer quelques caractères sur chacune des peintures. Je ne suis pas exigeant, assura le directeur, vous ne pouvez pas me refuser ce plaisir.

Contraint et forcé, Zhuang ne put se défiler. Comme lui n'avait pas son sceau, il signa avec le bout de son doigt couvert d'encre rouge.

– Ce n'en est que plus vrai, s'écrièrent-ils en chœur, aucune copie n'est possible !

Zhuang Zhidie discuta un moment avec ces jeunes artistes, puis partit en compagnie de Zhao Jingwu faire tout d'abord un tour chez les antiquaires avant d'aller écouter un opéra du Shaanxi. Après quoi, ils se restaurèrent dans une petite gargote le long de la rue et se rendirent ensuite au Temple de l'Immanence pour admirer le Grand Maître de la Sagesse en plein exercice de qigong. Plus de dix jours s'écoulèrent ainsi, avant que la convocation au procès arrive, fixant la date de la première séance. Zhuang Zhidie fit un rapide calcul : il restait à peine quinze jours. Il n'avait plus qu'à rentrer chez lui et attendre. Zhou Min et Zhong Weixian vinrent le voir plusieurs fois pour discuter de la façon dont il devait riposter. Ils convièrent également cinq avocats qui tombèrent tous d'accord pour que Zhuang Zhidie intervienne personnellement. Le procès d'un écrivain célèbre comme Zhuang attirerait une foule de curieux. C'était la chance de leur vie – pour des avocats – de plaider une telle affaire. Zhuang devrait se montrer souriant et affable. Cependant, une controverse naquit lorsqu'il s'agit de se mettre d'accord sur la version à adopter. Les avocats, eux, pensaient que la plainte déposée par Jing Xueyin avait deux objectifs : établir sa liaison avec un homme célèbre et augmenter sa popularité en faisant du scandale. Zhuang Zhidie nia catégoriquement, Jing Xueyin n'avait pas ce genre de mentalité. Les avocats estimèrent que la seule façon de gagner le procès était, dans ce cas, de maintenir la version de la liaison amoureuse. Ils blâmèrent Zhuang de lui avoir envoyé une lettre aussi stupide. Il faudrait, lors du procès, qu'il déclare avoir écrit cette lettre par esprit de conciliation. Rien qu'aux arguments des avocats, Zhuang Zhidie comprit que Zhou Min avait su les briefer de façon à se déculpabiliser et s'innocenter. Le tribunal tiendrait pour certain que les renseignements lui avaient été fournis par Zhuang. Pour Zhuang Zhidie, l'idée de soutenir des faits – avec un maximum de bonne foi et en présence de Jing Xueyin – qui ne s'étaient jamais produits lui était insupportable. En outre, vu ce qui était raconté dans l'article, si la justice poussait plus à fond son interrogatoire sur le moment où les choses s'étaient passées, l'enquête démontrerait qu'à l'époque il était fiancé à Niu Yueqing et que, même après leur mariage, il aurait continué d'entretenir une liaison avec Jing Xueyin. Fatalement, le mari de Jing Xueyin pourrait se montrer violent ; quant à Niu Yueqing, elle aurait du mal à digérer l'histoire ! Zhuang Zhidie décida de ne pas souscrire à la logique de ces avocats et de maintenir sa position première.

– Le professeur Zhuang est un homme d'une grande générosité, il aime jouer à M. Dong Guo[1], déclara Zhou Min avec un petit rire sarcastique.

Zhuang Zhidie, qui détestait être traité ainsi, riposta.

– Dans ce cas, je ne m'occupe plus de rien. Je peux, lors du procès, expliquer que, même si l'article a un fond de vérité, vous l'avez remanié avec une exagération incroyable. Je plaiderai mon innocence car je ne veux pas être accusé d'une faute que je n'ai pas commise. Soyons clair, je n'ai jamais lu votre article, je ne vous ai jamais fait de confidences et jusqu'à cette affaire je ne vous connaissais même pas.

1. M. Dong Guo est célèbre pour avoir sauvé la vie à un loup qui le dévora aussitôt. Il est le symbole de l'homme victime de sa bonté. (N. d. T.)

Si ma requête est rejetée, le tribunal me condamnera et je me retrouverai à croupir en prison! Tant pis pour moi!

Toute cordialité entre les deux hommes avait disparu. Meng Yunfang, désireux de calmer les esprits, proposa de réfléchir à tête reposée et d'en reparler dans quelques jours. Il tira Zhuang Zhidie par le bras.

– Pourquoi te mettre dans un tel état pour une affaire sans importance? Nous gagnerons! Tu es devenu célèbre grâce à tes écrits, ton œuvre tient le coup, cet incident ne peut nuire à ta renommée! La seule chose regrettable pour toi est d'avoir perdu une amie chère. Viens, je vais t'emmener te distraire un peu.

Les deux hommes retournèrent chez Meng Yunfang qui pria Xia Jie d'aller jouer au mah-jong chez Niu Yueqing et d'inviter Tang Wan'er à se joindre à elles.

– Je broyais du noir et je m'ennuyais à la maison, répondit Xia Jie. Cependant, je te préviens, je ne veux pas que tu ramènes ton fils ici pendant mon absence.

Xia Jie changea de vêtement, fourra une liasse de billets dans son sac et s'en alla.

– Xia Jie interdit à Meng Jin de franchir le seuil de cette porte? demanda Zhuang Zhidie.

– Nous nous sommes tellement disputés à cause de lui, répondit Meng Yunfang. C'est mon gamin, quand même! Quel père n'aime pas son fils? D'autant qu'il est plus intelligent que la moyenne et, comme tous les enfants brillants, il est insupportable. Sa mère, qui n'arrive pas à le dresser, craint éventuellement les mauvaises influences et me laisse le soin de veiller à son éducation. Mais dès qu'il arrive dans cette maison, Xia Jie ne cesse de lui adresser des injures détournées et de me regarder d'un air méchant!

Essoufflé, Meng Yunfang passa sa tête sous le robinet pour se désaltérer.

– N'en parlons plus, dit-il, tu es venu pour te distraire et au contraire je t'assomme avec mes ennuis. Dors un peu, je vais voir Hong Jiang pour discuter de quelque chose avec lui. Surtout ne ferme pas la porte.

Zhuang Zhidie somnolait depuis un moment lorsqu'il entendit quelqu'un frapper. Pensant que c'était Meng Yunfang qui revenait, il cria :

– Entre, la porte n'est pas fermée.

Une femme, le visage poudré à outrance, avec de tout petits yeux et des sourcils tracés avec vulgarité, surgit sur le seuil.

– Y a-t-il ici quelqu'un du nom de Meng ? demanda-t-elle en jetant un coup d'œil à la pièce.

– Qui êtes-vous ? D'où sortez-vous ?

– Ah, c'est vous ? dit-elle en riant.

Le regard en biais, elle franchit le pas de la porte avec un léger mouvement de hanches, puis s'assit sur le bord du lit. Zhuang Zhidie se leva aussi sec et voulut s'habiller. Elle le repoussa et commença à se dévêtir.

– Quel veinard vous êtes ! Dire que vous n'avez même pas eu la peine de sortir, juste à attendre chez vous ! Moi qui croyais avoir affaire à un boiteux ou à un estropié !

Elle se déshabilla vite tout en gardant à la hauteur du bas-ventre un petit coussin bourré de plantes médicinales dont la vertu était de maintenir le souffle vital ; il avait pour marque « Magique ». Zhuang Zhidie comprit immédiatement de quoi il s'agissait. Il maudit ce salaud de Meng Yunfang qui lui avait expédié une prostituée pêchée dans le quartier de la gare ! Il examina la fille : elle était de taille moyenne avec un derrière plutôt grassouillet et portait en guise de slip un minuscule cache-sexe qui se terminait par un fil invisible caché dans la raie des fesses. Une fleur de lotus rose brodée occupait le milieu du triangle.

– Pourquoi ne me prenez-vous pas contre vous ? Il est convenu que je reste une heure, après quoi, fait ou pas, je m'en vais.

460

Elle souleva la couette pour se glisser dans le lit où elle retira son slip.

Zhuang Zhidie qui, sur le moment, ne savait comment s'en tirer, déclara :

– Faites-moi voir cette fleur brodée sur votre petite culotte.

Il souleva à son tour la couette. La fille complètement nue serrait néanmoins très fort les jambes. « Voilà une fille timide », pensa-t-il. Puis elle les ouvrit largement, l'air méchant, révélant un sexe couvert de furoncles purulents. Terrifié, Zhuang la poussa du lit et la pria de se rhabiller tout en lui jetant trente yuans.

– C'est bon, vous avez encore du travail, vous pouvez disposer.

La fille sanglota en silence. Elle ramassa l'argent qu'elle posa sur le bord du lit.

– On m'avait payée d'avance, avoua-t-elle. Sur le chemin je m'étais pourtant juré de vous demander de l'argent, mais en vous voyant, je me suis dit que je ferais bien l'amour avec vous deux heures, trois même, sans vous demander un sou de plus. Qui aurait imaginé un tel mépris de votre part ? Je ne veux pas de votre argent.

Son discours terminé, elle partit sitôt rhabillée.

Zhuang ne put se rendormir, la fille lui faisait pitié. Meng revint tout de suite après.

– Qu'est-ce qui s'est passé ? Si vite ! Pourquoi la fille pleurait-elle ainsi ?

– Meng Yunfang, vociféra Zhuang Zhidie, toi un grand coureur de putes, comment as-tu pu m'en envoyer une ici ?

– Pour te distraire, parbleu ! répondit Meng Yunfang en riant. Moi je n'ai pas tant d'ardeur, ma fortune est assez maigre et mes tracas moindres en comparaison des tiens. Regarde le chef Wang, il possède une paire de gants de boxe et un sac de sable ; moi aussi et cela me suffit. Maintenant que les gens ont de l'argent, ils se payent tous des petites femmes pour s'amuser. Les prostituées que l'on rencontre dans ce genre de rue ne te tournent pas la tête, n'ont pas d'influence sur ta vie familiale, c'est le plaisir contre l'argent sans conséquence fâcheuse, et tu trouves moyen de m'injurier ?

– Non, mais tu n'as pas vu comment elle était ? Une plaque de furoncles purulents ! Tu veux que j'attrape une maladie vénérienne ?

Meng Yunfang regretta ses quarante yuans, puis il partit d'un grand éclat de rire, déclarant que Zhuang Zhidie n'avait pas eu de veine. Dès la première fois, il était tombé sur de la marchandise pourrie !

– À toi maintenant de me distraire. Connais-tu la foire ?

– Quelle foire ? demanda Zhuang Zhidie.

– Tu n'y es jamais allé ? Alors en route !

Meng Yunfang s'installa sur le porte-bagages de la mobylette de son ami et lui montra le chemin. Ils se rendirent à l'angle nord de la ville, où se trouvait un gigantesque marché populaire dont l'activité principale consistait dans le commerce d'animaux et d'oiseaux rares, de fleurs, de poissons, d'insectes. L'affluence des visiteurs était telle qu'un brouhaha insupportable régnait sur ce terrain de quelques centaines de mètres de long.

– C'est ça, la foire ! hurla Zhuang Zhidie.

– Ne braille pas de la sorte, tu vas te faire remarquer. Regarde plutôt ! C'est la loi de la ruse et de l'embrouille, le règne des rustres et des fourbes, mais tout est soigneusement classé, les coutumes fixées. Tu vas rencontrer des individus de tout acabit, des voyous et des trafiquants, des investisseurs en import-export, en un mot tu trouveras tout ce que tu veux.

Les deux hommes se mêlèrent à la foule. Ils commencèrent par le marché aux poissons. Devant chaque éventaire étaient alignés des aquariums gigantesques sertis de métal doré, dotés d'un mécanisme de bulles à air et d'un éclairage lumineux clignotant. Des poissons tropicaux aux fines écailles argentées évoluaient avec grâce des profondeurs à la surface de l'eau au milieu de plantes aquatiques luisantes. Zhuang Zhidie flâna devant quelques étals avant de s'exclamer, ravi :

— Ils sont bien heureux à l'abri des soucis !

— Tu veux en acheter un ? Avec un aquarium chez toi, tu te transformeras en poisson.

— Le bruit apaise l'homme, le calme l'ennuie. Ici, en contemplant les poissons, je les envie. Si j'en achète pour les rapporter à la maison, j'envierai leur insouciance. Que ferais-je alors pour dissiper mon ennui ?

Ils abandonnèrent le marché aux poissons et arrivèrent à celui des grillons. Chez lui, Zhuang Zhidie possédait quelques boîtes à grillons anciennes qui venaient de ses ancêtres et il avait déjà attrapé des criquets au pied des remparts, juste pour s'amuser. Mais jamais il n'en avait vu une aussi raffinée. Il la prit dans ses mains. Elle était gris-vert, complètement ciselée, et portait une inscription gravée : « Grand roi à la tête d'or, général invincible ». Zhuang Zhidie s'extasia à plusieurs reprises. « Vous la voulez ? » s'enquit le vendeur, sourire aux lèvres. Les deux hommes lui rendirent son sourire, mais ne répondirent rien. « Écartez-vous, vous gênez mon commerce », déclara le vendeur soudain moins jovial, en leur arrachant l'objet.

Les deux amis se promenèrent ensuite dans le marché aux chiens. Zhuang Zhidie découvrit un carlin aux longs poils avec une petite frimousse mignonne et des manières fort distinguées. Lorsque l'animal les vit, il se dressa sur son séant les deux pattes de devant bien droites en signe de salut.

— Regarde comme ses yeux ressemblent à ceux de Tang Wan'er ! remarqua Zhuang.

— Pourquoi ne lui offres-tu pas ce petit animal ? suggéra Meng Yunfang. Néanmoins, si tu veux mon avis, l'homme n'aime pas s'occuper des chats et la femme des chiens. Allons plutôt faire un tour au marché aux fleurs et achète-lui un canna. Comment se fait-il qu'elle n'ait pas la moindre plante chez elle ?

— Ne me parle pas de fleur, veux-tu, cela me rend

malade. Dire que nous avons laissé mourir notre fleur étrange. À quoi bon lui offrir un canna! D'ailleurs, je lui ai demandé pourquoi elle n'avait pas de plantes : elle n'a pas la main verte, m'a-t-elle avoué, elles finissent toujours par mourir. Les fleurs la jalousent et, elle, elle les envie.

– Cette petite garce adore tenir ce genre de propos pour se vanter! Les femmes ont toutes le même défaut. Xia Jie se plaît souvent à me dire qu'un tel la trouve intéressante, qu'un autre lui fait la cour, ce ne sont que des sous-entendus destinés à m'expliquer que, si je ne l'aime pas, d'autres oui. Mais parfait, je lui réponds «jette-toi dans les bras de ces beaux parleurs!» Folle furieuse, elle se met à sangloter.

Zhuang Zhidie sourit tout en regardant autour de lui.

– Où pourrais-je trouver des pigeons? demanda-t-il à Meng.

– Tu veux te lancer dans l'élevage de pigeons?

– C'est un volatile que j'adore et je voudrais en offrir un à Tang Wan'er.

– J'avais bien compris, c'est sans aucun doute ce qu'elle désire.

– Comment ça, ce qu'elle désire?

– N'ayant pas le téléphone, elle l'utilisera comme pigeon voyageur.

– Il n'y a que toi pour avoir pareille idée!

Meng Yunfang le conduisit au marché aux pigeons, situé le plus au sud. Zhuang Zhidie en regarda plusieurs dont il examina de près le cou, les ailes, la couleur et la brillance du plumage, les pattes.

– Tu choisis un pigeon ou une concubine? lui demanda Meng Yunfang.

Zhuang se décida enfin et revint enchanté. Ce soir-là, il passa la nuit chez son ami Meng sans retourner à la résidence de l'Association des écrivains.

*

Tang Wan'er apprit que son mari et Zhuang Zhidie étaient en conflit. En son for intérieur, elle détestait Zhou Min sans pour autant oser l'injurier ouvertement. Elle lui fit seulement remarquer combien elle trouvait absurde qu'il se soit fâché avec le professeur Zhuang pour cette histoire. Il risquait de perdre sa place à la rédaction de la revue et, par conséquent, leur bol de riz quotidien. De plus le professeur Zhuang était un homme important qui pouvait se permettre de tenir tête à Jing Xueyin. Si jamais il l'exaspérait, Zhuang cesserait de le soutenir et le procès qui devait être gagné serait certainement perdu. Ses paroles ne suscitèrent aucune réaction chez Zhou Min, calme, qui se contenta de prendre son ocarina pour jouer doucement et d'ouvrir un cahier qu'il se mit à lire tout en jouant. La mélodie était très bizarre et Tang Wan'er ne la comprenait pas. Elle attendit que, las de souffler, il aille déambuler le long des rues pour ouvrir le cahier. Elle découvrit qu'il ne s'agissait pas d'une partition musicale mais d'un poème composé par Zhou Min.

J'ai bourlingué d'est en ouest, j'ai rencontré grand nombre d'hommes. J'ai traversé tous les endroits possibles et imaginables, pourtant aucun lieu n'a pu apaiser mon âme. J'ai conquis une nouvelle fille, mais elle était déjà mariée. J'ai beau séjourner dans une superbe maison neuve, les meubles n'en sont pas moins délabrés. Je suis venu d'une pauvre ville provinciale habiter dans cette capitale florissante, où je n'ai rencontré que des vieillards, où je n'ai entendu parler que de «vieilleries». Mère, quand le fils que tu as enfanté sera-t-il capable de trouver de nouvelles idées ?

Tang Wan'er ne put retenir un profond soupir et laissa couler une larme. Néanmoins la phrase sur cette «fille qu'il avait conquise, mais déjà mariée» ne lui plaisait pas. Allait-il maintenant lui reprocher d'avoir été mariée ? Il le savait parfaitement avant de l'enlever. «Dire que pour lui j'ai renoncé à la vie calme et paisible que je menais et voilà ce qu'il en pense ! » constata-t-elle. Plus elle y réfléchissait, plus la colère montait en elle. Elle aurait une explication avec lui dès son retour pour mettre les choses au point. Elle s'assit près de la fenêtre et se ravisa. « Laissons tomber. Puisque je ne l'aime plus, à quoi bon me quereller avec lui ? Si nous nous disputons, il sera déprimé, résigné et ne s'occupera plus du tout du procès. Il risque même de déclarer devant les juges n'importe quoi qui pourrait nuire à Zhuang Zhidie. » Elle décida de cacher le cahier de poésie et d'attendre le moment opportun pour s'en servir. Au cas où Zhou Min aurait découvert sa liaison avec Zhuang Zhidie et qu'ils viennent à se séparer, elle sortirait alors le cahier qu'elle utiliserait comme excuse à sa conduite. Elle prit le miroir de bronze posé sur la table de chevet à la tête de son lit et l'accrocha très haut sur le mur principal du salon. Mais il s'agissait pour l'heure de calmer Zhou Min. Elle alla donc trouver Meng Yunfang et lui demanda de venir le raisonner. Ce dernier accepta sans hésitation et arriva avec un pigeon dans les bras.

– Pourquoi Zhuang Zhidie serait-il en colère ? dit-il à Zhou Min. C'est bien pour gagner le procès qu'il a tenu ce genre de propos. Il n'a aucune raison d'être mêlé à cette affaire, ce sont les autres qui se sont, les premiers, posés en accusateurs contre vous. À présent, c'est vous qui êtes mis en première ligne, au même titre qu'eux. Pourquoi vous emporter et faire de votre meilleur ami votre pire ennemi ? Lui au moins n'a pas votre étroitesse d'esprit, la preuve ce pigeon qu'il vous offre à tous les deux.

Tang Wan'er prit l'oiseau dans ses bras et le colla contre son visage. Le plumage blanc s'harmonisait parfaitement avec la pâleur de ses joues, faisant ressortir ses yeux noirs et ses lèvres vermillon.

– Professeur Meng, demanda la jeune femme, dites-moi qui de lui ou de moi est le plus blanc ?

– Comment voulez-vous que je sache, vous savez très bien que je n'y vois que d'un œil ! Le jour où

Zhuang Zhidie vous rendra visite, demandez-le-lui, il a le regard perçant !

– Professeur Meng, à votre avis, Jing Xueyin est-elle réellement la maîtresse du professeur Zhuang ?

– Vous êtes terrible ! À quoi bon tant de questions ?

En prenant l'oiseau, Wan'er avait compris que ce cadeau s'adressait à elle. Depuis lors, elle passait encore davantage de temps à sa toilette devant son miroir sans jamais se lasser de se regarder : « Mon ami, songeait-elle en silence, vois comme je te souris ! » Puis, n'y tenant plus, elle satisfaisait ses envies. Durant cette période, Zhou Min se montra empressé à son égard, mais elle refusa systématiquement ses avances sous le prétexte qu'elle était indisposée. Lorsqu'elle ne put honnêtement plus se dérober, elle consentit mais pria Zhou Min d'en finir au plus vite et, sitôt terminé, elle se lava avec minutie.

– Tu as de moins en moins envie de faire l'amour ! constata Zhou Min.

– Je vieillis, que veux-tu ! répondit-elle.

– À trente ans, on a la violence d'un loup, à quarante la vigueur d'un tigre. Quel âge as-tu donc ?

– J'ai une proposition à te faire. Actuellement, le professeur Zhuang et toi semblez traverser une période de froid, pourquoi ne l'inviterions-nous pas à dîner ? Le cœur n'est autre que de la chair ; si tu consens à faire des concessions, il ne te cherchera plus querelle.

Cette simple phrase, qui lui rappelait le procès, plongea Zhou Min dans la désolation. Il ne répondit pas et sortit dans la cour prendre le frais.

Ce jour-là, Zhong Weixian arriva pour demander à Zhou Min de prendre contact avec Zhuang Zhidie afin de discuter de quelques problèmes. Zhou Min accepta de le recevoir chez lui et fixa un rendez-vous pour le lendemain. Puis il se hâta de prévenir Tang Wan'er qui, folle de joie, déclara qu'elle voulait préparer un bon repas. Mais elle se creusa la tête sans arriver à décider ce qu'elle pourrait bien cuisiner. Le soir, munie d'une lampe de poche, elle sortit et répondit à son mari qui l'interrogeait qu'il comprendrait lorsqu'elle reviendrait. Elle partit en direction du bois qui longeait les douves pour ramasser, à la lueur de sa torche, des larves de cigales entre les racines des arbres. En effet, les cigales s'accouplent dans les branches et les œufs qu'elles pondent tombent au pied des arbres. Lorsque la larve grandit, elle s'accroche aux racines puis commence à déployer ses ailes avant de se débarrasser de sa coquille et de prendre son envol. Pour la manger, il faut l'attraper avant que les ailes ne se développent. Frite, c'est un mets succulent. Tang Wan'er ne revint pas avant minuit. Elle se déchaussa, ses pieds étaient couverts de boue mais elle avait ramené un plein sac de larves.

– Tu es vraiment maligne ! s'exclama Zhou Min néanmoins furieux.

Elle remplit une cuvette d'eau salée dans laquelle elle plongea une à une les larves pour les faire dégorger.

– Pourquoi traînes-tu pour venir te coucher ? demanda Zhou Min.

– Couche-toi d'abord !

– Wan'er, Wan'er, insista-t-il cependant.

Elle savait ce qu'il voulait, mais s'en moquait complètement. Elle attendit, au contraire, qu'il ronflât pour se glisser furtivement sous la couette.

Le lendemain, Zhuang Zhidie et Zhong Weixian arrivèrent ponctuels au rendez-vous. Zhou Min leur servit un verre d'alcool.

– Aucun amuse-gueule n'accompagne le vin ? demanda Zhong Weixian.

Tang Wan'er, souriante, apporta une assiette de larves de cigales jaunâtres grillées. Affolé, Zhuang Zhidie se boucha le nez et la bouche.

Son geste offusqua Tang Wan'er.

– Professeur Zhuang, ce plat n'est pas à votre goût ? lui demanda-t-elle.

– Comment peut-on manger chose pareille !

– Mais c'est délicieux, chez moi on en a l'eau à la bouche rien qu'à les voir. Je suis allée spécialement les ramasser hier soir dans les bois le long des douves.

– Vous autres les provinciaux du sud du Shaanxi, en dehors des avions, vous avalez tout ce qui vole et, en dehors des chaussures, tout ce qui bouge.

– Goûtez, allez-y!

Avec trois doigts elle prit une larve qu'elle tendit à Zhuang Zhidie. Il trouva le goût merveilleux et encore plus savoureux à mesure qu'il mastiquait. La jeune femme sourit et lécha l'huile sur ses doigts.

– Vous êtes d'accord, n'est-ce pas? demanda-t-elle avec gaieté. Vous ne consommez que des nouilles fines ou des petits pains au maïs, je vais vous éduquer pour que vous deveniez un fin gourmet.

– «Vous éduquer», quel bon mot! intervint alors Zhong Weixian. Moi, je n'ai encore jamais vu une femme, quelle qu'elle soit, pouvoir éduquer un homme! Dans un livre peut-être!

– C'est parfaitement exact, affirma la jeune femme. Moi-même j'ai lu une histoire où l'homme était un cheval, la femme une amazone qui transformait la brave bête en fougueux coursier.

– Suffit! Suffit! Un peu de respect pour M. Zhong! Ne te montre pas stupide devant un savant.

– Je ne suis pas, moi, au service de M. Zhong, rétorqua-t-elle encore plus sûre d'elle, je n'ai nul besoin de me montrer modeste comme toi.

Zhong Weixian demanda alors à Zhuang Zhidie s'il connaissait les dirigeants du Bureau de l'Évaluation des titres des fonctionnaires au niveau provincial.

– Pour les connaître, je les connais, mais je n'entretiens pas avec eux des relations très chaleureuses.

– Le principal est qu'ils t'écoutent. Dans ce cas, tu vas pouvoir me rendre un service. Actuellement, ils ont fixé à deux le nombre de candidats susceptibles de passer à l'échelon supérieur, c'est à dire «intellectuel supérieur» pour tout notre département. Or, en plus de *La Revue de Xijing*, il y a également *La Tribune théâtrale*, en un mot beaucoup de monde. Les loups sont nombreux, mais la proie bien maigrichonne ! N'est-ce pas une façon de créer des conflits entre les intellectuels ? Si je n'avais pas été étiqueté droitier, je n'aurais besoin d'aucun appui. Après avoir été réhabilité, j'ai été responsable de la revue pendant un certain temps, puis je me suis fait de nouveau éliminer. Je suis donc resté plusieurs années sans emploi. Maintenant que je suis devenu rédacteur en chef, à peine mes fonctions prises, cette affaire éclate ; du coup ils ont supprimé toute candidature pour *La Revue de Xijing*. Je suis allé les trouver, mais ils n'ont rien voulu entendre. Je pensais que tu pourrais leur expliquer la situation pour que nous obtenions gain de cause. Je ne suis plus tout jeune, pas d'une santé brillante, mes jours sont comptés, je me moque de cette Évaluation, mais c'est une question de principe, un grade que l'État donne selon les mérites. Je lutterai coûte que coûte pour obtenir ce titre. Qu'en penses-tu ?

– C'est normal, répondit Zhuang Zhidie. S'ils te jugent incapable d'assumer une haute responsabilité, alors pourquoi t'ont-ils nommé rédacteur en chef d'une grande revue ? J'irai les voir pour éclaircir la situation et je ferai tout mon possible pour qu'ils choisissent un candidat de plus, toi.

– Une candidature de plus n'est pas indispensable, ils doivent maintenir celle qui nous est due, c'est tout. Qu'ils cessent de juger des compétences avec leurs idées reçues, et je ne dirai rien s'ils estiment que je ne suis pas à la hauteur.

– Si tu n'es pas à la hauteur, je crains fort qu'au Bureau de la Culture personne ne le soit, répondit Zhuang Zhidie.

– Je suis touché que tu acceptes d'intervenir en ma faveur, j'avais peur que tu te moques de ma demande de piston.

– Les difficultés que tu rencontres actuellement, déclara Zhuang Zhidie, me sont sans aucun doute imputables.

– Puisque nous en parlons, poursuivit Zhong

Weixian, je tiens à te mettre au courant de certaines choses pour que tu saches ce qu'il en est. Le tribunal a demandé à chacun d'entre nous d'écrire sa plaidoirie. Li Hongwen a eu peur, il nous a trahi. C'était Gou Dahai le premier responsable, Li Hongwen le second. Maintenant, pensant que le procès est perdu d'avance, il décline toute responsabilité. Il affirme qu'il ne s'est jamais engagé dans la publication de l'article. Il prétend que Gou Dahai en a dit beaucoup de bien dès la première lecture alors que lui s'est tout de suite rendu compte qu'il s'agissait d'une affaire touchant à la vie privée. Il prétend aussi qu'approuvant les détails de l'article, jugeant les arguments percutants et le style élégant, j'ai immédiatement décidé de le faire publier à la une. En fait, notre point de vue à tous les trois était parfaitement identique. Or, Li Hongwen, qui déclare avoir conservé l'échange de notes, affirme ne pas avoir porté de jugement. Gou Dahai et nous le soupçonnons d'avoir falsifié ses notes. Gou a voulu sur-le-champ les porter au service de la Sécurité publique pour une expertise, mais je l'en ai empêché. Si Li Hongwen veut se décharger de toute responsabilité, c'est son droit. Il n'est en fait que le deuxième responsable, car en tant que responsable juridique au sein de la rédaction, c'est moi le seul fautif.

– Ce n'est pas étonnant qu'hier au soir, dit Zhou Min, lorsque Li Hongwen a croisé Jing Xueyin au Bureau de la Culture, il ait, avec verve et gaieté, engagé la conversation.

– Être impliqué dans un procès n'est tout de même pas aussi dangereux que fomenter une révolution clandestine ! s'exclama Zhuang Zhidie. Les amis fidèles nous trahissent si vite. On ne connaît le vrai visage de l'homme que dans l'épreuve.

Les paroles du professeur firent rougir Zhou Min qui invita son épouse à servir les nouilles. Zhong Weixian sortit de sa poche la plaidoirie qu'il avait rédigée pour la soumettre à Zhuang Zhidie. Puis il tourna la tête et s'adressa à Zhou Min à voix basse :

– Zhou Min, connaîtrais-tu un petit appartement à louer en ville ?

– Mais tu n'en as pas déjà un ? s'étonna Zhou Min.

– Ce n'est pas pour moi, mais pour un vieux copain de classe que j'ai invité à venir passer quelques jours ici, à Xijing. Il y a plus de dix ans que je ne l'ai pas vu, nous sommes très intimes, je pensais trouver un endroit pour huit ou dix jours.

– Pourquoi louer quelque chose, prends-lui une chambre d'hôtel.

– Tu as raison, mais c'est un problème d'argent.

Tout en lisant, Zhuang Zhidie laissait traîner ses oreilles et il se demanda si l'appartement n'était pas en réalité pour cette femme qui habitait dans l'An-hui. La sœur aînée d'Acan avait transmis à Zhong Weixian trois lettres qui lui laissaient espérer la venue de la jeune femme, événement qui concrétisait pour eux deux leur désir le plus cher. Ils s'aimaient depuis si longtemps qu'enfin allaient-ils pouvoir, ne serait-ce que quelques jours, mener une vie d'amoureux. C'est ce qu'il lui avait écrit, avec beaucoup d'audace, tout en lui demandant si elle approuvait, si elle ne trouvait pas qu'il prenait trop de liberté avec elle. Zhuang Zhidie avait répondu et lui faisait dire qu'elle aussi désirait cette vie à deux, que c'était son vœu le plus cher, simplement elle craignait de ne pas savoir où loger. Surtout motus et bouche cousue. Lorsque deux jeunes se fréquentent, personne n'y trouve à redire. Mais lorsqu'il s'agit de deux êtres d'un certain âge qui s'aiment en secret, les ragots vont bon train. Elle voulait attendre que tout soit réglé pour venir.

– Vieux Zhong, je peux t'aider à trouver quelque chose, proposa Zhuang Zhidie, sais-tu quand doit venir ton camarade ?

– Pour l'instant aucune date n'est arrêtée, le mieux serait d'attendre que le procès soit passé et que j'aie obtenu mon titre. Aide-moi à trouver rapidement un appartement, mais surtout pas un mot à qui que ce soit, vous êtes les deux seuls au courant.

Zhuang Zhidie eut un pincement au cœur. Il savait que dans ses dernières lettres il avait commis une erreur et venait de penser que d'ici deux jours il lui en faudrait écrire une dans laquelle il lui ferait dire qu'elle ajournait son voyage à cause d'une jambe cassée en montant un escalier. Il n'osait plus regarder Zhong Weixian tandis qu'il imaginait son intrigue, ni relancer la conversation sur le procès. Son regard se tourna vers Tang Wan'er qui apportait de longues nouilles pimentées. Il s'extasia sur leur merveilleuse confection. Zhuang Zhidie mangea très vite, puis il posa son bol.

– Zhidie, tu vantes la saveur de ce plat et tu ne te ressers pas ? s'étonna Zhong Weixian.

– J'ai déjeuné très tard, je n'ai pas tellement faim. Je m'arrête là.

– Moi, je continue, je continue, il y a des années que je n'ai pas mangé de pareilles nouilles, quel goût !

La vapeur montait du bol, cernait la tête de Zhong Weixian qui dut retirer ses lunettes. Il mangea un second bol de nouilles avant de retirer une fausse dent en or qu'il plongea dans un verre d'eau propre.

– Zhou Min ne connaît pas son bonheur de manger ça tous les jours, dit-il.

Sitôt le repas terminé, ils prirent congé. Zhou Min et Tang Wan'er raccompagnèrent leurs hôtes jusqu'à la porte d'entrée ; la jeune femme serrait le pigeon sur son cœur.

– Professeur, un grand merci pour votre cadeau. Ce pigeon est vraiment adorable. Le jour il me tient compagnie par sa conversation, le soir il dort avec moi.

– Vous avez la naïveté d'une enfant, ma chère ! Comment cet oiseau peut-il dialoguer avec vous ? s'étonna Zhong Weixian.

– Quand je lui parle, il me regarde d'un air entendu, je suis sûre qu'il comprend ce que je lui dis. (Puis s'adressant à Zhuang Zhidie :) Vous ne rentrez pas chez vous ? Vous n'y êtes pas retourné depuis plusieurs jours. Lorsque j'ai joué aux cartes avec votre épouse, elle parlait de vous le cœur brisé. Prenez mon pigeon, occupez-vous de lui quelque temps, il apprendra à vous connaître. Vous le lâcherez ensuite, il saura me revenir.

« Meng Yunfang ne s'était pas trompé lorsqu'il m'avait dit qu'elle l'utiliserait comme téléphone, songea Zhuang Zhidie, c'est exactement ce qu'elle fait ! »

– D'accord, répondit-il avec joie.

Il rentra chez lui le pigeon dans les bras et le confia à Liu Yue pour qu'elle s'en occupe.

*

Liu Yue prit donc soin du volatile et le nourrit de graines que Zhuang Zhidie lui achetait quotidiennement. Quelques jours plus tard, il agrafa un petit mot à la patte de l'animal pour donner rendez-vous à Tang Wan'er à la Maison de la Recherche des Insuffisances. La jeune femme reçut donc le billet doux en toute sécurité. Elle serait au rendez-vous. Tout heureuse, elle n'en chérit que davantage le pigeon. Dès lors, sitôt Zhou Min absent, l'oiseau s'envolait, un mot à la patte pour Zhuang Zhidie. Ce dernier, du coup plein de courage, eut l'audace de proposer à la jeune femme de venir le rejoindre chez lui. Elle lut le billet, répondit sur-le-champ et le pigeon voyageur transmit le message tandis qu'elle se préparait avec le plus grand soin. Hélas, le secret fut découvert ! Lorsque l'oiseau arriva, Liu Yue, qui étendait par hasard du linge sur la terrasse, trouva ce manège bizarre : pourquoi revenait-il déjà, alors qu'il avait été relâché à l'instant ? Elle découvrit, plié dans la bague qu'il portait à la patte, un petit papier. Elle le prit et le lut. « Depuis longtemps j'avais envie de venir chez toi, j'aurai ainsi l'impression d'être la maîtresse de maison. » En reconnaissant l'écriture de Tang Wan'er, elle se dit qu'elle avait toujours pensé que leurs relations étaient un peu particulières, mais sans jamais imaginer qu'elles en étaient à ce stade-là. Combien de fois avaient-ils fait le coup ? Dire qu'ils étaient arrivés à le cacher à sa femme, et qu'elle-même s'était laissé berner! En silence, elle remit le billet doux à sa place et retourna à la cuisine à pas de loup.

– Professeur Zhuang, appela-t-elle, le pigeon roucoule sur le balcon!

Zhuang Zhidie se précipita pour le prendre avant de lui rendre sa liberté.

– Quel pigeon? demanda-t-il en rentrant dans la cuisine, ne s'était-il pas envolé? Heu, Liu Yue, aujourd'hui ma femme doit aller à la Maison de la Double Bienveillance car sa cousine rend visite à ma belle-mère. Ils seront nombreux, ma femme aura beaucoup à faire, tu iras lui donner un coup de main. Je reste ici, mais ne t'occupe pas de moi. Le professeur Meng m'a téléphoné à l'instant, une équipe de journalistes de Pékin séjourne à l'hôtel de l'Ancienne Capitale, je suis invité, je déjeunerai avec eux.

«Autrefois ce genre de prétexte aurait marché, songea en son for intérieur Liu Yue, tu m'as bien eue, mais ne crois plus encore me berner!»

– Parfait, répondit-elle. Vous vous réjouissez comme un enfant de manger hors de chez vous ce que les autres préparent sans jamais refréner vos envies! Ne vous laissez pas aller, la nourriture est aux autres, mais le ventre c'est le vôtre. Prenez garde à votre santé!

Sur ce, elle ouvrit la porte et s'en alla.

Liu Yue en fait ne s'éloigna pas beaucoup, mais traîna un peu dans la rue. Dès qu'elle pensa Tang Wan'er arrivée, elle décida de rentrer sans frapper. Elle s'adressa aux voisins, prétextant sa clef oubliée, afin d'emprunter leur terrasse pour passer chez elle. La terrasse était attenante à la leur, juste séparée par un mur en ciment qu'elle avait déjà escaladé plusieurs fois lorsqu'elle avait réellement oublié ses clefs. Immédiatement, elle se glissa à pas feutrés dans la pièce où elle dormait puis longea le mur, pieds nus, pour se diriger vers la porte de la chambre à coucher de Zhuang Zhidie. Elle était à peine entrebâillée. Déjà elle entendait des rires et des murmures.

Ici l'auteur autocensure cinquante-deux caractères.

– Habille-toi, disait Zhuang Zhidie, avec sa cervelle de moineau, il est fort possible que Liu Yue à mi-chemin revienne chercher ce qu'elle a oublié.

«Tu sais flatter les autres, mais tu ne me fais pas de cadeau! songea-t-elle. Ah bon, je suis étourdie maintenant!» Elle entendit alors Tang Wan'er le supplier:

– Encore, encore.

Liu Yue se demanda bien ce qu'il avait pu lui donner de bon pour que finalement elle en redemande. Elle passa sa tête par la fente de la porte et découvrit Tang Wan'er, nue, allongée sur le lit, la chose de Zhuang Zhidie prisonnière entre ses mains.

Ici l'auteur autocensure cinquante-cinq caractères.

– Non, tu prétends toujours que c'est moi qui te supplie, aujourd'hui c'est ton tour, déclara Zhuang Zhidie.

– Moi non plus, je ne réclame rien, dit-elle, je veux juste que tu me fasses des caresses.

Zhuang Zhidie se baissa et, tout en suçant le téton de la jeune femme, laissa glisser sa main sur son sexe. Elle se retourna et voulut qu'il monte sur elle. Il rit, mais n'en fit rien.

– Je t'en supplie, je t'en conjure. Ne consentiras-tu que lorsque mon sexe coulera à n'en plus finir?

Liu Yue remarqua en effet une tache blanche et brillante entre les cuisses de Wan'er. Elle en fut toute retournée et eut du mal à se contrôler. Sa respiration se précipita; elle aurait voulu partir, mais ne parvenait pas à bouger d'un pas. Elle vit alors Zhuang Zhidie monter sur Tang Wan'er...

Ici l'auteur autocensure quatre cent soixante-treize caractères.

Tang Wan'er gémissait, elle tournait la tête de droite et de gauche, les mains cramponnées aux draps qu'elle chiffonnait. Liu Yue avait l'impression d'être ivre, ses jambes se dérobaient sous elle, elle vacilla en heurtant la porte qui s'ouvrit. Ici le bruit, là la panique. Au moment où il reconnut sa jeune bonne, Zhuang Zhidie saisit le drap pour en couvrir Tang Wan'er, et lui aussi par la même occasion.

– Mais comment es-tu entrée ? Comment as-tu fait pour entrer ? demanda-t-il.

Liu Yue se retourna et s'enfuit en courant. « Liu Yue, Liu Yue ! » hurlait Zhuang Zhidie tout en cherchant son pantalon sans toutefois parvenir à mettre la main dessus.

– Quelle poisse ! bougonna-t-il, elle va tout raconter à Niu Yueqing.

– Pourquoi veux-tu qu'elle parle ? déclara Tang Wan'er en lui arrachant la chemise qu'il tenait.

Elle le poussa vers la sortie alors qu'il était complètement nu. Zhuang Zhidie rattrapa Liu Yue qui haletait dans sa chambre, appuyée contre son lit.

– Liu Yue, demanda-t-il, vas-tu raconter ce que tu viens de voir ?

– Je ne dirai rien.

Zhuang Zhidie la serra tout d'un coup dans ses bras et lui arracha ses vêtements avec force. La jeune fille commença par résister, mais une fois déshabillée, elle s'abandonna et se laissa retirer sa petite culotte. Zhuang Zhidie s'aperçut alors que l'entrejambe était aussi quelque peu mouillé...

– Moi qui te croyais naïve, mais te voilà un fruit mûr à point.

Il la fit tomber sur le lit.

Ici l'auteur autocensure trente et un caractères.

– Liu Yue, comment se fait-il que tu ne saignes pas ? demanda Zhuang Zhidie. Tu n'es donc pas vierge ? Avec qui as-tu déjà couché ?

– Personne, personne, répondit-elle.

Elle ne dominait plus son corps et se tortillait dans tous les sens. Tang Wan'er, qui était restée sur le pas de la porte du début à la fin pour ne rien perdre du spectacle, s'approcha de la jeune fille une fois leurs ébats terminés.

– Liu Yue, dit-elle en la serrant dans ses bras, nous voici désormais de véritables sœurs.

– Comment pourrais-je me considérer comme votre sœur ? rétorqua Liu Yue. Si aujourd'hui je n'avais pas trébuché contre la porte, qui se serait occupé de moi ? Il n'a fait ça avec moi que pour acheter mon silence !

Finalement elle regrettait amèrement. Jusqu'à présent le professeur Zhuang s'était toujours comporté avec gentillesse à son égard, alors qu'elle affectait volontairement l'indifférence tout en cherchant à se l'approprier. Elle n'aurait jamais cru qu'un jour elle deviendrait sa victime. Elle pleura.

– Liu Yue, tu es une femme merveilleuse et rare, protesta-t-il. Quand me suis-je montré froid avec toi, quand ne t'ai-je pas protégée ? Toi qui cependant te montres à chaque instant si cruelle envers moi que j'ai toujours peur que tu sois une espionne à la solde de ma femme.

– Parce que vous imaginez qu'elle a confiance en moi ? s'étonna la jeune fille. Elle se méfie bien souvent de moi. Lorsque vous vous querellez, elle ne s'en prend jamais à vous, mais c'est sur moi qu'elle décharge sa bile !

– Laisse tomber ! lui conseilla le professeur Zhuang. Désormais, si elle t'embête injustement, viens te confier à moi. Hein ?

– Liu Yue, trancha Tang Wan'er, tu es ici en tant que servante et non esclave attachée à leur service. Maintenant c'en est trop, cherche une autre famille

478

pour t'employer. Quand elle se retrouvera seule, on verra bien sur qui elle passera ses nerfs.

– Ne lui donne pas de conseils absurdes ! Où veux-tu qu'elle aille ? Lorsqu'une occasion se présentera, je m'en occuperai, dit Zhuang Zhidie.

Liu Yue, le cœur brisé, fondit en larmes. Zhuang Zhidie et Tang Wan'er ne purent la raisonner. Ils se rhabillèrent.

– Quelle malchance qu'elle nous ait vus, constata Tang.

– Mais non, c'est bien, dit-il, dorénavant nous n'aurons plus à nous tracasser devant elle.

– Je sais ce que tu penses, poursuivit-elle, tu aimes mieux les plus jeunes ! Je t'ai bien observé, crois-moi. Pour acheter son silence tu n'avais pas besoin de faire l'amour avec elle. Tu es le maître de maison, il te suffisait de lui faire peur, c'est tout. Jamais elle n'aurait osé raconter quoi que ce soit. Mais au contraire, tu y as mis tout ton cœur ! Si tu avais voulu t'envoyer en l'air juste comme ça, tu pouvais, mais quelle ardeur, mon cher ! Elle est plus fraîche, plus tendre que moi, je crains fort qu'à présent tu ne me délaisses.

– Regarde-toi, tu trouves toujours quelque chose à redire !

– Je veux quand même attirer ton attention sur un point : cette fille est porteuse de malheur. J'ai remarqué, tandis que vous faisiez l'amour, qu'elle n'avait pas de poils pubiens. On raconte que les femmes qui ne portent pas de poils au pubis sont nées sous le signe de la Tigresse Blanche et que les hommes dont la poitrine et le dos sont couverts de poils drus sont nés sous le signe du Dragon Bleu. Leur union est considérée comme la meilleure alliance au monde. En revanche, si une Tigresse Blanche s'accouple avec un homme qui n'est pas du signe du Dragon Bleu, elle ne lui apportera que malheur. Méfie-toi, tu risques de ne pas être épargné.

Ses paroles inquiétèrent Zhuang Zhidie. Il la raccompagna et se versa un verre d'eau bouillie avec du sucre roux qu'il emporta pour boire dans son bureau.

*

Zhuang Zhidie ne tint absolument pas compte de la mise en garde de Tang Wan'er. Il ne se contenta pas d'avoir fait l'amour avec Liu Yue une première fois, mais recommença une deuxième, puis une troisième. Il observa, avec une attention particulière, cette précieuse chose qui, effectivement, était dépourvue de poils mais néanmoins savoureuse et profonde, aussi sensuelle qu'une fleur de pêcher lorsqu'elle s'ouvrait et d'une blancheur aussi éclatante que l'albâtre lorsqu'elle se refermait. Peu lui importait qu'elle fût ou non source de malheur. Liu Yue, qui avait gagné les faveurs du maître de maison, vit par la même occasion sa fortune grandir peu à peu. Elle prenait des airs et méprisait sa patronne. Niu Yueqing se plaignit à plusieurs reprises de son manque d'obéissance car la jeune fille n'en faisait qu'à sa tête. Celle-ci l'exaspérait tant qu'elle s'emportait, sans trouver de motif pour la blâmer. Un matin, en partant travailler, Niu Yueqing lui demanda d'acheter une livre de viande de porc et deux de ciboule chinoise pour farcir des raviolis, et surtout de ne pas mettre de pièce de monnaie à l'intérieur. Liu Yue répondit « oui », puis acheta une livre et demie de viande de mouton, deux de fenouil doux et glissa dans la farce une pièce de deux fen. Au cours du repas, Niu Yueqing exprima son étonnement et son mécontentement : la viande avait un goût de rance qui lui donnait la nausée. Liu Yue soutint, non sans véhémence, que le mouton était une excellente viande, qu'elle n'avait pas le moindre goût de faisandé et avala un ravioli tout rond sous son nez. Les deux femmes se disputèrent et, comme Niu Yueqing n'avait pas le dessus, elle se fâcha, s'arrêta de manger et partit se coucher. Liu Yue transmit un petit mot à Tang Wan'er grâce au pigeon voyageur pour lui demander de venir distraire sa patronne.

Les deux femmes eurent à peine le temps d'échanger quelques phrases que la jeune fille apportait un bol de raviolis à Tang Wan'er.

– Niu Yueqing n'en veut pas ! déclara Liu Yue, quel dommage de les gaspiller, si vous ne craignez pas de vous empoisonner, mangez-les !

Tang Wan'er prit le bol et goûta. Elle ne trouva pas aux raviolis le moindre goût de rance. Mais après la première bouchée, elle mordit quelque chose de dur, ouvrit la bouche et cracha une pièce de monnaie qui résonna en tombant dans le bol en porcelaine.

– Vous êtes chanceuse, remarqua Liu Yue tout en lui massant le dos. Le premier a été le bon, moi j'en ai mangé plus d'un bol, sans succès.

Voir les deux jeunes femmes plaisanter familièrement et parler de frivolités exaspéra Niu Yueqing qui cependant se tint coite. Elle avala un médicament qui la fit bâiller mais qui apaisa sa colère. Le pire, c'était cette impression d'avoir en permanence les mains sales. Non seulement elle se les lavait avec du savon, mais en plus elle se frottait frénétiquement les ongles et les plis des doigts avec une brosse durant une demi-heure.

Liu Yue, quant à elle, passait son temps à l'extérieur. Elle ne tenait pas en place. Sitôt les courses faites, elle occupait tous ses moments libres à flâner dans la rue, à traîner dans les club vidéo où elle regardait des films ou dans des salles de divertissement à tapoter sur des jeux électroniques. Zhuang Zhidie lui-même semblait un peu mécontent.

– Liu Yue, lui dit-il un jour, tu as beaucoup changé !

– Bien sûr, répondit-elle, depuis que vous m'avez déflorée je ne suis plus la chaste jeune fille d'antan !

Niu Yueqing regardait d'un mauvais œil toutes ses sorties, car elle rentrait systématiquement avec un vêtement en plus ou une coiffure nouvelle. Chaque fois qu'elle lui demandait d'où elle venait, la jeune fille évoquait toujours une raison vague.

– Liu Yue, ce mois-ci tu n'as sans doute pas envoyé tes gages à tes parents et tu as tout dépensé en frivolités vestimentaires! Ton père et ta mère se sont donné du mal pour t'élever et sitôt le pied dans la capitale tu ne te sens redevable de rien!

– Depuis le temps que je suis partie, ils ne sont même pas venus me voir. Que je leur rapporte une mine d'or, c'est tout ce qu'ils espèrent de moi! Faut voir ce que je gagne par mois! répliqua-t-elle vertement, clouant le bec à sa patronne. Un soir, en rentrant, Niu Yueqing trouva sa maison envahie par une bande de filles assez vulgaires, cheveux pommadés et visages maquillés, qui buvaient de l'alcool et lui tirèrent la langue dès son arrivée avant de se disperser comme une volée de moineaux.

– Qui sont-elles? demanda-t-elle.

– Des amies qui ont fait fortune. Depuis une éternité elles voulaient venir voir l'écrivain et les précieuses pièces de collection de votre maison. Elles étaient ravies et, pour ne pas paraître trop avare, je leur ai offert du vin à boire.

– Ce salon n'est pas un lieu de rencontres touristiques, que je sache! Toutes ces filles louches, Dieu sait ce qu'elles font dans leurs petits hôtels! Ma maison n'est pas un bordel!

– De quel droit les traitez-vous de filles légères? Si ce sont des putains, dans ce cas-là moi aussi!

Voyant que sa bonne lui tenait tête, Niu Yueqing devint folle de rage:

– Qui se ressemble s'assemble! Tu changes de plus en plus, regarde l'allure que tu as! Regarde-toi dans un miroir et vois ton genre!

– Je n'ai pas besoin de miroir. Je me suis suffisamment mirée dans ma propre merde. Si je suis une putain, votre maison est pire que les petits bordels d'hôtels minables!

– Que dis-tu? Tu oses injurier cette maison!

– Si j'ose? Mais dites-moi où je pourrais gagner ce que je gagne en tant qu'entremetteuse!

Elle posa brutalement la tasse qu'elle tenait à la main sur le table basse. La tasse glissa et alla heurter la théière qui se brisa par terre.

– C'est ça, hurla Niu Yueqing en bondissant, casse mes affaires ! Mais tu te crois où, de quel droit casses-tu ma vaisselle ?

– Je vous la rembourserai, je vous rachèterai une théière et même la bouteille de vin qu'elles ont bue !

La jeune fille regagna sa chambre en pleurnichant.

*

Ce jour-là, se faisant passer pour l'ancienne petite amie de Zhong Weixian, Zhuang Zhidie annonçait à ce dernier par lettre qu'elle ajournait son voyage à Xijing. Elle s'était cassé la jambe. La lettre postée, il se rendit au Bureau de l'Évaluation des titres où il passa une matinée à tenter de régler l'affaire. Impossible, dit l'employé, de modifier le quota, la décision avait été prise lors de la réunion et à vouloir trop intervenir on ne déclenchait finalement que des ennuis supplémentaires. Maintenant, la seule chose qu'il pouvait faire était de s'adresser au Bureau de la Culture pour une Évaluation en toute équité. Conscien-cieux, l'homme donna sur-le-champ un coup de fil au directeur du Bureau. Zhuang Zhidie qui attendait assis à côté entendit toute la conversation. Il regretta que le nom de Zhong Weixian n'ait jamais été pro-noncé. L'employé déclara qu'on ne pouvait pas nom-mer directement la personne intéressée. Dans la mesure où c'était le Bureau de la Culture qui était chargé de ratifier les choix, mieux valait ne pas s'en mêler. À vouloir trop bien faire, il arrivait parfois que l'on obtînt l'inverse de ce que l'on souhaitait. Zhuang Zhidie revint morose. Il se préparait à déverser sa bile sur son épouse et sa bonne lorsqu'il entendit en montant des cris venant de chez lui. La plupart des voisins étaient à l'affût dans le couloir de l'immeuble. À sa vue, ils détalèrent comme des rats. Sa colère redoubla et il brailla dès l'entrée, ce qui mit un terme à la dispute. Fou de rage, il demanda à sa femme ce qui se passait. Niu Yueqing adopta une voix douce et un ton conciliant pour lui expliquer le comportement de leur servante :

– Nous habitons dans un bâtiment d'État où ne vivent que des intellectuels. Que vont-ils penser de nous si nous recevons des inconnus qui viennent ici pour boire, danser et chanter ? J'ai à peine prononcé trois mots qu'elle s'est montrée encore plus violente que moi et a cassé notre théière !

Zhuang Zhidie se dirigea vers la chambre de Liu Yue pour la questionner avec, tout d'abord, l'intention de lui faire une remarque, puis d'oublier l'affaire. Mais si, comptant sur le fait qu'elle bénéficiait de ses faveurs, elle lui tenait tête, comment sa femme pourrait-elle croire que leurs rapports étaient simplement ceux d'un patron et de sa domestique ? Il ne voulait en rien que transparaisse le moindre indice ; or, par malchance, sa femme vint se poster devant la porte.

– Tu as vu comment elle se comporte avec toi, alors imagine avec moi ! Elle n'a rien d'une domestique, et tout d'une vieille harpie !

Zhuang Zhidie commença par flanquer une gifle à la jeune fille qui, stupéfaite, lui jeta un regard de tigresse en furie. Mais, en un sens, la claque la remit à sa place. Elle s'agenouilla et se prosterna la face contre terre avec tant de violence que son front saigna. Du coup, ni Niu Yueqing ni Zhuang Zhidie n'osèrent ajouter un mot. Ils voulurent soigner sa plaie, mais elle s'y refusa et se sauva en pleurant.

– Si tu vas geindre dans la cour le front en sang, je te jure que tu ne remettras plus jamais les pieds dans cette maison ! déclara avec sévérité Zhuang Zhidie.

Liu Yue se précipita dans la salle d'eau où elle ouvrit le robinet au maximum, et fit couler l'eau à flots.

Zhuang Zhidie passa un coup de téléphone à Meng Yunfang pour le charger de demander à Tang Wan'er de venir au plus vite. Lorsque la jeune femme arriva, toujours aussi élégante, elle comprit que l'ambiance était à l'orage. Tout d'abord inquiète, elle se rassura en apprenant les causes de la dispute. Zhuang Zhidie demanda à Tang Wan'er, qui l'avait rejoint dans son bureau, de prendre la jeune fille chez elle le temps que sa colère s'apaise.

– Tu as eu raison de lui taper dessus, lui murmura-t-elle tout bas, mais pas sur le front. Tu aurais dû choisir ses fesses, personne n'aurait rien vu.

– Mais je ne l'ai pas battue, c'est elle qui s'est blessée en se tapant le front par terre.

Tang Wan'er sourit. D'un coup de pied, elle fit reculer le tabouret avec fracas et en profita pour déposer un baiser sonore sur la joue de Zhuang Zhidie. Puis elle quitta aussitôt la pièce, salua Niu Yueqing avant de tirer Liu Yue par le bras pour l'emmener chez elle. Folle de rage, Niu Yueqing resta assise sur son lit sans bouger. Zhuang Zhidie raccompagna les deux femmes jusqu'à la porte et leur tendit un billet de dix yuans pour prendre un taxi. Tang Wan'er refusa, elle pointa juste sa joue, l'air réjoui, avant de descendre avec Liu Yue. Zhuang Zhidie ne comprit pas la raison de ce sourire. Ce n'est qu'en entrant dans la salle de bains pour se passer un peu d'eau sur le visage qu'il remarqua, en se regardant dans la glace, une trace de rouge à lèvres sur sa joue gauche : il se hâta de l'effacer. Sur le moment, il apprécia le retour du calme dans la maison mais lorsque, tournant la tête, il aperçut le linge dans la cuvette, il s'attrista un peu. Il alla lui-même l'étendre sur la terrasse.

– Tu es contente, je suppose ! lança-t-il d'une voix glaciale à sa femme. Tu sais vraiment t'y prendre pour rendre un homme heureux !

– Parce que c'est ma faute peut-être ? Elle s'est laissé séduire par ses mauvaises fréquentations. Laisse-la continuer sur cette pente-là, et la maison deviendra un véritable bordel !

– Arrête de proférer des horreurs ! C'est nous qui l'avons pourrie, elle n'était pas ainsi avant de travailler ici. C'est bien toi qui l'as gâtée !

– Tu penses qu'elle est capable d'apprécier ce qui

est bon pour elle ! Au contraire, elle se croit supérieure, bien supérieure à tout le monde, et elle me chie à la gueule ! Si tu me traitais correctement, elle ne se serait jamais permis de me parler sur ce ton. Comment veux-tu que les chiens ou les cochons respectent une femme, quand son propre mari la méprise !

– C'est bon ! Ça suffit ! trancha Zhuang Zhidie qui, furieux, s'enferma dans son bureau.

Liu Yue resta une journée chez Tang Wan'er. Zhuang Zhidie demanda à sa femme, qui refusa, d'aller la chercher. La jeune fille revint d'elle-même. Elle ne se montra pas très loquace et se rendit aussitôt à la cuisine préparer le déjeuner. Elle prit son repas comme d'habitude avec les maîtres de maison. Sitôt terminé, sans lever la tête, elle demanda ce qu'elle devait préparer pour dîner. «Ce que tu veux ! répondit Zhuang Zhidie. – C'est quoi ce plat-là ? Je ne sais pas faire, rétorqua-t-elle. – Nouilles frites au tofu !» Ce fut en effet ce qu'ils eurent au repas suivant. Au bout de plusieurs jours, avant de partir travailler, Niu Yueqing écrivait systématiquement le menu sur un papier qu'elle posait sur la table. Un matin, néanmoins, Liu Yue demanda à voix haute, tandis que Niu Yueqing changeait de chaussures :

– Que dois-je faire pour le déjeuner ?

– Ma femme ne t'a pas laissé un mot sur la table ? s'étonna Zhuang Zhidie.

– Si, mais vu mon niveau intellectuel, j'ai du mal à le lire. C'est tellement mal écrit que j'hésite entre dés de poulet «mijotés» ou «mijodés» !

– Tu n'as vraiment aucune idée sur la question ?

– Non, je ne suis pas très cultivée, sinon je ne serais pas femme de ménage !

Niu Yueqing, excédée, attrapa le papier qu'elle lui fourra dans la bouche. La jeune fille pouffa de rire.

– Voilà qui est parfait ! constata Zhuang Zhidie, vous êtes réconciliées.

– Liu Yue, tu n'as vraiment rien d'une servante ! déclara Niu Yueqing mi-rieuse mi-colère.

– Comment ça, rien d'une servante ? Mais je ne suis qu'une misérable créature qui obéit à la moindre de vos exigences lorsque vous êtes gentille !

– À partir d'aujourd'hui, adresse-toi au professeur pour savoir ce que tu dois préparer et ne me demande plus rien !

Elle sortit. En bas de l'escalier, elle appela :

– Liu Yue, Liu Yue, apporte-moi un paquet de graines de pastèques !

Après s'être exécutée, la jeune fille remonta dans l'appartement.

– Qu'est-ce que vous écrivez, professeur ? demanda-t-elle en entrant dans son bureau, on ne peut pas ouvrir la fenêtre ? Vous allez vous enfumer dans cette tabagie !

– Ne me dérange pas ! Je suis en train de rédiger ma défense.

Liu Yue, qui s'ennuyait, retourna dans sa chambre recoudre les boutons de sa veste, mais elle s'endormit sur son ouvrage.

Au bout d'une heure, Zhuang Zhidie en eut assez d'écrire. Il téléphona à la rédaction du journal et demanda qu'on lui passe Zhou Min. Il pria ce dernier de faire part à Zhong Weixian de l'entretien qu'il avait eu avec l'employé du Bureau provincial de l'Évaluation des titres. Et surtout de bien assurer à Zhong qu'il irait lui-même trouver les dirigeants du Bureau de la Culture pour en discuter. Il raccrocha, puis alla à la cuisine grignoter quelque chose. Il avait faim. Il prit une prune dans le plat posé sur la table et voulut en donner une à Liu Yue. Il l'appela mais, comme elle ne répondait pas, il entra dans sa chambre où il la trouva endormie sur son lit. De son chemisier déboutonné pendait une aiguillée de fil encore accrochée à un bouton recousu. La peau du ventre était blanche et fine. Zhuang Zhidie, attendri, ne put s'empêcher de dégrafer avec douceur le soutien-gorge ainsi que la jupe. Il contempla en silence ce corps pur comme le jade.

Ici l'auteur autocensure trente-huit caractères.

Sans la réveiller, il caressa doucement avec la prune
son sexe dont la fente s'ouvrit, absorbant le fruit.
Ravi, Zhuang se sauva à pas feutrés. De retour dans
son bureau, il se remit à la rédaction de sa défense.
Absorbé par son travail, il en oublia l'intermède.

Vers dix heures, on frappa à la porte. Zhuang Zhidie ouvrit, c'était le chef d'entreprise Huang, dégoulinant de sueur crasseuse.

— Mon Dieu, j'avais peur de ne pas vous trouver ;
vous êtes là, tant mieux. Je vous ai fait livrer par des
triporteurs trois grandes étagères à l'ancienne, com-
mandées spécialement pour vous, qui attendent en
bas. Ne bougez pas, restez ici, je vous les monte.

— Pourquoi m'avoir fait faire ces meubles ? À quoi
bon vous donner tant de mal ! Je descends avec Liu
Yue pour vous aider.

— Vous ? M'aider ! Inutile, Liu Yue suffira.

Le coup de sonnette réveilla vaguement Liu Yue.
En entendant Zhuang Zhidie aller ouvrir, elle referma
les yeux. Puis comprenant qu'on avait besoin de ses
services, elle se leva d'un bond. Elle se rendit alors
compte que son chemisier était déboutonné, son soutien-gorge et sa jupe dégrafés, et qu'elle sentait quelque
chose de bizarre, légèrement douloureux, à l'entrée
de son sexe. Elle baissa la tête et poussa un cri.
Zhuang Zhidie, à qui brusquement l'histoire revint à
l'esprit, enferma Huang dans son bureau et se précipita dans la chambre de la jeune fille. Celle-ci refusa
qu'il touche à la prune et le traita de vilain vicieux.

— Moi ? demanda d'un air faussement étonné
Zhuang Zhidie. Liu Yue, aurais-tu l'intention de laisser macérer cette prune ?

— Tout juste, une prune au sucre ! La voulez-vous ?

Zhuang Zhidie la bascula puis l'allongea de force
pour attraper la prune qui s'enfonça davantage. Il
s'apprêtait à la sucer lorsque Liu Yue s'écria :

— C'est sale !

– Aucune partie de ton corps n'est sale, voyons! affirma Zhuang Zhidie.

Il attrapa la prune, en mordit une moitié tandis que la jeune fille se jetait sur l'autre. Et tous deux éclatèrent de rire.

– Vous vous moquez de moi! C'est une mauvaise plaisanterie! L'auriez-vous faite à Tang Wan'er?

– Je voulais que tu goûtes une prune mais tu dormais. Je t'ai trouvée tellement adorable que j'ai eu envie de te taquiner.

– Ne me faites pas croire que vous m'aimez! Je ne suis rien d'autre pour vous qu'une simple domestique! Vous avez donné raison à votre femme bien qu'elle ait été méchante avec moi et vous m'avez giflée. Jamais ni mon père ni ma mère n'ont osé lever la main sur moi.

– Si je n'avais pas agi ainsi, elle perdait la face. En plus, tu t'étais mal conduite. Si je ne t'avais pas donné cette claque elle aurait tout deviné de nos relations, et je ne sais comment les choses auraient tourné pour toi. Tu m'en veux vraiment?

– Pourquoi ne lui avoir rien dit du tout?

– Elle est quand même la maîtresse de maison. Devant toi, je ne lui ai peut-être rien dit mais quand tu as été partie, tu n'imagines pas l'engueulade qu'elle a reçue! Ce n'est pas parce que je ne l'ai pas battue que je l'aime; tandis que toi, j'ai eu beau te gifler, je te porte dans mon cœur.

– Vous profitez de ma faiblesse pour vous moquer de moi!

Huang frappa à la porte. Liu Yue se rhabilla à la hâte et ils descendirent tous les deux les aider, lui et son acolyte, à monter les étagères. Huang était en nage, sa chemise bonne à tordre.

– Liu Yue, il est préférable d'être la domestique d'un ministre qu'un vulgaire petit fonctionnaire! Dans la maison d'un écrivain, la servante a droit au même statut que lui! Il est hors de question que M. Zhuang m'aide, mais ne t'en crois pas dispensée

489

pour autant! Dis-toi tout de même que je suis un chef d'entreprise modèle attesté par la mairie!

– J'ai une poussière dans l'œil qui me fait pleurer, rétorqua Liu Yue, avant de condescendre à l'aider pour la seconde étagère.

Lorsque les trois furent installées, Liu Yue fila dans la salle de bains se laver les mains et en profita pour faire une petite toilette intime tout en chantant.

– Liu Yue, quelle voix merveilleuse, s'extasia Huang, quand tu sortiras tu nous chanteras un petit quelque chose!

Liu Yue se tut. Sa toilette terminée, elle servit le thé et offrit les prunes qui se trouvaient sur la table. Huang s'excusa, il ne supportait pas l'acidité, cela lui donnait mal aux dents.

– Ça tombe bien! Zhuang Zhidie, lui, les adore! dit-elle.

Elle en prit une qu'elle tendit au professeur avant de se mettre à épousseter les étagères tout en donnant son avis sur le rangement des objets.

– Monsieur Zhuang, êtes-vous content de ces meubles? demanda Huang. Dire qu'un homme aussi méritant que vous n'avait pas de belles étagères pour exposer ses pièces de collection! Elles étaient faites depuis longtemps, seulement je ne trouvais pas le temps de venir à la capitale. Aujourd'hui j'ai profité du camion qui a transporté ma femme à l'hôpital pour vous les livrer par la même occasion.

– À l'hôpital? demanda Zhuang Zhidie. Votre femme est malade? Quand je l'ai rencontrée, elle se portait comme un charme!

– Pourquoi n'êtes-vous pas resté ce jour-là chez nous pour écrire votre roman! Ma maison serait devenue un haut lieu du patrimoine culturel! Vous avez vu ma femme, elle n'est pas présentable, c'est un véritable moulin à paroles. Ah quelle grande gueule! Heureusement qu'elle est toute en chair, si c'était en brique il y a longtemps qu'elle ne serait plus qu'une ruine! Elle ne comprend rien à mon entreprise, rien à mon idéal, ce n'est pas en elle que j'ai trouvé l'âme sœur que je cherchais. Sur cette terre, aucun homme, hélas, ne rencontre jamais l'âme sœur ! Elle me fatigue tant que je n'ai aucune envie de me disputer avec elle, elle a pourtant trouvé matière à bagarre et a fait un tel cirque qu'elle a avalé du pesticide, une quantité gigantesque. Que me restait-il à faire, sinon l'emmener à l'hôpital ?

— Avalé du pesticide ? répéta Zhuang Zhidie. Mais c'est horrible ! Pourquoi n'êtes-vous pas resté à son chevet plutôt que venir me livrer ces étagères !

— Aux urgences, le médecin, voyant l'état de nos relations, a préféré que je ne reste pas pour éviter que la colère ne la reprenne en me voyant. Cela ne ferait que compliquer les choses. Il a eu raison. Une parente est à son chevet. Si elle veut mourir, qu'elle meure, en tout cas ce n'est pas moi qui lui ai passé la corde au cou ! En la conduisant à l'hôpital, j'ai largement rempli mon devoir de mari.

Liu Yue qui avait suivi la conversation s'arrêta de nettoyer les étagères pour le dévisager.

— Liu Yue, pourquoi me foudroies-tu du regard ? lui demanda Huang.

— Moi, vous foudroyer ? dit-elle. Mes prunelles sont grandes, c'est tout !

— Liu Yue, prépare-moi vite quelques douceurs, ordonna Zhuang Zhidie voyant que la jeune fille répondait avec impertinence, je file à l'hôpital rendre visite à Mme Huang. Elle m'avait reçu avec tant de gentillesse.

— Lui rendre visite ? s'écria Huang, mais voilà qui est parfait. Les médecins verront un peu qui sont mes amis !

Zhuang Zhidie ne releva pas, il prit le paquet que lui tendait Liu Yue.

— Vous lui apportez quelque chose ? dit M. Huang, peut-être bien qu'à l'heure actuelle elle ne respire déjà plus !

— Vous êtes dur ! s'indigna Zhuang Zhidie.

Les deux hommes s'en allèrent. Arrivés à l'hôpital,

ils découvrirent Mme Huang attablée devant un bol de gelée de soja.

– Tu t'en es sortie ? s'étrangla, stupéfait, son mari. Tu as même de l'appétit !

Sa vieille lui balança au visage le bol de gelée de soja qui alla se briser par terre après que Huang l'eut évité de justesse.

– Tu aurais bien aimé que je crève, hurla-t-elle, manque de chance j'ai la peau dure ! Que je ne mange pas ! Pour que ce soit ces salopes qui dilapident notre fortune !

– Elle se montre arrogante parce que vous êtes là, dit Huang à Zhuang Zhidie. Vraiment c'est déplacé, elle ne sait pas se conduire ! Comment se fait-il qu'elle soit dans une telle forme ?

Il se précipita immédiatement aux urgences pour savoir ce qu'il en était, tandis que la vieille tirait l'écrivain par le bras pour le faire asseoir à côté d'elle. Elle commanda un autre bol de gelée de soja pour le professeur Zhuang.

– Quel miracle ! Un rétablissement si rapide ! dit celui-ci. Le médecin vous a fait un lavement ? Après pareil traitement, vous ne devriez pas avaler quoi que ce soit.

– Jamais de la vie ! rétorqua-t-elle. J'ai feint d'être mourante et j'ai dormi jusqu'à l'hôpital, mais je n'ai rien, absolument rien. Simplement maintenant j'ai faim.

– Je comprends, dit Zhuang Zhidie, vous avez voulu affoler votre mari, mais ce que vous avez bu n'était pas du pesticide.

– Les médecins aussi m'ont grondée, dit-elle, selon eux je n'avais pas besoin de me laisser emmener à l'hôpital puisque je n'avais pas avalé de pesticide. Car si je n'avais pas aussitôt réagi pour leur dire que je jouais la comédie, ils m'auraient infligé un lavement, voire une opération. Comment ça, lui faire peur ? Mais j'ai réellement failli mourir ! Il a l'audace d'amener chez nous des femmes de petite vertu pour passer la nuit et comme il craint qu'elles ne couchent avec d'autres, il leur rase les poils pubiens avant qu'elles ne partent. «Tu auras du mal à faire l'amour avec un autre, leur dit-il, quand il te verra rasée de la sorte.» Je l'ai surpris précisément au moment où il était en train d'opérer et savez-vous ce qu'il m'a dit, non sans vergogne : «Je l'invitais à être ma secrétaire privée. Veux-tu rivaliser avec elle ? Sais-tu écrire, compter ? Ta peau est-elle aussi blanche et lisse que la sienne ?» Folle de rage, j'ai avalé un pot de pesticide !

– À quoi bon ? s'étonna Zhuang Zhidie. Vous seriez morte en vain. Bizarre que tant de poison ne vous ait rien fait.

– Je n'y comprends rien moi-même, mon estomac est sans doute très différent de celui des autres. Cependant les médecins ont eu des doutes. Ils ont donc envoyé la parente qui m'accompagnait chercher le pot pour analyser son contenu. On attend les résultats.

Un moment plus tard, Huang apparut, la mine déconfite. Zhuang Zhidie lui demanda la raison de son dépit. Il ne répondit pas et se contenta juste de demander au chauffeur qui les avait accompagnés de reconduire sa femme. Mais celle-ci refusa de bouger. Il s'avança, la prit dans ses bras et la chargea de force dans le camion qui démarra aussi sec. Huang prit Zhuang Zhidie qui n'y comprenait rien dans un coin où il éclata brusquement en sanglots.

– Monsieur Zhuang, je vous en conjure, aidez-moi !

Et il se jeta à ses pieds. Zhuang Zhidie se dépêcha de le relever, mais l'autre s'obstinait.

– Si vous ne consentez pas à m'aider, je reste à genoux.

– Pourquoi ce cinéma ? Dites ce que vous avez à dire, si je peux faire quelque chose pour vous, je n'y manquerai pas. Mais ne restez pas ainsi, un homme tel que vous, voyons !

– Je peux vous faire confiance ? Sinon cette fois-ci c'est moi qui me tue.

– De quoi s'agit-il enfin ?

– Je sors des urgences car je voulais savoir pourquoi ma femme était en si bonne forme. Le médecin
m'a questionné sur ce qu'elle avait avalé. Parbleu !
Du numéro 101, de l'insecticide numéro 101, c'est
moi l'inventeur, M. Huang Hongbao ! Je lui tends ma
carte de visite, il la regarde, puis me demande comment se vend mon produit. Le nombre des ventes est
inimaginable, je réponds. Il me félicite tout en me
conduisant dans un grand bureau, celui du directeur
de l'hôpital justement, en train de rédiger quelque
chóse et qui, lorsqu'il me voit, lève la tête et déclare :
« L'analyse révèle que l'insecticide que votre femme
a absorbé ne contient absolument aucun poison.
Nous avons rendu compte de cela aux départements
municipaux concernés afin qu'ils soient informés
que le fameux pesticide numéro 101, prétendument
si efficace, n'est en fait qu'une contrefaçon. On ne
peut leurrer plus longtemps les paysans ! » Monsieur
Zhuang, comment vouliez-vous que je sache que le
101 était inoffensif ? J'étais persuadé qu'un élément
toxique intervenait dans la composition, sinon ma
femme ne l'aurait pas bu pour se suicider et moi je
ne l'aurais pas conduite de toute urgence à l'hôpital. Maintenant, vu ce qui m'arrive, je suis fini et
le numéro 101 avec. Aidez-moi, je vous en supplie.
Écrivez un article pour expliquer l'efficacité de cet
insecticide sinon je suis ruiné. Juste mille mots, ça
suffira, pour faire de la publicité dans le journal. Je
vous donnerai dix mille yuans, je vous le jure, dix
mille yuans.

Après que Huang se fut répété au moins vingt fois,
Zhuang Zhidie finit par comprendre. Tout d'abord
indifférent, il réfléchit soudain : si cet insecticide ne
contenait effectivement aucun élément toxique, comment expliquer ce qu'il avait lui-même écrit à son
sujet ? Qu'allaient en penser les dirigeants ? On allait
l'accabler d'injures et de mépris ! Il frappa du poing
sur la table et se mit à hurler.

– Vous n'aspirez qu'à gagner de l'argent, à faire

fortune! Que craignez-vous? Le maire? La loi? Vous êtes soi-disant incapable de contrefaçon, et pourtant vous fabriquez un faux insecticide; combien d'affaires aurez-vous gâchées? Combien de gens aurez-vous trompés? Les paysans achètent votre pesticide pour tuer les insectes nuisibles, mais c'est vous qui êtes nocif! Épouvantablement nocif!

Huang l'écoutait sans broncher. Épuisé, Zhuang reprit:

– Quel intérêt de m'emporter contre vous! Je ne devrais m'en prendre qu'à moi de vous avoir un jour rencontré. Allez au plus vite expliquer la situation aux dirigeants de la municipalité et, si on exige votre autocritique, faites-la. Surtout renoncez à vanter votre titre de «chef d'entreprise modèle attesté par la mairie»! Si vous arrivez à ce que votre entreprise ne soit pas mise sous scellés, vous pourrez aller brûler de l'encens!

– Je ferai ce que vous me direz de faire. Je me moque pas mal de mon titre prestigieux! Si l'on apprend que ma femme a avalé du pesticide, même si mon usine n'est pas mise sous scellés, qui achètera encore du 101? Si les consommateurs me lâchent, qu'est-ce que je vais devenir? Comment gagner de l'argent? Je n'ai plus qu'à jeter l'énorme stock qu'il me reste! Dites-moi ce que je dois faire!

– C'est à moi que vous osez demander ça? Et moi, à qui dois-je demander conseil?

– Mais je suis membre de votre conseil d'administration, monsieur Zhuang!

– Membre de quoi? Je vous ai écrit le papier que vous vouliez et maintenant vous vous comportez en véritable sangsue.

– Mais j'ai investi quatre mille yuans dans le conseil d'administration de votre galerie de peinture, monsieur Zhuang. C'est votre ami Hong Jiang qui a réglé l'affaire à votre place, vous n'êtes peut-être pas au courant?

Fou de rage, Zhuang Zhidie lança des imprécations contre Hong Jiang.

– Ah! celui-là! Jamais on aurait imaginé qu'il puisse tromper les autres! Attaquez-le, faites-lui un procès, mais surtout que cela ne se retourne pas contre moi!

– Jamais pareille idée ne me serait venue à l'esprit! Je suis dans une situation difficile, je voulais votre avis, c'est tout!

Il se mit alors à sangloter. Zhuang Zhidie se tut, baissa la tête et alluma une cigarette avant de partir brusquement d'un grand éclat de rire.

– Vous avez une idée?

– C'est votre épouse qui a déclenché cette affaire, c'est à elle de la régler!

– À elle? Si cette fois-ci je ne demande pas le divorce, aussi vrai que je m'appelle Huang, je ne suis qu'une lavette!

– Alors n'en parlons plus, trancha Zhuang Zhidie.

– Vous pensiez que…, hasarda Huang.

– Bien sûr tout le monde sait que votre femme n'est pas morte d'avoir avalé de votre insecticide, cependant rien n'empêche de profiter de cette histoire pour la tourner à votre avantage et accroître encore davantage votre popularité. Vous pouvez ajouter un nouveau composant et dire que, ce que votre femme a absorbé, n'était pas du 101, mais un nouveau produit, 102 ou 202 par exemple, inventé spécialement pour le couple. Actuellement, quatre-vingt-dix pour cent des couples s'accommodent tant bien que mal de leur union. Il y a ceux qui se sont enrichis ces dernières années et qui entretiennent une maîtresse ou bien se payent des aventures par-ci par-là. Mais celui qui n'a pas un sou, comment s'offrirait-il ce genre de plaisir? Et lorsque l'on a une liaison, même si l'on est assez habile pour n'en rien laisser paraître, la vie n'est pas toujours simple. Le vieil adage veut que pour un jour d'orage, on s'attarde chez un ami; pour une année, on déménage; pour une vie, on prenne une maîtresse. Ce produit aurait donc pour but, lorsque les couples se querellent, d'effrayer la partie adverse en l'absorbant, sans toutefois être mortel. Qu'en pensez-vous ?

Huang sembla enfin sortir d'un mauvais cauchemar.

– Vous êtes vraiment un homme génial, monsieur Zhuang, s'extasia-t-il tout heureux. C'est la deuxième fois que vous me sortez du pétrin. Mais comment s'y prendre pour la publicité ? Si l'on rend public l'usage du produit 202, comment le consommateur saura qu'il s'agit d'un produit uniquement dissuasif à l'égard de son partenaire en colère, qui l'achètera ?

– Tout dépend de la promotion que vous ferez ! Il faut garder un petit côté secret, en parler aux hommes sans en informer les femmes ; ou vice versa. Vous pouvez aller vous-même promouvoir votre produit dans les unités de travail. Il est peu probable qu'un couple dépende de la même unité, de toute façon chacune a son « association populaire contre sa vieille ».

Huang serra la main du professeur et insista pour l'inviter à dîner. Zhuang déclina sa proposition. M. Huang appela néanmoins un taxi et remit au chauffeur un billet pour raccompagner le professeur chez lui.

Ce soir-là, Zhuang Zhidie rédigea dans son bureau sa défense jusqu'à onze heures. Comme d'habitude, il s'apprêtait à passer la nuit sur son canapé mais Liu Yue, en rangeant son lit, avait remis sa couverture dans la chambre de sa femme. Craignant de trouver porte fermée plus tard, il décida d'aller la récupérer tout de suite. Assise sous sa couette, Niu, déshabillée, feuilletait une revue.

– Tu préfères encore dormir dans ton bureau ? lui demanda-t-elle en le voyant prendre la couverture.

– Je dois finir d'écrire ma plaidoirie, j'ai peur de terminer tard et de te déranger.

– Hein ? Me déranger ? C'est moi, sans doute, qui t'envoie dormir ailleurs ?

– Je n'ai jamais dit ça. Tu ne dors pas encore ?

– Ah ? Parce que tu te préoccupes encore de moi ?

De mon sommeil! De savoir si je dors seule ou avec un amant!

– C'est du pareil au même pour moi!

– Qu'es-tu capable d'écrire? Qui sait d'ailleurs ce que tu écris!

– Je te l'ai déjà dit, je dois rédiger ma défense.

– Moralement, c'est plutôt stimulant, tu revis tes belles amours d'antan avec Jing Xueyin.

– Ne dis pas de bêtises! Je vais te montrer.

Il alla chercher ce qu'il avait déjà rédigé. «Va te coucher», déclara Niu Yueqing après avoir parcouru la première page. Zhuang Zhidie laissa tomber la couverture qu'il tenait toujours serrée dans ses bras.

– Pourquoi ne dormirais-je pas ici? dit-il. Je reste.

Niu Yueqing ne fit aucun commentaire. Elle le regarda se déshabiller et se glisser sous la couette.

– Je te hais! s'écria-t-elle soudain. Si tu envisages de divorcer, dis-le tout de suite, inutile de laisser pendre une épée de Damoclès au-dessus de ma tête!

– Jamais de la vie! Je suis là pour dormir. T'arrive-t-il de dire quelques mots gentils?

Il monta alors sur elle...

Ici l'auteur autocensure cent dix-sept caractères.

– Ne m'embrasse pas, ordonna Niu Yueqing en détournant la tête, tu pues la cigarette.

Zhuang Zhidie ne bougea pas.

– Tu fais ça pour te débarrasser de moi vite fait?

– Tu sais vraiment t'y prendre pour gâcher le plaisir.

Zhuang Zhidie allongea le bras et éteignit la lumière.

– Pourquoi éteins-tu? demanda-t-elle. Autrefois, lorsque je voulais éteindre, tu ne voulais pas, prétendant que me voir t'émoustillait. Maintenant voilà que tu fais tout le contraire. Je ne t'excite plus?

Zhuang Zhidie ralluma sans mot dire.

– Tu t'es lavé? questionna-t-elle brusquement. Sinon vas-y!

Zhuang Zhidie se leva et fila à la salle de bains où il fit un brin de toilette. Puis il revint. Mais ses efforts ne furent pas récompensés. Son impuissance persistait. Zhuang demanda à sa femme de changer de position. Jamais de la vie! Où avait-il pu apprendre tout ça! Mal récompensé de sa persévérance, Zhuang dut se résoudre à l'évidence : il n'y arrivait toujours pas.

– Laisse tomber! conclut Niu Yueqing, l'air sombre.

– Je deviens impuissant, dit-il non sans regret, un peu gêné. Pourquoi?

– Quand m'as-tu prouvé vraiment ta virilité ces derniers temps? Tu te forces, prétendant toujours que je suis la cause de ton impuissance, que je ne suis pas comme ceci ou comme cela. Cherche une femme ailleurs! Mais elles seront beaucoup moins tolérantes que moi et auront tôt fait de te virer du lit d'un coup de pied.

Zhuang Zhidie, furieux, ne répondit rien; il se retourna. Elle le retint de force.

– Ne t'endors pas si vite, dit-elle, j'ai quelque chose à te dire.

– Quoi?

– Que penses-tu de Liu Yue?

De peur de se méprendre sur le sens de sa question, il n'osa pas s'engager trop vite :

– Que veux-tu dire?

– Nous avons du mal avec nos servantes. Au début, tout se passe bien, elles se montrent obéissantes, puis peu à peu elles n'en font qu'à leur tête. Regarde Liu Yue! Elle passe désormais ses journées parée comme une princesse, adore flâner le long des rues, mais néglige totalement la cuisine. À tout propos, elle me contredit avec véhémence. Devons-nous la garder?

– Tu veux la congédier?

– Surtout pas, les voisins jaseraient! La congédier alors que l'on vient tout juste de l'embaucher! Non, je veux la marier! Il y a quelques jours, lorsque ma cousine est venue rendre visite à ma mère, je lui en ai parlé. Elle m'a proposé d'en faire sa belle-fille! L'idée a fait son chemin... Liu Yue a trois ans de plus que son fils, c'est parfait. Mieux vaut que la femme soit plus âgée. Pour une fille des fins fonds du

Shaanxi, c'est une chance d'épouser un homme qui vit dans les faubourgs de la capitale. Je suis sûre qu'elle ne s'y attend pas. Et les voisins nous trouveront rudement gentils de nous préoccuper de l'avenir de notre bonne.

Zhuang se sentit rassuré.

– Cesse de te mêler de ses affaires, lui dit-il, qu'ira-t-elle faire là-bas? Elle trouvera tout aussi bien en ville. En plus, je ne peux pas encadrer ce type-là, un espèce de singe à poil ras. À la campagne, les fiançailles ne s'éternisent pas, on se marie aussitôt. Quand elle sera partie, où trouverons-nous une fille aussi propre et adroite qu'elle! Tu veux un laideron, complètement stupide? Je ne veux rien savoir de cette affaire, débrouille-toi toute seule.

– Qui veux-tu retenir, la bonne ou la belle créature? Aujourd'hui encore, elle s'est acheté un jean bien moulant dans lequel elle rentre sa chemise, et elle se promène en tortillant des fesses pour mettre sa taille fine en valeur et faire ressortir son cul dodu!

La description excita Zhuang qui, le sexe en érection, se jeta sur sa femme.

– Dès qu'on parle d'elle, tu retrouves ton entrain! constata Niu Yueqing.

Elle le laissa s'enfoncer en elle et se tut.

Ici l'auteur autocensure soixante caractères.

Il lui demanda une fois encore de changer de position, mais elle refusa tout net.

– Je ne suis pas une dévoyée! s'offusqua-t-elle.

– Moi je copule avec un cadavre, rétorqua Zhuang Zhidie en se laissant retomber de son côté.

Tous les deux gardèrent le silence, immobiles. Au bout d'un moment, Niu Yueqing se rapprocha et lui demanda de recommencer. Il ne bougea pas. Elle fut reprise de son vieux tic: le hoquet.

*

La date du procès allait arriver très vite. Les accusés prirent mutuellement connaissance de leur défense pour étudier avec leur avocat la façon de riposter aux éventuelles questions que pourrait soulever la partie adverse. La veille du procès, Zhong Weixian pria encore Zhou Min de soumettre à Zhuang sa plaidoirie qu'il remaniait pour la quatrième fois. Zhuang Zhidie lui fit porter un sédatif pour qu'il cesse de se tracasser. Qu'il en avale deux comprimés, l'effet serait radical. Zhou Min déclara que le vieux prenait déjà des somnifères, il souffrait d'insomnie depuis plus d'un an et ne pouvait s'en passer. Ces derniers jours, il avait très mauvaise mine et buvait tant qu'il suait sang et eau dès qu'il montait un étage.

– Zhou Min, demain essayez de vous concentrer, lui conseilla Niu Yueqing qui arrivait. Rasez-vous de près et, que diable, un peu de tenue ! Il faut en imposer à votre adversaire.

– Que portera le professeur Zhuang à l'audience ? s'inquiéta Zhou Min.

– Un costume occidental neuf, trancha Niu Yueqing. Il n'a pas encore de cravate, mais cet après-midi j'enverrai Liu Yue lui en acheter une rouge.

– Arrête ! Je ne reçois pas le prix Nobel !

– Fais comme si ! répliqua sa femme. Il faut que la fameuse Jing éprouve quelques regrets de ne pas t'avoir épousé ! Demain, j'assisterai au procès, Liu Yue et Tang Wan'er aussi, ainsi que Xia Jie et l'épouse de Wang Ximian. Un, notre présence te donnera de l'assurance. Deux, cela permettra aux juges de voir que ta femme et tes amies la valent bien, que nous sommes même mieux qu'elle ! Qu'elle ne s'imagine pas être la plus belle de toutes les fleurs !

Zhuang Zhidie, que toutes ces palabres fatiguaient, congédia Zhou Min d'un geste pour qu'il aille se reposer et sa femme se coucher. Il passa un coup de téléphone à Meng Yunfang et lui demanda de venir lui faire une séance de divination par les huit trigrammes.

Les deux hommes s'enfermèrent dans le bureau

où ils complotèrent à voix basse. Niu Yueqing et Liu Yue, curieuses des résultats, attendirent jusqu'à onze heures et demie en vain et se résignèrent à se coucher.

Lorsque les deux principes yin et yang se croisèrent, Meng Yunfang regarda sa montre, il était minuit. Il alluma un bâton d'encens et invita Zhuang Zhidie à retenir son souffle et à serrer ses deux mains qui contenaient chacune, au creux de la paume, une poignée d'achillée musquée. Un moment plus tard, cette poignée se divisa en petits tas, six exactement, qui représentaient des traits longs, horizontaux, pointillés parfois. Il s'agissait là de l'un des huit trigrammes du *Livre des Mutations* appelé *kun*, formé de trois lignes brisées, et correspondant à la Terre. Meng Yunfang marmonnait tout en transcrivant en même temps. Zhuang Zhidie lut ce qu'il venait d'écrire sur le papier :

Le troisième des 10 Troncs célestes, correspond au feu

Le sixième des 10 Troncs célestes, correspond à soi-même

Le quatrième des 10 Troncs célestes, correspond à l'homme

Le septième des 10 Troncs célestes,

Six Esprits

Père, Mère, le 10ᵉ des 12 Rameaux terrestres, or

Frères, le dernier des 12 Rameaux terrestres, eau

Fonctionnaires, esprits malins, le deuxième des 12 Rameaux terrestres, terre

Femme, fortune, le septième des 12 Rameaux terrestres, feu

Fonctionnaires, esprits malins, le cinquième des 12 Rameaux terrestres, terre

Enfants, petits-enfants, le troisième des 12 Rameaux terrestres, bois

Juste en face de cette longue colonne, une autre qui portait les notes suivantes :

Enfants, petits-enfants, le dixième des 12 Rameaux terrestres, or – dragon bleu

*Femme, fortune, le dernier des 12 Rameaux ter-
restres, eau – cavalier noir*
*Frères, le deuxième des 12 Rameaux terrestres, terre
– Tigre Blanc*
*Fonctionnaires, esprits malins, le quatrième des
12 Rameaux terrestres, bois – serpent bondissant*
Père, mère, le quatrième de 12 Rameaux terrestres
*Frères, le huitième des 12 Rameaux terrestres, terre
– moineau rouge*

– Ce trigramme est vraiment bizarre, constata
Zhou Min.

– C'est bon ou pas ? demanda Zhuang Zhidie.

– Ce n'est pas mauvais. Un principe yang encerclé
par cinq principes yin, c'est le symbole du général
qui remplace le maréchal. Il y aura affrontement.
Tu n'as beau être que le second accusé, il te faudra
tenir le coup. C'est normal, un procès consomme de
l'argent et de l'énergie. Le deuxième trait augure de
quelques malheurs. Ce qui signifie que tu vas traverser des difficultés qui risquent de durer. Laisse-moi
réexaminer la chose. L'article est effectivement le
détonateur de toute l'affaire, c'est le feu, le principe
yang est prospère. Il te faudra dépenser beaucoup
d'énergie. Le trigramme kun représente le principe
yin, la femme, le sud-ouest, et je crains fort que cette
direction ne t'embarque dans une affaire qui n'en
finisse pas.

– Ce qui veut dire que demain, le procès risque de
mal se passer ? demanda Zhuang Zhidie.

– Ce trigramme kun a un sens ambigu, il signifie à
la fois la soumission et le redressement, pareil à une
jument fougueuse qui aime galoper à contre vent malgré son naturel doux et docile. Si tu avances d'une
allure sereine, d'un pas assuré, il n'y aura pas de problème. Demain c'est le grand jour, même si l'on ne
peut maîtriser tous les maux, tu n'auras, tout en
t'obstinant dans ta droiture, qu'à t'adapter aux circonstances, attitude qui te permettra de gagner.

Tandis qu'il exposait sa théorie, il se rappela quelque
chose et tira de sa poche son mouchoir qu'il déplia

pour en sortir un papier taché de sang ; il insista pour que Zhuang Zhidie le mette dans sa poche et ne s'en sépare pas. Ce dernier ne comprenait pas la signification de cette exigence. Meng Yunfang expliqua que les traditions populaires de Xijing voulaient que le sang d'une jeune vierge protégeât des mauvais sorts.

– Je n'en veux pas, protesta Zhuang. Quelle jeune fille es-tu allé persécuter pour rapporter cette serviette tachée de sang ? Tu parles d'une jeune vierge !

– Tu es injuste avec moi ! s'exclama Meng Yunfang. Aujourd'hui, personne n'oserait garantir la virginité d'une jeune mariée, néanmoins ce sang est celui d'une jeune vierge. Pour être franc, je suis allé hier au Temple de la Vacuité Pure voir Hui Ming. Elle sortait chercher de l'eau. En me voyant, prise de court, elle a jeté sous son lit la serviette hygiénique qu'elle venait de retirer. J'ai du coup aussitôt pensé à toi, à ton procès et je m'en suis emparé en douce. Je ne me porterais pas garant de la virginité de quiconque, sauf d'elle et sans aucune hésitation. J'ai bien nourri quelques doutes quant aux rapports qu'elle pouvait entretenir avec Huang Defu, mais il est impossible qu'il ait jamais souillé son chaste corps. D'ailleurs Hui Ming est une jeune fille « douce mais une forte tête ». Ce linge taché de sang ne peut être que bon pour toi.

– « Douce mais forte tête » ? C'est bien dit !

– Les femmes se classent par catégories, déclara Meng, il y a les « tranchantes et obstinées », les « fragiles et séduisantes », les « laides et obèses » et enfin les « maigres et vulgaires ». Tang Wan'er appartient à la catégorie des « fragiles et séduisantes », si elle était vierge ce sang serait le sien.

Zhuang Zhidie prit la serviette tachée qu'il glissa dans sa poche.

– Tu n'as jamais été dans un tribunal. Dans les films ça a l'air terrifiant. En fait, le tribunal régional est assez simple et le tribunal civil encore plus. Il y a trois bureaux. Au centre siègent le président du tribunal et le juge, à leurs côtés les greffiers ; l'avocat occupe une table perpendiculaire aux autres ; ensuite il y a deux rangées de bancs en bois réservées, l'une aux accusés, l'autre aux plaignants. Cela n'a rien d'effrayant, ça ressemble à n'importe quelle réunion. Surtout ne t'inquiète pas, je serai chez moi où je pratiquerai le qigong pour t'aider par transmission de pensée.

– Je n'ai aucunement l'intention d'y aller. Si je t'ai demandé de venir, c'est précisément pour que tu me remplaces.

– Que je te remplace ? Mais c'est impossible ! Il y a un formulaire à remplir, une requête à adresser au tribunal…

– Je m'en suis occupé. J'ai passé un coup de fil au juge Sima pour lui poser la question. Il s'est tout d'abord montré réticent, mais il a fini par accepter. Je dois rédiger un papier te désignant comme mon remplaçant et que tu remettras demain matin lors de la convocation. Pour être franc, je n'ai aucune envie de me retrouver face à face avec Jing Xueyin dans un endroit pareil. Bien sûr, je n'en ai parlé à personne, je crains trop les pressions des autres. Inutile de rentrer chez toi ce soir. Cette nuit nous partagerons le même lit, tu auras tout le temps de te mettre dans la peau de mon personnage.

– Puisque c'est à moi de prendre en charge ton existence, déclara Meng Yunfang, je dois certainement t'être redevable de quelque chose dans une vie antérieure ! Mon Dieu, je comprends seulement maintenant le sens de ce trigramme ! Il désignait un grand général ! Il ne s'agissait pas de toi, mais de moi, bien sûr !

– Si tel est ton destin, je ne me sens redevable de rien envers toi.

Le lendemain, alors que le jour pointait à peine, Zhuang se leva et fit quelques recommandations à Meng avant de filer en douce dans la rue presque déserte, à l'exception de vieilles femmes qui balayaient la chaussée en soulevant des nuages de poussière ou de types qui faisaient leur jogging, un minuscule transistor à la main, à l'écoute des nouvelles. Ne sachant trop où aller, il s'engouffra dans une venelle. À peine avait-il fait dix pas qu'il aperçut la mère Liu venant à sa rencontre avec sa vache. Il but du lait au pis. Puis il insista pour mener lui-même une partie du chemin la bête au bout de sa corde.

– Je n'ai rien à faire aujourd'hui, répondit-il aux protestations de la marchande, laissez-moi la tirer. Je lui dois bien ça, voilà un an qu'elle me régale de son bon lait.

*

Zhuang Zhidie ne savait vraiment pas où aller. Il était parti aux aurores pour cacher à sa femme et à sa servante le fait qu'il ne se rendrait pas au tribunal, et éviter ainsi leurs remontrances. Mais, à force d'errer sans but le long des rues, il avait mal aux jambes. Il alluma une cigarette et remarqua une foule de gens rassemblés autour de la place. Rien qu'à leur mine et à leur costume, il devina qu'il s'agissait de paysans. Certains tenaient à la main des outils, d'autres encore étaient accroupis, une plaque en bois à la main ; la tête rentrée, le dos voûté, ils fumaient, crachaient et parlaient à voix basse. Zhuang s'interrogea sur ce qu'ils pouvaient bien faire de si bon matin. En le voyant, deux ou trois hommes se ruèrent sur lui et lui demandèrent s'il avait besoin de main-d'œuvre. Zhuang comprit brusquement qu'il se trouvait sur un marché d'embauche. « Je vais voir Yuan Zhifei », répliqua-t-il seulement. Il fit demi-tour et prit, en effet, la direction du théâtre de son ami. Au bout d'un moment, il trouva bizarre d'avoir répondu de la sorte : il n'avait aucune envie d'aller là-bas. Il décida de se rendre à sa librairie et à sa galerie d'art. Mais il se ravisa aussitôt et se dirigea en fin de compte vers la Maison de la Recherche des Insuffisances pour s'y reposer. Chemin faisant, il passa devant le porte d'entrée principale du Temple de la Vacuité Pure où il vit une jeune nonne qui balayait et qui l'émoustilla.

– Jeune bonzesse, que tu balaies mal! lança-t-il.

– C'est difficile devant la porte, répliqua-t-elle en tournant vers lui un visage cramoisi.

Puis elle reprit son travail. Ses traits étaient assez grossiers, mais Zhuang trouva exquis son air timide.

– Je plaisantais, dit-il. Inutile de me prendre au sérieux! Hui Ming est-elle là?

– Vous voulez la voir, de si bonne heure? Elle étudie dans une des salles du monastère.

Zhuang Zhidie, ravi, entra dans l'enceinte du temple, sans savoir où diriger exactement ses pas. Il contourna le bassin, traversa la salle de la Grande Puissance, celle de la Déesse Mère, mais sans rencontrer Hui Ming. Il entendit alors, au loin, le bruit des battements sur le poisson de bois[1]. Il s'arrêta et tendit l'oreille. La musique venait du pavillon de la stèle de Ma Lingxu. Il s'engagea sur un petit chemin couvert de briques qui serpentait au milieu de bambous clairsemés. Le chemin était bordé d'une seule espèce de plante, une fleur rouge, toute rouge, que la brume matinale cachait par endroits. La plante était dépourvue de feuilles et ses pétales ressemblaient à ceux du chrysanthème. Zhuang Zhidie avançait à pas feutrés. Il aperçut, non loin de là, une petite maison avec un rideau de bambou. Hui Ming, les bras croisés, assise en tailleur sur un coussin en forme de lotus, récitait des sûtras en frappant sur le poisson de bois. Il devina dans la pénombre une table, une chaise, une lampe et un livre de prières. Zhuang Zhidie s'immobilisa: il se dégageait de cette pièce une atmosphère merveilleuse. Quel havre de paix au cœur de ce monde agité! Il se mit à rêver et se vit le crâne rasé, vêtu d'une robe jaune, assis sur un autre coussin de prière en feuilles de jonc juste à côté de celui de Hui Ming. Emporté par son imagination, il songeait aux effets que son changement susciterait à Xijing: quelle surprise dans le monde artistique et

1. Poisson de bois: instrument sur lequel les bonzes battent la mesure en chantant. *(N. d. T.)*

littéraire! Et dans le monde politique! Dirait-on que cet homme de lettres, perverti, tentait de se repentir et de racheter ses fautes? Ou bien croirait-on que Zhuang Zhidie, personnage épris de gloire et de femmes, essayait de séduire la belle Hui Ming? Il demeura là un moment en silence puis jeta un dernier regard sur la jeune bonzesse avant de se retirer. Il haïssait en secret sa propre renommée. Une renommée qu'il avait recherchée et pour laquelle il avait lutté sans relâche pendant plus de dix ans; mais une renommée qui, en sus de lui apporter mille tracas, avait fait de lui un homme de peu, faux et bouffon à l'extrême. Zhuang Zhidie caressa la stèle de Ma Lingxu et sentit les larmes lui monter aux yeux.

Sans passer par la Maison de la Recherche des Insuffisances, il retourna à la résidence. Niu Yueqing et Liu Yue n'étaient encore pas rentrées. N'ayant aucune nouvelle de la manière dont les choses tournaient au tribunal, il s'assit à côté du téléphone et attendit. Il redoutait le pire. À midi pile, la sonnerie retentit. Zhuang Zhidie se jeta sur le combiné.

– C'est toi Liu Yue? C'est toi? demanda-t-il.

– Ça va, professeur?

– Ça va. Liu Yue, dis-moi comment les choses se passent.

– Tout baigne. Du côté de la partie adverse, seule Jing Xueyin est bonne, l'autre type est nul, le président du tribunal a dû l'interrompre trois fois. Eh bien, ajouta-t-elle en ricanant, je comprends pourquoi à l'époque elle...

– Et ensuite?

– La séance est terminée pour ce matin, elle reprendra cet après-midi. Le professeur Meng est allé s'acheter du ruban adhésif pour se coller la partie gauche de la bouche, il prétend que la droite lui suffit, la partie est gagnée!

– Ne le laisse pas faire l'imbécile!

– Je ne peux pas le raisonner! Qu'il insulte son adversaire vous embête? Je la croyais belle à faire tourner les têtes, mais elle est très quelconque ! Et vous avez quand même pitié d'elle !

– Et alors ? dit-il.

Pendant quelques secondes, il y eut un silence, puis la voix reprit :

– Nous ne rentrons pas, nous devons inviter le juge à déjeuner dans une petite gargote. Vous m'entendez ? Je savais que vous attendiez mon appel. Vous trouverez des nouilles fines dans le réfrigérateur, faites-les-vous chauffer.

Zhuang Zhidie raccrocha, il n'alla pas à la cuisine mais se servit un verre d'alcool.

L'après-midi, il se rendit à sa galerie de peinture. Il demanda à Zhao Jingwu d'aller chez Bai Yuzhu pour que ce dernier, dès que le tribunal aurait délibéré, demande au juge Sima Gong comment les choses s'orientaient. Peu importait en effet qu'il ait raison ou non dans la défense qu'il avait rédigée, le point crucial était de connaître l'attitude des juges. Zhao Jingwu fit remarquer qu'il n'était pas nécessaire de se précipiter. La délibération allait être longue : selon lui le tribunal ne lèverait pas la séance avant la nuit tombante. Il lui suffirait d'y aller après cinq heures, ce serait encore bien assez tôt. Il voulut faire admirer ses plantations à Zhuang. Son bureau se trouvait dans une pièce de l'arrière-cour. Le bord des fenêtres était couvert d'une grande variété de fleurs en pleine floraison, toutes plus belles les unes que les autres. En les regardant, Zhuang Zhidie ne put s'empêcher de songer à cette plante étrange qu'il avait cultivée autrefois.

– Ces fleurs sont belles, mais ce ne sont pas des espèces rares.

– Je n'ai pas eu ta chance de tomber sur une plante extraordinaire ! Je ne veux, de toute façon, pour rien au monde une plante rare. Un, c'est coûteux, deux, c'est difficile d'entretien. Je veux des plantes qui soient belles lorsqu'elles fleurissent, c'est tout. Pour moi, la fleur est l'organe reproducteur de la plante, et il est manifestement visible. En revanche, l'organe sexuel chez l'homme est caché à l'endroit le plus secret. Les plantes concentrent leur énergie à la floraison pour attirer les abeilles à venir butiner leur pollen. Chaque fleur symbolise une femme différente...

– Jingwu, d'où te viennent toutes ces idées bizarres ? s'écria Zhuang Zhidie. Tu n'es pas marié, voilà pourquoi tu t'entoures de tous ces beaux sexes !

Zhao Jingwu sourit et entraîna son ami dans son bureau, une pièce minuscule, où ils s'assirent. La table face à la fenêtre croulait sous trois rangées de pots de fleurs ; certains de la taille d'un bol, en marbre ; d'autres, minuscules, en cristal ; même à la tête et au pied du lit ainsi que le long des murs, ce n'était qu'un alignement de pots. En revanche, sur la petite table carrée qui servait de bureau, un très joli meuble qui occupait le centre de la pièce, se trouvait un seul pot en porcelaine vert jade dans lequel poussaient des narcisses. Zhao Jingwu expliqua qu'après la démolition de leur maison natale, sa mère avait gardé pour elle tous les meubles, excepté cette petite table carrée et cette porcelaine Ming.

– Pourquoi avoir mis à l'endroit le plus voyant des narcisses qui ne sont pas encore en fleur ?

– De toute façon, la fleur de narcisse reste très discrète, elle n'attire pas le regard. Tu te demandes bien pourquoi c'est elle que je chéris le plus. En Orient, la tradition veut que le narcisse symbolise une femme chaste, pure comme le jade ; en Occident, en revanche, la mythologie grecque veut que le narcisse représente un homme d'une grande beauté, peu attiré par les femmes, qui, un jour, en découvrant son reflet dans l'eau d'une source où il se désaltérait, le trouva si beau qu'il s'en éprit. Il plongea dans l'eau pour l'enlacer mais se noya ; son âme et son corps se séparèrent. L'homme fut changé en cette fleur qui porte son nom.

Zhuang Zhidie entendait cette histoire pour la première fois.

– Te comparerais-tu à un narcisse ? demanda-t-il.

– Exactement. Je ne suis peut-être pas d'une grande

beauté, mais je me considère quand même comme un homme de talent au cœur du milieu culturel de Xijing. J'ai cultivé beaucoup de plantes, je les ai observées, j'ai étudié beaucoup de femmes sur cette terre, eh bien, c'est le narcisse que je préfère.

– N'envisagerais-tu pas de te marier?

– Le narcisse se contente d'une poignée d'eau et de quelques cailloux. C'est vrai, j'ai envie de me marier, mais laquelle choisir parmi toutes ces fleurs? Pour être franc, je voudrais te demander de m'accorder la main de Liu Yue.

Zhuang Zhidie frémit. Il avait depuis toujours remarqué que son ami en pinçait pour la jeune fille, mais de là à l'aimer!

– Pourquoi me demander ça à moi? dit-il en souriant. Elle a beau être ma servante, elle n'est pas une esclave. Comment pourrais-je décider à sa place?

– Je te demande simplement de servir d'intermédiaire, déclara Zhao Jingwu en serrant avec empressement le bras de son ami. Liu Yue, sans permis de résident, ne peut trouver de travail, mais peu importe, je prendrai soin d'elle. J'aime son esprit vif et je la trouve belle. Je saurai l'aimer en honnête homme et la rendre heureuse.

– Je peux jouer le rôle d'entremetteur, mais sois patient. Laisse-moi choisir le bon moment. Je pense que ce n'est pas très difficile. Depuis qu'elle est à mon service, elle a beaucoup lu, beaucoup rencontré de gens, c'est une fille qui s'améliore de jour en jour. Ne me l'aurais-tu pas présentée pour que je l'éduque, par hasard?

Les deux hommes parlèrent un peu de la galerie de peinture, puis comme le jour tombait, Zhuang poussa son ami à se rendre chez Bai Yuzhu, tandis qu'il s'en retournait chez lui. Niu Yueqing et Liu Yue qui étaient déjà rentrées faisaient leur toilette. En l'entendant arriver, elles se hâtèrent de passer un vêtement pour sortir de la salle d'eau.

– Comment se fait-il que l'audience se soit terminée si vite? demanda-t-il.

– Elle n'a duré qu'une heure, répondit Niu Yueqing. Zhong, le rédacteur en chef, a eu un malaise. Le tribunal a dû suspendre la séance bien que la situation soit à peu près claire pour les juges. Néanmoins une enquête auprès des deux parties sera faite, si une nouvelle audience s'avérait nécessaire, vous seriez de nouveau convoqués.

– Zhong Weixian malade ? Mais qu'a-t-il eu ? Lui qui a une santé de cheval ! On va imaginer que sa défense n'était pas à la hauteur et qu'il a feint d'être malade pour éviter de comparaître.

– Les juges ne peuvent pas penser chose pareille, assura Niu Yueqing. Zhong Weixian s'est levé pour lire sa défense, treize pages écrites minutieusement. Il lisait, concentré sur son texte avec soin. Rien ne laissait prévoir quoi que ce soit. Jing Xueyin était assise, le visage dégoulinant de sueur. Le juge n'arrêtait pas d'acquiescer de la tête. C'est alors que brusquement on a entendu un grand bruit. Zhong gisait là par terre, livide, raide comme un mort, les yeux fermés, dans le coma. Le juge Sima a immédiatement demandé qu'il soit transporté à l'hôpital et il a suspendu la séance. Nous nous sommes à notre tour précipités à l'hôpital où il venait juste de reprendre connaissance. Mais on le garde pour examen, on ne connaît pas la cause de ce malaise.

Zhuang Zhidie s'inquiéta vivement.

– Ce matin, dit Niu Yueqing, Zhou Min m'a raconté que Zhong n'avait déjà pas le moral. Dans son bureau, il s'était disputé avec les dirigeants du Bureau de la Culture, sans doute pour ce problème d'Évaluation de ses titres. Sur le chemin, Zhou Min avait tenté de le calmer mais il ne cessait de gémir que rien n'allait plus ; il n'avait pas obtenu l'Évaluation qu'il méritait ; la jambe qui n'aurait pas dû être cassée, l'était. J'ai demandé à Zhou Min de quoi voulait parler le vieux, il m'a répondu qu'il l'ignorait.

Zhuang Zhidie, lui, savait très bien de quoi parlait Zhong. Il voulut tout raconter à sa femme, ouvrit la bouche, mais finalement se ravisa. Il se contenta de maudire ce système d'Évaluation des titres ainsi que les dirigeants du Bureau de la Culture.

– Tu m'as finalement bien soulagée, reprit Niu Yueqing. Ce matin, en voyant que tu n'assistais pas au procès, j'étais folle de rage. Mais ce n'est pas plus mal que tu ne sois pas venu, ta présence aurait inévitablement excité Jing Xueyin. En revanche, l'état de Zhong m'inquiète beaucoup. Et si d'autres parmi nous venaient à tomber malades, inutile de te dire la jubilation de Jing ! Nous serions la risée de toute la ville !

Alors qu'ils dînaient, Zhao Jingwu arriva, portant un énorme chien en peluche qu'il remit à Liu Yue dès qu'elle lui ouvrit la porte. Enchantée, la jeune fille se jeta sur le canapé en embrassant le jouet qu'elle serrait sur son cœur.

– C'est un beau cadeau que tu lui fais là, s'exclama Zhuang, cela a bien dû te coûter soixante ou soixante-dix yuans !

– J'étais tellement content que quand j'ai vu cette peluche je n'ai pas pu résister ! répondit Zhao Jingwu un peu confus.

– Et moi alors ! Tu ne m'offres rien ? se moqua Zhuang.

– Attends ! Le juge Sima, qui a entendu la défense de Jing Xueyin, prétend que ses arguments ne sont pas fondés. Reste un problème. D'un côté on estime que ce fameux article est une synthèse de la féminité en général. D'un autre côté, un reportage doit s'appuyer sur des faits vrais. Difficile pour les juges de trancher, ils n'ont aucune compétence en la matière. Ils veulent donc l'avis de spécialistes du milieu culturel.

– C'est précisément là le problème, déclara Zhuang Zhidie. Un reportage ne s'écrit pas comme un roman.

– Que faire ? demanda Zhao Jingwu, on ne va tout de même pas abandonner au moment où l'on tient le bon bout !

Zhuang Zhidie ricana et se tut. Niu Yueqing fit

un clin d'œil à Zhao Jingwu qui la suivit dans la cuisine.

– À quoi bon parler de tout cela, dit-elle, il est déjà si contrarié, pourquoi le tracasser davantage ?

– Jingwu, viens ici ! ordonna Zhuang Zhidie.

– N'en parlons plus pour aujourd'hui, déclara Zhao Jingwu. J'ai la tête sur le point d'éclater. Face à la montagne, on finit toujours par trouver un chemin. Liu Yue, quel nom as-tu donné à ce chien ?

– Gou Xiao wu[1] ! répondit-elle.

– Calme-toi, dit Zhuang, nous réglons une affaire sérieuse. (Puis s'adressant à son ami :) Nous devons nous rendre au tribunal. Auparavant nous demanderons à des écrivains, des critiques et des professeurs du département de chinois de l'université de la capitale et de la province de se prononcer sur ce sujet et de remettre leurs conclusions au tribunal afin d'influencer directement les juges. Ces jours-ci, tu consacreras donc ton temps à trouver, avec l'aide de Li Hongwen et Gou Dahai, des écrivains, des hommes de science et des professeurs qui détermineront comment doit être rédigé un reportage en bonne et due forme. Je vais te faire une liste : d'un côté, ceux qui partagent notre avis ; de l'autre, ceux qu'il ne faudra pas forcer, une simple formule générale suffira ; enfin, ceux à qui il faudra simplement demander de ne pas apporter leur soutien à Jing Xueyin.

Il établit aussitôt une liste qu'il remit à Zhao Jingwu et laissa à Liu Yue le soin de raccompagner ce dernier.

– Si je n'étais pas inculpé dans ce procès, il n'y aurait pas tout ce déploiement d'agitation, constata Zhuang Zhidie.

– Tais-toi, tais-toi ! supplia sa femme, tu sais faire la loi à la maison mais tu n'as même pas le courage d'affronter ce procès. N'en parlons plus ! Je suis complètement vidée.

1. Gou le petit cinquième. *(N. d. T.)*

514

Liu Yue accompagna Zhao Jingwu jusqu'à la porte d'entrée.

– Liu Yue, au coin de la rue il y a un marchand ambulant de brochettes de mouton épicées, viens, je vais t'en offrir une.

– Manger ça, par une chaleur pareille ! protesta la jeune fille.

– Alors une glace ?

– Qu'est-ce qui vous prend aujourd'hui ? Quelle générosité ! Je ne veux rien mais merci quand même. Je vous raccompagne jusqu'en bas.

Ils sortirent et Zhao Jingwu s'arrêta à l'écart du réverbère.

– Liu Yue, viens près de moi.

– Dans le noir ? Pour faire quoi ? J'aurais bien trop peur, dit-elle tout en s'avançant.

– Regarde-les, susurra Zhao Jingwu à son oreille.

Liu Yue suivit sa main des yeux et aperçut, à quelques mètres de là, dans un coin sombre, deux amoureux enlacés. Elle baissa la tête et rit sous cape.

– L'amour n'a peur ni de l'obscurité ni des revenants, approchons-nous pour écouter ce qu'ils disent, déclara Zhao Jingwu.

Elle lui enfonça un doigt dans la joue :

– Vous filez un mauvais coton, s'écria-t-elle. Si vous êtes capable de ramasser une fille dans la rue, à quoi bon espionner les autres, espèce de grossier personnage !

Zhao Jingwu, surpris, laissa échapper un petit cri et leva les bras pour se protéger le visage.

– Vous ai-je mis le doigt dans l'œil ? dit-elle en riant.

Elle s'approcha pour lui écarter les mains. Il l'enlaça brusquement et lui mordit la joue avant de se sauver comme un voleur. Les phares d'une voiture qui passait éblouirent la jeune fille. Affolée, elle se plaqua contre le mur et ne se ressaisit que lorsque l'obscurité fut revenue. Zhao Jingwu s'était volatilisé. Liu Yue trouva finalement l'incident très drôle : ce traître de Zhao, qui se prétendait un galant homme, n'était qu'un bêta pour l'embrasser ainsi à la dérobée et détaler ensuite comme un lapin ! Tout en marchant, elle massait sa joue qui lui faisait encore mal. Elle s'aperçut que la voiture qu'elle venait de croiser était garée devant la porte d'entrée et que Zhou Min en descendait.

– Liu Yue, que faisais-tu plaquée contre le mur ? lui demanda-t-il. Je t'ai vue dans la lumière des phares.

Sur le moment, elle s'affola.

– Vous m'avez vue ? Ce que je faisais ?

– Tu paraissais hébétée, seule, devant le mur. J'ai cru que tu t'étais encore disputée avec Niu Yueqing et que tu pleurais. Tout va bien ?

– Si elle m'avait à nouveau fait des reproches, je serais retournée chez vous pour toujours ! Vous venez de l'hôpital, comment va le vieux Zhong ?

– Entrons, nous en parlerons à l'intérieur. Le professeur Zhuang est là ?

Niu Yueqing et Zhuang Zhidie dormaient déjà. Liu Yue frappa à la porte de leur chambre. Niu Yueqing sortit en pyjama. Zhou Min fonça directement dans la pièce pour parler à Zhuang Zhidie. Il avait à peine achevé sa phrase que Zhuang Zhidie était déjà debout, habillé n'importe comment, les larmes aux yeux. Le médecin avait en effet diagnostiqué un cancer du foie et les jours de Zhong Weixian étaient comptés.

– Ce sont toutes ces foutues histoires qui l'ont rendu malade ! hurla Zhuang Zhidie, les poings crispés.

Il voulait, là, sur-le-champ, aller trouver les dirigeants du Bureau de la Culture. Sa femme et sa servante l'en dissuadèrent : il était beaucoup trop tard, il ne trouverait plus personne à cette heure, les bureaux étaient déserts.

– Malade à crever, le vieux Zhong s'est quand même présenté à l'audience, il a eu ce malaise, il est maintenant à l'article de la mort et vous ne voulez rien faire pour lui ! Puisqu'ils ne sont plus à leurs bureaux, j'irai les trouver chez eux. Ils ne peuvent pas impunément piétiner un vieil intellectuel ! Qui pèse le plus à leurs yeux, un homme ou une évaluation ?

Niu Yueqing le laissa partir. Zhou Min se montra inquiet.

– Un cancer du foie à ce stade-là laisse peu d'espoir. Zhong Weixian pourra-t-il participer à la seconde audience ? S'il disparaît, disparaît avec lui l'influence que j'ai actuellement à la rédaction du journal.

Ses craintes irritèrent Niu Yueqing.

– Cessez de parler ainsi ! ordonna-t-elle. Vous croyez encore qu'il pourra comparaître lors de la prochaine audience ? Si le procès est perdu, espérons au moins une erreur de diagnostic et que ce malaise n'ait été qu'une fausse alerte !

– Ce n'est pas ce que je voulais dire, rectifia Zhou Min, comprenant qu'il venait de gaffer. Je constate que Zhong Weixian tombe malade juste au moment où se déroule le procès...

Niu Yueqing craignit que ses remontrances ne détournent l'attention de Zhou Min du sujet essentiel.

– Nous venons à l'instant de voir Zhao Jingwu qui sortait de chez le juge, dit-elle, le procès ne devrait pas poser de gros problèmes.

Elle énuméra alors les mesures éventuelles que son mari avait envisagées. Zhou Min, un peu rassuré, proposa de faire un saut à l'hôpital voir Zhong. Niu Yueqing, qui voulait également y aller, ordonna à Niu Yue de rester à l'appartement pour préparer un bol de soupe à son mari quand il reviendrait. Elle dévala les escaliers avec Zhou Min.

Le soir même, Zhuang Zhidie alla donc trouver le directeur du Bureau de la Culture à son domicile et tapa du poing sur la table. Il était prêt à se battre. Le directeur n'avait encore jamais vu Zhuang Zhidie dans une telle colère. Il essaya de se justifier par tous les moyens et déclara ne se sentir aucunement responsable de quoi que ce soit. Il irait cette nuit même rendre visite à Zhong Weixian à l'hôpital et se portait garant de la prise en charge des frais d'hospitalisation et de médicaments. À quoi rimait cette comédie si le fond du problème n'était pas réglé? brailla Zhuang Zhidie. Cette visite, au contraire, ne pouvait que briser son moral et porter un coup fatal au malade. Le directeur, intimidé, conduisit Zhuang Zhidie chez les quatre vice-présidents, lesquels délibérèrent jusqu'à l'aube et adoptèrent en fin de compte la décision suivante : ils accordaient unanimement à Zhong Weixian l'Évaluation de ses titres. Ils passeraient la note d'acceptation au bureau concerné au niveau provincial afin que les hautes autorités se prononcent à leur tour. La situation s'orientant dans la bonne direction, Zhuang Zhidie prit congé du directeur et des vice-directeurs qu'il remercia en s'excusant de s'être emporté. Lorsqu'il arriva chez lui, le jour commençait à percer.

À midi, les hauts dirigeants du Bureau de la Culture, munis de flacons de fortifiant en guise de présents, se rendirent en rangs serrés à l'hôpital au chevet de Zhong. De l'hôpital, Niu Yueqing téléphona à son mari pour lui annoncer que le malade allait beaucoup mieux. Il avait même mangé un bol de raviolis et pouvait se lever. Fou de joie, Zhuang Zhidie, sitôt le combiné raccroché, appela Liu Yue qu'il serra dans ses bras.

– Je suis en nage, dit-elle.

Elle emporta dans sa chambre une cuvette remplie d'eau pour se laver avant de s'allonger nue sur son lit. Mais Zhuang Zhidie ne vint pas. Il se rendit au Bureau des Évaluations afin de clarifier la situation. Il espérait qu'après avoir reçu la demande ce bureau pourrait faire une exception et obtenir au plus vite la ratification du document. Il passa ensuite un coup de fil à l'hôpital, demandant qu'on trouve Niu Yueqing et qu'elle amène Zhong jusqu'au téléphone.

– Zhong, maintenant, pense à ta guérison, lui dit-il.

– Zhidie, comment pourrais-je te remercier? Dire que, dans cette ville, toute affaire semble impossible à régler si on n'est pas à l'article de la mort!

– Tais-toi! Tout va s'arranger!

– J'ai de la chance, beaucoup de chance! Zhidie, ils viennent de m'apporter la résolution qui doit être remise aux autorités supérieures, cela est aussi efficace que l'absorption des médecines les plus puissantes!

– La demande sera bientôt ratifiée par le Bureau des Évaluations lui-même. Dans quelques jours je te remettrai en mains propres ton certificat, un livret rouge. Tu va guérir très vite!

– Le livret rouge, certificat d'«Intellectuel Supérieur»! Est-ce que je ne vaux guère mieux qu'un simple bout de papier, Zhidie? Dis-moi, est-ce bien tout ce que je vaux?

Son ton était plein d'indignation et il finit par fondre en larmes. Zhuang Zhidie, la gorge étranglée par l'émotion, ne put prononcer un mot.

Cette nuit-là, Zhuang dormit à poings fermés. Liu Yue, juste vêtue d'un slip, vint plusieurs fois rôder dans sa chambre. Elle lui chatouilla les cils avec le bout de ses cheveux mais il murmura un «laisse-moi dormir» et se retourna. Liu Yue revint à la charge, lui retira sa couette et le secoua vigoureusement. «Tu m'ennuies!» hurla-t-il.

– Vous avez vu l'heure, dit-elle, regardez le ciel. Le téléphone sonne depuis une éternité, vous n'allez même pas répondre. C'est madame, sa voix est bizarre.

Zhuang Zhidie ouvrit les yeux. En effet, le soleil perçait déjà au travers de la fenêtre. Il se jeta sur le téléphone et, sans prendre le temps de se débarbouiller ou de se rincer la bouche, il enfourcha sa mobylette pour foncer à l'hôpital.

Zhong Weixian, amaigri, sans lunettes, gisait sur son lit. Il faisait peur à voir. À cinq heures du matin, il s'était mis à vomir du sang, un plein crachoir. Le médecin s'était hâté d'intervenir, stupéfait par cette hémorragie, alors que le malade semblait aller si bien depuis qu'il avait repris connaissance! Il avait enguirlandé les gardes-malades, à savoir Niu Yueqing, Zhou Min et Gou Dahai. Niu Yueqing avait raconté que, la veille au soir, le vieux Zhong était si content qu'il avait mangé un bol de raviolis et s'était même levé. Ils avaient cru à un miracle, sans penser que ce matin... Le médecin s'était interrogé sur la cause de cette agitation et, quand Zhou Min lui avait appris cette histoire d'Évaluation des titres, il s'était mis en colère. Pourquoi avoir tracassé ce malheureux avec cette affaire en ce moment ? Même chez les gens en bonne santé l'émotion pouvait parfois déclencher de mauvaises réactions, à plus forte raison chez une personne aussi gravement malade que lui !

Le médecin avait cependant réussi à arrêter l'hémorragie. Dès qu'il avait repris connaissance, Zhong Weixian avait remis ses clefs à Zhou Min en le chargeant d'aller chercher dans le dortoir qui dépendait du journal, là où il vivait, un petit coffre qui lui servait d'oreiller. Lorsque Zhou Min le lui eut rapporté, il le serra dans ses bras, les larmes aux yeux. Personne ne comprit sa réaction, mais personne n'osa le lui retirer.

– Vieux Zhong, vous êtes habitué à dormir sur un oreiller dur ? lui demanda Niu Yueqing, vous n'aimez donc pas les mous ?

Zhong Weixian secoua la tête.

– J'ai bien peur que toute la fortune de notre ami ne soit cachée dans ce petit coffre, s'écria Zhou Min. Donnez-moi votre cassette, j'en prendrai soin, il ne lui arrivera rien.

Mais Zhong Weixian refusa de la lâcher. Vers neuf heures, il demanda à voir Zhuang Zhidie, qu'à son arrivée Niu Yueqing prit dans un coin pour lui raconter la nuit que Zhong venait de passer, et lui recommander de ne plus parler d'Évaluation de ses titres.

– Le médecin a ordonné de ne plus le contrarier. S'il crache à nouveau du sang, c'est la mort assurée, ajouta Niu Yueqing. Ce coffret qu'il serre sur son cœur ne contiendrait-il pas toutes ses économies ? Étant donné sa mauvaise entente avec sa vieille durant sa vie, il n'a sans doute aucune envie qu'elle les récupère! Néanmoins, au point où il en est, il est difficile de ne pas le lui dire; s'il ne nous confie pas sa cassette, on ne pourra guère faire autrement que de la lui remettre lorsqu'elle viendra! D'un autre côté, je me demande ce que nous ferons de cet argent s'il nous le confie et qu'il meure.

— Nous déciderons quand je l'aurai vu, répondit Zhuang.

Il entra dans la chambre du malade et lui prit la main.

— Vieux Zhong, me voici.

— Je ne voulais pas mourir sans t'avoir revu, dit Zhong Weixian en souriant soudain, les yeux grands ouverts.

— Ne dis pas ça, ne dis rien, déclara Zhuang Zhidie, au bord des larmes, un miracle peut toujours se produire.

— C'est aussi ce que je pense, assura Zhong Weixian en hochant la tête, je devrais déjà être mort, ma survie tient du miracle!

Une larme longtemps contenue roula sur sa joue dans les profonds sillons de ses rides avant de disparaître pour ne laisser qu'une trace brillante.

— Zhidie, reprit-il, ma fin est proche, je sens que je vais mourir. Crois-tu que je pars dignement?

— Tu as connu une existence pleine d'adversité, mais bien remplie. Inutile de rappeler tes grands mérites sociaux, le caractère exceptionnel de ta vie. Tu as vécu en honnête homme, toujours digne, bien supérieur à nous tous, ce qui explique le miracle!

— Je ne t'arrive même pas à la cheville...

Ses forces lui manquaient et il ne poursuivit qu'après un long silence:

— ... Mais j'ai toujours espéré obtenir ce petit livret rouge et récupérer ce coffret qui me sert d'oreiller. Je regrette de ne pouvoir t'accompagner jusqu'au bout du procès et d'être la risée des autres.

— Qui osera se moquer de toi? Tu as bouleversé tout le monde, dit Zhuang Zhidie qui comprit à la couleur du visage et à la respiration saccadée du malade que la mort approchait. Vieux Zhong, que puis-je encore faire pour toi ? demanda-t-il en refoulant ses larmes.

– Tiens bon, vieux, s'écria Li Hongda qui entrait, j'ai envoyé un télégramme à ta famille, ils ont dû le recevoir ce matin. Les dirigeants du Bureau de la Culture vont arriver d'un moment à l'autre, ainsi que beaucoup d'écrivains qui ont téléphoné pour prendre de tes nouvelles.

– Je ne veux pas les voir ! Je ne veux voir personne ! protesta le vieux Zhong.

D'un signe de la main, il congédia ses visiteurs, ne gardant auprès de lui que Zhuang Zhidie.

– Zhidie, lui dit-il en lui tendant son coffret, l'homme est mortel. La mort ne me fait pas peur, ce qui me peine c'est de penser au chagrin que j'inflige à la femme que j'aime. Elle m'avait promis de venir, mais une fracture de la jambe l'en a empêchée. Lorsqu'elle arrivera, je serai déjà mort. Remets-lui ce coffre de ma part, ainsi qu'un numéro de la revue concernant le procès. Cette boîte contient ma fortune, toute ma fortune. Qui est-elle, ne pose pas de question. Le moment venu, tu le... sauras car... elle... s'adressera... à toi.

Zhuang Zhidie prit le petit coffre qu'il trouva très lourd, aussi lourd que son mensonge lui pesait soudain sur la conscience. Il pensa avouer à son vieil ami la supercherie dont il était l'auteur, mais il n'en eut pas le cœur. Il préférait être éternellement rongé par le remords d'avoir trompé Zhong plutôt que de lui révéler la vérité à l'instant même de sa mort, le privant ainsi de tout espoir au moment de passer dans l'autre monde. Le vieil homme, les mains croisées sur sa poitrine et les lèvres serrées, fut secoué de violentes convulsions. Un flot de sang jaillit de sa bouche, qui éclaboussa son visage, son corps et le mur blanc. Puis les spasmes s'apaisèrent. En silence, Zhuang regarda le visage de son ami s'éclairer d'un sourire, un sourire qui peu à peu se figea.

Zhuang, le coffre serré contre son cœur, quitta la chambre. Les autres se jetèrent sur lui :

– Comment va-t-il ?

– Il est mort.

Il prit le couloir et sortit du bâtiment. Il resta là, ébloui par un soleil de plomb, clignant les yeux, incapable de les ouvrir.

Les médecins, les infirmières, Niu Yueqing et les autres se précipitèrent dans la chambre du mort. Les infirmières démantelèrent les perfusions et relevèrent les deux pans du drap pour envelopper le corps qu'elles chargèrent sur un chariot.

– Qui est de la famille ? demanda l'une d'elles.

Comme personne ne répondait, elle renouvela sa question.

– Hein ? Qu'est-ce qu'il y a ? demanda brusquement Niu Yueqing hébétée, appuyée contre le mur.

– Si ce drap ne lui appartenait pas, déclara l'infirmière allez à l'enregistrement des malades régler cinq yuans.

Le chariot roulait mal vers la sortie, brinquebalant en tous sens avec des grincements stridents. Zhuang Zhidie se retourna : les rayons du soleil entraient dans le couloir et la civière apparut, tel un lingot sortant de la fournaise. En descendant les trois marches basses du perron, le corps dans le linceul blanc roula à droite, puis à gauche, comme une pastèque dans un sac de toile.

*

C'est le Bureau de la Culture qui prit en charge l'organisation des funérailles de Zhong Weixian. Zhuang Zhidie et ses amis, qui ne dépendaient pas de cette unité de travail, furent prévenus par Zhou Min qu'aucun endroit propice n'avait été trouvé pour la sépulture. Zhuang Zhidie fit quelques suggestions. La femme de Zhong Weixian, escortée de son grand benêt de fils, se rendit à la morgue où, après avoir soulevé le drap pour s'assurer qu'il s'agissait bien de son mari, elle fit brûler devant la porte une liasse de papier monnaie d'offrande. Elle laissa ensuite à son fils le soin d'emporter la cuvette d'offrande pleine de cendres et de nouilles. Puis elle entama des tractations avec les dirigeants du Bureau de la Culture, exigeant qu'on lui verse une subvention de cinq mille yuans et qu'on engage son fils. Après trois jours et trois nuits de discussions, Zhuang refusa de s'occuper davantage de l'affaire. C'est alors que Gou Dahai révéla à la veuve l'existence du coffret de bois que son mari avait remis, juste avant sa mort, à Zhuang Zhidie. Elle s'en alla questionner l'intéressé qui finit par ouvrir la boîte devant elle et en lui dévoiler le contenu :

– Voici des lettres qu'il a reçues en tant que rédacteur, il m'a demandé d'y mettre de l'ordre, ce coffre ne contient pas un sou.

– Pourquoi avoir enfermé sa correspondance officielle là-dedans ? s'étonna la femme. Mourir, mourir ! Ce n'est pas pour autant que l'on doit négliger les affaires d'État ! Il y a bien longtemps que je ne comptais plus pour lui, qu'a-t-il pu faire de son argent ? Dire qu'il ne nous laisse pas un centime !

Elle partit en emportant le coffret et en abandonnant les lettres à Zhuang Zhidie qui ne se manifesta pas plusieurs jours de suite. Mais apprenant que l'oraison funèbre était écrite, il exigea de remanier lui-même le texte. On lui conseilla de ne pas se laisser guider par ses sentiments. Il voulut aussi rédiger l'avis de décès. On lui répondit que seuls les cadres dirigeants avaient le droit à un avis de décès dans le journal de la ville ou celui du Parti. Zhuang Zhidie écrivit quand même une petite oraison funèbre, sous forme de prose, qui fut publiée en page trois du supplément du journal. Le même jour, une centaine de personnes déposèrent des couronnes funéraires au Bureau de la Culture. La date de l'incinération fut fixée au surlendemain. Zhuang Zhidie passa sa soirée à composer une paire de distiques élégiaques destinés à être placés de part et d'autre du crématorium.

– Viendront à l'enterrement ceux qui auront pu être prévenus, déclara Zhuang à Meng Yunfang, Gou Dahai et Zhou Min. Maintenant je veux dormir, je suis exténué. Je n'ai tenu compte ni de la rime ni du parallélisme. Allez acheter de la gaze blanche et trouvez Gong Jingyuan pour qu'il calligraphie ces distiques à l'encre noire. Qu'ils soient dès demain accrochés toute la journée au Bureau de la Culture avant de l'être au crématorium !

Ses amis lurent ainsi :

Ne déplorez pas le peu de bonheur que vous avez connu
C'est bien dans la boue que le lotus garde sa pureté
Comme un arbre qui abrite un oiseau, on vous a couvert d'amitié
Comme un prunier qui résiste au froid, vous avez bien fleuri.

Le second distique était tout aussi poétique :

Ne pleurez pas pour cette vie si courte,
C'est au bout de la nuit que les lucioles disparaissent
Quand la lune même ne rayonne plus, où se réfugient les étoiles ?
Tel le chant des cigales à la fin de l'automne, votre voix s'est éteinte...

Niu Yueqing partit acheter de la gaze blanche que les proches de Zhong Weixian porteraient en signe de deuil lors de l'incinération. Tang Wan'er, assise sur le bord du lit, resta tenir compagnie à Zhuang Zhidie tandis que Liu Yue leur préparait à la cuisine une boisson chaude au gingembre.

– Reposez-vous, ménagez vos forces ! conseilla dès son retour Tang Wan'er, la tête penchée et l'œil humide, à Niu Yueqing. Sans nous, ses fidèles amis, sa cérémonie d'enterrement serait bâclée. Regardez sa vieille, elle a juste versé une larme ou deux, et encore elle a trouvé moyen de se plaindre que c'était elle la victime ! Vous parlez d'une épouse !

– Qu'en savez-vous ? dit Niu Yueqing. Leurs rapports ont toujours été mauvais.

– Rien qu'à son air, c'est avec le diable qu'elle s'entend bien, déclara Tang Wan'er.

Puis, d'un geste machinal, Tang Wan'er allongea le bras pour border la couverture de Zhuang Zhidie. Niu Yueqing ouvrit des yeux ronds comme des billes, s'avança et remit la couverture comme elle était. Tang Wan'er comprit aussitôt que son geste était déplacé. Elle se leva, un peu gauchement, pour changer de place et s'asseoir sur une chaise à côté du lit.

– À Tong Guan, on avait coutume d'accompagner les morts avec ce chant funèbre «À quoi bon vivre, on meurt si vite qu'amis et parents ne le savent même pas». À l'époque, je n'avais pas notion de ce qu'était le chagrin. Depuis la disparition de Zhong Weixian, ce chant me hante et m'attriste.

– Zhong n'est-il pas mort entouré de ses amis ? dit Niu Yueqing.

– Ses amis, et alors ? rétorqua Tang Wan'er. C'est de celle qu'il aimait que son cœur était plein !

– De celle qu'il aimait ? De celle qu'il aimait ? s'étonna Niu Yueqing.

– Tang Wan'er veut parler de cette ancienne camarade qui vivait dans la province de l'Anhui, intervint Zhuang Zhidie.

– Parce que Tang Wan'er aussi est au courant de cette histoire ? dit Niu Yueqing.

– C'est moi qui la lui ai racontée, dit Zhuang Zhidie.

– Tu m'avais fait jurer sur tes grands dieux de n'en parler à personne, hurla Niu Yueqing, et toi tu le cries sur tous les toits. Tout le monde a cru que la cassette du vieux contenait sa fortune, en fait elle contenait toutes les lettres d'amour que le professeur Zhuang lui écrivait en se faisant passer pour sa maîtresse ! Surtout pas un mot à qui que ce soit de cette affaire ! Si jamais on l'apprenait, cela serait très mauvais à la fois pour Zhong Weixian et pour toi.

– Quelle importance, il est mort ! s'écria Tang Wan'er. Si vraiment la vérité éclatait, les gens s'extasieraient, trouvant que c'est une belle histoire d'amour !

– Nous, nous comprenons, dit Niu Yueqing. Mais qui dans cette ville comprendrait ? Car en fin de compte, il était marié et le resta toute sa vie, il avait même un fils, un peu sot, soit, mais il ne pouvait pas prétendre ne pas avoir connu l'amour.

– Ne mélangeons pas amour et vie conjugale ! déclara Tang Wan'er. L'autre soir avant de m'endormir, je pensais à Zhong. Il était pitoyable, sans l'être vraiment. Ses cheveux avaient beau être blancs, cela n'enlevait rien à son ardeur, il menait une vie assez romantique. Ce qui est regrettable, c'est cette fausse maîtresse…

– Si elle avait existé, dit Niu Yueqing, aurait-elle osé venir ?

– Pardi ! trancha Tang Wan'er. À sa place, sachant les sentiments que le vieux nourrissait pour moi, éperdue de chagrin, j'aurais accouru embrasser sa dépouille !

– Vous ? répondit Niu Yueqing, vous êtes unique !

Puis jugeant sa réflexion peu convenable, elle ajouta :

– Je déteste cette idée de maîtresse. Ce genre de femme ne vaut pas mieux qu'une courtisane ou une prostituée ! Enfin n'en parlons plus ! Liu Yue, ta boisson au gingembre est-elle prête, oui ou non ?

Blessée dans sa dignité, Tang Wan'er se leva pour aller à la cuisine jeter un œil.

– Pourquoi vouloir t'occuper de toutes ces lettres ? demanda Niu Yueqing à son mari, tu aurais mieux fait de les brûler avec le vieux !

– Elle lui a écrit six lettres, lui quatorze, soit vingt, nota Zhuang Zhidie, chacune compte entre cinq à huit mille mots. J'ai bien l'intention d'en faire éventuellement un recueil et de le proposer à un éditeur.

– C'est toi qui les as écrites, même si elles sont signées d'une femme. Tu as fabriqué un faux que tu reconnaîtrais comme vrai ? Si tu les publies, les ragots iront bon train ! Ce scandale avec Jing Xueyin ne t'a donc pas servi de leçon ? Je ne vais pas te blâmer pour ça, c'est la disparition du vieux Zhong qui te fait perdre la tête !

– Tu ne comprends jamais rien ! déclara Zhuang Zhidie avec impatience.

– J'ai bien peur que toi, en revanche, tu comprennes trop bien !

Tang Wan'er apportait la collation. En entendant le ton monter, elle toussa devant la porte et attendit pour entrer que le silence soit revenu.

Le jour de l'incinération, Zhuang Zhidie qui souffrait toujours de maux de tête prit un comprimé avant de partir. Les gens venus assister à ce dernier adieu étaient très nombreux. Les couronnes de la salle funéraire avaient été placées devant le cercueil qui, la cérémonie terminée, partit pour le crématorium. Zhuang Zhidie voulut l'accompagner malgré la désapprobation de certains amis.

– La queue est immense devant le crématorium, dit Li Hongwen qui arrivait en courant. À mon avis, ce n'est pas pour aujourd'hui. Son cercueil devra d'abord transiter par la chambre froide.

– Qu'est-ce que c'est que cette histoire ? s'indigna Zhuang Zhidie. Pas pour aujourd'hui, alors que tous ses amis sont là ? Il y a de quoi être découragé ! De plus, tu connais le Bureau de la Culture : si l'incinération n'a pas lieu maintenant, qui s'en occupera après ?

– C'est exactement ce que je pensais, répondit Li Hongwen, et j'ai insisté. Mais le type n'a pas cessé de me répéter la même chose : faites la queue ! Toi qui es célèbre, essaye de lui faire entendre raison.

– On va pouvoir arranger ça ! annonça Meng Yunfang qui était allé aux renseignements.

Zhuang Zhidie se demandait bien comment.

– En entrant, j'ai remarqué, collée à la porte, une affiche rouge qui mentionne un « Traitement de faveur accordé aux intellectuels », dit Meng Yunfang. Maintenant que le gouvernement encourage à respecter les intellectuels et les hommes de talent, il ne devrait pas y avoir de problème !

Li Hongwen était surpris de ne pas avoir remarqué l'affiche. Meng Yunfang avait une vue perçante malgré son œil de cyclope !

Les trois compères entamèrent les négociations. La dépouille de Zhong Weixian pouvait-elle être incinérée tout de suite du fait qu'il était un « Intellectuel Supérieur » ?

– Un intellectuel ? dit le préposé. Prouvez-le !

– C'est l'ancien rédacteur en chef de *La Revue de Xijing*, rétorqua Zhuang Zhidie.

– Montrez-moi sa carte.

– Parce qu'il faut être muni de ses papiers quand on vient se faire incinérer ? s'énerva Zhuang Zhidie. Notre parole ne suffit pas ?

– Ce monsieur est Zhuang Zhidie ! annonça Li Hongwen.

– Et alors ? s'entêta le préposé. Il y a plus d'un milliard de Chinois, je ne me souviens pas de tous les noms. À quelle unité de travail appartenez-vous ?

– Son nom ne vous dit vraiment rien ? dit Li Hongwen. Il fait partie de l'Association des écrivains.

– Fabricant de chaussures[1] ? Parce qu'il y a des intellectuels dans les fabriques de chaussures ? Ici c'est réservé aux professeurs, aux ingénieurs, à des gens de cette sorte. En tout cas, ce sont les seuls titres que nous reconnaissons, avec certificat à l'appui.

– Croyez-nous, dit Zhuang Zhidie, ce défunt était un rédacteur en chef, vous entendez, un rédacteur en chef ! Il n'était pas n'importe qui !

– Quel aplomb ! dit le préposé. Son certificat, un point c'est tout !

Les trois hommes étaient sidérés par une telle attitude. Zhuang Zhidie envoya Li Hongwen chercher le directeur du Bureau de la Culture qui ne manqua pas d'exciper de ses propres titres. Il certifia que le

_____

1. Jeu de mots sur les homonymes. *(N. d. T.)*

défunt Zhong Weixian était bien rédacteur en chef, était bien un « Intellectuel Supérieur », simplement il était mort avant de recevoir son attestation. En tant que directeur, il se portait garant de ses qualifications. Il proposait même de laisser sa carte de visite et son numéro de téléphone. Le préposé accepta qu'il fasse une attestation écrite, mais objecta aussitôt que le papier ne portait pas le sceau officiel du Bureau des Évaluations des titres. Aujourd'hui à Xijing, comme il devenait de plus en plus difficile de se faire incinérer, les gens se faisaient passer pour de hauts dirigeants ou des intellectuels.

– J'en ai incinéré beaucoup, des fraudeurs de ce genre, déclara le préposé, maintenant ça ne prend plus, je connais le sceau du Bureau des Évaluations.

Le préposé persistant dans son refus, Li Hongwen et Gou Dahai s'engouffrèrent dans la voiture du directeur du Bureau de la Culture pour filer au bureau concerné afin d'y faire apposer le fameux sceau. Une heure plus tard, les deux hommes revenaient triomphants, agitant de loin le fameux petit document rouge, certifiant le titre d'« Intellectuel Supérieur ». Zhuang Zhidie présenta le certificat au préposé qui, sans un mot, poussa avec un immense crochet en fer le cercueil de Zhong Weixian dans le foyer du crématorium. Zhuang Zhidie, les dents serrées, lança soudain le livret rouge avec puis s'en alla aussitôt. Sans saluer personne, il fila comme un dard jusqu'à l'extérieur du bâtiment où il enfourcha sa Mulan.

*

Pendant plus de quinze jours, Zhuang Zhidie n'eut pas le cœur à voir quiconque. Plusieurs fois, Tang Wan'er lui envoya un message par l'intermédiaire du pigeon voyageur. Il prenait le billet doux, puis relâchait l'oiseau sans répondre. Importuné par de trop nombreux visiteurs, il quittait chaque matin, sitôt levé, la maison, buvait son lait frais devant sa porte, puis filait sur sa mobylette en direction des terrains en contrebas en plein réaménagement. Il ne savait pas lui-même ce qu'il venait faire là. Il passait sa matinée au milieu du bruit assourdissant des bulldozers, à regarder un groupe de vieux qui jacassaient accroupis sur un monticule de terre, égrenant leurs souvenirs. Ils évoquaient les maisons closes qui, dans le passé, animaient ce quartier. Il y avait Le Canard où les prostituées ne coûtaient pas cher mais ne valaient pas celles d'Au salut du printemps qui savaient chanter et danser et dont la cote était élevée. Les habitués du Canard étaient des palefreniers, des charbonniers qui descendaient dans les régions montagneuses du Sud, des porteurs du nord de la Wei qui acheminaient à dos d'âne tabac, coton, porcelaines, papiers monnaie d'offrande et qui, pour un soir, s'offraient une fille contre un bol de raviolis ; ils tiraient un coup et bénéficiaient en plus d'un massage des pieds. Les vieux se souvenaient aussi de la maison du cardeur de coton qui, du matin au soir, le dos voûté, cardait sans relâche la bourre de coton dans un bourdonnement continu. L'homme était si pauvre qu'il n'avait pas les moyens, en hiver, de s'acheter un chapeau. Il s'enroulait la tête dans l'écharpe de sa vieille et, du coup, le bout de ses oreilles gelait. Mais, malgré tout, il était heureux. Il restait penché sur son métier, actionnant la pédale de ses deux pieds. Son mariage était vraiment l'union du borgne et du paralytique. Sa femme venait de la plaine de l'ouest de la province du Shaanxi où elle jouait du tambour dans une troupe de théâtre. Elle était d'ailleurs surnommée la «batteuse de peau de cochon». Après son mariage, elle avait cessé de jouer de cet instrument, mais chaque fois que la machine de son mari résonnait en cadence, elle se mettait à chanter l'air de Liang Shanbo et Zhu Yingtai[1] : *Qui pisse accroupi,*

---

1. Liang Shanbo, condisciple de Zhu Yingtai, une fille déguisée en garçon. Il mourut du chagrin de n'avoir pu l'épouser. Le tombeau de Yingtai se serait ouvert pour engloutir Shanbo (époque des Jin occidentaux). *(N.d.T.)*

écrit des articles; qui pisse debout, contre les murs, n'est rien d'autre qu'un chien. Ils se souvenaient encore de Liu, le vendeur de nouilles, et de son échoppe si petite mais de grande renommée car il ne vendait que de véritables nouilles aux piments de Yaozhou. Le vieux Liu était bossu mais il avait une fille très belle qu'un militaire prit pour femme. Dès lors, le vieux Liu, devenu riche, ne vendait plus de nouilles pimentées. Chaque matin il faisait infuser son thé, puis arpentait la ruelle en dégustant son breuvage. Or, on ne sait pour quelle raison, la jeune femme retourna chez son père pour se pendre à un cédrèle de Chine dans l'arrière-cour. Le vieux Liu, couvert de honte, vendit sa maison et déménagea. Trois familles y habitèrent successivement et chaque fois la femme se pendait dans les deux ans.

Zhuang Zhidie écoutait. Il ne s'approcha ni pour leur demander des détails sur ces vieilles histoires ni pour en savoir davantage sur d'autres personnages extraordinaires. Il était cependant étonné que ces vieux racontent des choses aussi passionnantes. Ils s'étaient insurgés contre le réaménagement de cet endroit et maintenant que les travaux commençaient, le regrettaient-ils ? Il les regardait aussi jouer au mahjong. Les dominos dans une main, ils se tapaient de l'autre sur la tête, se donnaient des claques sur la figure, poussaient des cris, se grattaient. Le spectacle l'amusait, encore qu'il commençât à trouver que son corps le démangeait aussi. Des démangeaisons plus cruelles que celles causées par les moustiques, une sorte de brûlure. Le lendemain de ce jour-là, il croisa moins de gens sur la route et tous avaient la tête enveloppée dans un foulard de gaze, comme les Pékinois en mars pour se protéger du vent de sable. Il les regarda, intrigué. Puis, sentant ses démangeaisons redoubler, il releva ses manches : ses bras étaient couverts de plaques rouges. Sans doute s'agissait-il d'une espèce de moustique ? Il rentra chez lui en s'arrachant la peau. Niu Yueqing, qui l'attendait devant la maison, le força à se déshabiller sur le pas de la porte, ne lui laissant que son caleçon qu'il dut quitter sitôt à l'intérieur. Elle flanqua tous ses vêtements dans une bassine pour les désinfecter.

– Où étais-tu ? lui demanda-t-elle. Tu t'es fait dévorer par des monstres !

Surpris, Zhuang Zhidie demanda ce qui se passait.

– C'est épouvantable, un fléau s'abat sur la capitale ! On ne sait d'où viennent tous ces étranges moustiques. Ils ont dévoré les feuilles des arbres de la section nord de la porte Ouest. Ils terrifient les habitants ! Le nombre de victimes est considérable. J'ai bien peur que ces méchantes bêtes soient encore plus féroces et fassent plus de victimes que l'hépatite qui sévit en ce moment à Shanghai ! Et que la moitié de la population disparaisse !

En allant au marché, Liu Yue s'était fait piquer à cinq endroits. De retour, elle se changea pour désinfecter ses habits. Elle se regardait dans le miroir de sa chambre tout en étalant de la pommade apaisante sur son corps.

– Ces petites bêtes apprécient la chair tendre de Liu Yue ! déclara Zhuang Zhidie.

– C'est bien fait ! dit Niu Yueqing à la jeune fille. Tu ne songes qu'à faire la coquette avec tes mini-jupes pour montrer tes jambes blanches comme des navets !

La jeune fille, vexée, tourna les talons pour regagner sa chambre.

– Tu as vu, elle n'a pas osé tortiller des hanches ! dit Niu Yueqing.

– Qui aimerait ce genre de compliments ? demanda Zhuang Zhidie. (Puis appelant Liu Yue :) Liu Yue, frotte avec du savon chaque bouton pour éviter la démangeaison. Quel jour sommes-nous ? Il faut que je consigne par écrit cet événement. Bizarre, cette invasion de moustiques démoniaques précisément au moment où déferlent sur la ville de Xijing ces produits magiques qui prétendent redonner le souffle vital.

– Pourrais-tu te montrer un peu gentil aussi à mon égard ? lui lança Niu Yueqing.

Zhuang Zhidie sourit, puis retourna à son bureau. Le soir, ils regardèrent tous les trois la télévision en silence. Le ministre du département de la Santé de la capitale intervenait justement sur ce sujet. Il expliquait aux citadins que des punaises, qui végétaient à moitié mortes dans les lézardes des vieilles maisons des quartiers en contrebas, s'étaient réveillées lors des travaux de réaménagement lorsque les murs avaient été abattus. Ces insectes reprenaient de la vigueur en suçant le sang humain. Les habitants de la capitale ne devaient ni s'affoler ni souscrire à n'importe quel racontar. Le ministère de la Santé avait déjà dépêché plusieurs dizaines de brigades de désinfection sur le terrain. Très rapidement le fléau serait endigué.

– Ce sont donc des punaises, constata Liu Yue dans un long soupir. Elles sont féroces !

– Que dis-tu ? lui demanda Niu Yueqing.

– Qu'elles sont redoutables lorsqu'elles piquent, répéta-t-elle.

– Tiens ! Qu'est-ce qui sent donc si mauvais ? s'écria soudain Niu Yueqing en fronçant le nez.

– Le professeur Zhuang ne se serait-il pas lavé les pieds, par hasard ? lança la jeune fille.

– Ça ne sent pas les pieds. Ces affreuses bêtes s'attaquent uniquement à ce qui pue, or mon mari n'a pas été piqué aux pieds !

– Quel talent vous avez, l'une et l'autre, dit Zhuang Zhidie sur le ton de la plaisanterie, pour ne vous quereller qu'à demi-mot.

Les deux femmes ne purent retenir un éclat de rire.

– Je n'ai pas le génie de Liu Yue ! déclara Niu Yueqing.

– Et moi j'ai encore à apprendre de vous, madame ! rétorqua la jeune fille.

– Tu me manques de plus en plus de respect, constata Niu Yueqing.

– Que les jours seraient tristes sans nos prises de bec, rétorqua la jeune fille. D'ailleurs je n'aurais aucune envie de me chamailler ainsi avec n'importe qui d'autre !

– Quel amour tu es ! s'émut Niu Yueqing en la serrant dans ses bras.

Le téléphone sonna.

– Moi, votre amour ? poursuivit la jeune fille en allant répondre. Mais non, c'est le professeur Zhuang. Votre prénom est lune, le mien aussi. Or le firmament n'en a qu'une. Nous sommes donc forcées de nous affronter.

Elle décrocha, c'était un appel de la vieille Dame.

– Demande-lui si elle a aussi été piquée par ces horribles choses, cria Niu Yueqing, comprenant qu'il s'agissait de sa mère.

La jeune fille transmit.

– Me laisser dévorer par ces sales bêtes ? répondit la vieille Dame. J'ai tout de suite compris ce que c'était, mon vieux m'avait bien prévenu : « Elles vont piquer les citadins ! » Vous savez au moins pourquoi ? Toujours selon mon vieux, les punaises n'avaient pas envahi Xijing depuis plusieurs dizaines d'années car les revenants avaient pris la situation en main, ils protégeaient les habitants. Aujourd'hui ces vieilles maisons sont démolies une à une. Qui les avait construites, ces vieilles maisons ? Vos ancêtres. Maintenant qu'elles ne sont plus que ruines, personne ne peut plus honorer ses ancêtres. Comment voulez-vous que vos ancêtres, le ventre affamé, s'occupent de leurs descendants ? Chaque punaise n'est autre qu'un revenant. Comment voulez-vous que ces punaises ne s'attaquent pas aux hommes, à ceux qui ne respectent pas le culte ancestral ! Ma fille s'est fait piquer ? Mon gendre aussi ? Par mon mari, pardi ! Ils ne sont venus ni l'un ni l'autre brûler du papier monnaie d'offrande le jour de son anniversaire !

– Vous divaguez encore, madame ! dit Liu Yue. Les revenants, si nombreux ? Est-ce une ville remplie d'humains ou de revenants ? Attrapez-m'en un !

– Impossible le jour! déclara la vieille Dame. Ils sont si haut dans le firmament qu'il me faudrait un avion. Les jours de pluie en revanche, à minuit, lorsque le ciel est noir d'encre, ils pullulent. La roue tourne pour les humains! Vous n'avez jamais vu le père de mon mari, moi je l'ai connu en franchissant le seuil de cette porte. C'était tout le portrait de son fils, avec juste davantage de barbe. À tel point que lorsque mon mari a vieilli et que des amis de son père venaient rendre visite à mon beau-père, ils se trompaient, le prenant pour le vieillard. Ils l'appelaient Desheng! Desheng! Desheng était le nom de son père. En quoi ma fille diffère-t-elle de son père? Elle n'en est que la réduction. Les hommes se reproduisent toujours selon le même modèle. Les vieux sont l'agrandissement des jeunes, les jeunes la réduction des vieux. À leur mort, ils se transforment tous en revenants. Voilà pourquoi les revenants sont si nombreux. Dis à ma fille de venir aujourd'hui si elle veut voir son père. Cette nuit je le laisserai entrer et ils pourront parler.

– Je ne comprends rien à ce que vous me racontez, dit Liu Yue. Je vous passe votre fille.

– Qu'y a-t-il, mère? demanda Niu Yueqing en prenant l'appareil. J'irai te voir demain, repose-toi bien en attendant.

– C'est à moi que tu t'adresses sur ce ton, cria la vieille Dame avec haine. Écoute-moi bien, tu viens si tu veux, si tu n'en as pas envie, tant pis. Ta cousine est passée, elle est enceinte. Autre chose. Elle est d'accord pour que son fils épouse Liu Yue mais, n'ayant plus de nouvelles, elle est venue exprès pour obtenir une réponse.

– Nous en reparlerons demain quand je viendrai, trancha sa fille.

Elle raccrocha et demanda à Zhuang Zhidie de la rejoindre dans leur chambre.

– Ta mère a toujours ses vieilles lubies?

– Elle ne change pas, dit Niu Yueqing en souriant.

– Qu'est-ce qui te réjouit de la sorte ? voulut savoir son époux.

– Ma cousine lui a rendu visite, ça y est, elle l'est !

– Elle est quoi ?

– Ne te fais pas plus bête que tu n'es !

Elle se pencha et lui murmura à l'oreille.

– Alors elle l'est ? Je t'avais pourtant bien préve-nue que je n'étais pas d'accord.

– Pas d'accord ? Si tu es si fort que ça, tu n'avais qu'à m'en faire un ! Maintenant qu'on en est là, il vaut mieux que tu m'écoutes.

Zhuang Zhidie, fou de rage, s'apprêtait à sortir, elle l'en empêcha.

– Attends, il y a encore un autre problème pour lequel tu dois prendre une décision. Il s'agit du mariage de Liu Yue. Ma cousine exige une réponse.

– Demain tu diras à ta mère qu'elle n'a pas à se mêler de ça. Liu Yue n'épousera pas ce type-là ; il y a quelques jours Zhao Jingwu m'a demandé de lui ser-vir d'intermédiaire !

– Zhao Jingwu ? répéta Niu Yueqing. Comment peut-il trouver cette fille à son goût ? Tu lui en as déjà parlé ?

– Pas encore, j'attends le moment venu. Ne t'en mêle surtout pas.

– Je ne dirai rien. De quoi je me mêle ? Je croyais que tu voulais la marier au fils de ma cousine. Tu peux la marier à qui tu veux ! Si un prince s'éprend d'elle, qu'elle devienne reine ! Je m'en fous. À quoi bon donner mon avis dans une maison où la bonne compte plus que moi ?

Le lendemain, Niu Yueqing se rendit à la Maison de la Double Bienveillance pour voir sa mère, comme convenu. Zhuang Zhidie, resté chez lui, entendit des roucoulements. Reconnaissant le pigeon, il alla sur la terrasse. Liu Yue riait. Elle venait de découvrir le billet doux. « Quelle honte ! Mais quelle honte ! » pen-sait-elle en son for intérieur. Zhuang Zhidie prit le papier. Il n'y avait rien d'écrit, simplement trois petits poils collés et, juste à côté, une marque ronde et rouge. Zhuang Zhidie prit un air bête.

– Qu'est-ce que c'est ? dit-il. Pourquoi est-ce honteux ?

– Vous vous moquez de moi sans doute, dit Liu Yue. Vous ne comprenez pas ? Ce sont les traces d'une bouche maquillée de rouge à lèvres ; quant aux poils bouclés... Quelle honte, inutile d'écrire quoi que ce soit. D'en haut, d'en bas, elle vous a tout envoyé ! Vous savez ce qu'il vous reste à faire !

– Comment as-tu reconnu ce que c'était ? s'étonna Zhuang Zhidie.

– N'allez pas croire que n'en ayant pas, je ne sache pas ce que c'est. Les filles de mon signe sont aussi précieuses que l'or.

– Je n'ai jamais entendu dire ça. En revanche, je sais que les femmes du signe de la Tigresse Blanche croquent la fortune des autres.

Liu Yue, fâchée, fit mine de s'en aller. Zhuang Zhidie la prit dans ses bras, prêt à la déshabiller. La jeune fille, toujours vexée, serrait sans la lâcher sa ceinture.

– Je suis du signe du Tigre Blanc, dit-elle, je vous domine. Allez vous faire foutre avec Tang Wan'er !

– Je n'ai plus peur de rien, vu tous les malheurs qui me tombent dessus !

– Je ne suis pas à votre merci ! L'autre jour, vous avez fait semblant de dormir ! Maintenant, c'est moi qui n'en ai aucune envie, surtout ne me forcez pas ! Vous avez déjà assez abusé de moi, vous m'avez déflorée ! J'étais encore une jeune fille pure, qui voudra de moi maintenant que je ne suis plus vierge ?

Devant sa mauvaise humeur, Zhuang Zhidie décida pour la calmer de lui parler de l'arrangement que sa femme voulait conclure avec sa cousine, puis de la demande en mariage que Zhao Jingwu avait formulée en le chargeant d'être son intermédiaire. Il avait, lui dit-il, persuadé sa femme de renoncer à son idée et s'apprêtait à conclure avec Zhao Jingwu. Qu'en pensait-elle ?

La jeune fille fondit en larmes. Il en fut tout désorienté.

– Pourquoi pleures-tu? Tu m'en veux de ne pas t'en avoir parlé plus tôt?

– Je pleure parce que je me trouve pitoyable, sans aucune chance, sans défense et trop naïve! s'écriat-elle avant de filer dans sa chambre donner libre cours à son chagrin.

Zhuang Zhidie garda le silence un bon moment, songeant au sens des paroles que la jeune fille venait de prononcer. Au fond, elle l'aimait, elle espérait même sans doute un jour prendre la place de sa femme! Puis, après un supplément de réflexion, il l'estima au contraire très rusée, très calculatrice. Tant pis, fini, il ne la relancerait plus. Il s'assit au salon pour cirer ses chaussures. C'est alors qu'elle sortit de sa chambre pour venir s'adosser au mur.

– Professeur Zhuang, commença-t-elle.

Il ne releva pas la tête, continua de cirer ses chaussures. La jeune fille insista.

– Professeur Zhuang!

– Zhuang Zhidie n'est plus ton professeur, c'est un méchant homme, un vieux sadique qui a abusé de ta candeur.

– J'ai raison, n'est-ce pas? dit-elle souriante. Ne suis-je pas candide? Comment une servante peut-elle avoir une liaison avec son patron? Je viens de comprendre que je n'étais en fait qu'une simple campagnarde, une bonne à tout faire. Même si je ne suis pas trop moche, que suis-je d'autre? Rien. Trop naïve, je me suis bercée d'illusions. Cependant, je ne regrette rien! Je ne veux pas non plus que vous ayez une mauvaise opinion de moi. J'accepte de faire l'amour quand vous le désirerez. Même une fois mariée, j'en garderai un bon souvenir! Maintenant je vous demande d'être franc avec moi, Zhao Jingwu vous a-t-il vraiment parlé mariage? Pensez-vous qu'il soit sincère?

Les propos de Liu Yue le mirent mal à l'aise. Il posa sa chaussure, s'approcha de la jeune fille et la prit par la taille.

– Liu Yue, pardonne-moi. Zhao Jingwu m'en a vraiment parlé. C'est un homme juste, il est jeune, pas mal et de plus très intelligent. Bien mieux que moi dans beaucoup de domaines. Oui, il m'a demandé ta main. Mais si tu n'es pas d'accord, je lui transmettrai ton refus et je te trouverai quelqu'un de plus satisfaisant.

Liu Yue saisit Zhuang Zhidie par le cou et l'embrassa sur la bouche. Tandis qu'ils folâtraient, un bouton céda et tomba par terre avec bruit. La jeune fille tenta de le ramasser, mais Zhuang Zhidie l'en empêcha…

Ici l'auteur autocensure deux cents caractères.

Leurs ébats terminés, Liu Yue affirma que désormais elle n'oserait plus jamais faire l'amour avec lui car, si d'aventure Zhao Jingwu venait à l'apprendre, il la traiterait avec le plus grand mépris.

– Comment le saurait-il ? Écoute, je sors. Si ma femme revient et qu'elle te demande où je suis, dis-lui que j'ai une réunion littéraire à la rédaction de la revue.

– Vous retournez encore chez Wan'er ?

– Voilà plusieurs fois qu'elle me demande de venir et je n'y suis toujours pas allé. Si je continue à la délaisser, je ne sais comment je la retrouverai !

– Allez-y ! s'écria-t-elle, le cœur pincé par la jalousie. Vous attachez autant d'importance à moi qu'à l'un de ses doigts de pied ! Cependant, dites-lui quand même qu'aujourd'hui, avant de faire l'amour avec elle, c'est avec moi que vous l'avez fait !

Après son départ, la jeune fille laissa vagabonder son esprit. Zhao Jingwu était donc épris d'elle, qui n'avait rien remarqué, excepté sa gentillesse à son égard. Zhuang Zhidie avait beau prétendre l'aimer, son cœur appartenait à Tang Wan'er. Si un jour Zhuang Zhidie et Niu Yueqing, à force de se disputer, venaient à divorcer, il se remarierait avec Tang Wan'er, pas avec elle. À quoi bon continuer ainsi et vouloir se comparer à Tang Wan'er qui, déjà mariée, cachait sa liaison? Elle qui était toujours célibataire aurait du mal à trouver un mari si elle continuait sur ce chemin. Si maintenant Zhao Jingwu voulait bien d'elle, même s'il ne valait pas Zhuang Zhidie, il était plus distingué que le Zhou Min de Tang Wan'er et lui assurerait un certain confort matériel ainsi que l'obtention de son permis de résidence. Songeant à sa position sociale qui s'en trouverait assurée, elle sentit son cœur vibrer pour Zhao Jingwu. Craignant que Zhuang Zhidie ne lui ait menti, elle s'offrit l'audace d'appeler Zhao Jingwu. Tout d'abord, elle lui révéla avec pleins de sous-entendus les propos de Zhuang Zhidie. À l'autre bout du fil, l'autre ne cessait de manifester sa joie, de lui dévoiler ses sentiments et de lui répéter sur tous les tons qu'il l'aimait. Sa déclaration d'amour émut la jeune fille qui lui répondit d'une voix suave. Ici l'amour, là-bas aussi, Liu Yue laissa glisser sa main, sa voix réduite à un doux murmure frémissant.

Niu Yueqing, qui entendit ces tendres chuchotements en ouvrant la porte, lui demanda en criant avec qui elle parlait. Liu Yue, prise de panique, raccrocha aussitôt.

– C'était une enfant qui voulait savoir si Zhao Jingwu était ici, expliqua-t-elle. Sa cousine, m'a-t-elle dit. Je lui ai répondu que non et j'ai raccroché. Pourquoi a-t-il donné notre numéro de téléphone à sa cousine?

Le propos laissa Niu Yueqing perplexe.

La fête de la mi-automne arriva très vite. Les années précédentes, durant cette période de réjouissance, les personnalités de Xijing avaient l'habitude de se réunir. Nos grands hommes allaient, accompagnés de femmes et enfants, chez l'un puis chez l'autre; ils faisaient de la musique, jouaient aux échecs, peignaient tout en festoyant et en contemplant la lune. Cette joyeuse ambiance durait plusieurs jours. Cette année, le neuvième jour du huitième mois, ils reçurent un carton rouge, une invitation de Yuan Zhifei qui les conviait à venir goûter les nombreux melons de Hami et les raisins doux qu'il avait rapportés du Xinjiang. Il projetait de louer une voiture pour les emmener le soir flâner à la Pagode de la Grande Oie où un mur avait été spécialement érigé pour que les promeneurs y gravent des poèmes. Ils s'amuseraient à lire les vers de mirliton d'un tas d'inconnus. Eux aussi laisseraient quelques bons poèmes qu'ils signeraient pour épater la bande de moines stupides qui résidaient là. L'agrandissement d'un billet d'un dollar était glissé dans l'invitation sur lequel le portrait de Yuan Zhifei remplaçait celui de George Washington.

– Il tire vraiment profit de tout, le bougre ! constata en riant Zhuang Zhidie. Il se moque de ces gens qui font de la poésie de quatre sous, sans doute ne fera-t-il guère mieux. Il écrira comme tout le monde : « Untel est passé ici. »

Il informa Niu Yueqing que, cette année, il n'avait envie d'aller festoyer nulle part et lui demanda de bien vouloir, dès le lendemain, prévenir ses amis par téléphone qu'il était parti en voyage. Le 14, Zhuang Zhidie passa sa journée enfermé chez lui. Mais, jugeant qu'il avait peut-être été un peu excessif en refusant l'invitation de Yuan Zhifei, il chargea Liu Yue, une liste en main, d'aller acheter des cadeaux pour qu'elle les porte à chacun de ses amis.

– Votre femme a annoncé à tout le monde que vous étiez parti, si maintenant vous leur faites porter des cadeaux, ils trouveront bizarre que vous les snobiez tout en étant à Xijing.

– Pourquoi dire que cela vient de moi, l'intention est de ma femme.

Liu Yue regarda la liste dressée par son patron : une livre de thé du Puits du Dragon et deux bouteilles d'alcool de Jian Nan Chun pour Yuan Zhifei ; une jarre de vin de Shaoxing, trois livres de viande de mouton séché et salé ainsi qu'une cartouche de 555 pour Gong Jingyuan ; un paquet de café « Le Moineau », un paquet de bonbons et un coffret de produits de beauté pour Wang Ximian.

– Tout se mange, excepté pour Wang Ximian, constata Liu Yue en dévisageant Zhuang Zhidie.

– Parce que les hommes utilisent des produits de beauté peut-être ? Un rien t'étonne !

– Exact, rétorqua le jeune fille, un rien m'étonne. Votre amie ferait bien de se poudrer le visage vu comme il est grêlé. Je trouve simplement que vous vous tracassez trop.

– Quant à toi, ma douce, je ne t'ai rien offert. Achète aussi une liasse de papier monnaie d'offrande que je ferai brûler ce soir pour Zhong Weixian.

En pensant à son ami, son cœur se serra. De fil en aiguille, il songea à Alan, puis à Acan… S'il avait pu lui offrir un cadeau… Il soupira et, la tête basse, regagna son bureau pour lire. Un peu plus tard, Zhou Min, Li Hongwen et Gou Dahai arrivèrent escortés de cinq avocats. En effet le tribunal convoquait séparément Zhou Min et Jing Xueyin. Le juge Sima Gong n'avait donné aucune information quant à un second débat possible entre les deux parties intéressées. Zhou Min, qui cependant nourrissait quelques inquiétudes, leur avait donné rendez-vous pour discuter avec Zhuang Zhidie du plan à adopter en cas de contre-attaque. Plusieurs problèmes n'avaient pas été résolus lors de la première séance au tribunal, de plus la partie adverse avait demandé des comptes. Au retour de Liu Yue, chacun était encore en train de donner son avis, la discussion n'en finissait pas. Elle salua un à un chaque homme en leur apportant un bol de thé, puis s'appuya contre la porte et fit un petit geste de la main à Zhuang Zhidie. Laissant les autres argumenter à propos des règles de l'art de la rédaction d'un reportage en direct, il s'avança vers la jeune fille et lui demanda à voix basse :

– Qu'y a-t-il ? Tu as pu porter les cadeaux ?

– Oui. Quelqu'un m'a remis quelque chose pour vous.

Elle sortit de sa poche un foulard en gaze jaune pâle et une petite pipe.

— Le foulard est pour madame, la pipe pour vous. Je ne comprends pas, vous fumez des cigarettes, jamais la pipe, pourtant c'est pour vous.

— C'est vrai ? dit-il en la fourrant dans sa bouche.

Il tira si fortement dessus que de la salive coula le long de ses lèvres.

— Pas maintenant, mais demain tu iras m'acheter du tabac. Désormais je ne fumerai plus que ça.

— Je comprends ! dit Liu Yue, je comprends très bien, ce que je peux être bête.

— Qu'est-ce que tu comprends ?

— Pourquoi vous voulez la fumer. La pipe à la bouche, c'est comme si vous l'embrassiez elle sur la sienne !

— Mon Dieu, Liu Yue, ce n'est pas une gouvernante que j'ai engagée, mais l'esprit d'une renarde ! Garde ce foulard, l'hiver arrive, il t'ira fort bien, dit-il.

— Pourquoi ne me demandez-vous pas qui vous a fait ce cadeau ?

Zhuang Zhidie se contenta de sourire en rejoignant ses hôtes.

Le soir, Niu Yueqing voulut les retenir pour souper. Elle envoya Liu Yue acheter un gros tamis de raviolis au restaurant. Tout le monde se régala, bavardant avec entrain, jusqu'à ce qu'ils jugent la discussion close. Au moment de se séparer, Niu Yueqing distribua à chacun un morceau du gâteau de lune qu'elle venait d'acheter. Zhuang Zhidie proposa qu'ils se joignent à lui pour brûler du papier en mémoire de Zhong Weixian. Ils sortirent et ne se séparèrent qu'une fois le sacrifice achevé. Zhou Min cependant rendit à Niu Yueqing sa part de gâteau.

— Donnez-la aux autres, dit-il, gardez-la, j'en ai acheté aussi.

— Les autres ont accepté, faites de même, dit Niu Yueqing, ce n'est rien du tout. Combien de gâteaux faudrait-il pour égaler un repas ?

– Ne faites pas de manières, ajouta Zhuang Zhi-die, c'est la fête de la mi-automne que nous n'avons même pas célébrée.

– Zhuang Zhidie a raison, dit Liu Yue, mettant comme d'habitude son grain de sel, prenez-le. Si vous ne le mangez pas, ce sera pour Tang Wan'er.

Zhou Min s'en alla, son sac à la main. Après son départ, Niu Yueqing fit part de ses craintes à son mari :

– Zhou Min vient de me confier que, depuis la mort de Zhong Weixian, Li Hongwen a peur qu'on rejette toute la responsabilité sur lui. La revue ne sait que faire. Si le tribunal vous convoque à nouveau, tu devras absolument te présenter toi-même.

– On en reparlera à ce moment-là, répondit Zhuang Zhidie.

Durant plusieurs jours, Zhuang Zhidie ne prépara aucune nouvelle défense. Il resta chez lui à écouter la cassette de musique funèbre. La fête de la mi-automne avait été sinistre. Niu Yueqing et Liu Yue ne manifestaient guère d'entrain elles non plus, mais elles se forcèrent à aller voir une exposition de chrysanthèmes au parc de la Prospérité et de la Félicité. Sur le chemin du retour, elles téléphonèrent à Meng Yunfang pour qu'il vienne passer la journée avec Zhuang tandis qu'elles se rendaient toutes deux à la Maison de la Double Bienveillance. Meng Yunfang fit une suggestion à Zhuang Zhidie. Vu la tournure que prenaient les événements, le procès ne s'achèverait pas en un jour ou deux. Rester à se morfondre n'était pas non plus une solution. Il suggérait d'organiser un salon littéraire à la Maison de la Recherche des Insuffisances et d'y donner une conférence. Zhuang Zhidie déclina l'offre. Depuis la mort de Zhong Weixian, il n'avait plus le cœur à entreprendre quoi que ce soit. Meng Yunfang lui fit la morale, les autres pouvaient parler ainsi, lui n'en avait pas le droit. Quand on avait sa stature, une telle passivité était déplorable. Zhuang Zhidie se frappa le front, répliquant que s'il avait été autrefois le meilleur, tout cela appartenait désormais au passé, il s'orientait vers une autre vie, voilà tout. Ce n'était pas facile à Xijing d'avoir un lieu comme celui de la Recherche des Insuffisances, il acceptait donc de participer à une réunion où l'on traiterait de sujets variés, mais il n'était pas question qu'il y donne une conférence. Sa présence suffirait, conclut Meng Yunfang, conciliant. Des experts en mysticisme furent donc invités à parler du qigong. Un Grand Maître taoïste, qui se réclamait du courant de la Montagne Céleste, vint s'y produire. L'assemblée se montra perplexe face à cet orateur pour le moins bizarre. Car si cet éminent personnage pouvait guérir grâce au qigong, il était incapable de prévoir l'avenir. Il parla avec modestie de sa virtuosité comparée à celle de son Maître, un homme de cent vingt-cinq ans. Son Maître, qui n'avait pu observer avec précision la ville de Xijing (ville qui réunissait selon lui le plus grand nombre d'hommes étranges) en raison du temps très couvert, l'avait envoyé sur place. Depuis son arrivée, il avait rencontré aussi bien des charlatans que le Grand Maître de la Sagesse du Temple de l'Immanence, mais hélas, des hommes de la valeur de son Maître restaient introuvables. Voyant qu'il avait le verbe facile, l'audience le pria de donner son avis sur l'avenir de la planète. Cet homme, intarissable et volubile, disserta sur une foule de sujets : l'origine du monde, la formation du soleil et de la lune ; la théorie de l'évolution de l'homme de Darwin ; la théorie de la concordance naturelle de Lao Zi et Zhuang Zi ; le mystère des pyramides égyptiennes ; l'énigme des peintures rupestres des grottes de Yungui ; l'influence des phases de la lune sur les mers et les océans, la répercussion du changement des marées sur le cycle menstruel des femmes. Place Tian'Anmen, un geste de la main de Mao Zedong, qui pratiquait le qigong, avait suffi à faire fondre en larmes des millions de gardes rouges. Les gens écoutaient ces propos qui, bien qu'extravagants, semblaient justifiés. Pourtant, l'homme se gargarisait sans cesse de termes scientifiques et techniques et manquait totalement de mesure. « Qu'est-ce qu'un philosophe ? demanda-t-il à l'assistance. Et vous, écrivains, qui êtes-vous ? » Silence général. « Les philosophes sont des personnes clairvoyantes envoyées par le Seigneur d'En-Haut pour s'occuper du commun des mortels. Le berger des hommes en quelque sorte. Et vous, messieurs les gens de lettres, vous êtes tout au plus des chiens de berger ! » L'un des auditeurs prit la parole :

– Maître...

– Ne m'appelez pas Maître, dit-il, je ne suis que le disciple du mien. Le pire, à présent, ce sont ces charlatans qui, sous prétexte de maîtriser le qigong, trompent les gens avec de prétendus objets magiques. Le qigong existe-t-il vraiment ? me demanderez-vous. Il existe. Mais ce n'est qu'une pratique inférieure. Les écoliers agrafent un stylo à leur poche, les collégiens deux. Cela sous-entendrait-il qu'un intellectuel de haut niveau doive en accrocher plusieurs ? Ceux qui en affichent toute une collection ne sont, en fait, que de vulgaires réparateurs de stylos. Les traditions chinoises sont les plus belles au monde, mais hélas, parmi ceux qui les perpétuent, la majorité sont d'affreux vantards. Les vrais sages ne sont-ils pas toujours modestes ? Il semble qu'aujourd'hui à Xijing, sacs, ceintures et potions magiques foisonnent. Publicité pour renforcer la virilité masculine ou régler les petits maux féminins. Tout cela vanté par de prétendus sages. Moi je ne m'abaisserai jamais à ce genre de futilité.

L'assemblée tourna son regard vers Meng Yunfang qui, rouge de honte, intervint :

– Très beau discours mais trop fort, trop puissant pour de simples mortels de notre espèce qui aimerions juste connaître ce que l'avenir réserve à notre capitale !

Le grand homme ne répondit rien. Après un moment de silence, il s'excusa :

– Je n'en suis pas capable.

La foule soupira, déçue.

– Je peux en revanche essayer de me mettre à l'écoute de la vraie parole du cosmos, dit-il.

Il releva les épaules, se détendit avant de retirer ses chaussures et sa ceinture pour s'asseoir en tailleur, dans la position du lotus, la tête penchée, les paumes tournées vers le ciel. Il se mit à réciter, durant dix bonnes minutes, des chiffres dans le désordre avant d'ouvrir les yeux pour déclarer :

– L'eau de votre capitale se tarit. Est-ce vrai ?

– Voici ce qu'il en est, dit Meng Yunfang. Autrefois, Xijing comptait huit puits d'eau, actuellement il n'en reste plus que quatre. Les usines de la banlieue ouest sont fréquemment obligées d'arrêter leur production en raison du manque d'eau et dans les quartiers nord-ouest de la ville, l'été les habitants sont privés d'eau dans les étages. Aujourd'hui, tous ceux qui habitent dans des maisons de style occidental ont acheté des jarres qu'ils ne peuvent remplir que durant quelques minutes à minuit.

– C'est bien cela, répondit le grand homme avec conviction.

Puis il pria les spectateurs de se tourner face au nord, surtout pas face au sud. Au sud de la ville se trouvaient les régions montagneuses qui abritaient de grands hommes : en leur faisant face, on créerait des interférences qui le gêneraient. Il reprit sa communication avec le cosmos et fit des déclarations terrifiantes sur le devenir de la capitale : d'ici quelques années, Xijing s'effondrerait.

Jusque-là Zhuang Zhidie avait écouté avec attention ce beau parleur, mais voyant qu'il divaguait, et étant de surcroît mal assis, il se leva sous prétexte d'aller aux toilettes. En sortant, il aperçut devant une autre porte deux jeunes filles qui riaient en cachette.

– Qu'est-ce qui vous fait rire, mesdemoiselles ? s'enquit-il.

– Pendant que le grand homme était en train de réciter ses litanies, Xiaohong a lâché un pet, expliqua l'une d'elles. Comme elle avait peur que ça s'entende, elle s'est efforcée de péter le plus lentement possible et ne faire qu'un tout petit bruit. Mais, prises de fou rire, nous avons dû sortir en courant.

L'autre, cramoisie, lui ferma la bouche avec sa main:

– Cuiling, tu dis des bêtises!

– Xiaohong, tu as tort, dit Zhuang Zhidie, inutile de faire d'un pet une montagne!

Leur fou rire redoubla, Zhuang Zhidie, gardant au contraire son sérieux, contemplait par la fenêtre le soir tombant.

– Professeur Zhuang, dit Xiaohong enfin calmée, vous êtes un homme plein d'humour. Nous vous avions reconnu, mais nous n'osions pas vous aborder. Aujourd'hui, nous étions venues pour vous écouter disserter sur l'art et nous n'avons entendu que le monologue de ce grand maître.

– M'entendre disserter sur l'art? Mais, mesdemoiselles, ce sont vous les pièces rares!

Appuyé contre la vitre, il regardait au loin la ville illuminée à l'exception d'un endroit plongé dans les ténèbres et qui intriguait d'ailleurs les filles.

– Le Temple de la Vacuité Pure, expliqua Zhuang Zhidie, reine de la nuit, sans lumière, sans fidèle, les nonnes dorment déjà depuis belle lurette.

– Qu'est-ce que c'est? demanda soudain Xiaohong. Une lumière rouge traversait en effet le ciel par intermittence. Les filles, hystériques, crièrent aux feux follets. Leurs cris attirèrent les spectateurs ainsi que le Grand Maître. Les gens demandèrent à cet éminent personnage une explication du phénomène. Le grand homme semblait aussi n'y rien comprendre. Meng Yunfang expliqua qu'à cet endroit se trouvait un vieux temple et que les faisceaux paraissaient venir d'une forêt de bambous, juste derrière.

– Je ne connaissais pas l'existence de ce temple, dit le Maître. Il est sans doute ancien et doit contenir les reliques de légistes. Ce qui expliquerait ces illuminations.

Puis, gêné de son ignorance, il prit congé et fila.

Les lumières rouges scintillèrent de nouveau et Xiaohong piailla, inquiète.

– Rassurez-vous, dit Zhuang, il ne s'agit pas de revenants, ce sont les nonnes qui chassent les insectes, tout bêtement !

Les gens se montrèrent perplexes quant aux propos du Maître.

– Son discours n'est pas sans intérêt, constata Meng Yunfang, il vous pousse à réfléchir.

– Qui comptes-tu inviter pour la prochaine conférence, lui demanda Zhuang Zhidie, pour éclairer le bétail de notre espèce ?

Les gens éclatèrent de rire et s'en allèrent. Zhuang Zhidie et Meng Yunfang décidèrent de passer la nuit dans la Maison de la Recherche des Insuffisances. Au moment de se coucher, Zhuang fit remarquer à son ami :

– Dans ce genre de discussion, Hui Ming serait sans aucun doute très forte. Mais tu ne parles plus jamais d'elle !

– Je suis allé la voir plusieurs fois, mais elle est constamment occupée à prendre le thé avec le fils du président de la conférence consultative politique. Elle m'a traité avec beaucoup d'indifférence. Je lui ai demandé comment elle connaissait ce type, le second fils de la crapule numéro quatre, mais elle m'a prié de parler avec amabilité des gens. Quel intérêt de fréquenter ce type-là ?

– Jaloux ? Tant mieux ! Je m'inquiétais, avec toi toujours fourré là-bas ! Xijing compterait une victime de plus et une nonne de moins !

*

Le 22, Hong Jiang se pointa, son livre de comptes sous le bras, pour calculer avec Niu Yueqing le chiffre d'affaires de la librairie sur les derniers mois écoulés. Ils eurent beau compter et recompter, même si les pertes n'étaient pas considérables, les bénéfices ne l'étaient pas non plus. Hong Jiang souleva un certain nombre de problèmes et conclut en estimant que le mois prochain serait meilleur. Puis il sortit une pièce de soie de Hangzhou, un imprimé à fleurs vert pâle sur un fond jaune clair, deux bouteilles d'alcool fort, un paquet de nids d'hirondelles ainsi qu'une cartouche de cigarettes, des japonaises Sept Étoiles, et dit, tout sourire, à Niu Yueqing :

– Madame, voici de modestes présents qui compenseront mon silence lors de la fête de la mi-automne. Étant parti quelques jours pour Xianyang, je n'ai pu venir vous saluer. Ce n'est pas grand-chose, une petite attention. Il n'y a pas de gâteaux de lune, j'ai pensé que vous ne deviez pas en manquer. En revanche, ce paquet de nids d'hirondelles est assez rare, c'est un ami libraire à Guizhou qui me l'a offert au début de l'année pour me remercier de l'avoir aidé à obtenir un numéro de dépôt légal. Je n'ai pas l'habitude de manger des produits aussi délicieux, que le professeur Zhuang en profite, cela fera du bien à sa santé.

– Vous êtes trop gentil ! Depuis que nous avons ouvert cette librairie, mon mari s'en lave les mains, moi je n'y connais rien, tout le souci repose sur vous. Nous ne vous avons même pas remercié, et c'est vous qui nous gâtez en cette occasion ! Vous n'êtes pas rancunier !

– Ne dites pas ça ! C'est vrai, je suis plus doué que vous pour les affaires, mais sans vous je ne serais qu'un vulgaire vendeur ambulant de brochettes de mouton ! Je ne suis pas seul à avoir eu cette attention, une autre personne s'est jointe à moi pour vous offrir ces présents.

– Qui ? Qui pourrait avoir tant d'attention à notre égard ! Un étranger peut-être, qui aurait un service à demander au professeur ? Il est pourtant bien incapable de régler quoi que ce soit !

– Personne ne vous demandera de faveur, rassurez-vous, mais simplement de leur faire l'honneur d'accepter leur invitation pour un dîner.

Il lui tendit la soierie. Niu Yueqing découvrit un

bristol couvert de caractères dorés qui annonçaient : «*Ayant obtenu l'autorisation gouvernementale de nous marier, nous unissons nos cœurs pour l'éternité. Pour vous exprimer notre gratitude, nous vous prions d'assister le 28 à dix heures du matin à notre cérémonie de mariage*», signé *Hong Jiang et Liu Xiaoka.*

La nouvelle estomaqua Niu Yueqing.

– Hong Jiang, que signifie ceci ? Vous êtes marié, père de famille déjà, divorcé même, me semble-t-il ! Qui est cette jeune personne que brusquement vous épousez ?

– Ça a été très rapide. Plusieurs fois j'ai été sur le point de vous en parler, mais vous voyant inquiète avec ce procès, je n'en ai rien fait. Avec mon ancienne femme, nous nous disputions sans cesse pour un oui, pour un non. La vie devenait impossible. D'un commun accord, nous avons décidé de nous séparer. Je me suis juré de ne jamais me remarier. En me voyant vivre seul, des amis m'ont mis en garde, «tu travailles trop, tu vis en dépit du bon sens, si tu restes célibataire, dans quelques années ta santé sera démolie, tu deviendras insupportable». Ils m'ont alors parlé de cette jeune femme que nous venions d'embaucher à la librairie. J'ai commencé à y réfléchir. C'est vrai que nous ne nous entendions pas si mal au travail, alors j'ai accéléré les choses. Sans compter qu'elle est fille unique et qu'elle a un appartement. Nous avons donc profité de la fête de la mi-automne pour aller chez sa grand-mère paternelle ; son oncle maternel, qui travaille dans le Sichuan, a apporté ces deux bouteilles d'alcool, Xiaoka a absolument tenu à ce qu'elles soient pour vous, madame. Vous qui ne buvez pas d'alcool fort, il faudra faire une exception pour celui-ci.

– Liu Xiaoka ? (Niu Yueqing réfléchissait.) À la librairie il y a trois jeunes femmes, je ne vois pas de laquelle il s'agit.

Liu Yue, juste à côté, pouffa de rire et se mêla à la conversation :

– Moi je vois, c'est le paquet d'os !

Elle pointait son doigt sur Hong Jiang, mort de honte.

– Liu Yue, tu te trompes, dit-il, c'est celle qui a les grands pieds !

– Alors tu as changé ? insista-t-elle.

– Liu Yue, si tu ne sais pas, ne dis pas n'importe quoi, intervint Niu Yueqing. De toute façon, les trois nouvelles recrues sont toutes mignonnes. En tout cas je vous félicite, en mon nom et en celui de mon mari. Simplement, je vous en veux de ce secret bien gardé.

– Il ne faut pas, vous êtes les premiers invités ! Vous viendrez, j'espère bien ! Liu Yue, toi aussi, tu seras demoiselle d'honneur.

– Évidemment, sinon je ne viens pas, dit la jeune fille en faisant la moue. Tu tiens absolument à ce que la beauté de ta fiancée fasse ressortir ma laideur !

Après son départ, Niu Yueqing demanda à Liu Yue où était le professeur Zhuang. Chez son ami Meng Yunfang à siroter du vin, rétorqua la jeune fille. Niu Yueqing rangea les cadeaux, puis elle s'assit seule afin de réfléchir à ceux qu'elle ferait le 28 pour ce mariage. L'après-midi, Zhuang Zhidie rentra la tête lourde d'avoir trop bu. Il passa un temps fou dans les toilettes à se racler la gorge et finit par vomir. Niu Yueqing ne lui parla de rien et le laissa aller dormir. Le soir, après son réveil, il alla s'installer dans son bureau pour lire. Elle l'y rejoignit en prenant soin de fermer la porte pour lui conter par le menu les aventures de Hong Jiang.

– La fille aux grands pieds, je crois bien l'avoir vue une ou deux fois, dit-il sans manifester la moindre surprise. À l'époque, lorsqu'il a été question d'embaucher quelqu'un, nous n'y avons guère prêté attention. Zhao Jingwu m'a raconté par la suite combien Hong Jiang s'était montré strict sur les critères de sélection ; la taille, le poids, le grain de la peau et les trois mensurations adéquates.

– Les trois mensurations ? s'étonna Niu Yueqing.

– Tour de poitrine, de taille et de hanches. Il voulait trouver la femme parfaite !

– Quel culot, ce type ! Qu'il divorce si cela lui plaît, qu'il se remarie même si cela lui chante ! Mais comment cette fille a-t-elle fait pour tomber amoureuse de lui ?

– À présent, les jeunes aiment changer ! Tu n'es plus dans le vent, tu ne peux pas comprendre.

– Sa première femme était peut-être vulgaire, mais honnête en tout cas, constata Niu Yueqing. Quand on se marie c'est pour la vie, or maintenant on se quitte pour un oui, pour un non ! De toute façon, cela ne nous regarde pas. En revanche, je suis inquiète de les voir tous les deux diriger notre librairie comme si c'était la leur !

– Tu ne peux tout de même pas renvoyer Liu Xiaoka ! Désormais, il te faudra surveiller les comptes de près, t'y rendre plus souvent, mais ne surtout rien laisser soupçonner. Nous n'avons pas à porter de jugement sur ce mariage, nous ferons des cadeaux, des cadeaux d'importance.

– Établissons une liste, déclara Niu Yueqing en prenant un papier.

– Ce genre de choses m'assomme.

Niu Yueqing ravala sa salive et sortit du bureau.

Le lendemain, Niu Yueqing partit acheter une couette et un service à café. Le soir, elle passa par la Maison de la Double Bienveillance où elle trouva sa mère endormie. Elle fouilla la maison de fond en comble à la recherche du fer à friser offert à son mari lors d'une conférence qu'il avait donnée dans l'usine. Elle ne l'avait jamais utilisé et songeait à en faire un cadeau de mariage. Réveillée et mise au courant, la vieille Dame préconisa d'offrir un vase de nuit. C'était l'objet le plus important. Qui n'avait son pot de chambre, autrefois, en cadeau de mariage ? Maintenant les traditions se perdaient, ni la famille du mari ni les amis n'offraient plus ce précieux ustensile. Niu Yueqing pensa qu'un crachoir en émail ferait tout aussi bien l'affaire, une idée originale qui surprendrait tout le monde. Les gens accordaient une grande importance au vase de nuit, il symbolisait l'union parfaite des époux. Un vieux proverbe disait que, si les époux arrivaient à uriner ensemble dans le même pot de chambre, leur union était éternelle. Niu Yueqing savait cependant que les pots de chambre étaient une denrée rare sur les marchés. Une collègue de travail, quelques jours auparavant, avait parcouru toute la ville pour en trouver un, sans succès. Finalement c'est au marché aux Voleurs, près de la porte Ouest de la ville, qu'elle en avait déniché un. Le lendemain, Niu Yueqing décida de suivre l'exemple de cette collègue. Elle s'adressa à plusieurs petits vendeurs, mais en vain. Le dernier lui donna le nom d'une boutique où elle risquait de trouver ce qu'elle cherchait, le bazar Hong Jiang. Niu Yueqing resta interloquée. Étrange qu'un magasin portât le même nom que celui de leur gérant…

– Quel nom bizarre, dit-elle, c'est celui de la boutique ?

– Pas du tout, c'est celui du propriétaire.

– Que fait ce monsieur ? demanda Niu Yueqing.

– Il tient une librairie, on dit qu'il a ouvert un magasin parce qu'il a fait fortune ; maintenant il est cousu d'or ! Vous êtes chargée de vérifier son hukou ?

Niu Yueqing fila et trouva sans difficulté l'endroit indiqué. Un vieillard était assis à l'intérieur.

– Je suis bien au bazar Hong Jiang ?

– Avant, plus maintenant.

– Comment ça ?

– Pour quelles raisons ? répéta le vieux. Mais parce que ventre affamé n'a pas d'oreilles ! On est pauvre comme la misère, lui se vautre dans le luxe et la débauche ! Il a de l'argent, rencontre une jeune beauté, décide de divorcer. Sa femme, ma fille, refuse. Il lui propose cinquante mille yuans et le fonds de commerce. Marché conclu !

Niu Yueqing crut que sa tête allait exploser. Elle

se précipita chez elle pour rapporter cette conversation à son mari.

– Dire qu'il nous a toujours caché la vérité pour éviter des ennuis lors de son divorce ! déclara Zhuang Zhidie.

– Ce n'est pas ce que je veux dire, corrigea Niu Yueqing. Tu ne trouves pas qu'il y a quelque chose de louche dans tout ça ? Avant, il était pauvre, sans le sou. Il ne nous a jamais parlé de son commerce. Comment a-t-il pu l'acheter ? Pour se débarrasser de son ancienne femme, il lui a donné la boutique, plus cinquante mille yuans ! Mais où a-t-il pu trouver tant d'argent ?

– Je croyais que tu vérifiais les comptes tous les dix jours.

– Tous ceux qui ont ouvert des librairies ont fait fortune, sauf nous. Nous ne sommes pas pauvres, mais c'est tout juste. J'avais des doutes, mais une simple femme comme moi n'a aucune expérience. Tu aurais pu t'en soucier !

– Tu n'as aucune preuve, comment peux-tu l'accuser ?

– En tout cas, il a su se faire du beurre sur notre dos !

– J'ai encore la galerie de peinture, mais qui fonctionnera de pair avec la librairie. Ça marchera peut-être un peu mieux.

– Tu as demandé à Zhao Jingwu de le surveiller ?

– Je croyais que tu te consacrais au mariage de Liu Yue avec le fils de ta cousine !

– Mon Dieu, tu es malin ! Tu sentais venir le vent !

– Tu te crois toujours plus maligne que moi !

Le 28, Niu Yueqing se rendit au mariage de Hong Jiang et, au nom de Zhuang Zhidie, leur offrit un nombre de cadeaux impressionnant que les jeunes mariés, ravis, placèrent dans l'endroit le plus en vue. C'est à Niu Yueqing que le premier toast fut porté. Le jeune marié clama haut et fort, au bénéfice de ses invités, que Zhuang Zhidie avait été retenu impérativement par une réunion à laquelle il lui était impossible de se soustraire. Pur mensonge. Zhuang était en fait allé voir Zhao pour accélérer cette histoire de galerie. Les travaux étaient terminés mais, par manque de peintures à accrocher, on ne pouvait pas encore l'ouvrir. Zhuang Zhidie conseilla à Zhao de voir du côté des faussaires qui reproduisaient les peintres célèbres.

– Ce n'est pas une bonne idée, avoua Zhao Jingwu. Mais pour être franc avec toi, c'est Wang Ximian qui s'occupe de ça. Il interdit de le dire à quiconque, y compris à toi. Une fuite par négligence ferait capoter l'affaire.

– J'avais deviné sans que tu me le dises. Je connais pratiquement tous les peintres de la capitale, il n'y en a pas un qui ait son talent de faussaire. Dernièrement, j'ai entendu dire que Canton et Hongkong regorgeaient de reproductions de Shi Lu. Du coup, la famille de Shi Lu a fait faire des investigations poussées et elle a appris qu'il était dans le coup. Il aurait pu être plus discret.

– Je suis au courant. Ces copies, à l'origine, étaient destinées à être accrochées dans notre galerie. Nous nous étions mis d'accord, à chaque vente nous prenions quarante pour cent, lui soixante. Or M. Yu, guide d'une agence de tourisme qui ne connaissait pas nos arrangements, a emporté toutes les peintures à Canton pour les vendre. Impossible de laisser circuler autant de faux sur le marché chinois ; ces reproductions sont principalement destinées aux touristes étrangers qui désirent acheter une calligraphie ou une peinture chinoises et qui s'en remettent toujours aux guides. Je me suis donc lié d'amitié avec quelques-uns d'entre eux qui ont accepté, quand la galerie serait ouverte, de nous amener des clients moyennant une petite commission, cela va de soi. Actuellement, Wang Ximian se consacre avec trois de ses élèves à un travail de reproduction de peintures anciennes uniquement pour nous ; à savoir, les célèbres bambous de Chen Banqiao, les crevettes de Qi Baishi et les paysages classiques de Huang Binhong. Ils n'osent pas faire trop de copies des pièces de Shi Lu, pourtant très demandées en ce moment, deux ou trois seulement. Je suis passé voir Wong Ximian il y a quelques jours, son *Vacher* et ses *Prunier et Pierre* sont du grand art. Le soir même, j'ai montré à la propre fille de Shi Lu la peinture *Prunier et Pierre*, elle n'y a vu que du feu, me demandant d'où je la sortais. Je lui ai fait croire que je l'avais achetée au patron d'un petit estaminet. «Depuis sa maladie, me dit-elle, quand mon père n'avait pas d'argent pour régler sa consommation d'alcool, il sortait son pinceau et payait le patron en lui offrant une toile. »

L'histoire les fit rire.

– Il ne veut pas que je sois au courant, dit Zhuang Zhidie, mais lui aussi ignore que cette galerie m'appartient. En fait, sa femme et la mienne sont très intimes, et comme elles me rapportent leurs conversations, je suis au courant de tout.

Zhuang Zhidie sortit de sa poche sa pipe qu'il fourra dans sa bouche.

– D'où vient-elle ? s'enquit Zhao Jingwu. Elle n'est pas récente, c'est une pièce ancienne !

Zhuang Zhidie ne répondit pas, il passa à une autre question.

– Qu'en est-il de cette calligraphie de Mao Zedong que possède Gong Jingyuan ?

– J'allais justement t'en parler. J'attendais de l'avoir pour ouvrir la galerie et faire un communiqué de presse. J'ai enfin réussi à mater le jeune Gong Xiaoyi.

– Qu'entends-tu par là ?

– Lorsqu'il n'est pas sous l'emprise de la drogue, c'est un garçon astucieux ; mais lorsqu'il est en manque, il est capable de faire n'importe quoi. La dernière fois, je lui ai promis d'intervenir auprès de Liu Yezi pour qu'elle baisse le prix de l'opium qu'elle lui fournit. Naturellement, je peux aussi faire en sorte qu'elle l'augmente ou qu'elle ne lui en procure pas du tout, même à prix d'or ! J'ai fait promettre à Liu Yezi de ne pas lui en donner pendant dix jours, sauf s'il lui remettait la fameuse calligraphie du Président.

– Qui est cette personne? Attention, si tu magouilles avec des trafiquants de drogue, tu risques d'avoir des ennuis avec la justice.

– D'accord, mais primo je ne fume pas, secundo je n'en tire aucun bénéfice. Liu Yezi est une ancienne camarade de classe, voilà dix ans qu'elle et son mari pratiquent ce genre de petit commerce en douce, seule source d'approvisionnement pour Gong Xiaoyi.

– Il n'y a que l'argent qui prime dans ce genre de trafic. Comment la tiens-tu?

– Je vais t'expliquer, c'est très simple. L'année dernière, elle a vendu de l'opium à un certain Ma qui exploitait un petit restaurant rue du Marché-de-la-Chèvre-de-l'Est. Il en a mis un peu dans ses soupes de sorte que les clients, ravis des effets euphorisants de ces excellents potages, en ont vanté la délicieuse saveur, attirant ainsi de plus en plus de monde chaque jour. Quelqu'un, pris de doute sur la composition de cette soupe, l'a fait analyser en secret, prouvant qu'effectivement elle contenait bien de la drogue. Rapport au commissariat de police qui met les scellés sur le petit restaurant et tente de remonter la filière. Le dénommé Ma dénonce Liu Yezi qui, convoquée au commissariat, déballe un tissu de mensonges. Elle avait acheté, leur raconte-t-elle, sur les conseils d'un médecin de campagne, des boulettes pour soigner son vieux père d'un cancer de l'estomac. À la mort de ce dernier, pour ne pas perdre ce qui lui restait de drogue, car elle ne supporte pas le gâchis, elle l'a donné à ce restaurateur. Comment un commissaire de police a-t-il pu se laisser berner ainsi? Il se trouvait tout simplement être une de mes connaissances. J'ai intercédé en sa faveur, confirmant l'exactitude des faits. Il a accepté mon témoignage et du coup a relâché Liu Yezi. Elle ne peut vraiment plus rien me refuser! Si tu n'as rien à faire, allons la voir, elle a peut-être déjà notre calligraphie entre les mains.

Les deux hommes sautèrent dans un taxi qui les

déposa devant une maison chinoise traditionnelle à cour carrée. Zhuang Zhidie n'avait plus envie d'entrer. Il préférait ne pas rencontrer Liu Yezi. Zhao Jingwu réfléchit ; son ami avait raison, il irait seul. Zhuang n'avait qu'à l'attendre dans un bistrot au coin de la ruelle. Liu Yezi, qui était avec son mari, raconta tout de suite à Zhao à voix basse :

– Gong Xiaoyi est en train de fumer là-haut, il a fini par apporter la peinture. Il craignait que je ne veuille toujours pas lui vendre de la drogue alors qu'il était en plein manque. « Très bien, lui ai-je dit, mais donnant donnant, la drogue contre la calligraphie. » Ne t'en fais pas.

Néanmoins inquiet, Zhao Jingwu monta au premier sur la pointe des pieds et, par la porte entrebâillée, aperçut un Gong Xiaoyi squelettique, avachi sur le lit, le rouleau à côté de lui. Tranquillisé, il redescendit prendre son thé.

*

Privé d'opium, Gong Xiaoyi avait passé des journées atroces. Il était venu trois fois par jour, mais Liu Yezi n'avait jamais cédé. C'était le rouleau ou rien. Gong Xiaoyi rentrait alors chez lui dans un état épouvantable, essayant de se dominer. Sitôt rentré, n'y tenant plus, il revenait, suppliait, en vain. Liu Yezi se montrait intraitable. Le manège se répéta cinq fois. Gong était dans un tel état de manque qu'il se tapait la tête contre les murs, se jetait sur son lit, s'arrachait les cheveux par poignées. N'y tenant plus, un matin il prit la peinture et retourna chez Liu Yezi. Il n'avait pas franchi la porte qu'il se jetait à terre, se frappant le front contre le sol, la bouche pleine d'écume blanche. Liu Yezi avait vérifié qu'il s'agissait bien de la calligraphie du président Mao ; le trait était souple et vigoureux tout à la fois, grandiose et majestueux, un style qui symbolisait un talent de dirigeant. Rien d'étonnant à ce que Zhao Jingwu convoitât cette œuvre. Elle avait donc donné son opium à Gong qui, reprenant son trésor, était monté fumer au premier. Il avait décidé de garder le rouleau qu'il ne remettrait que plus tard en échange d'une grande quantité de drogue.

Allongé en travers du lit, Gong Xiaoyi fumait avec volupté. Il éprouvait quelques regrets en songeant à sa déchéance de ces derniers temps, alors qu'il avait été autrefois un jeune homme brillant, séduisant, adoré de son père qu'il suivait souvent et dont il était le digne héritier par son talent. Beaucoup de jolies jeunes filles rêvaient de l'épouser et lui faisaient des yeux doux. À cette époque-là, il s'en moquait. Mais maintenant, il se retrouvait seul, abandonné par son père, méprisé par ses amis, sans travail. Même cette Liu Yezi au nez camus le traitait avec le plus grand dédain. Aujourd'hui, quand il était arrivé, il avait eu beau se jeter par terre, supplier, la bave aux lèvres, le couple ne lui avait prêté aucune attention. À présent, calmé par l'opium, il recherchait le bonheur, il voulait prendre sa vengeance sur ce monde si cruel. Soudain, une tache lumineuse apparut devant ses yeux : le Gong Xiaoyi d'autrefois, jeune, beau, plein d'entrain. Une idée géniale lui vint à l'esprit : arrêter net le battement de la pendule, arrêter le temps et se laisser pousser des ailes pour survoler les foyers de Xijing et voir ce que chacun faisait au même moment. Les aiguilles de l'horloge s'arrêtèrent en effet tout à coup et la mouche qui voltigeait dans la pièce suspendit son vol. Grâce à ses ailes, il s'envola par la porte Ouest jusqu'à la porte Est ; puis de la porte Nord jusqu'à la porte Sud. Il observa avec soin chaque maison et constata qu'au même instant, sur chaque lit, un homme et une femme nus faisaient l'amour dans des postures différentes. Gong Xiaoyi s'approcha, ramassa le sperme, chose répugnante, dont il remplit trois grandes cuvettes. Mais comme les cuvettes ne suffisaient plus, il le stocka dans les arroseuses municipales qui, chaque matin, déversaient le sperme dans les rues, répandant une odeur nauséabonde. « J'ai exterminé tous vos enfants ! » cria-t-il. Puis il rassembla tous les mâles dont il coupa l'organe reproducteur pour le jeter ensuite dans les douves. Lorsque celles-ci furent combles, il démolit les remparts pour y enterrer le restant des sexes. Il viola, en présence de leurs maris pleurant de douleur, toutes les femmes. Enchanté de ses actes, il chaussa d'énormes sandales de paille et foula à pas de géant le sol du Shaanxi et les tertres impériaux, fierté des habitants de Xijing. Il vit la sépulture de Qian Long[1]. Son père lui avait raconté que Qian Long avait fait édifier spécialement pour l'impératrice Wu Zetian[2], au plein cœur de la plaine, un tombeau en forme de jeune fille allongée, la tête tournée vers le ciel.

Maintenant cela ne ressemblait plus à une sépulture, mais à l'impératrice Wu Zetian en personne, noble et jolie étendue là, en chair et en os! Il la viola! Il la viola vraiment! Le vent tourbillonnait, les nuages filaient. En tournant la tête, il s'aperçut que tous les tombeaux s'étaient effondrés et que, si les empereurs étaient bien morts et enterrés, leurs sexes, eux, ne l'étaient pas. Ils étaient au contraire plus vivants que jamais, leur érection avait soulevé les pierres tombales. Et lui, Gong Xiaoyi, à ce moment précis, dominait tout: il avait dompté l'impératrice qui s'était flétrie et éteinte, désespérée. Il était devenu maire de la ville dont les habitants n'étaient plus, grâce à lui, que des hommes castrés et des femmes violées. Tout l'argent lui appartenait, toutes les fortunes étaient siennes, tout l'opium était en sa possession…

Dans la petite pièce à l'étage inférieur, Zhao Jingwu avait déjà avalé trois tasses de thé fort sans voir descendre le jeune Gong Xiaoyi. Liu Yezi lui

1. Nom de règne de l'empereur Gao Zong des Qing (1736-1796). *(N.d.T.)*

2. Impératrice Wu (624-705), concubine qui épousa l'empereur Gao Zong des Tang; en 684 elle usurpa le pouvoir; en 690 elle changea le nom de la dynastie en celui de Zhou, fut détrônée et mourut en 705. *(N.d.T.)*

tenait compagnie en grignotant des graines de pastèques. Dehors, devant la porte, le mari hurlait :

– Eh ! Le vieux fou ! Tu ramasses toujours les vieux papiers ? J'en ai un tas usagé dans mes toilettes, prends-le, c'est gratuit !

Puis on entendit comme le bourdonnement d'une mouche :

À la ceinture le bip-bop,
À la main le talkie-walkie,
Dans les restaurants il s'empiffre de poulet rôti,
Dans les bordels il se paye les filles de joie.

– Bien vu ! Bien vu ! acquiesça le mari de Liu Yezi en riant.

– Eh, dis donc, mon gros, cria sa femme, tu te disputes avec le chiffonnier ?

– Tu ramasses aussi les vieilles ? poursuivit l'homme. Si c'est le cas, tu as toutes tes chances dans cette ruelle ! Y a pas un type qui n'échangerait pas sa vieille contre une neuve !

Liu Yezi se rua sur lui et le ramena en le tirant par l'oreille.

– Qui parle de changer ? Moi si je pouvais, je serais la première à me débarrasser de toi, espèce de vieux porc teigneux !

Zhao Jingwu ne s'interposa pas ; il entendit la voix qui répétait au loin : « Ordures... Ramassage d'ordures... ! »

Après avoir réglé leur dispute, les époux rentrèrent.

– Gong Xiaoyi n'est toujours pas là ? demanda Liu Yezi.

– Allez voir, suggéra Zhao Jingwu.

Liu Yezi, debout dans la cour, se mit à brailler en direction du premier étage :

– Xiaoyi ! Xiaoyi, t'es encore vivant ?

Tiré de ses paradis artificiels, Gong Xiaoyi finit par descendre. Visiblement, il était encore le héros de ses rêves.

– Que se passe-t-il ? demanda-t-il. Vous vous disputez ?

– De quoi te mêles-tu ? dit Liu Yezi en lui collant

une gifle si forte qu'elle le réveilla pour de bon et le fit tomber dans les escaliers. Puis elle s'empara du rouleau qu'il tenait contre lui.

– Vous m'aviez juré de me donner douze paquets en échange !

Liu Yezi lui remit douze minuscules paquets.

– Zhuang Zhidie est un vieil ami de la famille, dit Gong Xiaoyi, il voulait m'échanger cette calligraphie, je ne l'ai pas fait. Et voilà qu'aujourd'hui je vous la donne pour rien.

– Fiche le camp ! Fiche le camp ! vociféra Liu Yezi en le poussant et en tirant la porte de la cour derrière lui.

Maintenant que Zhuang Zhidie possédait enfin la calligraphie de Mao Zedong, ce *Chant de l'éternel regret*, il contacta ses amis journalistes de la presse et de la télévision pour faire publier des communiqués annonçant l'ouverture prochaine de sa galerie de peinture. Certains pensèrent que c'était beaucoup de bruit pour rien et un peu gênant, même s'il s'agissait de la propre galerie de Zhuang Zhidie. À l'heure actuelle, ce genre d'événement était devenu courant. Mais en apprenant que Zhuang Zhidie possédait une œuvre authentique du président Mao, la plupart s'exclamèrent qu'il y avait là matière à information. Ils accoururent, s'extasièrent devant la merveille et écrivirent des articles pour la campagne de presse. Mais comme celle-ci était gérée par une société privée, le coût en était faramineux. Niu Yueqing convoqua Zhao Jingwu et Hong Jiang pour voir comment réunir une telle somme. Hong Jiang affirma qu'il ne restait plus que trois mille yuans dans la caisse. Il se plaignit que la librairie marchait mal. Niu Yueqing argua du fait que c'était précisément à cause de ces difficultés que son mari et elle avaient décidé d'ouvrir la galerie de peinture. Elle voulait que Hong Jiang, dès à présent, seconde Zhao Jingwu dans cette entreprise. Hong Jiang comprit que désormais il n'aurait plus la liberté d'agir à sa guise. Il n'en fut pas très satisfait mais ne le manifesta pas.

– Jingwu est beaucoup plus compétent que moi, c'est une excellente idée, je serai à ses ordres. Je n'ai pas l'étoffe d'un chef.

– Jingwu, dit Niu Yueqing, Hong Jiang déborde d'admiration pour vous. Il vous faudra respecter son avis et discuter avec lui de tous les problèmes qui se poseront à l'avenir.

Ils sortirent tous les trois. Niu Yueqing, volontairement, laissa Zhao Jingwu s'éloigner un peu. Puis elle fourra une pièce de tissu dans les bras de Hong Jiang en ajoutant à voix basse :

– J'avais chargé quelqu'un de me rapporter de Shanghai ce nouveau tissu. Que Xiaoka se fasse un vêtement à l'occidentale, mais surtout pas un mot à Zhao Jingwu, cela n'arrangerait rien.

Pris par la galerie, Zhuang Zhidie resta quelques jours sans rendre visite à Tang Wan'er qui était sur des charbons ardents. Depuis quelque temps, elle souffrait de malaises, elle avait perdu l'appétit, ses paupières étaient gonflées et une insupportable envie de vomir la tenaillait sans cesse. Dans le doute, elle était allée consulter. Le diagnostic ne la surprit pas : elle était enceinte. En arrivant à Xijing, Zhou Min avait obstinément refusé d'avoir un enfant, il voulait une vie calme. Chaque fois qu'ils avaient des rapports sexuels, il utilisait un préservatif efficace à cent pour cent. Depuis qu'elle faisait l'amour avec Zhuang Zhidie, comme ils détestaient l'un et l'autre le contact du préservatif, elle avait décidé de prendre la pilule, mais ne l'avait pas toujours sur elle et ne s'en préoccupait guère. N'étant d'ailleurs jamais tombée enceinte, elle avait fini par ne plus prendre de précautions du tout. À présent, affolée à l'idée que Zhou Min comprenne, elle se retenait jusqu'à ce qu'il soit parti pour vomir. Elle était pressée d'en parler à Zhuang Zhidie, espérant sinon une solution, du moins un certain réconfort ; elle voulait qu'il partageât ses inquiétudes. Mais elle lui avait déjà envoyé par l'intermédiaire du pigeon deux messages auxquels il n'avait pas répondu. Elle hésitait ; était-ce délibéré ou bien avait-il d'autres préoccupations ? Elle n'osait pas aller chez lui à l'improviste. Elle pleura, découragée. Puis elle réfléchit : impossible de toute façon que cet enfant vienne au monde. Que Zhuang Zhidie l'aime n'empêcherait pas qu'elle doive avorter de toute façon. À quoi bon attendre, à se ronger, à s'affoler, mieux valait régler le problème seule et prendre dès maintenant la décision. Pourquoi ennuyer Zhuang Zhidie par son manque de courage ? Il ne l'en aimerait que davantage ! Ce matin-là, dès que Zhou Min eut tourné les talons, elle prit le chemin de l'hôpital. Dans le service gynécologique, certaines patientes, inquiètes, attendaient leur tour, en pleurs. Tang Wan'er, en revanche, affichait un calme olympien. Au médecin, surpris que son mari ne l'ait pas accompagnée, elle répondit qu'il l'attendait dehors dans une voiture de location. En sortant de la salle d'opération, elle éprouva tout d'abord une grande tristesse. Puis, après s'être reposée un moment dans la salle d'attente, elle se sentit apaisée, détendue comme jamais elle ne l'avait été. Elle en sourit. « Quand on pêche, on récolte ce que l'on mérite. Si tu avales des briques, songea-t-elle, ne t'étonne pas de chier des tuiles ! » Elle se leva et rentra chez elle. Elle traversa la ruelle où se trouvait la maison de Meng Yunfang et décida d'aller y demander un verre d'eau. Non qu'elle souffrît, elle était juste assoiffée. Elle en profiterait pour se renseigner sur Zhang Zhidie. Elle entra, Meng Yunfang n'était pas là. Xia Jie, qui faisait la moue, s'ennuyait.

— Je pensais justement aller chez toi me distraire, lui dit-elle. Tu devais l'avoir deviné puisque te voilà. Tu es vraiment maligne comme une renarde !

— Eh oui ! répondit Tang Wan'er. J'ai bien senti que le pet de la débauche régnait ici ! Contre qui es-tu en colère pour faire cette moue dédaigneuse ?

— Contre qui veux-tu que je le sois ?

— Tu déplores que ton auguste mari soit toujours fourré chez le professeur Zhuang ? Il est vrai que ce n'est plus un gamin pour rester accroché ainsi à ses basques !

– Ces derniers jours, Zhuang Zhidie a été très pris par sa galerie, dit Xia Jie, comment aurait-il eu le temps de discuter avec quiconque ? Si encore mon mari se contentait de bavarder, passe ! Mais il voue en ce moment une véritable adoration à un curieux personnage, un vieux charlatan qui vient du Xinjiang et qu'il place sur un piédestal. Il le ramène à manger en toute occasion, invite Meng Jin à venir saluer le maître… Je l'ai chassé après une bordée d'injures ! Ne parlons plus de lui, sinon je m'emporte ! Tang Wan'er, sérieusement, pourquoi cette visite ? Tu es si pâle…

Tang Wan'er fut soulagée d'apprendre que c'était la galerie qui accaparait Zhuang Zhidie.

– Je dors très mal depuis quelques jours, répondit-elle pour justifier sa mauvaise mine, j'ai marché vite et j'ai soif, donne-moi un verre d'eau avec de la cassonade !

– Tu dors mal ? Attention aux abus la nuit avec Zhou Min ! Tu veux de l'eau sucrée par cette chaleur ? s'étonna Xia Jie en lui tendant un verre.

– Mon estomac en a besoin, le médecin m'a conseillé de boire beaucoup.

Elle était en nage, mais se sentit revigorée. Xia Jie, après un échange de papotages, proposa d'aller flâner dans les rues. Tang Wan'er, qui avait tout d'abord pensé rentrer chez elle se reposer aussitôt désaltérée, se laissa cependant convaincre par son amie.

Riant, plaisantant, elles arrivèrent à la porte Sud. Tang Wan'er, qui souffrait de violentes douleurs dans le bas-ventre, s'appuya contre la balustrade du pont.

– Arrêtons-nous un peu, proposa-t-elle, et admirons le paysage.

Le ciel était haut, les nuages clairs, le soleil brillait. Des œufs de grenouille agglutinés par grappes flottaient dans les herbes sur les bords du fleuve. Certains, déjà éclos, avaient donné naissance à de jeunes têtards. Tang Wan'er ne put s'empêcher de rire. Xia

Jie, surprise, lui en demanda la raison. La jeune femme, qui ne voulait pas lui avouer que la seule vue de ces têtards l'amusait, répliqua :

– Regarde cette bourrasque !

Elle avait répondu n'importe quoi, mais ce coup de vent qui avait soulevé quelques jolies risées à la surface de l'eau avant de tourbillonner autour d'un vieil acacia les enchanta toutes deux. Le tronc de l'arbre, assez grossier, se divisait comme une fourche. À l'endroit de la cassure une énorme pierre était enchâssée, d'où la forme pour le moins amusante.

– À quoi te fait penser la forme de cet arbre ? demanda Tang Wan'er.

– À une fourche.

– Regarde bien.

– Plutôt à un homme, oui, un homme la tête en bas.

– À un homme comment ?

– À un homme, que veux-tu de plus ?

– Observe bien, là où est placée la pierre.

– Quelle salope, déclara Xia Jie qui venait de comprendre, tu es vraiment une obsédée !

Elle s'approcha pour pincer Tang Wan'er. Les deux amies qui riaient aux éclats attirèrent l'attention des passants.

– Calmons-nous, suggéra Xia Jie, tout le monde nous regarde.

– Tu t'en fiches, ça ne coûte rien !

– Wan'er, demanda Xia Jie à voix basse, dis-moi franchement : combien de fois Zhou Min peut-il baiser en une journée ? Vu sa mine de déterré et sa minceur de feuille de papier à cigarettes, tu dois être épuisante !

– Je ne suis pour rien dans sa maigreur, les trois quarts du temps nous ne sommes jamais ensemble, je ne me rappelle même plus ce que c'est que faire l'amour.

– Quelle menteuse ! Je te jure que tu fais tourner la tête à tous les hommes.

– Serais-je aussi séduisante que la renarde ? se moqua Tang Wan'er.

– À propos, je lisais justement hier le *Recueil de contes merveilleux du studio Liao*[1] qui ne relate que des histoires de renardes. J'en frissonnais de peur. Meng Yunfang affirme qu'il ne craint pas les renardes et qu'à minuit il regarde toujours s'il n'y en aurait pas une qui entrerait par la fenêtre. «Tu te crois beau, lui ai-je dit, même une puce ne s'aventurerait pas sur un laideron pareil ! » Puis, en m'endormant, j'ai décidé que Pu Songling écrivait des sottises, ses renardes n'ont jamais existé. Quant aux femmes séduisantes, je ne connais que toi !

– Moi aussi, j'ai lu ce recueil de contes. Pu Songling a certainement eu beaucoup de maîtresses, les a aimées, et comme il a souffert de ne pouvoir en faire ses femmes pour l'éternité, il les a réincarnées en renardes.

– Qu'en sais-tu ? demanda Xia Jie. Serais-tu amoureuse ou bien serait-on amoureux de toi ?

Tang Wan'er qui songeait à Zhuang Zhidie rougit brusquement, plus ravissante que jamais avec ses yeux évoquant deux jolis croissants de lune et son visage rayonnant.

– Pourquoi veux-tu que j'aie un amant ? protesta-t-elle. Xia Jie, comme ce monde est étrange… À chaque homme sa femme… Qu'éprouves-tu lorsque tu fais l'amour avec Meng Yunfang ?

– Après, je regrette toujours, trouvant que cela n'a aucun intérêt, mais néanmoins, tous les deux ou trois jours, j'ai de nouveau envie…

– Vous pourriez être dirigeants alors ! déclara Tang Wan'er.

– Des dirigeants ? s'étonna Xia Jie.

– Qui de nos dirigeants ne commet pas une faute dans son unité de travail ? Il fait alors son autocritique, mais recommence aussitôt, sans pour autant perdre son poste !

---

1. Œuvre de Pu Songling (1640-1715). *(N.d.T.)*

Les deux femmes éclatèrent de rire.

– La vie se résume en trois mots : boire, manger, baiser ! déclara Xia Jie.

– En fait, l'homme est le jouet de Dieu, même s'il le sait, il n'y peut rien.

– Explique-toi.

– Dieu trompe l'homme. Il l'a conçu mais, pour vivre, l'homme doit manger et, pour ce faire, endurer de terribles souffrances ; labourer les champs, planter des graines, les moudre ; lorsqu'il mange, il doit mastiquer, avaler, digérer, puis faire pipi et déféquer. Que de choses accablantes ! Et pourtant, l'homme est capable d'assouvir ce désir d'appétit à n'importe quel prix. Songe aux relations sexuelles, dont le but originel est la procréation. Qui peut accomplir son devoir de géniteur ou génitrice sans aucun désir ? Or, c'est précisément en jouissant que l'on a l'occasion de remplir ce devoir ! Ne serait-ce pas merveilleux que l'homme puisse jouir sans procréer !

– Que tu es futée ! Tu arrives à penser à ce genre de chose toute la journée ?

Elle chatouilla l'aisselle de Tang Wan'er qui piqua un énorme fou rire. Xia Jie s'enfuit du pont, poursuivie par son amie. Elles franchirent en courant les grilles du jardin public où Tang Wan'er se laissa tomber sur un carré d'herbe verte. Xia Jie se jeta sur elle et la plaqua au sol. Tang Wan'er ne bougeait plus. Xia Jie souleva sa jambe et en ôta la chaussure.

– On va voir si tu cours encore aussi vite ! s'écria-t-elle, taquine.

Mais Tang Wan'er tourna la tête. Les lèvres livides, le visage ruisselant de sueur, elle laissa échapper un faible «Xia Jie !» Puis, les yeux révulsés, elle tomba dans les pommes.

*

Xia Jie héla un triporteur pour emmener Tang Wan'er à l'hôpital. Mais la jeune femme, qui venait de reprendre connaissance, s'y opposa. Depuis tou-

570

jours, affirma-t-elle, elle tombait facilement en syncope. La chaleur de ces derniers jours aidant, ce n'était qu'un petit malaise de plus. Elle n'avait qu'à rentrer chez elle, se reposer et tout irait bien. Xia Jie lui tâta le front encore mouillé de sueur mais, voyant qu'elle reprenait des couleurs, renonça à l'emmener à l'hôpital. Elle donna cinq yuans de plus au conducteur pour qu'il les raccompagne chez son amie. Sitôt rentrée, Tang Wan'er s'allongea sur son lit, dans sa chambre fraîche.

– Comment te sens-tu maintenant ? demanda Xia Jie.

– Beaucoup mieux, merci.

– Quelle frayeur tu m'as faite ! S'il t'était arrivé malheur, je ne m'en serais pas remise !

– Je me serais réincarnée en belle renarde ! rétorqua Tang Wan'er.

– Tu as encore l'esprit à plaisanter ! Que veux-tu manger ? Je vais te préparer quelque chose.

– Je n'ai envie de rien, je veux juste dormir, ensuite tout ira bien. Rentre chez toi.

– Zhou Min doit être à son poste, je vais téléphoner à son unité de travail.

– D'accord, mais passe d'abord un coup de fil chez Zhuang Zhidie, il y est peut-être.

Xia Jie lui versa une tasse d'eau sucrée qu'elle plaça près du lit avant de partir téléphoner.

Elle appela Zhuang Zhidie qui, dès qu'il apprit le malaise subit de Tang Wan'er, enfourcha sa mobylette et se précipita chez elle. Zhou Min n'était pas encore rentré. En voyant Zhuang, Tang Wan'er se mit à sangloter. Tout en séchant ses larmes, Zhuang la questionna sur son état de santé. Lorsque la jeune femme lui eut raconté l'histoire non sans une certaine verve, il en resta pétrifié. Puis il se frappa le front du poing. Tang Wan'er, heureuse de sa réaction horrifiée, dit néanmoins :

– Tu me hais, n'est-ce pas ? Je te demande pardon d'avoir sacrifié ton enfant.

Zhuang Zhidie prit sa tête à deux mains et murmura :

– Wan'er, ce n'est pas à toi de me demander pardon mais à moi de m'excuser ! C'était à moi d'assumer cette faute et non à toi seule de prendre tout en charge. Quelle femme extraordinaire tu es ! Pourquoi, après cette intervention, avoir été faire la folle avec Xia Jie ?

– J'ai cru avoir assez de forces. De plus, je ne voulais rien lui laisser soupçonner ! Et la galerie ?

– Tu es au courant ? Mais me sachant occupé, pourquoi ne pas m'avoir envoyé un message par notre pigeon voyageur !

– Tu penses bien que je l'ai fait, et j'espérais jour et nuit ta venue. Et puis, ne te voyant pas, j'ai pris seule la décision.

Maudissant Liu Yue, Zhuang Zhidie jura qu'il n'était au courant de rien. Il insista pour aller lui acheter tout un stock de produits nutritifs et reconstituants. Il ne la quitta qu'à l'arrivée de Zhou Min.

Durant toute la semaine, Zhuang Zhidie rendit visite à Tang Wan'er un jour sur deux, lui apportant du poulet ou du poisson. Chaque fois, Liu Yue l'attendait à son retour avec un verre de jus de longane.

– Liu Yue, comme tu es prévenante !

– Cela va de soi pour une servante ! Vous vous donnez tant de peine !

– Je ne vais plus oser sortir si chaque fois que je franchis le pas de cette porte tu t'imagines que je file chez Tang Wan'er. Je ne vais nulle part, d'ailleurs c'est toi qui vas me rendre un service. Va demander à Zhao Jingwu de faire envoyer Song, le médecin, au Temple de la Vacuité Pure.

– Hui Ming est malade ? demanda Liu Yue. Dimanche dernier, en rentrant de la rue du Marché-au-Charbon, je l'ai croisée. Elle était assise à côté du secrétaire Huang dans une voiture garée le long du trottoir, elle ne m'a pas vue, et moi j'ai fait semblant de ne pas la voir. Bizarre pour une bonzesse de se peindre les lèvres en rouge ! Si on veut faire la coquette, on ne se fait pas nonne ! D'ailleurs, si elle n'était pas nonne, ferait-elle partie des beautés de la ville ? En revanche, en tant que bonzesse, elle se fait surtout remarquer par son teint clair et ses gros seins ! Malade de quoi ? Bouddha la protège !

— Écoute-moi cette langue de vipère ! Tu ne supportes pas qu'on soit plus jolie que toi !

— Comment ça ?

Zhuang Zhidie, malgré son désir d'éclaircir l'histoire du pigeon voyageur, avait préféré n'en rien faire. Il ne tenait pas à mentionner les malaises de Tang Wan'er devant sa servante et encore moins devant sa femme.

— Autrefois, cette ordure de Meng y était toujours fourré, reprit Liu Yue, courroucée, mais depuis qu'il a perdu un œil, il n'y met plus les pieds et c'est à vous de tout faire !

— Plus tu parles, plus tu jubiles ! J'ai rencontré le secrétaire Huang en chemin, il m'a confié que Hui Ming souffrait d'un abominable mal de reins. Voilà pourquoi je voudrais que Zhao Jingwu demande à Song de passer la voir. Si tu ne veux pas y aller, laisse tomber.

— Comment ne pas vous obéir ? Je reviendrai trop tard pour faire la cuisine, il faudra que vous alliez dîner au restaurant avec madame.

— Vas-tu encore argumenter longtemps ? Prends garde à ne pas t'égarer, sinon j'en informe madame !

— Parfait, dans ce cas, je laisserai madame donner des graines empoisonnées à votre cher pigeon.

Sur quoi, elle fila en riant.

Depuis que Liu Yue sortait avec Zhao Jingwu, Niu Yueqing refoulait sa colère. Avec plus ou moins de sous-entendus, elle avait mis en garde plusieurs fois la jeune fille qui, faisant mine de ne pas comprendre, affectait un petit sourire niais. Néanmoins, étant fort occupée par ailleurs, elle délaissait ses tâches ménagères. Le lendemain matin du jour où Tang Wan'er avait eu son malaise, Zhao Jingwu était venu voir le professeur Zhuang et son épouse, qui étaient absents.

Zhao Jingwu avait commencé par embrasser Liu Yue sur la bouche. Puis, malgré un semblant de résistance de la part de la jeune fille, il s'était enhardi à la peloter.

– Quelle audace, pour une fois ! constata-t-elle.

Il lui dégrafa la ceinture de sa jupe et finit par lui baisser son slip. Et la voyant à demi nue, il ne put se retenir et se jeta sur elle. Mais, par manque d'expérience et par affolement, il éjacula aussitôt. Liu Yue, mi-boudeuse mi-rieuse, le força à nettoyer son slip sali. Sa corvée terminée, Zhao Jingwu lui recommanda de ne parler à personne de cette histoire.

– Sûrement pas, dit-elle. Les gens se moqueraient de vous, ils vous trouveraient pitoyable !

– Un, j'étais ému, expliqua-t-il, deux, mal à l'aise de faire ça ici. Attends que nous soyons mariés, tu verras ce dont je suis capable ! Fais attention en parlant de nous, le professeur est un homme très fin, il aurait vite fait de deviner. Je ne sais ce qu'il en penserait…

– Mon Dieu, pourquoi craindre le professeur, c'est un homme comme les autres, vous croyez qu'il se prive ?

Liu Yue finit par lui raconter la liaison que Zhuang entretenait avec Tang Wan'er. Abasourdi, Zhao lui ordonna, l'air très sévère, de garder le plus grand secret sur cette histoire.

– Le professeur Zhuang est un homme de prestige sur lequel s'appuient des amis, des élèves. Si cette histoire s'ébruitait, non seulement il y laisserait sa réputation, mais il entraînerait tous ces gens dans sa chute. Nous autres, ses élèves, nous devons maintenir son prestige et promouvoir son autorité !

– D'accord, dit Liu Yue, n'empêche que je viens de m'offrir à vous et vous m'avez laissée en plan. Vous n'êtes pas quitte pour autant. Si vous trouvez qu'ici l'endroit n'est pas idéal, remettons cela à demain chez vous.

– À demain ! regretta Zhao Jingwu, pourquoi pas tout de suite ? Le professeur Meng prétend que l'amour donne de l'audace aux femmes, je n'en suis pas si certain.

Il jeta un regard lubrique à la jeune fille pour la faire rougir.

– De quoi voulez-vous que j'aie honte après ce que je viens de faire ? lui dit-elle. De toute façon ne vais-je pas devenir votre femme ?

– Je ne me sens pas à l'aise ici. Voici ce que nous allons faire. Demain je demanderai au professeur les clefs de la Maison de la Recherche des Insuffisances et je t'y emmènerai.

– De la quoi ? demanda-t-elle. Je n'ai jamais entendu ce nom. Auriez-vous donc un petit endroit secret ? Chaque fois que Tang Wan'er envoyait un billet doux à Zhuang grâce au pigeon, il filait aussitôt. Je pensais que comme Zhou Min n'était pas là... mais pas du tout, ils savaient où aller !

Effectivement, le lendemain Zhao Jingwu emprunta les clefs de l'appartement sous prétexte de la venue d'un ami qui devait y passer la nuit. Il y emmena Liu Yue en secret.

Un jour, à midi, Niu Yueqing rentra et ne trouva ni son mari ni sa servante. Un moment plus tard, lorsqu'elle entendit la jeune fille rentrer en chantonnant, elle attendit qu'elle ouvrît la porte pour l'apostropher.

– Où étiez-vous donc tous passés ? La maison était vide.

Liu Yue expliqua qu'elle avait rencontré Zhao Jingwu dans la rue, qu'ils avaient un peu trop bavardé mais qu'elle allait se dépêcher d'aller acheter des petits pains farcis cuits à la vapeur qu'elle accompagnerait d'une soupe au poulet.

– Ne te donne pas tant de mal ! Les petits pains suffiront ! Qu'as-tu fait ce matin ?

– Je suis restée ici.

– Mensonges, j'ai téléphoné, personne n'a répondu, ragea Niu Yueqing avant d'ajouter : Et où est mon mari ?

– Je ne sais pas.

– Il faut absolument que je le voie, une affaire urgente. Appelle le professeur Meng, peut-être est-il chez lui.

Mais il n'y était pas. Niu Yueqing passa un coup de fil à la revue, à sa vieille mère, à Wang Ximian, à Yuan Zhifei, au journal, personne n'avait vu Zhuang.

– Peut-être est-il chez Zhou Min ? hasarda Liu Yue devant l'impatience de sa maîtresse.

Niu Yueqing prit sa bicyclette. Zhou Min se préparait à déjeuner, il ne l'avait pas vu non plus. Et où était Tang Wan'er ? À son retour de l'imprimerie, elle n'était pas là. Sans doute flânait-elle dans les rues, elle adorait ça. Niu Yueqing reprit son vélo et rentra. Affamée, folle de rage, elle déversa sa bile sur Liu Yue.

– Comment voulez-vous que je sache, moi ! répliqua celle-ci. Vous êtes allée partout où vous aviez des chances de le trouver, sauf à la Maison de la Recherche des Insuffisances. Il ne reste que là.

Elle regretta immédiatement d'avoir parlé si vite.

– La Maison de la Recherche des Insuffisances, qu'est-ce que c'est que ça ? demanda Niu Yueqing.

– Je crois avoir entendu le professeur en parler une fois. Je ne sais s'il s'agit d'une unité de travail ou d'un appartement, je vais essayer de trouver.

– C'est moi qui trouverai. Je n'ai pas de temps à perdre, dis-moi où c'est.

Liu Yue fut contrainte d'avouer. Niu Yueqing enfourcha de nouveau son vélo.

*

Ce jour-là à midi, Zhuang Zhidie et Tang Wan'er s'étaient bel et bien donné rendez-vous à la Maison de la Recherche des Insuffisances. Plus ou moins rétablie, Wan'er perdait cependant encore beaucoup de sang. Au cours de leur entrevue, elle exigea de Zhuang qu'il lui jure qu'il l'aimait. Zhuang non seulement jura, mais parla même de mariage. Quand ? dit-elle. Dans un jour, trois ans, cinq ans, dix ans…

Et les gens qui s'imagineraient alors qu'il épousait une beauté divine s'apercevraient qu'en fait elle était déjà une vieille peau! Zhuang, très embarrassé, poussa un profond soupir et prit un air d'une infinie tristesse. La jeune femme voulut le dérider par de tendres chatouilles: elle refusait de le voir souffrir ainsi, à quoi bon, de toute façon elle l'attendrait. S'il venait à ne plus l'aimer, en tout cas elle aurait le souvenir de leur amour présent. D'ailleurs, même si un jour ils se mariaient, vu son tempérament, il serait toujours à la recherche d'une femme plus belle qu'elle. Elle ne le détesterait pas pour autant, ne l'en empêcherait pas non plus…

– Pour qui me prends-tu? protesta-t-il. Si tu es capable de susciter éternellement mon intérêt, pourquoi voudrais-tu que je cherche ailleurs?

Tang Wan'er pouffa de rire. Elle lui avoua que, tout en ayant parfois des remords en pensant à Niu Yueqing, elle ne voulait absolument pas le perdre. Elle ne savait plus si elle était un être bon ou mauvais. En tout état de cause, elle était femme. Mais si vraiment un jour Zhuang Zhidie venait à ne plus l'aimer, elle tomberait aussitôt dans la déchéance, coucherait avec le premier venu, qu'il soit fou, stupide ou voleur. Zhuang blêmit.

– Tu dis n'importe quoi, arrête tes sottises!

Tang Wan'er se mit à pleurer, elle ne parlerait plus jamais ainsi, elle le jurait. Elle se tut. Puis voulut savoir:

– Es-tu en colère?

Naturellement qu'il était en colère, les femmes ne comprennent rien aux hommes! Et il ponctua son propos d'une grande claque sur les fesses de Tang Wan'er qui tomba dans ses bras et l'embrassa. De baisers en baisers…

Ici l'auteur autocensure trente-huit caractères.

Les traces de sang sur l'oreiller leur donnèrent des remords: le médecin avait ordonné d'attendre un mois avant d'avoir des rapports. Zhuang Zhidie s'inquiéta : comment se sentait-elle ? très bien ma foi. Elle prit un stylo et dessina autour des taches des feuilles d'érable.

– Très bien ! dit Zhuang. Les feuilles givrées rougissent en février. Lorsque nous irons déjeuner, je t'achèterai du fil de soie et une aiguille pour que tu les brodes, il n'y paraîtra plus. Bien au contraire, tout le monde louera ton œuvre d'art !

Au moment où, heureux, les amants sortaient de l'immeuble, ils tombèrent nez à nez avec Niu Yueqing. Ils pâlirent de frayeur.

– Tiens, Wan'er, regardez, quelle surprise, voici mon épouse ! s'exclama Zhidie d'un ton résolument dégagé.

– J'ai passé au peigne fin la ville à ta recherche ! dit Niu Yueqing. Dites-moi, Wan'er, quelle mauvaise mine !

– Wan'er voulait que je l'aide à trouver un travail temporaire, expliqua Zhidie. J'ai pensé au service de maintien de la propreté de la ville. Nous sommes allés voir Yang, le chef de section. Je n'aurais jamais cru que ce type puisse prendre de tels airs et me traiter d'aussi haut. C'est la première fois que je subis une telle vexation.

– Vous allez gagner quoi pour ce genre de boulot ? persifla Niu Yueqing. Vous feriez mieux de rester chez vous pour permettre à Zhou Min d'écrire en paix ! Cela dit, ces jours-ci, il vaut mieux s'adresser à Dieu plutôt qu'à ses saints ! Voyez donc le directeur !

– Facile pour vous de tenir de tels propos, lui rétorqua Tang Wan'er. Si je ne vivais qu'avec ce que gagne Zhou Min, il y a longtemps que je serais morte ! En revanche, si j'avais un mari avec le talent du professeur Zhuang, je ne perdrais pas mon temps à aller au travail tous les matins comme vous, je resterais tranquille chez moi à l'attendre et je serais aux petits soins pour lui !

– Si jamais Hong Jiang décide un jour de publier une œuvre collective, dit Niu Yueqing, pas rancunière, je lui demanderai de prendre Zhou Min comme collaborateur.

– Ne fais pas de vaines promesses! dit Zhuang. Que sais-tu des projets de Hong Jiang? Qu'y avait-il de si urgent pour me chercher partout?

– À ton avis?

– Je suis de trop, déclara Tang Wan'er, je suis confuse, je m'en vais.

La jeune femme les quitta.

– À midi, au moment où je prenais mon travail, dit Niu Yueqing, Gong Xiaoyi est arrivé. Dès qu'il m'a vue, il a fondu en larmes; j'ai été, quant à moi, affolée tellement il a changé, il ne ressemble plus à rien. Il te cherchait. Son père a fait une bêtise, il a été arrêté en jouant dans un cercle clandestin. Il a besoin de quelqu'un pour intercéder en sa faveur et payer l'amende exigée pour sa remise en liberté. Or la mère est partie rendre visite à la grand-mère à Tianjin. Lui est incapable de régler quoi que ce soit, il n'a pas un centime en poche. Il te supplie de l'aider.

– Il se moque de nous, déclara Zhuang Zhidie, il a tout dépensé pour acheter de l'opium et il essaye de trouver de l'argent. Je l'ai rencontré il y a quelques jours, il ne m'a pas parlé de cette histoire.

– J'ai d'abord eu la même réaction que toi, dit Niu Yueqing, et je lui ai demandé d'être franc. Il m'a montré un mot écrit de la main de son père, cela ne fait aucun doute, je connais l'écriture du vieux Gong.

– Ce n'est pas la première fois que Gong est arrêté, reprit Zhuang. Chaque fois c'est pareil, il s'en sort grâce à sa calligraphie. Il est bon à abattre, à ceci près qu'il faudrait conserver sa main!

– C'est bien ce que je pense. Mais cette fois-ci c'est un dirigeant de la Sécurité publique qui, de passage à Xijing, a reçu des lettres de plainte dénonçant le fait que, malgré les arrestations successives de Gong Jingyuan pour paris clandestins, il était néanmoins systématiquement relâché. Le type a piqué une colère folle contre la Sécurité publique. D'où, le lendemain, une descente dans l'hôtel où Gong jouait et son arrestation avec une menace de punition sévère à la clef.

Zhuang s'emporta contre son vieil ami.

— Il ne changera pas, constata Niu Yueqing, et nous sommes très liés avec lui. Son fils nous demande de l'aider, ne nous montrons pas trop intransigeants. À qui, selon toi, pourrais-tu t'adresser ?

Zhuang Zhidie fronça les sourcils, réfléchit un moment, puis proposa :

— Nous n'avons rien mangé, allons prendre quelque chose.

Après avoir déjeuné dans un petit restaurant de nouilles faites maison, il laissa sa femme rentrer seule et partit de son côté discuter de l'affaire avec Zhao Jingwu. Ce dernier parut vaguement embarrassé :

— Je connais bien quelqu'un à la Sécurité publique, mais je doute de son efficacité. Ils ont Gong à l'œil cette fois.

— J'ai bien réfléchi, dit Zhuang, nous devons de toute façon le sortir de là. Tu vas filer chez Gong Xiaoyi pour essayer d'en savoir davantage et lui laisser entendre que la situation est gravissime, que son père peut être condamné à trois ou cinq ans de prison, qu'il s'affole un peu.

— Pourquoi l'affoler davantage, il est déjà tellement angoissé ! répondit Zhao Jingwu.

— J'ai une idée mais je ne t'en parlerai que lorsque j'en aurai discuté avec Meng Yunfang.

Zhao Jingwu fila.

Zhuang Zhidie mit Meng Yunfang au courant des événements.

— Qui vas-tu aller trouver ? Le maire ?

— Impossible, l'affaire est trop grave, il refusera. Ne m'as-tu pas dit avoir rencontré plusieurs fois chez Hui Ming le second fils de la crapule numéro quatre ?

— Si je comprends bien, tu veux que j'intercède auprès de Hui Ming pour qu'elle me le présente ? Je refuse !

– Impossible, tu dois m'aider. Le second fils de la crapule numéro quatre doit obtenir non que le vieux Gong soit relâché sur-le-champ mais contre une amende. Cela ne lui posera aucun problème.

Meng Yunfang s'exécuta à contrecœur. Lorsqu'il revint, il annonça que Hui Ming acceptait de servir d'intermédiaire, ils n'avaient plus qu'à attendre son appel téléphonique. En fin d'après-midi, Hui Ming appela comme convenu : la Sécurité publique acceptait la proposition, mais l'amende était lourde, soixante mille yuans. Zhuang Zhidie en eut le souffle coupé. Ils se rendirent chez Zhao Jingwu qui revenait de chez Gong Xiaoyi. Ils décidèrent de se donner trois jours pour réunir la somme.

– Prêter soixante mille yuans à Gong Xiaoyi ? s'écria Zhao Jingwu. C'est vraiment jeter l'argent par les fenêtres, il ne te le rendra jamais ! Il ne versera peut-être même pas la somme à la Sécurité publique, mais la dépensera en drogue.

– Zhao Jingwu, tu me sembles un peu borné, dit Zhuang Zhidie. Pourquoi voudrais-tu que je prête de l'argent à un panier percé ? Creusons-nous les méninges pour trouver l'argent et que Gong Jingyuan ne soit pas déçu. Le mieux est encore de négocier les calligraphies, plutôt que de les lui laisser échanger contre de l'opium.

Zhao Jingwu et Meng Yunfang applaudirent à cette idée.

– En sauvant Gong Jingyuan, nous empêchons son œuvre de fuir à l'étranger, ajouta Zhao Jingwu. Peut-être que, quand toutes les peintures de son père seront vendues, Xiaoyi renoncera à se droguer.

– Cela ne dépend que de toi, mon cher ! répondit Zhuang.

Zhao Jingwu passa toute une soirée à discuter avec Gong Xiaoyi qui n'arrêtait pas de pleurer. Dès qu'il mentionna la somme de soixante mille yuans, Gong Xiaoyi lui demanda de la lui prêter. Zhao Jingwu ne cacha pas que, s'il avait eu une somme pareille, il serait déjà marié. C'est alors qu'il parla du marchand d'art qui acceptait d'acheter tout de suite deux peintures de son père, mais avec un rabais.

— Combien en donne-t-il ? demanda Gong Xiaoyi.

Zhao Jingwu allongea tous ses doigts.

— Quoi ! C'est pratiquement la moitié de ce que mon père les vend habituellement ! dit l'autre, offusqué. Je ne suis pas d'accord, je refuse de les vendre à ce prix-là, je m'en charge.

— Nous avons quatre jours pour réunir les fonds, en quatre jours tu arriveras peut-être à les vendre, mais à combien ? Si on compte sur toi, ton père peut crever !

Convaincu finalement que Zhao n'avait pas tort, Gong Xiaoyi finit par le conduire au domicile de son père où ils rassemblèrent les trois quarts des peintures du maître. Zhao constata que Gong Jingyuan possédait encore quelques rouleaux fort anciens.

— Xiaoyi, tu as de fort belles pièces, dit-il. Moi, je n'en veux aucune, Zhuang non plus, même si nous nous démenons jour et nuit pour toi, c'est normal. En revanche, ce type de la Sécurité publique, le second fils de la quatrième crapule, Hui Ming et d'autres, au total sept personnes, m'ont assuré de leur aide, mais ils espèrent chacun une toile en échange. Ils me l'ont dit.

Gong Xiaoyi réfléchit un moment, puis finit par céder. Il remit à Zhao Jingwu sept rouleaux. Il voulut également lui en offrir un ainsi qu'à Zhuang.

— Nous, nous ne demandons rien. Pourtant, que de peine Zhuang Zhidie se sera donné ! Personne ne pourra nous reprocher de ne pas avoir défendu ton père ! Demain, le professeur Zhuang et moi invitons des gens concernés à déjeuner à l'hôtel de Xijing, ne t'inquiète pas, nous réglerons la note.

Gong Xiaoyi en pleura d'émotion. Jamais il n'oublierait ce que Zhao et le professeur Zhuang venaient de faire. Sitôt libéré, son père irait les remercier lui-même. Il raccompagna alors Zhao jusqu'à la rue, puis retourna à la maison où il en profita pour se servir et emporter chez lui quelques peintures anciennes et des calligraphies de son père.

*

Une fois Zhuang Zhidie en possession des peintures de Gong Jingyuan, la campagne de presse annonçant l'ouverture de la galerie de peinture débuta avant la date prévue. Les journaux et la télévision ne ménagèrent pas leurs efforts. Le jour du vernissage, la foule se précipita pour admirer la calligraphie du président Mao. Du vivant du Grand Timonier, personne n'avait vu l'original. Aujourd'hui, les visiteurs pouvaient s'offrir le plaisir de contempler ces cent quarante-huit caractères de la taille d'un bol! Les gens découvraient par la même occasion des œuvres d'artistes célèbres, contemporains ou anciens, qui étaient à vendre. La galerie, qui pourtant ne se trouvait pas dans un quartier animé de la ville, attira beaucoup de monde, y compris des étrangers.

En apprenant que la plupart de ces trésors provenaient de la collection de Gong Jingyuan, Niu Yueqing n'avait pas caché son inquiétude à son mari. Il lui avait ordonné de se taire. Le jour du vernissage quelques peintures furent vendues et réglées à Zhao Jingwu.

– Chacun y trouve son compte, déclara Zhuang en remettant l'argent à Niu Yueqing. En ce qui nous concerne, si notre ami Gong Jingyuan est relâché et qu'il ait conservé sa main, c'est la fortune assurée. Au père comme au fils, cette histoire devrait servir de leçon! Fini les paris, fini la drogue, ils ne nous en seront jamais assez reconnaissants.

Niu Yueqing n'en parla plus. Le soir même, alors qu'elle venait d'être informée de la libération de Gong Jingyuan et de son désir de venir les remercier, la rumeur courut que Gong était mort. Affolée, elle retourna en toute hâte à la galerie prévenir son mari. Elle le trouva en train de coller des pastilles au bas de chaque peinture: «vendu, 10 000 yuans», «vendu,

5 000 yuans», «vendu, 3 500 yuans». Ruse pour stimuler les ventes et émoustiller le désir d'achat du client, car toutes n'étaient pas vendues. Tang Wan'er était là, occupée à faire une vitrine avec des produits de l'artisanat populaire ; papiers découpés, marionnettes, taies d'oreillers dont celle brodée de feuilles d'érable en fil de soie rouge et vert. Les compliments la mettaient en verve. Elle parlait avec animation de ces T-shirts culturels à la mode qui fleurissaient dans les rues et qui portaient des inscriptions amusantes. Pourquoi ne pas plutôt couvrir ces T-shirts de maximes classiques, ce serait tellement plus distingué! Cela se vendrait probablement très bien. Tout le monde discutait avec entrain et bonne humeur lorsque Niu Yueqing leur annonça brusquement la prétendue mort de Gong Jingyuan. Le désarroi saisit Zhuang, Zhao et Tang Wan'er. Ils appelèrent Wang Ximian et Yuan Zhifei qui avaient eux déjà eu vent de cette rumeur. Personne ne pouvait confirmer. Zhuang Zhidie abandonna visiteurs et tableaux pour rentrer chez lui avec sa femme. Il réfléchit et décida de se rendre chez son ami après le repas vérifier qu'il ne s'agissait bien que d'un ragot.

Le messager de Gong Xiaoyi, chargé de leur apprendre la triste nouvelle, arriva au milieu du dîner. Niu Yueqing fondit en larmes et partit sur-le-champ, mal chaussée, acheter de la gaze blanche. Zhuang Zhidie chargea Zhao Jingwu de s'occuper des couronnes de fleurs, du papier monnaie d'offrande, de l'encens et des quatre grandes bougies. Zhao Jingwu s'acquitta, en courant, de sa mission. Quant à Niu Yueqing, elle rapporta non de la gaze mais quelques mètres de lainage blanc.

– Pourquoi avoir acheté un tissu d'une telle qualité pour un mort ? s'étonna Zhao Jingwu. Vous vous imaginez que le vieux va l'emporter dans l'autre monde ?

– Je pense à la dure vie qui attend son épouse et son fils, répondit-elle. À quoi leur aurait servi un morceau de gaze ? Avec cette pièce de tissu, ils peuvent se faire faire un costume l'un et l'autre. On ne remplace pas un mort, mais on peut secourir les vivants. Ils étaient habitués à un certain train de vie jusqu'à présent, maintenant adieu la fortune, quelle tristesse! Il est plus facile de passer de la pauvreté aux richesses que l'inverse, hélas.

– Tu as bien fait, trancha Zhuang Zhidie. J'ai questionné le messager. Ces derniers jours Gong Jingyuan souffrait de démence, il avait complètement saccagé sa maison. Sa femme n'est pas encore de retour de Tianjin, son fils est dans un état lamentable! (Puis, se tournant vers Zhao Jingwu :) Va chez Liu Yezi, achète trois doses d'opium et porte-les à Gong Xiaoyi. Il est sûrement en manque, donc incapable de s'occuper de quoi que ce soit.

Zhao Jingwu s'exécuta. Ils arrivèrent très tard chez Gong Jingyuan.

C'était une maison chinoise traditionnelle à cour carrée, bien conservée, avec quatre pièces principales entourées de bâtiments à l'est et à l'ouest. La cour n'était pas très grande. À l'angle de la maison principale et des deux bâtiments latéraux poussaient de fins cédrèles. Dans la cour, il y avait un jardin japonais et deux petites annexes de part et d'autre de la porte d'entrée, abritant l'une les toilettes, l'autre la chaudière. Zhuang Zhidie, Niu Yueqing et Zhao Jingwu se rendirent directement dans la maison principale où la lumière était allumée, mais il n'y avait personne. À l'est, le bureau de Gong Jingyuan, à l'ouest la chambre de son épouse, au centre la salle de réception meublée d'une table carrée laquée noire au plateau de jade de Lantian et de quatre tabourets en forme de tambour; de chaque côté de la porte, des fenêtres à l'ancienne et à croisillons sculptées de fleurs de prunier et fermées par un double cadenas; au milieu était accroché un bas-relief représentant, dans du palissandre, huit portraits de calligraphes célèbres: Wang Xizhi[1], Wang Xianzhi, Yan

---

1. Le plus célèbre des calligraphes chinois (312-379). *(N.d.T.)*

Zhenliao[1], Ou Yangxun[2], Liao Songquan, Zhang Xu, Mi Fei, Yu Youren. Sur les murs, à gauche et à droite, deux calligraphies de Gong Jingyuan qui parlait pour l'une d'*endurer la vie* et pour l'autre d'*harmonie*.

— On ne dirait pas la maison d'un mort ! Il n'y a ni salle funéraire, ni pleurs !

Au même moment, un jeune homme, le front ceint d'un bandeau de deuil, sortit d'un des bâtiments latéraux. « Des visiteurs ! » cria-t-il. Le corps avait été placé dans le bâtiment est. Ils entrèrent. Devant un paravent qui coupait la pièce en deux se trouvait une énorme table qui, d'ordinaire, servait de bureau à Gong Jingyuan et sur laquelle aujourd'hui reposait le corps du mort, couvert non d'un drap ou d'une couverture, mais de papier kraft. Zhuang Zhidie s'approcha et souleva le papier. Le spectacle, celui d'un homme aux cheveux hérissés, le visage noir, les yeux révulsés et la bouche tordue, était horrible. Niu Yueqing éclata en sanglots.

— C'est affreux ! dit-elle. Pourquoi l'avoir recouvert de ce papier ?

— Draps et couvertures étaient si crasseux, avouèrent les proches, que nous avons pensé que ce papier serait plus convenable.

Niu Yueqing s'effondra en pleurs sur la dépouille. Zhuang Zhidie, les larmes aux yeux lui aussi, tapota la joue de son vieil ami Gong.

— Pourquoi nous as-tu quittés, vieux frère ? Mais pourquoi nous as-tu quittés ! dit-il d'une voix étranglée, avant de se laisser emmener par des proches du défunt boire une tasse de thé.

*

De retour chez lui, en écoutant le récit de son fils, Gong Jingyuan avait éprouvé une grande recon-

1. Fonctionnaire, poète et calligraphe des Tang (708-784). *(N.d.T.)*
2. Calligraphe célèbre et ministre des Tang (557-641). *(N.d.T.)*

naissance à l'égard de Zhuang Zhidie. Ravi d'autre part par la conduite de son fils qui, pour une fois, ne l'avait pas laissé tomber, il prit, dans une malle sous son lit, une liasse de cent mille yuans sur laquelle il préleva quelques billets pour envoyer Xiaoyi acheter quatre bouteilles de maotai, dix cartouches de cigarettes la Montagne de la Pagode Rouge, des pelotes de laine et de la soie qu'il porterait chez ses amis pour les remercier. La vue de cet argent pétrifia son fils :

– Dire qu'il m'a fallu quémander un peu partout soixante mille yuans, alors que tu avais tant d'argent caché !

– Avec toi, tout passerait dans l'opium jusqu'au dernier sen ! Je ne pensais même pas que tu réussirais à te faire prêter trois sous, vu ton air pitoyable ! Mais dès demain, je tiens à tout rendre, il faut me dire à qui.

– Comment veux-tu que j'aie emprunté une telle somme ? La Sécurité publique ne me donnait que trois jours pour me retourner, ça urgeait ! Heureusement qu'un marchand d'art a consenti à acheter les calligraphies qui se trouvaient dans ce placard. C'était la seule solution pour que tu sois libéré.

La réponse eut l'effet d'un coup de tonnerre sur le vieil artiste. Il se jeta sur le placard, l'ouvrit et ne put que constater la disparition de ses calligraphies qu'il considérait comme ses pièces les plus accomplies et dont il ne voulait se séparer sous aucun prétexte. Il fouilla dans les peintures anciennes qu'il collectionnait depuis des années : il n'en restait que fort peu. Il renversa la table en injuriant son fils :

– Salaud ! Traître ! Tu as tout vendu, tout pour soixante mille yuans ? Espèce d'imbécile, mais tu ne m'as pas sauvé, tu m'as tué ! Même si j'avais dû croupir trois ou cinq ans en prison, je n'aurais pas toléré que tu me ruines de la sorte ! Pourquoi n'as-tu pas vendu la maison, et ta mère pendant que tu y étais ?

– Père, pourquoi te mettre dans cette colère ? Tu

es si avare que chaque fois qu'on te demande trois sous, on a toujours l'impression de t'arracher la peau et les os! Comment aurais-je pu imaginer que nous avions une telle fortune? Peu importe le prix de vente de tes calligraphies, le principal c'est que tu aies été relâché, tu es un homme de talent, tu en feras d'autres!

Gong Jingyuan s'avança et flanqua un violent coup de pied à son fils.

– Imbécile! Recommencer? Je ne suis pas une machine à imprimer!

Puis il l'accabla des injures les plus dures, le traita de tous les noms. Affolé, Gong Xiaoyi se sauva en courant.

Le vieil homme passa sa matinée à pester. Épuisé, il s'allongea sur son lit en se demandant comment il avait pu engendrer ce bon à rien, démoli par la drogue, stupide et juste capable de dilapider le patrimoine familial. Il se sentit soudain triste, découragé, à un point extrême. L'idée de la mort surgit en lui. Il prit une corde de chanvre qu'il noua à la poutre, en fit un lasso avant de monter sur un tabouret. Ah, qu'il regrettait de ne pas connaître celui qui avait présenté à son fils ce marchand! Qui pouvait d'ailleurs être cet individu? Comment avait-on pu croire que lui, Gong Jingyuan, n'avait pas un sou! Eh bien, avant de crever, il allait leur montrer ses richesses! Et, sautant de son tabouret, il se mit à tapisser frénétiquement les murs de sa chambre de billets de cent yuans qu'il colla, les uns après les autres, côté chiffre, en s'esclaffant. Puis il s'interrogea. À quoi rimait un tel geste? Les autres se moqueraient encore davantage de lui. Il avait beau être riche, son fils avait vendu tous ses chefs-d'œuvre pour soixante mille yuans... Alors, s'emparant de son encrier, il le jeta en l'air puis, saisissant le râteau à charbon, il lacéra les billets et les murs, comme un fou... Son massacre achevé, il tomba assis par terre et fondit en larmes. «Tout est fini, gémit-il, tout est vraiment fini, je ne suis plus qu'un pauvre bougre...» Il frappa le sol de ses poings, puis retira un à un, avec ses dents, les trois anneaux en or qu'il portait à ses doigts...

*

Après avoir bu sa tasse de thé, Zhuang Zhidie entendit des pas dans la cour. Il pensait s'en aller quand il vit entrer Wang Ximian et Yuan Zhifei, suivis de quelques amis portant une immense boîte de fruits. La boîte était très raffinée. Le socle était en forme de montagne et sur le couvercle étaient sculptées des figurines : les Huit Immortelles traversant la mer, les Sept Sages du Bosquet des Bambous[1], les Douze Belles de Nanjing, les Dix-huit Voyous de Shaolin. Zhuang les salua et leur dit :

– J'étais persuadé que vous viendriez aussi, recueillons-nous pour notre frère Gong Jingyuan.

Ils placèrent la boîte au pied de la dépouille, allumèrent de l'encens et des bougies en se prosternant. Ils brûlèrent aussi du papier monnaie d'offrande dans une jarre devant la table. Puis ils prirent une tasse de vin, s'inclinèrent plusieurs fois devant le défunt avant de verser l'alcool sur le papier monnaie en feu.

– Quelle obscurité, pas une seule lumière n'est allumée dans la cour ! dit Yuan Zhifei en se relevant. Quelle ambiance glaciale ! Et Xiaoyi ? Où est-il ? Il ne veille pas son père, ne nous accueille même pas !

Les proches parents séchèrent leurs larmes et se hâtèrent d'aller prendre, dans le bâtiment latéral ouest des lampes pour les accrocher à la porte d'entrée. On appela Xiaoyi qui avait disparu. On le découvrit dans la chambre du maître de maison. La pièce était un indescriptible capharnaüm. Sur les murs lacérés on devinait encore, par endroits, des bouts de billets de cent yuans. Gong Xiaoyi était recroquevillé sur le lit, de l'écume au bord des lèvres, tremblant

---

1. Sept littérateurs des Qin (IIIe siècle avant J.-C.), taoïstes et non conformistes (N.d.T.).

de tous ses membres. Yuan Zhifei s'approcha et lui administra une gifle.

— Pourquoi n'es-tu pas mort? hurla-t-il. Seule la mort te sortira de cette impasse!

— Laisse tomber, déclara Zhuang. À quoi bon le battre ou l'injurier? Drogué comme il est, il ne se rend compte de rien. Allons régler nous-mêmes les obsèques, inutile de compter sur lui.

Seul Zhao Jingwu resta pour tenir compagnie un moment au jeune Gong. Il en profita pour lui remettre les trois paquets d'opium en lui précisant que c'était un cadeau du professeur Zhuang pour lui éviter toute crise durant la période des funérailles. Puis il l'emmena rejoindre les autres.

Zhuang Zhidie, Wang Ximian et Yuan Zhifei se répartirent les tâches. Il fallait prendre contact avec le crématorium, trouver une voiture pour transporter la dépouille, acheter des vêtements funéraires ainsi que l'urne. Gong Xiaoyi avait-il prévenu sa mère? Oui, par téléphone, assura-t-il, elle rentrerait demain matin, en avion. On décida qui irait la chercher. Gong Xiaoyi se contentait d'écouter, en retrait. À la fin il s'inclina avec respect devant les trois amis en ajoutant:

— Tout cela est forcément coûteux, où trouverai-je tant d'argent? Demain je vendrai ces deux tables carrées au plateau de jade, voilà tout.

— Tu veux encore vendre? hurla Yuan Zhifei. Tu ne peux donc pas laisser ton pauvre père en paix, même une fois mort! Nous discuterons de ce problème avec ta mère. Prosterne-toi donc devant sa dépouille en brûlant du papier monnaie d'offrande!

Les trois amis cherchèrent de l'encre et du papier pour essayer de donner un peu d'âme à la pièce et en atténuer l'atmosphère déprimante. En dehors du portrait du mort, il n'y avait rien. Gong Jingyuan qui était un calligraphe célèbre méritait bien quelques épigraphes. Zhuang Zhidie en écrivit plusieurs. Tout d'abord une «*Paix éternelle à Monsieur Gong*» qu'il colla au-dessus de son portrait et, de chaque côté, deux sentences parallèles, *De la vie vient la mort* et *Destin de quatre amis-frères*. Puis il écrivit une autre paire de sentences parallèles qu'il afficha sur les battants de la porte d'entrée : sur l'un : *Buvons, mangeons, profitons, belle est la vie !* Sur l'autre : *Calligraphie, peinture, élégance et naturel !*

– Remarquable ! déclara Yuan Zhifei. Elles reflètent la philosophie de la vie du vieux Gong. Une de tes calligraphies me pose problème.

– Laquelle ? demanda Wang Ximian. Une de celles qui entourent le portrait du défunt ? L'une explique qu'il est mort de la main de son propre fils, ce qui est une injure à Gong Xiaoyi, l'autre, ce qui n'étonnera personne ici à Xijing, que nous étions tous quatre de véritables frères et que nous pleurons sa disparition... *Quand le lièvre meurt, le renard pleure...* C'est une façon d'exprimer notre chagrin. C'est ce que tu as voulu dire, n'est-ce pas, Zhidie ?

– On lui donne le sens que l'on veut.

On plaça des couronnes mortuaires autour de la porte sur lesquelles on fixa avec un petit fil de fer de la gaze blanche. La cour prit peu à peu un air de deuil. Yuan Zhifei envoya chercher une cassette de musique funèbre.

– Tâchons de bien passer ce dernier moment avec lui, dit Yuan Zhifei. Nous étions quand même de sacrés copains. De son vivant, si nous fréquentions souvent les restaurants, c'était bien grâce à ses relations. Chaque fois que nous prenions un verre, c'était toujours lui qui nous invitait. C'est un homme qui a su mener une existence bien remplie. Dire qu'il a engendré un rejeton minable et qu'il a disparu de la sorte ! Les gens lèchent toujours les bottes des puissants ! De son vivant, combien ont franchi le pas de cette porte pour lui réclamer une calligraphie ! Maintenant que le vieux a cassé sa pipe, il n'y a plus personne ! Heureusement que nous sommes là, nous ses amis fidèles. Pourquoi ne mettrions-nous pas un mot ou deux dans les couronnes ? Ce serait, primo, une façon de lui témoigner notre affection ; secundo, de prouver aux autres que Gong Jingyuan a encore droit à un ultime hommage ; tertio de montrer à son épouse qu'elle n'est pas seule.

Zhuang Zhidie partageait totalement le point de vue de son ami. Ils se devaient d'agir ainsi. Zhuang Zhidie déroula une feuille de papier et céda la place à Wang Ximian.

– Je n'ai aucune inspiration, dit Wang Ximian. Depuis que je suis arrivé ici, c'est le vide le plus total ! D'habitude, lorsque nous nous retrouvions, c'était pour peindre ensemble, désormais c'est fini. Je vais lui offrir cette ultime peinture.

Il prit son pinceau qu'il humecta avec ses lèvres. Il resta un long moment sans bouger, puis brusquement, d'un trait souple et vigoureux, dessina des arabesques d'où surgit un bouquet d'eupatoires de Chine aussi vraies que nature.

– Bravo ! s'écria Yuan Zhifei en applaudissant, les feuilles, les fleurs reflètent bien les manières de Gong Jingyuan, homme de talent qui, toute sa vie, se voulut imprévisible, libre, sans contraintes. Même si certains le critiquaient à mots couverts, pas un seul numéro des maisons de la capitale qui ne fût gravé de sa main ! Pas un seul fonctionnaire, grand ou petit, qui n'ait une peinture de lui accrochée dans son salon !

– Quel héros de son vivant ! dit Wang Ximian. Dire qu'il est mort ainsi... J'en frissonne rien que d'y penser !

Il ajouta sous le dessin : *Je pleure un ami brusquement disparu*, puis signa et apposa enfin son sceau qu'il sortit de sa poche. Vint le tour de Yuan Zhifei.

– Ma calligraphie est laide. Mais bien que je n'aie pas envie que tu écrives à ma place, Zhidie, je réclamerai cependant ton aide, car l'inspiration me manque.

– Laisse parler ton cœur ! conseilla Zhuang Zhidie.

– Dans ce cas, peu importe la rime !

Frère Gong, tu es mort, tes œuvres sans aucun doute vont prendre beaucoup de valeur ; mais à moi, Zhifei, qui ai perdu un ami, il manquera désormais à jamais un joueur de mah-jong.

Dès qu'il eut écrit ces lignes, il partit, terrassé par l'émotion.

Zhuang Zhidie prit alors le pinceau, mais sa main tremblait et il le reposa. Il alluma une cigarette. La sueur perlait à grosses gouttes sur son front.

– Tu ne te sens pas bien ? lui demanda Wang Ximian.

– Je suis déboussolé. Je n'arrive pas à prendre conscience qu'il est mort, je l'imagine, là, près de moi, me regardant écrire.

– Il aimait lire ta prose, admirant à la fois ton aisance tout en critiquant parfois certaines de tes structures. Difficile de retrouver un ami comme lui.

Ces paroles bouleversèrent Zhuang. Il ferma les yeux, des larmes coulèrent qui se mélangèrent à l'encre sur le papier. Il composa les deux sentences suivantes :

Né après nous, mort avant, depuis l'antiquité Xijing n'a jamais retenu ses amis ; le vent te pleure, le vent me pleure, vie et mort se confondent.

Dans l'au-delà tu es, sur terre je suis, sous le loess, dans la plaine l'homme est enseveli ; la pluie lui sourit, la pluie me sourit, vie et mort se confondent.

Sans pouvoir contenir ses larmes, il repartit s'incliner devant la dépouille de son ami et porta un toast à sa mémoire. En se penchant, pris de malaise, il tomba. Niu Yueqing poussa un cri. Elle se précipita pour le soutenir et lui donner un verre d'eau bouillie. Il reprit enfin connaissance. Ses amis s'inquiétèrent de le voir dans cet état.

– Ne sois pas triste, lui dit Yuan Zhifei. Si le vieux Gong te voyait ainsi affligé par sa mort, il se moquerait de toi.

Puis il lui conseilla de rentrer se reposer au plus vite, il s'occuperait de tout. Niu Yueqing et Zhao Jingwu hélèrent un taxi et durent soutenir Zhuang tout le long du trajet.

De retour chez lui, il dormit trois jours d'affilée. Il mangea très peu. Niu Yueqing n'osait pas dire quoi que ce soit. Elle lui conseilla simplement de ne pas retourner chez Gong Jingyuan. Ce qu'il fit. Il n'alla même pas saluer son épouse à son retour de Tianjin. Il ne se manifesta que le jour de l'incinération. En revanche, Niu Yueqing portait quotidiennement des offrandes pour le défunt, aidait sa femme à régler les différents problèmes, si bien qu'à ce régime elle était épuisée, avec des cernes sous les yeux.

Au bout d'une longue semaine, Zhuang Zhidie retrouva ses forces. Il songea soudain qu'il n'avait pas bu de lait frais depuis bien longtemps et demanda à Liu Yue si elle n'avait pas vu la mère Liu. Elle ne l'avait pas vue. Comme il s'ennuyait à mourir, il donna rendez-vous à Tang Wan'er pour une promenade hors de la ville. Ils arrivèrent par hasard dans un village.

– Mais nous voici au village de la Mare au Chat ! s'exclama Zhuang Zhidie. La mère Liu habite juste au sud. Il y a si longtemps que je n'ai bu du bon lait de cette pauvre bête qu'elle doit être malade. Allons voir ! J'en ai tellement avalé que, si l'on en croit la vieille maxime qui veut que l'on se transforme en ce que l'on mange, je devrais être une vache !

Ils entrèrent dans le village et trouvèrent la mère Liu en train d'installer son métier à tisser devant sa porte. Comme il faisait très chaud, elle ne portait qu'un maillot de corps.

– Mon Dieu, s'écria-t-elle, vous êtes venus jusqu'ici ! Pourquoi votre dame ne vous a-t-elle pas accompagné, la campagne l'aurait distraite ! Il y a si longtemps que je ne suis pas allée à la ville que je me languissais ; puis la plante de mon pied s'est mise à me chatouiller. Et quand ça me chatouille, c'est que je vais avoir une visite ! Qui peut bien venir, me suis-je demandé, ma mère, mon oncle ? Eh bien non, c'est vous !

– Vous pensiez à nous, dit Zhuang Zhidie, alors ne nous laissez pas debout sans rien boire, nous avons beaucoup marché.

La femme gloussa, se frappa la poitrine, les fit entrer et leur proposa de s'asseoir. Elle leur donna un verre d'eau chaude et leur prépara un œuf au plat. Tang Wan'er refusa. Pas question d'avaler quoi que ce fût, l'eau lui suffirait. La mère Liu, sans façon, versa l'œuf dans un autre bol et le porta à son fils. Zhuang Zhidie mit les deux siens dans le bol de Tang Wan'er.

– Mange-les, dit-il, pourquoi n'en veux-tu pas, on dirait mes deux couilles !

– Arrête tes obscénités ! Ici tu es considéré comme un personnage !

À son retour, la mère Liu les vit qui mangeaient, buvaient et bavardaient avec animation.

– Voici quelque temps qu'on ne vous voyait plus, se plaignit Zhuang Zhidie. Sans le lait de votre bonne vieille vache, ma carcasse s'affaiblit.

– Ce matin j'ai encore chargé mon voisin, Wu le troisième qui partait à la ville acheter des légumes, de passer chez vous pour vous dire que ma vache était malade.

– Malade ?

– Depuis plusieurs jours, elle refuse toute nourriture. Avant-hier, je l'ai encore menée se promener, mais hier elle s'est couchée pour ne plus se relever. J'ai eu bien peur qu'il lui soit arrivé malheur ! J'ai fait venir un vétérinaire, mais il n'a rien trouvé. Il a même dit qu'elle irait mieux. Tu parles, elle est toujours aussi mal. Mon mari et mon fils sont allés à l'ancien village fortifié chercher Jiao, le boiteux, un vétérinaire célèbre.

Zhuang Zhidie se rendit à l'étable. La malheureuse bête avait tellement maigri qu'elle n'était plus qu'une carcasse. Mais elle reconnut le visiteur, pointa les oreilles et tenta en vain de se dresser sur ses pattes. Elle regarda Zhuang Zhidie et sa compagne, et se mit à gémir.

– Quelle tristesse, dit Tang Wan'er, elle verse des larmes de douleur comme nous autres, les êtres humains. Regarde ses mamelles, elle est si maigre qu'on ne voit qu'elles.

Ils s'accroupirent et chassèrent les nuées de mouches et de moustiques.

Deux hommes entrèrent, dont le mari de la mère Liu. Zhuang l'avait vu une fois. Un boiteux, le fameux vétérinaire sans doute, suivait. Après avoir échangé les politesses d'usage, il se pencha sous le corps de l'animal qu'il examina longuement : il souleva ses paupières, sa queue ; il écarta ses mâchoires, colla son oreille sur son ventre avant de lui donner quelques petits coups sonores sur le dos. Un sourire éclaira son visage.

– On peut la sauver ? interrogea la mère Liu.

– Combien l'avez-vous achetée ?

– Quatre cent cinquante-trois yuans.

– Il y a longtemps que vous vendez son lait ?

– Depuis plus d'un an. Je l'emmenais dans les rues et les ruelles de...

– Je vous félicite, dit-il. Mais ne parlons pas du profit que vous avez tiré de l'achat de cette bête en vendant son lait l'année durant ; comptez ce que va vous rapporter sa viande, des kilos et des kilos, sa peau, quelques milliers de yuans. Elle a une hépatite, voilà tout. Ça s'attrape chez les vaches comme chez les hommes. En revanche, quand les ruminants souffrent de cette maladie, se développe alors le bézoard. Un bézoard[1] de bœuf peut rapporter gros ! Au point que certains en arrivent à faire contracter par tous les moyens ce virus à leurs bêtes. De quoi vous plaignez-vous ? L'argent va vous tomber du ciel !

– Je me moque pas mal du bézoard de bœuf,

_____

1. Concrétion formée de poils ou de divers débris végétaux se formant dans le corps de certains ruminants. Le béozard était autrefois en Orient considéré comme un puissant antidote. (N.d.T.)

répondit la vieille. Je n'ai pas le cœur à la laisser mourir. Elle fait partie de la famille! Donnez-lui des médicaments pour qu'elle se remette d'aplomb.

– C'est bien la première fois que je rencontre des gens de votre espèce, répondit le boiteux. Que vous ayez bon cœur, soit, mais ni moi ni personne ne pourrons rien faire pour la guérir. Croyez-moi, faites-la abattre demain, il sera encore temps de vendre sa viande et sa peau, après il sera trop tard, vous ne pourrez plus rien en tirer.

La mère Liu rentra chez elle et éclata en sanglots. Son vieux lui cria de préparer quelque chose à manger pour le vétérinaire. Mais elle s'en moquait, elle avait trop de chagrin.

– Si je mourais, tu n'aurais pas tant de peine! brailla son mari indigné.

Confus de s'être emporté, il regarda Zhuang Zhidie et Tang Wan'er.

– Ma pauvre femme est toute bouleversée, reprit-il. Asseyez-vous, elle va vous préparer quelque chose.

– Votre femme s'occupe de cette vache depuis si longtemps qu'elle est consumée de chagrin. Elle n'est pas la seule, d'ailleurs. Moi qui appréciais son lait, j'en suis tout attristé.

On entendit des bruits d'eau et de bassine dans la pièce.

– Vas-tu donc nous faire une soupe aux nouilles? cria le mari.

Un moment plus tard, la mère Liu ressortait, une cuvette remplie de bouillie de haricots mungo à la main, qu'elle plaça sous la gueule de la pauvre bête.

– Je ne reste pas plus longtemps, dit le boiteux en faisant grise mine. J'ai d'autres clients qui m'attendent. Payez-moi la consultation, mais ne gardez pas votre vache. Donnez-moi ce que vous voulez, huit, dix yuans.

Le vieux paya et raccompagna le boiteux. Voyant l'embarras dans lequel se trouvait la mère Liu, Zhuang Zhidie décida de prendre aussi congé. En partant, il entendit la vache geindre.

Une fois dehors, Zhuang Zhidie hocha la tête.

– Je me demande pourquoi tous ces malheurs en ce moment ! Nous sommes bien éprouvés !

– Aurais-tu refait l'amour avec Liu Yue ? dit Tang Wan'er.

– Plaisanterie à part, tu persistes à tout rejeter sur mes rapports avec elle !

– Naturellement, répondit-elle. Si vous continuez, les malheurs iront en empirant. Il peut très bien t'arriver quelque chose à toi, ou à moi d'ailleurs.

Zhuang Zhidie la pria de se taire, sans pour autant être rassuré.

– Pourquoi veux-tu que je continue ? Zhao Jingwu et elle filent le parfait amour ! Et Zhao n'a aucun problème.

– C'est que le moment n'est pas encore venu, affirma-t-elle.

Ils s'engagèrent sur le périphérique. Zhuang Zhidie voulut arrêter un taxi, Tang Wan'er préférait marcher pour parler. Soudain, sans savoir pourquoi, il songea à Alan et demanda à Wan'er si elle consentirait à l'accompagner à l'hôpital psychiatrique pour lui rendre visite. Il lui avait depuis longtemps parlé d'Alan et d'Acan, sans toutefois mentionner la vie privée de cette dernière.

– Tu penses souvent à Alan, n'est-ce pas ? dit Wan'er. Même lorsque nous sommes ensemble, toi et moi ! Tu regrettes de ne pas avoir eu le temps d'avoir une liaison avec elle, pas vrai ? Tu es blasé de ce que tu as et tu as envie de ce que tu n'as pas.

– Pourquoi es-tu si jalouse ? Je pense à elle simplement parce que cette rue mène à l'hôpital. Heureusement que cette malheureuse est folle, autrement je me demande comment tu réagirais !

– Quelle question ! D'accord, je t'accompagne, je pourrai ainsi juger de sa beauté ! Mais je crains que ta visite ne lui fasse mal. Elle est enfermée derrière des barreaux, et toi, tu arrives libre, une femme à ton bras.

– D'accord, je renonce. D'ailleurs, folle comme elle est, elle ne me reconnaîtra peut-être même pas.

– Tu ne veux vraiment plus y aller? dit Wan'er avec un clin d'œil coquin.

Zhuang Zhidie arracha une herbe pour la chatouiller. D'un bond, la jeune femme sauta sur le bas-côté pour aller faire pipi. Elle s'enfonça sur un champ d'armoises, ses cheveux flottant au-dessus des herbes qui lui arrivaient à la taille. Elle disparaissait brusquement pour surgir à nouveau, perdue dans la nature. Le spectacle était charmant.

– Accroupis-toi, dit Zhuang Zhidie, il y a de la circulation, les automobilistes vont voir tes fesses!

– Ils prendront mes fesses pour des pierres blanches! rétorqua-t-elle.

Un léger bruissement se fit entendre. La jeune femme se mit à fredonner. Un air qui rappela à Zhidie la chanson populaire du Shaanxi que Liu Yue chantait.

– Madame chante aussi!

– Je sais tout faire!

– Qu'est-ce que c'est déjà?

– *La Danse du Tambour fleuri*, un opéra du Shaanxi.

– Continue, c'est beau!

Tout en anéantissant un nid de fourmis avec son urine, elle entonna:

Mes lèvres pensent à toi, mais ma bouche n'ose en parler

Mes cheveux pensent à toi, mais restent attachés par un ruban rouge

Mes yeux, mes prunelles pensent à toi, et je ne vois que toi

Ma langue pense à toi, et je ne sais plus le goût de l'huile, du sel, du vinaigre et du soja.

Sur le bord de la route, Zhuang Zhidie écoutait puis, inquiet qu'elle n'attire des regards indiscrets, il tourna la tête et aperçut d'abord un lièvre qui fila de l'autre côté, flash instantané; puis, à quelques mètres devant lui, quatre ou cinq personnes.

– Arrête, supplia-t-il, pensant qu'il s'agissait de curieux. Mais il comprit soudain que ces gens attendaient l'autobus qui venait de s'arrêter là et dont une femme descendait. Une femme qui, ô stupeur, n'était autre qu'Acan. Affolé, Zhidie poussa un cri. Acan, la main en visière pour se protéger du soleil, lui jeta un regard et rebroussa immédiatement chemin pour remonter dans l'autobus dont les portes étaient déjà refermées. Acan hurla en tapant violemment contre la vitre. La porte s'ouvrit et se referma sur la robe de la jeune femme juste au moment où Zhuang Zhidie arrivait à la hauteur du bus qui démarra: «Acan! Acan! Pourquoi refuses-tu de me voir? hurla Zhidie. Où habites-tu?» Il courut derrière le bus qui s'éloigna très vite. Épuisé, il s'écroula dans l'herbe. Tang Wan'er, suivie d'une nuée de sauterelles, le rejoignit:

– C'était Acan? demanda-t-elle.

Il hocha la tête.

– C'est bizarre, nous étions précisément en train de parler d'elle! Pourquoi s'est-elle sauvée si vite en te voyant?

– Elle m'avait prévenu, elle ne voulait plus jamais me revoir. Elle venait sûrement de rendre visite à sa sœur à l'hôpital, elle n'habite sans doute pas très loin. Pour ne pas que je sache où elle habite, elle s'est précipitée dans le bus.

– Il est évident que cette fille a une passion pour toi. Les femmes sont ainsi. Quand elles aiment, soit elles ressemblent à ces phalènes qui se brûlent à la lumière, soit elles vous abandonnent cruellement et ne veulent plus jamais vous revoir. Vous avez fait l'amour tous les deux, n'est-ce pas?

– Wan'er, dit Zhuang Zhidie, évitant de lui répondre directement, sois franche, suis-je vraiment un être vil?

– Bien sûr que non, répliqua-t-elle, un peu désarçonnée, au bout d'un moment.

– Tu te moques de moi! Tu imagines que je vais te croire? dit-il rageur, en arrachant l'herbe par poignées autour de lui. D'ailleurs, je suis idiot : pourquoi me répondrais-tu la vérité ?

Tang Wan'er rougit.

– Tu n'es pas mauvais, dit-elle. Tu ne sais d'ailleurs pas ce qu'est la méchanceté. Si toi tu te juges aussi mal, que penser de moi ? J'ai trahi mon mari, abandonné mon enfant pour fuir avec Zhou Min que je trompe maintenant avec toi. C'est plutôt moi qui te rends mauvais...

Elle essuya furtivement une larme, laissant Zhuang Zhidie tout bête. Dire qu'il avait voulu leur faire oublier leurs tracas à tous deux et voilà qu'il ne cessait de retourner le couteau dans la plaie. Il lui tendit la main...

Ils décidèrent finalement de rentrer chez elle. Zhou Min n'y était pas. Dans l'antique ocarina en terre noire trônant sur la table, on avait fiché un chrysanthème sauvage que Zhuang Zhidie examina, surpris.

Wan'er ayant décrété qu'ils avaient besoin d'un bain de pieds, elle versa de l'eau chaude dans une cuvette. Elle trouva que Zhuang avait les ongles trop longs.

– Ta femme ne te les coupe pas ? s'indigna-t-elle en saisissant sa pince à ongles.

Non sans protester, Zhuang Zhidie finit par se laisser faire. À son tour, Wan'er blottit ses pieds dans le giron de Zhuang Zhidie.

– Masse-les-moi, j'ai mal ! J'ai enduré, pour toi, ces chaussures à talons hauts toute la journée.

Il obtempéra, elle éclata de rire.

– Je meurs d'envie de faire l'amour, dit-elle en lui lançant un clin d'œil.

– Impossible, c'est l'heure de sortie des bureaux.

– Mais non, il ne rentre qu'à la nuit tombée ! Enfin, fais comme tu veux, l'essentiel c'est que tu sois heureux.

Elle retira sa barrette et défit son chignon. Ses beaux cheveux noir de jais tombèrent sur ses épaules. Mais en entendant le vrombissement d'un moteur devant la maison, elle les serra aussitôt en queue de cheval et remit ses chaussures.

– Qui est-ce ? Qui est-ce ? demanda-t-elle en courant ouvrir la porte de la cour.

Avant de sortir lui aussi, Zhuang Zhidie rependit au mur les chaussettes en soie de Tang Wan'er qui traînaient sur le lit. Zhou Min demandait des nouvelles du professeur :

– Vous êtes là ? s'écria-t-il. Je pensais aller vous voir sitôt le repas terminé. Que nous prépares-tu de bon, Wan'er ?

– Je partais au marché quand, au coin de la rue, je suis tombée sur le professeur. Nous sommes revenus ensemble. Professeur, qu'aimeriez-vous pour dîner ? Une omelette et une bouillie de riz ?

– Va t'y mettre, ordonna Zhou Min. J'ai entendu dire que vous étiez malade, professeur. Vous allez mieux ?

– Je n'étais pas malade. Mais la mort de Gong Jingyuan m'a tellement éprouvé que j'ai passé plusieurs jours à dormir.

– Tout le monde s'émerveille de la grande amitié que vous lui portiez !

– Vraiment ?

– Oui, vraiment ! Vous, un honnête homme, respecté de tous, alors que Gong Jingyuan, lui, bien que fort célèbre aussi…

– N'en parlons plus. Pourquoi vouliez-vous me voir ? Quelles sont les dernières rumeurs ? Ce long silence de la part du tribunal, la lenteur de ce procès m'impatientent. Pourtant, Bai Yuzhu se démène, il n'arrête pas de venir me voir pour un oui, pour un non.

– De mon côté, je fais le maximum avec Sima Gong, affirma Zhou Min. Néanmoins, nous ne lui avons pas encore offert de gros cadeaux ; des broutilles qui n'ont jamais dépassé plus de vingt ou trente yuans, jusqu'à présent ! Cet après-midi, il a enfin consenti à me répondre : une nouvelle audience est inutile, l'affaire est claire, les arguments que nous avons fournis avec l'aide d'un certain nombre d'écrivains ou de professeurs sont importants et pertinents, selon lui, le tribunal entend clore le dossier.

– Comment peut-il en être sûr ? s'étonna Zhuang Zhidie.

– Il s'est exprimé sur l'ensemble de l'affaire. L'article a quelques faiblesses, mais il ne porte pas atteinte à l'honneur de Jing et, en ce qui concerne l'auteur, son unité de travail a déjà réglé le problème. Il suggère au tribunal de convoquer les deux parties pour une ultime conciliation afin de dissiper les malentendus. Ce qui nous permettrait de gagner ! Mais Sima Gong prétend que Jing Xueyin, qui a eu vent de tout cela, est allée en personne trouver le président du tribunal ainsi que le responsable du département politique et juridique de la mairie. Le président du tribunal a exigé la rédaction d'un nouveau rapport pour entériner l'affaire. Sima Gong, qui nous a à la bonne, était fou furieux, il s'y oppose et refuse de remanier son ancien rapport. Le président du tribunal a demandé de l'envoyer en conseil de délibération. Tout dépend maintenant de ce conseil composé de six membres ; trois nous sont favorables ; le président et deux des autres membres sont pour Jing Xueyin. Nous avons beau être à égalité, si le président du tribunal, qui est de leur côté, se prononce en premier, les autres membres n'oseront pas s'opposer. Si l'un d'entre eux s'abstient de voter, cela fera trois contre deux.

Zhuang Zhidie, assis sur le canapé, gardait les yeux fermés.

– Professeur Zhuang, vous m'entendez ? dit Zhou Min.

– Allez-y ! Allez-y !

– Je vous ai résumé la situation…

– Quel est votre sentiment ? demanda Zhuang, les yeux toujours fermés.

– Nous atteignons le point crucial, répondit Zhou Min. Le conseil de délibération ne tiendra session que dans dix jours, le président part pour Pékin et ne sera pas de retour avant. Je me demandais si vous ne pourriez pas profiter de ces dix jours pour aller trouver le maire et le prier de glisser quelques mots au président ainsi qu'au responsable du département juridique et politique de la mairie.

– Comment suggérer cela au maire? rétorqua Zhuang Zhidie. Il n'est pas du genre de votre ami, le professeur Meng, qui accepte tout. Il m'est arrivé de lui demander de petits services mais il ne s'agissait pas de questions de principe. Comment lui présenter l'affaire? C'est un dirigeant, ne l'oublions pas, il ne pourra donc obtenir gain de cause qu'à condition que nous ne portions atteinte ni à sa position sociale ni à son prestige !

– Ce…, commença Zhou Min avant de se taire, découragé.

Les deux hommes restèrent silencieux. Tang Wan'er, qui n'entendait plus rien, comprit en entrant dans la pièce qu'il était inutile d'ajouter quoi que ce soit. Elle se hâta d'apporter les trois galettes molles. Zhuang en mangea une, puis remercia avant de s'en aller. Zhou Min ne fit rien pour le retenir.

– Bon retour, lui dit-il en le raccompagnant au bout de la venelle.

*

Tandis que Zhuang Zhidie rentrait chez lui, d'une cabine publique Zhou Min passa un coup de fil à Niu Yueqing. Il lui raconta leur entrevue et lui demanda de persuader son mari. Celui-ci avait à peine franchi le pas de la porte que sa femme le pressait d'aller trouver le maire, quoi qu'il lui en coûtât. Arrivé à ce stade, il serait ridicule de perdre le procès qui semblait pratiquement gagné. Il aurait sa défaite en travers de la gorge. Zhuang Zhidie entra dans une violente colère, reprochant à Zhou Min sa traîtrise. Mais finalement Niu Yueqing réussit à le convaincre Zhang s'en voulut de se laisser manipuler ainsi.

Le lendemain, il se rendit donc chez le maire qui n'était pas là. Il rentra, enchanté.

– Tu es content alors que tu ne l'as même pas vu! pesta sa femme. Il te faudra quand même bien faire face. On finit toujours par trouver le sommeil quand on ferme les yeux!

– Cesse de me harceler ainsi!

– Je sais combien ce genre de démarche est pénible, mais le temps presse, nous n'avons que neuf jours. Ton honneur d'écrivain est en jeu.

– J'y retournerai demain. Écrivain! Suis-je vraiment encore un écrivain? Je me fous complètement de mon honneur. Demain j'attendrai chez le maire le temps qu'il faudra! Mais il faut que ce soit clair, si je vais le trouver, je serai contraint de faire certaines choses contre lesquelles tu ne pourras rien!

Le lendemain, il se rendit en fait chez Huang Defu pour prendre des nouvelles de Dazheng, le fils du maire, atteint de poliomyélite depuis son enfance et à qui une jambe atrophiée donnait la démarche claudiquante d'un homme ivre. À trente ans, le garçon n'était toujours pas marié. Il travaillait à la fondation pour les handicapés physiques.

– Ses parents sont inquiets, avoua Huang Defu, non à cause de sa maladie, mais pour son avenir. Ils lui ont déjà présenté trois jeunes filles qu'il n'a pas trouvées à son goût. Il en voudrait une ravissante. Mais quelle est la beauté qui acceptera de l'épouser? Du coup, il est d'une humeur de moins en moins supportable.

– Rien n'est parfait sur cette terre, déclara Zhuang Zhidie. Quand il s'agit du mariage de son fils, qui que l'on soit, on est toujours bien ennuyé. Si certains adversaires du maire se moquent sans vergogne de son héritier, cet infirme incapable de se marier, c'est en ce qui me concerne un problème qui m'a toujours préoccupé. Je crois lui avoir trouvé la jeune fille de ses rêves. Jeune, instruite, intelligente et, qui plus est, pas mal physiquement. Elle lui plairait sûrement. Simplement, je ne sais ce qu'en penseraient le maire et son épouse.

– Vraiment? s'écria Huang Defu. Si elle plaît à

Dazheng, le maire n'y verra aucune objection. Sa femme m'a d'ailleurs déjà chargé plusieurs fois de lui trouver une épouse, mais je n'ai jamais dégoté chaussure à son pied. Dites-moi, où est cette jeune personne ? Quel est son nom ? Où travaille-t-elle ?

– Je pense que vous l'avez déjà croisée dans la rue avec ma femme. Qu'en pensez-vous ?

– S'agirait-il de cette jeune fille aux si beaux yeux, avec un grain de beauté sur le sourcil droit, de longues jambes, des sandales en cuir blanc à talons hauts et qui, lorsqu'elle sourit, dévoile une petite dent de tigre sur le côté droit ?

La description surprit Zhuang Zhidie qui cependant n'en laissa rien paraître.

– C'est notre servante, reprit-il. Elle s'appelle Liu Yue. Elle est parfaite, simplement elle n'a pas encore son permis de résident pour vivre à Xijing.

– Sapristi ! Quelle jolie fille, on n'en trouve pas tous les jours ! La plus grande des richesses pour une femme, c'est bien sa beauté. Quant à sa carte de résident, pas de problème, on y remédiera.

Ils se rendirent sur-le-champ à la section scientifique où travaillait l'épouse du maire, laquelle serra chaleureusement la main de Zhuang Zhidie :

– Comment vous remercier de vous soucier de lui ? dit-elle. Je me suis fait beaucoup de cheveux blancs cette année à son propos. Avez-vous soumis l'idée à la personne concernée ? Je crains fort qu'elle ne soit pas attirée par mon fils. Jusqu'à présent, c'est toujours la même histoire, si la jeune fille plaît à mon fils, lui ne lui plaît pas, et vice versa. Lorsque vous lui en parlerez, surtout ne la trompez pas, expliquez-lui bien comment est Dazheng.

Sachant pertinemment qu'il n'en avait rien fait, Zhuang s'empressa de répondre :

– J'ai abordé la question de biais, elle a rougi, sans dire ni oui ni non, mais il n'y aura pas de problème. Liu Yue est mignonne, bonne, intelligente et très présentable. Vous pouvez la rencontrer quand vous voulez.

– Comment faire ? Ce soir, si vous êtes libre, accompagnez-la chez nous ; sinon, elle peut très bien venir seule. Ils comprendront, inutile de tourner autour du pot, autant qu'ils en parlent tous les deux. S'ils tombent d'accord, tant mieux. De toute manière, je saurai vous remercier...

– Pas de panique, lança Zhuang Zhidie en rentrant chez lui à sa femme et Liu Yue qui lui demandaient s'il avait vu le maire. Si on me jette en prison, je ne vous demanderai pas de m'apporter des oranges !

Il appela Liu Yue dans son bureau et ferma la porte derrière elle.

– Vous n'avez pas peur, elle est juste là ! murmura la jeune fille.

– J'ai à te parler. Quand as-tu vu Zhao Jingwu ? réponds-moi franchement !

– Pas depuis quelques jours, répondit-elle en rougissant. Il vous a dit quelque chose ?

– Comment ça marche avec lui ?

– Si vous abordez cette question, je m'en vais.

– Je veux parler de tes sentiments à son égard, corrigea-t-il.

– Vous avez bu ! dit-elle. Vous êtes son entremetteur ou quoi ? Quant à mes sentiments... Vous voulez jouer le même rôle en ce qui me concerne ?

– Exact.

La réponse laissa la jeune fille bouche bée.

– J'ai bien réfléchi, reprit Zhuang Zhidie. Zhao Jingwu n'est pas mal, mais il est toujours fourré partout, veut être au courant de tout. Avec la flopée de filles qui lui court après, il n'est pas exclu qu'il change un beau jour et te laisse tomber. En te faisant beaucoup souffrir. J'ai beau n'être ni ton père ni ta mère, je me sens néanmoins responsable. J'ai rencontré aujourd'hui un homme qui physiquement n'est peut-être pas aussi bien que Zhao, mais dont la position sociale et financière n'a rien, mais absolument rien, de comparable. De plus, ton problème de permis de résident serait réglé, tu pourrais trouver du travail légalement. Pour ne rien te cacher, il s'agit du fils du maire !

– Du fils du maire ! répéta Lui Yue, l'œil brillant… Puis, hochant la tête :

– Vous vous moquez de moi.

– Me moquer de toi ! Pour une affaire aussi importante !

– Pourquoi le fils du maire voudrait-il m'épouser ?

– Les miracles existent. Tu es intelligente, jolie, deux grandes qualités. Franchement, même si tu ne le trouves pas tout à fait à ton goût physiquement, réfléchis quand même un peu. Si tu acceptes, ne t'inquiète pas pour Zhao Jingwu, je lui parlerai.

– Comment ça, pas tout à fait à mon goût ?

– Il a juste un problème à une jambe. Petit, il a eu la poliomyélite, mais il n'est pas paralysé et marche sans béquilles. Il est d'ailleurs plutôt intelligent. Les candidates ne manquent pas, mais hélas elles ne plaisent pas à sa mère. En revanche, celle-ci t'a vue et tu l'as séduite.

– Alors c'est ça, c'est un infirme que vous voulez me refiler !

– Tu es intelligente, inutile que je parle davantage, assieds-toi là et réfléchis, moi je vais lire. Quand tu auras décidé, dis-le-moi.

Il prit un livre, s'assit et se mit à lire. Les yeux fermés, appuyée contre le canapé, Liu Yue soupira longuement. Zhuang lui jeta un regard en coin et vit des larmes, des larmes de cristal, perler au bord des cils de la jeune fille. Son cœur se serra, il referma son livre et se leva.

– C'est bon, dit-il. Écoute, fais comme si je n'avais rien dit, va parler d'autre chose avec ma femme.

Mais Liu Yue se précipita vers lui et s'assit sur ses genoux.

– À votre avis, dit-elle, les yeux brillants de larmes, c'est bien ?

– Liu Yue, c'est à toi de décider, répondit-il en essuyant ses pleurs.

– Si c'était vous, vous l'épouseriez ?

Zhuang Zhidie fixa l'étagère et hocha finalement la tête.

– Alors c'est bon, conclut-elle.

Elle se dégagea et se tint, droite, devant lui.

– Je suis persuadée que mon destin sera beau. C'est une certitude que j'ai, que j'ai toujours eue depuis mon arrivée à Xijing. Dites-lui que j'accepte.

Zhuang Zhidie ouvrit la porte et sortit.

– Que manigances-tu ? lui demanda sa femme.

– Il se passe quelque chose de grave ! répondit-il.

– Quoi ? s'écria Niu Yueqing, affolée.

– Adolf Hitler est mort !

Puis il éclata de rire.

– Comme c'est drôle ! C'est le premier sourire que tu me fais depuis des mois ! dit sa femme.

Le visage de Zhuang Zhidie se figea aussitôt.

– J'ai quelque chose à te dire, commença-t-il.

Liu Yue fila discrètement dans sa chambre.

– J'ai proposé au maire que son fils épouse Liu Yue, qu'en penses-tu ?

– Tu te prends pour un revendeur de voitures d'occasion, se moqua Niu Yueqing. Après l'avoir promise à Zhao Jingwu, tu la proposes maintenant au fils du maire !

– Je t'avais prévenue ! Si je demandais au maire d'intervenir, tu n'avais pas à te mêler de la façon dont je procéderais !

– Comme tu es cruel ! dit-elle en baissant le ton, tu vends Liu Yue au fils du maire pour tenter de gagner le procès. As-tu pensé à la manière dont Zhao Jingwu nous traitera dorénavant ? Maintenant que nous ne pouvons plus faire confiance à Hong Jiang, nous n'avions plus que lui sur qui compter.

– Je ne m'engage pas dans une affaire si je n'en vois pas l'issue, répondit-il avant de regagner à son tour sa chambre.

Assise dans le salon, Niu Yueqing réfléchissait. Comment son mari avait-il pu en arriver là ? Lui toujours si indécis et hésitant, comment pouvait-il à présent se montrer si intransigeant ? S'il avait agi ainsi, c'est bien parce qu'elle l'avait poussé à aller voir le maire, elle ne pouvait donc rien lui reprocher. Mieux valait penser aux avantages qu'elle pourrait en tirer. Sans doute protégeait-il ses intérêts en choisissant le fils du maire contre ce pauvre Zhao Jingwu qui leur était dévoué corps et âme.

Niu Yueqing appela Liu Yue :

– Liu Yue, veux-tu vraiment épouser ce Dazheng ?

– Quitte à me marier, pourquoi pas lui ? Il est infirme, soit, mais si tel doit être mon destin… Si j'avais épousé Zhao Jingwu, il aurait très bien pu, un jour ou l'autre, avoir un accident et perdre un bras ou une jambe.

Niu Yueqing trouva que la jeune fille montrait plus de largesse d'esprit qu'elle-même.

– Belle logique ! dit-elle, ravie. Tu sais, j'ai vu Dazheng, il n'est pas aussi moche qu'il paraît. Si on poursuit ton raisonnement, il est peut-être dix fois plus fort qu'un homme muni de dix bras et dix jambes. Tu vas partir, ta vie sera différente, des centaines de gens vont te jalouser, des milliers vont t'envier, mais j'espère que tu ne nous oublieras pas.

– Sûrement pas ! Croyez-vous que, oubliant que j'ai été votre servante, je me montrerais ingrate, capable de vous livrer à la Sécurité publique, voire de vous faire extrader de la ville ?

Elle ponctua sa phrase d'un immense éclat de rire auquel Niu Yueqing fit écho.

Le soir même, Zhuang Zhidie regardait Niu Yueqing aider Liu Yue à se maquiller. Très critiquée par la jeune fille, Niu Yueqing dut s'y reprendre à plusieurs fois. Puis Liu Yue décida qu'elle n'avait rien à se mettre et que les vêtements de sa patronne étaient trop simples. Zhuang Zhidie enfourcha sa Mulan et partit chez Tang Wan'er et Zhou Min qui furent enchantés d'apprendre la nouvelle. Tang Wan'er s'empara de plusieurs robes et repartit avec Zhuang Zhidie sur sa mobylette.

– Quel destin merveilleux que celui de Liu Yue, dit en chemin Tang Wan'er. D'un seul coup, elle nous dépasse tous. Aujourd'hui elle porte mes vêtements, demain, qui sait, soieries et satin, et elle ne lèvera peut-être même pas le petit doigt pour nous aider si nous en avons besoin. Au fond, tu l'aimes beaucoup, tu ne te préoccupes que de son avenir, tandis que moi, qui prend soin de moi?

Elle éclata en sanglots.

– Tu voudrais que je te marie à cet infirme, peut-être? Cesse de toujours envier les autres! Tu voudrais être reine, tu voudrais l'amour, l'argent, les plaisirs, la beauté, et surtout tu voudrais que...

– Je voudrais quoi?

– À ton avis? Si un jour je m'aperçois qu'un homme s'éprend de toi, je m'effacerai devant vous sans rien dire, sans même laisser échapper un soupir!

La jeune femme lui martela le dos de ses poings:

– Je ne veux personne d'autre que toi, personne, je veux être ta femme au plus vite!

Vêtue d'un slip et d'un soutien-gorge, la porte de la salle d'eau grande ouverte, Liu Yue était en train de se faire un chignon face au miroir. À l'arrivée de Zhuang Zhidie et Tang Wan'er, la jeune fille se hâta de fermer la porte en gloussant.

Tang Wan'er entra sans hésiter, une pile de vêtements sous le bras:

– Il ne te regarde même pas, il est bien trop préoccupé. Il craint que le maire ne lui arrache les yeux!

Les deux femmes éclatèrent de rire. Tang Wan'er appela Niu Yueqing et Zhuang Zhidie.

– Venez voir. À croire que cette robe a été faite pour elle plutôt que pour moi! Le même vêtement lui donne, à elle, un air de reine. Quand son prince charmant va la voir, il dansera de joie!

Liu Yue affichait cependant un air contraint. Niu Yueqing lança un regard de reproche à Tang Wan'er qui se retourna pour rire sous cape.

– Le jour de son mariage, Liu Yue fera la une des journaux! déclara Niu Yueqing. Les écoles ont leur fleur préférée, les cours des maisons aussi, mais si l'on devait en choisir une pour notre ville, on choisirait Liu Yue.

– Je crois plutôt que l'on choisirait Tang Wan'er, corrigea Liu Yue, elle était déjà la plus jolie fille de tout le district de Tong Guan.

Zhuang Zhidie fit un clin d'œil à la jeune fille, il leur fallait partir. Si jamais les tourtereaux se plaisaient, les deux familles dîneraient ensemble dans quelques jours pour fixer la date des fiançailles. Quant à celle du mariage, la décision leur en revenait, à elle et Dazheng.

Au moment où Zhuang Zhidie et Liu Yue s'en allaient, Tang Wan'er manifesta son désir de retourner chez elle. Ils sortirent tous ensemble. Sur le seuil de la porte, Niu Yueqing recommanda à Liu Yue de ne se montrer ni arrogante ni servile.

– Surtout n'oublie pas que tu es à notre service, ajouta-t-elle en passant, que ça marche ou non, ne les laisse pas nous traiter avec mépris !

– C'est bon ! trancha Zhuang Zhidie, pour ça elle est plus maligne que toi !

Une fois dehors, Tang Wan'er décida d'aller avec Zhuang accompagner Liu Yue jusqu'à la porte de la mairie où Zhuang passerait la reprendre dans deux heures. La jeune fille agita la main et disparut.

– Liu Yue est allée se faire conter fleurette, imitons-la, suggéra Zhuang Zhidie. Connais-tu la clairière à l'extérieur de la porte du Souffle Contenu ? On ne rencontre là, dès la tombée du jour, que des couples d'amoureux… Si dans notre jeunesse nous n'avons pu goûter au plaisir de ces moments d'amour champêtre, rien ne nous empêche aujourd'hui de prendre des cours de rattrapage.

– Quelle bonne idée ! Je n'aurais pas cru que tu en aies envie ! Tu restes si fringant, et grâce à qui, hein ?

Immense, la clairière était en effet remplie de jeunes couples, dont la densité imposait la promiscuité, mais chacun parlait amour dans son coin, sans se mêler du voisin. Murmures, baisers, enlacements allaient bon train. Zhuang Zhidie et Tang Wan'er avançaient, un peu gênés; ne trouvant pas de coin isolé. Chaque fois qu'ils croisaient des jeunes gens, ils baissaient la tête.

– Nous avons passé l'âge, dit Tang Wan'er, cet endroit n'est pas vraiment fait pour nous!

Elle passa ses mains autour du cou de Zhuang Zhidie pour le forcer à s'asseoir sur une pierre au pied d'un lilas.

– Quel merveilleux parfum, s'extasia-t-il.

Il scrutait le sous-bois. Elle lui bloqua la tête à deux mains pour l'obliger à la regarder. Ils s'enlacèrent. Plus rien ne comptait désormais pour eux. Zhuang Zhidie prit la jeune femme sur ses genoux et lui retira ses escarpins en cuir qu'il accrocha à une branche du lilas. Il s'amusait avec elle comme on joue avec un petit chat.

– On va nous voir! chuchota-t-elle.

– Et alors?

– Quelle audace!

– Je viens de me rendre compte que plus les couples sont nombreux dans cette clairière, plus on se sent libre. L'endroit est si beau, la nuit si belle, le moment si doux pour parler d'amour que l'on se croit seuls au monde.

– Que vont faire Liu Yue et cet infirme? dit-elle soudain.

– À ton avis?

– Sans doute l'amour! Ou bien crois-tu que son sexe soit atrophié lui aussi? Chic alors, la pauvre Liu Yue passera ses jours à manger des nids d'hirondelles au ginseng et ses nuits à pleurer comme une madeleine.

– Ne sois pas méchante, elle ne t'a jamais rien fait.

– Dès que je la critique un peu, tu prends sa défense. Ne t'avais-je pourtant pas prévenu qu'elle était du signe du Tigre Blanc? Elle porte la poisse! Zhao Jingwu risque aussi d'avoir des malheurs! Quant au fils du maire, cela explique sa poliomyélite!

Zhuang Zhidie refusant de l'entendre, elle se vexa.

– Tu ne cesses de la protéger, dit-elle. Je vois clairement dans ton jeu. Tu la trouves adorable et tu ne supportes pas l'idée qu'elle soit à un autre homme. Mais la polygamie étant interdite, tu préfères la jeter dans les bras d'un infirme. Voilà d'où vient ta tristesse !

Il aurait aimé qu'elle se taise, mais elle prenait un malin plaisir à lui lancer ses quatre vérités au visage. Il la poussa sur l'herbe.

– C'est bon, j'ai compris, dit-elle, je me tais. Je n'aimais pas beaucoup la robe que je lui ai prêtée. Dorénavant, quand je la porterai, me prendras-tu pour elle ?

– C'est un prétexte pour que je t'en achète une ? dit-il. Puisqu'elle lui va, donne-la-lui.

– La lui donner alors que c'est toi qui me l'as offerte ! Hier, en flânant au marché rue de Pékin, j'ai essayé un manteau en cuir, très chic, achète-le-moi pour cet hiver.

– S'il te plaît, pourquoi pas ? Zhao Jingwu est en voyage à Canton pour vendre quelques rouleaux, je l'ai chargé de faire l'emplette d'un collier en or. Il profitera sûrement de son voyage pour rapporter à Liu Yue un vêtement dernier cri. Vu la tournure des événements, je le lui rachèterai pour toi. Où en est Zhou Min ?

– Il a remarqué ta gentillesse à mon égard, mais c'est tout. Je crains fort qu'avec le temps il ne devine ! Tu peuples tous mes rêves et je me demande si je ne prononce pas parfois ton nom à voix haute la nuit… Je te tiens !

– Je ne cherche pas à fuir, dit-il, mais sois un peu indulgente… De toute façon, tu dois m'attendre.

– Je t'agace, n'est-ce pas ?

Zhuang Zhidie secoua la tête.

– Essaye de dominer tes sentiments pour éviter de mettre la puce à l'oreille de Zhou Min.

– Tant mieux s'il devine ! Plus tôt il saura, plus tôt nous nous séparerons.

– Ne dis pas ça !

– Et pourquoi ?

– Je suis dans un tel désarroi. Depuis que je te connais, je n'ai qu'une envie, t'épouser. Mais l'amour n'est pas si simple. Je ne suis plus tout jeune, j'ai une certaine réputation… Si je te demande de ne pas quitter Zhou Min, c'est parce qu'il m'est impossible de divorcer très vite. Laisse-moi le temps de vaincre mon entourage, mais aussi de me vaincre moi-même. Tu as Zhou Min sur qui tu peux compter. Dieu sait pourtant combien je souffre que nous soyons contraints de vivre séparés.

– J'en souffre bien davantage que toi, dit-elle. Je suis une femme et je dois remplir mon devoir conjugal. J'ai beau refuser neuf fois sur dix, il me faut bien céder la dixième. Je reste de glace, sans désir, sans plaisir, le suppliant d'aller vite. Tu ne connais pas cette souffrance-là.

Ils se turent ; Zhuang serra la jeune femme dans ses bras et le lilas au-dessus d'eux se balança dans un léger bruissement qui attira l'attention d'un jeune couple voisin. Zhuang Zhidie et Tang Wan'er se levèrent et partirent, désolés de ne pouvoir passer toute la soirée ensemble.

– Soyons gais ! dit-elle.

– Soyons gais, répéta-t-il, sans conviction.

Ils arrivèrent devant la porte de la mairie un peu plus tard que prévu. Liu Yue n'était pas là.

– Et si elle était déjà sortie ? dit Tang Wan'er. Ne nous voyant pas, elle sera rentrée seule.

– Patientons quand même un peu, suggéra-t-il.

Plutôt que de rester là à piétiner, ils allèrent s'asseoir sur les marches d'une boutique de l'autre côté de la rue, le regard fixé sur la grande porte du bâtiment municipal. Une demi-heure plus tard, l'entrée s'illumina et, contre toute attente, Liu Yue fit son apparition.

– Ne bouge pas, dit Wan'er à Zhuang Zhidie qui s'apprêtait à héler la jeune fille, laisse-moi l'observer et je te dirai le résultat de l'entrevue.

Mais Liu Yue s'arrêta : une voiture arriva à sa hauteur. Le chauffeur descendit et vint lui ouvrir la porte. Liu Yue s'engouffra dans la limousine qui démarra après un petit coup d'avertisseur et disparut sur l'avenue. Tang Wan'er proféra alors un torrent d'injures :

— Elle se prend pour qui maintenant, avec ses grands airs de Femme du Maire ? Il était convenu que tu l'attendes ici, elle s'en est éperdument moquée !

Zhuang Zhidie ne répondit rien. Après quelques minutes d'hésitation, il raccompagna Tang Wan'er chez elle, puis il retourna à la résidence de l'Association des écrivains.

*

Zhuang Zhidie raconta l'histoire à Niu Yueqing qui en fut fort mécontente mais ne blâma pas Liu Yue. Trois jours plus tard, la cérémonie des fiançailles se déroulait dans le grand restaurant Le Palais impérial et l'épouse du maire, selon les vieilles traditions chinoises, couvrait sa future belle-fille de cadeaux, vêtements, produits de beauté et autres fanfreluches. Liu Yue n'avait jamais encore possédé autant de biens... Elle insista pour que Niu Yueqing prenne une paire de bas de soie. Dès lors, elle s'habilla chaque jour différemment, toujours pimpante et coquette. À tout instant, elle filait dans sa chambre pour se regarder dans la glace en se gratifiant de sourires variés. Sa transformation physique avait radicalement changé son moral. Ses idées et ses sentiments n'étaient plus les mêmes. Elle achetait sans compter et jetait les restes sans scrupules. Si des amis rendaient visite à Niu Yueqing et Zhuang Zhidie, elle les recevait avec son pyjama noir à fleurs brodées, leur offrait du thé, puis s'asseyait et se mêlait à tout propos de la conversation, offrant ses opinions tout en enfournant dans sa bouche, sur la pointe d'un couteau, des fruits qu'elle mastiquait bruyamment.

— Liu Yue, tu souffres des lèvres ou quoi ? lui demanda un jour Niu Yueqing qui avait du mal à supporter un tel spectacle.

– J'ai peur d'abîmer mon rouge à lèvres.

Niu Yueqing soupira, l'expédia à la cuisine faire chauffer de l'eau et ferma la porte derrière son dos. La jeune fille, qui savait pertinemment que sa patronne détestait qu'elle bavarde avec les invités, retraversa exprès la pièce, l'air abruti, ronchonnant. Excédée, Niu Yueqing attendit d'être seule avec elle pour mettre les choses au point.

– Liu Yue, l'autre soir tu as laissé le professeur Zhuang attendre sur le trottoir pour revenir seule en voiture, n'est-ce pas ?

– Le maire a une voiture, Dazheng a insisté pour que le chauffeur me raccompagne, quel mal ? rétorqua-t-elle, sans cesser de se sécher les cheveux. En refusant, je risquais de vous ridiculiser.

– Tu aurais pu au moins faire un signe au professeur qui avait pris la peine de t'accompagner et de t'attendre dehors le ventre vide pendant que mademoiselle festoyait. Il poireaute là des heures, et toi, sans te soucier de rien, tu as le culot de rentrer en voiture.

– C'est ce qu'il vous a raconté ? Qu'il avait poireauté sur le bord du trottoir ? Tu parles ! Qui sait ce qu'ils ont pu faire pendant tout ce temps !

– Comment ça, « ils » ? Il n'a tout de même pas demandé au professeur Meng de venir prendre un verre et de lui tenir compagnie ?

– Avec qui était-il ? Avec Tang Wan'er. Elle est sortie en même temps que nous, mais elle s'est bien gardée de rentrer chez elle, elle nous a suivis comme un toutou. En arrivant à la mairie, ils m'ont laissée, vous croyez qu'ils se sont gentiment installés là pour dîner ?

– Cesse de dire n'importe quoi ! Si le professeur t'entendait, il en serait très peiné. Ne crache pas sur Tang Wan'er qui a eu la gentillesse l'autre soir de te prêter une robe…

– Vous êtes pareille au Bouddha Maitreya qui, grâce à son gros ventre, avale tout. Si vous ne me croyez pas, faites comme si je n'avais rien dit. Je pense que je ne m'attarderai pas trop longtemps dans cette maison.

Les paroles de la jeune fille donnèrent à réfléchir à Niu Yueqing. Si autrefois elle se querellait presque tous les jours avec son époux, il n'en allait plus de même désormais pour la bonne raison qu'elle ne le voyait pratiquement plus : elle mangeait seule, dormait seule, il ne mettait les pieds dans leur chambre qu'une fois par semaine. Une situation qui s'était peu à peu créée depuis qu'il avait fait la connaissance de Tang Wan'er. Et si Liu Yue disait vrai ? D'un autre côté, Zhuang Zhidie ne s'était jamais montré très bavard chez lui et il aimait sortir. Et puis, sans doute, toutes ces pénibles affaires le préoccupaient-elles ?

– Liu Yue, dit-elle, je ne suis pas du genre à faire des histoires. Le destin a voulu que tu sois notre servante. Pourquoi veux-tu que je te renvoie, moi qui t'ai toujours traitée comme une sœur ? J'espérais même te garder avec nous toute ta vie. Mais hélas, le sort en a décidé autrement. Bientôt tu feras partie de la famille du maire, solution que nous avons choisie, mon mari et moi, pour ton bien. Nous n'attendons de toi aucune reconnaissance, néanmoins conduis-toi décemment jusqu'à tes noces !

– Me conduire correctement ? Qu'ai-je fait de mal ? Me parleriez-vous ainsi si je n'étais pas qu'une pauvre servante ? Maintenant que je suis mieux habillée, mieux maquillée, que je ressemble à n'importe quelle autre jeune fille de la capitale, cela vous agace. Pour vous, je serai toujours la campagnarde d'autrefois ! Eh bien non ! Moi qui étais prête à vous consacrer ma vie, vous voudriez que je vous sois reconnaissante de m'avoir jetée dans les bras de cet infirme ! Assis, il ressemble à un singe qui mange une banane ; couché, il a une jambe plus courte que l'autre ; debout, il a tout d'un coq sur une patte ; quand il marche, on dirait un vieux buffle trébuchant. Et après ça vous me prenez pour une arriviste ! Je veux tout simplement que personne ne puisse deviner d'où je viens !

Son monologue achevé, elle s'enferma dans sa

chambre pour pleurer sur l'injustice dont elle s'estimait victime.

Le lendemain, Zhuang Zhidie avala à la hâte deux bols de riz et se dirigea vers son bureau. Niu Yueqing, qui repensait à ce que Liu Yue lui avait raconté sur son mari et Tang Wan'er, saisit ses baguettes mais sans appétit.

– Tu ne t'assieds pas pour bavarder? demanda-t-elle à son mari.

– Avant ou après les repas, mon humeur est toujours exécrable, le mieux est de ne surtout pas me déranger!

– Ce sont les seuls moments que nous ayons pour parler un peu. Si tu n'étais pas mon mari, je ne te supplierais pas.

Percevant sa colère, Zhuang ne broncha pas.

– Tu as raison, tu es pleine de bon sens! Vas-y, parle! Aujourd'hui il fait beau, le vent souffle vers l'ouest, la température la plus élevée est de trente-quatre degrés, la plus basse de…

Sur ce, il regagna son bureau. Niu Yueqing soupira longuement. Bol et baguettes à la main, elle lui emboîta le pas, s'assit face à lui et attaqua d'emblée :

– Réponds-moi franchement, quels sont tes rapports avec Tang Wan'er ?

Zhuang, qui ne s'attendait pas à pareille question, resta interloqué. Il rejeta une longue bouffée de fumée tout en dévisageant sa femme.

– Excellents, finit-il par dire.

Niu Yueqing, malgré ses doutes, avait espéré qu'en lui posant cette question, il aurait nié avoir toute relation avec Tang Wan'er, juré ses grands dieux qu'il n'y avait rien entre eux. En un mot, qu'il serait sorti de ses gonds, ce qui aurait dissipé ses soupçons. Eh bien, voilà qu'au contraire, fort calme, il s'était contenté de répondre avec aplomb : excellents. Niu Yueqing ne put se retenir !

– Si tu es sincère, reprit-elle, livide, qu'entends-tu par excellents? Le jour où tu as accompagné Liu Yue chez le maire, as-tu passé ta soirée à attendre, seul, sur le bord du trottoir? Tu es rentré à une heure impossible, prétendant que Liu Yue était partie en voiture sans te prévenir! Où étais-tu? Qu'avez-vous fait cette nuit-là tous les deux? Hein?

La voyant s'emporter, il comprit qu'elle savait. En lui répondant à l'instant «excellents» d'une voix calme, il avait voulu tester sa réaction. Mais à présent il le regrettait!

– Liu Yue! Liu Yue! cria-t-il, pourquoi avoir raconté cette histoire à ma femme?

– Inutile d'appeler Liu Yue, je sais tout. Simplement, je veux que, toi, tu me dises la vérité!

– Ce que nous avons fait Tang Wan'er et moi ce soir-là? Mais nous avons accompagné Liu Yue jusque devant la porte de la mairie, puis Wan'er est rentrée chez elle. Que penses-tu que nous ayons fait?

Sur le moment, sa femme ne sut quoi répondre.

– Si tu ne le sais pas, je vais te le dire! cria-t-il soudain. Nous avons baisé sur le trottoir au milieu des passants! Ensuite, je l'ai raccompagnée chez elle, et nous avons recommencé devant son mari!

– Tu cherches la bagarre? s'indigna Niu Yueqing.

– C'est toi qui la cherches! brailla-t-il encore plus fort. Demande à Liu Yue!

– C'est bon, je te crois, dit-elle. Je suis prête à supporter n'importe quoi, mais jamais je ne tolérerai que tu aies une liaison! Je n'ai rien dit de tes relations passées avec Jing Xueyin. Si elle ne s'était pas brouillée avec toi, si elle ne t'avait pas calomnié, je m'en serais moquée. À l'époque c'était une fille honnête et utile à ta carrière. Je ne suis pas du genre à être jalouse de cela! Or, maintenant, il n'y a plus aucune morale! Les salopes du genre de Tang Wan'er ne convoitent plus que le fric, la position sociale, la puissance et ne pensent qu'à leur plaisir personnel! Je n'admettrai pas que cette sorte de fille te mette le grappin dessus!

Sa tirade terminée, elle ouvrit la porte et retourna à la salle à manger où elle termina son petit déjeuner.

La tornade passée, Niu Yueqing, contre toute attente, alla travailler. Assise au calme dans son bureau, elle repensa aux propos de Liu Yue : «Vous êtes comme le Bouddha Maitreya qui, avec son gros ventre, est capable de tout avaler!» La jeune fille n'avait pas tout à fait tort. Niu Yueqing revoyait Tang Wan'er lorsqu'elle venait chez eux, toujours pimpante, élégante, le regard langoureux : redoutable de séduction! Bien que poltron, Zhuang était néanmoins sensible et ne pouvait rester indifférent Si Tang Wan'er ne l'avait pas provoqué, il n'aurait jamais eu l'audace de faire l'amour avec elle. Si Tang Wan'er s'était enfuie de Tong Guan avec Zhou Min, elle était bien capable de s'offrir une aventure amoureuse avec Zhuang Zhidie! Quelques images de ces derniers temps lui revinrent en mémoire, de véritables indices. Le jour où, devant elle, Tang Wan'er avait bordé le coin du drap, par exemple, ce que ne faisait pas le premier invité venu, seul un ami proche pouvait se le permettre, et encore il n'aurait pas agi avec tant de naturel! Et quand elle les avait surpris sortant de cet immeuble près du Temple de la Vacuité Pure... Tang Wan'er avait si mauvaise mine. Elle était, soi-disant, venue pour que Zhidie l'aide à trouver un travail temporaire... Mais personne n'en avait jamais entendu parler avant ni depuis. Prise de doute, Niu Yueqing appela la rédaction de la revue pour questionner Zhou Min : à quelle heure sa femme était-elle rentrée le soir où Zhuang Zhidie avait accompagné Liu Yue chez le maire?

– Aux environs de minuit, je croyais qu'elle avait passé la soirée avec vous.

– À minuit?

– Oui, à minuit. Pourquoi, il est arrivé quelque chose?

– Non. J'étais inquiète de la voir repartir seule en pleine nuit, comme je ne l'ai pas vue depuis plusieurs jours, je craignais une mésaventure.

Zhou Min raccrocha. Il trouvait cette conversation bizarre. Pourquoi cet interrogatoire de la part dé

Niu Yueqing? Que voulait-elle insinuer? Que Tang Wan'er n'avait pas accompagné Liu Yue, au contraire de ce qu'elle affirmait? Pris de doutes à son tour, il fila chez lui sur-le-champ. Courbée sur son lit, Tang Wan'er comptait quelque chose sur un calendrier mural. Zhou Min se pencha et découvrit que certains jours étaient entourés d'un rond rouge, d'autres d'un triangle ou encore d'un point d'exclamation.

– Que fais-tu? s'étonna-t-il.

Chaque fois qu'elle voyait Zhuang, Tang Wan'er faisait, dès son retour, une marque sur son calendrier. Surprise par l'irruption inattendue de son mari, elle fut saisie de frayeur.

– Je note, dit-elle en rajustant le calendrier pour se donner une contenance, ce que nous dure une jin d'huile de colza, les jours où j'achète de la viande, combien de fois par mois... Pourquoi entres-tu sans prévenir, j'ai cru que c'était un voleur...

– Qu'aurais-tu fait dans ce cas?

– À ton avis? J'aurais couché avec lui, pardi! Qu'est-ce tu as aujourd'hui? Tu as l'air bizarre? Tu t'imagines que je m'envoie un amant!

C'est finalement Zhou Min qui se sentit dans son tort. Il rit et oublia l'affaire.

Ce soir-là, Niu Yueqing se disputa violemment avec Zhuang Zhidie au sujet de ses relations avec Tang Wan'er, qui n'avaient rien d'amicales. Sinon pourquoi lui aurait-il menti en prétendant que Tang Wan'er était repartie directement chez elle? Zhuang Zhidie essaya de la calmer, mais sans succès. Elle insista et voulut tout savoir dans les moindres détails. Zhuang Zhidie ne répondit rien. Irrité, il alla s'asseoir dans son bureau, mais sa femme le suivit aussi sec; il partit alors dans leur chambre, elle lui emboîta le pas. Lui se camoufla sous les draps et les couvertures. Elle continua de le harceler, gémit qu'il la négligeait depuis leur mariage. Le dimanche ou les jours fériés, jamais il se promenait avec elle, jamais il ne l'emmenait au cinéma, il ne levait pas le petit doigt pour rentrer le charbon ou la farine. Tout lui échouait à elle! Sans parler de son travail et de sa propre mère qu'elle délaissait!

– Tu crois m'avoir en ne soufflant mot! Tu t'imagines que l'affaire va se tasser si tu ne desserres pas les dents! Jusqu'à présent je t'ai toujours pardonné, maintenant c'est fini!

Recroquevillé sous ses couvertures, Zhuang Zhidie avait fini par s'endormir. Il ronflait même légèrement. Niu Yueqing arracha draps et couvertures, attrapa son mari par le col et le secoua violemment.

– Dormir? Tu penses que tu vas dormir? Non, mais tu me prends pour qui?

Zhuang se releva brusquement, bouscula sa femme et quitta la chambre pour se réfugier dans son bureau. Niu Yueqing fondit en larmes. Liu Yue n'avait pas perdu une miette de la dispute. Elle savait pertinemment qu'elle était l'instigatrice de cette scène de ménage qu'elle avait suscitée afin de voir chacun sortir de ses gonds. Mais entendant Niu Yueqing secouée par de gros sanglots, elle voulut la consoler. Elle arriva alors que Niu Yueqing se ruait dans le bureau et arrachait des mains de son mari l'album de peintures qu'il feuilletait.

– Regarde, Liu Yue, dit Zhuang Zhidie, combien mon épouse est sage et vertueuse!

– Attention à vos crayons, professeur, s'écria Liu Yue, ils sont votre gagne-pain mais, sous l'effet de la colère, madame risque de les balancer.

Niu Yueqing, en effet, arrachait violemment les crayons et les lançait contre la porte.

– Tiens, voilà ce que j'en fais de ma sagesse et de ma vertu! hurla-t-elle, avant de s'en prendre à Liu Yue : File dans ta chambre, tu embrouilles tout!

– Qu'est-ce que j'embrouille? rétorqua la jeune fille, folle de rage. Vous passez vos nerfs sur moi parce je ne suis qu'une servante!

Et elle partit dans sa chambre où elle pleura à chaudes larmes.

Après une nuit agitée, ils se réveillèrent tous trois les yeux gonflés. Liu Yue prépara le petit déjeuner et le porta à ses maîtres. Zhuang Zhidie mastiquait avec bruit, Niu Yueqing n'avalait rien.

– Mange donc, lui conseilla-t-il, il n'y a que lorsque tu as le ventre plein que tu as de l'entrain pour t'en prendre à moi.

– Professeur, intervint Liu Yue, vous n'êtes pas toujours très loquace, mais là vous auriez mieux fait de vous taire!

– Tout est ta faute, Liu Yue. Qu'as-tu été dire à ma femme sur Tang Wan'er et sur moi?

– Moi? J'ai dit que vous m'attendiez avec elle devant la mairie. Quel mal? Que vous racontiez-vous donc tous les deux pendant ce temps-là, hein?

– Ce qui nous passait par la tête, comment veux-tu que je me souvienne? Désormais, je sais ce qu'il me reste à faire, chaque fois que je franchirai cette porte, je m'armerai d'un magnétophone.

Niu Yueqing ne pipait mot.

– Mange donc, lui répéta son mari. Tu iras ensuite avec Liu Yue chez le maire : il faut d'abord régler les problèmes graves. Tu parleras à son épouse du procès de façon à ce qu'il intervienne auprès du responsable du département politique et juridique de la mairie, et aussi auprès du président du tribunal. Il a bien besoin de deux ou trois jours pour se retourner. Ne tardons plus!

Niu Yueqing finit par ouvrir la bouche :

– Me demander d'aller trouver la femme du maire! On a encore besoin de moi?

– Les femmes se comprennent toujours mieux entre elles, déclara Zhuang.

– Je ne dirai pas un mot de ce procès! Tu aimes Jing Xueyin, tu aimes les femmes, de quoi as-tu peur? Qu'elles t'accusent? «Procès galant», ça sonne bien, non! Tu prétends toujours qu'il n'y a rien de plus beau que de mourir dans les bras d'une femme! Tu trouveras sans doute très romantique d'être condamné à la peine de mort pour liaison amoureuse! Tu me trompes et je devrais encaisser! Est-ce que je compte pour toi?

Zhuang attendit que la colère de sa femme soit passée pour répliquer :

– Parfait ! Tu ne veux pas aller voir le maire, moi non plus ! Si mes rapports avec Tang Wan'er sont excellents, c'est qu'ils le sont ! Jusqu'où vont-ils ? Imagine ce que tu veux. Tu devrais téléphoner à Zhou Min pour mener une enquête conjointe !

Sur ce, il sortit, mais fit aussitôt demi-tour pour revenir prendre son paquet de cigarettes oublié sur la table.

Ce matin-là, Niu Yueqing ne se rendit pas à son travail, et resta dans sa chambre, effondrée. Liu Yue voulut la réconforter, mais elle se fit jeter. Elle se réfugia dans le bureau et resta plantée devant la fenêtre à contempler le va-et-vient des voitures et des piétons dans la rue. Depuis une heure au moins, le vieux tirait sa vieille charrette cassée en scandant sa ritournelle : « Ordures… ! Ramassage d'ordures… ! Ordures ! » Furieux, un voisin ouvrit sa fenêtre et hurla :

– Prends-les, tes ordures, et va-t'en !

– Vous en avez ? lui demanda le vieux en levant la tête.

– Va te faire foutre ! lui répondit l'homme.

Sans se fâcher, le vieux reprit sa charrette à bras et entonna :

Les écrivains de première classe s'appuient sur les milieux gouvernementaux et marchent de pair avec les fonctionnaires, c'est leur état-major.

Les écrivains de seconde classe ne manquent pas le coche, ils prêtent main-forte aux entreprises pour leur publicité.

Les écrivains de troisième classe agissent dans l'ombre, publiant des livres porno pour de l'argent.

Les écrivains de quatrième classe rédigent des manuscrits, le ventre vide, font montre de désintérêt et d'intégrité.

La cinquième classe d'écrivains, les déprimés, vont se faire foutre.

*

L'après-midi, Niu Yueqing et Liu Yue se rendirent comme convenu chez le maire, toujours très affairé. Son épouse et leur fils les reçurent chaleureusement. On fixa la date du mariage au mois suivant. Liu Yue ferait alors partie de la famille, mais rien ne changerait dans ses rapports avec Niu Yueqing qui ne cacha pas son plaisir. L'épouse du maire ajouta quelques mots sur le trousseau de la jeune mariée. Le jour J, elle enverrait une voiture chercher la dot chez la jeune fille, comme le voulait la tradition. Le cœur de Niu Yueqing se serra, néanmoins elle se domina :

– Mais naturellement !

– Naturellement ! Naturellement ! s'exclama, étonnée, l'épouse du maire. Vous ne m'avez pas comprise. Nous vous sommes déjà tellement redevables, inutile de débourser un sou pour le trousseau. Avant le jour J, Dazheng vous fera porter une dot complète qu'il enverra rechercher le jour même.

– Mon Dieu ! s'exclama Niu Yueqing avec une joie non contenue, vous êtes merveilleuse, mais nous ne pouvons pas laisser cette jeune fille partir de chez nous les mains vides. Vous pensez vraiment à tout !

Les deux femmes bavardèrent comme de vieilles amies. Elles discutèrent de l'ameublement du futur jeune ménage, des invités, du lieu de la réception, du prix du banquet, de la demoiselle d'honneur, du maître de cérémonie, des témoins. L'après-midi passa très vite. En fin de conversation, Niu Yueqing, comme par inadvertance, aborda le sujet qui était le but principal de sa visite. Elle raconta dans les moindres détails l'origine du procès, expliquant d'un air affligé les tourments qu'elle avait endurés depuis, et termina en insistant à plusieurs reprises sur l'intervention indispensable du maire. Durant son discours, elle évita de regarder en face l'épouse du maire, redoutant de découvrir sur son visage une expression d'embarras.

Fort gênée elle-même, elle sautait du coq-à-l'âne et se répétait.

– Mon Dieu, dire que je vous ai raconté tout ça, conclut-elle, les joues cramoisies. Le professeur Zhuang m'avait pourtant bien recommandé de ne pas en parler! Cette histoire est honteuse! Le professeur, qui est la cible d'épouvantables critiques, passe à la maison des journées infernales! Peut-être allez-vous vous moquer de nous?

– Qu'y a-t-il de honteux? déclara la femme du maire. Un procès est une chose normale! Ces lettrés seraient-ils bien trop timides pour venir en parler avec le père de Dazheng?

– Mon mari? Sorti de ses romans, il n'est bon à rien! Il y a quelques jours à peine, des gens m'enviaient de partager la vie d'un écrivain. Croyez-moi, ses romans sont sans doute remarquables, mais il n'a aucun sens pratique et notre vie de famille est d'un grand ennui. Ne le comparez pas à votre époux, mon mari n'arrive même pas à la cheville d'un petit chef de district. Une qualité peut cacher cent défauts!

– Vous n'avez aucun don pour l'écriture, moi non plus, répondit la femme du maire, on élit un maire, pas un écrivain. Votre époux est un trésor de notre patrimoine!

– Mon Dieu! Quel éloge! Dire que Jing Xueyin porte plainte contre lui et s'évertue à le traîner dans la boue!

– Croyez-moi, personne ne peut détruire personne, excepté soi-même. Xijing ne peut se passer de Zhuang Zhidie, personne ne parviendra à l'évincer, le maire ne le tolérerait pas.

L'épouse du maire essuya une goutte de thé sur la table.

– Je vais en toucher deux mots au père de Dazheng, dit-elle.

Soulagée, Niu Yueqing ne put néanmoins s'empêcher d'insister à nouveau sur l'appui indispensable du maire.

– J'ai bien compris, déclara l'épouse du maire.

Liu Yue, va chercher de la citronnade dans le réfrigérateur pour offrir à notre amie.

La jeune fille revint, un verre de boisson fraîche à la main.

– Madame, dit-elle en s'adressant à Niu Yueqing, je crois que pour aujourd'hui vous avez suffisamment cassé de sucre sur le dos du professeur.

– Mais elle n'a pas dit de mal de lui, trancha l'épouse du maire, au contraire elle n'a fait que le vanter.

– Je ne cesse de répéter que si je me réincarne en femme, je ne voudrais pour rien au monde épouser de nouveau un écrivain.

– Uniquement à cause de cette histoire de procès, renchérit l'épouse du maire, car à Xijing tout le monde se l'arrache !

– Pauvre gourde que j'étais, qui l'aurait voulu en dehors de moi à l'époque où je l'ai épousé ? Maintenant, qui le veut le prend ! Je vais me consacrer au bouddhisme !

– Ah bon ? s'étonna Liu Yue en la dévisageant.

L'épouse du maire voulut les retenir à dîner, Niu Yueqing déclina l'invitation. Elle supplia du regard Liu Yue pour qu'elle lui vienne en aide, mais la jeune fille n'intervint pas.

– Si je ne lui prépare rien, expliqua-t-elle, il est obligé de manger dans la rue. La propreté des bols et des baguettes de ces petits restaurants est souvent douteuse, il risquerait de tomber malade.

– À quoi bon vous inquiéter, déclara la femme du maire, s'il lui arrive quelque chose je vous trouverai un chef de district, déclara-t-elle en riant.

Niu Yueqing sourit.

– J'ai toujours entendu dire que vous étiez une épouse modèle, dit la femme du maire, donc je ne vous retiendrai pas. Dazheng va vous raccompagner.

De sa chambre, Dazheng appela Liu Yue. Il n'arrivait pas à se lever. Niu Yueqing poussa la jeune fille dans la chambre et arpenta avec l'épouse du maire le couloir, discutant garde-robe et gastronomie. Liu

Yue ressortit livide. L'épouse du maire, inquiète de sa pâleur, lui demanda ce qu'elle avait. « Rien », répondit-elle. Dazheng, le visage cramoisi, le pas claudiquant, apparut à son tour en appelant sa mère.

– Comme nous sommes vieilles toutes deux, confia l'épouse du maire à Niu Yueqing, comme nous sommes vieilles !

Dehors, le soir était tombé. Niu Yueqing voulait aller dîner au marché de nuit.

– On ne rentre pas ? s'étonna Liu Yue. Et le professeur ?

– Ne nous occupons pas de lui ! répondit-elle. Il y a bien longtemps qu'il ne pense plus à moi, pourquoi devrais-je penser à lui ?

Elle s'offrirent chacune un bol de bouillon aux petits raviolis et achetèrent quatre galettes farcies de viande.

En arrivant, elles trouvèrent la cuisine plongée dans l'obscurité. Seul le bureau était éclairé. Le fourneau était froid, la marmite gelée, personne n'avait dîné là. Liu Yue fila dans le bureau et trouva Zhuang Zhidie allongé sur le canapé.

– Devinez, dit la jeune fille, où nous sommes allées ? Voir l'épouse du maire, l'affaire est réglée !

– Non !

– Si ! Votre femme n'a pas dit grand-chose, mais le problème est résolu.

– Liu Yue, quelle bavarde tu fais ! cria Niu Yueqing de la salle à manger. Que vas-tu lui raconter pour qu'il me dénigre ? S'il reste des comprimés digestifs, donne-m'en quelques-uns ; toi aussi d'ailleurs, prends-en, ce soir nous avons trop mangé de viande, la digestion risque d'être difficile cette nuit.

– Comme vous n'avez rien dû manger, dit la jeune fille en riant à Zhidie, nous vous avons rapporté des galettes farcies de viande.

– J'ai dîné, répliqua Zhuang Zhidie.

– Liu Yue, file donc te coucher, dit Niu Yueqing, au lieu de t'agiter !

– J'y vais, j'y vais. Où dormez-vous ce soir ? ajouta

Liu Yue à l'adresse de Zhidie. Cet après-midi elle s'est quand même acquittée de sa tâche, vous pourriez vous montrer plus doux !

Après réflexion, il prit sa couette sous le bras et quitta son bureau. Niu Yueqing avait déjà éteint. Il se déshabilla dans le noir, passa dans la salle d'eau se laver, puis revint trouver à tâtons le lit conjugal. Niu Yueqing était enroulée dans sa couette, il se glissa de force à l'intérieur et s'allongea sur elle. Elle ne manifesta ni répulsion ni plaisir, et le laissa gesticuler en silence.

Ici l'auteur autocensure cinquante-deux caractères.

Soucieux de prouver son ardeur, Zhuang Zhidie se montra volontairement impatient. Il plaqua sa bouche contre celle de sa femme et attrapa sa langue, mais Niu Yueqing le mordit et dégagea sa tête. Zhuang Zhidie éclata de rire :

– Je vais te raconter une petite anecdote, dit-il. Un jeune homme fougueux dégustait des œufs de caille aux épinards. Il voulut en attraper un avec ses baguettes, l'œuf roula. Il recommença, mais sans succès. Après plusieurs tentatives toujours sans résultat, son impatience l'emporta, il balança les œufs par terre et les piétina jusqu'à ce qu'ils soient réduits en miettes !

– Tu veux me piétiner à mort, dit sa femme en éclatant de rire à son tour.

– Parfait, j'ai réussi à te faire rire avec mon histoire ! Te voilà détendue ! L'amour dissipe les nuages.

– Tu as enfin compris ! dit-elle. Te voilà repenti. Zhuang Zhidie ne répondit rien.

– Si ce soir tu avais dormi dans ton bureau, j'aurais été très déçue. Mais tu es là, c'est bien. Oublions le passé, je te laisse en paix. Cependant cette histoire m'a servi de leçon. Tu vas rompre toute relation avec Tang Wan'er. Nous irons chez elle ensemble. Je m'oppose à ce qu'elle remette les pieds à la maison.

Sans rien répondre, Zhuang Zhidie poursuivait ses gesticulations.

– Quelle ardeur ce soir, moi je n'ai plus envie, dit Niu Yueqing en le repoussant, raconte-moi quelque chose.

Zhuang resta un peu interloqué. Faute d'imagination, il alluma la lumière et mit une cassette vidéo.

– C'est un film porno ? s'enquit son épouse.

Sur l'écran apparurent aussitôt des images incongrues.

– On ne dirait pas des êtres humains, mais un troupeau de bétail ! ajouta-t-elle.

– La plupart des couples parmi les intellectuels de haut rang visionnent ce genre de cassettes le soir au lit. Comment la trouves-tu ?

– Coupe ! Coupe ! C'est horrible !

Zhuang Zhidie coupa et se recoucha.

Ici l'auteur autocensure trente-six caractères.

– Tu fais la même chose avec Tang Wan'er ? demanda-t-elle.

Il ne répondit rien. Elle insista.

– N'en parlons plus, dit-il. Parlons de choses plus amusantes.

Niu Yueqing garda le silence un bon moment.

– Impossible, vraiment impossible, déclara-t-elle brusquement. Dès que je pense à toi avec elle, j'en ai des nausées.

Zhuang Zhidie se tut et se retourna.

Un matin, quelques jours plus tard, tandis que Niu Yueqing étendait du linge sur la terrasse, le pigeon se posa sur le rebord de la fenêtre en roucoulant. D'ordinaire elle aimait ce petit volatile. Le voyant, plumage blanc, bec rouge, appeler si tendrement, elle posa sa cuvette et l'attrapa. Elle découvrit, après s'être amusée un moment avec lui, qu'il avait un petit morceau de papier plié dans la bague à l'une de ses pattes. Elle le prit, le déplia et lut : « Je te veux. » Trois mots entourés de traces de rouge à lèvres d'une bouche qui avait embrassé le papier. Elle eut brusquement des palpitations. Ne doutant pas un instant que ce billet doux venait de Tang Wan'er, elle passa une corde à la patte du pigeon puis attendit, assise au salon, le retour de Liu Yue partie acheter de l'huile.

Dès que la jeune fille rentra, elle verrouilla la porte.

– Je vais poser l'huile à la cuisine, dit Liu Yue. Quel monde aujourd'hui dans les rues! J'ai dû crier pour me faire servir et me faufiler au milieu des clients pour passer devant.

– Assieds-toi sur ce tabouret! dit Niu Yueqing en désignant le tabouret placé au milieu de la pièce et en s'emparant d'une lanière de cuir.

– Qu'est-ce qui vous prend? Je ne m'assiérai pas.

Niu Yueqing cingla la jeune fille d'un coup de fouet.

– Vous me frappez! hurla Liu Yue, le visage livide.

– Je vais te fouetter! Je suis ici la maîtresse, toi tu n'es qu'une servante! Je te battrai, toi qui, de mèche avec toutes ces salopes, me trompes, brises mon foyer. Même le maire ne m'en empêcherait pas. Réponds maintenant: combien de fois cette putain de Tang Wan'er est-elle venue ici? C'est toi qui leur faisais le lit, montais la garde, n'est-ce pas?

La jeune fille, s'imaginant qu'il s'agissait là d'une crise de jalousie de plus de la part de Niu Yueqing, répondit avec désinvolture:

– Comment voulez-vous que je sache quelles sont les relations entre votre mari et Tang Wan'er? La dernière fois, j'ai dit ça dans un accès de colère, vous l'avez pris au sérieux. Maintenant, sans savoir qui a tort ou qui a raison, vous me frappez! Une servante reste quand même un être humain! Vous voulez ma mort! Que vous ne m'encaissiez pas, soit, mais, ne vous en déplaise, je fais désormais partie de la famille du maire. De quel droit voulez-vous me battre?

Niu Yueqing tira sur la corde attachée à la patte du pigeon et jeta le papier aux pieds de Liu Yue:

– Voilà de quel droit je te bats! C'est toi qui chaque jour soignes cette bête, donc c'est toi qui réceptionnes les billets doux qu'elle lui adresse, aucune de leurs obscénités ne t'échappe ! Tu voudrais peut-être que je te remercie !

Elle ponctuait chacune de ses réprimandes d'un coup de fouet si bien que les bras et les jambes de la jeune fille étaient lacérés de traces de sang. «Elle sait tout», songea-t-elle. Rongée par la mauvaise conscience, Liu Yue se montra moins arrogante et saisit le fouet :

– Ils couchent ensemble, cria-t-elle, et alors quel rapport avec moi ?

– Raconte-moi tout, en détail. Si tu refuses, je te rosse et j'expliquerai pourquoi à la mère de Dazheng. S'il veut bien t'épouser, tu iras faire ce genre de cochonneries à la mairie, sinon il ne te restera qu'à retirer tes beaux vêtements et t'en retourner dans ta campagne, au fin fond du Shaanxi.

Liu Yue, en larmes, raconta tout : leurs ébats ici, dans sa propre maison ; les rendez-vous galants que Tang Wan'er fixait chez elle ; le pigeon qui servait de messager ; les billets doux maculés d'empreintes de rouge à lèvres et de poils pubiens. Pour flatter sa patronne et minimiser ses torts, elle n'hésita pas à rajouter des détails inventés de toutes pièces. Pour Niu, qui jusqu'ici ne nourrissait que des doutes, les propos de la jeune fille concrétisaient une foule d'indices flous et imprécis. Bizarrement, elle se rendait compte qu'elle aurait préféré ne pas savoir : la vérité était insupportable. Le sang aux joues, frissonnante, elle sentit le monde vaciller autour d'elle.

– Mon Dieu, comment ai-je pu être aussi aveugle !

Les yeux hagards, les bras tendus, elle se mit à claquer des dents.

– Que me reste-t-il maintenant ? Dis-moi, Liu Yue, ce qu'il me reste ? Je suis une pauvre diablesse dépouillée de tout !

Liu Yue se jeta à genoux à ses pieds.

– Madame, j'ai bien essayé de vous en parler, mais, chaque fois que je tentais d'aborder le problème, vous ne me croyiez pas. C'est vrai, je les ai aidés, je leur ai facilité les choses, je vous en demande pardon. Battez-moi ! Tuez-moi !

Niu Yueqing laissa tomber son fouet et serra la jeune fille dans ses bras en fondant en larmes. Elle lui avoua en sanglotant qu'elle n'avait eu tout d'abord l'intention que de l'affoler mais, face à sa résistance, s'était vue contrainte de la battre.

— Liu Yue, je regrette de t'avoir frappée. Pardonne à ta vieille maîtresse pitoyable !

— Je vous pardonne, dit l'autre avant de céder à son tour à l'émotion.

Reprenant peu à peu son calme, Niu Yueqing essuya ses larmes ainsi que celles de la jeune fille.

— Madame, allons arracher les yeux à cette salope ! s'écria Liu Yue.

— Tu n'y songes pas ! (Niu Yueqing secoua la tête.) Je me salirais les mains de toucher une créature pareille. De plus on aurait vite fait d'ébruiter les relations que le professeur Zhuang et elle entretiennent. Non, elle en serait trop fière. Combien de gens idolâtrent le professeur sans jamais parvenir à le rencontrer ! Elle, cette moins que rien, couche avec lui ! N'oublie pas que ton mariage avec Dazheng est imminent, si ce scandale éclate, je n'oserai plus jamais me présenter devant sa famille ! Mon mari m'a brisé le cœur, mais il ne doit gâcher ni son avenir ni sa réputation, c'est à moi à le sortir des griffes de cette tigresse. Surtout pas un mot de cette histoire à quiconque, compris ? Fais celle qui ne sait rien. Mais si tu as encore un minimum de considération pour moi, aide-moi et redoublons de vigilance.

Liu Yue acquiesça d'un signe de tête. Pour la première fois, elle trouva que sa patronne faisait preuve de cœur, alors que son rôle n'avait rien de facile.

*

Sur les conseils de sa maîtresse, Liu Yue, toute pimpante, se rendit chez Tang Wan'er qui l'attendait, inquiète, et s'élança vers elle :

– Tu viens de chez eux ? demanda-t-elle. As-tu trouvé le petit mot ? Zhuang n'était pas là ?

– Le professeur est à la résidence, il voudrait vous voir, madame est partie chez sa mère.

Folle de joie, Tang Wan'er tendit un bonbon à Liu Yue. Comme cette dernière refusait, Tang Wan'er enleva le papier et le lui fourra de force dans la bouche.

– Mange-le, c'est doux, il t'adoucira le cœur ! Pourquoi t'obliger à courir jusqu'ici ? Il suffisait au professeur d'envoyer un mot par notre pigeon !

– J'allais chez Yang, rue de la Victoire-Vertueuse, acheter de la farine et de la sauce de soja, ce n'est pas loin, j'en ai profité pour vous faire la commission.

Liu Yue repartit aussitôt. Tang Wan'er se prépara avec soin avant d'enfourcher sa bicyclette et de filer en direction de la résidence de l'Association des écrivains.

*

La nuit où Tang Wan'er et Zhuang Zhidie s'étaient séparés après avoir vu Liu Yue quitter la mairie en voiture, Tang Wan'er rentra chez elle et trouva Zhou Min en train de boire en compagnie d'un certain Lao Hu, que Zhou Min avait rencontré lorsqu'il travaillait à la réfection du Temple de la Vacuité Pure. À l'époque, Lao Hu était chargé de coordonner les différents corps de métier. Depuis, il était venu plusieurs fois chez eux mais Tang Wan'er ne l'aimait pas beaucoup. Ce jour-là, elle le salua, prit un tabouret et s'assit un peu à l'écart pour les écouter. Les traits plutôt grossiers malgré des lèvres fines, l'homme s'exprimait aimablement. Il incitait Zhou Min à écrire un livre pour un commerçant fort riche qui voulait devenir célèbre. Il cherchait donc un nègre. Le client se chargerait lui-même d'imprimer et d'éditer le bouquin pour l'écriture duquel il offrait vingt mille yuans, mais dont, en contrepartie, il devenait l'auteur : son nom devait figurer comme tel sur l'ouvrage. Zhou

Min, embêté, arguait qu'écrire un livre n'était pas chose facile et que le voir publié sous un autre nom lui semblait trop injuste.

– Vous n'êtes pas un écrivain célèbre, insista Lao Hu, vous pourriez vous prêter à ce jeu. Vous serez largement défrayé. Regardez la vie que vous menez avec votre épouse ! Comment ne sautez-vous pas sur cette occasion de gagner de l'argent ! Inutile d'écrire un gros livre, deux cent mille caractères suffiront. Est-ce difficile ? J'ai refusé cette affaire à beaucoup de gens qui pourtant étaient demandeurs. Je vous l'apporte sur un plateau et vous trouvez moyen de faire la fine bouche !

Zhou Min se hâta d'expliquer que pas du tout, qu'il aurait été, au contraire, très heureux d'accepter. Simplement il se trouvait en ce moment empêtré dans un procès. Lao Hu demanda des détails. Zhou Min les lui donna et insista sur le fait qu'il se trouvait dans une situation embarrassante. En entendant son mari parler de l'intervention que Zhuang avait sollicitée auprès du maire, Tang Wan'er le coupa :

– Zhou Min, cesse de boire, tu dis n'importe quoi ! Pourquoi le professeur Zhuang aurait-il demandé un passe-droit au maire ? Si ce n'est pas faire injure à Zhuang Zhidie, c'est compromettre le maire !

– Cesse, toi, d'interrompre les hommes quand ils parlent ! ordonna Zhou Min.

Folle de rage, elle s'en alla dans sa chambre en tortillant des hanches. Allongée sur son lit, elle tendit l'oreille pour suivre la conversation.

– Je suis également avocat à mes heures perdues, confia Lao Hu. Sur cinq procès que j'ai défendus, je n'en ai perdu aucun. Qu'est-ce qui cloche pour que vous ayez besoin du piston du maire ? Si Zhuang Zhidie n'ose pas avouer ouvertement lors de l'audience qu'il a couché avec cette fille, il y a un autre moyen de gagner.

– Lequel ?

– L'article ne mentionne pas le nom de Jing, n'est-ce pas ? Pourquoi ne pas en profiter pour vous justifier et prétendre qu'il ne s'agit pas d'elle ? Il faudrait même trouver une femme qui accepterait de venir témoigner qu'elle est précisément cette fameuse personne non citée de l'article. Vous imaginez le coup de théâtre. Le tribunal n'aura aucune preuve. Le procès en resterait là.

Tang Wan'er trouva l'idée plutôt bonne, encore qu'un peu tirée par les cheveux. Lao Hu parti, Zhou Min la rejoignit au lit. Ils se mirent à discuter.

– Je pourrais jouer le rôle de cette femme, suggéra-t-elle.

– Parfait, moi qui me tracassais pour savoir qui dégoter ! Je n'avais pas songé à toi un seul instant !

– Accepterais-tu vraiment ? Auras-tu le cœur, pour te protéger, de me faire passer pour l'ancienne maîtresse de Zhuang Zhidie ?

– C'est simplement pour les feinter, dit-il, sinon, bien sûr, je n'en ai aucune envie.

– Et si c'était vrai ? demanda-t-elle.

Zhou Min sourit d'un air fat, puis, l'abus de vin aidant, sombra dans le sommeil. Tang Wan'er regretta de s'être proposée pour jouer ce rôle. Elle avait lancé cette idée en l'air sans même en avoir discuté avec Zhuang. Qu'en penserait Zhuang ? Elle aurait aimé lui en parler, mais il ne venait pas…

En revanche, Zhou Min s'était investi dans ce projet. Il poussait sa femme à prendre connaissance du dossier. Tant qu'il n'y avait pas de résultat du côté du maire, il tenait à mettre au point un stratagème de secours. C'est alors que, n'y tenant plus, Tang Wan'er avait envoyé le pigeon voyageur porter un message à Zhuang Zhidie.

*

C'est Niu Yueqing qui vint ouvrir à Tang Wan'er, dont le sourire se figea. Évitant le regard de la jeune femme, Niu Yueqing s'exclama :

– Mon Dieu, mais c'est Tang Wan'er ! J'arrive à l'instant ! Je faisais justement remarquer à mon mari ce matin que nous ne vous avions pas vue ces derniers temps. J'ai préparé un bon déjeuner, restez donc le partager avec nous! Je ne vous attendais vraiment pas!

– Qu'avez-vous préparé de si bon? demanda Tang Wan'er. Quelle chance pour moi de venir le jour où vous avez cuisiné!

– Vous avez une grande bouche, répliqua Niu Yueqing, avec une bouche pareille on mange à tous les râteliers.

– C'est valable pour les hommes; les femmes, elles, restent toujours sur leur faim.

– C'est faux, vous ressemblez à ces sauterelles capables d'engloutir toutes les récoltes du monde! dit Niu Yueqing, ironique.

Vexée, Tang Wan'er s'apprêtait à prendre des nouvelles du professeur quand celui-ci arriva avec Liu Yue.

– Vous ici! s'étonna Zhuang.

– Vous étiez sorti? s'enquit-elle.

– Je prenais un thé chez mon ami Meng. Liu Yue est venue me chercher, m'annonçant qu'un bon repas m'attendait et que nous avions des invités. Je me demandais de qui il s'agissait, et voilà que c'est vous!

– Vous n'avez pas été ici de la matinée? demandat-elle, affolée.

Pourquoi donc Liu Yue lui avait-elle demandé de venir? Le billet doux serait-il tombé entre les mains de Niu Yueqing? Sentant aussitôt le coup fourré, elle lança à Niu Yueqing en direction de la cuisine:

– Merci infiniment de votre gentillesse. Ce matin, en partant, Zhou Min m'a annoncé qu'il reviendrait déjeuner avec des collègues, je dois rentrer. Je n'ai pas, hélas, le temps de savourer vos mets délicieux...

– Impossible! s'écria Niu Yueqing. Le temps que vous bavardiez un peu avec le professeur, et je vous sers. Le repas est prêt. Je tiens absolument à ce que vous goûtiez à mon bon plat.

Elle ferma à double tour la porte d'entrée et fourra la clef dans sa poche.

– Puisque ma femme insiste, restez, dit le professeur.

Assis sur le canapé du salon, ils échangèrent à voix haute des banalités tandis que leurs regards complices s'interrogeaient mutuellement. La même pensée leur traversa l'esprit : ils étaient sans doute complètement paranoïaques, et tout cela n'était qu'une preuve de gentillesse de la part de la maîtresse de maison. Tang Wan'er se détendit. Elle raconta à Zhuang son rêve de la veille dans lequel elle avait vu de la neige, beaucoup de neige. Était-ce possible, en cette période de canicule, de rêver à tant de neige ? Était-ce bon ou mauvais signe ? Elle lui demanda d'interpréter son rêve.

– J'en suis incapable, demandez à Meng Yunfang, dit-il. En revanche, donnez-moi un caractère, je vous prédirai l'avenir.

Tang Wan'er ne savait lequel choisir. En regardant par la fenêtre les chapelets de piments accrochés sur le fil, elle se décida pour *chuan*.

– *Chuan* ? Dans sa forme la plus simple, ce mot signifie «chapelet», si vous y ajoutez le caractère «cœur», le sens diffère, il veut dire «avoir des malheurs».

Elle pâlit.

– Ce n'est qu'une supposition, poursuivit-il. Cette neige – *xuê* – qui hante vos rêves prouve combien ce procès vous préoccupe. Le jour, vous êtes en colère contre Jing Xueyin et la nuit vous rêvez de neige.

Elle se sentit rassurée. Elle s'inquiéta du résultat des démarches qu'il avait entreprises auprès du maire. Elle allait lui exposer le plan de Lao Hu au moment où Niu Yueqing et Liu Yue finissaient de dresser le couvert : quatre paires de baguettes, quatre assiettes remplies de sauce de soja épaisse. Niu Yueqing apporta en dernier une marmite dont le contenu frémissait sous le couvercle.

– À table, dit-elle en la posant.

Tout le monde s'assit.

– Liu Yue, apporte le vin ! dit Zhuang Zhidie.

– Inutile, ça gâte le goût des mets, trancha Niu Yueqing.

– Que se cache-t-il de bon là-dessous ? demanda Zhuang Zhidie en allongeant le bras pour soulever le couvercle.

– Je m'en occupe, intervint sa femme qui, d'un geste, découvrit le contenu de la marmite : un malheureux pigeon déplumé, nageant dans un court-bouillon.

Zhuang Zhidie et Tang Wan'er se regardèrent, effrayés et stupéfaits.

– Qu'en dites-vous ? déclara Niu Yueqing. C'est insolite, non ? J'ai tué le pigeon. Une petite bête fort intelligente, mangez-en donc, ça vous donnera de l'esprit. La viande est tendre, goûtez, vous jugerez !

Elle entreprit de découper l'oiseau et plaça une aile dans l'assiette de Tang Wan'er.

– Ce morceau vous donnera des ailes, ma chère, dit-elle, ravie de son petit effet.

Puis se tournant vers son mari :

– Les deux cuisses sont pour toi, deux beaux morceaux bien en chair. Quelle sotte je suis, j'ai oublié d'enlever la bague de sa patte !

Elle donna à Liu Yue le blanc et garda pour elle la tête.

– Il n'y a pas beaucoup de viande, mais j'ai entendu dire que manger des yeux de pigeon guérissait de la myopie. Idéal pour moi qui en souffre depuis si longtemps !

Elle arracha les deux petites billes spongieuses qu'elle glissa dans sa bouche et les mastiqua.

– C'est bon, très bon, constata-t-elle.

Zhuang Zhidie et Tang Wan'er, le visage en sueur, demeuraient paralysés.

– Comment, vous ne mangez pas ? s'exclama Niu Yueqing. Vous n'aimez pas ?

Tang Wan'er avala une cuillerée de bouillon. L'estomac chaviré, elle fut prise d'une irrésistible envie de vomir. Elle se leva, les larmes aux yeux :

– Je vous en supplie, madame, ouvrez-moi la porte, j'ai de telles nausées qu'il me faut sortir.

Niu Yueqing balança les clefs par terre. La jeune femme dut se pencher pour les ramasser. Elle ouvrit la porte et disparut dans l'escalier. Sans un mot, Zhuang Zhidie se leva à son tour et alla s'enfermer dans son bureau.

*

Le plan de Lao Hu n'eut pas à servir : le verdict du tribunal de seconde instance arriva, rédigé tel que l'avait laissé entendre le juge Sima Gong. La nouvelle aussitôt connue, le téléphone chez Zhuang Zhidie sonna sans interruption. La maison ne désemplissait pas. Un soir, une explosion de pétards salua l'arrivée devant l'immeuble de l'épouse de Wang Ximian, Yuan Zhifei, Zhou Min, Meng Yunfang, Xia Jie, Hong Jiang et sa jeune femme. Niu Yueqing les accueillit, ravie.

– Vous êtes tous là ! dit-elle. J'étais persuadée que vous viendriez. Mais qui a réussi à vous rassembler tous ?

– Le ciel, ma chère, répondit Yuan Zhifei. Aujourd'hui, je suis trop content, je vous embrasse.

– Voyons si Niu Yueqing ose la réciproque ! s'amusèrent les invités.

– Oser ? Mais comment donc ! s'écria-t-elle.

Yuan Zhifei s'approcha, bras ouverts, pour l'enlacer. Chacun rit de bon cœur. Zhuang Zhidie, épuisé par le va-et-vient continu de ces derniers jours, s'était endormi sur le canapé du salon. De plus, ce matin-là, il s'était levé de bonne heure pour aller saluer Bai Yuzhu et Sima Gong. Réveillé par le bruit, il accueillit ses amis avec plaisir. Liu Yue offrit à tout ce monde du thé vert du Puits du Dragon[1].

_____

1. Thé vert réputé de la région de Hangzhou, dans la province du Zhejiang. *(N.d.T.)*

– Que nous proposes-tu d'autre ? demanda gentiment Zhuang en se tournant vers sa femme.

– La cuisine, dit-elle, c'est notre affaire, à Liu Yue et à moi. Liu Yue, file acheter du vin, cinq bouteilles d'alcool aux cinq céréales, dix de jus de noix de coco et une caisse de bière.

Étonnée de voir qu'en public ses patrons se montraient mutuellement si chaleureux, Liu Yue obtempéra. Zhou Min lui proposa ses services.

– Laisse Zhou Min t'aider, c'est un homme fort, dit Niu Yueqing. Zhou Min, comment va Wan'er ? Pourquoi ne pas l'avoir amenée ?

– Elle n'est pas très bien depuis quelque temps et vomit dès qu'elle mange. Elle se plaint d'être fatiguée, le ventre ballonné, je me demande si elle n'a pas attrapé une hépatite. Aujourd'hui elle était incapable de bouger, je la représente.

– Malade ? dit Niu Yueqing. Quel dommage, sa présence aurait mis de l'ambiance. Si elle est souffrante, il faut qu'elle consulte. Ce n'est pas très gentil de l'avoir abandonnée dans cet état.

– Vous êtes bien aimable ! dit-il, puis il ajouta à voix basse : Ce n'est pas plus mal qu'elle ne soit pas là, la femme de Wang Ximian et elle ne se supportent pas.

Il descendit sur-le-champ. Niu Yueqing rejoignit ses invités et, voyant son mari peler des pommes, lui arracha le couteau.

– Repose-toi, laisse-moi faire, dit-elle avant de lui susurrer : Pourquoi Zhao Jingwu n'est-il pas venu ?

– Je me posais justement la question. Je ne sais pas.

– Serait-ce à cause de Liu Yue ?

– J'ai déjà abordé le problème deux fois avec lui, il déteste les grands airs qu'elle se donne.

– Que vous racontez-vous de tendre, les tourtereaux ? lança Meng Yunfang. Vous pourriez choisir un autre moment pour vous faire des confidences !

– Quelle grande gueule, ce vieux Meng, dit Niu Yueqing. Je m'étonnais que Zhao Jingwu ne soit pas là. Hong Jiang, allez donc chez lui, grondez-le de ma part, et demandez-lui s'il attend pour venir que je lui envoie une chaise à porteurs.

– Vous tenez vraiment à ce que je lui répète vos propos ? demanda Hong Jiang tout en désignant d'un geste à sa jeune femme une calligraphie accrochée au mur. Vous allez lui faire honte.

Sur ces entrefaites, Liu Yue et Zhou Min revinrent chargés de provisions. Niu Yueqing s'empressa de disposer sur la table boissons et victuailles.

– Trinquons, proposa Yuan Zhifei, il est rare que nous soyons tous réunis, levons notre verre à la victoire de ce procès !

– Merci à vous tous, dit Zhang Zhidie en servant chacun de ses invités, nous n'avons pas gagné sans peine !

– Zhou Min, dit Xia Jie, il aurait été plus audacieux de votre part d'inviter Jing Xueyin à notre petite fête, vous auriez pu lui vider votre sac.

– Hier aux toilettes, raconta Zhou Min, j'ai entendu quelqu'un pleurer : des pleurs de femme. Intrigué, je suis sorti et j'ai attendu dans le couloir. Et j'ai vu apparaître Jing Xueyin, des lunettes de soleil sur le nez. J'allais lui proposer mon mouchoir, mais je lui ai fait grâce.

– Lui faire grâce ? Espèce de poltron ! dit Hong Jiang. Maintenant cette histoire n'est un mystère pour personne, tout le monde sait les liens qui l'unissaient à Zhuang à cette époque-là ! Quel toupet de porter plainte, surtout pour perdre ! Après tout, c'est Zhuang lui-même qui a fourni les preuves au tribunal quant au lieu, à l'heure et à la pression qu'il exerçait sur elle !

– Mensonges ! déclara Zhuang Zhidie. Je n'ai jamais foutu les pieds au tribunal, comment aurais-je pu soutenir pareils propos ? J'aurais intenté un procès une fois dans mon existence, cela m'aura servi de leçon.

– Laissons courir les faux bruits, suggéra Hong Jiang, c'est le meilleur coup de toute votre vie. En général, celui qui veut faire scandale avec des histoires de femmes n'y arrive jamais.

– Le seul regret de Zhuang, ajouta Meng, c'est qu'il ne se soit rien passé entre Jing Xueyin et lui. Ah, si ça avait été moi !

– Si ça avait été toi, quoi ? voulut savoir Xia Jie.

Meng regarda sa femme et porta le verre de jus de coco à ses lèvres.

– J'aurais bu mon jus de coco, dit-il.

Il vida son verre. Tout le monde éclata de rire, reprochant à Meng de trop redouter sa femme et à Xia Jie de trop contrôler son mari.

– Xia Jie a raison, renchérit Niu. La femme doit toujours avoir son mari à l'œil, sinon, après, il ne faut pas se plaindre qu'une étincelle déclenche un incendie !

– Exact, répondit Meng Yunfang, voilà ce qui explique que moi je sois resté puceau !

Zhuang Zhidie esquissa un sourire embarrassé, puis fourra sa pipe dans sa bouche.

– Eh, notre grand peintre Wang, on ne t'entend pas aujourd'hui, dit Meng. Tu es sage en présence de ta femme !

– Mauvaise langue ! protesta son épouse. Pourquoi tout me mettre sur le dos ?

Meng Yunfang allongea le bras et arracha la pipe de la bouche de Zhuang pour la mettre dans la sienne.

– Yunfang, c'est sale, reprocha l'épouse de Wang, la bouche comme les dents sont réservées à des usages particuliers !

Meng rendit la pipe à son propriétaire :

– Ce que les femmes peuvent attacher d'importance à l'hygiène ! s'écria-t-il. C'est sûr que votre mari garde exclusif l'usage de vos lèvres ! Il fallait vous voir au dancing de l'hôtel Sheraton danser bouche contre bouche, vous n'aviez pas l'air de vous ennuyer !

– Au dancing du Sheraton ? s'étonna-t-elle. Je n'y suis jamais allée.

– De quoi je me mêle, dit Meng, j'aurai mieux fait de me taire.

– Mon ami, n'attaquez pas le premier, conseilla l'épouse de Wang Ximian, car je peux raconter des anecdotes savoureuses sur vous !

– Allez-y, je ne suis pas jalouse, dit Xia Jie. Les hommes ont des maîtresses, mais les femmes peuvent aussi s'offrir des amants !

– À vous entendre, dit Yuan Zhifei, vous êtes déjà servie, ma chère, comment se fait-il que nous n'en sachions rien ?

– Chaque insuccès nous rend plus avisés, n'est-ce pas, Zhidie ? répliqua Xia Jie.

– Bravo ! Bravo ! déclara Yuan Zhifei, joignant le geste à la parole. Portons un toast à votre pertinence !

Ils trinquèrent.

– Cessez de toujours employer ce terme « amant », dit Niu Yueqing. Je déteste ce mot vulgaire qui pour moi est synonyme de prostitué !

La réflexion jeta un certain froid…

– Buvons, suggéra Wang Ximian. Portons un toast à Zhuang pour le féliciter de sa victoire !

Yuan Zhifei ne leva pas son verre. Il prit ses baguettes pour se resservir de nourriture et fit une grande déclaration :

– Le matin, buvez avec modération, le travail vous attend ; à midi, laissez-vous aller sur le vin, les réunions suivent ; le soir, doucement sur l'alcool, votre vieille vous guette !

Ce qui déclencha l'hilarité générale.

– Tu imites ce vieux chiffonnier, dit son épouse. Mais aujourd'hui, nous ne sommes pas samedi, tu n'as pas à craindre ta vieille ! Liu Yue, sers-lui à boire.

– C'est bon, c'est bon. Cul sec, mon vieux, dit-il à Zhuang Zhidie. Entre amis on boit cul sec, entre collègues on lèche son verre.

– Ne copions pas ses manières de barbare, dit Wang Ximian.

Ils trinquèrent à tour de rôle avec Zhuang Zhidie

qui brusquement fut pris de tremblements. Il vida son verre et se mit à sangloter. Zhou Min se leva pour soutenir son ami... Les lèvres de Zhuang tremblaient de plus belle, sa respiration était saccadée, il ne pouvait plus parler.

– C'est l'émotion, dit Niu Yueqing. Ce procès a duré trop longtemps, Zhidie a tenu le coup et maintenant il craque.

Puis se tournant vers son mari :

– Ne veux-tu pas aller t'allonger un peu ?

– Je vais me reposer, dit-il, excusez-moi, continuez la fête sans moi.

L'épouse de Wang le suivit et lui demanda à voix basse :

– Zhidie, avez-vous mal au cœur ?

Avec un sourire forcé, il secoua la tête.

– À quoi bon me mentir ? reprit-elle. Le procès est gagné et pourtant vous avez l'air si triste. C'est l'impression que j'ai eue dès mon arrivée.

– Ne me posez pas de question, dit-il. Retournez vous amuser avec les autres. Ça va passer.

Niu Yueqing entra.

– Zhidie a beaucoup maigri, lui fit remarquer l'épouse de Wang. Que de soucis pour vous ! La mort de Gong Jingyuan a fait prendre conscience à chacun d'entre nous du prix de la vie.

– Tout le monde me reproche sa maigreur, dit Niu Yueqing, mais je n'y peux rien, et d'ailleurs il ne m'écoute pas ! Il sait pertinemment qu'il est fatigué, mais n'en fait qu'à sa tête, c'est un capricieux.

– Ils sont tous pareils ! soupira l'épouse de Wang Ximian.

Sans dire un mot, Zhuang Zhidie se mit à bourrer sa pipe. Niu Yueqing la lui arracha et la posa sur la table de nuit.

– Regardez-moi ça ! dit-elle. Il se met à fumer au moment où l'on parle de sa fatigue !

– Yueqing, appela Meng Yunfang du salon, vous nous abandonnez aussi ? Quitteriez-vous la table pour éviter que nous consommions trop de vin ?

– J'arrive, j'arrive, dit-elle, buvez tout votre soûl !

Elle prit l'épouse de Wang Ximian par le bras et elles regagnèrent le salon.

Soudain des claquements de pétards résonnèrent en bas de l'immeuble, suivis d'un bruit de va-et-vient confus.

– Liu Yue, regarde ce que c'est ! ordonna Niu Yueqing.

La jeune fille à peine sortie revenait déjà :

– Madame, c'est…

– C'est qui ?

– C'est… vous le savez très bien…

Sur ce, elle se précipita dans sa chambre.

– Pourquoi cet affolement ? s'étonna Niu Yueqing. Elle leva les yeux pour découvrir devant elle un réfrigérateur suivi d'un poste de télévision, d'une machine à laver, d'un climatiseur, d'un four, de quatre couettes, deux oreillers, un Thermos, une cuvette, un miroir, des brosses et des verres à dents, du dentifrice, des serviettes de toilette, le tout porté par des gens qui, faute de place, repartirent aussitôt leurs colis déposés. Débarqua alors Dazheng.

– Mon Dieu, s'écria Niu Yueqing affolée, voici Dazheng ! Pourquoi ne pas avoir téléphoné, nous serions descendus vous accueillir en bas !

– Ma mère a tenu à vous faire porter ces objets, mais les plus encombrants, deux grandes armoires et un canapé, ont été directement livrés à notre nouvel appartement. Que d'invités aujourd'hui !

– Zhidie, appela Niu Yueqing, viens vite !

Zhuang arriva, l'air radieux. Il fit asseoir Dazheng et invita les porteurs à entrer.

– Ce n'est pas la peine, qu'ils repartent, trancha Dazheng.

Zhuang Zhidie distribua à chaque homme des cigarettes. Il revint alors au salon et fit les présentations.

– Voici Dazheng, le fils de notre maire, mais aussi le futur mari de Liu Yue.

Dazheng se redressa en s'agrippant au canapé. Souriant, il sortit un paquet de cigarettes qu'il ouvrit avec maladresse pour en offrir. Quelle chance avait Liu Yue d'épouser le fils du maire ! Aussitôt, tous remirent leur carte de visite à Dazheng.

– Tous des célébrités de notre capitale, déclara Dazheng en lisant les noms.

– Célèbres ou pas, trinquons ! dit Meng Yunfang. Je désespérais de trouver un partenaire pour faire une partie de mourre, notre jeune marié arrive à point !

– Le jus de noix de coco n'enivre pourtant pas, déclara Niu Yueqing, il est encore tôt pour parler de jeune marié ! Dazheng, prenez un verre. Liu Yue, Liu Yue, mais quelle sotte, elle n'a pas vu que vous étiez là !

Liu Yue sortit de sa chambre, superbement habillée et maquillée.

– Je me demandais où tu étais passée, dit Meng, mais tu étais allée te faire belle. Dieu, que les femmes savent s'y prendre en amour !

Les invités s'esclaffèrent. Dazheng leva son verre et trinqua avec sa future épouse qui s'enfuit aussitôt dans la cuisine.

– Quelle chance a cette gamine ! déclara Meng. Avec pareille dot, que nous reste-t-il à t'offrir ?

– Un compte en banque ! rétorqua-t-elle de la cuisine.

– J'ai bien peur de ne pas en avoir les moyens, gémit Meng. Un jour ou l'autre, Xia Jie et moi, nous finirons par mendier notre pitance auprès de toi !

– Merci, mes amis, dit Dazheng. Le jour de notre mariage, je compte sur vous pour mettre de l'ambiance. Je lève mon verre à votre santé à tous.

– C'est le dernier, décréta Wang Ximian, après je m'arrête de boire. Nous avons d'ailleurs déjà beaucoup bu.

– À ce rythme-là, dit Dazheng, le professeur Meng va finir par me soûler !

Dazheng et Meng Yunfang entamèrent une partie de mourre tandis que les femmes bavardaient dans leur coin. Elles regardaient les cadeaux, les tripotaient, en estimaient le coût.

– Le maire est un homme qui a une position et du pouvoir, dit Xia Jie, sa fortune ne peut se mesurer à la vôtre qui êtes dans les affaires. Regardez votre jupe, deux ou trois cents yuans !

– Mille deux cents, répondit péremptoirement la jeune épouse de Hong Jiang, c'est une marque connue !

– Quoi, si cher ? s'étonna Xia Jie.

– Nous avons plus d'argent que le maire, répondit la jeune femme de Hong Jiang, mais le sien vaut de l'or.

Liu Yue entraîna dans sa chambre toutes ces femmes qui ne cessaient de s'extasier sur sa chance.

– Vous plaisantez, dit-elle en fermant la porte derrière elles, vous l'avez regardé ! Qui accepterait d'épouser une horreur pareille ?

– Ne dis pas ça, déclara l'épouse de Wang. Il n'est quand même pas si mal que ça et ils vivent comme des princes.

– Vous seriez capable de répéter que Dazheng n'est pas mal devant tout le monde ? demanda la jeune fille.

– Ses sourcils sont peut-être trop épais, mais il est honnête.

– En dehors de sa jambe, il n'est pas si mal fichu ! intervint Xia Jie.

– Il est même bien, confirma l'épouse de Hong Jiang.

– J'ai compris, sanglota Liu Yue, selon vous c'est juste un homme honnête aux sourcils épais. Comment prétendre qu'il soit beau avec son infirmité ? Moi, je le hais, il a vraiment choisi le bon moment pour envoyer les cadeaux !

La jeune fille pleurait toujours.

– Toutes les jeunes filles n'ont pas votre chance ! lui firent remarquer ces dames.

– Liu Yue ! Liu Yue ! hurla Meng Yunfang du salon,

viens vite remplacer ton amoureux, il ne tient plus debout !

– Pourquoi boire autant s'il en est incapable ? dit Liu Yue. Professeur Meng, vous avez fait exprès de l'enivrer !

Elle refusa de venir. Zhou Min et Hong Jiang allongèrent un Dazheng réduit à l'état de loque sur le lit de Liu Yue qui lui retira ses chaussures. En découvrant les pieds dont l'un était tout tordu, les orteils recroquevillés, la jeune fille s'empressa de rabattre dessus la couverture et son chagrin redoubla.

Les convives crurent qu'elle pleurait de dépit de voir son fiancé ivre mort. Yuan Zhifei, grisé par le vin, déplora le manque de capacité de Dazheng à boire. Au premier verre il était soûl. Au même âge, il tenait l'alcool, lui ! Il vanta les beuveries qu'il avait partagées avec Gong Jingyuan, avalant jusqu'à plusieurs litres d'alcool qui, pourtant, ne leur faisaient pas plus d'effet que de l'eau. Parler de son ami Gong Jingyuan lui brisa le cœur, il se mit à sangloter.

– Pourquoi pleures-tu ? lui demanda Wang. Pourquoi retourner le couteau dans la plaie ? Il se fait tard, rentrons ! Zhidie, nous partons, Dazheng a sans doute des choses à vous dire.

Zhuang Zhidie et Niu Yueqing voulurent les retenir, mais ils partirent tous ensemble. Zhuang Zhidie raccompagna ses amis jusqu'à la porte d'entrée, en bas dans la cour.

– Wan'er est malade ? demanda-t-il à Zhou Min.

– Ne vous inquiétez pas, elle viendra vous voir bientôt.

– Qu'elle se soigne sérieusement. C'est sans doute un problème digestif, voici un médicament qui lui fera du bien. Donnez-le-lui de ma part.

Il lui remit une boîte bien fermée.

*

En ouvrant la boîte, Tang Wan'er découvrit une petite bouteille qui ne contenait pas le moindre comprimé, mais un papier froissé. «Prends bien soin de toi», disait le mot. Tang Wan'er éclata en larmes. Depuis ce jour où elle avait quitté la résidence de l'Association des écrivains couverte de honte, elle s'était sentie profondément outragée. Elle savait pertinemment qu'à force de gonfler un ballon, il risque d'éclater. Mais quand on commence, on ne domine ni son désir ni son excitation de le voir devenir de plus en plus gros. Impossible de maîtriser son amour pour Zhuang Zhidie. Plus Niu Yueqing l'avait traitée avec gentillesse, plus elle avait éprouvé de remords. Remords et gêne qu'elle tentait désespérément de cacher en sa présence. Mais ses remords à l'égard de Niu Yueqing s'étaient brusquement évanouis le jour où cette dernière avait, avec une méchanceté calculée, tué le pigeon voyageur pour le leur servir à déjeuner. «Match nul, nous sommes quittes.» Cette réflexion qui lui était venue sur le chemin du retour l'avait si bien détendue que, revenue chez elle, elle s'était tout d'un coup transformée en une parfaite maîtresse de maison. Elle avait fait la lessive, le ménage. Le soir, elle s'était même montrée tendre avec Zhou Min :

— Tu ne viens pas te coucher maintenant ?

Zhou Min, après être allé jouer de son antique ocarina, s'était attelé à la rédaction du livre dont il n'était que le nègre.

— J'arrive, j'arrive ! avait-il répondu aussitôt.

Il avait rangé le manuscrit, s'était lavé les parties intimes et l'avait rejointe au lit, tout heureux. Hélas, elle ronflait déjà bruyamment. Elle avait dormi ainsi trois jours et trois nuit. Après un rêve terrifiant elle s'était réveillée en nage. Pourtant elle ne s'en était plus souvenue. Elle avait ressenti alors une solitude et une tristesse immenses, une souffrance indicible et qui la torturait. Trois jours après, lorsqu'elle s'était levée, elle tenait à peine debout et se traînait de son lit au canapé. Croyant entendre le pigeon roucouler, elle avait couru sur la pointe des pieds dans la cour et elle s'était appuyée contre le poirier pour scruter le ciel où s'effilochaient des nuages d'un blanc pur. Pas la moindre trace de pigeon. Elle s'était remise à pleurer… Si la terre ne leur offrait pas de chemin pour se croiser, le ciel peut-être… L'automne approchait, le chant des cigales s'estompait et les bourrasques de la nuit avaient dépouillé le poirier dont les feuilles jonchaient la cour. Elle avait trouvé ses bras amaigris, ses joues creusées.

En rentrant de son travail, Zhou Min avait voulu partir sur la muraille, elle l'en avait empêché. Elle avait voulu qu'il joue, là, sous son arbre. Elle aimait le son de l'ocarina.

– Tu as toujours prétendu le contraire, s'était-il étonné. Et maintenant tu y prends goût !

Le son s'était élevé en notes légères ; tout en jouant, Zhou Min lançait à Tang Wan'er des clins d'œil séducteurs… Assise sur le seuil de la porte, elle écoutait quand soudain, le cœur serré, elle s'était retrouvée en pensée non loin du pont situé hors de la porte Sud de la ville, sous cet arbre à la branche en forme de fourche. Elle croyait en ses pressentiments. D'ailleurs Meng Yunfang, en lui lisant les lignes de la main, lui avait bien dit qu'elle pouvait s'y fier. Persuadée que Zhidie l'attendait sous cet arbre, elle s'était brusquement levée pour aller se changer, se maquiller et enfiler ses escarpins.

– Tu sors ? lui avait demandé son mari.

– Je vais acheter des serviettes hygiéniques, j'en ai besoin.

C'était vrai, elle avait ses règles et, en attendant, avait placé du papier toilette dans l'entrejambe de son pantalon.

– Si tard ? Je t'accompagne.

– Crains-tu que le méchant loup rôde dans le ville ? Remets-toi donc à ton bouquin !

Traversant les rues animées, elle était arrivée au pont, à l'extérieur de la porte Sud. Mais Zhuang Zhidie n'y était pas. Elle avait attendu jusqu'à minuit, en vain. En mettant une serviette hygiénique, elle s'était taché la main de sang. Soudain une idée étrange lui était venue à l'esprit : elle allait étaler ce sang sur les rambardes du pont, sur le tronc de l'arbre, sur la pierre encastrée. Ses empreintes se dessinaient parfaitement. Les empreintes de la main reflétaient le destin de l'individu, si l'on en croyait Meng Yunfang.

Tang Wan'er était retournée plusieurs jours de suite au pied de son arbre sans jamais y trouver Zhuang. C'est pourquoi, en découvrant son petit mot dans la boîte de médicaments, elle avait fondu en larmes de joie. Elle s'était juré de le revoir, une fois, ne serait-ce que la dernière de sa vie, la toute dernière !

*

Le jour des noces avait été fixé au 12 septembre. La veille, Niu Yueqing décida de préparer quelques amuse-gueule pour les invités. La mère de Dazheng s'y opposa, c'était trop de frais, elle ferait porter chez eux boissons et plats préparés. Niu Yueqing insista : le maire et son épouse avaient déjà tant gâté Liu Yue, montré tant de générosité envers eux. Ils avaient pris en charge tous les frais du mariage que, d'ordinaire, les parents de la mariée devaient assumer. Pour les invités, tout le mérite de cette réception reviendrait à Niu Yueqing et Zhuang Zhidie... C'était un honneur non mérité...

L'alcool naturellement était du maotai, le meilleur, et la nourriture des mets recherchés, volailles, viandes et poissons. Le buffet dressé et terminé, Niu Yueqing envoya Liu Yue prendre un bain tandis qu'elle-même se traînait, les jambes fourbues, jusque chez le maire. Elle était inquiète pour le déroulement de la cérémonie du lendemain, elle craignait une bévue et voulait donc tout vérifier une dernière fois avec la mère de Dazheng. Niu Yueqing partie, Liu Yue commença à faire sa toilette. Dans le salon, Zhuang entendit venant de la salle de bains des bruits d'eau qui le troublèrent. Il gagna en silence son bureau où il se mit à fumer, vaguement déçu...

Soudain Liu Yue apparut devant lui en chemise de nuit rouge, ses cheveux mouillés serrés dans une petite serviette de toilette blanche. Elle avait le visage frais, les sourcils bien dessinés, un peu d'ombre à paupières et les lèvres aussi appétissantes qu'un abricot mûr. « Dieu, qu'elle est belle ! songea Zhuang Zhidie. C'est sa dernière soirée ici. » Il la regarda sourire, puis baissa la tête et tira longuement sur sa cigarette dont le bout incandescent s'allongea sans que les cendres tombent.

– Professeur Zhuang, je pars demain, vous ne me faites pas vos vœux de bonheur ?

– Tous mes vœux de bonheur, Liu Yue.

– Croyez-vous vraiment que je serai heureuse ?

– Je crois que oui, tu seras heureuse.

– Merci, professeur, ricana-t-elle, c'est à vous que je le devrai...

Zhuang releva la tête et la regarda, étonné. Elle le fixait droit dans les yeux. Il soupira et se détourna.

– Je ne suis pas restée chez vous très longtemps, dit-elle, mais assez pour avoir la chance de vous connaître, de lire, de me cultiver, de respirer aussi beaucoup de fumée. Je dois vous quitter et j'en suis très triste. Puis-je m'asseoir un instant et contempler cette statuette Tang qui me ressemble ?

– Tu ne pars que demain, ce soir tu es encore ici chez toi. Assieds-toi. Demain tu l'emporteras.

– Quoi ? Vous n'avez pas envie de me garder à vos côtés ?

– Liu Yue, ce n'est pas ce que je voulais dire, bafouilla Zhong, je n'ai d'ailleurs jamais pensé te donner cette statuette. J'ai un autre cadeau pour toi.

– Lequel ? Montrez-moi !

Zhuang sortit de son tiroir un ravissant petit coffret qu'il lui tendit. Liu Yue l'ouvrit : c'était un miroir en bronze, rond, orné de fleurs ciselées et qui portait une inscription en vers de trente-deux caractères anciens.

Montrer la forme et l'esprit, de bonne qualité et de bon travail,

Telle une perle qui brille à la lumière du jour,
Comme la lune qui reste au firmament,
Face à lui dessinez vos sourcils, fardez-vous,
Que vous soyez contemplative à la fenêtre
Que vous brodiez, tout se reflète dans ce miroir.

– Pourquoi vous séparer d'un si bel objet ? s'étonna la jeune fille.

– Parce que c'est toi ! répondit-il.

– Tang Wan'er a à peu près le même chez elle, accroché au mur, constata Liu Yue, seul le poème diffère. Je n'aurais jamais imaginé posséder le même un jour !

– Celui de Tang Wan'er, c'est moi qui le lui ai donné.

– Vous ? dit Liu Yue, stupéfaite. S'il s'agit d'une paire, pourquoi me le donner ?

– Je ne la reverrai plus jamais, dit Zhuang Zhidie, or ce miroir me fait penser à elle… Mais ne parlons plus d'elle, veux-tu ?

La jeune fille s'assit sur l'accoudoir en cuir du canapé.

– Professeur, vous me détestez parce que j'ai révélé à votre épouse votre liaison avec Tang Wan'er. Mais je n'avais pas le choix. Madame m'y a forcée à coups de fouet et, si je n'avais pas avoué, elle m'aurait battue à mort. Je suis tout de même bien contente de lui avoir tout raconté car je déteste Tang Wan'er. Vous l'adorez tandis que moi, même si je fais l'amour avec vous, c'est à elle que…

– Tais-toi, c'est moi, par ma perversité, qui l'ai détruite. Non ?

– Et moi, alors ? Vous me mariez au fils du maire, mais croyez-vous que je l'aime ? Vous savez bien que non, mais que je n'ai pas d'autre choix ! Vous vous êtes servi de Tang Wan'er et de moi de façon à vous redonner confiance et courage ! Mais vous n'avez fait que nous démolir l'une et l'autre ! Et vous, qu'avez-vous récolté ? Vous vous êtes détruit aussi, vous, votre famille, votre épouse, votre réputation et votre image !

Les paroles de sa servante firent brusquement prendre conscience à Zhuang Zhidie de la racine de ses maux. Que Liu Yue était donc intelligente et perspicace! Jamais il n'oublierait ses derniers mots. Elle ressemblait aux bougies dont la flamme est encore plus brillante lorsqu'elle est sur le point de s'éteindre et la clarté plus lumineuse juste avant de mourir! Il releva la tête. «Liu Yue», dit-il, attendri, d'une voix à peine audible. Elle se jeta dans ses bras et se blottit sur son cœur. Il la serra passionnément et tous deux fondirent en larmes.

– Tu as raison, dit-il, je suis responsable de tout. Mais je n'aurais rien pu changer. Je suis d'ailleurs incapable de m'en sortir moi-même. Toi, tu es jeune, une fois mariée, mène ta vie, et mène-la bien!

Liu Yue pleurait sur la manche de chemise de Zhuang Zhidie.

– Professeur, j'ai peur moi aussi d'avoir du mal à m'en sortir en épousant Dazheng. Quelle sera mon existence? J'ai peur, très peur! Alors, je vous en supplie, pour cette dernière soirée, traitez-moi comme Tang Wan'er!

Elle se leva, ferma les yeux et défit la ceinture de sa chemise de nuit qui s'ouvrit telle l'écorce rouge d'un beau litchi, dévoilant sa chair de jade. Zhuang Zhidie la contempla en silence. Il saisit la lampe sur la table pour éclairer ce beau corps de plus près.

Ici l'auteur autocensure deux cents caractères.

Liu Yue laissa échapper un cri. Sous les assauts de Zhidie, le canapé se déplaçait peu à peu vers la porte contre laquelle il buta. Le choc les secoua, la tête de Liu Yue s'enfonça sous les coussins. Zhuang Zhidie voulut s'arrêter pour la dégager, mais, ses deux pieds appuyés contre la porte qui grinçait, elle s'écria:

– Ne t'arrête pas, surtout ne t'arrête pas!

Leurs corps bousculèrent un rouleau accroché au mur qui tomba et les recouvrit.

– La peinture est tombée, constata-t-elle.

– La peinture est tombée, répéta-t-il.

Mais ils n'avaient aucune main de libre pour s'en débarrasser.

Ici l'auteur autocensure quatre-vingt-deux caractères.

La jeune fille s'apprêta à quitter la pièce enfumée.

– Quel bonheur, professeur, demain je serai peut-être dans les bras de Dazheng, mais mon cœur sera avec vous.

– Ne parle pas ainsi, dit-il, tu devrais plutôt me haïr.

– C'est mon problème, ça ne vous regarde pas.

Elle sortit et ferma la porte. Zhuang Zhidie écouta le bruit de ses pas résonner dans le couloir. Il enfouit alors sa tête dans le canapé.

*

Le lendemain, Niu Yueqing se leva très tôt. Elle balaya la maison et l'entrée, puis prépara une soupe avant de réveiller Liu Yue. Confuse, la jeune fille se leva, et se dépêcha à son tour d'aller réveiller Zhuang Zhidie. Ils prirent tous trois leur petit déjeuner. Assise dans le salon, Liu Yue commença à revêtir sa tenue de noce, insistant pour que Zhuang Zhidie et Niu Yueqing lui donnent leur avis. Le cérémonial dura deux heures. Puis on entendit des chapelets de pétards exploser. Niu Yueqing enjoignit aussitôt à la jeune fille d'ôter ses chaussures et de s'asseoir sur le lit, la porte d'entrée grande ouverte. Les invités se suivaient nombreux. Une vingtaine de voitures avaient pu se garer dans la cour de la résidence, les autres attendaient en file indienne dans la rue. Chargée de collecter les enveloppes rouges destinées aux jeunes mariés, la vieille Wei ne savait plus où donner de la tête. Elle gratifiait chaque invité d'un sourire et interdisait avec sévérité l'entrée de la cour aux badauds. Soutenu par un ami, Dazheng, une fleur rouge à la boutonnière, voulut se prosterner avec respect devant Nui Yueqing et Zhuang Zhidie, lequel s'empressa de l'en empêcher. Dazheng rejoignit alors Liu Yue dans la chambre. Il lui remit ses chaussures, ajusta sa longue robe chinoise et accrocha sur sa poitrine la même fleur rouge écarlate que la sienne. Liu Yue le regarda faire avec calme. Après avoir fixé la fleur, il prit la main de sa future femme et la porta à ses lèvres.

– Il imite les manières des Occidentaux! lança Liu Yue, boudeuse, à Zhuang Zhidie et Niu Yueqing qui observaient la scène sur le pas de la porte.

Embarrassé, le jeune marié rougit. Les invités sirotaient, grignotaient et fumaient tout en admirant les calligraphies accrochées aux murs. L'horloge sonna dix heures, et une voix cria : «En route!» Les chapelets de pétards suspendus aux embrasures des portes et aux fenêtres explosèrent dans un charivari assourdissant. Dazheng prit Liu Yue par la main pour descendre, tandis que trois photographes et un reporter de la télévision les mitraillaient. Dazheng, à la fois souriant et solennel, faisait de considérables efforts pour se tenir droit, sans parvenir à cacher sa claudication. Il se cognait à chaque instant contre Liu Yue qui, raidissant le bras, tentait de le stabiliser. Les pétards continuaient d'exploser et leurs écorces rouges voltigeaient tels des papillons. Craignant d'en recevoir sur la tête, Liu Yue franchit d'un bond le seuil. Du coup, elle lâcha la main de Dazheng qui manqua de trébucher. «Liu Yue, Liu Yue», cria Niu Yueqing qui ne la lâchait pas d'une semelle. La jeune fille se retourna pour attendre son fiancé. La cour était noire de monde. Liu Yue passa son bras autour de celui de Dazheng et se serra fort contre lui pour lui éviter de se déhancher. «Bravo, bravo!» cria Niu Yueqing aux gens qui lançaient sur les jeunes mariés des confettis découpés dans du papier multicolore. Invités et porteurs de dot s'engouffrèrent dans les voitures qui s'égrenaient en un long cortège. La rue était remplie de curieux. Critiques et commentaires en tous genres allaient bon train. Elle était plus grande que lui, c'était sûrement une femme à poigne qui saurait commander, il ne tarderait pas à être cocu. Oui, répliquaient d'autres, mais le fils du maire était de tempérament irascible et il serait bien capable de maîtriser sa femme par la force. La battre ? interrogea un autre. Encore faudrait-il qu'ils dorment ensemble ! Aucun de ces sarcasmes n'échappa à Liu Yue qui monta très vite dans son carrosse.

La cérémonie se déroulait dans la grande salle de réception de l'hôtel de la Capitale de l'Ouest. En descendant de voiture, Zhuang Zhidie et Niu Yueqing aperçurent les jeunes mariés noyés au milieu d'une véritable marée humaine devant la porte principale. Les pétards claquaient, la musique résonnait.

– Venez, installez-vous, le maire et son épouse vous attendent.

Ils entrèrent. Des spots multicolores balayaient la pièce de lueurs étranges. Les invités étaient gais, les visages souriants. Les serveuses, vêtues de longues robes chinoises fendues sur le côté, allaient de table en table déposer fleurs, fruits, gâteaux, cigarettes, thé et boissons diverses. Une joyeuse animation régnait. Deux enfants offrirent un bouquet aux jeunes mariés qui s'avancèrent ensuite sur une immense soierie rouge de deux mètres de large sur vingt de long. Ils se dirigèrent vers une estrade un peu surélevée, recouverte d'un tapis rouge et décorée de fleurs en pots, sur laquelle avaient été installées quatre tables pourvues de micros. Huang Defu, promu maître de cérémonie, demanda aux jeunes mariés de se tourner pour se laisser photographier. Les conseils fusaient de toutes parts. Rapprochez-vous, encore un peu, souriez, prenez le bouquet, prends-le par le bras, prends-la par la taille. Dazheng et Liu Yue demeurèrent impassibles. Quelqu'un monta sur l'estrade et les fit poser. Ce fut l'hilarité générale, des applaudissements à tout rompre. Zhuang Zhidie s'arrêta pour admirer le long tapis de soie rouge sur lequel deux sentences parallèles en lettres d'or se détachaient clairement : *La brise printanière s'enhardit à caresser le saule, la fine pluie nocturne humecte la fleur* et, juste à côté, *Vœux de bonheur à Dazheng et Liu Yue* ; suivait toute une série de calligraphies serrées, signatures et félicitations des invités. Zhuang fut étonné. D'habitude, lors d'un mariage, les invités signaient sur du papier à dessin. Qui avait eu l'idée de faire signer à même la soie servant de tapis d'honneur ? Il trouva l'idée originale et amusante.

– Voulez-vous signer ? lui demanda un homme en lui offrant un stylo.

Zhuang Zhidie écrivit son nom.

– Vous êtes M. Zhuang ? s'exclama l'homme.

Zhuang Zhidie sourit en acquiesçant d'un signe de tête.

– Moi aussi, je suis un passionné de littérature, je suis heureux de vous rencontrer.

– Merci, répondit Zhuang, s'apprêtant à s'avancer. Mais l'homme avait envie de parler :

– La jeune mariée est bien votre ancienne bonne ? Votre influence lui a vraiment été bénéfique.

– Vous croyez ?

– J'ai beaucoup d'admiration pour vous. Je voudrais m'engager chez vous, je vous servirais et vous m'apprendriez à écrire.

– Merci, mais je n'engage personne.

– Vous pensez que parce que je suis un homme je ne saurais pas faire la cuisine ou la lessive !

Zhuang eut du mal à se débarrasser de l'importun. Niu Yueqing dut aller chercher Huang Defu qui était en train de faire les présentations et passa aussitôt à Zhuang Zhidie :

– Aujourd'hui nous avons la joie d'accueillir parmi nous le célèbre écrivain Zhuang Zhidie. Applaudissons-le chaleureusement. S'il veut bien prendre place à la table d'honneur.

L'assistance applaudit vivement en poussant des clameurs. Zhuang Zhidie s'installa et échangea les platitudes d'usage avec toutes les célébrités que comptait la ville et les hauts dirigeants déjà assis. Alors qu'il venait juste de s'effondrer sur son siège, deux jeunes filles se jetèrent sur lui, réclamant un autographe. Il pensait signer un carnet, mais les filles bombèrent la poitrine :

– Nos cœurs sont à vous !

Leurs T-shirts étaient couverts de signatures de célébrités.

– Quel dommage, sur de si beaux T-shirts ! dit Zhuang.

– Ils n'ont de valeur que par ces signatures ! répondirent les filles. Ce n'est pas facile de vous rencontrer ! Nous avons sauté sur l'occasion en apprenant que le mariage du fils du maire se déroulait dans cet hôtel. Il était impossible que vous n'y soyez pas.

Il examina les T-shirts et y déchiffra les noms de Wang Ximian, Yuan Zhifei, Meng Yunfang, Sun Wu, Li Hongwen et Gou Dahai. Il prit alors le crayon et signa à son tour. Une des filles lui demanda, comme il avait la plume facile, s'il ne pouvait pas lui écrire un poème, un alexandrin suffirait.

– L'endroit s'y prête peu, protesta Zhuang, et puis qu'écrire ?

– Un poème d'amour puisque aujourd'hui nous célébrons un mariage !

Il se mit à l'ouvrage, traçant des caractères sur le dos de la fille qui demanda à son amie de les lui lire :

Planter un bâton dans la terre pour qu'il donne des fleurs rouges ;

Jeter une pierre à l'eau pour qu'elle se transforme en poisson ;

Cacher un papier sous l'oreiller pour que le rêve s'y imprègne ;

Coller un timbre sur son cœur pour l'envoyer à sa bien-aimée.

– À quoi pensez-vous ? demanda la fille en riant.

– À l'amour non partagé, répondit-il.

– J'aime les amours non partagées, dit la fille, j'ai eu tellement de petits copains que j'ai plaqués aussitôt ! Jamais je ne trouverai l'âme sœur. Pourtant j'ai besoin d'amour, sans savoir qui aimer. Le mieux serait d'aimer plusieurs hommes imaginaires dont je serais la seule à posséder la clef.

– Vos propos me laissent supposer que vous devez aimer quelqu'un de bien précis, pourquoi prétendre le contraire ?

– Parce que ça n'a pas marché. Chaque jour je me jure de ne plus l'aimer, chaque jour je me le défends.

– Et vous ne parvenez pas à l'oublier, bien au contraire vous vous languissez, vous ne pensez qu'à lui et vous souffrez. Ne plus penser à lui, comment ne plus penser à lui, comment pouvoir ne plus penser à lui !

– Eh bien, monsieur Zhuang, reprit la fille, malgré votre âge vous êtes comme nous !

Émue, elle s'installa sur la chaise en face de lui pour bavarder davantage. Zhuang lui rappela que la cérémonie allait commencer. Il n'était donc pas très correct de continuer leur conversation. C'est alors qu'un homme, l'échine courbée, se faufila vers lui pour lui murmurer à voix basse :

– Monsieur Zhuang, quelqu'un vous réclame dans la rue.

Surpris, Zhuang se demanda de qui il pouvait bien s'agir. Un intime ? Il aurait été invité au mariage. Poussé par la curiosité, il sortit. Les gens massés dehors se bousculaient pour ne rien rater du spectacle. Il y avait une longue file de voitures à l'arrêt. Il regarda à droite, puis à gauche, mais ne vit personne. Il s'apprêtait à rentrer quand, d'un taxi, une voix l'appela. Le passager portait une paire de lunettes de soleil trop grandes. Il le reconnut aussitôt et s'approcha en courant :

– Tu viens au mariage ?

– Je viens te voir, répondit Tang Wan'er.

Il soupira et leva les yeux au ciel.

– Je sais, tu fais partie de la noce ! Mais rejoins-moi ensuite à la Maison de la Recherche des Insuffisances.

Il se retourna, jeta un coup d'œil sur l'hôtel, puis ouvrit la porte du taxi et monta.

– Rue du Temple de la Vacuité Pure, dit-il au chauffeur.

Wan'er le prit dans ses bras et embrassa avec fougue son visage, son front, son nez, ses lèvres, tel un affamé se jetant sur une tête de mouton chaude et croustillante. Elle lui couvrit la figure de rouge à lèvres. Intéressé, le chauffeur les observait dans son rétroviseur.

Arrivés rue du Temple de la Vacuité Pure, elle lui demanda :

– Elles sont au mariage ?

– Bien entendu.

– Alors, allons chez toi à la résidence !

Sans attendre sa réponse, elle avait déjà donné dix yuans au chauffeur et la voiture filait vers le nord.

En arrivant, elle exigea qu'il la prenne aussitôt dans ses bras Elle avait trop pensé à lui, elle n'en pouvait plus. Elle voulait que ce moment soit la compensation de tous ces jours de séparation. Elle voulait qu'il la serrât dans ses bras, plus fort, encore plus fort… Soudain, elle fondit en larmes.

– Dis-moi, que faire pour vivre ensemble ? supplia-t-elle. Dis-le-moi.

Faute de savoir quoi répondre, il tenta de la consoler, de la réconforter, mais ses paroles n'avaient aucun sens et sonnaient faux. Lui-même n'y croyait pas.

– Wan'er, Wan'er, murmura-t-il.

Sa tête lui faisait l'effet d'un volcan en éruption.

Toujours enlacés, ils se retrouvèrent nus, déshabillés comme par enchantement par leurs mains avides. Ils se regardèrent, se sourirent et comprirent que seul l'amour physique parviendrait à leur faire oublier, ne serait-ce que l'espace d'un instant, leur souffrance. À l'avenir, ils n'auraient sans doute plus guère l'occasion de faire l'amour. Peut-être jamais plus ! Zhuang la déposa sur le canapé, mais elle refusa :

– Pas là, je veux faire l'amour sur ton lit, dans votre chambre.

Ils changèrent les draps, la couverture et la taie d'oreiller contre des propres. Elle s'allongea, bras et jambes écartés, et le regarda avec calme allumer toutes les lumières de la chambre. Il mit de la musique, vaporisa du parfum et fit brûler de l'encens indien.

Ici l'auteur autocensure six cent soixante-six caractères.

Pourtant son sexe refusait de réagir. Désespéré, Zhidie s'assit au bord du lit. L'horloge martela l'heure dans le salon.

– Impossible, Wan'er, ça recommence, je ne peux pas.

– Qu'est-ce qui se passe ? Veux-tu une cigarette ?

– Wan'er, je n'y arrive pas, pardonne-moi… Il est tard, sortons un peu. J'y arriverai, tu verras, je saurai t'aimer. Allons à la Maison de la Recherche des Insuffisances, passons-y l'après-midi, la nuit.

Elle restait allongée calmement sur le lit.

– Ne parle pas ainsi, dit-elle, ton impuissance est due à ta nervosité et à ta tristesse. Moi je suis comblée, parfaitement comblée d'être ici avec toi dans ta chambre, sur ton lit. J'ai l'impression d'être la maîtresse de maison. Je suis heureuse !

En parlant, elle fixait le portrait de Niu Yueqing accroché au mur.

– Elle me hait, condamne probablement ma conduite. Femme heureuse, elle a vraiment l'air de se moquer de moi.

Elle se leva et retourna le portrait.

Ils sortirent de la résidence et s'engouffrèrent dans une rue sans but précis. Ils dînèrent dans un restaurant, puis en passant devant un cinéma achetèrent deux billets pour la séance suivante. Ils décidèrent qu'ils n'iraient à la Maison de la Recherche des Insuffisances qu'après le film et achèteraient quelques douceurs à grignoter. Ils voulaient vivre une vraie journée d'amour et en garder la saveur et les sensations.

– Tout un jour, toute une nuit, décida-t-il.

– Deux jours et deux nuits, corrigea-t-elle.

– Trois jours et trois nuits, renchérit-il.

– Jusqu'à la mort! dit-elle.

– Mourir d'aimer, c'est beau!

– Tu crois? Que penseraient les gens lorsqu'ils découvriraient nos corps? Feraient-ils de nous une ode à l'amour ou au contraire serions-nous bannis comme d'affreux pécheurs?

Ils riaient. Ils plaisantaient, s'amusaient. Au cinéma, elle appuya sa tête contre son épaule. Dès les premières images, il se souvint d'avoir déjà vu le film, mais peu importait. Zhuang décida que leur position actuelle symbolisait un mot rempli de sens qu'il glissa à l'oreille de Tang Wan'er. Lequel? demanda-t-elle. Il traça au creux de la paume de la main de la jeune femme le caractère «union». Elle dessina un autre caractère dans la paume de la main de Zhuang, «coït[1]». Il souleva les deux jambes de Tang Wan'er et les plaça sur son cœur avant de lui retirer ses chaussures.

– Je suis vraiment nul, chuchota-t-il à son oreille, quand j'en ai besoin il est inutilisable, en revanche il manifeste des accès d'héroïsme quand il ne le devrait pas!

Elle allongea la main pour juger : en effet son sexe était dur. Elle déboutonna sa braguette et se pencha.

Ici l'auteur autocensure trente-neuf caractères.

Il tenta de son mieux d'empêcher les voisins de s'apercevoir de leur activité.

– Ça me donne aussi des envies, dit-elle, je mouille.

Il plongea ses doigts entre les jambes de la jeune

---

1. Jeu de mots érotique. Le caractère *zong* – union – ressemble à deux êtres main dans la main, cœur contre cœur. Le caractère *dui* – réciprocité – symbolise de par son écriture le coït. (*N.d.T.*)

femme. Le contact était chaud et humide. Il lui pinça gaiement le nez pour lui faire honte.

– Je vais acheter des graines de potiron, dit-il.

Il se leva et, au moment où il s'engageait dans l'allée, il remarqua, accroupis au pied du mur, deux hommes. Croyant qu'il s'agissait de spectateurs en retard à la recherche d'une place, il leur fit signe qu'il y avait des sièges libres à l'avant. Tout aussitôt, il trouva son geste ridicule, mais songea que personne n'avait pu voir dans le noir. À quoi bon se tracasser ! Il s'apprêtait à acheter des graines de potiron à la réception, mais il n'y avait que du tournesol. Il n'en voulait pas. Les graines de potiron étaient réputées pour leur douceur. Il se rappela être passé devant une alimentation à trois cents mètres juste avant d'entrer au cinéma. Il s'expliqua auprès du vendeur de billets et courut dans la rue. Cinq minutes plus tard il retrouvait sa place dans la salle, mais sa compagne avait disparu. Son sac en revanche était toujours sur son siège. «Elle a dû aller aux toilettes», pensa-t-il en se promettant de lui demander à son retour si elle s'était masturbée. Mais au bout de dix minutes, ne la voyant toujours pas revenir, il s'inquiéta. Il se leva, alla devant les toilettes et appela sans succès. Il pria une femme qui entrait de lui dire s'il y avait quelqu'un à l'intérieur. Personne, lui assura-t-elle en ressortant. Où pouvait-elle être passée ? Dans le hall peut-être, mais il n'y avait pas un chat. Il arpenta la salle dans tous les sens, à l'intérieur, à l'extérieur, sans résultat. Le film se terminait, les spectateurs sortaient. Il se plaça à la porte et examina les gens un à un. Il attendit que la salle se vide, mais en vain. Il s'affola, téléphona à Meng Yunfang qui, bien entendu, lui demanda pour quelle raison il avait quitté la réception. Il le lui raconta, il n'avait pas eu le choix, et le supplia de faire un saut chez Zhou Min. Peut-être était-elle déjà rentrée ? Il revenait précisément de chez eux, répondit Meng, où il était allé, sitôt le mariage terminé, mais il ne l'avait pas vue. Zhuang Zhidie raccrocha. Le seul espoir qui lui restait était qu'elle soit retournée à la Maison de la Recherche des Insuffisances. Il sauta dans un taxi, mais il trouva la maison vide. Il se rendit en dernier recours chez Meng Yunfang où il éclata en sanglots angoissés dès son arrivée.

*

Quand Niu Yueqing s'aperçut que son mari était parti alors que la réception avait à peine commencé et qu'il ne revenait toujours pas, elle fut prise de soupçons. Puisque tous ses amis étaient réunis ici, il devait être avec Tang Wan'er. Elle ne pouvait pas quitter à son tour cette table d'honneur. Étonnés, le maire et son épouse lui avaient demandé où était passé son mari. Elle avait prétexté une affaire urgente pour laquelle on était venu le chercher. Le maire et son épouse avaient insisté pour qu'après le repas Niu Yueqing aille en leur compagnie voir la maison des jeunes mariés. Du coup elle n'était rentrée que fort tard et avait remarqué au premier coup d'œil qu'on avait utilisé sa chambre. Elle s'était aussitôt mise, avec son œil de limier, à passer au peigne fin la couverture et avait découvert un long cheveu et trois poils pubiens, petits et frisés ; elle constata aussi que son portrait avait été retourné. Folle de rage, elle attrapa les oreillers et les balança, puis fit de même avec les draps et la couverture. Elle hurlait, hystérique. D'un violent coup de pied, elle ouvrit la porte du bureau de son mari et mit la pièce à feu et à sang, renversant livres, manuscrits, pierres à encre qu'elle piétina, vengeresse. Après quoi, elle s'assit là et attendit son retour.

Elle attendit toute la nuit. Zhuang Zhidie ne revint pas. Pas plus que le lendemain et le surlendemain. Sa colère tombée, Niu Yueqing n'avait plus la force de s'en prendre aux choses. Lasse, elle fit sa valise. On sonna à la porte. Elle n'ouvrit pas, se contentant de tirer le verrou avant de retourner dans la salle d'eau se laver et se maquiller. Dans son miroir, elle se découvrit une ride et s'en lamenta à voix haute.

— Te voilà, dit-elle en entendant du bruit dans la pièce voisine, il y a du concentré de longane dans le réfrigérateur. Sers-toi, ça te fera du bien. La prochaine fois, après avoir fait l'amour, prends soin de brosser les poils des draps.

Mais la voix qui lui répondit était secouée de sanglots.

Un voix étrangère d'ailleurs. Niu Yueqing se retourna et découvrit par la porte entrebâillée Huang, le chef d'entreprise, effondré dans le salon. Elle entra et lui demanda d'un ton glacial :

— Qu'avez-vous ? Vous avez fait faillite ?

— Je cherche M. Zhuang.

— Alors cherchez-le et ne restez pas ici à geindre !

— Ma femme a avalé du pesticide !

Niu Yueqing s'assit, sa glace à la main, pour épiler ses sourcils.

— Tiens, elle a recommencé ? Elle avait donc si soif ?

— Je vous dis qu'elle a avalé du pesticide !

— Elle en a déjà bu, non ?

— Mais aujourd'hui elle en est morte, dit Huang en se relevant.

— Morte ? répéta Niu Yueqing, tremblante, laissant échapper son miroir qui se brisa.

— Je lui ai dit que le pesticide numéro 102 n'était pas mortel, si elle avait envie d'en boire, qu'elle en boive, et je suis parti. À midi, en rentrant, j'ai soulevé le couvercle de la marmite à riz, elle était vide. J'ai pesté contre elle. Elle aurait mieux fait de préparer le repas plutôt que de se prendre pour je ne sais qui ! Je m'approche du kang et je la trouve allongée là, raide morte. Et cette fois, c'était bien vrai.

Niu Yueqing écouta sans piper mot. M. Huang, tout en sanglotant, se lamenta sur ses pesticides qui étaient mortels quand il ne le fallait pas, et qui ne l'étaient pas lorsqu'ils auraient dû l'être. Niu Yueqing finit par l'interrompre en ricanant :

– Voilà qui est parfait, monsieur Huang. Désormais, vous êtes un homme riche et libre. Vous êtes tranquille maintenant! Il ne vous reste plus qu'à vous trouver une belle Occidentale, une jeunette de dix-huit, vingt ans, non?

– C'est ce qu'elle me disait aussi, mais elle ne voulait pour rien au monde divorcer. Elle prétendait préférer mourir plutôt que d'accepter les cent mille yuans que j'étais prêt à lui donner en échange. Je suis bien persuadé qu'elle n'avait pourtant aucune envie de se tuer. Elle voulait juste me faire peur! Sa famille va porter plainte contre moi pour homicide, auprès du tribunal, de l'administration de quartier, du maire même. Ils m'accuseront de fabriquer de faux pesticides, le 101 puis le 102.

– Suffit! Vous voulez que le professeur Zhuang fasse de la propagande pour vos produits ou qu'il intervienne auprès du maire et des autres dirigeants pour vous disculper?

– Le professeur Zhuang est mon seul salut, il doit m'aider.

– Allez l'attendre dehors, moi je pars et je veux fermer la maison.

– C'est que, c'est que…, bredouilla l'autre, l'air embarrassé.

Niu Yueqing écrasa les fragments du miroir et hurla:

– Foutez le camp! Que voulez-vous de plus, canaille? Vous êtes riche! Vous avez poussé votre femme à la mort, et vous ne vous préoccupez pas de son enterrement! Vous avez même le culot de venir me voir alors que sa dépouille est encore fumante! Et vous n'êtes pas venu seul sans doute, votre maîtresse vous attend en bas! Montrez-la-moi, toutes ces maudites créatures se ressemblent! Aujourd'hui cette salope a tué votre femme, demain une autre lui jouera le même tour! Foutez le camp! Foutez le camp!

Elle poussa Huang dans le couloir et lui claqua la porte au nez.

Elle remarqua sur le plancher des traces de boue. Dégoûtée, elle balaya à deux reprises, puis retourna s'asseoir sur le bord de son lit en soupirant.

Cet après-midi-là, comme Zhuang Zhidie ne revenait toujours pas, Niu Yueqing entreprit de lui écrire une longue lettre dans laquelle elle faisait le bilan des quelque dix années de leur union. Elle lui rappelait qu'il n'avait été à l'époque de leur mariage qu'un pauvre et misérable campagnard. Elle l'avait cependant épousé, avait sacrifié sa vie pour lui, l'avait encouragé, soigné, aidé à lutter chaque jour pour arriver là où il se trouvait aujourd'hui... Il avait réussi, avait acquis célébrité et fortune. En réalité, elle n'était pas faite pour lui, elle n'avait jamais été belle, le devenait encore moins en vieillissant, et surtout après plus de dix ans de sacrifices quotidiens pour lui. Jamais elle ne prenait le temps de penser à elle. Depuis longtemps, très longtemps, leur amour était mort, ils avaient beau partager le même lit, ils n'avaient plus de rêves en commun. Elle en souffrait, lui aussi d'ailleurs, le mieux était donc d'y mettre un terme. Elle entama un autre paragraphe pour lui demander, car elle ne le comprenait pas, ce qu'elle avait bien pu faire pour qu'ils en soient là. Elle se consacrait corps et âme à lui, mais il ne cessait de la blesser et de lui briser le cœur. Son paragraphe rédigé, elle se ravisa et le gomma. À quoi bon écrire cela ? Elle reprit. Afin de lui préserver sa réputation et son bonheur futur, elle refusait absolument que leur histoire, comme celle de la plupart des couples, se termine dans la haine. Elle espérait qu'ils se sépareraient à l'amiable, sans passer par le tribunal, juste en signant un accord dans le service adéquat de leur quartier. Elle ajouta qu'elle désirait vivre dans la Maison de la Double Bienveillance et le priait de ne plus jamais y venir. Ils se retrouveraient une dernière fois pour signer les papiers de leur divorce par consentement mutuel.

Sa lettre achevée, Niu Yueqing prit sa valise et quitta la résidence de l'Association des écrivains. Elle se sentait libérée.

De retour à la Maison de la Double Bienveillance, elle trouva sa mère assise, apathique, sur le plot de pierre devant la porte.

– Mère! cria-t-elle.

La vieille Dame restait indifférente, regardant sa fille sans bouger. Niu Yueqing s'accroupit devant elle :

– Mère, pourquoi cet air hagard? Qu'as-tu? Tu ne me reconnais pas? C'est moi, ta fille.

Brusquement, comme lorsqu'on se réveille en sursaut, le regard vide, sa mère articula :

– Qui?

– C'est moi, Yueqing.

La vieille Dame, la bouche grande ouverte, le visage crispé, éclata en sanglots et Niu Yueqing, pleurant aussi, transporta avec peine sa mère dans sa chambre, étonnée que celle-ci ne la reconnaisse pas. La vieille Dame finit par expliquer qu'après trois nuits sans sommeil, son cerveau bourdonnait continuellement… Il avait fallu qu'elle suspende les vêtements de sa fille dans le puits tari de la cour pour qu'elle revienne.

– Tu n'avais plus d'âme, Yueqing, je l'ai fait revenir.

Niu Yueqing comprit que sa mère rechutait. Jamais elle ne l'avait encore vue dans un tel état de prostration. Elle s'en sentit immédiatement coupable et ne put contenir son chagrin.

– Mère, c'est ma faute, je t'ai trop longtemps délaissée. Plus jamais je ne te quitterai, je resterai toujours à tes côtés, je te préparerai tes repas, je te coucherai, je bavarderai avec toi! Que veux-tu manger?

La vieille Dame avait envie d'une soupe aux légumes que Niu Yueqing se hâta d'aller lui faire. Elle regrettait son comportement à l'égard de sa mère à laquelle, depuis son mariage, elle n'avait consacré que fort peu de son temps. Une mère n'est-elle pas pourtant l'être le précieux au monde?

Le visage de la vieille Dame reprit peu à peu une

expression normale. Obsédée par ses vieilles lubies, elle persista à prétendre qu'il fallait brosser les murs qui grouillaient de mille-pattes, de punaises et même de scorpions. Elle affirma que le fond du bol dans lequel Yueqing venait de lui verser de l'eau était rempli d'insectes. La nuit venue, Niu Yueqing, ne voulant pas la laisser dormir seule dans son cercueil, partagea le même lit. La vieille Dame se plaignit que sa fille, plus grosse et moins sage qu'à trois, quatre ans, l'empêchait de dormir. Puis que ses pieds attirant les mouches, il faille les éventer avant que demain matin sans faute elle aille les laver. Niu Yueqing s'endormit dans les bras de sa mère en pleurant.

*

Zhuang Zhidie, Meng Yunfang et Zhou Min fouillèrent la ville de fond en comble à la recherche de Tang Wan'er. Tout espoir perdu, ils allèrent trouver Zhao Jingwu. Ce dernier qui venait de passer trois jours moroses à boire n'avait pas l'esprit très clair.

– J'ai eu beau essayer de convaincre Liu Yue, cela n'a servi à rien, déclara Zhuang. Elle n'a écouté que son cœur en épousant Dazheng. Je lui ai parlé de toi, vanté tes qualités, l'homme de talent que tu es, les beaux jours que l'avenir te réservait! Mais elle n'a rien voulu entendre, imagine-toi qu'elle a même prétendu que j'essayais de la leurrer! Que voulais-tu que je fasse, je ne suis ni son père ni sa mère. Je n'avais aucune emprise sur son cœur! Elle a fait ce qu'elle désirait.

– Ce n'est pas plus mal ainsi, déclara Meng Yunfang. L'idée de ce mariage avec Liu Yue ne m'a jamais beaucoup réjoui, mais je me suis bien gardé de le dire. Maintenant qu'elle a épousé son boiteux, vous verrez les ennuis qui vont lui tomber sur le dos, au fils du maire.

– Qu'est-ce que vous entendez par là? demanda Zhou Min.

– Ma femme m'a raconté que Liu Yue était du signe du Tigre Blanc. Or une femme née sous ce signe domine l'homme, le tue sans avoir besoin du moindre instrument meurtrier. C'est écrit dans les livres.

– Ne vous fatiguez pas, dit Zhao Jingwu, je n'ai pas l'intention de me détruire pour une femme. À chacun son honneur. Elle n'a pas voulu de moi, tant pis. Une mauvaise pastèque ne devient jamais sucrée. Vous êtes là, je vous garde de bon cœur. Buvons du vin en grignotant quelques biscuits.

– Bravo, dit Zhuang Zhidie, nous voilà rassurés. Quant à trinquer, merci bien, mais un autre jour, nous en sortons. Aujourd'hui nous avons un problème et ton aide nous est indispensable. Tang Wan'er a disparu !

Il expliqua ce qui s'était passé, omettant les détails de leur escapade au cinéma. Zhou Min, incapable de se contenir, pleurait à chaudes larmes.

– Frère Zhao, dit-il, je vous en supplie, aidez-moi à la retrouver. Nous avons déjà passé toute la ville au peigne fin, pas la moindre trace. J'ai peur qu'elle soit tombée entre les mains d'un voyou, qu'on l'ait enlevée, tuée.

– Ne dites pas n'importe quoi ! dit Zhuang. Elle n'a aucun ennemi, qui lui voudrait du mal ? Comment pourrait-elle se laisser enlever, elle qui est si intelligente ? Jingwu, avec toutes tes relations, tu dois pouvoir faire quelque chose.

– Mais bien sûr ! Ce genre d'affaire excite la pègre. Je connais quelqu'un qui sera efficace.

Les quatre hommes sautèrent dans un taxi qui les conduisit à la Nouvelle Avenue du Nord. Ils traversèrent une ruelle et arrivèrent devant une boutique dont la porte était ornée d'une petite couronne de fleurs en papier finement découpées. Zhao Jingwu leur demanda de l'attendre dehors. Il entra seul et discuta avec une vieille femme qui découpait du papier.

– Muzi n'est pas là, dit-il en ressortant.

– Qui est Muzi ?

– Il travaille à la fois pour la mafia et pour la police. Dans sa jeunesse, il a fait de la boxe, c'est un champion. Allons manger un morceau, nous reviendrons après.

Alors qu'ils s'apprêtaient à entrer dans une petite gargote, ils virent passer une voiture et reconnurent Yuan Zhifei, une fille à ses côtés. La voiture s'arrêta, Yuan en descendit :

– Tiens, j'avais justement l'intention d'aller te voir, dit Yuan Zhifei à Zhuang Zhidie. Je ne pensais pas tomber sur toi. J'ai de la chance !

Lorgnant la fille assise dans la voiture, Meng Yunfang s'enquit à mi-voix :

– C'est ta nouvelle femme ?

– Tu rigoles, c'est ma secrétaire ! J'en ai marre de divorcer ! Si vous n'avez rien à faire, je vous embarque. Nous allons « choisir » trois mannequins. Dans les dancings, à l'heure actuelle, le dernier cri, ce sont les défilés de mode avec des mannequins en vogue. J'en ai déjà déniché quatre, venez, vous me donnerez votre avis.

– Vas-y sans nous, nous avons un grave problème à régler.

Meng Yunfang aurait volontiers demandé à Yuan Zhifei de les aider à retrouver Tang Wan'er, mais un regard de Zhuang Zhidie l'en dissuada.

– Je ne veux pas être indiscret, répondit Yuan Zhifei. Passez-moi un coup de fil le jour où l'envie vous prendra de venir admirer mes top models.

Il se glissa derrière son volant, dit quelque chose à la fille, sourit et démarra. Les trois amis entrèrent dans le restaurant.

Il y avait foule. Zhao Jingwu fit la queue pour acheter des jetons qu'ils échangeraient contre leurs plats, tandis que Zhuang Zhidie, Meng Yunfang et Zhou Min s'installaient et discutaient. À une table voisine, deux jeunes gens s'entretenaient à voix basse, la tête penchée. Zhuang remarqua par la fenêtre un type costaud qui, le visage collé à la vitre, surveillait l'intérieur du restaurant. Zhuang se sentit mal à l'aise.

« Un désœuvré », dit-il à voix basse à Meng. Le type se retourna, dos plaqué à la fenêtre, puis au bout d'un moment finit par entrer. Pas très grand, mais râblé, il se dirigea directement vers le vendeur de beignets, en acheta quatre, en prit deux dans chaque main et alla droit s'asseoir à la table des deux jeunes qui firent mine de se lever discrètement... Ses mains toujours prises par les beignets, le malabar les arrêta en écartant les bras :

– Donnez-moi un coup de pouce, retroussez-moi mes manches !

Sans moufter, les deux jeunes obtempérèrent et remontèrent chacun une manche, découvrant, cousus à l'intérieur, des brassards rouges aux lettres d'or de l'Ordre public. Effrayés, les gamins s'apprêtaient à filer. Mais avant qu'ils aient pu se rendre compte de ce qui leur arrivait, ils se retrouvèrent avec un beignet plaqué sur chaque joue.

– Qui vous a permis de partir ? brailla le type d'une voix rauque.

Les deux jeunes, tétanisés, n'osaient plus bouger.

– Répondez-moi franchement, dit le sbire, c'est pas vous par hasard qui auriez volé un porte-monnaie dans l'autobus numéro 12 ?

– On l'a pas volé, protestèrent les jeunes, on l'a simplement ramassé.

– Parfait ! Mettez-le dans ma poche droite, son propriétaire est en train de se lamenter au commissariat.

L'un des jeunes glissa le porte-monnaie dans la poche du type.

– Croyez-nous, on l'a juste ramassé à la porte du bus.

– Vous êtes gentils, filez. Si je vous y reprends, gare. Foutez le camp. Boutonnez-vous, un peu de tenue !

Les deux jeunes se reboutonnèrent, saluèrent et prirent la poudre d'escampette. Le type éclata de rire, ramassa ses beignets et les mangea. Le spectacle laissa Zhuang Zhidie, Meng Yunfang et Zhou Min pantois.

– Tu penses qu'il va le rendre à son propriétaire ? demanda Meng à voix basse.

– Je connais ce genre de mec, dit Zhou Min, surtout pas de provocation.

– Savez-vous ce qu'il fait ? s'enquit Zhuang.

– Les commissariats utilisent souvent des désœuvrés comme lui, répondit Zhou Min. Moi-même, autrefois à Tong Guan, il m'est arrivé de faire ce genre de boulot.

Zhao Jingwu, qui avait fini par acheter les jetons, revenait :

– Muzi ! s'écria-t-il. Je te cherchais partout, que fais-tu là ?

Le type, la bouche pleine, se contenta d'offrir un de ses beignets à Zhao Jingwu qui refusa et se tourna, ravi, vers ses amis :

– C'est notre homme ! Viens t'asseoir à notre table que je vous présente. Voici Zhuang Zhidie, notre grand écrivain, Meng Yunfang, un chercheur, et Zhou Min, un journaliste.

– Qui est-ce ? demanda Muzi en avalant une bouchée.

– Zhuang Zhidie, tu connais !

– Je ne connais même pas le nom de notre gouverneur provincial ! La culture, c'est pas mon fort.

Il racla ses paumes sur la table et tendit une main grasse à chacun de ces messieurs.

– On dit que vous écrivez bien, dit-il à Zhuang, j'ai acheté plusieurs de vos livres, mais je ne les ai pas lus. En revanche, ma femme est une de vos admiratrices. Pourquoi me cherchiez-vous, si toutefois vous me cherchiez vraiment ?

– Si tu mets ma parole en doute, demande à ta vieille !

Muzi plongea sa main grasse dans sa poche de poitrine et sortit de l'argent qu'il tendit à Zhao.

– C'est la chance de ma vie que M. Zhuang ait

besoin de moi. Va acheter une bouteille, nous allons arroser ça.

– Pas question, dit Zhuang, votre générosité me touche, mais nous remettrons cela à une autre fois.

Zhao Jingwu força Muzi à se rasseoir et lui expliqua pourquoi on avait besoin de ses services.

– C'est bon, dit Muzi, je vais téléphoner et nous saurons.

Il sortit du restaurant et se dirigea vers la cabine téléphonique. À son retour, il raconta :

– J'ai questionné ceux qui couvrent le secteur Sud et le secteur Est, ils n'ont ramassé personne. Quant à ceux du secteur Nord, ils m'ont répondu que la personne recherchée n'habitait pas dans leur périmètre de surveillance. Elle dépend du secteur Ouest, dont le chef est Hei le troisième. J'ai demandé à Wangwei qui supervise le secteur Nord d'enquêter hors de ses zones d'influence et d'aller sur-le-champ trouver Hei le troisième. Je retournerai lui passer un coup de fil dans un moment.

Zhuang l'écouta avec attention.

– Il y a des zones d'influence ? dit-il.

– Le pays a ses frontières, la province aussi, répondit Muzi. S'il s'agit d'un objet perdu, naturellement cela ne joue pas. En revanche, pour un homme, c'est plus dur.

Meng Yunfang, très intéressé par l'histoire du porte-monnaie, questionna le mafieux :

– Comment saviez-vous que les deux jeunes qui mangeaient là avaient volé le porte-monnaie ?

– J'étais à l'arrêt du 12, je regardais les gens monter et descendre. Le dernier voyageur, un vieux monsieur, s'est plaint d'avoir perdu son porte-monnaie. Je me méfiais de ces deux lascars que j'avais à l'œil depuis un moment. Je ne me trompe jamais, c'est un truc qu'on sent, ça ne s'explique pas. C'est sans doute pareil pour chaque profession.

– Exact, dit Meng Yunfang, c'est ce que nous, les écrivains, nous appelons intuition.

Le bip de Muzi se mit alors à couiner et son propriétaire partit téléphoner. Le cœur battant, les quatre hommes attendaient sans mot dire.

– Et alors ? demandèrent-ils en chœur à Muzi qui revenait.

– Toujours aucune nouvelle, répondit l'autre.

La mine déconfite, ils avalèrent leur repas, saluèrent Muzi et prirent un taxi qui les ramena chez Meng Yunfang.

– Que faire maintenant ? demanda Zhuang à Meng.

– Rédiger un rapport à la Sécurité publique, dit Meng.

– Inutile, dit Zhao Jingwu. Si Muzi n'a pas réussi à mettre la main sur elle, la Sécurité publique ne sera pas plus efficace.

– Yunfang, vois un peu ce que donne la divination, demanda Zhuang Zhidie.

– Je peux le faire pour des broutilles, de petits événements du quotidien, mais pour une affaire aussi grave j'ai des craintes. Je vais néanmoins essayer, en utilisant les *Chiffres magiques de Zhu Ge*. Zhou Min, donne-moi trois mots.

Rien ne lui venait à l'esprit.

– Dis ce qui te passe par la tête, ordonna Meng.

– Porte, pierre, tête.

Meng Yunfang se mit à compter le nombre de traits de chacun des caractères ; si on prenait la forme non simplifiée des caractères, porte en comptait 9, pierre 5, et tête 16. Si on enlevait le 10, il restait 6. Si on les juxtaposait tous les trois, on obtenait 956, ensuite il suffisait de soustraire 384 pour trouver le premier mot et enfin de rajouter 384 pour que le tout devienne un poème :

Là-bas à l'est près du rivage, pousse une forêt de pêchers.

Jusqu'au soir, le doux gazouillis des oiseaux.

La lune reste voilée par les nuages.

Ces vers laissèrent les quatre hommes perplexes.

– À l'est, mais à l'est de quoi ? demanda Zhuang. Si c'est en ville, il s'agit du quartier Est ; si c'est en dehors des remparts, il s'agit des faubourgs, mais lequel ?

– Ne s'agirait-il pas de Tong Guan ? suggéra Zhou Min, Tong Guan est précisément à l'est.

– C'est fort possible, déclara Zhao. Avez-vous encore de la famille là-bas ?

– Des frères, répondit Zhou Min.

– Téléphonez-leur tout de suite, dit Zhao Jingwu.

– Impossible qu'elle soit retournée là-bas, protesta Zhou Min, elle m'en aurait parlé.

Il téléphona néanmoins et mit longtemps avant d'obtenir la communication. En effet, Tang Wan'er était à Tong Guan. Ses frères avouèrent que la nouvelle avait déjà fait le tour de la ville. Depuis qu'elle s'était enfuie avec Zhou Min à Xijing, son mari avait loué des voitures ainsi que les services d'hommes à poigne qui, nuit et jour, sept jours sur sept, sillonnaient la capitale à sa recherche. Ils l'avaient, ô surprise, aperçue à l'entrée d'un cinéma. Son mari et deux des hommes de main s'étaient fait déposer en taxi devant le cinéma. Le mari avait chargé un des gros bras, que Tang Wan'er connaissait, d'entrer dans le cinéma et de la pousser à sortir sous un prétexte quelconque. Tang Wan'er était tombée dans le piège. Au moment où elle sortait, son mari l'avait attrapée et chargée de force dans la voiture. Il l'avait bâillonnée avec une serviette, lui avait ligoté les pieds et les mains. La voiture avait démarré aussitôt et pris la direction de Tong Guan.

– Mon Dieu, mais c'est le traitement qu'on inflige aux criminels, dit Zhuang Zhidie, effondré. Comment oser agir ainsi ? Que vont-ils lui imposer maintenant ? Zhou Min, foncez à la gare acheter un billet pour Tong Guan, votre devoir est de la sauver !

Zhou Min restait prostré sans réagir.

– Qu'y a-t-il ? demanda Zhuang, vous ne voulez pas y aller ?

– Depuis le début j'ai toujours craint que les choses se terminent mal. Son mari a réussi son coup alors que ça équivalait à retrouver une aiguille dans une meule de foin. J'ai peur de ne même pas pouvoir la voir si j'y retourne.

– Foutaises ! hurla Zhuang. Alors pourquoi l'avoir enlevée si vous n'êtes même pas foutu de la protéger ! Il a fallu qu'elle soit aveugle pour s'éprendre d'un pauvre type comme vous !

Zhou Min se frappa la tête avec son poing. Zhuang Zhidie aussi.

*

Niu Yueqing vivait à la Maison de la Double Bienveillance. La finition des quartiers en contrebas s'achevait et les déménagements, dans les ruelles au nord, avaient déjà commencé. La vieille Dame se montrait très inquiète. Le mois prochain, ou cet hiver, elle devrait elle aussi quitter sa ruelle ; ses vieux puits et ses kiosques allaient disparaître ! Plusieurs fois par jour, elle sortait ses antiques jetons en os pour les contempler. Elle rabâchait ses souvenirs, puis parlait des générations à venir, du monde des vivants et de celui des morts, les mélangeant allégrement. Niu Yueqing avait beau s'occuper d'une manière exemplaire de sa mère, pas un instant ne s'écoulait sans qu'elle pensât à son mari. Elle avait quitté la résidence sous l'emprise de la colère en se jurant de ne plus jamais le revoir. Mais la séparation, au contraire, ne faisait qu'accentuer l'amour qu'elle éprouvait pour lui. L'espoir qu'elle avait eu de pouvoir réfléchir en paix à leurs problèmes s'était dissipé. En fait, elle étouffait dans ce calme, elle se demandait ce que serait la réaction de son mari lorsque, à son retour, il découvrirait sa lettre. Colère explosive ou désolation totale ? Si la tristesse l'emportait, il accourrait aussitôt et, des sanglots dans la voix, la supplierait de lui pardonner. Il se repentirait et jurerait de rompre avec Tang Wan'er. Mais elle, Niu Yueqing, ne se laisserait pas attendrir tout de suite, sinon ce serait trop facile ! Elle le rejetterait, l'insulterait en lui balançant une bassine d'eau sale à la figure. Sa mère s'en mêlerait, ce qui ne l'empêcherait pas, elle, de continuer à injurier son mari, voire de lui arracher les cheveux. Ce n'est qu'une fois qu'elle aurait vidé son sac qu'elle accepterait enfin qu'il franchisse le seuil de leur maison.

Mais Zhuang Zhidie ne revenait pas, il ne téléphonait même pas. Peut-être avait-il espéré secrètement en arriver là ? Sans doute désirait-il divorcer et avait préféré, plutôt que de le lui proposer tout de go, l'acculer par l'usure à en prendre elle-même la décision ? Auquel cas, sa résolution répondait donc parfaitement aux souhaits de son mari. Mais peut-être n'était-il simplement qu'en colère. S'il se montrait dans l'ensemble conciliant, il était en fait très obstiné. Œil pour œil, dent pour dent. Il attendait donc qu'elle plie et revienne, tyrannique comme il l'était avec elle. Elle en avait pris son parti, mais devait-elle pour autant continuer à tout avaler ?

Plusieurs fois, elle avait pris la direction de la résidence de l'Association des écrivains, mais à mi-parcours elle avait rebroussé chemin. À quoi bon avoir écrit cette lettre, si c'était pour revenir ! Il n'en éprouverait que plus de dégoût envers elle. En désespoir de cause, elle téléphona à Meng Yunfang qui, bien entendu, était déjà au courant et la tança vertement : quelle décision insensée ! Demander le divorce ! Niu Yueqing s'emporta :

— Pourquoi me coller tous les torts ? Certes, je m'y suis peut-être mal prise, mais trouvez-vous acceptable son ignoble comportement à mon égard ? Mon mari s'envoie des putains et il faudrait que je l'encense ! Entre hommes célèbres que vous êtes, je ne m'étonne pas que vous le défendiez et que vous preniez les furoncles qui prolifèrent sur son corps pour de splendides fleurs de pêcher !

Sur quoi elle raccrocha. Meng Yunfang l'écœurait. Elle ne s'attendait pas, en tout cas, à le voir débarquer ce soir-là chez elle. Il venait, sourire aux lèvres, la consoler.

Jamais, lui dit-elle, elle n'aurait cru que son mari puisse tomber si bas.

– Moi non plus je ne l'aurais jamais cru, avoua Meng Yunfang. D'ordinaire on sort sain et sauf de ce genre d'aventure. Or Zhuang a pris cette histoire très au sérieux, il est amoureux fou de Tang Wan'er. Il n'a peut-être pas tué le mari, mais il a brisé son ménage !

– Si cette histoire était arrivée à Yuan Zhifei, personne n'aurait trouvé à redire, mais comme Zhuang est considéré comme le parfait honnête homme, célèbre de surcroît, personne ne tolère de sa part le moindre écart de conduite. Non seulement il s'est démoli, mais combien en aura-t-il démoli avec lui ? D'accord, il n'est jamais parti, mais il dormait toutes les nuits dans son bureau ; d'accord, il n'a pas demandé le divorce, mais ce n'était qu'un problème de temps. Inutile de me raccrocher à lui.

– Vous avez raison. En général, les hommes s'offrent des aventures extra-conjugales pour se distraire, mais lui est vraiment tombé amoureux de Tang Wan'er. Je n'ai jamais beaucoup approuvé sa liaison avec elle. Tant que cela ne dépassait pas le stade de la distraction, soit, mais là !

– Vous trouvez normal, dit Niu Yueqing, à la fois triste et indignée, qu'un homme « s'amuse » ailleurs. J'aime une fille, je la balance ensuite, puis j'en reprends une autre, et je n'arrête pas de tromper ma femme.

– L'amour est une chose, le mariage une autre.

– Pour moi amour rime avec mariage !

– Vous avez toujours été en désaccord sur ce point tous les deux. Mais soyons réalistes, vous êtes l'un et l'autre horriblement malheureux !

– C'est sans solution, alors n'en parlons plus. Si vous voulez boire quelque chose, je vous offre du thé, mais si vous avez mieux à faire, n'hésitez pas.

– Serait-ce une manière élégante de me congédier ? dit Meng Yunfang, rougissant, avec un sourire un peu forcé.

Niu Yueqing fondit en larmes, ce qui provoqua un certain désarroi chez Yunfang.

– Yueqing, s'écria-t-il, je n'ai vraiment pas voulu vous blesser! Croyez-moi, du fond du cœur je compatis à votre malheur. Quand Zhidie m'a annoncé que vous ne vouliez plus vivre avec lui, je n'ai pas hésité à lui dire que je condamnais son comportement envers vous qui vous étiez montrée une épouse modèle depuis plus de dix ans.

– Je n'ai pas besoin de votre compassion. J'ai parfaitement compris que s'il n'avait pas demandé le divorce c'était uniquement par pitié pour moi. Mais je n'ai nul besoin de compassion, je veux de l'amour! Il finira bien par épouser Tang Wan'er!

– Épouser Tang Wan'er? Mais vous n'êtes donc pas au courant? Son premier mari l'a retrouvée et l'a embarquée de force pour Tong Guan.

– Ah, la salope, il y a quand même une justice! N'empêche qu'une fois le mal fait, elle se tire!

– Ne la blâmez pas, elle est plutôt à plaindre!

– À plaindre! Une ordure pareille!

– Puisqu'elle est partie, reprenez votre vie avec Zhuang Zhidie, dit Meng Yunfang. Certes, il faudra un peu de temps pour que l'amour blessé se cicatrise, mais votre réconciliation facilitera bien des choses. Et moi, je continuerai à avoir un endroit où venir dîner!

– Venez quand le cœur vous en dit, vous aurez toujours votre couvert. Mais je crains que très vite vous n'en ayez plus envie!

– Ce n'est pas là l'important. Êtes-vous si sûre que le divorce effacera votre chagrin?

– De toute façon, une fois divorcé, il aura vite fait, grâce à sa célébrité, de se trouver une jeune créature de dix-huit, vingt ans. Moi, je ne veux plus d'un homme célèbre, je veux un ouvrier, un petit employé, ou personne d'ailleurs. Simplement rester seule avec ma mère.

– Je comprends mal votre entêtement. Après tout, autrefois, l'homme avait une épouse légitime et plusieurs concubines, et ce n'était pas pour autant que la première femme en mourait. Si vous êtes prête à lui pardonner, je saurai le convaincre. Ne faites pas comme moi. J'ai divorcé de ma première femme que je ne supportais plus. Je me suis remarié pour constater qu'en fin de compte, ma seconde femme ne valait pas la première. Maintenant, seule la mère de Meng Jin peuple mes rêves, jamais Xia Jie.

– En somme, vous voulez qu'il continue cette double vie ! Bravo pour vos merveilleux conseils ! Laissez-moi, je préfère aller dormir !

Décontenancé, Meng Yunfang se tut et fit mine de partir. La vieille Dame, assise dans le salon, intervint :

– Que marmonnez-vous tous les deux, on croirait des diables qui récitent leurs prières. Je n'entends plus très bien, qui est perdu ?

– Il est parfois préférable d'être sourd, dit Meng Yunfang. Il s'agit de Tang Wan'er, souvenez-vous, la femme de Zhou Min. Elle a disparu depuis plusieurs jours.

– Pour dormir, je veux serrer ma chaussure sur mon cœur, vous entendez ? s'écria la vieille Dame. Tang Wan'er a disparu ? L'important pour une femme ce sont ses chaussures. Lorsqu'elle les perd, que met-elle ?

– Mère, tais-toi !

– Je m'en vais, déclara Meng.

Après son départ, Niu reprit le cours de ses réflexions. « Peut-être, se dit-elle, devrais-je me montrer plus conciliante, surtout si Tang Wan'er n'est plus là. Mais tout de même ! Ma lettre a dû le mettre très en colère. Il n'éprouve certainement plus que de l'aversion pour moi. Laisser Meng Yunfang jouer les médiateurs n'est pas une bonne chose. Tang Wan'er est partie, soit. Mais je n'ai aucune garantie qu'un jour ou l'autre ne surgisse pas une Zhang Wan'er, une Li Wan'er... Mieux vaut rompre tout de suite, inutile de souffrir plus longtemps... »

Au fond, elle ne comprenait pas pourquoi Zhuang

Zhidie la détestait. Peut-être ne s'était-elle pas montrée assez prévenante malgré son dévouement pour lui ? Zhuang Zhidie n'était plus le même homme qu'autrefois, et du coup sa vie à elle en était devenue empoisonnée !

Meng Yunfang revint à la charge plusieurs jours de suite. Il ne fut pas le seul. Zhao Jingwu et l'épouse de Wang Ximian tentèrent eux aussi de la persuader de renoncer à ce divorce. Cette pression constante l'agaça énormément. Que Zhuang Zhidie reconnaisse lui-même sa faute, et que leurs amis cessent de se mêler de leurs affaires. Elle ne se laisserait pas prendre par les sentiments ! Elle finit par refuser de voir quiconque. Elle perdit l'appétit, le sommeil… et ses cheveux par poignées. Allait-elle devenir chauve ? Désespérée, elle songea à Hui Ming, la nonne du Temple de la Vacuité Pure. Un soir, au crépuscule, lorsque les nuages rougeoient à l'horizon et que les oiseaux volent bas sur la ville, elle décida d'aller la voir. Elle entra et traversa un petit jardin à droite du temple de Guan Yin. Elle poussa la porte d'une salle où elle découvrit Hui Ming, assise, qui se frictionnait le crâne avec une lotion. Son visage était très rond et ses cheveux très rares. Tout en continuant son massage, elle fit signe à Nie Yueqing de prendre place.

– Que faites-vous ? demanda Niu Yueqing.

– Je frictionne mon cuir chevelu pour que mes cheveux repoussent.

– Une bonzesse doit se raser le crâne. À quoi bon ces massages ?

– Écoutez, nous nous connaissons bien, je vais être très franche avec vous. En effet, on doit se faire raser pour devenir nonne. Moi, en entrant au couvent, j'étais déjà complètement chauve. J'ai perdu ma superbe chevelure l'année de mes dix-huit ans… Que voulez-vous que devienne une fille au crâne chauve ? J'ai passé six mois sans oser sortir, sans voir personne. Puis je suis partie dans les montagnes du Sud où je suis devenue nonne avant d'entrer dans une école bouddhique. Seulement je veux que mes cheveux repoussent pour pouvoir les raser comme la tradition le veut. Cette lotion miracle, fabriquée à Pékin, est tout à fait efficace.

– Comme je regrette de ne pas perdre toute ma tignasse en une nuit pour me faire nonne !

– Si vous deveniez chauve, vous agiriez comme moi, dit Hui Ming. Une femme, qu'elle soit religieuse ou pas, reste toujours une femme. Elle ne saurait se passer de l'homme. Les robes impériales préservaient-elles des poux ?

– Vous avez raison.

– Voir une nonne se masser le cuir chevelu avec une lotion magique vous surprend, n'est-ce pas ? Moi ce qui m'étonne, c'est que vous ayez l'idée de vous faire nonne ! Le professeur Zhuang est un personnage extraordinaire, quelle chance d'avoir un mari pareil, ce n'est pas donné à toutes les femmes, hélas !

Malgré les deux larmes qui coulaient sur les joues de Niu Yueqing, Hui Ming ne lui posa aucune question. Elles burent chacune une tasse de thé. Puis Hui Ming raccompagna sa visiteuse jusqu'à la porte principale.

Trois jours plus tard, Niu Yueqing revenait au temple.

– Je savais que vous alliez revenir, lui dit Hui Ming, installée sous sa couette. J'ai téléphoné à Meng Yunfang pour le questionner à votre sujet et il m'a suppliée de vous convaincre. Mais de quoi ? C'est à vous de savoir si vous préférez la vie monastique aux plaisirs terrestres. À chacun sa volonté, la persuasion ne sert à rien. Néanmoins, il faut être conscient qu'on ne peut se libérer que par soi-même. Au début, j'ai cru facile d'être une nonne. Mais j'ai très vite compris mon erreur. Si c'était si simple, les temples deviendraient de simples échappatoires et le bouddhisme perdrait son caractère saint. L'homme est un être inconstant. Or ce monde est le sien. La femme n'est rien d'autre qu'un enfant entre ses mains. Il peut tout aussi bien en faire son souffre-douleur qu'un objet de plaisir. On prétend que la femme est l'égale de l'homme. Mais combien sont-elles à avoir accompli des faits d'armes? Les boutiques regorgent de produits exclusivement féminins comme si la société n'était faite que pour elles. Mais ces choses en réalité ne servent qu'à séduire l'homme et à assouvir ses désirs. Dans ce monde dominé par l'homme, la femme doit savoir rendre sa vie agréable, préserver son autonomie et sa position. Elle peut plaire grâce à sa beauté qui, hélas, est par définition éphémère. En outre, la beauté est une notion subjective. Comment satisfaire un homme condamné aux cinq céréales alors qu'il n'a qu'une envie, goûter aux six saveurs! La femme doit avant tout vivre pour elle. Selon Confucius, seuls la femme et l'enfant sont des êtres difficiles. Faux, ce sont les hommes. La femme doit savoir garder ses distances à l'égard de l'homme et, telle la loche d'un étang, lui échapper sitôt capturée; telle une graine de pastèque que l'on grignote pour s'amuser, le mettre en appétit sans jamais le rassasier.

Hui Ming avait débité ces propos comme on récite une prière, d'une traite, sans reprendre son souffle. Niu Yueqing, le cœur en émoi, avait eu l'impression que Hui Ming faisait allusion tantôt à Tang Wan'er qui devait connaître cette théorie par cœur pour si bien arriver à se faire chérir, tantôt à elle-même, Niu Yueqing, qui ne connaissait pas la raison de sa disgrâce!

– Quelle surprise de vous entendre parler ainsi! avoua-t-elle à la jeune nonne.

– Vraiment? Eh bien, ce n'est rien en comparaison de ce que je vais vous confier!

– Que voulez-vous dire?

– Ne vous imaginez pas que c'est par manque de politesse que je reste ainsi assise sur mon lit. J'ai avorté il y a juste deux jours.

– Avorté?

– Fermez la porte pour qu'on ne nous entende pas! Oui, avorté!

Décontenancée, Niu Yueqing n'osa pas regarder Hui Ming, non parce qu'elle craignait que la jeune bonzesse fût gênée, mais parce qu'elle l'était elle-même. Elle partit.

*

Depuis plus d'une semaine, après avoir fourni à son unité de travail un certificat de maladie, Niu Yueqing vivait en recluse. Elle se posait un tas de questions qui demeuraient sans réponse. Que croire ici-bas ? En qui avoir confiance ? À partir de sa rencontre avec Tang Wan'er, son mari avait complètement changé, Hui Ming la bonzesse avait avorté... À force de se tourmenter, elle finit par tomber vraiment malade. Sa peau commença à se desquamer. Au début, elle n'y prêta pas attention. Mais, très vite, le phénomène prit des proportions énormes. Le matin, ses draps étaient couverts de gros morceaux de peau qui restaient aussi collés à l'intérieur de ses chaussettes. Son épiderme avait la rugosité de celui du serpent ou d'une écorce d'arbre. Elle ne cessait de se brosser et de se laver. Le huitième jour, elle reprit son travail et ne rentra que très tard le soir. La vieille Dame lui barra la porte et la dévisagea longuement.

— Mère, que se passe-t-il ? Tu ne me reconnais pas ?

— Bien sûr que non, je ne te reconnais pas, qu'est-ce qui t'arrive ?

— Tu ne me trouves pas jolie ?

— Tes sourcils sont trop noirs... Et puis où sont passées toutes tes rides ?

— Bravo !

Niu expliqua à sa mère qu'elle avait rendu visite à l'esthéticienne. Maquillage, crème miracle, les soins dureraient une semaine. Elle voulait aussi se faire refaire le nez, lisser la peau du front, enlever la graisse du bas-ventre et affiner les pieds.

— Tu n'es plus ma fille ! se plaignit la vieille Dame

qui, dès lors, passa ses journées à bougonner que sa fille n'était qu'un faux. Un moment, elle prétendait que la télévision n'était plus la même, qu'elle avait été remplacée par un ersatz. Puis elle s'en prenait à la marmite, ou bien affirmait que les parents ou voisins qui lui rendaient visite étaient tous des faux. Elle finissait même par douter de sa propre identité et n'arrêtait pas de harceler la malheureuse Niu Yueqing.

*

Zhuang Zhidie, après avoir par ses propos virulents forcé Zhou Min à partir pour Tong Guan à la rescousse de Tang Wan'er, était retourné à la résidence de l'Association des écrivains. Mais Niu Yueqing n'était plus là. Et soudain il eut le sentiment d'avoir tout perdu. Tant que Niu Yueqing n'avait pas mentionné le mot divorce, il avait brûlé d'envie de la quitter. Maintenant que la lettre était là devant lui sur la table, il était bouleversé. Finalement, cet illogisme le fit éclater de rire. Momentanément détendu, il alla se préparer un bon café.

Très vite, la solitude lui pesa. Le soir venu, il mit la cassette de la marche funèbre à plein volume, s'allongea sur son lit et laissa son esprit vagabonder. Il avait toujours sournoisement espéré, après avoir fait l'amour avec Tang Wan'er, Liu Yue ou Acan, que son épouse l'aurait insulté, l'aurait haï. Son indifférence l'avait désolé. Lui eût-elle montré un peu d'attention qu'il se serait aussitôt senti indigne. Aujourd'hui curieusement, alors que tout était terminé, seuls les bons côtés de sa femme lui revenaient en mémoire. Il n'en retournerait pas pour autant à la Maison de la Double Bienveillance implorer son pardon. Il n'espérait pas résoudre ses tourments d'un simple coup de baguette magique. Il était conscient qu'il ne redeviendrait jamais l'homme d'autrefois. Niu Yueqing lui pardonnerait-elle sa liaison avec Tang Wan'er ? Et lui, serait-il capable d'effacer à tout jamais l'amour qu'il éprouvait pour cette jeune femme tant chérie qui lui avait offert des émotions nouvelles qu'il n'oublierait jamais ? Sachant les souffrances qu'elle devait endurer, pourrait-il vivre comme si de rien n'était, le cœur en paix ? Pourrait-il vivre sous le poids de sa double culpabilité ? Et pourtant, depuis sa rencontre avec Tang Wan'er, depuis qu'ils avaient fait l'amour, sa vie n'avait été qu'une véritable descente aux Enfers ! Comme il aurait voulu tout effacer ! Il en arrivait même à souhaiter la détester ! Mais impossible de lui trouver la moindre faute, à plus forte raison d'éprouver la moindre aversion pour elle... Plus il cherchait à l'oublier, plus il y pensait. Comme s'il avait devant lui un verre de vin empoisonné, mais dont la superbe couleur, le parfum capiteux le poussaient à le boire presque malgré lui... Meng Yunfang vint le voir à plusieurs reprises et lui reprocha, entre autres choses, de s'être isolé trop longtemps dans l'écriture. À force de tout considérer d'un point de vue artistique, lui, l'écrivain, avait fini par ne plus comprendre la société, et avait accumulé les erreurs. Pourquoi s'être entêté à propos de l'article de Zhou Min ?

– Tu t'inquiètes à propos de tout et de rien, c'est absurde ! Tu es un homme célèbre, tu pourrais vivre libre et insouciant, et regarde dans quel état de fatigue et de souffrance tu te mets !

Zhuang sourit en silence. Il refusait d'écouter Meng, dont il n'avait d'ailleurs jamais partagé les idées, et encore moins aujourd'hui. Il ne demandait qu'une chose : que ses amis ne lui parlent plus de cette histoire. Il avait perdu Tang Wan'er, Niu Yueqing était partie, la punition que lui infligeait le ciel était méritée : il subissait les conséquences de ses actes.

Après avoir passé plusieurs jours chez lui, à se nourrir de nouilles séchées et à faire sa lessive, il s'ennuya à mourir. Il se rendit un soir chez Meng Yunfang qui avait convié Zhao Jingwu et Hong Jiang à une beuverie. Il but jusqu'à l'ivresse au point de se dégoûter lui-même.

Souvent, désormais, le cheveu hirsute, un baladeur sur les oreilles, il enforchait sa Mulan et sillonnait la ville en écoutant de la musique. En se disant parfois : « Si une fille m'arrête, je la charge sur mon porte-bagages, et si j'en trouve une qui me plaise, je me la coince sans coup férir dans un endroit désert. » En réalité il faisait juste un petit tour, conduisait comme un fou, puis revenait, sale et en sueur, méconnaissable.

Ce jour-là, tandis qu'il filait sur sa mobylette, il lui vint à l'idée d'aller dans la banlieue sud voir la vache. Bien que ce fût l'automne, le soleil était encore très chaud. Après les moissons, les champs secs n'avaient pas encore été labourés et s'étendaient tout bruns à perte de vue. La poussière volait dans tous les sens. En arrivant, il aperçut, sur l'aire en terre devant la maison de la mère Liu, une dizaine de bœufs de labour qui n'étaient attachés à aucun pieu ni même tenus par une corde. Pourtant ils ne bougeaient pas. Ils restaient parqués derrière le mur en ruine de la cour et regardaient vers l'intérieur. Dans la cour, la vache était allongée, réduite à la peau sur les os. Dans une auge en bois à côté d'elle, la mère Liu mélangeait en la foulant aux pieds sa nourriture. Zhuang gara sa mobylette. La mère Liu l'accueillit en silence mais le regard débordant de larmes. Il comprit que la bête n'allait pas bien et se félicita d'être venu. Il arracha une poignée d'armoise odorante au pied du mur en ruine et la fourra dans la gueule de l'animal. La vache bougea à grand-peine une oreille, un salut en quelque sorte dont elle gratifiait le professeur Zhuang, mais elle n'ouvrit pas les yeux. Reconnaissant l'odeur de l'herbe, elle allongea un peu la langue, en lapa gros comme un dé à coudre en bavant. De l'intérieur de la ferme, une voix d'homme bourrue appela la mère Liu :

– Vas-tu venir enfin nous servir du vin ? Qu'est-ce que tu lambines à lui donner encore à manger !

Deux hommes surgirent sur le seuil dont l'un tenait à la main un long couteau à la lame étincelante. Il était accompagné d'un barbu hirsute, d'une pâleur livide : le mari de la mère Liu.

— Vous voilà ! dit celui-ci à Zhuang Zhidie. Entrez donc boire un coup.

— Vous allez tuer la vache ? demanda Zhuang Zhidie.

— On n'a pas le choix, affirma l'autre. On a déjà trop attendu, mieux vaut la libérer que la laisser souffrir. Si elle parlait, c'est ce qu'elle choisirait. Dire qu'un personnage aussi important que vous vient la voir ! Vous aurez été là jusqu'à sa dernière extrémité.

— Nous sommes liés, elle et moi, par une affinité prédestinée.

Le type au couteau éclata de rire.

— Dis donc, vieux Qi, c'est pas toi qu'on pleurera comme ça quand tu seras mort !

— Pour sûr que non, répondit le mari de la mère Liu, on risque même de m'accuser d'avoir tué cette pauvre bête, d'être le coupable.

L'homme au couteau s'approcha de l'animal, son arme entre les dents, les mains serrées sur sa ceinture.

— Vieux Qi, dit-il, viens ici avec ta femme pour appuyer sur les cornes.

Le mari s'avança pour donner un coup de main tandis que la mère Liu rentrait en courant chez elle, le visage caché dans ses mains.

— Quelle misère, cette bonne femme ! bougonna le mari.

Il saisit chaque corne d'une main, la mère Liu s'arrêta sur le seuil de sa porte, elle n'avait pas le cœur à regarder mourir sa malheureuse bête mais elle ne supportait pas non plus qu'elle expire sans elle. Elle resta le visage collé contre la porte, les mains cramponnées aux anneaux. L'exécuteur, son couteau à la lame étincelante toujours dans la bouche, palpait la gorge de l'animal pour trouver l'endroit adéquat. Il retira son arme d'entre ses dents et cria à Zhuang Zhidie :

— Eh, vous l'ami ! Venez tenir la queue !

Zhuang ne bougea pas. Le type poussa un grogne-
ment dédaigneux, posa un genou à terre et s'adressa
cette fois-ci à la vache :

– Voici la fin de tes souffrances, la prochaine fois
ne te réincarne pas en vache !

Le couteau transperça le cou, la lame s'enfonça.
Les yeux de la vache se révulsèrent, une odeur fétide
émana de l'incision tandis que le sang jaillissait
en bulles rouges qui giclèrent sur la terre chaude.
Se sentant faiblir, Zhuang s'agenouilla doucement à
terre. Au même moment, les mains de la mère Liu
lâchèrent les anneaux ; elle s'effondra sur le pas de
la porte. À l'extérieur de la cour retentit aussitôt un
énorme beuglement. Les autres vaches, prises de
furie, tournoyaient en soulevant des nuages de poussière. Le type brailla de fermer la porte de la cour
avant de prendre un fouet et de se poster face à la
brèche du mur en ruine. Les coups de fouet se firent
cinglants. Le troupeau ne put franchir la brèche,
mais un des bœufs qui hurlait à la mort passa par le
fossé de protection le long de l'aire de battage et
réussit à s'infiltrer dans la cour. Il fut bientôt rejoint
par les dix autres dans un concert assourdissant de
beuglements. Zhuang tourna la tête, la peau de la
bête gisait déjà sur le sol. Le type retira des chairs
une petite boule couleur or et s'exclama :

– Quel bézoard !

Dans ses mains ensanglantées, il contemplait avec
enthousiasme son trésor encore fumant sous les
rayons du soleil.

Les deux hommes emmenèrent Zhuang à l'intérieur prendre un verre. L'écrivain venait juste de
recouvrer ses esprits et de découvrir à côté de lui
une grosse cage en paille remplie d'énormes morceaux de viande de bœuf. La peau de la pauvre bête
dégoulinante de sang séchait sur la brèche du mur
en ruine. Zhuang Zhidie refusa de boire.

– Je voudrais acheter la peau ! dit-il.

– Ah bon, vous êtes marchand de cuir, s'exclama

le type au couteau en s'enfilant cul sec un verre de vin. C'est une belle pièce, combien en donnez-vous ?

– Ce que vous voudrez, répondit Zhuang.

– Hors de question ! intervint la mère Liu. Monsieur Zhuang, prenez-la gratis si le cœur vous en dit.

*

La vie que menait Liu Yue dans la famille de Dazheng ressemblait fort à celle qu'elle avait connue chez le professeur Zhuang. Les invités défilaient aussi nombreux, bien que différents de ceux des Zhuang. Ceux de chez le maire étaient, pour la grande majorité, des dirigeants de ministères, des directeurs d'usines, des gérants de sociétés, qui ne venaient jamais les mains vides. Les cadeaux allaient du réfrigérateur ou du téléviseur couleur pour les plus importants à de l'alcool, des cigarettes, des graines de pastèques ou des fruits pour les plus modestes. Presque comme un rite, les invités, sitôt le seuil franchi, enfilaient des chaussons et déposaient leurs présents dans un petit débarras à côté de l'étagère à chaussures. Ensuite ils s'asseyaient au salon et bavardaient avec les maîtres de maison ; le porteur de cadeau ne soufflait mot de son présent ; l'hôte ne remerciait jamais. Liu Yue n'apparaissait en aucun cas de sa propre initiative : elle attendait que la femme du maire ou son mari l'y invite. Elle arrivait superbement parée et maquillée. Elle savait se montrer souriante et prononcer un ou deux mots agréables. Elle remarquait promptement si la tasse de thé de l'invité était vide, mais ne se levait plus elle-même pour verser l'eau chaude ; elle se contentait d'appeler :

– Xiaoju, rajoute un peu d'eau.

Xiaoju était la bonne de Dazheng. Yue l'avait rencontrée le lendemain de son arrivée. Xiaoju était alors dans la cuisine en train de choisir de la ciboule. Liu Yue était entrée et machinalement avait pris la botte pour sélectionner les plus beaux brins, mais elle l'avait reposée aussitôt.

– Hum ! avait fait la jeune bonne.

– Quel est ton nom ? lui avait demandé Liu Yue en se lavant les mains.

– Xiaoju.

– Xiaoju, aujourd'hui nous mangeons des raviolis, ne lésine pas sur la quantité de crevettes séchées, lorsque tu t'apprêteras à les mettre, appelle-moi que je juge.

Xiaoju ne répondit rien, elle continua de choisir la ciboule.

– Ici, chez le maire, on ne met jamais de crevettes séchées dans les raviolis, dit-elle soudain.

Stupéfaite, Liu Yue changea d'expression :

– Eh bien, désormais tu en mettras !

Elle égoutta ses mains et laissa couler l'eau.

– Tu fermeras le robinet, ordonna-t-elle avec autorité en retournant dans sa chambre.

Au bout de dix jours, Liu Yue, qui s'ennuyait à mourir, déclara à Dazheng qu'elle voulait travailler. Son mari lui fit remarquer que, son problème de hukou n'étant pas encore réglé, il n'était pas question pour elle de chercher une situation. Mais Liu Yue s'en moquait pas mal, elle voulait travailler. Dazheng fit part à sa mère des exigences de sa jeune épouse. La mère réfléchit et téléphona elle-même à Yuan Zhifei pour lui demander d'engager Liu Yue dans sa troupe. Le lendemain, la jeune femme débutait comme mannequin.

Liu Yue ne connaissait rien ni à la danse ni au chant, mais comme elle était jolie et bien faite, astucieuse de surcroît, elle comprit très vite les secrets du métier. Elle devint en très peu de temps une vedette des défilés de mode. Le spectateur venait avant tout admirer ces superbes créatures à la taille de guêpe perchées sur de longues jambes. Il se moquait complètement du styliste et de ses créations. Quand le mannequin évoluait, il l'imaginait nu et ne se privait pas de faire des commentaires. Celle-ci était jolie de visage, mais trop large de hanches ; celle-là trop maigre, cette autre plate comme une limande. En fin de compte, la plus séduisante, la plus sexy, c'était Liu Yue. À chacune de ses apparitions sur scène, les cris et les sifflements fusaient. La nouvelle se répandit vite que Yuan Zhifei avait un excellent mannequin, ce qui fut extrêmement bénéfique pour ses affaires.

*

Ce jour-là, à midi, Meng Yunfang, pour remercier le directeur de l'hôtel Le Grand Arc-en-ciel d'avoir hébergé et nourri gracieusement le vieillard de la banlieue nord, le fameux propriétaire de ce livre unique *Les Chiffres saints de Maître Zhaoze*, ainsi que le Grand Maître venu du Xinjiang, mais aussi pour mettre en valeur ses compétences, décida de faire une séance de qigong afin de guérir le directeur. En gage de sa reconnaissance, le directeur offrit à Meng Yunfang une marmite en bronze en forme de fleur de lotus de style ancien, cinq livres de viande de mouton coupée en fines lamelles et trois sortes de condiments. Meng accepta, ravi, et invita Zhuang Zhidie et Zhao Jingwu à partager son festin. Zhuang, d'humeur morose, mangea peu et alluma machinalement la télévision qui diffusait un film de guerre étranger des années cinquante, suivi d'un opéra, avec, entre les deux, de la publicité pour le dancing de Yuan Zhifei.

— Zhidie, es-tu au courant ? demanda Meng. Liu Yue travaille chez Yuan Zhifei ; elle est le dernier mannequin en vogue. Quelle bonne fortune !

— Elle était faite pour ça, répondit Zhuang. Mais comment le sais-tu ? Tu vas souvent danser ?

— Tu parles !

— Lui non, dit Xia Jie, mais son fils oui.

— Si jeune ! s'étonna Zhuang. Où trouve-t-il l'argent pour s'offrir le prix de l'entrée ?

— C'est bien le problème, dit Xia Jie. Avant-hier, j'ai rencontré Yuan Zhifei qui m'a vanté l'intelligence de Meng Jin, lequel entre sans payer avec des camarades en déclarant au guichet que Yuan Zhifei est son oncle et Liu Yue sa grande sœur. Le caissier a fini par demander à Zhifei si oui ou non il avait un neveu. Yuan Zhifei a voulu en avoir le cœur net : il a reconnu Meng Jin. « Il arrivera loin, ce petit ! » a-t-il ajouté. En rentrant, j'ai conseillé à Yunfang de surveiller un peu l'éducation de son fils, mais ma remarque ne lui a pas plu. Regardez, il râle encore !

— Qu'est-ce que tu racontes ! dit Meng avec un sourire gêné. Zhidie, il faudra que nous allions voir Liu Yue un de ces jours pour qu'elle ne s'imagine pas que la femme mariée n'a guère plus d'importance que des eaux usagées.

— D'accord, organise-nous ça, répondit Zhuang.

— C'est arrangé, dit Meng. Après le déjeuner je fais un saut à la Propagande : le chef du département m'a téléphoné hier, sa femme souffre d'un calcul. Je ne la soignerai pas aujourd'hui. J'y vais juste pour fixer un rendez-vous.

— Quelle activité ! dit sa femme. Aujourd'hui tu rends visite à la bru du maire, demain tu soignes l'épouse du directeur du département de la Propagande, alors que tu te moques pas mal de ta famille !

— À t'entendre, je serais un homme intéressé qui dédaigne les petites gens ! J'en ai pour moins d'une demi-heure, bavardez en attendant et donnons-nous rendez-vous à quatre heures devant le dancing.

— Allez-y sans moi, dit Zhao Jingwu, je préfère m'abstenir.

— Que tu es mesquin ! dit Meng. Tout ça parce qu'elle n'a pas voulu t'épouser ! C'est quand même Liu Yue ! Si tu n'as pas envie de la regarder, c'est ton droit, tu pourras toujours danser et, pourquoi pas, trouver l'âme sœur !

— En tout cas décidez-vous ! dit Xia Jie. C'est fatigant toutes ces palabres ! Yunfang, si tu as envie de te distraire, profites-en, mais n'emmène pas Meng Jin.

Meng Yunfang soupira et fila. Xia Jie se hâta de débarrasser la table et, sans prendre la peine de faire la vaisselle, s'empressa d'aller convier un voisin à une partie de mah-jong.

Meng Yunfang partit donc pour le département de la Propagande, mais, en fait, pas seulement pour son histoire de rendez-vous : il devait discuter d'une affaire autrement importante.

Le maire avait songé en effet à stimuler l'économie par le biais de la culture. Du coup, le jardin zoologique de Pékin avait offert à celui de Xijing trois gros pandas. Le maire avait donc eu la brillante idée de créer une fête de la Culture de la ville antique dont les pandas seraient l'emblème. Il avait convoqué les gens du département de la Propagande et de la Culture pour approbation. Laquelle fut donnée sans réserve et ponctuée d'une ovation. L'idée paraissait excellente pour deux raisons. Primo, cela ferait de la propagande pour la ville, secundo cela stimulerait l'économie, ce qui ressortait à une initiative d'envergure nationale. Une gigantesque commission préparatoire devait se réunir où Meng Yunfang était convié par le directeur du département de la Propagande pour donner son avis sur le contenu de cette fête. Meng Yunfang suggéra que Zhuang Zhidie y participe. D'accord, dit le directeur, mais inutile de l'ennuyer avec des problèmes d'ordre général. On ferait appel à lui plus tard pour les écrits importants. Meng Yunfang jeta un coup d'œil sur les trois pages du programme et se dit que, s'il commençait à en discuter maintenant, il y passerait la nuit, et encore sans conclure. Il préférait emporter le document chez lui, l'étudier avec soin et revenir donner son avis demain après-midi. Il s'échappa aussitôt et se précipita au dancing.

Le défilé de mode venait juste de s'achever, la piste de danse était ouverte et plusieurs couples étroitement enlacés se déhanchaient sous de violents éclairages tournoyants. Selon Meng Jin, Liu Yue venait toujours danser après le spectacle. Meng Yunfang s'assit donc à une table en bord de piste et tenta, non sans peine, de repérer Liu Yue au milieu de toute cette faune. Mais, avec son œil droit mort et le gauche qui fatiguait, il prenait pour elle toutes les jolies filles en costume excentrique. La musique s'arrêta, les danseurs quittèrent la piste sans que Liu Yue se montre. Yunfang se mit en quête de Yuan Zhifei tandis que la musique reprenait et que garçons et filles se ruaient de nouveau sur la piste. Impossible de reconnaître quiconque. Meng Yunfang s'en voulait. Il aurait dû organiser tout cela d'avance. Si ses amis arrivaient et ne voyaient ni Liu Yue ni Yuan Zhifei, il se ferait incendier. Alors qu'il commençait à s'énerver, il entendit soudain quelqu'un l'interpeller :

— Vous êtes bien M. Meng ?

Il tourna la tête. Face à lui, assise à la même table, une jeune femme plutôt jolie, le menton appuyé sur sa main, le dévisageait.

— Oui, c'est moi. Qui êtes-vous ? répliqua-t-il, en serrant la main qu'on lui tendait. Votre visage me dit quelque chose mais, pardonnez-moi, j'ai une très mauvaise mémoire.

— En fait, nous ne nous sommes jamais rencontrés. Mais j'ai entendu dire que vous étiez un homme plein d'humour. Moi je suis sans intérêt, je travaille au parquet, cela devrait vous mettre sur la voie. Vous ne devinez pas ? Jing Xueyin est ma seconde belle-sœur.

Meng sentit la panique s'emparer de lui. Il faillit se lever et partir, mais se ravisa et esquissa un petit sourire :

— Bien sûr, bien sûr ! Comment ça, une personne sans intérêt ? Je suis très honoré de vous rencontrer ici. En effet, je connais votre seconde belle-sœur, vous lui ressemblez d'ailleurs un peu ! Elle va bien ?

— Pensez-vous ! dit la jeune femme. Elle a failli se pendre avec ce procès que lui a intenté votre ami !

— Vous ne pouvez pas dire cela. Je suis un peu au courant de cette affaire. Aujourd'hui, Zhuang Zhidie est un homme brisé, qui déteste Zhou Min, l'instigateur de ses malheurs, un ami devenu son pire ennemi.

– S'il avait vraiment voulu préserver Jing Xueyin, il n'aurait jamais dû dévoiler leurs secrets! En arriver pour sa propre renommée à sacrifier une amie d'autrefois! Ce monsieur n'a aucun sens de la morale!

– Les choses ne sont pas passées ainsi. D'ailleurs, n'en parlons plus, le procès est terminé.

– Je crois que vous n'avez pas très bien compris, monsieur Meng. Le procès n'est pas clos, nous adressons une requête à la Cour suprême.

– Vous faites appel? À quoi bon?

– De toute façon, ma belle-sœur refuse de se dédire. Puisqu'elle est impliquée dans ce procès, elle s'y investit complètement, et elle est bien décidée à se battre jusqu'au bout. Vous comprenez ce que je veux dire?

– Parfaitement. Il est évident qu'elle n'agit pas de son propre chef... Une fille comme vous l'aidera à arriver à ses fins.

– Changeons de sujet, dit la jeune femme en souriant. Condescendriez-vous, monsieur, à m'inviter à danser?

– Je suis vraiment désolé, je ne sais pas danser, c'est la première fois que je viens ici, je cherche quelqu'un.

– Dommage, il ne me reste plus qu'à trouver un autre partenaire.

Puis, appelant le serveur d'un geste, elle lui donna de l'argent tout en lui ordonnant:

– Apportez un Coca à monsieur.

Sur quoi elle partit, la tête haute. Meng se sentit humilié. Il demanda au serveur s'il savait où était Liu Yue.

– Je pense qu'elle doit être dans son bureau. Une fois franchi la porte, prenez l'escalier sur votre droite, c'est au troisième étage, la pièce 18.

Meng Yunfang le remercia et sortit de sa poche un billet qu'il lui tendit:

– Quand la jeune femme aura fini de danser, remboursez-la pour le Coca. Dites-lui que je ne laisse pas les jolies femmes payer!

Au troisième étage, Meng Yunfang dut sonner avec insistance à la porte numéro 18 avant d'obtenir de Liu Yue un :

– Qui est-ce ?

– C'est moi.

– Écoutez, je suis très occupée.

– Liu Yue, c'est moi, le professeur Meng.

La porte s'ouvrit, et Liu Yue apparut, presque méconnaissable tant elle était maquillée.

– Comme te voilà arrangée, Liu Yue ! dit Meng Yunfang. Quel parfum utilises-tu ? Quelle odeur désagréable ! Exactement celle de tous les étrangers. C'est affreux !

Liu Yue lui jeta un clin d'œil entendu et dit à voix basse, en désignant la porte fermée derrière elle :

– Je suis avec un vieil habitué, un étranger.

Puis elle reprit à voix haute :

– Professeur Meng, quelle surprise ! Depuis que je suis mariée, personne n'est venu me voir ! Où est votre cavalière ?

– Je suis aveugle d'un œil, mal-entendant, qui voudrait de moi ? dit Meng Yunfang. C'est toi que le professeur Zhuang et moi voulions venir voir aujourd'hui. Le professeur a beaucoup de problèmes ces temps derniers.

– Pour vous distraire, vous n'avez pas besoin de moi ! Le professeur Zhuang a la poisse ? Mon départ ne l'a donc pas soulagé !

– Diablesse sans cœur ! s'écria Meng Yunfang.

Il lui raconta la disparition de Tang Wan'er, le départ de Niu Yueqing, et lui décrivit la solitude totale dans laquelle se morfondait le pauvre Zhuang Zhidie.

Liu Yue, les larmes aux yeux, s'en montra consternée.

– Nous avons rendez-vous ici à quatre heures. Montre-toi gentille avec lui, persuade-le de reprendre la vie commune avec sa femme, de reconnaître ses torts.

– Je ne sors de chez moi que pour venir travailler,

je n'ai pas une seule minute à moi. J'avais l'intention de les inviter, mais je n'avais pas prévu que Yuan Zhifei se ferait attaquer et que, momentanément, je devrais prendre en main toutes ses affaires.

– Que dis-tu ? Yuan Zhifei attaqué ?

– Vous n'êtes pas au courant ? Avant-hier soir, alors que Zhifei partait après avoir fait sa caisse, un type l'arrête soudain devant les escaliers et se présente : il est secrétaire de la société Le Pacifique qui organise une grande fête et qui souhaiterait, pour mettre de l'ambiance, la venue des mannequins en vogue de Yuan Zhifei. Zhifei explique qu'il ne loue pas sa troupe à l'extérieur, elle travaille uniquement ici. Le type lui demande de descendre, son directeur voudrait le voir, il l'attend dans sa voiture juste en bas. Yuan Zhifei descend, trois hommes sont en effet assis dans le véhicule ; l'un d'eux, un gros, tend la main comme pour le saluer, prend celle de Zhifei et la tire si violemment qu'il le déstabilise. Le prétendu secrétaire qui se trouve juste derrière le pousse et l'embarque dans la voiture qui démarre. Yuan Zhifei, sa caisse dans les bras, leur demande ce qu'ils veulent. Le gros lui balance son poing dans la figure et lui casse ses lunettes de soleil. Des morceaux de verre lui entrent dans l'œil droit qui fatalement se met à saigner. «Ce qu'on veut, dit le gros, c'est très simple, toi, le dénommé Yuan, tu es très riche, tu ne peux tout de même pas nous laisser mourir de faim ! On veut juste t'emprunter un peu de fric, tu refuses, désolé, on n'a pas le choix ! » Yuan Zhifei s'indigne, il leur parle de moi, leur demande s'ils savent qui je suis. «La belle-fille du maire, répond le gros, et puis après ? On ne craint rien, on veut ton fric ! » Il lui flanque alors son poing dans l'œil gauche : «Excuse-moi, tu risquais de nous reconnaître avec cet œil-là ! » Arrivés au périphérique sud, ils déposent Yuan Zhifei au bord de la route et filent. Par bonheur, un vendeur de légumes le ramasse et l'emmène à l'hôpital avec les deux yeux crevés. Bizarre que vous ne l'ayez pas su, la nouvelle a fait le tour de la ville. Fou furieux, le père de Dazheng a demandé à la Sécurité publique d'aider la police à fouiller toute la ville pour retrouver la voiture, mais on n'a mis la main sur aucun suspect. Yuan Zhifei a déclaré qu'il n'avait pas un souvenir précis des trois hommes : l'un d'entre eux était gros, la voiture était rouge, et c'est tout.

Ce récit donna la chair de poule à Meng Yunfang. Liu Yue ajouta que la Sécurité publique poursuivait son enquête mais semblait avoir beaucoup de mal à élucider l'affaire. Peu importait à Meng Yunfang qui voulait surtout savoir où Yuan Zhifei était soigné et comment il allait. «Dans un hôpital qui dépend du centre hospitalier de l'Ouest», répliqua Liu Yue, mais faute de temps pour lui rendre visite, elle ignorait comment il y était traité.

– Ces voyous ne craignent même plus le maire, ajouta-t-elle. Si jamais ils arrivaient ici, je leur donnerais ce qu'ils voudraient, je ne ferais pas comme Yuan Zhifei qui s'accrochait à son fric.

Meng sourit, puis, désignant d'un clin d'œil la porte close, il s'enquit à voix basse :

– De quel pays est ton client ? Vous faites des affaires avec les étrangers ?

– Il est professeur à l'Institut des langues étrangères, il bafouille quelques mots de chinois. Nous avons fait connaissance car il vient souvent danser. Vous l'avez peut-être rencontré, c'est un Américain !

– Je ne supporte pas la manière dont se parfument les étrangers. Il est là depuis longtemps, pourquoi ne part-il pas ?

– Il n'a rien à faire, il vient pour bavarder, les Américains ne font pas de manières. Que soupçonnez-vous ?

– Tu n'es plus la petite servante d'autrefois, mais la belle-fille du maire, tous les regards sont tournés vers toi.

– Je suis grande, je ne me laisserai pas rouler.

Meng Yunfang consulta sa montre : quatre heures déjà, il devait descendre attendre ses amis en bas, à la porte. Il les amènerait un peu plus tard à Liu Yue qui promit de congédier au plus vite son étranger pour avoir tout loisir de tenir compagnie à Zhuang Zhidie.

Meng attendit une éternité devant l'entrée sans voir personne. Liu Yue, une fois son visiteur parti, le rejoignit. Très inquiet pour Yuan Zhifei, Meng décida de lui rendre visite sur-le-champ. Mais il recommanda à Liu Yue de ne surtout pas en parler à Zhuang Zhidie pour ne pas gâcher la joie de leurs retrouvailles et le bon moment qu'ils ne manqueraient pas de passer ensemble. Il préférait s'informer d'abord. Émue par la générosité de Meng Yunfang, Liu Yue n'osa pas bouger et resta plantée à attendre jusqu'à la nuit tombée, en vain, la venue de Zhuang Zhidie et le retour de Meng Yunfang. L'inquiétude la rongea toute la nuit.

À l'hôpital, Meng Yunfang ne put pas voir Yuan Zhifei. Le médecin s'y opposa en raison de l'opération qu'il venait de subir. Toute visite était interdite. Meng apprit qu'on lui avait greffé de nouveaux yeux, que l'opération avait très bien réussi. Il s'en trouva rassuré, mais sans comprendre comment on pouvait changer d'yeux !

– C'est évidemment tout à fait possible, lui expliqua le médecin. Depuis quand avez-vous perdu la vue ? Pourquoi ne pas être venu à ce moment-là ? Je vous aurais opéré.

– Je ne me sers plus que d'un œil, cela me suffit. À présent que dans ce monde impitoyable on se fait rançonner à tout moment, j'ai bien peur qu'avec un œil en plus je devienne fou !

– Quel propos absurde ! s'écria le médecin irrité.

Cet homme n'a pas le moindre sens de l'humour, songea Meng Yunfang. Il se composa un visage souriant et demanda au médecin par quoi on avait remplacé les yeux de son ami.

– Des yeux de chien, répondit le médecin.

– De chien ? Mais on va se moquer de lui !

Le médecin soupira et partit sans mot dire. Voyant la nuit tomber, Meng Yunfang décida de rentrer directement chez lui sans repasser par le dancing. À son arrivée, il trouva Zhuang Zhidie, Xia Jie, Zhao Jingwu ainsi que Zhou Min assis là, silencieux.

– J'ai failli prendre racine à force de vous attendre et vous n'avez pas bougé d'un poil ! s'indigna-t-il. Quand je parle, c'est comme si je pissais dans un stradivarius, ma parole !

– Espèce d'idiot ! s'exclama Xia Jie en le poussant vers la cuisine.

Elle lui expliqua qu'ils s'apprêtaient à partir quand Zhou Min avait surgi, revenant de Tong Guan, une énorme compresse de gaze collée sur le front. À son air piteux, ils avaient compris qu'il avait reçu une raclée. Pourquoi, lui dirent-ils, ne leur avait-il pas passé un coup de fil de la gare, ils auraient été le chercher. Zhou Min avoua qu'il était rentré depuis deux jours déjà.

– Deux jours ! s'écria Zhuang Zhidie, et vous ne nous avez pas fait signe !

– Je n'avais rien d'extraordinaire à vous raconter.

Zhuang, fou de rage, explosa :

– Non, mais c'est incroyable ! Nous attendons jour et nuit votre retour, rongés d'inquiétude. Et alors que vous êtes ici depuis deux jours, vous ne nous donnez aucun signe de vie ! Pour vous pointer seulement maintenant, l'air dégagé. Parlez ! Tang Wan'er ?

– Je n'ai rien pu faire pour elle, répondit l'autre, intimidé.

– J'en étais sûr. Et vous ne savez rien d'elle non plus, je suppose.

Zhou Min expliqua combien toute la ville de Tong Guan s'était montrée agressive et moqueuse à son égard, à tel point qu'il n'osait plus sortir le jour. Il avait envoyé ses frères enquêter discrètement sur ce qui se passait. Il semblait que, dès leur retour de Xijing, le mari de Tang Wan'er l'avait déshabillée et frappée si fort qu'il avait arraché la peau de la malheureuse. Il avait voulu la forcer à raconter la vie qu'elle menait à la capitale, mais Tang Wan'er avait gardé le silence. Son mari lui avait alors attaché les pieds et les mains et l'avait violée plusieurs fois en une journée en lui faisant subir les pires sévices. Il lui avait brûlé le sexe avec sa cigarette, enfoncé une lampe électrique...

Zhuang Zhidie ne put contenir ses larmes.

– Arrêtez, dit Zhou Min calmement, inutile de verser des larmes pour elle, sans doute ne la reverrons-nous jamais sur cette terre. Il faut s'en faire une raison, oublions-la.

Il reprit son récit. Avec la complicité d'un ami qui travaillait au tribunal, il avait obtenu un exemplaire d'une demande de divorce. Il suffisait que Tang Wan'er la signe et l'affaire serait réglée. Zhou Min avait donc envoyé un de ses amis, également connu du mari, pour rencontrer Tang Wan'er. Mais le messager n'avait pas pu la voir : elle était enfermée dans une pièce minuscule de l'arrière-cour. Zhou Min bouillonnait. Un soir, à la tombée du jour, il avait décidé de s'introduire dans la maison, caché sous un chapeau de paille. Mais il n'avait pas franchi la porte que le mari et quatre de ses sbires lui tombaient dessus, prêts à lui flanquer une raclée.

– Eh, doucement, avait dit Zhou Min, en sortant de son giron une bouteille.

Du coup, ils s'étaient tous assis autour de la table et le mari avait ouvert quelques conserves pour accompagner le vin. Les six hommes s'étaient mis à boire.

– Mes amis, avait déclaré Zhou Min, parlons à cœur ouvert. En partant pour Xijing avec Tang Wan'er, je savais que vous n'étiez pas divorcés, mais je l'aimais, elle m'aimait, nous n'avions pas le choix. En revanche, quand vous l'avez kidnappée l'autre jour, c'était certes votre droit, mais vous auriez pu me prévenir pour éviter que je ne m'inquiète.

– Pour être franc, répondit le mari, je suis un rustre, je ne rigole pas en affaires ! Vous, vous êtes peut-être l'homme célèbre de Tong Guan, mais moi aussi je suis quelqu'un. Vous m'avez fait cocu, je m'y suis résigné. Ce soir, nous bavardons, je ne vous injurie pas, je ne vous frappe pas, je vous demande juste de ne plus jamais la revoir. Si vous ne le faites pas pour moi, faites-le pour l'enfant.

– C'est un ordre ? s'enquit Zhou Min.

– C'est un ordre, répondit le mari.

– Il m'est impossible d'être d'accord avec vous ! Vous l'avez ligotée, fouettée à mort, violée. Est-elle votre femme ou une bête de somme ? Croyez-vous que l'amour naisse de la violence ?

– Occupez-vous de vos oignons, rétorqua le mari, elle est ma femme et la manière dont je la corrige ne regarde personne.

– Je ne peux tolérer que vous la brutalisiez ! Si vous la voulez, traitez-la bien, si c'est pour la torturer, divorcez !

– Plutôt mourir que divorcer ! affirma le mari.

– Dans ce cas-là, moi aussi j'ai une requête à vous faire : laissez-moi la voir.

Il avait apporté la procédure de divorce qu'il voulait que Tang Wan'er signe de sa main et de son empreinte digitale pour la remettre ensuite au tribunal. Mais le mari refusa l'entrevue. Zhou Min essaya de forcer l'entrée de l'arrière-cour. Un des gros bras lui décocha un coup de poing qui le jeta à terre.

– Allez-y, frappez-le ! Tapez sur ce salopard ! Il est venu nous provoquer ! Nous ne risquons rien, même s'il y reste.

Les quatre hommes se ruèrent sur lui. Zhou Min bondit aussitôt sur la table, se débarrassa de deux d'entre eux grâce à des coups de pied à droite et à gauche. Le mari le maîtrisa un instant, mais il lui mordit la main jusqu'à l'os. Au même moment, le troisième larron lui ouvrait le front avec la bouteille de vin. Le bruit de la bagarre attira les voisins. Zhou Min, voyant que les choses tournaient mal, remit son chapeau de paille et rentra chez lui en sang. Il resta couché trois jours et trois nuits, pétri de honte. Le quatrième, lorsqu'il apprit que le petit commerce de sa mère avait été saccagé par le mari et ses acolytes, il se leva et se précipita chez ses parents, au risque de sa vie. Son père et sa mère le serrèrent dans leurs

bras, tout en le suppliant de les laisser vivre en paix.
«Pourquoi cet énorme scandale pour une femme?»
gémirent-ils. Ils ne pouvaient plus sortir dans la
rue sans être montrés du doigt. Lors du pillage de
leur magasin, tout le monde avait regardé, personne
n'était intervenu. Si l'affaire ne se tassait pas, ces
voyous finiraient par les tuer. Les femmes ne manquaient pas, pourquoi s'enticher de celle d'un autre!
À l'âge de Zhou Min, la plupart des enfants subve-
naient aux besoins de leurs parents, non pas qu'ils
voulussent de son argent, non, ils désiraient juste
vivre en paix.

Les paroles de ses vieux avaient apaisé peu à peu
sa colère. Il avait dormi huit jours avant de repartir
pour Xijing.

Ce récit attrista encore davantage Meng Yunfang
qui alla quérir une bouteille d'alcool dans le réfrigérateur.

– Tang Wan'er n'est pas revenue, tant pis, dit-il
résolument. Zhou Min est là, tant mieux. Arrosons
ça. Xia Jie, va nous chercher quatre livres de viande
de chien chez le marchand au coin de la rue.

– Vous risquez tous d'être pris de fâcheuses vapeurs
à manger de la viande de chien arrosée d'alcool
chaud, fit remarquer Xia Jie.

– Fais ce que je te dis! Ne discute pas!

Après le départ de Xia Jie, personne ne prononça
un mot.

– À quoi rime ce silence? demanda Zhou Min.
Pourquoi cette tristesse? Moi, je n'éprouve même
plus de chagrin. Oublions tout ça et continuons de
vivre!

Zhuang Zhidie s'empara de la bouteille et fit
d'énormes efforts pour l'ouvrir, sans succès. Zhou
Min voulut l'aider, mais Zhuang, utilisant ses dents,
mordit fort le bouchon qui finit par sauter. Il se servit le premier puis passa aux autres. Au retour de
Xia Jie, la bouteille était presque vide. Meng en sortit une deuxième.

– Sais-tu ce que l'on raconte? s'exclama Xia Jie.

Yuan Zhifei a été kidnappé, on lui a même crevé les yeux!

Meng fit un clin d'œil – mais du mauvais – à sa femme, qui ne remarqua rien et poursuivit:

– On prétend qu'il a été opéré et qu'on lui a greffé des yeux de chien. Est-ce possible?

Stupéfaits, Zhao Jingwu et Zhou Min posèrent leur verre. Zhuang rota plusieurs fois, puis vida son verre cul sec, sans faire de commentaire.

– Ça va, Zhidie? s'inquiéta Meng.

Zhuang ne répondit rien et lécha son verre.

– Peut-être n'avez-vous plus le cœur à boire? suggéra Xia Jie. Pour ceux qui le souhaitent, nous avons des lits.

– Allons, trinquons! dit Meng Yunfang. C'est exact, Yuan Zhifei a été enlevé, je suis allé le voir à l'hôpital. Son rapt n'a rien de surprenant. Il est riche et s'en vante. Il est de tous les bords, il fallait s'y attendre. À la vôtre!

Les yeux injectés de sang, Zhuang Zhidie réussit à se lever et annonça:

– Je m'en vais.

Les autres le regardèrent, ahuris. Personne n'osa le retenir. Il s'éloigna en titubant.

*

Ce soir-là, sitôt sa porte franchie, Zhuang Zhidie s'écroula par terre. Le lendemain matin, il se réveilla avec une violente migraine. Durant plusieurs jours, il se nourrit d'analgésiques et de nouilles déshydratées, sans mettre le pied dehors. Meng Yunfang ne vint qu'une seule fois, accompagné du maître de qigong de Meng Jin, proposer ses soins. Les grilles en fer étaient ouvertes, mais la porte en bois resta fermée malgré ses coups répétés. Wei, la vieille gardienne, eut beau, à sa demande, hurler dans son haut-parleur: «Zhuang Zhidie, un invité, descendez! Zhuang Zhidie, un invité, descendez!», Zhuang ne manifesta aucun signe de vie. Meng lui téléphona d'une cabine

publique. Zhuang décrocha pour n'entendre qu'un
déluge de reproches :

– À quoi bon hurler ainsi ? protesta-t-il. Tu es
poussé par le diable !

– Tu ne peux pas toujours rester enfermé chez
toi ! dit Meng. Je sais que tu n'as pas le moral, et
j'ai invité le maître de qigong de mon fils à venir te
soigner.

– Me soigner ? Mais je ne suis pas malade !

– Tant mieux. Si tu ne veux pas qu'on s'occupe de
toi, alors prends-toi en main. Cesse de t'en faire à
propos de l'accident de Yuan Zhifei. Je suis allé le
voir de ta part avec Zhao Jingwu. Inutile de te déplacer. Il va bien, il a très vite recouvré la vue. Mais je
voudrais attirer ton attention sur quelque chose :
cette année n'a pas été de tout repos pour toi, bien
au contraire. Et j'y ai réfléchi. Après avoir feuilleté
La Porte merveilleuse et la Méthode d'Évasion, je me
suis rendu compte que, chez toi, les meubles étaient
mal orientés. Tous tes problèmes viennent d'une
mauvaise géomancie de ta maison. Ta chambre est
placée à l'angle nord-ouest, ce qui est une hérésie, il
faut dormir dans une pièce orientée nord-est. Le
canapé de ton salon est tourné face à la porte, place-
le le long du mur est. Tu me suis ?

Fou de rage, Zhuang Zhidie raccrocha. N'entendant plus que la tonalité, Meng fut saisi d'une vive
amertume. Il invita cependant le maître de qigong à
déguster un émincé de bœuf parfumé, dans un petit
restaurant en bordure de rue. Puis il le raccompagna à son hôtel et décida de retourner voir Liu Yue
au dancing. Il comptait sur elle pour informer Niu
Yueqing de l'état dans lequel se trouvait son mari et
la convaincre d'aller voir Zhuang Zhidie. Sinon,
celui-ci finirait par se détruire.

Liu Yue se rendit à la Maison de la Double Bienveillance. Un bulldozer procédait à la démolition de
celle du voisin Sun. La vieille Dame et sa fille avaient
déménagé. Liu Yue demeura hébétée un long moment
sous le pêcher, au milieu de la cour, avant de courir à

la résidence. Zhuang accepta de lui ouvrir. Après quoi il ne cessa de répéter à la jeune femme la liste des sévices infligés à Tang Wan'er par son mari. Liu Yue lui prépara à manger, le regarda avaler son bol de riz et repartit aussi vite. Pendant plus d'une semaine, elle fit chaque jour un saut pour s'occuper du professeur. Puis, trop prise par son travail, elle chargea la vieille patronne d'un petit restaurant du Shaanxi situé dans la ruelle à gauche de l'entrée de la résidence de lui porter deux fois par jour son repas. La vieille commença par refuser, mais Liu Yue sortit un billet d'un dollar et ajouta :

– Je vous réglerai en dollars, d'accord ?

Un jour, après déjeuner, Liu Yue se fit déposer par son ami américain devant la maison de Zhuang Zhidie. En arrivant sur le palier, elle découvrit, accroupi au pied du mur, un homme profondément endormi. Elle reconnut Zhou Min et le réveilla.

– Qu'avez-vous trafiqué cette nuit pour dormir comme ça ? s'écria-t-elle.

Zhou Min se hâta d'essuyer la bave qui coulait le long de ses lèvres.

– Je pensais que le professeur était chez lui, mais j'ai eu beau frapper il ne m'a pas répondu. Je me suis alors accroupi là pour l'attendre, sans imaginer que je m'endormirais. Quelle heure est-il ?

– Quatre heures.

– Quoi ? J'ai dormi deux heures ?

Liu Yue frappa à la porte avec insistance :

– Professeur Zhuang, ouvrez, hurla-t-elle, je vous ai entendu toussoter. C'est moi, Liu Yue. Moi non plus, vous ne voulez pas me voir ?

On entendit un bruit de pas à l'intérieur puis Zhuang Zhidie ouvrit. Il était blanc comme un mort.

– Zhou Min est là aussi ? s'étonna-t-il.

– Je viens de dormir deux heures sur votre palier.

– Que se passe-t-il pour que vous m'accordiez autant de temps ?

– Je ne me serais jamais permis de vous déranger si ce n'était pas urgent. Hier, j'ai vu Sima Gong. La

Cour suprême a rendu son dernier jugement. Toutes les conclusions du tribunal de seconde instance ont été rejetées. Le verdict aurait été modifié en faveur de Jing Xueyin, pour diffamation. Ce serait une de ses belles-sœurs qui, usant de ses charmes, aurait réussi à faire traîner l'affaire pour aboutir à une révision du procès… Nous aurions dû agir plus tôt, aller trouver le président de la Cour suprême. Je vous l'avais suggéré depuis longtemps, mais vous n'avez pas voulu m'écouter. Si nous ne reprenons pas au plus vite la situation en main, il sera irrémédiablement trop tard !

— Ah bon ? dit Zhuang. Le verdict modifié ? Bah ! Peu importe ! Même si j'avais gagné, j'aurais perdu de toute façon.

— On ne va tout de même pas se laisser égorger sans mot dire ! protesta Zhou Min. La troisième condition de ce procès stipule que le jugement doit être publié officiellement dans le journal.

Sur le mur au-dessus du canapé, où était assis Zhuang Zhidie, la calligraphie avait disparu, remplacée par une gigantesque peau de vache.

— Et alors ? dit Zhuang. Qu'il publie ! Si vous voulez intervenir auprès du président de la Cour suprême, allez-y, moi je m'en fous.

— Je vous en supplie, cria Zhou Min avec des sanglots dans la voix, faites cette dernière démarche. Nous ne nous sommes pas battus si longtemps pour en arriver là !

— Zhou Min, écoutez-moi, dit Zhuang. Désolé, mais ne me parlez plus jamais de cette affaire, d'accord ? Je suis un écrivain, je veux écrire un roman, j'ai besoin de paix !

— Parfait, je ne vous demanderai plus jamais rien. Écrivez votre livre, cultivez votre renommée, moi je ferai tout pour la détruire !

Et Zhou Min sortit en claquant violemment la porte.

La Cour suprême populaire de la province prononça le verdict final sept jours plus tard. Presque tous les journaux de la ville publièrent la nouvelle le jour même. Plusieurs soirs de suite, Zhou Min suivit Jing Xueyin à la sortie de son travail pour savoir où elle habitait. Un soir de pluie, caché dans un coin, il vit le mari de Jing Xueyin prendre sa bicyclette et filer vers l'est. Il se jeta sur lui comme une bête féroce et l'envoya d'un coup de pied rouler avec son vélo à terre.

– Liu Sanguai, cria-t-il, pourquoi n'as-tu pas rendu l'argent à mon copain ?

Étendu sur la chaussée, le visage dégoulinant de pluie, le mari de Jing protesta :

– Vous vous trompez, je ne suis pas Liu Sanguai, je n'ai emprunté d'argent à personne.

– Tu oses nier, alors que c'est vrai ! Si tu n'es pas Liu Sanguai, t'es tout de même un beau fils de pute. Ne m'en veux pas pour mon abord un peu brutal, je suis payé pour régler cette affaire. Garde l'argent, tu te feras soigner avec !

Puis, d'un ultime coup de pied, Zhou Min écrasa la maigre cheville du malheureux. Au craquement sec, il comprit que l'os était cassé. Aussitôt il enfourcha son vélo et fila. Le lendemain, quand, fort éméché, il arriva à la revue, ses collègues discutaient de l'accident dont le mari de Jing Xueyin avait été victime, et de son hospitalisation en orthopédie. Bien mal acquis ne profite jamais, conclurent-ils. Sans doute, les six cents yuans de dommages et intérêts obtenus par sa femme pour diffamation lors du procès ne suffiraient-ils pas à payer les frais médicaux.

– Qui a fait ça ? demanda Zhou Min. Il mérite une médaille. Comment cela s'est-il passé ?

– On prétend que l'agresseur s'est trompé, dit Li Hongwen. Il l'aurait pris pour un autre. Tu parles, comme si on tabassait un inconnu ! Il devait comploter un sale coup pour se faire rosser de la sorte. Zhou Min, la revue te donne carte blanche pour lui acheter un cadeau et lui rendre visite.

– Si je faisais encore partie de votre équipe, d'accord, mais ce n'est plus le cas maintenant.

– Le département t'a congédié ? demanda Li Hong-wen.

– Tôt ou tard ça arrivera. Aujourd'hui je suis venu remettre d'avance ma démission.

Il sortit de sa sacoche un paquet de cigarettes, en tendit une à chacun.

– Dommage de n'avoir apporté à la revue que des ennuis pendant le temps que j'y ai passé. Je pars, oubliez-moi dès que vous aurez terminé votre cigarette. Je lui ressemble un peu : sitôt consumée, il ne reste plus rien.

Tout le monde se regarda, consterné.

– Zhou Min, une cigarette est interminable, il reste toujours le mégot. Nous ne t'oublierons pas.

– Le mégot, on le retire de ses lèvres et on le balance dans les poubelles au coin des rues, répliqua-t-il avec un sourire et un petit geste de la main en prenant la porte.

*

Toute la presse annonça que Zhuang Zhidie avait perdu son procès. La nouvelle se répandit aussitôt à Xijing. Ceux qui, jusqu'à présent, n'étaient au courant de rien, se mirent en quête du fameux article de Zhou Min publié dans *La Revue de Xijing*. Li Hong-wen revendit en cachette et à prix d'or les exemplaires que la revue avait mis sous scellés à une librairie qui les revendit elle-même encore plus cher à des vendeurs ambulants. Journaux et périodiques firent des reportages sur ce fait divers, ce qui augmenta considérablement le nombre des ventes. Pendant un certain temps, on ne parla plus que de cette affaire dans toute la ville. Chaque jour, Zhuang Zhidie était harcelé par des dizaines de curieux qui frappaient à sa porte mais à qui il n'ouvrait pas. Les coups de téléphone se succédaient sans interruption. On voulait savoir ce qui s'était réellement passé. Certains interlocuteurs le consolaient, d'autres exprimaient leur ressentiment, parfois on l'injuriait. Zhuang Zhidie arracha le fil de son téléphone. Il ne pouvait plus rester seul chez lui. Chaussé d'une paire de lunettes de soleil, il sortit. Il pensa tout d'abord aller chez Meng Yunfang jouer au mah-jong, ou passer un moment avec Zhao Jingwu ou Hong Jiang, voire rendre visite à Alan à l'hôpital psychiatrique, mais, arrivé au carrefour il n'avait toujours pas décidé. Il aperçut, dans une ruelle voisine, un petit fanion jaune suspendu à un saule qui portait l'inscription « Alcool ». Il traversa, s'installa et commanda du vin. Après avoir avalé une tasse de vin chaud, il se souvint que c'était ici, dans ce petit estaminet, qu'il avait entendu pour la première fois cette musique funèbre, douce et profonde. Il trouva l'endroit chaleureux et n'eut plus envie ni d'aller jouer au mah-jong avec Meng Yunfang ni de voir Zhao Jingwu ou Hong Jiang. Il sortit de sa chaussure un billet pour s'offrir un autre verre et resta ainsi une heure à boire. Il regardait distraitement par la fenêtre quand il vit passer quelqu'un de visiblement pressé. Il lui sembla reconnaître Liu Yue. Il l'appela mais elle ne répondit pas. Il sortit, s'appuya contre la porte et scruta la silhouette : c'était bien elle.

– Liu Yue ! appela-t-il de nouveau, la bouche pâteuse.

Il fit une dizaine de mètres avant de tomber par terre et de vomir.

Dans sa hâte, Liu Yue crut entendre quelqu'un l'appeler. Elle ralentit puis pensa s'être trompée. Elle reprit son chemin en accélérant le pas. Un peu plus loin, prise d'un doute, elle se retourna et aperçut un homme allongé sur le sol. Elle revint sur ses pas.

– Mon Dieu, professeur Zhuang ! s'écria-t-elle. Mais vous êtes ivre !

Elle tenta de le relever et, n'y parvenant pas, bondit de l'autre côté de la rue pour héler un taxi. Le premier qui passa n'était pas libre, le second non plus. Elle réussit enfin à en arrêter un et demanda au chauffeur de lui prêter main forte pour transporter le professeur, dont un chien léchait à grands coups de langue le visage couvert de vomissures.

Zhuang qui n'avait pas la force de le chasser agitait la main en bafouillant :

– Battez-le, battez-le.

Liu Yue chassa la bête d'un coup de pied puis, avec l'aide du chauffeur, hissa Zhuang dans la voiture qui les conduisit à la résidence de l'Association des écrivains.

Une fois dans l'appartement, Liu Yue lava le visage de Zhuang, l'obligea à se rincer la bouche et prit soin de lui jusqu'à ce qu'il recouvre ses esprits. Elle le gronda. Il ne devait pas boire au point de se rendre malade. De son porte-monnaie elle sortit une liasse de billets.

– Qu'est-ce que c'est ? demanda Zhuang Zhidie.

– Je me doute bien que vous avez besoin d'argent, répliqua-t-elle. Vous auriez dû me le dire. Je ne dispose pas d'une fortune colossale, mais ma situation financière n'a rien de comparable avec celle du temps où j'étais à votre service. Mais vous n'avez pas le droit de vous détruire en buvant.

Zhuang Zhidie l'écoutait, sans bien comprendre.

– Vous voudriez me tromper, mais Hong Jiang m'a tout raconté ! ajouta-t-elle en sortant de sa poche une mince brochure. Regardez !

Il prit le petit livre : la couverture était simple, un cartonné blanc sur lequel était imprimé *Chronique du procès galant de Zhuang Zhidie*. Au-dessous, quelques rangées de caractères indiquaient les titres des différents chapitres : « Jing Xueyin, ou la difficulté d'oublier son premier amour » ; « Article à l'eau de rose de Zhou Min » ; « La Belle, honteuse et offusquée, cherche l'appui des dirigeants » ; « Lettre secrète demandant d'étouffer l'affaire » ; « Le procès réserve des surprises » ; « Tant pis pour Zhou Min le bouc émissaire »… Zhuang Zhidie envoya valser le petit livre.

– Qu'est-ce que c'est que cette histoire ? demanda-t-il.

– J'ai découvert cette brochure au dancing. Un client l'avait entre les mains. Inquiète, je le questionne pour savoir où il l'avait trouvée. « À la librairie des Masses populaires », me dit-il. J'y fais un saut et je découvre Hong Jiang en train d'aider le libraire à ficeler des paquets de livres pour les expédier en province. Je lui demande qui est l'auteur qui s'enrichit en déshonorant le professeur Zhuang et s'il est, lui aussi, complice de cette machination. Il ne sait rien, jure-t-il, mais puisque ce genre de littérature rapporte de l'argent, pourquoi laisser les autres s'enrichir et ne pas en profiter aussi ! « Depuis que Niu Yueqing et Zhuang Zhidie sont séparés, ajoute-t-il, Zhuang, qui n'a plus un sou, emprunte de l'argent à sa femme. Mais qu'il vienne m'en demander ici à la librairie, cela ne posera pas de problème. » Il prétend aussi que vous autorisez la vente de ce petit livre, est-ce vrai ?

– Quel enculé ! Comment ose-t-il m'insulter ainsi ! hurla Zhuang sous le coup de la colère. (Puis il se ravisa et sourit.) Pourquoi m'en prendre à lui, il a simplement le sens du commerce. À quoi bon le blâmer ! Qui a bien pu écrire cette chronique ? Zhou Min, Hong Jiang, Zhao Jingwu ou Li Hongwen, peu importe, c'est pareil. Qu'ils écrivent ce qu'ils veulent, la rumeur a désormais fait le tour de la ville ! On peut toujours étouffer une voix ou deux, mais pas celle d'une ville entière ! Meng Yunfang me l'avait bien dit : un jour quelqu'un de ton entourage écrira un article qui te dévorera. Jamais je n'aurais cru que ma propre librairie publierait à mon insu un livre contre moi. J'ai fini par me dévorer moi-même !

– Il vaut mieux prendre les choses ainsi, dit la jeune femme, tentant de le calmer. Comment vous sentez-vous ? Je vais vous aider à vous coucher. Reposez-vous un moment.

Zhuang Zhidie secoua la tête : pas question qu'il puisse dormir.

– Pourquoi tous ces rebondissements ? gémit-il en regardant Liu Yue d'un air pitoyable. Le procès est clos, l'affaire devrait se tasser...

– Vous êtes un personnage célèbre, voilà tout.

– Célèbre, célèbre ! Tu parles d'une célébrité, un nom dont on se moque et que l'on blâme !

– Professeur, ne pensez plus à tout ça, vous êtes un écrivain et, comme tout écrivain, servez-vous de votre plume pour parler. Je croyais que vous vouliez écrire un roman. Mettez-vous à l'ouvrage, le cœur en paix, retrouvez votre plume, votre renommée en sortira grandie.

– Ah bon ? Ah bon ?

– Parfaitement.

– Je n'écrirai rien du tout ! hurla soudain Zhuang Zhidie. Je ne veux pas de cette célébrité !

*

Si fermement résolu à ne plus écrire qu'il était, Zhuang décida cependant de rédiger un dernier article pour clore sa carrière. Un article de mille vingt-huit caractères dans lequel il expliquait qu'il avait complètement perdu son talent à cause de ses insomnies, et qu'il abandonnait officiellement la littérature. Après l'avoir signé d'un pseudonyme, il l'envoya à *La Tribune littéraire* qui le publia une semaine plus tard. Le papier fut repris avec quelques modifications dans d'autres journaux et revues. Le soir même, Meng Yunfang arrivait en courant.

– Zhidie, sais-tu ce qu'on raconte ? Tu aurais perdu tes facultés d'écrivain et tu te retirerais de la scène littéraire ! Quelle plaisanterie ! Le maire est fou furieux, une enquête est ouverte pour éclaircir ce mystère. Comment un journal de Xijing peut-il ainsi démolir une de ses célébrités ? As-tu une idée de l'auteur de cet article ?

– C'est moi, répondit Zhuang Zhidie, le crâne rasé, le front pâle.

– Toi ? Comment peut-on se moquer de soi ? Tu as beau être dépressif, comment oses-tu raconter une chose pareille ? Que sais-tu faire d'autre ? Cordonnier ambulant ? Vendeur de beignets ?

– Tu crois que je ne saurai pas me débrouiller ?

Mais le jour où je n'aurai plus de quoi vivre, j'irai mendier à ta porte, tu ne pourras pas me refuser l'aumône !

– D'accord, tu ne veux jamais m'écouter. Mais crois-moi, aujourd'hui tu ne t'appartiens plus. Tu es le Zhuang Zhidie de Xijing, notre trésor national ! Le maire m'a d'ailleurs chargé de te demander d'écrire quelques articles pour la fête de la Culture, notamment un papier sur l'emblème. Connaissant ton état ces derniers temps, je lui ai proposé de rédiger moi-même une ébauche et de te la soumettre pour correction.

Il sortit son brouillon. Sans le regarder, Zhuang Zhidie le jeta.

– Toute mes facultés ont disparu, dit Zhuang. Je n'ai plus la force ni d'écrire ni de corriger.

– Tu peux tromper les autres, mais pas moi ! Sois tranquille, cet article ne sera pas signé de ton nom, mais du mien. Corrige-le, s'il te plaît !

– Je vais t'aider, mais c'est la dernière fois. Surtout pas un mot au maire.

Après le départ de Meng Yunfang, il prit son pinceau pour remanier l'article. Ridicule, ce désir d'avoir à tout prix un emblème pour cette fête de la Culture, et surtout de choisir le panda ! Il détestait particulièrement cet animal qui, bien que rare, n'en était pas moins stupide, paresseux, puéril. Grotesque même, avec son air patelin. Zhuang posa son pinceau, bien décidé à ne rien corriger. Réflexion faite, il revint sur sa décision. Après tout, le choix du panda, cet animal stupide, n'était pas si mauvais comme symbole d'une capitale déchue ! Il n'avait d'ailleurs aucune envie de se creuser la tête pour en trouver un autre, faucon, cheval, vache ou loup. Et encore moins de chanter les louanges du panda. Il se contenta juste de changer quelques mots, par-ci par-là, des corrections incohérentes sans queue ni tête. Le lendemain, il expédia directement l'article à l'adresse du maire, sans demander à Meng Yunfang son approbation.

En quittant le bureau de poste, il tomba sur Yuan

Zhifei dont les yeux brillaient comme du jais. Zhuang s'étonna qu'il ne porte pas de lunettes de soleil.

– Tes yeux sont guéris ?

– Complètement, répondit Yuan Zhifei. Depuis ma sortie de l'hôpital, je voulais venir te voir, mais je n'ai pas trouvé le temps. Je me suis laissé embringuer par cette commission préparatoire pour la fête de la Culture et je n'arrête pas. Je rentre de Shanghai où le maire m'avait envoyé acheter des instruments de musique.

Puis, interrompant son discours, il regarda attentivement son ami :

– Que se passe-t-il ? Tu es malade ? Tu as des problèmes ? J'espère que tu n'es pas dans la merde comme Wang Ximian.

– Qu'a-t-il ?

– Tu n'es pas au courant ? Il a fait des faux et une enquête est ouverte contre lui, mais garde ça pour toi.

– C'est grave ?

– Il est encore trop tôt pour se prononcer... Tu as vraiment mauvaise mine, tu devrais voir un médecin.

– Ça va très bien, merci.

– Pourtant tu me sembles mal en point... comme le reste de la ville.

Zhuang Zhidie sourit :

– Ce n'est pas parce que tu reviens de Shanghai que tout ici est moche !

– Tu as raison, à Shanghai les gens...

– C'est bon, cesse de vanter Shanghai et ses merveilles ! Moi aussi, chaque fois que je rentre de Shanghai, je déplore l'étroitesse des rues de Xijing, leur crasse et l'air rustre de ses citadins. Dans trois ou quatre jours, tu n'y penseras plus. Si tu es libre, allons prendre un verre chez moi.

Tout en buvant, Zhuang questionna son ami sur son opération.

– Voit-on que l'on m'a greffé des yeux de chien ? demanda Yuan Zhifei.

Zhuang Zhidie éclata de rire.

– Pourquoi ris-tu? Au début, j'ai redouté le pire. Mais toutes les prunelles se ressemblent. Prends les yeux de la plus belle des filles et mets-les sur une table, tu ne feras aucune différence avec ceux d'un porc.

– Tu as raison. Mais peut-être me vois-tu tout ratatiné avec tes yeux de chien?

Yuan Zhifei, furieux, le menaça du poing:

– Si vraiment ces yeux changent mon regard, peut-être me permettront-ils de distinguer ce que le commun des mortels ne peut pas voir!

Soudain il laissa échapper un cri en apercevant, accrochée au mur, l'énorme peau de vache.

– D'où vient-elle? Vas-tu t'en faire faire un manteau? Je te l'achèterais volontiers pour la fête de la Culture. En dehors des expositions et des représentations d'arts populaires prévues, j'ai décidé que la Tour du Tambour et celle de la Cloche seraient décorées. Durant les festivités, chaque matin à sept heures, la cloche sonnera, chaque soir à dix-neuf heures le tambour résonnera... Xijing entendra le son du Ciel et la voix de la Terre. Il y aura également sur les quatre portes de la ville dix-huit tambours et dix-huit cloches qui sonneront à l'unisson matin et soir. Génial, non? Ta peau de bête servirait à couvrir le gros tambour qui trônera sur la porte Nord, la plus imposante. Qu'en dis-tu?

– Pas question de la vendre! Je te la prête, si tu me garantis qu'une fois la fête passée, elle reviendra sur cette porte!

Ravi, Yuan Zhifei décrocha aussitôt la peau avec l'aide de Zhuang Zhidie, sur qui elle dégringola et qui eut du mal à s'en dépêtrer. Yuan Zhifei la roula et s'apprêtait à partir lorsque Zhuang fut saisi de remords:

– Tu l'emportes?

– Bien sûr! Tu n'es pas d'accord?

– Laisse-moi la queue alors.

Yuan Zhifei s'empara d'un couteau dans la cuisine et trancha la queue sur la planche à découper.

Sa peau de vache sur l'épaule, il quitta son ami et rentra en taxi.

Zhuang Zhidie n'avait pas imaginé que prêter sa peau de vache le rendrait malheureux. Durant plusieurs jours, il trouva que les nouilles que lui portait la vieille patronne du petit restaurant n'étaient pas aussi savoureuses que d'habitude.

– Vos nouilles n'ont plus le même goût, dit-il à la vieille. Jusqu'à présent, j'avais l'eau à la bouche rien que d'y penser.

La vieille sourit.

– Je vais vous avouer mon petit secret, mais surtout pas un mot à qui que ce soit, sinon on mettrait les scellés sur mon restaurant. Qu'est-ce que vous deviendriez le ventre vide, hein ? Pour donner du goût aux nouilles, j'ajoute en général une boulette d'opium dans le bouillon !

– Je comprends ! Ça attire le client et c'est un bon moyen de faire fortune !

– Je préfère vous le dire, histoire d'avoir la conscience tranquille ! La drogue est strictement interdite et fumer est très mauvais pour la santé. Pour ce que je mets dans le bouillon, ça ne porte pas à conséquence ! Ça incite juste le client à revenir et à consommer davantage. Comme j'avais peur que vous soyez au courant, je ne vous en ai pas mis ces derniers temps. Si vous voulez, je peux recommencer.

– Je ne dis pas non, répondit-il.

L'après-midi, elle lui monta un bol de nouilles d'une saveur exquise.

Si la vieille ne lui avait pas avoué son secret, Zhuang Zhidie n'en aurait rien su. Mais désormais, il avait l'impression de ressentir les effets de la drogue. Il s'allongeait sur son lit et laissait son esprit vagabonder et plonger parfois dans un monde de folie. Un soir, il regardait la télévision quand, soudain, il se sentit progressivement aspiré par le poste, entraîné par les acteurs. Il s'enfonça dans un souterrain dont deux parois étaient percées d'une multitude de petits trous. Au-dessus de l'un d'eux figurait une inscription : « Ici divination ». Il entra. Quatre hommes divinisaient dans un plateau de sable. Il se moqua de cette pratique tout à fait incroyable ! Il critiqua l'essor que prenaient à Xijing les produits miracles, casques, cache-sexe, semelles… Leur prolifération était scandaleuse. Les gens cherchaient par tous les moyens à se fortifier. Maintenant les navets n'étaient plus de simples navets, mais un aliment nutritif peu calorique, riche en principe yang ; les choux n'étaient plus de simples choux, mais un aliment nutritif, bon pour la santé, riche en principe yin. Les vendeurs de légumes portaient de grandes blouses blanches et les mêmes coiffes que celles des membres de la Croix-Rouge ! Les quatre hommes l'entendant proférer des propos insensés le prièrent de se taire. Ce genre de divination avait fait ses preuves. Zhuang exigea que l'esprit divin trace un caractère dans le plateau de sable. Immédiatement se dessina le caractère « con », suivi d'un poème… Un cri terrifiant le réveilla en sursaut. Il écarquilla les yeux : la télévision diffusait un film de guerre. Jusqu'à présent il ne se souvenait jamais de ses rêves, mais cette fois-ci il se rappelait parfaitement le poème : *Debout, il ressemble à un moine les mains croisées ; assis, il ressemble à une fleur de lotus ouverte ; comprenez bien, vous les petits malins, c'est de là que vous sortez.* Le doute s'empara de lui et ce poème le harcela toute la nuit. Il se mit à songer à sa liaison avec Tang Wan'er. Il se revoyait vaguement retourner à la Maison de la Double Bienveillance retrouver sa femme, mais elle n'était pas là. La vieille Dame l'arrêtait sur le pas de la porte et le grondait :

– Pourquoi n'es-tu pas venu depuis tout ce temps ? Ton beau-père était très en colère ! Du coup, j'ai dû mentir et lui dire que tu t'étais retiré pour écrire. Mais réponds-moi franchement : que faisais-tu pour ne pas avoir une minute à me consacrer ? La femme de Zhou Min est-elle de retour ? Dois-je accrocher ses habits et ses chaussures dans le puits pour la faire revenir ?

– La femme de Zhou Min ? s'étonna-t-il, mais qui est la femme de Zhou Min ?

– L'aurais-tu oubliée ? s'indigna la vieille Dame. Hier je l'ai vue pleurer, elle ne bougeait plus, ses deux jambes toutes tordues. Je lui ai demandé ce qu'elle avait, elle m'a montré son sexe ensanglanté fermé par un gros cadenas en fer. «Comment peux-tu faire pipi ? ai-je dit. – Aucun problème, me dit-elle, l'urine s'écoule au travers du cadenas, pas besoin de l'ouvrir. – Donne-moi la clef, je vais te libérer.» Elle m'a répondu que c'était toi qui l'avais gardée. Pourquoi ne pas la lui avoir laissée ?

– Mais c'est absurde ce que vous dites ! hurla-t-il.

– Absurde ? s'étonna la vieille Dame. Mais je l'ai vue, de mes yeux, vue, comme je te vois. Demande à mon mari, il était avec moi. Je l'ai même poussé dans un coin en lui disant : «Mais que regardes-tu, tu n'as pas à voir ça !»

Zhuang Zhidie se réveilla, il était en nage. Il n'osa pas se rendormir. Il se versa une tasse de café et garda les yeux grands ouverts jusqu'au lever du jour.

Le matin, il se rendit chez Meng Yunfang pour obtenir une interprétation de son rêve. Peut-être son ami lui en donnerait-il une explication rationnelle ? Mais Meng n'était pas là. Zhuang ne trouva que Xia Jie, en larmes, qui lui expliqua la raison de son chagrin. Yunfang était parti avec son fils raccompagner le maître de qigong dans le Xinjiang. D'une voix entrecoupée de sanglots et de reniflements, elle raconta que Meng Jin – selon les dires de son maître de qigong – aurait été prédestiné à devenir un personnage extraordinaire. Au début, Meng Yunfang n'y avait pas beaucoup cru. Puis, voyant son gamin si petit capable en six mois d'apprendre et de réciter sans la moindre erreur *Le Sûtra de Diamant*, il n'avait pu que se rendre à l'évidence. Il avait donc accepté que son fils se consacre à l'étude de la philosophie Dhyâna, qu'il pratique le qigong…, tout en déplorant que sa vie à lui fût si médiocre. La volonté divine le poussait à se consacrer exclusivement à l'éducation de son fils et à renoncer à toute ambition pour lui. Quand le maître avait décidé d'emmener Meng Jin dans le Xinjiang, il n'avait pas été question que Meng les accompagne. Mais le maire ayant pris connaissance de l'article prétendument remanié, qui était en fait encore plus mauvais qu'avant, il avait convoqué Meng et exigé qu'il revoie seul l'article et le réécrive. En arrivant chez lui, Meng Yunfang s'était mis à gémir. Zhuang Zhidie avait-il réellement perdu sa capacité d'écrire? Il avait bâclé la correction, posté l'article au maire avant de se mettre en route pour le Xinjiang avec son fils. Il s'était disputé avec Xia Jie à ce propos. Ce besoin permanent que son mari avait d'idolâtrer le premier venu était insupportable, se plaignit Xia Jie. Maintenant, seul son fils comptait. Comment partager la vie d'un tel individu? Zhuang écouta sans broncher, puis il se dirigea vers la porte. Avec des sanglots redoublés, Xia lui remit un mot de la part de son mari. Le papier ne comportait qu'un numéro à six chiffres. Zhuang Zhidie s'étonna. Était-ce un moyen de conjurer le mauvais sort? Xia Jie répondit qu'il s'agissait juste d'un numéro de téléphone. De qui? Meng Yunfang ne lui avait rien dit. Zhuang fourra le papier dans sa poche et s'éloigna, la tête baissée, sans un mot.

Ces chiffres restaient un mystère pour Zhuang Zhidie. En passant sous la Tour de la Cloche près d'une boucherie, il décida d'acheter de la vésicule de porc afin de la lécher la nuit entière[1] pour se maintenir éveillé et éviter que ces fantasmes bizarres ne le reprennent. Alors qu'il attendait son tour dans la file, le maire passa en voiture. Apercevant l'écrivain, le crâne rasé, la barbe hirsute, faisant la queue devant la boucherie, le maire demanda à son chauffeur de s'arrêter pour observer la scène.

---

1. Dans le roman *Les Royaumes combattants*, ouvrage composé dans la seconde moitié du IIIe siècle av. J.-C., un général passe une nuit couché sur de la paille à sucer du fiel de porc pour affermir sa résolution de se venger. *(N.d.T.)*

– Je veux de la vésicule de porc, dit Zhuang au vendeur.

– Vous êtes fou! s'écria le boucher.

– Absolument pas.

Le vendeur planta son grand couteau dans sa planche et hurla :

– Au suivant!

Les clients bousculèrent Zhuang Zhidie et le poussèrent hors de la file.

– Il est fou, complètement fou, s'écrièrent-ils.

Zhuang Zhidie resta planté sur place, un sourire forcé aux lèvres. Le maire continuait à le regarder.

– Vous voulez descendre? demanda son chauffeur.

Le maire agita la main, et la voiture démarra sur-le-champ.

– Il fait pitié, ce pauvre Zhuang Zhidie, constata le maire.

Faute de vésicule, Zhuang Zhidie mangea cette nuit-là des nouilles marinées dans l'opium. Dès qu'il sombra dans le sommeil, ses rêves insensés le reprirent. Il écrivait à Jing Xueyin, ce devait être sans doute la quatrième ou cinquième lettre. Il lui parlait très peu du procès, mais de l'amour de plus en plus fort qu'il éprouvait pour elle. Jing Xueyin qui ne supportait plus son mari, cet infirme, n'avait qu'à le quitter et épouser Zhuang. La lettre partie, il attendait la réponse. Soudain on frappait. Ce n'était pas la vieille marchande de nouilles qu'il découvrait dans l'encadrement de la porte, mais Jing Xueyin. Un peu timides, ils restaient debout tous les deux à se regarder sans échanger un mot, mais leurs yeux parlaient pour eux. Ils compreraient parfaitement la raison de cette rencontre, et leurs regards étaient lourds de sous-entendus. Dans une sorte de complicité réciproque, ils se jetaient dans les bras l'un de l'autre et s'attelaient aux préparatifs de leurs noces. Il la voyait, dans cette chambre, essayer différentes coiffures : un chignon enroulé sur le haut de la tête, une seule natte ou les cheveux détachés sur ses épaules. Il la pressait d'acheter des meubles de grande qualité et de préparer une chambre nuptiale confortable. Toute la presse annonçait leur mariage. La réception avait lieu dans un hôtel de luxe. En fin de soirée, ils s'enfermaient dans leur chambre alors que la fête continuait. Il l'invitait à s'étendre sur le lit. Il commençait par lui lire un passage du *Jin Ping Mei*[1] avant de regarder un film érotique.

Il voulait exciter son désir. Il caressait son corps nu allongé sur le lit, avec ses mains, avec une plume, avec sa langue. Elle ne parvenait plus à refréner son plaisir. Il continuait ses caresses. Il stimulait son excitation et souriait en saisissant son sexe. Au milieu des sons rauques de jouissance, il finissait par voir jaillir, comme issu de cette ravissante touffe de poils, un jet d'écume qu'il étalait avec son doigt sur le bas-ventre de Jing Xueyin. Il prenait alors sous le lit un morceau de tuile, placé là exprès, et le posait doucement sur le sexe de Jing Xueyin. Il se rhabillait et quittait la chambre. Puis il annonçait, à haute voix, à ses invités réunis dans le grand salon : «Je romps officiellement mes fiançailles avec Jing Xueyin !» Annonce solennelle que diffusait immédiatement la télévision. Stupéfaits, ses invités s'écriaient : «Mais n'était-ce pas votre mariage, comment est-ce possible ?... – J'ai accompli mon devoir», répondait-il en partant d'un grand éclat de rire.

Après cette nuit agitée, il ne savait plus en se réveillant si ce mariage puis ce divorce avec Jing Xueyin étaient vrais ou faux. Il était en tout cas d'excellente humeur. Il avala pour son petit déjeuner une demi-bouteille de vin chaud en constatant : «Dans cette ville j'aurai accompli les tâches que je m'étais fixées, oui, toutes les tâches que je m'étais fixées.»

*

1. *Jin Ping Mei, Fleur en fiole d'or*, l'un des plus remarquables romans de la fin des Ming, décrit de façon extrêmement crue certains fonctionnaires corrompus de l'époque. L'atmosphère des gynécées, la vie des prostituées, des entremetteuses sont dépeintes avec un réalisme inégalé. *(N.d.T.)*

À la nuit tombée, Zhuang Zhidie arriva à la gare, une énorme valise en cuir à la main. Après avoir acheté un billet, il se rendit soudain compte qu'il allait quitter cette ville alors qu'une femme avait encore un peu de lui sur son corps. Avant de partir, il devait faire ses adieux à cette partie de lui-même. Sa valise à la main, il revint sur ses pas à la recherche d'une cabine téléphonique. La cabine était juste à gauche de la gare, à l'extérieur de la porte Nord, sous un vieil acacia. Il faisait nuit, au loin les lumières scintillaient, le vent chuintait doucement. Zhuang Zhidie entra et s'aperçut que la cabine avait été saccagée. Le cadran de l'appareil était rempli de sable, impossible de l'utiliser, et le combiné pendait là comme une grosse araignée noire ou un vieux godillot. Dans les grands travaux que le maire avait annoncés pour le bien-être des masses, aurait dû figurer en premier la restauration des cabines téléphoniques du quartier, car la moitié était hors d'usage. Zhuang Zhidie ouvrit la bouche, prêt à jurer, mais se ravisa et se contenta de donner un violent coup de pied dans le combiné. Il sortit et, à la faible lueur des réverbères, aperçut, collé sur l'acacia, un immense panneau publicitaire. On y vantait des méthodes destinées à se protéger le corps, des recettes magiques qui se transmettaient de génération en génération, et aussi les mérites d'un grand maître de qigong. À quoi s'ajoutait une feuille de journal sur laquelle étaient imprimées les *Histoires fantastiques de Xijing*. Zhuang jeta un œil puis, la curiosité l'emportant, il s'approcha pour lire avec plus d'attention. Les voisins de Mme X qui habitait rue X, ruelle X, dans cette ville, avaient remarqué qu'elle n'était pas sortie depuis plusieurs jours. Ils avaient enfoncé sa porte, craignant le pire. En effet, elle gisait raide sur son lit. Après un examen complet de son corps, ils n'avaient constaté aucune trace de blessure. Elle n'avait donc pas été tuée. En revanche, ils avaient découvert un épi de maïs planté dans son sexe et, entassés au coin du lit, une montagne d'épis

728

qui portaient tous, sans exception, des marques de sang. Ils avaient compris qu'elle était morte des suites de ses masturbations.

Un autre fait divers incroyable le retint. Le médecin X, toujours dans cette ville, avait accouché une femme, le X de ce mois, d'un bébé sans membres. La peau de ce nouveau-né était si transparente que l'on distinguait parfaitement tous ses organes. Pris de panique, le médecin l'avait jeté à la poubelle pour s'en débarrasser. L'accouchée s'était sauvée sans prendre le temps de se rhabiller. Zhuang ne savait pas pourquoi un morceau du journal avait été arraché. Il s'éloigna, le cœur battant la chamade. Il prit ses cigarettes dans sa poche pour en fumer une. Mais le vent qui soufflait de plus en plus fort éteignit les trois allumettes qu'il craqua. Il entendit alors un bruit bizarre qui ressemblait à des gémissements de revenants ou à des hurlements de loups. Il leva la tête et découvrit une banderole accrochée sur la porte Nord qui annonçait en grande pompe la fête de la Culture. La banderole était coincée sous un tambour couvert d'une peau de bête qu'il reconnut aussitôt. Dans le vent, le tambour soupirait, plaintif.

Il retourna à la gare. Dans la salle d'attente, il tomba sur Zhou Min. Les deux hommes s'arrêtèrent.

– Zhou Min! s'exclama Zhuang Zhidie.

– Zhuang…

Zhou Min ne put articuler que ce mot.

– Vous prenez aussi le train? demanda Zhuang Zhidie. Où allez-vous?

– Je veux quitter cette ville, m'en aller vers le Sud. Et vous?

– Prenons la même route! suggéra Zhuang.

Les deux hommes partirent d'un grand éclat de rire. Zhou Min porta la valise de Zhuang et lui proposa de s'asseoir sur une banquette pendant qu'il irait chercher des boissons. En attendant, Zhuang Zhidie s'assoupit, le visage caché par le journal.

– Tenez, voici une bouteille, dit Zhou Min, de retour. Zhuang Zhidie ne réagit pas. Zhou Min souleva le journal. Zhuang avait les yeux révulsés, la bouche tordue, et serrait dans ses mains la petite sacoche de Zhou Min qui contenait son ocarina.

Dehors, juste devant la salle d'attente, sous un gigantesque panda fait de milliers de pots de fleurs, le vieux patientait avec sa charrette à bras délabrée en criant sa ritournelle : «Ordures... Ramassage d'ordures!... Ordures!»

Zhou Min frappa comme un fou contre la vitre qui se brisa sous la violence des coups. Il se coupa la main, le sang coula le long des morceaux cassés. Il vit, au travers du verre ensanglanté, que le vieillard n'avait pas entendu son appel au secours. En revanche, une femme maigre, très maigre, colla son visage contre la vitre en remuant ses lèvres fines. Zhou Min reconnut la femme de Wang Ximian...

DU MÊME AUTEUR
AUX ÉDITIONS STOCK

Le Porteur des jeunes mariées (récits).

Composition réalisée par INTERLIGNE

IMPRIMÉ EN ALLEMAGNE PAR ELSNERDRUCK À BERLIN
Librairie Générale Française - 43, quai de Grenelle - 75015 Paris.
Dépôt légal Édit. 3887-03/1999
ISBN : 2-253-14614-5

♦ 31/4614/9